CB064313

GRANDES ESCRITORES DA LITERATURA RUSSA

Fiódor DOSTOIÉVSKI
CRIME E CASTIGO

Tradução *Câmara Lima*
Apresentação *Stefan Zweig*

24ª EDIÇÃO

EDITORA
NOVA
FRONTEIRA

Título original: *Crime et châtment*

Direitos de edição da obra em língua portuguesa no Brasil adquiridos pela EDITORA NOVA FRONTEIRA PARTICIPAÇÕES S.A. Todos os direitos reservados. Nenhuma parte desta obra pode ser apropriada e estocada em sistema de banco de dados ou processo similar, em qualquer forma ou meio, seja eletrônico, de fotocópia, gravação etc., sem a permissão do detentor do copirraite.

EDITORA NOVA FRONTEIRA PARTICIPAÇÕES S.A.
Rua Candelária, 60 — 7º andar — Centro — 20091-020
Rio de Janeiro — RJ — Brasil
Tel.: (21) 3882-8200

CIP-Brasil. Catalogação na publicação
Sindicato Nacional dos Editores de Livros, RJ

Dostoiévski, Fiódor, 1821-1881
Crime e castigo / Fiódor Dostoiévski ; tradução Câmara Lima. — 24. ed. — Rio de Janeiro: Nova Fronteira, 2021.
624p.

Título original: *Crime et châtiment*
ISBN 978-65-5640-362-5

1. Ficção russa I. Título.

21-59955   CDD-891.7

Maria Alice Ferreira - Bibliotecária - CRB-8/7964

Sumário

Apresentação 7

Primeira parte 9
Segunda parte 109
Terceira parte 227
Quarta parte 327
Quinta parte 415
Sexta parte 495

Epílogo 601

Apresentação

Crime e castigo

As relações entre Fiódor Dostoiévski e seus leitores não são afetuosas nem agradáveis; é um conflito de instinto perigoso, cruel, voluptuoso; são relações apaixonadas no gênero das relações entre homem e mulher e não relações de amizade confiante. Dickens ou Gottfried Keller, seus contemporâneos, usam uma doçura persuasiva, uma música sedutora para atrair o leitor, para fazê-lo amar o mundo em que o introduzem. Provocam sua curiosidade, sua imaginação, mas estão longe de comover o coração tanto quanto Dostoiévski que se quer apoderar de nós inteiramente. Nossa curiosidade, nosso interesse não lhe bastam; quer nossa alma e nosso corpo; carrega a atmosfera de eletricidade, excita a nossa sensibilidade. Sua vontade, apaixonada por uma espécie de hipnose, enfraquece a nossa como um mágico, murmurando fórmulas de encarnação, embalam nosso espírito em diálogos intermináveis, desprovidos de interesse e desperta nossa simpatia, por alusões misteriosas; recusa-se a uma conquista muito apressada; é, para ele, uma volúpia prolongar o martírio da preparação. Fervemos de impaciência; ele concebe personagens, cenas novas e caminha sempre lentamente para a ação. Com uma volúpia consciente, diabólica, retarda o momento em que seremos conquistados, leva ao paroxismo a angústia interior, o peso trágico da atmosfera. Pressente-se a tempestade que sobe; o céu da alma está cortado por clarões precursores e terríveis.

Pensemos no tempo que nos é preciso para compreender que os estados de alma absurdos de *Crime e castigo* preparam um assassinato, enquanto nossos nervos têm, desde muito, a intuição de um drama terrível. O retardamento da ação é um dos requintes com que se embriaga a sensualidade de Dostoiévski; são pontas de agulha enfiadas à flor da pele.

Stefan Zweig
Os construtores do mundo

Primeira parte

Capítulo I

Em um maravilhoso entardecer de julho, extraordinariamente cálido, um rapaz deixou o quarto que ocupava no sótão de um vasto edifício de cinco andares no bairro de S*** e, lentamente, com ar indeciso, se encaminhou para a ponte de K***.

Teve a felicidade, ao descer, de não encontrar a senhoria, que morava no andar inferior. A cozinha, cuja porta estava sempre escancarada, dava para as escadas. Sempre que se ausentava, via-se o moço na contingência de afrontar as baterias do inimigo, o que o fazia passar pela forte sensação de quem se evade, que o humilhava e lhe carregava o sobrecenho. Devia uma quantia considerável à locadora e receava encontrá-la.

Não por covardia ou abjeção; pelo contrário. Mas havia já algum tempo que ele se encontrava num estado de excitação nervosa, vizinho da hipocondria. Isolando-se e concentrando-se, conseguira não só esquivar-se da senhoria, como também de seus semelhantes. A pobreza esmagava-o; ultimamente, porém, chegara a ser-lhe indiferente. Renunciara por completo às suas ocupações. Aliás, bem pouco lhe importavam a locadora e as disposições que lhe aprouvesse tomar contra ele. Mas ser surpreendido na escada, ouvir reclamações, sempre exprobrações, aliás pouco prováveis, ter de responder com evasivas, desculpas de mau pagador, mentiras — mil vezes não! Mais valia esgueirar-se furtivamente, deslizar como um gato pela escada.

Dessa vez, porém, quando alcançou a rua, até se admirou do temor que tivera de encontrar a credora.

"É incrível que, quando tenho em mente um projeto tão arriscado, me preocupem tais ninharias!", cogitava ele com um sorriso singular. "É axiomático... Tudo está nas mãos de um homem e ele o deixa escapar por covardia. Estou propenso a crer que o que mais tememos é o que nos tira de nossos hábitos. Mas ando só a divagar e é por divagar tanto que nada faço. É verdade que eu poderia aduzir mais esta razão: é porque nada faço que divago tanto. Há um mês que me acostumei a falar a sós, parado num canto dias inteiros, preocupado com disparates. Vejamos, em que vou me meter? Serei capaz *disto*? *Isto* será sério? Não, *isto* não é sério... São fantasias que me preocupam o espírito, simples quimeras."

O calor era insuportável. A turbamulta, a vista da cal, dos tijolos, da argamassa, e esse mau cheiro característico, conhecidíssimo do habitante de São Petersburgo que não pode fugir para o campo, no verão, tudo concorria para superexcitar os nervos do jovem. O fedor tremendo das tavernas, numerosas nessa parte da cidade, e os ébrios com que topava a cada passo, conquanto fosse dia útil, completavam o colorido repugnante do quadro. As feições finas do moço acusavam, por instantes, uma impressão de intensa náusea. A propósito, cumpre dizer que ele não era mal dotado fisicamente: de estatura um pouco acima da mediana, esbelto, elegante, possuía bonitos olhos escuros e cabelos castanhos. Mas, a breve trecho, mergulhou numa melancolia profunda, numa espécie de torpor intelectual. Seguia alheio a tudo, ou melhor, sem querer atender a coisa alguma. De quando em quando, murmurava para seus botões algumas palavras, porque, como ele reconhecia, havia algum tempo que andava com a mania dos solilóquios. Neste momento, notava que as ideias se lhe baralhavam por vezes e era grande seu estado de fraqueza: havia dois dias que, quase se podia dizer, não se alimentava.

Estava de tal modo andrajoso que qualquer outro se vexaria de exibir em pleno dia semelhantes farrapos. No entanto, o bairro tolerava qualquer indumentária. Nas imediações do Mercado do Feno, nas ruas centrais de São Petersburgo, onde vive o operariado, o vestuário mais singular não causa a menor estranheza. Mas um tal desdém por tudo se recalcava na alma do infeliz rapaz que, apesar de seu pudor, demasiadamente ingênuo por vezes, se envergonhava de passear pelas ruas seus trapos.

O caso seria diferente se encontrasse pessoas conhecidas, alguns de seus antigos camaradas, cujas aproximações geralmente evitava. Subitamente parou, ouvindo-se indicado à atenção dos transeuntes por estas palavras pronunciadas em voz irônica: "Vejam, um chapeleiro alemão!" Essas palavras eram ditas por um ébrio que era conduzido, não se sabe para onde, numa carroça.

Com um gesto nervoso tirou o chapéu e pôs-se a olhá-lo. Era de feltro de copa alta, comprado na casa do Zimmerman, muitíssimo usado, esverdeado, com muitas nódoas e buracos, sem abas, pavoroso enfim. No entanto, longe de se sentir ferido em seu brio, o possuidor do estranho chapéu sentiu-se mais inquieto do que humilhado.

"Isto é, na verdade, o pior!", murmurou ele. "Esta miséria... E qualquer coisa pode estragar o *negócio*. Efetivamente este chapéu dá muito na vista, está medonho! Ninguém usa uma coisa assim na cabeça. E então este, que se torna reparado a léguas de distância... Lembrar-se-ão, pode ser um indício... É absolutamente necessário chamar sobre mim a menor atenção possível. As coisas mais insignificantes têm, às vezes, maior importância e é geralmente por isso que a gente se perde..."

Não ia para muito longe; conhecia precisamente a distância entre sua morada e o lugar aonde se dirigia: 730 passos, nem mais nem menos. Contara-os quando o projeto tinha em seu espírito apenas a forma vaga de um sonho. Nesse tempo nem mesmo supunha que tal ideia viesse a tomar corpo e a fixar-se. Limitava-se a acariciar intimamente uma ilusão duplamente pavorosa e irresistível. Mas passara-se um mês, ele começava a ver as coisas por outro aspecto. Conquanto nos solilóquios se lastimasse da pouca energia e irresolução, tinha-se, no entanto, habituado pouco a pouco, malgrado seu, a julgar possível a realização dessa sonhada quimera, a despeito de não confiar ainda muito em si. Vinha agora precisamente repetir o ensaio de seu projeto e, a cada passo que dava, sentia-se mais e mais dominado por uma profunda inquietação.

Com o coração angustiado, os membros rudemente agitados por um tremor nervoso, aproximou-se de um grande prédio, que dava de um lado para o canal e do outro para a rua... O casarão era dividido em muitos compartimentos habitados por criaturas de toda espécie: alfaiates, serralheiros, cozinheiros, alemães de várias categorias, mulheres fáceis, pequenos empregados... Uma multidão entrava e saía pelas duas portas. Três ou quatro criados faziam o serviço. Com grande satisfação não viu nenhum deles. Transposto o limiar, galgou a escada da direita, que já conhecia, estreita e de uma obscuridade que não deixava de lhe agradar. Ali não havia a temer olhos indiscretos.

"Se tenho agora tanto medo, que será quando for de verdade?", pensou quando chegava ao quarto andar. Ali teve de parar; alguns carregadores faziam a mudança da mobília de uma das divisões ocupadas (o nosso homem sabia-o) por um funcionário público alemão e a família. "Com a partida deles, a velha fica sendo a única moradora do andar. Vim em boa ocasião." E puxou o cordão da campainha, que soou fortemente como se fosse de lata, em vez de cobre. Nessas casas, as campainhas são geralmente assim.

Esquecera esse pormenor. O som especial lembrou-lhe algo, porque teve um estremecimento; sentia os nervos numa grande depressão. Um momento depois entreabriu-se a porta e pela fenda a dona da casa examinou o recém-chegado com visível desconfiança; apenas se lhe viam os olhos brilhando na escuridão como pontos luminosos. Mas, vendo os carregadores, sentiu ânimo e abriu a porta. O rapaz entrou para a saleta escura, dividida por um tabique, por trás do qual havia uma pequena cozinha. Diante dele, de pé, uma velha interrogava-o com o olhar. Teria sessenta anos, era baixa e magra, narizinho pontudo e olhar malicioso. Na cabeça descoberta, espalhavam-se os cabelos untados de óleo.

Trazia em volta do magro e seco pescoço, que lembrava uma perna de galinha, um trapo de lã. Apesar do calor, pendia-lhe dos ombros uma capa de peles, surrada e amarela. Tossia frequentemente. Com certeza o rapaz olhou-a de modo singular, porque seus olhos retomaram a expressão de desconfiança.

— Raskólnikov, estudante. Já vim uma vez aqui, há um mês, apressou-se a informar o visitante, pensando que era conveniente mostrar-se amável.

— Recordo-me, *bátuchka*,[1] recordo-me perfeitamente de já ter vindo — respondeu a velha, que não desviava do rapaz os olhos desconfiados.

— Pois muito bem... venho agora também para um negócio da mesma espécie — continuou Raskólnikov, perturbado e surpreso pela desconfiança que inspirava.

"Talvez isso seja feitio dela", pensava o estudante, "mas da outra vez não me pareceu tão desconfiada". A velha fez silêncio por algum

---

[1] Paizinho.

tempo; parecia pensar... Em seguida, indicou a porta do quarto e afastou-se para dar passagem a Raskólnikov.

— Entre, *bátuchka*.

O aposento para onde o rapaz passou era forrado de papel amarelo; pelas janelas, com cortinas de chita, onde havia gerânios, entrava a luz do sol quase no ocaso, iluminando escassamente o quarto. "*De outra vez,* o sol também brilhará assim!...", pensou ele passando uma rápida inspeção em volta, como se quisesse inventariar os objetos que o cercavam e retê-los na memória.

Mas nada havia ali de particular. A mobília, de madeira amarela, era velha. Um sofá derreado, tendo defronte uma mesa oval fazendo frente para um espelho na parede entre duas janelas. Algumas cadeiras, umas insignificantes gravuras representando raparigas alemãs com pássaros nas mãos — eis tudo.

A um lado, diante de um pequeno ícone, ardia uma lâmpada. Mobília e soalho resplandeciam de asseio. "Anda aqui forçosamente a mão de Isabel", pensou o rapaz. Não se via um grão de pó em todo o apartamento. "É preciso vir à casa destas viúvas velhas rabugentas para se ver tal limpeza", monologava, reparando com curiosidade no cortinado de chita que ocultava a porta que dava para outro quarto, onde ele nunca entrara e onde estavam o leito e a cômoda da velha. O apartamento compunha-se desses dois quartos.

— Que quer então? — interrogou asperamente a velha, que, tendo seguido o visitante, se colocou à sua frente, de pé, para lhe ver bem o rosto.

— Apenas penhorar um objeto.

E tirou do bolso um velho relógio de prata, que tinha gravado na tampa um globo; a corrente era de aço.

— Mas ainda não pagou a importância que há tempos lhe emprestei! Sabe que o prazo findou anteontem?

— Virei pagar-lhe os juros deste mês, tenha paciência; espere mais alguns dias.

— Terei paciência ou venderei seu penhor, como eu achar melhor.

— Quanto me dá por este relógio, Alena Ivanovna?

— Não vale nada, *bátuchka*. Já da outra vez lhe emprestei duas notinhas sobre o anel, podendo comprar um novo por um rublo e meio.

— Dê-me quatro rublos e tiro o penhor. Era de meu pai. Hei de receber dinheiro brevemente e...

— Um rublo e meio, descontando já o juro.

— Um rublo e meio! — exclamou o jovem.

— É, se quiser.

E a velha estendia-lhe o relógio. Raskólnikov pegou-o irritado, e ia sair quando refletiu que a usurária era seu único recurso. Além disso, mais alguma coisa o trouxera ali.

— Vamos, deixa lá ver o dinheiro — disse com modo decidido.

A velha remexeu no bolso, procurando as chaves, e passou a outro quarto. Só, no meio da casa, o rapaz pôs-se a escutar atentamente, entregando-se, contudo, a diversas deduções. Ouviu a avarenta abrir o móvel. "Deve ser a gaveta de cima", calculou ele. "Traz as chaves na algibeira direita... todas num argolão de aço... Uma delas muito maior que as outras e dentada, não é certamente a do móvel. É estranho! As chaves dos cofres de ferro têm geralmente esse feitio... Mas, afinal, como tudo isso é infame!..."

A velha voltou.

— Aqui tem, *bátuchka*: eu desconto uma *grivna* por mês de cada rublo, de um rublo e meio hei de tirar 15 copeques, porque o juro é pago adiantadamente. Depois, como pede que espere ainda um mês pelo pagamento dos dois rublos que lhe emprestei, fica me devendo por essa transação vinte copeques, o que atinge um total de 35. Tem, pois, a receber sobre o relógio um rublo e 15 copeques. Pegue lá...

— Como? Então não me dá senão isto?

— Nada mais!

Sem opor a menor objeção, o estudante pegou o dinheiro e ficou a olhar para a mesa, sem pressa de se retirar. Parecia querer dizer ou fazer alguma coisa, mas não sabia o que era.

— É provável, Alena, que brevemente lhe traga outro objeto... uma cigarreira de prata, muito bonita... Emprestei-a a um amigo... quando ele me devolver...

Disse essas palavras com ar comprometedor.

— Bem, veremos, *bátuchka*.

— Até depois... A senhora está sempre sozinha? Sua irmã não lhe faz companhia? — perguntou em tom indiferente, na ocasião em que passava para a antecâmara.

— Mas que tem a ver com minha irmã?

— Nada... Fiz a pergunta sem intenção. E a senhora... Adeus, Alena!

Raskólnikov saiu muito perturbado. Descendo a escada, parou repetidas vezes violentamente confuso; essa confusão cada vez mais aumentava de intensidade. Uma vez na rua, exclamou: "Meu Deus, como tudo isso é repugnante! Será possível que eu... Não! É uma loucura, um absurdo! Como pude ter tão horrível ideia? Pois eu seria capaz de tamanha infâmia? Isso é odioso, ignóbil, nojento!... E, no entanto, durante um mês eu..."

As palavras eram-lhe insuficientes para exprimir a agitação do espírito. A sensação de nojo profundo, que a princípio o oprimia, quando se dirigira à casa da velha, atingira agora tal intensidade, que ele não sabia como escapar a este suplício. Caminhava como um ébrio, não vendo quem passava, esbarrando em todo mundo. Na rua imediata, serenou um pouco. Olhando em redor, viu uma taverna; uma escada que descia do passeio dava ingresso ao subterrâneo. Viu que saíam dali bêbados que se amparavam, dizendo injúrias mutuamente.

Hesitou um momento, depois desceu a escada. Nunca entrara numa taverna, mas, neste momento, a cabeça girava e ele sentia uma sede terrível. Apeteceu-lhe beber cerveja. Depois de sentar-se a um canto sombrio, pediu cerveja gelada e bebeu de um trago o primeiro copo.

Experimentou grande alívio. Seu espírito se desanuviou. "Tudo isso é absurdo", pensou, esperançado, "e realmente não havia motivo para me assustar. Era apenas um incômodo passageiro! Um copo de cerveja e um pedaço de bolacha e num momento reaverei a minha lucidez e minha energia! Oh, como tudo isso é mesquinho!". Apesar dessa conclusão desdenhosa, sua aparência era outra, como se repentinamente o tivessem aliviado de um grande peso. Olhava amigavelmente para toda a gente; mas, ao mesmo tempo, desconfiava que fosse transitório este regresso da energia.

Havia pouca gente na taverna. Após os dois ébrios, saíram cinco músicos e uma moça com uma harmônica. No estabelecimento havia relativo sossego, porque só restavam três pessoas. Um sujeito ligeiramente embriagado, denunciando a origem burguesa, estava sentado em frente de uma garrafa de cerveja. Junto dele, dormitava num banco, completamente bêbado, um homenzarrão de barba grisalha, vestindo um curto sobretudo.

De vez em quando, despertava sobressaltado. Espreguiçava-se, dava estalidos com os dedos, entoando uma canção sem nexo, cuja continuação procurava na confusa memória:

Du...rante um ano a...mou sua mulher.
Durante um ano amou sua mu...lher.

Ou então, de repente, como que despertando de novo:

Caminhando pela Podiatcheskaia,
Encontrou a antiga companheira...

Mas ninguém se associava à sua alegria: o companheiro ouvia silencioso, com ar enfadado. O terceiro bebedor parecia um antigo funcionário público. Sentado a um canto, levava, de quando em quando, o copo à boca e passava os olhos pela sala. Também parecia possuído de certa agitação.

Capítulo II

Raskólnikov não estava habituado à multidão e, como já dissemos, havia algum tempo evitava encontrar-se com seus semelhantes. Mas agora sentia subitamente necessidade da convivência. Parecia operar-se nele uma transformação; o instinto de sociabilidade readquiria seus direitos. Votado todo um mês aos sonhos doentios que a solidão produz, o jovem estava tão fatigado de seu isolamento que precisava avistar-se, embora só por momentos, com alguém. Assim, por pouco decente que fosse a taverna, ocupava seu lugar com verdadeira satisfação.

O dono da casa estava em uma outra sala, mas aparecia frequentemente. As suas grandes botas de canos encarnados despertavam a atenção geral. Vestia um sobretudo e um colete de cetim preto coberto de nódoas, sem gravata. Todo o estabelecimento parecia untado de azeite.

Ao balcão estava um rapaz de 14 anos e outro ainda, mais novo, servia a clientela. Os pratos consistiam em rodelas de pepino, bolacha preta e postas de peixe, exalando tudo um cheiro nauseabundo. O calor era asfixiante e o ar tão saturado de vapores alcoólicos, que parecia dever-se ficar embriagado após cinco minutos de permanência.

Acontece às vezes encontrarmos pessoas desconhecidas por quem nos interessamos à primeira vista, antes mesmo de termos trocado com elas uma palavra. Foi precisamente esse o efeito que produziu em Raskólnikov o indivíduo que tinha aparência de funcionário aposentado. Mais tarde, lembrando essa primeira impressão, o jovem atribuiu-a a um pressentimento. Não desviava os olhos do homem, naturalmente porque ele não cessava de o olhar, parecendo desejar travar palestra. A outros fregueses e ao dono da taverna, encarava-os o desconhecido com altivez, como pessoas muito inferiores à sua condição social.

Este homem, de mais de cinquenta anos, era de estatura mediana e aparência robusta. A cabeça, quase calva, conservava raros cabelos grisalhos. O rosto cheio, amarelo-esverdeado, denunciava intemperança; entre as pálpebras inchadas brilhavam os pequenos olhos, avermelhados e penetrantes. A característica dessa fisionomia era o olhar, onde brilhavam a chama da inteligência e uma vaga expressão de loucura. Vestia um velho e roto casaco preto, com um único botão, onde se pendurava o último resquício de respeitabilidade. O colete, cor de barro, deixava ver o peito da camisa, amarrotado e sujo. A ausência de barba e bigode denunciava o funcionário, mas devia ter-se barbeado há muito, porque uma espessa camada de pelos lhe azulava o rosto. Em seus modos havia alguma coisa de gravidade burocrática; no entanto, neste momento, parecia comovido; passava os dedos pelos raros cabelos, e, de vez em quando, apoiando-se à mesa viscosa sem se preocupar com os cotovelos esburacados, encostava a cabeça às mãos. Subitamente, disse em voz alta, voltado para Raskólnikov.

— Não serei indiscreto dirigindo-lhe a palavra? É que, a despeito de seu traje, vejo no senhor um homem de educação e não um frequentador de tavernas. Sempre apreciei a boa educação aliada aos dotes de coração. Pertenço ao *Tchin*;[2] permita-me que me apresente: Marmêladov, conselheiro titular. É empregado?

---

[2] *Tchin* (*tchinóvinik*): a classe dos funcionários.

— Não, senhor; estudante — respondeu Raskólnikov, surpreendido com aquela polidez de linguagem, e um pouco perturbado, ao ver um desconhecido dirigir-lhe a palavra sem mais nem menos. Conquanto nesse momento se sentisse disposto à convivência sentia que se apossava dele o mau humor que experimentava sempre que um desconhecido tentava entabular relações com ele.

— Então é ou foi estudante — continuou o outro. — Exatamente o que eu imaginava! Nunca me engano... a minha longa experiência!...

E levou a mão à fronte, como a indicar suas grandes faculdades cerebrais.

— Foi ou ainda é um aluno de faculdade! Mas com sua licença...

Ergueu-se, bebeu o resto da cerveja e foi sentar-se ao lado de Raskólnikov. Apesar de já estar embriagado falava corretamente. Quem o visse cair sobre Raskólnikov como sobre uma presa, julgaria que também ele havia muito não falava.

— Senhor, recomeçou com ar grave, a pobreza não é vício, evidentemente! Sei também que a embriaguez não é uma virtude, o que é lastimável! Mas a indigência, a indigência é um vício. Na pobreza, conserva-se ainda um pouco da dignidade natural de nossos sentimentos; na indigência nada se conserva. O indigente nem sequer é expulso a cacetadas da sociedade; é a vassouradas, o que é muito mais humilhante! E há realmente nisso razão: porque o indigente é sempre o primeiro a aviltar-se. Aí está a significação da taverna! Senhor, há um mês o sr. Lebeziátnikov bateu em minha mulher. Ora, tocar em minha Catarina é ferir-me na corda mais sensível! Percebe? Dê-me licença para que lhe faça ainda outra pergunta, por simples curiosidade. Já passou uma noite no Neva, deitado num barco de feno?

— Não. Nunca me sucedeu isso. Por quê?

— Pois bem, há cinco noites que eu durmo lá.

Encheu o copo que bebeu dum trago e ficou pensativo. Realmente, na roupa e nos cabelos viam-se-lhe, aqui e acolá, pedaços de feno.

Naturalmente havia cinco dias que não se despia nem se lavava. Nas grossas e avermelhadas mãos com unhas orladas de negro, a imundície se tornava mais evidente.

Na taverna todos o ouviam sem dar maior importância ao arrazoado. Por trás do balcão os empregados riam. O patrão fizera sua entrada na sala, certamente para ouvir essa estranha criatura. Sentado a distância bocejava com um ar importante. Marmêladov era evidentemente muito conhecido na casa e sua loquacidade era devida ao hábito de conversar na taverna com as pessoas com quem o acaso o fazia encontrar. Para alguns bêbados esse hábito converte-se numa necessidade, especialmente para aqueles que, em casa, são rudemente tratados pelas mulheres pouco generosas; a consideração que lhes falta em casa, procuram-na nas tascas entre companheiros de orgia.

— Que grande pândego! — exclamou o taverneiro. — Mas por que não trabalhas, por que não vais ao serviço, já que és funcionário?

— Por que não trabalho? — respondeu Marmêladov, dirigindo-se a Raskólnikov, como se fosse dele que partisse a pergunta. — Por que não trabalho? E não será um desgosto para mim ser um inútil? Quando o sr. Lebeziátnikov com as próprias mãos bateu em minha mulher, enquanto eu, perdido de bêbado, assistia à cena, não sofri imensamente? Perdão, meu amigo, já lhe sucedeu... sim... já lhe aconteceu pedir sem esperança um empréstimo?

— Sim... mas o que quer dizer com as palavras *sem esperança*?

— Quero dizer, sabendo antecipadamente que não consegue o que pretende. Suponhamos: o senhor tem certeza de que este homem, este bom e honrado cidadão, não lhe emprestará dinheiro; por que razão, enfim... Sim, por que razão lhe havia de emprestar, se sabe que o senhor não paga? Por compaixão? Mas o sr. Lebeziátnikov, apóstolo das ideias novas, explicou há dias que a compaixão atualmente é até condenada pela ciência, e que essa é a doutrina corrente na Inglaterra, onde a economia política é o que o senhor sabe. Por que razão, repito, havia este homem de emprestar-lhe dinheiro? O senhor tem a certeza de que ele não empresta, no entanto dirige-se a ele e...

— Para que, nesse caso, se há de dirigir a ele? — interrompeu Raskólnikov.

— Porque é necessário ir a alguma parte, desde que se precise de dinheiro. Há ocasiões em que a gente se decide, quer queira, quer não, a fazer uma tentativa! Quando minha filha, a única, foi fichada, tive de ir também... (porque minha filha tem carteira amarela)[3] acrescentou — olhando desconfiado para Raskólnikov. Isso me é perfeitamente indiferente, senhor, apressou-se a declarar com aparente calma, ao passo que, por trás do balcão, os dois rapazes mal continham o riso e o próprio patrão sorria. Pouco se me dá, não me importo com suas piscadelas de olhos, porque toda a gente sabe disso e não há segredo que não se descubra; não é com desprezo, mas com resignação que encaro esse caso. Está bem, está bem! *Ecce homo!* Mas diga-me, o senhor pode ou atreve-se, olhando-me agora, a negar que sou um porco?

Raskólnikov não respondeu.

O orador esperou, com um grande ar de serena dignidade, que cessassem as gargalhadas que suas últimas palavras tinham provocado e continuou:

— Mas, embora eu seja um porco, ela é uma dama! Tenho em mim as características do animal; mas Catarina Ivanovna, minha esposa, é uma criatura de fina educação, filha de um oficial superior. Bem sei que sou um relaxado, mas minha mulher tem um bom coração, sentimentos nobres e educação esmerada. E portanto... Oh! se ela tivesse pena de mim! Senhor, todo mundo precisa encontrar compaixão em alguém! Mas Catarina, apesar de sua boa alma, é injusta. E, conquanto eu compreenda perfeitamente que, quando ela me puxa os cabelos, é em meu interesse (sim, não tenho dúvida em repetir: ela puxa-me

---

[3] Carteira de identidade amarela, fornecida às prostitutas.

os cabelos, insistiu com um gesto de altivez, ouvindo novas risadas) desejava, meu Deus, e ainda que não fosse senão uma vez, que ela... Mas não, não falemos nisso. Nem uma só vez obtive o que desejava, nem uma só vez teve piedade de mim, mas... seu gênio é assim, sou mesmo um animal!

— Creio! — respondeu o taverneiro, bocejando.

Marmêladov deu um murro na mesa.

— Sou assim! Sabe, senhor, eu até lhe bebi as meias, veja bem! Os sapatos, vá lá... mas as meias? Pois bebi suas meias. E bebi seu xale de lã de cabrito, com que a tinham presenteado, um objeto que já lhe pertencia quando solteira, que era propriedade dela, que devia ser sagrado para mim. E vivemos num quarto frigidíssimo, onde ela este inverno apanhou um horrível resfriado e tosse, a ponto de expectorar sangue! Temos três filhos, e Catarina trabalha o dia todo, lava roupa e os pequenos, porque desde criança é asseada. Infelizmente é de constituição débil, tem predisposição para a tuberculose e, Deus sabe quanto, eu sofro com isso. Então não sofro? Quanto mais bebo, mais sinto essa amargura. E é para sentir e sofrer mais que me embriago... Bebo porque quero sofrer duplamente.

E inclinou a cabeça sobre a mesa, acabrunhado.

— Meu caro — continuou ele empertigando-se —, parece-me estar lendo algum desgosto em sua fisionomia. Logo que o vi tive essa impressão, e foi essa a razão por que lhe falei. Se lhe conto minha vida, não é pelo prazer de me expor às gargalhadas desses idiotas que, afinal, há muito sabem tudo. Não, é porque necessito da solidariedade de um homem bem-educado. Saiba que minha mulher foi educada num colégio aristocrático da província e que, ao sair de lá, dançou diante do governador e outras autoridades, tal era a alegria por ter obtido medalha de ouro e diploma.

"A medalha... vendemo-la há muito tempo... O diploma, minha mulher conserva-o numa caixa e, ainda há pouco, o mostrou à nossa hospedeira. Apesar de estar a ferro e fogo com essa mulher, ou por isso, gosta de lhe pôr diante do nariz esse papel que representa as glórias passadas. Não levo isso a mal, porque atualmente seu único prazer é recordar o bom tempo ido. Tudo o mais desapareceu como fumaça! Sim, sim, ela tem uma alma ardente, nobre, acolhedora. Em casa, come pão preto, mas não suporta que lhe faltem com o respeito. Não tolerou a bestialidade do sr. Lebeziátnikov, e, quando para se vingar de ela lhe ter dado uma boa lição, ele lhe bateu, ficou de cama, sofrendo mais com a ofensa feita à sua dignidade do que com as pancadas.

"Quando casamos, ela era viúva com três filhos. Casara em primeiras núpcias com um oficial de infantaria, que a raptara. Amava muito o marido; mas ele jogava, teve suas complicações com a justiça e morreu. Nos últimos tempos, batia-lhe. Sei que ela não o tratava muito bem; no entanto, a recordação desse primeiro homem ainda lhe enche os olhos de lágrimas, e não se farta de fazer entre ele e mim comparações pouco agradáveis para meu brio. Eu até gosto; consola-me a ideia de que ela pense que já foi feliz algum dia.

"Após a morte do marido, ficou só com as três crianças, numa região distante e selvagem. Foi lá que eu a encontrei.

"A sua sorte era tal, que eu, que tenho conhecido todas as misérias, nem tenho palavras para a descrever. Todos os parentes a tinham abandonado; aliás, seu orgulho não lhe permitiria recorrer à compaixão dos seus... Então eu, que também era viúvo, e tinha uma filha de 14 anos, ofereci minha mão a essa pobre criatura, tanta dó me causou ela.

"Instruída, prendada, de uma família honrada, consentiu, mesmo assim, em casar comigo; por isso pode imaginar em que situação ela se encontrava. Ouviu o meu oferecimento com lágrimas, soluçando, torcendo as mãos, mas aceitou-o, porque não tinha outro caminho a seguir. Percebe bem a significação destas palavras: 'não tinha outro caminho a seguir?' Não? O senhor ainda não pode compreender estas coisas!...

"Durante um ano cumpri lealmente minha palavra, sem pensar sequer nisto (e indicou a garrafa), porque tenho caráter. Mas nada ganhei com isso; entretanto perdi meu emprego, sem que tivesse incorrido na menor falta; meu emprego foi suprimido por questões de ordem administrativa, e foi, desde então, que comecei a beber!

"Vai em 18 meses que, depois de muitos dissabores e de uma vida errante, fixamos residência nesta magnífica capital, plena de admiráveis monumentos. Aqui consegui empregar-me novamente, mas de novo perdi o lugar. Dessa vez, foi minha a culpa; foi meu vício que deu margem a tal desgraça... Agora vivemos num cubículo, em casa de Amália Fedorovna Lippelvechzel. Se me perguntar como vivemos e como o pagamos, não lhe saberei responder. Afora nós, há lá muitos inquilinos. É um verdadeiro cortiço... Entretanto, a filha que tive de minha primeira mulher ia crescendo. O que ela sofreu por parte da madrasta não é coisa que se conte.

"Apesar de ser dotada de belos sentimentos, Catarina é uma criatura irascível, incapaz de conter os arrebatamentos de seu gênio. Sim, mas para que falar nisso? Também, como deve compreender, Sônia não teve grande instrução. Há quatro anos tentei ensinar-lhe geografia e história universal, mas, como não sou muito forte nessas matérias, e além disso não podia ter bons livros, os estudos não avançaram muito. Ficamos em Ciro, rei da Pérsia. Depois, quando chegou à adolescência, leu romances. O sr. Lebeziátnikov emprestou-lhe, não faz muito tempo, a *Fisiologia,* de Ludwig. Conhece? Sônia achou a obra muito interessante; leu-nos alguns trechos. Nisso se resume sua cultura.

"Agora, meu caro, diga-me sinceramente: pensa, em face da razão, que é possível a uma moça pobre, mas honesta, viver somente de seu trabalho? Se ela não possuir algum dom especial, ganhará 15 copeques diários, e, ainda assim, para atingir essa soma, não pode perder um instante! Que estou dizendo? Sônia fez umas seis camisas de pano de Holanda para o conselheiro Ivanovitch Klopstock — já ouviu falar nele? —, pois bem, não só não lhe pagou, mas pô-la na rua com uma descompostura, a pretexto de que a rapariga não tinha tomado bem a medida dos colarinhos.

"Enquanto isso sucedia, os pequenos tinham fome... Catarina Ivanovna passeava no quarto torcendo as mãos desesperadamente, com as faces afogueadas pelas rosetas escarlates que anunciam a marcha da terrível moléstia. 'Mandriona', increpara ela à pequena, 'não tens vergonha de viver nesta casa sem trabalhar? Comes, bebes, dormes!' O que podia a pobre comer e beber, se havia três dias que nem as crianças viam uma fatia de pão! Eu estava então doente, de cama... isto é, estava com uma grande bebedeira. Ouvi Sônia dizer timidamente com sua linda vozinha (ela é loura e o rosto muito pálido parece o de uma santa): 'Mas, Catarina Ivanovna, eu posso fazer tal infâmia?'

"Devo dizer que já por umas três vezes uma tal Dária Frantzovna, criatura indigna, muito conhecida da polícia, lhe fizera propostas por intermédio de nossa senhoria. 'Pois então!', replicou, enfurecida e irônica, Catarina, 'um tesouro desses deve-se guardar preciosamente!'. Não a acuse, senhor, não a acuse! Ela nem conhecia o alcance de suas palavras; estava aturdida, doente, vendo as crianças esfomeadas, chorando, e o que dizia era mais para irritar Sônia do que para a arrastar à prostituição... Catarina Ivanovna é assim: se ouve chorar os filhos, bate-lhes, ainda mesmo que eles chorem com fome. Já tinham dado seis horas quando eu vi a Sonetchka pôr a capa e sair.

"Às nove horas voltou, foi direto a Catarina e, sem dizer uma palavra, pôs trinta rublos na mesa, diante de minha esposa. Depois, pegou em nosso grande lenço verde (que serve a toda a família), embrulhou nele a cabeça e deitou-se na cama, voltada para a parede e tremendo constantemente. Vi Catarina, sem fazer o menor ruído, ajoelhar-se junto da caminha dela e ali passou a noite beijando os pés de minha filha. Depois adormeceram nos braços uma da outra... ambas... ambas... ambas... sim, e eu no mesmo estado, perdido de bêbado!"

Marmêladov calou-se, como se a voz lhe tivesse faltado. Encheu bruscamente o copo, bebeu-o de um trago e continuou após curto silêncio:

— Desde esse dia, senhor, em consequência de uma desgraçada circunstância, e por uma vilíssima denúncia de criaturas infames (Dária Frantzovna tomara parte ativa e principal nesse negócio e queria vingar-se de uma suposta falta de consideração), desde esse dia minha filha ficou fichada no registro policial, vendo-se obrigada a deixar-nos. Nossa hospedeira, Amália Fedorovna, mostrou-se inflexível a esse respeito, esquecendo que ela própria favorecera em tempo as intrigas de Dária Frantzovna.

"O sr. Lebeziátnikov afinou pelo mesmo tom... Foi por causa de Sônia que Catarina teve com ele a questão de que lhe falei. Primeiramente, era muito assíduo junto de Sonetchka; mas, repentinamente, seu orgulho revoltou-se.

"'É admissível que um homem de minha condição', disse ele, 'possa viver na mesma casa com tal criatura?' Catarina tomou o partido de Sônia, o que deu em resultado acabar tudo em pancada... Agora nossa filha nos visita geralmente à tardinha e auxilia, quando pode, Catarina Ivanovna. A pobrezinha está hospedada em casa de Kapernáumof, um alfaiate coxo e gago.

"Tem família grande e todos os filhos gaguejam como ela. A mulher tem também qualquer coisa na língua... Vivem todos no mesmo quarto, mas Sônia ocupa um aposento especial, separado por um tabique da parte que eles habitam... Hum!... gente paupérrima e toda gaga... sim... Certa manhã, levantei-me, vesti meus farrapos, levantei as mãos ao céu e fui procurar S. Exa. Ivã Afanasiévitch. Conhece S. Exa. Ivã Afanasiévitch? Pois então não conhece um santo. Aquilo é um círio a iluminar a face do Senhor!

"A minha triste história, que S. Exa. se dignou ouvir com o maior interesse, comoveu-o até as lágrimas. 'Vamos Marmêladov', disse ele, 'já uma vez faltaste ao que prometeras, mas consinto em tomar-te sob minha responsabilidade pessoal.' Foram suas palavras. 'Vê se te lembras disso e vai com Deus!' Beijei a sola de suas botas, em pensamento, é claro, porque ele nunca consentiria que eu fizesse tal; é um homem excessivamente saturado das ideias novas, para poder admitir semelhantes homenagens. Ah, meu Deus, como me receberam em casa quando avisei de novo que ia trabalhar, ter ordenado..."

A comoção estrangulou outra vez a voz de Marmêladov. Nesse momento, a taverna foi invadida por alguns indivíduos meio bêbados. À porta tocavam realejo, e a voz fraca de um menino de sete anos cantava a *Cabana*. Na sala, o barulho aumentava. Patrão e criados andavam numa roda-viva, servindo os fregueses. Sem atentar no que se passava, Marmêladov continuou sua história. A embriaguez, aumentando, tornava-o mais expansivo. Recordando sua volta ao serviço, a fisionomia iluminava-se com um raio de alegria. Raskólnikov não perdia uma só de suas palavras.

— Isso foi há umas cinco semanas. Sim... Logo que Catarina Ivanovna e Sonetchka receberam a notícia, senti-me como que levado ao paraíso! Dantes não ouvia senão injúrias: "Deita-te, besta!" Agora andavam com mil cuidados, nos bicos dos pés, mandavam calar as crianças: "Chut! Simão Zakáritch está cansado de trabalhar, deixem-no descansar!" De manhã, antes de sair, davam-me uma xícara de café com leite. Compravam bom leite, sabe? E onde iriam elas arranjar 11 rublos e cinquenta copeques para me vestir? Sei lá! Sei apenas que me vestiram dos pés à cabeça, boas botas, excelentes camisas, um uniforme, tudo muito bem feito e por 11 rublos e meio.

"Na primeira manhã em que voltei do trabalho, Catarina Ivanovna cozinhara dois alimentos como nunca víramos antes: sopa e carne com legumes. Ela não possuía roupas decentes; no entanto, vestiu-se como se fosse receber visita, com os cabelos bem penteados e um colar em volta do pescoço; lá estava ela, uma pessoa completamente diferente, uma pessoa jovem e de melhor aspecto. 'Sônia, a minha queridinha, ajudou com dinheiro economizado', disse ela, 'para quando pudesse visitar-nos sem que ninguém a visse entrar, já tarde da noite.' O senhor me ouve! Deitei-me para um cochilo depois do jantar e, apesar de Catarina Ivanovna ter discutido com nossa senhoria, Amália Fedorovna, somente há uma semana, não pôde resistir ao desejo de convidá-la para tomar café. Levaram duas horas sentadas cochichando: 'Simão Zakáritch já trabalha novamente e recebendo um salário', disse ela, "ele mesmo dirigiu-se a S. Exa., que foi até ele, deixando os demais esperando e conduziu-o a seu gabinete.' O senhor me ouve! 'Certamente', disse Sua Exa., 'Simão Zakáritch, recordando seus serviços passados e a despeito de sua propensão para a falta de juízo, e desde que promete agora e por ter sentido sua ausência...' O senhor me ouve! Continuou S. Exa. 'Confio em sua palavra de cavalheiro.' Catarina Ivanovna não contava tudo isso para blasonar-se, acreditava realmente em sua fantasia. E eu não a reprovo, absolutamente não a reprovo.

"Há seis dias, quando levei para casa meu ordenado intacto, 23 rublos e quarenta copeques, minha mulher beliscou-me e chamou-me: 'Meu petisco.' Nós estávamos a sós, é claro. Não acha que ela foi amável?"

Marmêladov tentou sorrir, mas um tremor súbito agitou-lhe o queixo. Por fim, conseguiu dominar a comoção. Raskólnikov não sabia o que pensar desse tipo singular, bêbado havia cinco dias, dormindo nos barcos de feno e denunciando, apesar de tudo, uma afeição doentia pela família. Ouvia-o com a máxima atenção, mas com um grande mal-estar. Arrependia-se de ter entrado ali.

— Senhor, senhor! — continuou Marmêladov. — Talvez ache, como os outros, que isso é ridículo, talvez eu o esteja aborrecendo contando-lhe todos esses miseráveis pormenores de minha vida doméstica, mas para mim não são ridículos; sinto tudo isso... Durante esse bendito dia, tive sonhos lindos: pensava na organização de nossa casa, em vestir as crianças, em dar uma vida tranquila à minha mulher, desviar da abominação minha filha... Quantos projetos concebi! Pois bem, senhor, (Marmêladov estremeceu repentinamente, ergueu a cabeça e fitou seu interlocutor) no dia seguinte, há precisamente cinco dias, depois de ter acariciado todos esses sonhos, como um ladrão, roubei a chave de Catarina Ivanovna e tirei do cofre o resto do dinheiro que lhe levara. Quanto? Não me lembro. Eis aí. Há cinco dias abandonei minha casa; os meus não sabem o que foi feito de mim; perdi o emprego; deixei meu terno numa taverna perto da ponte de Egipciétski, e deram-me em troca estes andrajos. Ora aqui está!

Deu um murro na cabeça, rangeu os dentes e, cerrando os olhos, encostou-se na mesa... Momentos depois, sua fisionomia mudou bruscamente de expressão, olhou para Raskólnikov com mal simulado cinismo e disse rindo:

— Fui hoje à casa de Sônia pedir dinheiro para beber. Eh! Eh! Eh!

— E ela te deu? — perguntou rindo um dos recém-chegados.

— Esta meia garrafa foi paga com seu dinheiro — respondeu ele, dirigindo-se a Raskólnikov. — Foi buscar trinta copeques e entregou-nos com as próprias mãos; era tudo o que tinha, que eu bem vi... Ela não disse nem uma palavra, pôs-se a olhar para mim... Uns olhos que não são da Terra, como os dos anjos que choram as culpas humanas, mas que não as condenam! É muito mais penoso assim, quando não nos censuram!... Trinta copeques, sim. E talvez lhe façam muita falta! Que lhe parece, meu caro senhor? Ela agora precisa andar bem-trajada; essa elegância que é preciso manter em sua condição sai caro. Compreende? É preciso ter pomada, saias engomadas, bonitas, que favoreçam o pé ao saltar uma poça d'água. Compreende bem que importância tem tudo isso? Pois fui eu, seu pai, quem lhe arrancou esses trinta copeques para beber! E bebo-os! E já estão bebidos!... Ora, quem há de ter dó de um homem como eu? Agora, senhor, ainda terá compaixão de mim? Diga, senhor — mereço sua compaixão? Sim ou não?

Agarrou novamente a garrafa, mas viu que estava vazia.

— Por que se há de ter dó de ti? — interrogou o taverneiro.

Ouviram-se gargalhadas entrecortadas de injúrias. Dir-se-ia que o beberrão apenas esperava a pergunta do taverneiro para dar larga expansão à sua verbosidade. Ergueu-se e, estendendo o braço, disse:

— Por que hão de ter compaixão de mim? — gritou exaltado. — Dizes tu, por que hão de ter pena de mim? É verdade, não há razão! Crucifiquem-me, preguem-me numa cruz e não me lastimem. Crucificai-me, juiz, mas, crucificando-me, tende piedade de mim. Então irei voluntariamente para o suplício, porque não tenho sede de alegria, mas sim de dores e de lágrimas! Julgas tu, traficante, que a tua meia garrafa me deu algum prazer? Busquei a tristeza, a tristeza e as lágrimas, no fundo dela, encontrei-as e saboreei-as; mas Aquele que teve dó de todos os homens, Aquele que compreendeu tudo, Aquele que terá piedade de nós, é o único Juiz. Virá no último dia e perguntará: "Onde está a filha que se sacrificou por uma madrasta invejosa e tuberculosa, por crianças que não eram seus irmãos? Onde está a filha que teve compaixão de seu pai terrestre e não repudiou horrorizada esse bêbado devasso?" E Ele dirá: "Vem! Eu já te perdoei uma vez... Já te perdoei uma vez... Agora mesmo todos os teus pecados serão perdoados porque muito amaste..." E Ele há de perdoar à minha Sônia, Ele perdoará bem o sei... Senti-o há pouco, aqui, no coração, quando estava em casa dela! Todos serão julgados por Ele, e Ele a todos perdoará: aos bons e aos maus, aos audazes e aos humildes... E, quando tiver acabado com esses, chegará nossa vez: "Aproximai-vos vós, também", nos dirá Ele, "aproximem-se os bêbados, os covardes, os devassos...". E aproximar-nos-emos sem receio. E Ele nos dirá: "Vós sois uns porcos, sois umas bestas; mas não importa, vinde." E os justos e os inteligentes dirão: "Senhor, por que recebes esses?" E Ele responderá:

"Recebo-os, justos, recebo-os, inteligentes, porque nenhum deles se julgou digno desse favor..." E Ele estender-nos-á os braços, onde nos lançaremos banhados em lágrimas... Compreenderemos tudo... Então todos compreenderão tudo... Catarina Ivanovna também... Senhor, venha a nós o Vosso Reino...

Cansado, deixou-se cair no banco, sem olhar para ninguém. Estranho a tudo que o cercava, absorveu-se em profunda meditação. Suas palavras produziram alguma impressão; por um momento cessou o ruído, mas logo recomeçaram as gargalhadas e os insultos.

— Falou muito bem!
— Que estopada!
— Burocrata!
— Vamo-nos daqui, senhor — disse subitamente Marmêladov, erguendo a cabeça e dirigindo-se a Raskólnikov. — Acompanhe-me à casa de Kozel, no pátio. É tempo de voltar... à casa de Catarina Ivanovna...

Desde muito que Raskólnikov desejava sair; pensava mesmo em oferecer seu auxílio a Marmêladov, que, sentindo as pernas mais fracas do que a voz, se apoiava no companheiro. A distância a andar era de duzentos a trezentos passos. À medida que o bêbado se aproximava de seu domicílio parecia cada vez mais inquieto e perturbado.

— Não é Catarina Ivanovna que eu receio agora balbuciou ele em meio à emoção —, tenho certeza de que me puxará pelos cabelos... mas isso não me importa! Desejo mesmo que ela me puxe por eles! Não é isso que eu temo... Mas tenho medo de seus olhos, das rosetas de suas faces. Assusta-me também sua respiração. Reparou como os tuberculosos respiram, quando estão possuídos de uma comoção violenta? Apavora-me o choro das crianças... Porque, se Sônia não lhes acudisse, nem eu sei como teriam vivido!... Das pancadas não tenho medo... Saberá, senhor, que essas pancadas não só não me fazem sofrer, mas até são para mim um prazer... Parece que não posso viver sem elas. Antes assim. Ela pode bater-me à vontade, se com isso minora seu sofrimento... mas vale isso. Aqui está a casa. Casa Kozel. O dono é um rico serralheiro alemão... Acompanha-me?

Depois de terem atravessado o pátio começaram a subir para o quarto andar. Eram quase 11 horas, e, conquanto, por assim dizer, naquela época do ano quase não haja noite em São Petersburgo, quanto mais subiam, mais negra era a escada, no alto da qual reinava a mais completa escuridão.

A porta enegrecida pela fumaça, que dava para o patamar, estava aberta. Um coto de vela bruxuleante iluminava um pequeno quarto extremamente pobre. Esse compartimento, que se via completamente da porta, estava no maior desarranjo. Pelo chão viam-se espalhadas roupas de crianças. Um lençol esburacado isolava uma parte do quarto, a mais afastada da porta. Além desse improvisado biombo, havia talvez uma cama. O quarto não continha mais do que duas cadeiras e um divã, coberto com oleado, tendo em frente uma mesa de cozinha, ordinária, despolida e sem resguardo. Sobre essa mesa acabara de arder num castiçal de ferro um coto de vela. Marmêladov tinha sua instalação à parte, não num canto do apartamento, mas num corredor. A porta que dava para os quartos dos outros inquilinos estava entreaberta. Toda essa gente fazia um ruído ensurdecedor. Certamente tinham-se reunido para jogar e tomar chá. Ouviam-se gritos, gargalhadas e às vezes palavrões.

Raskólnikov reconheceu imediatamente Catarina Ivanovna. Era alta, magra, elegante, mas de aspecto muito emaciado. Tinha ainda um lindo cabelo castanho e, como dissera Marmêladov, rosetas nas faces. Com os lábios contraídos e as mãos apertando o peito, passeava pelo quarto. Sua respiração era curta e desigual. O olhar brilhante de febre, duro e imóvel. Iluminada pela luz bruxuleante da vela, sua fisionomia de tuberculosa dava uma impressão triste. A Raskólnikov pareceu que Catarina não teria mais de trinta anos; era realmente muito mais nova do que o marido... Não deu pela chegada dos dois; dir-se-ia que perdera as faculdades auditivas e visuais.

Embora o calor no quarto fosse sufocante e da escada subissem exalações infectas, não pensava em abrir a janela, nem em fechar a porta do patamar; a porta interior, apenas entreaberta, deixava passar espessas fumaradas de tabaco que lhe provocavam a tosse, mas de que ela não procurava libertar-se.

A pequena mais nova, de uns dois anos, dormia, sentada no chão, com a cabeça apoiada no divã; o rapaz, mais velho do que ela um ano, tremia e chorava a um canto; percebia-se que lhe tinham batido. A mais velha, uma menina de nove anos, magra e alta, vestia uma camisa esburacada; cobria-lhe os ombros nus uma capa velha de pano que teria sido feita para ela dois anos antes e que agora mal chegava aos joelhos.

De pé, a um canto, junto do irmão, com seu comprido braço, magro como um pavio, em volta do pescoço do pequeno, falava-lhe baixinho, sem dúvida tentando fazê-lo calar-se, seguindo ao mesmo tempo a mãe com o olhar assustado! Os grandes olhos negros, esgazeados pelo pavor, pareciam ainda maiores no pequeno rosto descarnado.

Marmêladov, em vez de entrar, ajoelhou-se à porta, mas, com um gesto, convidou Raskólnikov a adiantar-se. A mulher, vendo um desconhecido, parou distraidamente diante dele, e, durante um segundo, procurou explicar a si própria a presença daquele personagem ali. "Que virá este homem fazer?", perguntou a si própria. Mas veio-lhe logo à ideia que ele procurava outros inquilinos, visto que o quarto de Marmêladov dava passagem para outros compartimentos. Assim, sem ligar atenção ao desconhecido, ia abrir a porta de comunicação, quando, de repente, soltou um grito; acabava de ver o marido, de joelhos, no limiar.

— Ah, voltaste! — gritou ela com a voz trêmula de cólera. — Celerado! Monstro! Que fizeste do dinheiro? Que tens nos bolsos? Deixa ver! Essa não é tua roupa! Que fizeste dela? Que fizeste do dinheiro? Responde!

Revistou-o. Longe de opor resistência, Marmêladov afastou os braços para facilitar a busca nos bolsos. Não tinha consigo um só copeque.

— Onde está então o dinheiro? — perguntou ela. — Oh, meu Deus, pois será possível que ele tenha bebido tudo! Havia ainda 12 rublos na gaveta!...

E, num grande assomo de raiva, agarrou o marido pelos cabelos e puxou-o com força para dentro. A serenidade de Marmêladov não se alterou; seguiu docilmente sua mulher arrastando-se de joelhos atrás dela.

— Isto enche-me de consolo! Não creia que isto seja para mim um sofrimento, mas sim um prazer, senhor! — exclamava ele, ao passo que Catarina Ivanovna lhe sacudia com força a cabeça, chegando mesmo a bater com ela no soalho.

A criança que dormia no chão acordou chorando. O menino, de pé ao canto, não pôde suportar tal espetáculo, pôs-se a gritar e correu para a irmã. Parecia presa de uma convulsão, tal era o medo. A filha mais velha tremia como uma vara.

— Bebeu tudo! tudo! — rugiu Catarina com desespero. — E não traz a roupa! Eles têm fome! — gritava ela, torcendo as mãos e indicando as crianças. — Oh, vida, três vezes maldita! E o senhor não tem vergonha de vir aqui após ter saído da taverna? — gritou, investindo contra Raskólnikov. — Tu bebeste com ele, hein? Bebeste com ele? Vá-te!

O jovem não esperou segunda intimação, e retirou-se sem pronunciar palavra. A porta interior abriu-se de par em par e, no limiar, apareceram muitos curiosos, de olhares insolentes, escarninhos. Tinham as cabeças descobertas e fumavam, uns cachimbo, outros cigarro. Uns cobriam-se com simples roupões; outros vestiam-se tão ligeiramente que chegavam a estar indecentes. Alguns traziam cartas nas mãos. O que mais os divertia era ouvir Marmêladov, arrastado pelos cabelos, declarar que aquilo lhe dava prazer.

Começavam já a invadir o quarto. De repente, ouviu-se uma voz irritada, era Amália Lippelvechzel, que, abrindo caminho, vinha restabelecer a ordem a seu modo. Pela centésima vez, a senhoria intimou a pobre mulher a abandonar a casa no dia seguinte. Como é de prever, a intimação foi feita nos termos mais injuriosos. Raskólnikov trazia consigo o troco do rublo com que pagara na taverna. Antes de sair, tirou do bolso algumas moedas de cobre e, sem que ninguém o visse, colocou-as no parapeito da janela. Depois, já na escada, arrependeu-se de sua generosa ação. Esteve tentado a voltar ao quarto dos Marmêladov.

"Que tolice eu fiz!", pensou. "Eles têm sua Sônia e eu não tenho ninguém!" Mas refletiu que não podia tornar a levar o dinheiro e que ainda que o pudesse fazer, não o faria. E decidiu-se a seguir seu caminho. "A Sônia carece de pomada", continuou ele com amargo sorriso, caminhando pela rua, "aquele *chic* custa dinheiro... Hum! parece que a Sônia não se explicou hoje. Efetivamente, a caça ao homem é como a caça às feras: corre-se às vezes o risco de ficar logrado... Se não fosse meu dinheiro, viam-se amanhã em apuros. Ah, sim, Sônia! Acharam nela uma boa vaca leiteira! E sabem explorá-la! Isso não lhes embrulha o estômago; já estão habituados... A princípio deitaram umas lágrimas; depois, com o tempo, veio o hábito. O homem pusilânime, conforma-se com tudo."

Raskólnikov ficou pensativo.

"E pode ser que eu me engane", continuou. "Se o homem não necessariamente pusilânime, deve calcar aos pés todos os receios, todos os preconceitos que o detêm!..."

Capítulo III

Levantou-se tarde no dia seguinte, após um sono agitado que não lhe reparara as forças. Despertando, sentiu que estava de mau humor e lançou em volta de si um olhar de tédio, irritado. Esse cubículo de seis passos de comprimento tinha o aspecto mais miserável que se pode imaginar, com os estofos amarelados, deteriorados e imundos de poeira. O teto era tão baixo, que um homem de estatura alta não estaria à vontade naquela toca, com o permanente receio de bater nele com a cabeça. A mobília estava em harmonia com o recinto: três velhas cadeiras com falta de pés, a um canto uma mesa de pinho, na qual se amontoavam livros e cadernos cobertos de densa camada de pó, evidente prova de que havia muito que não tocavam neles; finalmente, um grande e desmantelado divã, cujo estofo se desfazia.

Este móvel, que ocupava quase metade do quarto, era a cama de Raskólnikov, que nele dormia quase sempre vestido e sem lençóis, cobrindo-se com sua velha capa de estudante, encostando a cabeça numa pequena almofada chata sob a qual metia toda a roupa, limpa e suja. Em frente do sofá havia uma pequenina mesa.

A misantropia de Raskólnikov adaptava-se magnificamente a toda aquela porcaria. Tomara tal aversão a qualquer ser humano que, à vista da própria criada que arrumava o quarto, se exasperava. Isso é frequente em certos monomaníacos, preocupados com uma ideia fixa.

Havia 15 dias que a hospedeira suspendera o fornecimento de comida, mas Raskólnikov não pensara ainda em ir entender-se com ela.

Quanto a Nastácia, cozinheira e única criada da casa, não se aborrecia ao ver o inquilino nessas disposições, porque isso importava uma diminuição de seu trabalho: deixara completamente de arrumar e limpar o quarto de Raskólnikov, vindo apenas uma vez por semana dar uma vassourada. Neste momento, entrou para despertá-lo.

— Levanta-te! Como podes dormir até estas horas? Já são nove. Trago-te chá, queres uma xícara? Sempre estás com uma cara!...

Raskólnikov abriu os olhos, espreguiçou-se e reconheceu Nastácia.

— É a patroa que manda o chá? — perguntou enquanto se sentava.

— Bem se importa ela com isso!

A criada colocou diante dele o bule onde havia ainda um resto de chá e pôs ao lado dois torrões de açúcar.

— Toma, Nastácia — disse ele, procurando no bolso e tirando uma moeda (mais uma vez se deitara vestido) —, peço-te que me vás comprar um pãozinho e traze-me do salsicheiro um pedaço de chouriço, do mais barato.

— Num minuto estou de volta com o pão; mas, em vez de chouriço, não queres antes *chtchi*?[4] É de ontem e está uma beleza. Já ontem à noite te guardei um pedaço mas tu entraste tão tarde! Está uma delícia.

Foi buscar o *chtchi*. Raskólnikov pôs-se a comer, e ela sentou-se no sofá a seu lado, tagarelando, como camponesa que era.

— Prascóvia Pavlovna vai queixar-se de ti à polícia.

A fisionomia do rapaz alterou-se.

— À polícia? Por quê?

— Porque não lhe pagas e não queres sair. Ora aí tens o porquê.

---

[4] Típica sopa russa de repolho.

— Essa só pelo diabo! Não me faltava mais nada! — rosnou por entre dentes. — Muito fora de propósito vem isso agora para mim... É tola — acrescentou em voz alta. — Vou logo falar-lhe.

— Tola? É tão tola como eu. Mas tu, que és esperto, para que passas os dias deitado, como um vagabundo? Por que é que ninguém vê o teu dinheiro? Dantes parece que davas lições; por que é que não fazes nada, agora?

— Sempre faço alguma coisa... — respondeu Raskólnikov bruscamente e contrariado.

— Que fazes tu?

— Trabalho.

— Mas que trabalho?

— Penso! — respondeu ele asperamente, depois de breve silêncio.

Nastácia riu. Seu caráter era jovial; mas, quando ria, era com um sorriso silencioso e interior, que a fazia tremer toda e a esfalfava.

— E quanto ganhas para pensar? — perguntou logo que pôde falar.

— Não se pode sair para dar lições quando não se tem botas. Deveras, cuspo sobre essas lições.

— Vê lá, não te caia o cuspe no rosto.

— Pelo que se ganha com as lições!... O que se pode fazer com alguns copeques? — disse em tom azedo, interrogando mais a si próprio do que dirigindo-se à criada.

— Querias ganhar uma fortuna de um momento para outro?

Ele fitou-a com um ar estranho e, por um momento, ficou calado.

— Sim, uma fortuna — respondeu com voz firme.

— Lá chegarás. Metes-me medo, és terrível! Ainda queres que vá buscar o pãozinho?

— Como quiseres.

— Olha, esquecia-me! Enquanto estiveste fora, chegou uma carta para ti.

— Uma carta? Para mim? De quem?

— De quem, não sei. Dei do meu dinheiro três copeques ao distribuidor. Fiz bem, pois não?

— Dá-me, por Deus! Dá-me a carta! — exclamou Raskólnikov inquieto. — Meu Deus!

Um momento depois tinha a carta nas mãos. Não se enganara: era de sua mãe e trazia o carimbo de R***. Ao recebê-la, empalideceu. Havia muito que não tinha notícias da família; contudo, sentia o coração angustiado.

— Nastácia, deixa-me só, por teus bons sentimentos! Eis os três copeques. Apressa-te!

A carta tremia-lhe na mão; não queria abri-la na presença de Nastácia; esperava que a rapariga saísse. Uma vez a sós, levou-a aos lábios e beijou-a. Depois releu atentamente o endereço, reconheceu os caracteres traçados pela mão querida: era a letra fina e inclinada de sua mãe, que outrora lhe ensinara a ler e escrever. Hesitava, parecendo experimentar certo receio. Finalmente abriu: a carta era muito extensa; duas grandes folhas de papel completamente escritas.

Meu querido Ródia,
há mais de dois meses que não falo contigo por este meio, e tem-me isso causado tal desgosto, que até o sono me tem tirado. Mas tu certamente desculpas meu silêncio. Bem sabes quanto te quero: Dúnia e eu não temos senão a ti; tu és tudo para nós: nossa esperança e nossa felicidade futura. O que eu sofri quando soube que havia alguns meses te viras forçado a abandonar a universidade por falta de meios, e que não tinhas lições nem qualquer outro recurso!

Como podia eu valer-te com os meus 120 rublos anuais de pensão? Os 15 que te enviei há quatro meses, pedi-os emprestados, como sabes, a um negociante nosso patrício, Vassíli Ivânovitch Vakrúchine. É uma boa criatura, e foi muito amigo de teu pai. Mas, tendo-lhe eu dado plenos poderes para receber minha pensão, nada podia enviar-te enquanto ele não estivesse reembolsado, o que só agora sucedeu.

Agora, graças a Deus, creio que poderei mandar-te mais algum dinheiro. Apresso-me a dizer-te que podemos finalmente alegrar-nos com nossa sorte. E deixa-me dar-te uma notícia, que estás longe de esperar, querido Ródia, é que tua irmã está comigo há seis semanas e não mais me abandonará. Deus seja louvado, seus tormentos acabaram; mas vamos por ordem, porque quero que saibas como tudo se passou e o que até agora te havíamos ocultado:

Há dois meses escrevias-me, dizendo que tinham falado na falsa posição em que Dúnia se achava em casa da família Svidrigailov, e pedias-me te dissesse o que havia sobre isso. Que podia eu então dizer-te? Se eu te tivesse posto a par do que se passava, terias abandonado tudo para vires ter conosco, mesmo que tivesses de vir a pé; porque, com teu caráter e sentimento, não consentirias que insultassem tua irmã. Eu mesma estava na maior aflição; mas que havia de fazer? Nem eu então sabia toda a verdade. O pior foi que ela, quando entrou no ano passado como governanta nessa casa, recebeu adiantadamente cem rublos, que deviam ser descontados todo mês vendo-se, portanto, obrigada a ficar ali enquanto não resgatasse a dívida.

Esta quantia (hoje tudo te posso dizer, caro Ródia), ela pediu adiantada, para te enviar os sessenta rublos de que tanto carecias e que recebeste no ano passado. Enganamos-te então, dizendo-te que esse dinheiro era de antigas economias. Era inexato; digo-te agora toda a verdade, porque Deus permitiu que as coisas tomassem subitamente bom caminho, e também para que fiques sabendo quanto Dúnia te estima e que coração de ouro é o dela!

O caso é que o sr. Svidrigailov mostrou-se-lhe a princípio muito grosseiro, à mesa continuamente praticava para com ela as maiores grosserias crivando-a de sarcasmos... Mas para que hei de insistir nesses dolorosos detalhes que servem apenas para te magoar profunda e inutilmente, uma vez que tudo passou? Enfim, apesar de ser tratada com todas as atenções por Marfa Petrovna, a esposa de Svidrigailov, e por todos de casa, Dunetchka sofria muito, especialmente quando o sr. Svidrigailov, que se habituou a beber no regimento, se achava sob a influência do álcool. Mas não era tudo! Imagina que, sob essa aparência de grosseria e de desprezo, esse néscio ocultava uma paixão por Dúnia!

Possivelmente, ele se envergonhava e horrorizava-se das próprias esperanças ilusórias, considerando sua idade e condição de pai de família; e isso o fez irar-se com Dúnia. E possivelmente, também, teve esperança que seu procedimento grosseiro e de desprezo escondesse a verdade aos outros. Mas, por fim, perdeu o controle e mostrou-se a Dúnia como era e lhe fez a infame proposta, propondo-lhe mundos e fundos e oferecendo, além disso, morar com ela em outra região ou fugir para o exterior. Imagina quanto Dúnia teria sofrido. Não somente o adiantamento, de que te falei, não lhe permitia abandonar desde logo suas funções, como não se atrevia a pronunciar palavra sobre o caso, para não despertar suspeitas em Marfa Petrovna e introduzir a discórdia na família. Além de poder provocar um terrível escândalo para Dúnia, o que seria inevitável. Seriam esses os motivos que, confessou Dúnia, impediram-na de escapar da terrível casa senão passadas seis semanas. Tu, naturalmente, conheces Dúnia; sabes quanto é inteligente e como é forte. Dúnia possui grande capacidade de sofrimento; em muitos casos, tem mostrado o valor de sua firmeza. Ela não me escreveu sobre esses fatos por temer transtornar-me, apesar de mantermos correspondência.

O desenlace veio quando menos se esperava. Marfa Petrovna surpreendeu o marido no jardim, no momento em que tentava Dúnia com suas propostas e, compreendendo mal o que se passava, atribuiu a culpa à tua irmã. Passou-se entre elas uma cena terrível. A sra. Svidrigailov não quis atender a nada, gritando durante uma hora contra a suposta rival. Chegou até a bater-lhe e finalmente mandou-a para minha casa numa carreta, sem lhe dar tempo de arrumar a mala. Tudo quanto pertencia a Dúnia, objetos, vestidos etc., veio amontoado no veículo. Chovia torrencialmente e, depois de ter sofrido tantos vexames, Dúnia teve de fazer uma viagem de 17 quilômetros na companhia de um mujique, em carro aberto. Dize--me agora que resposta podia dar à carta que me escreveste há dois meses? Estava aflitíssima; não tinha coragem de dizer-te a verdade, porque sabia que ia desgostar-te profundamente; e, depois, Dúnia tinha-me proibido. Para te escrever uma carta cheia de frivolidades, não me sentia com coragem para o fazer, tendo o coração retalhado. Por causa disso fomos, durante um mês, o pratinho da cidade e as coisas chegaram a ponto de Dúnia e eu nem podermos ir à missa sem ouvirmos cochichos à nossa passagem, com um ar de desprezo.

E tudo isso por causa de um mal-entendido de Marfa Petrovna, que não perdeu um momento em infamar Dúnia por toda parte. Essa criatura conhece todo mundo da região, e, durante este mês, tem vindo aqui quase todos os dias. E, como é muito faladora e gosta de se queixar a todos do marido, espalhou logo a história, não só na cidade, mas em todo o distrito. A minha saúde sofreu forte abalo, Dunetchka foi mais forte do que eu. Não só não sucumbiu diante da calúnia, mas até me consolava, procurando por todas as formas dar-me coragem. Se a visses então! Que anjo!

Mas quis a divina misericórdia pôr termo a nosso infortúnio. O sr. Svidrigailov refletiu, e, talvez com dó da pobre criança a quem tinha comprometido, apresentou à mulher as mais fortes provas da inocência de Dúnia.

Felizmente ele conservava uma carta que, antes da cena do jardim, ela se vira obrigada a escrever-lhe, a fim de recusar uma entrevista pedida. Nessa carta, Dúnia censurava-lhe a indignidade do procedimento para com a esposa, recordando-lhe seus deveres de pai e marido, finalmente quanto era ignóbil perseguir uma pobre moça indefesa.

Na verdade, querido Ródia, a carta estava escrita em termos tão nobres e patéticos que suspirei quando a li e ainda hoje não posso relê-la sem chorar. Além disso, o testemunho das criadas limpou a reputação de Dúnia; elas tinham percebido e sabiam muito mais sobre o sr. Svidrigailov do que este supunha — eram notórios os casos com as criadas. Desde então não restou a Marfa Petrovna a menor dúvida sobre a inocência de Dunetchka. No dia seguinte, veio à nossa casa, contou-nos tudo e lançou-se nos braços de Dúnia, pedindo perdão, banhada em lágrimas. Percorreu depois todas as casas da cidade e, em toda parte, fez o mais caloroso elogio à honestidade de Dunetchka, assim como à nobreza de seus sentimentos e a seu exemplar comportamento. Não satisfeita com isso, mostrava e lia a todo mundo a carta de Dúnia ao marido, chegando a mandar tirar várias cópias (o que, em minha opinião, era desnecessário). Nessa ocupação, levou vários dias percorrendo o povoado, porque algumas pessoas, sabedoras do ocorrido, mexericaram com as outras. Por isso teriam de receber o troco; todos esperavam Marfa Petrovna e, assim que chegava, ela lia a carta; não só para cada uma das pessoas, como também para os grupos, nas próprias casas e nos lugares públicos. Em minha opinião, o desagravo foi exagerado; mas esse é o caráter de Marfa Petrovna. Ao menos reabilitou Dúnia; o marido, porém, sai dessa aventura coberto de desonra e chego a ter pena desse maluco, tão severamente castigado.

Dúnia recebeu logo proposta para lecionar em várias casas, mas não aceitou nenhuma. Todo mundo começou, de um momento para outro, a demonstrar-lhe a maior consideração, e essa brusca mudança de opinião foi principalmente devida ao inesperado acontecimento que, por assim dizer, vai modificar sensivelmente nossa situação.

Saberás, querido Ródia, que se apresentou um pretendente à mão de tua irmã, e que ela o aceitou, o que com grande alegria me apresso a participar-te. Estou convencida de que nos relevarás a falta de nos termos decidido sem te ter consultado, quando souberes que o caso não admitia demora e que não era possível esperar por tua resposta para darmos a nossa. Aliás, estando tu ausente, apreciarias sem perfeito conhecimento da causa.

Aqui tens como as coisas se passaram. O noivo, Pedro Petróvitch Lujine, é um advogado parente de Marfa Petrovna, que nesse caso procedeu muito corretamente. Foi ela quem nô-lo apresentou. Recebemo-lo com a maior afabilidade, tomou café conosco e, logo no dia seguinte, nos dirigiu uma carta atenciosíssima, fazendo seu pedido e solicitando resposta tão pronta como categórica. Esse homem tem uma vida muito ativa e está em vésperas de partir para São Petersburgo, de forma que não tem um minuto a perder.

Naturalmente, a princípio, ficamos surpresas, tão longe estávamos de esperar semelhante pedido. Durante todo o dia, tua irmã e eu estudamos a questão. Pedro Petróvitch está excelentemente colocado, ocupa dois cargos e possui já uma fortuna regular. É certo que tem 45 anos, mas é simpático e compreende-se que uma mulher goste dele. É homem sério e bem-educado; acho-o apenas um pouco frio e severo; mas, muitas vezes, as aparências iludem.

Ficas prevenido, querido Ródia: quando o vires em São Petersburgo, o que não tardará muito, não o julgues à primeira impressão, nem o condenes, como costumas, se, nesse primeiro momento, te inspirar pouca simpatia. Parece-me conveniente avisar-te disso, conquanto esteja certo de que ele não te causará má impressão. Aliás, em geral, para conhecermos uma pessoa, é preciso termos convivido com ela, observando-a a cada momento; do contrário, cometem-se erros de apreciação, que, por vezes, são difíceis de corrigir.

Mas, pelo que diz respeito a Pedro Petróvitch, tudo leva a crer que é um homem respeitabilíssimo. Logo em sua primeira visita nos disse ser muito franco. "No entanto", acrescentou, "partilho em muitos pontos as ideias das gerações modernas e sou inimigo de todos os preconceitos".

Disse muitas coisas mais, porque é, se não me engano, um nadinha vaidoso e retórico, o que afinal não é nenhum delito.

Por minha parte confesso que não compreendi suas palavras; por isso me limito a dar-te a opinião de Dúnia: "Conquanto mediocremente instruído", disse-me ela, "é inteligente e parece bondoso". Conheces o caráter de tua irmã, Ródia. É uma moça corajosa, ajuizada, paciente, bondosa, e possui um coração apaixonado, como tive ensejo de me convencer. Evidentemente não se trata, nem de um nem de outro lado, de um casamento de amor; mas Dúnia não é apenas uma moça inteligente; sua bondade é verdadeiramente angélica e, se o marido quiser torná-la feliz, ela há de impor-se o dever de lhe corresponder da mesma forma.

Sendo homem sensato, como é, Pedro Petróvitch há de compreender que a felicidade da esposa será a melhor garantia de sua própria. Devido a algumas falhas de caráter, a alguns velhos hábitos e mesmo a certas diferenças de opinião — que nos mais felizes casamentos são inevitáveis —, Dúnia costuma dizer, no que se refere a esse conjunto de fatos, confiar em si própria, que nada a inquietará, e está decidida a suportar essa situação galhardamente, desde que as futuras relações sejam honestas e escorreitas; a princípio, ele pareceu-me um pouco rude, mas naturalmente foi pelo modo por que disse as coisas sem rodeios. Na segunda visita, depois do pedido, disse-nos durante a conversação que, antes mesmo de conhecer Dúnia, estava resolvido a não casar senão com uma menina honesta, sem dote, e que tivesse tido privações. Na opinião dele é para desejar que o homem não deva obrigações à esposa; antes é conveniente que ela veja no marido um benfeitor.

Não são essas precisamente suas palavras; reconheço que ele se exprimiu de modo diverso, muito mais delicado, mas só me recordo do sentido delas. Ele disse aquilo sem pensar, é evidente que a frase lhe escapou no calor da conversação, e, tanto assim, que procurou imediatamente atenuar-lhe o efeito. Mesmo assim achei a frase áspera e, mais tarde, disse-o a Dúnia. Porém ela respondeu-me irritada que palavras leva-as o vento, o que é verdade. Na noite que precedeu a resolução, Dunetchka não conseguiu dormir. Julgando-me dormir, ergueu-se e pôs-se a andar no quarto de um lado para outro. Por fim se ajoelhou diante do ícone, e, depois de uma longa e fervorosa prece, declarou-me no dia seguinte que estava resolvida a aceitar o pedido.

Já te disse que Pedro Petróvitch parte brevemente para aí. Interesses importantes levam-no a essa capital, onde pensa estabelecer banca de advogado. Há muito que ele está no foro, e acaba agora mesmo de vencer uma causa importante. A sua viagem a São Petersburgo é motivada pela necessidade de seguir de perto certa causa nas instâncias superiores. Em tais circunstâncias, querido Ródia, pode ele prestar-te bons serviços, e eu e Dúnia pensamos já que tu poderias começar, sob a proteção de Petróvitch, a tua futura carreira. Ah! Se assim fosse! Terias tanto a ganhar, que deveríamos atribuir isso a um favor especial da Providência Divina.

Dúnia não pensa noutra coisa. Já falamos ligeiramente no caso a Pedro Petróvitch. Respondeu com certa reserva: "Hei de certamente precisar de um secretário", disse, "e prefiro dar esse lugar a um parente do que a um estranho, uma vez que ele seja capaz de o desempenhar cabalmente." (Era o que faltava, não seres capaz de desempenhá-lo!) Parece, no entanto, que ele receia que, com os teus estudos não tenhas tempo necessário para te ocupares dos negócios do escritório. Nessa ocasião, a conversa ficou por aqui, mas, como já te disse, Dúnia não pensa noutra coisa. Em sua imaginação te vê já trabalhando sob a direção de Pedro Petróvitch e mesmo associado dele, tanto mais que estás na Faculdade de Direito. Quanto a mim, Ródia, penso exatamente do mesmo modo, e os projetos que tua irmã forma para teu futuro parecem-me bem viáveis.

Apesar da resposta incerta de Pedro Petróvitch, aliás natural, Dúnia confia absolutamente em sua influência de esposa para dispor tudo à nossa vontade. Está claro que não demos a entender a Pedro Petróvitch que tu poderás vir um dia a ser sócio dele. É um homem positivo, e, naturalmente, acolheria mal uma ideia que apenas lhe pareceria um sonho.

Ambas, Dúnia e eu, jamais lhe insuflamos uma palavra sequer da grande esperança que temos de ele nos auxiliar no pagamento de teus estudos universitários; não lhe falamos, principalmente porque isso ocorrerá mais tarde, quando ele se oferecer de vontade própria, sem perda de palavra (embora possa negar-se a fazê-lo), e tanto mais depressa quanto de tomares sua mão direita no escritório, apto a receber sua ajuda, não como caridade, mas como salário merecido de teu próprio esforço. Dúnia deseja arranjar tudo dessa forma e eu estou perfeitamente de acordo com seu ponto de vista. E não falamos ainda de nossos planos a Pedro Petróvitch porque desejo que tu sintas meu objetivo ao travares conhecimento com ele. Quando Dúnia se referiu com entusiasmo a ti, ao conversar com ele, respondeu que não podia nunca avaliar um homem sem conhecê-lo de perto, pela própria experiência, e que esperava formar opinião ao conhecer-te.

Sabes, querido Ródia, por diversas razões, que aliás não dizem respeito a Pedro Petróvitch e que não passa talvez de tontices de velha, creio que, depois do casamento, será melhor que eu continue a viver em minha casa, em vez de ir morar com eles? Estou crente de que ele é bastante delicado para me pedir que não me separe de minha filha; se até agora nada disse, é porque julga que o caso se subentende; mas penso recusar. Notei mais de uma vez, em minha vida, que os genros não se dão bem com as sogras e não desejo ser insociável; de minha parte, manter-me-ei sempre independente, enquanto tiver uma côdea de pão e filhos como tu e Dúnia.

Se for possível, ficarei vivendo em tua vizinhança, e digo isso, Ródia, porque guardei o mais agradável para o fim. Imagina, querido filho, que em poucos dias nos reuniremos os três e que, de novo, nos abraçaremos após uma longa separação de três anos! Está decidido, já que Dúnia e eu iremos a São Petersburgo. Quando, não sei precisamente, mas, em todo caso, num prazo curto, em oito dias, talvez. Depende tudo das conveniências de Pedro Petróvitch, que há de enviar-nos instruções, logo que esteja estabelecido aí. Ele deseja, por certo motivo, apressar quanto possível o casamento que, se não houver inconveniente, talvez se realize num dos dias de carnaval, ou o mais tardar logo depois da festa da Assunção. Oh, com que prazer te apertarei contra o coração!

Dúnia está satisfeitíssima com a ideia de te tornar a ver. Já me disse, cheia de alegria, que, só por isso, casaria de bom grado com Pedro Petróvitch. É um anjo! Ela nada acrescenta à minha carta porque, segundo diz, teria tantas coisas a contar-te, que não vale a pena escrever algumas palavras; incumbe-me de te enviar um abraço. Conquanto tenhamos de nos reunir em breve, espero enviar-te rapidamente o dinheiro de que puder dispor. Logo que aqui se espalhou a notícia de que Dunetchka ia casar com Pedro Petróvitch, meu crédito elevou-se num momento, e sei de boa fonte que Afanase Ivânovitch está disposto a emprestar-me até 75 rublos, com a garantia de minha pensão. Assim, talvez possa mandar-te 25 ou trinta rublos. Enviar-te-ia mesmo mais, se não tivesse de contar com a viagem. É verdade que Pedro Petróvitch tem a bondade de tomar sobre si uma parte de nossas despesas; até nos ofereceu uma grande mala, onde cabem todas as nossas coisas; mas sempre temos de pagar as passagens até São Petersburgo e não havemos de chegar aí sem um copeque no bolso.

Dúnia e eu calculamos tudo: a viagem não nos ficará cara. De nossa casa à estrada de ferro, são umas noventa verstas, e tratamos com um campônio conhecido levar-nos até a estação; em seguida, entraremos muito satisfeitas em um compartimento de terceira classe. Enfim, bem feitas as contas, sempre te mandarei trinta rublos e não 25.

Agora, meu muito querido Ródia, abraço-te, enquanto não o faço pessoalmente, e envio-te minha bênção. Ama tua irmã! Recorda-te de que ela te ama ainda mais que a si própria; paga-lhe da mesma forma. Lembra-te de que ela é um anjo, e tu, Ródia, é tudo quanto temos no mundo: nossa única esperança, nosso único consolo. Se fores feliz, também nós o seremos. Ainda fazes tuas preces, Ródia, e acreditas na misericórdia de Deus e do Redentor? Temo, em meu coração, que estejas influenciado pelo novo espírito de impiedade que hoje campeia. Se isso ocorre, rezo por ti. Lembra-te, querido, como na infância, quando teu pai partiu desta vida, balbuciavas tuas preces em meus joelhos; como éramos felizes naquela época. Adeus, ou antes, até a vista. Abraço-te mil vezes.

Tua até a morte,

Pulquéria Raskólnikov.

Durante a leitura os olhos de Raskólnikov arrasaram-se por vezes de lágrimas. Quando terminou, porém, um amargo sorriso contraía-lhe a fisionomia pálida e transformada. Deixando cair a cabeça sobre a sujíssima almofada, ficou em profunda meditação. O coração palpitava-lhe violentamente, e as ideias entrechocavam-se em seu cérebro. Sentia-se oprimido, sufocado nesse cubículo amarelo, que lhe parecia um armário ou um baú. Seus olhos fitaram o vácuo. Pegou o chapéu e saiu, sem recear, para encontrar quem quer que fosse na escada. Já nem se lembrava da hospedeira. Dirigiu-se a Vassíli Ostrof, pela avenida V***. Caminhava apressadamente, como se fosse para um serviço urgente; como de hábito, não dava atenção a nada, ia monologando por entre dentes, chamando a atenção dos transeuntes, alguns dos quais o julgavam ébrio.

Capítulo IV

A carta de sua mãe sensibilizara-o muito. Mas, quanto ao ponto principal, não teve um momento de hesitação. Ainda não terminara a leitura e já tomara sua resolução: "Enquanto eu viver este casamento não há de realizar-se; que o sr. Lujine vá para o inferno!"

"O caso é claro", murmurou sorrindo num ar triunfante, como se estivesse certo do resultado. "Não, mamãe; não, Dúnia; não me hão de enganar!... E ainda se desculpam por terem tomado tal resolução sem eu ter sido ouvido! Pois certamente! Elas julgam que agora é impossível desfazer o projetado casamento; pois veremos se é ou não! E que motivos alegam: 'Pedro Petróvitch tem tanto que fazer que não pode casar senão a todo o vapor!'

"Não, Dunetchka, compreendo tudo, adivinho o que querias dizer-me, sei no que pensaste toda a noite passeando no quarto e o que pediste à Virgem de Kazá, cujo ícone está no quarto de mamãe.

"O Gólgota custa a subir. Hum!... Eis, pois, o que está assentado: Avdótia Romanovna vai casar com um homem franco e que já tem uma fortuna (o que não é para desprezar), que tem duas colocações e que partilha, segundo as palavras de mamãe, das ideias das gerações modernas. A própria Dunetchka diz que ele *parece* boa pessoa. Esse *parece* vale um mundo! Confiando nessa *aparência* é que a Dunetchka vai casar!... Admirável!...

"...Mas afinal queria saber por que é que mamãe se refere em sua carta às 'gerações modernas'. Será unicamente para caracterizar a personagem, ou será com o fim de obter minha simpatia a favor do sr. Lujine? Oh!, que tática! Há ainda outro ponto que eu desejava esclarecer, e era: até que ponto elas teriam tido franqueza uma para com a outra durante o dia e a noite que precederam a resolução de Dunetchka? Chegariam a alguma explicação formal, ou compreender-se-iam reciprocamente sem quase terem necessidade de dizer o que pensavam? A julgar pela carta, sinto-me mais inclinado para a última hipótese; mamãe achou-o um tanto pedante, e, com sua simplicidade, comunicou a Dúnia essa observação. Dúnia enfadou-se, naturalmente, e respondeu de maneira áspera.

"Está claro! Uma vez que era coisa decidida, que já não se podia voltar atrás, a observação de mamãe era, pelo menos, inútil. E para que me diz ela: 'Ama muito tua irmã; lembra-te de que ela te ama ainda mais do que a si própria.' Não sentirá a consciência a acusá-la de ter sacrificado a filha ao filho? 'Tu és nossa felicidade futura, tudo quanto temos no mundo!' Oh, mamãe!"

A exaltação do jovem aumentava de momento a momento e, se nessa ocasião tivesse encontrado o sr. Lujine, talvez não resistisse ao desejo de assassiná-lo.

"Sim! É verdade", continuou, seguindo por alto as ideias que se baralhavam em sua cabeça, "é verdade que, para conhecer uma pessoa, é necessário ter convivido com ela, observando-a; mas o sr. Lujine não é difícil de compreender. Em primeiro lugar, é um homem de negócios e 'parece' bondoso; o resto, são coisas infantis, com um ar de chalaça; 'incumbiu-se de nos dar uma grande mala!' Vamos, depois dessa prova, como se há de duvidar de sua bondade? A noiva e a futura sogra hão de meter-se a caminho numa carreta onde apenas terão para se resguardar da chuva um toldo. (Eu que conheço esses carros!)

"Que importa? O caminho até a estação é só de noventa verstas: em seguida entramos com o maior prazer num carro de terceira classe... Têm razão: a capa deve ser talhada conforme o pano; mas, como pensa o sr. Lujine? Vejamos, trata-se de sua noiva... É possível que ignore que, para fazerem essa viagem precisam de um empréstimo sobre a pensão? Sem dúvida seu espírito mercantil considerou isso uma espécie de parceria, em que cada sócio tem de entrar com sua cota; mas não há paridade alguma entre o custo de uma mala, por grande que seja, e o de uma viagem.

"Ou elas não compreendem isso, ou fingem não compreender. O caso é que parecem satisfeitas! Contudo, que frutos poderemos esperar de tais flores? O que mais me irrita nesse procedimento não é tanto a mesquinhez quanto o mau gosto; o namorado mostra o que será o marido... E mamãe, que atira o dinheiro pela janela fora, com quanto chegará a São Petersburgo? Com três rublos em metal ou com dois *bilhetinhos* como diz... a... velha... hum! Com que meios contará ela para viver? Por certas razões viu que era preferível separar-se de Dúnia quando ela se casasse; alguma palavra indiscreta desse amável cavalheiro foi uma luz para mamãe, por mais que ela queira fechar os olhos à realidade.

"'Tenciono recusar', diz ela. Então com que meios conta para viver? Sua pensão de 120 rublos, sujeita ao desconto da quantia emprestada por Afanase Ivânovitch? Lá na aldeia chegava a tecer lenços de malha e a bordar, mas bem sei que esse trabalho não rende mais de vinte rublos por ano. Evidentemente, a despeito de tudo, conta com a generosidade do sr. Lujine. 'Quando ele se oferecer de vontade própria.' Pois sim!

"Assim acontece sempre a esses nobres corações schillerescos; até o último instante, qualquer ganso é para eles um cisne; até o último momento, acreditam no melhor e nada veem de mau; embora deem uma espiada no outro lado do quadro que lhes é mostrado, não querem ver a verdade, até serem forçados a isso; a simples lembrança da verdade os faz estremecer; jogam fora a verdade com as duas mãos, até que as pessoas que lhes mostram as falsas cores imponham-lhes uma capa de louco. Gostaria de saber se o sr. Lujine possui algum mérito; aposto como traz a Ana pelo beicinho e disso se aproveita quando vai jantar com seus constituintes e homens de negócio. Pensa tê-la subjugada, até para o casamento! Basta de falar nele. Diabos o levem!

"Mamãe é assim mesmo, não há que admirar; Deus a abençoe. Mas Dúnia, como pode? Dúnia querida, como se não a conhecesse! Eu a vi pela última vez quando tinha quase vinte anos: então, nos entendíamos. Mamãe escreveu: 'Dúnia está decidida a suportar essa situação galhardamente.' Sei disto perfeitamente. Há dois anos e meio que eu sei, e neles estive pensando sobre o assunto, pensando exatamente como 'Dúnia está decidida a suportar essa situação galhardamente'. Se pôde suportar a situação com o sr. Svidrigailov e o resto, ela certamente suportaria tudo galhardamente. E agora mamãe e ela decidiram resolver tudo com o sr. Lujine, defensor da teoria da felicidade das esposas, salvas do desamparo, e tudo devendo à magnanimidade do esposo — teoria defendida, logo na primeira entrevista. Deixando escapar a contragosto tal teoria, embora seja um homem sensível (ainda assim poderia não ser uma escápula, mas o desejo de fazer-se compreendido o mais cedo possível); mas Dúnia, Dúnia?! É impossível que ela não compreenda esse homem; e vai desposá-lo! Sua liberdade, sua alma eram-lhe mais caras do que o bem-estar; para não ter de renunciar a elas preferiria comer pão preto e beber água; não as trocaria pelo Schleswig-Holstein, quanto mais pelo sr. Lujine. Era assim a Dúnia que conheci, e que, certamente, ainda não mudou. Bem sei que é triste viver sob o teto de qualquer Svidrigailov, andar sem destino, passar a vida inteira a aturar crianças, ganhando duzentos rublos por ano. Não é das melhores coisas. Mas minha irmã preferiria ir trabalhar em uma plantação da Lituânia, com um patrão alemão, a aviltar-se unindo por interesse pessoal sua existência à de um homem que não amasse e com quem nada tivesse de comum! Ainda que o sr. Lujine fosse de ouro ou de brilhantes, ela não se prestaria a ser a legítima amásia do sr. Lujine. Que motivo a demoveu então? Qual será a chave do enigma?"

Refletiu um momento.

"Ora, o motivo é bem claro; não procede em proveito próprio. Para conseguir o seu bem-estar ou para escapar à morte, é certíssimo que ela não se venderia; mas vende-se por outra pessoa, por um ente querido, adorado! Eis a explicação do mistério: é por nós, por mamãe e por mim, que ela se sacrifica. Vende-se completamente! Oh! Nesse caso, violenta-se o senso moral; leva-se ao mercado a liberdade, a paz, a própria consciência, tudo, tudo! Perca-se embora a vida, contanto que as criaturas adoradas sejam felizes! Mais ainda, recorre-se à sutil casuística dos jesuítas, transige-se com os próprios escrúpulos, chegamos mesmo a persuadir-nos de que é preciso proceder assim, porque o fim justifica o meio. Eis aqui como nós somos, e para que andamos por cá! É certo que aqui, no primeiro plano, se encontra Ródion Românovitch Raskólnikov. Não, é preciso assegurar-lhe a felicidade, conseguir-lhe os meios de concluir seu curso, de vir a ser sócio do sr. Lujine, de chegar a fazer fortuna, fama, glória, se possível for! E a mamãe? Essa só pensa em seu querido Ródia, em seu primogênito. Pois não é natural que ela sacrifique a filha a este filho, seu predileto? Corações ternos e injustos!

"Mas isso que elas vão fazer se assemelha a aceitar a sorte de Sonetchka, de Sonetchka Marmêladov, a eterna Sonetchka, que há de existir enquanto houver mundo! Mediste bem teu sacrifício? Sabes, Dunetchka, que viver com o sr. Lujine é nivelares-te com a Sonetchka? 'Aqui não pode haver amor', escreve mamãe. Pois bem, se não pode haver amor, nem estima, se, ao contrário, há antipatia, repulsão quase, em que difere esse casamento da prostituição? Mais desculpa tem a

Sonetchka; essa vendeu-se não para aumentar um certo bem-estar, mas porque via a fome, a verdadeira fome, portas adentro!...

"E se mais tarde o sacrifício for superior às tuas forças, se vieres a te arrepender do que tiveres feito, quantas lágrimas vertidas em silêncio — porque tu não és Marfa Petrovna! E então que será de mamãe? Se ela agora já está inquieta, que fará quando vir as coisas por outro prisma, como realmente são? E eu? Porque eu, sim, eu também sou gente! Não aceito teu sacrifício, Dunetchka; não aceito, mamãe; enquanto eu viver não se realizará esse casamento."

Subitamente, parou.

"Não há de se realizar? Mas que podes fazer para o impedir? Opor teu *veto*? E com que direito? O que podes prometer-lhes para te permitires tanta arrogância? Comprometer-te-ás a dedicar-lhes toda a tua vida, todo o teu futuro, *quando tiveres acabado teu curso e obtido uma colocação*? *Isso é para depois* mas agora? É necessário fazer já alguma coisa, entendes? Ora, que fazes tu atualmente? Vives à custa delas. Levas uma a pedir emprestado sobre sua pensão e outra a solicitar um adiantamento de ordenados aos Svidrigailov! Com o pretexto de que mais tarde serás milionário, pretendes hoje dispor despoticamente da sorte das duas; mas poderás atualmente tomar sobre ti o encargo de socorrer as necessidades de ambas? Daqui a dez anos, talvez! Entretanto, tua mãe chegará a cegar fazendo lenços de malha e a chorar, com a saúde arruinada por privações de toda espécie. E tua irmã? Vamos, pensa nos perigos que tua irmã pode correr nesse período de dez anos! Pensaste?"

Experimentava um amargo prazer fazendo a si mesmo essas dolorosas perguntas, que aliás não eram novas para ele. Havia muito que elas o perseguiam sem cessar, exigindo seguras respostas que ele se sentia incapaz de lhes dar. A carta da mãe fulminara-o como um raio. Compreendia agora que passara o tempo das lamentações, que nada remedeiam e que, em vez de increpar sua imprudência, cumpria-lhe fazer qualquer coisa o mais depressa possível. Era necessário tomar desde já uma resolução qualquer, ou...

"Ou renunciar à vida!", exclamou subitamente, "aceitar, duma vez para sempre, o destino como ele é, abafar todas as aspirações, abdicar definitivamente do direito de ser livre, de viver, de amar!...".

Raskólnikov lembrou-se de repente das palavras que Marmêladov dissera na véspera: "Compreende, compreende, senhor, o que significam estas palavras: *não ter para onde ir?... Todo homem necessita de um lugar para voltar.*"

Estremeceu. Um pensamento que, na véspera, lhe viera, apresentava-se de novo a seu espírito. Não foi, contudo, a volta desse pensamento o que fez estremecer. Sabia já, ou antes pressentia, que, infalivelmente, voltaria e esperava-o. Mas essa ideia não era precisamente como a da véspera, e a diferença estava nisto: o que há um mês, ontem ainda, era apenas um sonho, surgia agora por um aspecto assustador. O jovem tinha consciência dessa diferença... Sentia um tumulto no cérebro e uma nuvem toldar-lhe a vista.

Olhou em torno, procurou alguma coisa. Precisava sentar-se e procurava um banco. Estava então na avenida K***. A cem passos havia um. Caminhou para ele a toda a pressa, mas, no trajeto, sucedeu-lhe uma pequena aventura, que durante alguns momentos o absorveu completamente.

Quando olhava na direção do banco, avistou uma mulher a uns vinte passos de distância. A princípio não ligou mais importância a ela do que às variadíssimas coisas que encontrara no caminho. Muitas vezes lhe sucedera, por exemplo, entrar em casa, sem conseguir lembrar-se do caminho que surgira; geralmente caminhava sem reparar em coisa alguma. Mas essa mulher tinha uma aparência tão estranha que Raskólnikov não pôde deixar de notá-la. A surpresa sucedeu a curiosidade, contra a qual tentou lutar, mas que bem depressa se tornou superior à sua vontade. De súbito quis saber o que havia de tão particularmente extraordinário nessa criatura. Pela aparência, ela devia ser muito nova. Apesar do excessivo calor, ia com a cabeça descoberta, sem guarda-sol nem luvas, agitando os braços de modo ridículo. Levava um lenço atado ao pescoço; o vestido era de seda, muito malposto, desacolchetado e rasgado na cintura; um farrapo oscilava de um lado para outro. E, ainda por cima de tudo isso, a passeante, não se podendo suster nas pernas, cambaleava. Esse encontro acabou por despertar toda a atenção de Raskólnikov. Aproximou-se da jovem, precisamente quando ela chegava junto ao banco, no qual se deitou em vez de se sentar, inclinando a cabeça para trás e cerrando os olhos como uma pessoa prostrada de cansaço. Não foi difícil a Raskólnikov perceber que ela estava embriagada. O caso pareceu-lhe tão singular que a si próprio perguntou se não seria engano seu. Tinha diante de si uma galante criança de 16 anos, talvez mesmo de 15. O rosto, emoldurado de cabelos louros, era bonito, mas afogueado. Parecia inconsciente. Levantou uma das pernas em atitude indecorosa. Tudo levava a crer que ela nem sabia onde estava.

Raskólnikov não se sentou, não quis retirar-se e ficou diante dela, sem saber o que fazer. Já dera uma hora e fazia um calor insuportável; raras pessoas passavam nessa avenida, que é geralmente deserta. Todavia, a uns 15 passos de distância, no passeio, estava parado um homem que, sem dúvida, desejava aproximar-se da moça com certas intenções. Também ele, decerto, a vira a distância e a seguira; mas a presença de Raskólnikov incomodava-o: olhava-o irritado de soslaio esperando inquieto o momento em que aquele maltrapilho lhe cedesse o lugar. Suas intenções eram claras. Este sujeito, que se vestia elegantemente e teria uns trinta anos, era espadaúdo, forte, corado, de lábios vermelhos e fartos bigodes. Raskólnikov encolerizou-se e teve ímpetos de o insultar. Abandonou por um momento a jovem e aproximou-se dele:

— Olá, Svidrigailov! Que faz por aqui? — exclamou cerrando os punhos, ao passo que um sorriso sarcástico lhe entreabria os lábios, que começavam a orlar-se de espuma.

O elegante homem franziu o sobrolho e, na fisionomia, desenhou-se uma expressão de altivez e surpresa.

— Que quer dizer isso? — interrogou arrogantemente.

— Quer dizer que gire, que se ponha a andar.

— Pois tu te atreves, canalha!...

E ergueu a bengala. Raskólnikov, com os punhos cerrados, atirou-se a ele sem pensar na desigualdade de forças. Mas sentiu que o agarravam pelas costas. Era um policial que punha termo ao incidente.

— Então, senhores, então, não briguem no meio da rua. Que querem? Quem é o senhor? — perguntou com ar severo a Raskólnikov, reparando nos andrajos do rapaz.

Raskólnikov olhou atentamente para quem lhe fazia a pergunta. O policial, de bigode e suíças brancas, tinha o ar de um valente soldado e parecia inteligente.

— É exatamente do senhor que preciso — disse Raskólnikov, tomando-o por um braço. — Sou estudante e chamo-me Raskólnikov... o senhor pode também saber isto, acrescentou voltando-se para o outro. Venha comigo, vou mostrar-lhe uma coisa...

E, continuando a segurar o policial pelo braço, conduziu-o junto ao banco.

— Aqui está esta jovem embriagada; ainda agora andava aos tombos. É difícil dizer sua situação social, mas não tem aparência de vadia. O mais provável é que a tenham obrigado a beber e que abusassem dela... é uma principiante... compreende? Depois, a cair de bêbada, puseram-na na rua. Veja em que estado tem o vestido, não foi ela quem se vestiu, vestiram-na e foram mãos inábeis, mãos de homem que fizeram esse serviço. Agora olhe para este lado: esse janota em quem eu queria bater há pouco, não o conheço, vejo-o pela primeira vez; mas ele reparou nela também, certificou-se de que estava bêbada, que não tinha consciência de coisa alguma, e queria aproveitar-se dessa circunstância para levá-la a alguma hospedaria suspeita... É assim mesmo, pode ter certeza de que não me engano. Reparei como ele a olhava e a seguia. Cortei-lhe as asas e S. Exa. agora esperava que eu me fosse embora. Como se há de lhe arrancar esta presa? Como havemos de conseguir que ela vá para casa?

O policial, que compreendeu tudo, pôs-se a pensar. Não podia haver dúvida sobre as intenções do homem; restava a moça. Inclinou-se para ela, para a ver mais de perto, e em sua fisionomia desenhou-se uma profunda piedade.

— Que desgraça! — exclamou abanando a cabeça. — É ainda uma criança. Caiu numa cilada, por certo... Ouça, menina, onde mora? Diga, onde mora?

Ela entreabriu a custo as pálpebras, olhou espantada os dois e fez um gesto como que para os afastar.

Raskólnikov remexeu na algibeira e tirou vinte copeques.

— Tome, disse. Alugue uma carruagem e leve-a para casa. O que é preciso é saber onde mora.

— Menina — gritou outra vez o policial depois de guardar o dinheiro — vou chamar um carro e eu mesmo a levo para casa. Onde mora?

— Oh, meu Deus!... Eles agarram-me!... — murmurou ela com o mesmo gesto que fizera há pouco.

— Que coisa ignóbil! Que infâmia! — disse o policial indignado e cheio de piedade. — Eis a grande dificuldade! — continuou dirigindo-se a Raskólnikov, que novamente examinou dos pés à cabeça, parecendo-lhe muito singular este indigente tão pródigo. — Encontrou-a longe daqui?

— Já disse que ela caminhava adiante de mim cambaleando por esta mesma avenida e, quando chegou junto do banco, deixou-se cair.

— Que crueldades se praticam por esse mundo, meu Deus! Uma rapariga tão nova e embriagando-se dessa maneira! Enganaram-na, certamente! Tem o vestido rasgado!... Muito vício há por aí!... Talvez os pais sejam nobres caídos na decadência. Há tanta gente assim, agora! A aparência dela é de filha de boa família.

E novamente se inclinou para a jovem.

Talvez ele próprio fosse pai de raparigas bem-educadas que parecessem filhas de boa família.

— O que é necessário — continuou Raskólnikov — é não a deixarmos à mercê deste malandro! Evidentemente o pulha tem seu plano formado e não arreda pé dali!

Levantara a voz e indicava o sujeito com o gesto. Ele, percebendo que falavam a seu respeito, quis zangar-se, mas logo mudou de tática, limitando-se a lançar ao inimigo um olhar de desprezo. Em seguida, lentamente, afastou-se uns dez passos e tornou a parar.

— Não lhe há de pôr a mão — disse com ar pensativo o policial. — Ao menos, se ela dissesse onde mora! Sem essa indicação... Menina, menina! — chamou inclinando-se novamente sobre a jovem.

De repente ela abriu os olhos, olhou fixamente e pareceu voltar a si; levantou-se e seguiu em sentido inverso o caminho por onde viera.

— Que importunos, que desavergonhados, como se agarram a mim! — exclamou agitando novamente os braços, como para afastar alguém.

Caminhava apressadamente, mas pouco firme. O janota começou a segui-la por outro passeio, sem a perder de vista.

— Esteja tranquilo, não há de apanhá-la — disse o policial. — Há muito vício por aí. — E partiu atrás deles.

Nesse momento operou-se no espírito de Raskólnikov uma reviravolta tão completa como rápida.

— Ouça — gritou ele ao policial, que se voltou. — Deixe-os em paz. Que se divirtam! O que tem o senhor com isso?

O outro, surpreendido, olhou Raskólnikov, que se pôs a rir. E continuou a seguir o desconhecido e a jovem, julgando certamente tratar-se de um louco.

"E lá se foram meus vinte copeques", disse ele com seus botões, quando ficou só. "Há de aceitar também dinheiro do outro e deixá-lo com ela. Mas que diabo de ideia a minha de me armar em benfeitor!

Tenho eu, talvez, a obrigação de defender a primeira pessoa que me aparece? Com que direito? Em honra de que santo? Ainda que se devorem uns aos outros, que tenho eu com isso? Para que dei vinte copeques?"

A despeito dessas palavras, tinha o coração oprimido. Sentou-se. Suas ideias não tinham coerência. Custava-lhe pensar fosse no que fosse. Desejaria adormecer profundamente, esquecer tudo, completamente, acordar e começar uma vida nova...

"Pobrezinha", disse ele olhando para o banco onde a jovem se deitara, "quando voltar a si; há de chorar, depois a mãe saberá da aventura, bater-lhe-á para juntar a humilhação à dor; é provável que a ponha na rua... E quando não a abandone, qualquer Dária Frantzovna farejará essa caça, e teremos a mocinha aos trambolhões, de queda em queda até os hospitais, o que não sucederá muito tarde. Logo que estiver curada, recomeçará a pândega até ir novamente parar no hospital, com escala pela cadeia. Com dois ou três anos dessa vida, aos 18 ou 19, estará perdida. Quantas, que começaram dessa maneira, tenho eu visto acabar assim! Mas, enfim, dizem que é preciso, é uma percentagem, um prêmio que tem de ser pago... certamente ao diabo... para garantir a tranquilidade dos outros. Uma percentagem! Inventam realmente lindas palavras e dão-lhes um ar científico que lhes fica a calhar! Quando se diz tantos por cento, está dito tudo, é um caso liquidado. Se dessem outro nome talvez à coisa, causassem mais preocupação... E quem sabe? Não poderá suceder que a Dunetchka seja também compreendida na percentagem do ano próximo, ou talvez ainda na deste?...".

"Mas aonde queria ir?", pensou ele subitamente. "É extraordinário. Tinha destino quando saí de casa. Logo que li a carta, saí... Ah, sim, agora me lembro: ia procurar Razumíkhin, em Vassíli Ostrof. Mas que ia fazer? Como me veio à ideia visitar Razumíkhin? É singular!"

Nem ele mesmo se entendia. Razumíkhin era um de seus antigos colegas da Universidade. É de notar que, quando Raskólnikov seguia o curso de Direito, vivia muito só, não frequentava a casa de nenhum dos colegas e não lhe agradava receber a visita deles, que não tardaram a pagar-lhe na mesma moeda. Nunca tomava parte nas reuniões nem nos divertimentos acadêmicos. Era admirado por sua aplicação, mas não tinha a simpatia de ninguém. Muito pobre, orgulhoso e concentrado, sua existência parecia envolver um mistério. Os condiscípulos queixavam-se de Raskólnikov que os olhava indiferentemente, como se fossem crianças ou criaturas muito inferiores a ele intelectualmente.

No entanto ligara-se a Razumíkhin, ou, para melhor dizer, tinha mais confiança nele que noutro qualquer. Certamente o gênio franco e alegre do estudante despertava a maior simpatia. Era um rapaz muito vivo, expansivo e duma bondade extrema. Os mais inteligentes colegas reconheciam-lhe o merecimento e estimavam-no. Não era tolo, embora às vezes fosse de uma ingenuidade infantil. Seus cabelos negros, a cara por barbear, seu porte esguio, alto, atraíam logo a atenção.

Tinha fama de valente. Uma noite, percorrendo as ruas de São Petersburgo em companhia de alguns amigos, atirou ao chão com um murro um policial que media cerca de 1,90 metro de altura. Por vezes entregava-se à embriaguez mas, quando lhe convinha, mantinha-se na maior sobriedade. Se, às vezes, praticava loucuras imperdoáveis, noutras mostrava prudência e equilíbrio inexcedíveis. Nunca o viram acabrunhado, sucumbido ante uma contrariedade. Era homem para dormir num telhado, sofrer o frio e a fome, sem por um momento perder o seu bom humor habitual. Extremamente pobre, reduzido aos próprios recursos, ganhava a vida regularmente, porque era ativo e conhecia uns certos pontos onde lhe era possível obter dinheiro, pelo trabalho, é claro.

Passou todo um inverno sem fogo, e dizia a todo o mundo que isso era muito mais agradável, porque se dorme muito melhor quando se tem frio. Presentemente, tivera também de deixar a Universidade por falta de meios, mas esperava continuar o curso em breve, não desprezando coisa alguma para melhorar sua situação precária. Havia quatro meses que Raskólnikov não o visitava e Razumíkhin não sabia sua morada. Tinham-me encontrado, havia uns dois meses, mas Raskólnikov atravessara imediatamente para outra calçada, querendo ocultar-se do colega, que viu o amigo, mas, receando incomodá-lo, fez vista grossa.

Capítulo V

"Realmente, não há ainda muito tempo que eu tencionava ir procurar Razumíkhin, para lhe pedir que me conseguisse algumas lições, ou um trabalho qualquer...", pensava Raskólnikov, "...mas, agora, em que me pode ser útil? Demos de barato que me arranje algumas lições, suponhamos mesmo que dispondo de alguns copeques, se sacrifique em me emprestar dinheiro para umas botinas e roupas decentes, indispensáveis a um professor... muito bem, e depois? Que posso fazer com alguns copeques? É disso que preciso agora? Decididamente faço uma grande tolice indo à casa de Razumíkhin...".

O desejo de saber o que ia agora fazer em casa do condiscípulo intrigava-o ainda mais do que a si próprio confessava, buscava ansiosamente algum significado sinistro nesse fato, aparentemente banal.

"Pois é possível que, no meio de minhas contrariedades e apoquentações, eu só tenha esperança em Razumíkhin? Pois realmente só ele poderá salvar-me?"

Refletia, esfregou os olhos e, repentinamente, depois de ter por algum tempo atormentado o espírito, em seu cérebro brotou uma ideia extraordinária.

"Pois vou à casa de Razumíkhin", disse tranquilamente, como se tivesse tomado uma última resolução, "vou à casa de Razumíkhin, não há dúvida... mas não neste momento... Irei visitá-lo... no dia imediato, quando *aquilo* estiver concluído e minhas coisas tiverem mudado de aspecto".

Mas, mal pronunciou essas palavras, reconsiderou:

"Quando *aquilo* estiver concluído!", exclamou com um sobressalto que o fez erguer-se do banco. "Mas *isso* realizar-se-á? Será possível?"

Levantou-se e andou rapidamente. Seu primeiro movimento foi voltar para casa, mas custava-lhe entrar nesse horrível cubículo onde passara mais de um mês planejando tudo *aquilo*! Essa ideia despertou-lhe a repulsa; pôs-se a andar ao acaso.

O tremor nervoso tomara caráter febril; sentia calafrios, apesar da temperatura muito elevada. Automaticamente, como que cedendo a uma necessidade interior, procurava fixar a atenção num sem-número de coisas que encontrava, para fugir à obsessão de uma ideia perturbadora. Mas em vão procurava distrair-se; voltava sempre às mesmas ideias. Quando ergueu a cabeça para olhar em redor, esqueceu por um momento o que o preocupava e mesmo o local onde se encontrava. E foi assim que atravessou todo o Vassíli Ostrof, alcançou o Pequeno Neva, passou a ponte e chegou às ilhas.

As árvores e a brisa fresca desanuviaram a princípio seus olhos habituados à poeira, à cal, às pirâmides de alvenaria. Respirava-se bem ali; não havia exalações mefíticas nem tavernas. Mas bem depressa essas novas sensações perderam o encanto cedendo lugar a uma irritação doentia. Por vezes, Raskólnikov parava em frente de alguma casa de campo, envolvida na vegetação: olhava pelas grades, via nas janelas mulheres elegantemente vestidas e crianças correndo pelos jardins. As flores lhe prendiam mais a atenção; pasmado, olhava-as mais que outra coisa. De vez em quando, passavam a seu lado cavaleiros e amazonas, esplêndidas equipagens; seguia-os com o olhar investigador e esquecia-os antes mesmo de os perder de vista.

De súbito parou e contou o dinheiro que trazia: uns trinta copeques. "Dei vinte ao policial e três a Nastácia pela carta; portanto, foram 47 ou cinquenta copeques que deixei ontem com os Marmêladov." Verificando a situação da sua bolsa, obedecera a uma razão qualquer, mas, um momento depois, não se lembrava do *motivo* por que contara o dinheiro; ocorreu-lhe mais tarde, passando em frente de uma taverna. Sentia fome.

Entrou, bebeu um cálice de aguardente e mordeu um bolo que foi comendo pelo caminho. Havia muito que não tomava bebidas alcoólicas. A pouca aguardente que bebera produziu logo efeito. Faltavam-lhe as pernas e começou a sentir forte sonolência. Quis voltar para casa, mas, quando chegou a Petróvski Oskof, viu que não podia continuar. Retornou; enveredou por entre arbustos; deitou-se na grama e dormiu instantaneamente.

O cérebro, no estado mórbido, tem sonhos, por vezes, de um relevo extraordinário, de uma espantosa semelhança com a realidade. Às vezes, o quadro é monstruoso; mas o cenário e as cenas são tão naturais, os pormenores são tão sutis e apresentam em seu imprevisto um tão artificioso engenho, que o sonhador, embora fosse um artista como Púchkin ou Túrguenef, seria incapaz de pintar tão perfeitamente. Esses sonhos mórbidos gravam-se na memória e influem poderosamente no organismo já alquebrado do indivíduo.

Raskólnikov teve um sonho horrível. Voltou à infância e à pequena cidade em que vivia então com a família. Tinha sete anos. Nas tardes de festa, passeava com o pai pelo campo. O tempo está enevoado, o ar pesado, os lugares são precisamente como a memória os recordava; em sonho, encontra até mais de um pormenor apagado na memória. Distingue perfeitamente a pequena cidade, em cujos arredores não se ergue um único salgueiro-branco. Lá muito ao longe, na linha do horizonte, a mancha negra de um bosquezinho. Para lá do último jardim, há uma taverna, junto da qual o pequeno nunca podia passar, quando passeava com o pai, sem sentir uma impressão de terror. Havia sempre ali uma chusma que berrava, ria, se enfurecia e brigava, ou que cantava com voz rouca coisas de apavorar! Nos arredores, andavam sempre ébrios de rostos horríveis!... Se se aproximavam, Ródia agarrava-se ao pai, tremendo como uma vara. A passagem que conduz à taverna está sempre coberta de uma poeira negra. A trezentos passos, o caminho desvia-se para a direita e contorna o cemitério da cidade, no centro do qual se ergue uma igreja de pedra com cúpula verde, onde, em criança, ia com os pais ouvir missa duas ou três vezes por ano, quando se celebravam ofícios pela alma de sua avó, falecida havia muito e que ele não chegara a conhecer. Levava sempre um bolo de arroz tendo em cima uma cruz feita de passas. Gostava muito dessa igreja, de seus ícones, do velho padre de cabeça trêmula. Ao lado da lápide que cobria a terra onde repousavam os restos da velhinha, havia um pequeno túmulo, o de seu irmão mais novo, que morrera com seis meses. Também não o conhecera, mas tinham-lhe dito que tivera um irmão; por isso, sempre que ia ao cemitério, fazia piedosamente o sinal da cruz quando chegava junto ao túmulo, inclinava-se respeitosamente e beijava-o. Eis, agora, o sonho de Raskólnikov: segue com o pai pelo caminho que leva ao cemitério, passam em frente à taverna; o pequeno agarra-se à mão do pai e olha assustado para a casa odiada onde reina uma animação superior à do costume. Estão lá muitos burgueses e camponesas com seus maridos, todos com roupas endomingadas, toda uma ralé. Bêbados, cantam todos. Em frente à porta da taverna, está um desses carroções que servem para transportar pipas de vinho, e que, geralmente, são puxados por vigorosos cavalos, de grossas pernas e crina farta. Raskólnikov tinha sempre prazer em admirar esses enormes animais, capazes de arrastar as mais pesadas cargas sem sentirem a menor fadiga. Mas, agora, ao carroção estava atrelado um cavalicoque ruço, de uma magreza horrível, um desses tristes sendeiros que os mujiques obrigam a puxar enormes carros de lenha ou de feno e que atormentam com pancadaria, chegando mesmo a bater-lhes nos olhos quando os desgraçados fazem debalde esforços para tirar o veículo atolado na lama. Esse espetáculo, que Raskólnikov por vezes presenciara, umedecia-lhe sempre os olhos, e a mãe nunca, em tal caso, deixava de o afastar da janela. Repentinamente, faz-se um grande tumulto; da taverna, saem gritando, cantando e tocando balalaica mujiques completamente embriagados, vestindo camisas vermelhas e azuis e com os capotes nos ombros.

— Subam, subam! — grita um rapaz muito novo, de pescoço taurino, avermelhado. — Levo-os todos, subam! — Essas palavras provocam gargalhadas e exclamações.

— Fazer andar este lazarento!

— Tu estás doido, Mikolka. Pois vais pôr um cavalo tão pequeno e velho em semelhante carro?!

— Isto é animal de seus vinte anos!

— Subam, subam! Levo-os todos — diz novamente Mikolka, que salta para o carro, toma as rédeas e fica de pé na almofada do veículo. — O cavalo baio foi há pouco com o Matvei, e este diabo, meus amigos, faz-me de palhaço. Minha vontade era matá-lo; não vale o que come. Subam, subam, e verão como o farei galopar! Olé se faço!

E pega no chicote satisfeito com a ideia de bater no pobre animal.

— Subam, vamos! Ele não diz que o faz galopar? — repete a multidão, cercando o carro e caçoando.

— Há dez anos, com certeza, que não galopa.

— Não tenham dó, meus amigos, pegue cada um em seu chicote e preparem-se!

— Está dito, vamos a isso!

Sobem para a carroça de Mikolka, rindo e chacoteando. Já lá estão seis passageiros e há ainda lugar. Entre eles vai uma aldeã gorducha, de faces rubras, vestindo jaleco de algodão vermelho com uma espécie de coifa ornada de miçangas e grossos sapatos de couro. Trinca nozes e, de quando em quando, solta uma gargalhada. Na multidão que rodeia o carroção, rompem também as risadas; e, na verdade, quem não há de rir ao pensar que tal sendeiro arrastará a galope toda esta gente! Dois dos homens que subiram para o carro pegam em chicotes, dispostos a ajudar Mikolka.

— Agora! — grita ele. — O animal puxa com toda a pouca força, mas, longe de galopar, mal pode dar um passo; escorrega, resfolega e encolhe-se todo, recebendo as repetidas chicotadas que os três lhe vibram no dorso. Redobra a alegria no carro e na multidão; mas Mikolka perde a paciência e, desesperado, bate furiosamente no cavalo como se realmente esperasse fazê-lo galopar.

— Deixem-me subir também! — exclama dentre os circunstantes um rapagão que está ansioso por se juntar ao alegre bando.

— Sobe — responde Mikolka —, subam todos, ele pode com todos; há de poder por força!

— Papai, papai — grita a criança —, papai, que faz essa gente? Papai, estão a bater no pobre cavalinho!

— Vamos, vamos! — diz o pai. São bêbados que se divertem, estúpidos... Vem, não olhes para lá! — E tenta levá-lo; porém Ródion desprende-se da mão paterna e vai para junto do cavalo. Mas o pobre animal não pode mais. Arquejante, após um momento de descanso, volta a puxar inutilmente.

— Chicote até matá-lo! — grita Mikolka. — Não há outra coisa a fazer. Eu ajudo!

— Bem se vê que não és cristão, lobisomem! — exclama um velho entre a turba.

— Viu-se, alguma vez, um animalzinho assim puxar tal carga? — acrescenta outro.

— Tarado! — grita outro.

— Ele não é teu, ouviste? É meu. Posso fazer o que me aprouver. Suba mais gente, subam todos. Há de galopar à força!...

Mas a voz de Mikolka é abafada por fortes gargalhadas. À força de pancadas e, apesar de sua extrema fraqueza, o cavalo desatou aos coices. A hilaridade geral propaga-se até o velho. Na verdade, o caso é para rir: um animal que não se sabe por que milagre se aguenta nas pernas, a escoicear!

Da multidão saem dois indivíduos que se armam de chicotes e vão, um da esquerda, outro da direita, espancar o cavalo.

— Deem-lhe na cabeça! Nos olhos! Nos olhos! — grita Mikolka furioso.

— Vamos a uma canção, rapaziada? — propõe um dos do carro. E todos entoam em coro uma canção, que um pandeiro vai acompanhando. A aldeã trinca nozes e ri...

Ródion aproxima-se do animal e vê que lhe batem nos olhos! Seu coração confrange-se, as lágrimas correm-lhe em fio. O chicote de um dos facínoras toca-lhe a cara; nem o sente. Torce desesperadamente as mãos e soluça. Acerca-se do velho de barbas e cabelos brancos que, balouçando a cabeça, reprova aquela selvageria. Uma mulher toma-o pela mão e quer afastá-lo do bárbaro espetáculo. Mas ele esquiva-se e volta para junto do animal, que já não pode mais e faz um último esforço para escoicear.

— Ah, miserável! — grita ferozmente Mikolka. — Bandido!

— Larga o chicote, tira do fundo do carro um pesado varal de madeira e, pegando-o por uma extremidade com as duas mãos, brande-o com esforço sobre o cavalo.

— Escangalha-o! — gritam em redor.

— Mata-o!

— Mata-o!

— É meu! — grita Mikolka, e o varal, vibrado por seus vigorosos braços, cai estrondosamente no costado do animal.

— Batam-lhe! Batam-lhe! Por que param? — repetem várias vozes na turba.

De novo o pau se ergue, de novo desce sobre o dorso da desgraçada besta, que cai com a violência da pancada. Contudo faz um supremo esforço e, com o pouco alento que lhe resta, puxa em diferentes direções, tentando escapar do suplício; mas, por todos os lados, vibram os chicotes dos algozes. O pau manejado por Mikolka desanca ainda outra vez a vítima. O bruto está furioso por não matar o animal de uma só pancada.

— Tem fôlego de gato — gritam os espectadores.

— Não terá por muito tempo; sua última hora chegou — observa alguém.

— Um machado! — lembra outro. — É a maneira de acabar já com ele.

— Deixem-me passar! — gritou freneticamente Mikolka largando o varal e procurando, no fundo da carroça, uma alavanca de ferro. — Afastem-se! — exclama e atira uma violenta pancada sobre o animal. O cavalo cai, quer ainda puxar, mas uma segunda pancada atira-o por terra, como se de um só golpe lhe tivessem cortado as pernas.

— Vamos matar este diabo — brada Mikolka saltando à terra. E toda aquela canalha lança mão do que encontra, paus, chicotes, varas e atira-se sobre o cavalo agonizante. Mikolka, junto do animal, bate-lhe com a alavanca de ferro. Ele estica-se, estende o pescoço e dá um último arranco.

— É um carniceiro — gritou alguém na multidão.

— Mas por que não havia de galopar?

— É meu! — exclama Mikolka brandindo a alavanca, com os olhos injetados, parecendo lastimar-se de que a morte lhe roubasse a vítima.

— Bem se vê que não és cristão! — dizem indignados muitos curiosos.

O pequeno, desvairado, soluçando, vai por entre a turba que rodeia o animal; segura a cabeça ensanguentada do cavalo e beija-a nos olhos ternamente... Depois, num movimento de ódio, com os punhos cerrados, atira-se a Mikolka. Nesse momento, o pai, que há muito o procurava, descobre-o e leva-o dali.

— Vamos, vamos para casa!

— Papai, por que... mataram... o pobre animal? — pergunta por entre soluços a criança. Mas a respiração entrecorta-se, da garganta oprimida saem sons abafados.

— São atos de bêbados. Não temos nada com isso, vamos — responde o pai. Ródion aperta-o contra o coração, mas pesa-lhe muito sobre o peito... Quer respirar, gritar, e acorda, arquejante, com o corpo úmido e os cabelos empastados de suor.

Sentou-se junto de uma grande árvore e respirou longamente.

"Graças a Deus foi um sonho!", pensou. "Mas dar-se-á o caso que seja um princípio de febre? Um sonho tão horrendo, dá-me que pensar."

Sentia os membros despedaçados e a alma envolta num negro véu de confusão. Apoiou os cotovelos nos joelhos e a cabeça nas mãos.

"Meu Deus!", monologou, "será possível que eu vá abrir com um machado o crânio dessa mulher!... Será possível que eu atravesse o sangue e vá arrombar a fechadura, roubar e depois esconder-me, a tremer, ensanguentado... Senhor, isso será possível?".

"Para que pensei nisso?", continuou num tom de profunda surpresa. "Eu bem sabia que não era capaz de praticar tal crime. E para que me atormento com essa ideia? Ainda ontem, quando fui fazer aquele ensaio... compreendi logo que isso era superior às minhas forças. Depois, quando descia a escada, pensei que era ignóbil, infame, repugnante... Só a ideia de tal horror me aterrava... Não terei coragem... é superior às minhas forças! Quando mesmo meus raciocínios não dessem lugar à menor dúvida, quando mesmo todas as conclusões a que cheguei durante um mês fossem claras como a luz, exatas como a matemática, eu não poderia decidir-me a tal! Sou incapaz de fazê-lo... Mas por que será, sim; por que será, que mesmo agora?..."

Ergueu-se, olhou espavorido em torno, admirado de se encontrar em tal lugar, e seguiu pela ponte de T***. Estava pálido, os olhos brilhavam-lhe, a fraqueza manifestara-se em todo o seu ser, mas começava a respirar com mais desembaraço. Sentia-se aliviado do horrível peso que, por tanto tempo, o oprimira, e em sua alma a serenidade entrava de novo. "Senhor!", suplicou, "mostra-me o caminho, e eu renunciarei a este sonho maldito!".

Atravessando a ponte, contemplou tranquilamente o Neva e a majestade do crepúsculo. Apesar da fraqueza, nem mesmo sentia a fadiga. Dir-se-ia que o abscesso que havia um mês se formara em seu coração, acabava de rebentar. Agora, estava livre! O horrível malefício não produzia já seu efeito.

Mais tarde Raskólnikov lembrou-se do modo por que empregava o tempo nesses dias de crise, minuto por minuto; entre outras, uma circunstância vinha-lhe muitas vezes à ideia e, embora não tivesse nada de extraordinário, nunca pensaria nela sem uma espécie de terror supersticioso, dada a ação importante que exercera em seu destino.

Eis o fato que ficou sendo para ele um enigma: como se explicava que, estando ele fatigado, exausto, e devendo, naturalmente, voltar para casa pelo caminho mais curto e direto, tivesse a ideia de seguir pelo Mercado do Feno, onde nada, absolutamente nada, o chamava? É certo que essa volta não lhe alongava muito o caminho, mas era completamente desnecessária. É certo, também, que, muitas vezes, lhe sucedera chegar a casa sem dar atenção ao caminho seguido. "Mas", perguntava a seus botões, "como se deu aquele encontro tão importante, tão decisivo para mim e, em todo caso, tão fortuito, que tive no Mercado do Feno, onde não havia razão para eu ir? Por que se deu esse encontro à mesma hora, no momento preciso em que, nas disposições em que me encontrava, devia ter as mais graves, as mais funestas consequências?". Parecia-lhe ver nessa fatal coincidência o efeito de uma predestinação.

Eram nove horas, mais ou menos, quando chegou ao Mercado do Feno. Os comerciantes fechavam as lojas, os vendedores preparavam-se para partir e os fregueses retiravam-se. Junto das tascas que, no mercado, ocupam o rés do chão da maior parte das casas, aglomeravam-se operários e indigentes. Esta praça e os *pereuloks*[5] vizinhos eram os locais que Raskólnikov frequentava com prazer, quando saía de casa sem destino. Com efeito, naqueles lugares seus andrajos não davam na vista, podendo passear à vontade. Na esquina do *pereulok* K***, uns mercadores, marido e mulher, vendiam miudezas, dispostas em dois tabuleiros.

Embora se dispusessem também a ir para casa, tinham-se demorado a conversar com alguém que se aproximara deles. Esse alguém era Isabel Ivanovna, irmã mais nova de Alena Ivanovna, a usurária à casa de quem Raskólnikov fora no dia anterior empenhar o relógio e fazer seu "ensaio". Havia muito que ele sabia o que precisava sobre Isabel, e também ela o conhecia um pouco. Era uma solteirona alta, magra e feia, de 35 anos, tímida, de modos suaves, meio idiota. Tremia diante da irmã, que a tratava como a uma escrava, obrigando-a a trabalhar dia e noite para ela e batendo-lhe às vezes. Nesse momento, sua fisionomia tinha um ar de indecisão. Estava de pé, com um pequeno pacote na mão, ouvindo atentamente o que diziam os mercadores, que lhe explicavam qualquer coisa, calorosamente. Quando Raskólnikov viu Isabel, teve uma sensação estranha, como de espanto, conquanto o encontro nada tivesse de singular.

— É preciso que venha para se tratar o negócio, Isabel — disse o mercador. — Venha amanhã, das seis para as sete horas. Eles também virão.

— Amanhã? — perguntou com voz dolente Isabel, que apenas parecia decidir-se.

— Tem receio de Alena Ivanovna? — interrompeu a mercadora com ar decidido. — É inacreditável que se deixe dominar inteiramente por uma criatura que não passa de sua irmã de leite!

— Dessa vez não diga nada a Alena Ivanovna — interrompeu o marido. — O que lhe aconselho é vir até aqui sem lhe pedir licença. Trata-se de um negócio vantajoso, sua irmã depois se convencerá disso.

---

[5] Ruas laterais, travessas, becos.

— E a que horas devo vir?

— Amanhã, das seis para as sete; há de vir também alguém de casa deles. É preciso que esteja presente para se tratar da coisa.

— Haverá uma xícara de chá para você — continuou a mulher do mercador.

— Pois bem, virei — disse Isabel pensativa. E preparou-se para se despedir.

Raskólnikov passara já o grupo formado pelos três e não pôde ouvir mais. De propósito demorara o passo, para não perder uma única palavra da conversa. À surpresa do primeiro momento sucedeu em seu espírito um terror que o fazia tremer. O acaso acabava de lhe fazer saber que, no dia seguinte, às sete horas da noite em ponto, Isabel, a irmã e única companhia da velha estaria ausente e que, portanto, no dia seguinte, às sete horas, a velha *estaria só em casa...*

Raskólnikov estava perto de casa. Entrou em seu cubículo como se tivesse sido condenado à morte. Não pensava, nem podia pensar em nada; sentia subitamente em todo o seu ser que não dispunha nem de vontade nem de livre-arbítrio, e que estava definitivamente decidido.

É evidente que poderia esperar anos inteiros por uma ocasião propícia, provocá-la mesmo, sem achar ensejo tão seguro como o que acabava de se lhe oferecer.

Ainda assim, ser-lhe-ia difícil saber de véspera, e de boa fonte, sem correr risco algum, sem se comprometer com perguntas perigosas, que, no dia imediato, a tal hora, uma certa velha que ele queria matar estaria só em casa.

Capítulo VI

Raskólnikov soube depois com que fim o negociante e a mulher haviam convidado Isabel a ir à casa deles. O caso era simples. Uma família estrangeira, na miséria, queria desfazer-se de alguns objetos, principalmente roupas de mulher. Essa gente desejava entender-se com uma adeleira, e Isabel exercia essa profissão. Tinha larga clientela, porque era honesta e oferecia preços mais vantajosos; com ela não era necessário regatear. Falava pouco. Como dissemos, era submissa e tímida.

Mas havia algum tempo que Raskólnikov se tornara supersticioso, e, mais tarde, quando pensava no caso, estava sempre disposto a ver nele a ação de causas estranhas, misteriosas. No inverno anterior, um estudante seu conhecido, Pokórief, antes de regressar a Kárkof, dera-lhe o endereço da velha adeleira Alena Ivanovna, para o caso de necessitar empenhar qualquer objeto. Durante muito tempo, Raskólnikov não foi à casa da velha, porque as lições lhe garantiam a subsistência. Mês e meio antes dos acontecimentos que narramos, lembrou-se do endereço; tinha dois objetos pelos quais poderia obter algum dinheiro de empréstimo: um velho relógio de prata que pertencera a seu pai e um anel de ouro, com três pequenas pedras vermelhas, oferta de sua irmã no momento de se separarem.

Decidiu então levar o anel a Alena Ivanovna. Logo à primeira vista, e antes mesmo de saber qualquer coisa a seu respeito, a velha inspirou-lhe ódio. Depois de ter recebido de suas mãos de usurária "dois bilhetinhos", entrou num *traktir*[6] ordinário que encontrou no caminho. Abancou-se, pediu chá e pôs-se a refletir. Um pensamento estranho, vago, ainda mal definido, dominava seu espírito. Numa mesa próxima estava sentado, junto de um oficial, um estudante que ele não conhecia e nunca encontrara. Os dois acabavam de jogar bilhar e dispunham-se a tomar chá. Subitamente, Raskólnikov ouviu o estudante dar ao oficial o endereço de Alena Ivanovna, secretária de colégio, que emprestava sobre penhores. A nosso homem pareceu já extraordinário ouvir falar de uma pessoa à casa de quem fora pouco antes. Era por certo mero acaso, mas Raskólnikov lutava, nesse momento, com a impressão de que não podia vencer e, eis senão quando, como se fora de propósito, alguém vinha aumentar essa impressão; o estudante contava efetivamente ao amigo diversos pormenores sobre o negócio de Alena Ivanovna.

— É um excelente recurso — dizia ele —, temos sempre meio de obter dinheiro em casa dela. Rica como um judeu, pode, de um instante para outro, emprestar cinco mil rublos, e, no entanto, aceita penhores no valor de um. É uma criatura providencial para nós, mas que megera hedionda!

E contou que ela era má, caprichosa, que nem 24 horas de espera concedia, que todo penhor que não fosse retirado no dia fixado no contrato estava irremediavelmente perdido para o dono; emprestava por um objeto apenas a quarta parte do valor, cobrando cinco e até sete por cento de juros ao mês etc. O estudante, disposto a tagarelar, informou ainda que a miserável era de pequeníssima estatura, o que não a impedia de, às vezes, bater na irmã, Isabel, e de a manter

---

[6] Botequim.

na mais completa dependência, apesar de seus dois *archines* e oito *verchoks* de altura.⁷

— Outro fenômeno — disse ele rindo.

A conversa descambou para Isabel. O estudante falava dela jovialmente, rindo sempre. O oficial escutava-o atentamente e pediu--lhe que mandasse Isabel à sua casa para a encarregar do arranjo de roupa. Raskólnikov não perdeu uma única palavra dessa conversa; soube assim muitas coisas. Mais nova do que Alena Ivanovna, de quem era apenas irmã colaça, Isabel tinha 35 anos. Trabalhava dia e noite para a velha. Em casa, fazia os serviços de cozinha e lavadeira. Fazia trabalhos de costura que vendia, ia lavar casas, e tudo quanto ganhava ia parar nas garras aduncas da irmã. Não se atrevia a aceitar nenhum trabalho, qualquer encomenda, sem prévia autorização de Alena Ivanovna. Ela, e Isabel bem o sabia, fizera já testamento, no qual a irmã era apenas contemplada com os móveis. Querendo estabelecer uma fundação perpétua de orações em sufrágio de sua alma, a velha legara toda a fortuna a um convento na província de N***. Isabel pertencia à classe burguesa e não ao Tchin. Era uma mulher alta e deselegante, de pés enormes espalhados, sempre calçados em velhos sapatos de pele de cabra, sem saltos, mas muito cuidadosa com sua pessoa. O que mais provocava a hilaridade do estudante era Isabel estar sempre grávida...

— Mas tu dizes que ela é horrível! — observou o militar.

— É muito trigueira realmente; parece um soldado vestido de mulher; mas não se pode dizer que seja um monstro. A fisionomia é muito bondosa e os olhos têm uma grande expressão de ternura... A prova está em que agrada a muita gente. É muito pacata, paciente, meiga, caráter dócil... E o sorriso chega a ser atraente.

— Dar-se-á o caso de gostares dela? — perguntou o oficial rindo.

---

⁷ Um metro e oitenta.

— Agrada-me pela excentricidade. Quanto à maldita velha, asseguro-te que era capaz de a assassinar para roubá-la, sem o menor remorso — acrescentou vivamente o estudante.

O oficial riu-se, e Raskólnikov estremeceu. Essas palavras tinham um extraordinário eco em seu coração!

— Ouve, vou fazer-te uma pergunta a sério — disse muito animado o estudante. — Há pouco gracejava, sem dúvida; mas olha, de um lado temos uma velha doente, parva, estúpida, má, um ente que não é útil a ninguém e que, pelo contrário, é prejudicial a todos, cuja existência não se justifica e que pode amanhã morrer de morte natural. Estás percebendo?

— Entendo — respondeu o oficial, que, vendo o amigo entusiasmado, ouvia-o com interesse.

— Bem. Do outro lado, o vigor da mocidade, frescura que se fana e se perde por falta de amparo, e disso vemos nós aos milhares e por toda parte! Quantas centenas ou milhares de obras úteis se poderiam fazer com o dinheiro que aquela velha vai legar a um convento? Poderia talvez reconduzir-se ao bom caminho centenas, milhares de crianças; dezenas de famílias arrancadas às garras da miséria, à ruína, à dissolução, ao vício, aos hospitais — e tudo com o dinheiro daquela mulher! Matem-na e apliquem o dinheiro em benefício da humanidade. E julgas que o crime — se é que nisso há crime — não seria sobejamente compensado por um sem-número de obras meritórias? Por uma só vida, milhares de vidas arrancadas à perdição! Por uma criatura de menos, cem criaturas restituídas à vida! Mas é uma questão de aritmética! Quanto pesa, na balança social, a vida de uma mulher decrépita, estúpida e ruim? Menos do que a vida de um piolho ou de um percevejo; menos certamente, porque essa velha é uma criatura malfazeja, um flagelo de seus semelhantes. Recentemente, encolerizada, mordeu com tal fúria um dedo de Isabel, que pouco faltou para cortá-lo totalmente!

— Sem dúvida, não merece viver — observou o oficial. — Mas que queres tu? A natureza...

— Oh, meu caro amigo, a natureza corrige-se, emenda-se; se não fosse assim, ficava-se sempre preso a preconceitos. Sem isso, não haveria grandes homens. Fala-se do dever, da consciência — e eu nada direi em contrário, — mas como interpretamos essas palavras? Se me dás licença, vou ainda fazer-te outra pergunta.

— Perdão, cabe-me agora a vez de interrogar. Deixa-me perguntar-te uma coisa.

— Pergunta!

— É isto, tu estás a falar com rasgos de eloquência, mas responde-me apenas a isto: és capaz de matar essa velha? Sim ou não?

— Certo que não! Eu falo em nome da justiça... Não se trata de mim...

— Assim, uma vez que declaras não seres capaz de a matar, é porque a ação não seria muito regular. Jogamos mais uma partida?

Raskólnikov sentia-se extraordinariamente inquieto. Certamente esse diálogo nada tinha de singular, que o impressionasse. Mais de uma vez, ouvira ideias análogas; apenas o tema era diferente. Mas como sucedeu que o estudante expusesse exatamente as ideias que, nesse momento, afluíam ao cérebro de Raskólnikov? E por que acaso singular ele próprio, exatamente quando saía da casa da velha, ouvia falar dela? Tal coincidência sempre lhe pareceu extraordinária. Estava escrito que essa simples conversa de taverna teria uma influência decisiva em seu destino...

* * *

Quando voltou do Mercado do Feno, atirou-se no divã, onde ficou imóvel durante uma hora. No quarto, reinava completa escuridão. Não havia vela, e, ainda que houvesse, não pensaria em acendê-la. Nunca pôde lembrar-se se, durante esse tempo, pensou em alguma coisa. Por fim, apoderaram-se dele os mesmos arrepios febris de há pouco, e então ocorreu-lhe a ideia de deitar-se. Um sono profundo bem depressa o tomou.

Dormiu muito mais do que costumava e não sonhou. Nastácia, que entrou no quarto no dia seguinte, às dez horas, teve dificuldade em acordá-lo. A rapariga trazia-lhe pão e, como no dia antecedente, o resto de seu chá.

— Ainda não se levantou! — exclamou indignada. — Como é que se pode dormir assim!

Raskólnikov ergueu-se com esforço. Tinha dores de cabeça. Pôs-se de pé, deu um grito no quarto e novamente se deixou cair no divã.

— Outra vez! — exclamou Nastácia. — Estás doente?

Ele não respondeu

— Queres chá?

— Depois — murmurou a custo; e, cerrando os olhos, voltou-se para a parede. Nastácia, de pé, observava-o.

— Talvez esteja doente — disse antes de retirar-se.

Às duas horas voltou, trazendo sopa. Raskólnikov estava ainda deitado. Não tomara o chá. A rapariga zangou-se e começou a sacudi-lo violentamente.

— Que tens tu para dormir dessa forma? — disse olhando-o com desprezo.

Ele sentou-se, não respondeu, e conservou os olhos fixos no chão.

— Estás doente ou não? — interrogou Nastácia.

Como a primeira, essa segunda pergunta não obteve resposta.

— Devias sair — aconselhou ela após breve silêncio —, o ar havia de fazer-te bem. Comes alguma coisa, não é assim?

— Depois — murmurou Raskólnikov com voz débil. Deixa-me.
— E apontou-lhe a porta.

Nastácia demorou-se ainda um momento observando-o com compaixão e por fim saiu.

Ao fim de alguns minutos, ele ergueu os olhos, deu com o chá e a sopa e começou a comer.

Engoliu três ou quatro colheradas sem apetite, maquinalmente. A dor de cabeça passara. Quando terminou a ligeira refeição, estendeu-se outra vez no divã, mas não pôde conciliar o sono e ficou de bruços, imóvel, com a cara sobre a almofada. Sua fantasia mórbida recordava continuamente quadros fantásticos: imaginava-se na África, no Egito; fazia parte de uma caravana parada num oásis; em volta, cresciam palmeiras, os camelos descansavam, os viajantes dispunham-se a jantar; ele dessedentava-se numa límpida fonte, através de cuja água azulada, de deliciosa frescura, se viam no fundo pedras de diversas cores e areias palhetadas de ouro.

De repente, o bater de um relógio chegou-lhe distintamente ao ouvido, fazendo-o estremecer. Chamado à realidade, ergueu a cabeça, olhou para a janela e, depois de ter calculado que horas seriam, ergueu-se precipitadamente. Andando na ponta dos pés, aproximou-se da porta, abriu-a com a maior precaução e escutou. O coração palpitava-lhe violentamente. A escada estava no mais completo silêncio. Parecia que toda a gente da casa dormia... "Como pude deixar tudo para o último momento? Nada fiz, nada preparei!", disse de si para si, sem dar razão a tal descuido... E talvez fossem seis horas que acabavam de soar.

À inércia sucedeu repentinamente nele uma atividade febril. Os preparativos, aliás, não eram demorados. Procurava não esquecer-se de coisa alguma; o coração palpitava-lhe com tal violência que dificilmente respirava. Em primeiro lugar, tinha de fazer um nó corredio e adaptá-lo ao casaco: trabalho de um minuto. Procurou entre a roupa que lhe servia de travesseiro uma camisa velha que já não fosse possível consertar. Rasgou-a e com as tiras fez uma espécie de ligadura de oito palmos de comprimento e um de largura.

Depois de a ter dobrado em duas, tirou o casaco de fazenda de algodão espessa e forte (era o único que possuía) e começou a coser pelo lado de dentro, debaixo do sovaco esquerdo, as duas pontas da ligadura. As mãos tremiam-lhe ao executar esse trabalho; completou-o ainda assim com tal perfeição que, quando vestiu o casaco, nenhum vestígio aparecia exteriormente. Havia muito tempo que comprara a agulha e a linha; bastara tirá-las da gaveta.

Quanto ao nó corredio, destinado a conduzir o machado, era resultado de uma ideia engenhosa que tivera 15 dias antes. Aparecer na rua com um machado na mão era impossível! Esconder a arma sob o casaco era obrigar-se a estar constantemente com a mão sobre ela, e essa posição forçada chamaria, sem dúvida, a atenção; ao passo que, apoiado pelo ferro no nó corredio, o machado não cairia nem o obrigaria a constranger-se. Podia mesmo evitar que se movesse: bastava segurar a extremidade do cabo com a mão metida no bolso. Dada a largura do casaco — um verdadeiro saco —, o movimento da mão no bolso não podia ser notado.

Concluída a tarefa, Raskólnikov estendeu o braço para o divã, e, introduzindo os dedos numa fenda do soalho, tirou de lá o penhor de que tivera o cuidado de se munir antecipadamente. Na verdade, esse objeto de nada valia; era uma simples régua de madeira envernizada, com o comprimento e a largura de uma cigarreira de prata usual. Num de seus passeios, achara casualmente esse pedaço de madeira, junto de uma marcenaria. Aplicou-lhe uma pequena chapa de ferro, delgada e polida, mas de menores dimensões, que também apanhara na rua. Depois de as apertar uma contra a outra, ligou-as com um barbante e embrulhou tudo num pedaço de papel branco.

Esse pequeno embrulho, ao qual procurava dar uma aparência elegante, foi, em seguida, atado de forma que tornava muito difícil a operação de desatá-lo. Era um meio de prender por momentos a atenção da velha; enquanto ela procurasse desmanchar o nó, Raskólnikov poderia aproveitar a ocasião propícia. A chapa de ferro destinava-se a fazer pesar mais o embrulho, a fim de que, no primeiro momento ao menos, a usurária não desconfiasse que lhe levavam uma simples régua de madeira. Raskólnikov metera o embrulho no bolso, quando ouviu alguém dizer do lado de fora:

— Já deram sete há muito!

"Há muito! Meu Deus!"

Correu para a porta, aplicou o ouvido e começou a deslizar pelos degraus como um gato. Faltava o essencial: ir buscar o machado na cozinha. Havia muito que ele decidira servir-se de um machado. Tinha em casa uma podadeira, mas a arma inspirava-lhe pouca confiança e menos confiança ainda lhe merecia sua força; a escolha recaiu definitivamente no machado. Deve-se notar, a propósito, uma particularidade: à medida que suas resoluções tomavam caráter definitivo, percebia mais claramente o absurdo e o horror delas. Apesar da medonha luta que se feria no foro íntimo, nem por um momento podia admitir que viesse a executar seu projeto.

Mais ainda. Se o problema fosse fácil, se todas as dúvidas se desvanecessem, se todas as dificuldades se removessem, naturalmente teria renunciado logo a seu intento, como a um absurdo, a uma monstruosidade, a um impossível. Mas restava-lhe ainda um certo número de pontos a decidir, de problemas a resolver. Quanto a obter o machado, não se preocupava com isso; nada mais fácil! Nastácia, à noite, quase nunca estava em casa, ia para a das amigas vizinhas ou para as lojas, o que provocava grandes zangas da patroa.

Na ocasião própria, bastaria, pois, entrar na cozinha e tirar o machado, indo pô-lo no lugar uma hora depois, quando tudo estivesse concluído. Mas, ainda assim, poderiam surgir dificuldades. "Suponhamos", pensava Raskólnikov, "que, daqui a uma hora, quando eu vier pôr o machado na cozinha, Nastácia já esteja em casa. Nesse caso, terei de esperar uma nova ausência da criada. E se ela tiver dado pela falta do machado? Naturalmente procura-o, resmunga, quem sabe?, porá talvez a casa em rebuliço, e eis aí uma circunstância perigosa".

Mas tudo isso eram pormenores com que ele não queria preocupar-se; não tinha tempo para isso. Tratava do essencial, pondo de parte os acessórios, nos quais pensaria apenas quando tivesse tomado uma resolução sobre o caso. Esta última condição, a essencial, parecia-lhe decididamente irrealizável; não imaginava que, no momento dado, deixaria de refletir e iria direto ao fim... Mesmo no último *ensaio* (na visita que fizera à velha para se assegurar da situação), faltou-lhe muito para se *ensaiar* completamente. Comediante sem convicção, não sustentara o papel e fugira indignado contra si próprio.

Contudo, do ponto de vista moral, Raskólnikov tinha razões para considerar o caso resolvido. Sua casuística, como uma lâmina afiada, cortara todas as objeções; mas, não as encontrando já no espírito, tentava encontrá-las fora dele. Dir-se-ia que, levado por um poder irresistível, sobre-humano, procurava desesperadamente um ponto fixo a que se agarrar. Os acontecimentos operaram-se nele de uma forma absolutamente automática; tal como um homem que, apanhado pelo casaco nas rodas de uma engrenagem, se achasse logo preso pela própria máquina.

O que mais o preocupava, e em que muitas vezes pensava, era a razão por que todos os crimes são tão facilmente descobertos, bem como a pista de quase todos os criminosos.

Chegou a diversas conclusões curiosas. Em seu modo de ver, a principal razão do fato consistia menos na impossibilidade material de ocultar o crime do que na própria personalidade do criminoso; num grande número de casos, ele experimentava, na ocasião do crime, uma diminuição da vontade e do entendimento, e era por isso que procedia com leviandade pueril e uma negligência extraordinária, quando mais necessárias lhe eram a precaução e a prudência.

Raskólnikov comparava esse lapso das faculdades intelectuais e o desfalecimento da vontade a uma afecção doentia que se manifestava pouco a pouco, que atingia o máximo de intensidade pouco antes de praticado o crime e subsistia da mesma forma durante o ato e ainda depois (mais ou menos tempo, conforme os indivíduos) para terminar, como todas as doenças. Um ponto sobre o qual tinha dúvida era se a doença determinava o crime ou se o próprio crime, em virtude de sua natureza, não seria sempre acompanhado de algum fenômeno mórbido. Mas não se sentia ainda em condição de resolver esse caso.

Raciocinando assim, persuadiu-se de que estava ao abrigo de semelhantes desordens morais, que conservaria plenamente a inteligência e a vontade enquanto praticasse o atentado, pela simples razão de que esse atentado "não era um crime"... Passaremos sobre os argumentos que o levaram a essa conclusão, limitando-nos a dizer que, em suas preocupações, o lado prático, as dificuldades materiais, ficariam em último plano. "Conserve eu a serenidade e a força de vontade que, quando chegar o momento, triunfarei de todos os obstáculos..." Mas não se decidia. Confiava menos do que nunca na persistência de suas resoluções, e, quando chegou o momento, despertou como de um sonho.

Não chegara ainda ao fim da escada quando uma insignificante circunstância o desnorteou. No patamar, onde a senhoria residia, encontrou, como sempre, aberta de par em par a porta da cozinha e olhou disfarçadamente para dentro: não estaria lá a dona da casa, na ausência de Nastácia, e, quando não estivesse, estaria a porta do quarto bem fechada? Ela não o veria de lá, quando fosse buscar o machado? Era disso que pretendia certificar-se. Mas ficou espantado ao ver que Nastácia estava na cozinha, tirando roupa de um cesto e estendendo-a em cordas. Quando nosso homem se aproximou, a rapariga, interrompendo o trabalho, voltou-se e fitou-o até ele desaparecer.

Raskólnikov desviou os olhos e passou, fingindo não ter reparado. Lá fora tudo por água abaixo: não tinha machado! Essa contrariedade abalou-o profundamente.

"Como me convenci", pensava ele descendo os últimos degraus da escada, "de que precisamente nesse momento Nastácia devia estar ausente? Como se encasquetou isso em minha cabeça!".

Sentia-se sucumbido. Despeitado, teve vontade de rir de si próprio. Em todo o seu ser refervia uma cólera selvagem.

Parou indeciso diante do portão. Ir para a rua sem destino? Não estava disposto a isso. Mas era muito desagradável tornar a subir e ir meter-se no quarto. "E pensar que perdi uma ocasião como esta!", resmungou de pé, em frente do cubículo do *dvornik*, cuja porta estava aberta.

Repentinamente estremeceu. Na treva do compartimento, a dois passos dele, brilhava qualquer coisa debaixo de um banco, à esquerda... Raskólnikov olhou em redor. Ninguém. Aproximou-se cautelosamente do cubículo, desceu os dois degraus, e chamou em voz baixa o *dvornik*. "Bem, não está aqui, mas não deve ter ido longe, porque deixou a porta aberta." Com a rapidez do relâmpago correu para o machado (era realmente um machado) e tirou-o de debaixo do banco onde estava entre duas achas. Colocou-o no nó corredio, meteu as mãos nos bolsos e saiu. Ninguém o vira! "Não foi a inteligência que me ajudou neste lance, foi o diabo!", pensou com um sorriso estranho. O feliz acaso que acabava de o auxiliar contribuiu extraordinariamente para o animar.

Na rua, caminhou tranquilamente, *gravemente*, sem se apressar, receando despertar suspeitas. Não olhava para ninguém, procurava mesmo atrair o menos possível a atenção. De repente, pensou no chapéu. "Meu Deus! Anteontem tive dinheiro, podia tão facilmente ter comprado um boné!" E, do fundo da alma, partiu uma imprecação.

Olhando por acaso para uma loja, verificou serem sete horas e dez minutos. O tempo urgia, e no entanto não podia deixar de fazer uma volta, porque não queria que o vissem chegar à casa da velha por aquele lado.

Antes, quando tentava representar na mente a situação em que ora se encontrava, parecia-lhe por vezes que estaria muito assustado. Mas, ao contrário de sua expectativa, não sentia receio algum. Ao espírito apresentavam-se-lhe pensamentos estranhos ao seu desígnio, mas a sua duração era rápida. Quando passou junto do jardim Iussupof, pensou que seria útil colocar em todas as praças públicas fontes que refrescassem o ar. Depois, por uma série de transições insensíveis, pensou que, se o Jardim do Verão tivesse a extensão do Campo de Marte e se ligasse com o jardim do Palácio Miguel, seria uma maravilha. Interessou-se em divagar sobre o porquê de as pessoas, nas grandes cidades, não serem premidas só pela necessidade, mas preferirem viver em bairros sem jardins e fontes, onde há lama, mau cheiro e imundície. Seus passos fizeram-no retomar, em pensamento, ao Mercado do Feno e, num instante, voltou à realidade. "Que asneira", refletiu, "é melhor não fixar a ideia em coisa alguma".

"É certamente por este modo que as pessoas levadas ao suplício demoram o pensamento em todas as coisas que encontram no caminho..." Procurou afastar esta ideia... Entretanto, aproxima-se: eis o portão. De repente, ouve uma badalada. "Já serão sete horas e meia? É impossível; está adiantado, evidentemente!"

Mais uma vez o acaso favoreceu. No momento em que chegava defronte da casa, um grande carro de feno entrava pelo portão, tomando-o em quase toda a largura. Raskólnikov pôde transpor o limiar sem ser visto, metendo-se pelo intervalo entre o carro e o umbral.

Logo que entrou no pátio, dobrou imediatamente à direita. Do outro lado do carro, uns homens questionavam, gritando. Mas não o viram. Muitas das janelas que davam para o enorme saguão estavam abertas, mas ele nem ergueu a cabeça — não teve ânimo. A escada que conduzia ao quarto da velha estava perto, logo à direita do portão. Seu primeiro movimento foi alcançar-lhe os degraus.

Respirando e pondo a mão no coração para comprimir-lhe as violentas palpitações, preparou-se para subir a escada, depois de verificar que o machado estava bem seguro no nó corredio. A cada momento, aplicava o ouvido. Mas a escada estava deserta e as portas fechadas; não viu ninguém. No segundo andar estava aberto um compartimento desabitado, onde trabalhavam uns pintores, que também não o viram. Parou um instante, refletiu e continuou a subir. "Seria melhor que eles não estivessem ali, mas... por cima ainda há dois andares..."

Está, enfim, no quarto andar, à porta de Alena Ivanovna. A sala em frente está desocupada. No terceiro andar, a divisão que fica por baixo da habitada pela velha está também desocupada; o cartão que estava colocado na porta já lá não está; o inquilino mudou-se... Raskólnikov sufocava. Houve um momento em que hesitou: "Não faria melhor indo-se embora?" Mas, deixando a pergunta sem resposta, pôs-se a escutar por muito tempo, lançou novamente um olhar em redor e apalpou o machado. "Não estarei muito pálido? Não se notará perturbação em mim?", pensava. "Ela é desconfiada... É melhor deixar passar algum tempo para serenar."

Mas, em vez de diminuírem, as pulsações de seu coração redobravam de violência... Não pôde esperar mais, e, levando a mão ao cordão da campainha, puxou-o. Segundos depois, tornou a tocar com mais força. Ninguém respondeu. Puxar pela campainha desabaladamente seria inútil e comprometedor. Por certo a velha, em casa, sozinha e desconfiada, não queria abrir. Conhecia os hábitos de Alena Ivanovna e aplicou novamente o ouvido à porta. Tinham desenvolvido as circunstâncias nele uma especial faculdade de percepção (o que geralmente é difícil de admitir) ou com efeito era o ruído facilmente perceptível? Como quer que fosse, viu que uma mão se colocava cuidadosamente na maçaneta e um vestido roçava pela porta. Pela parte de dentro alguém fazia o mesmo que ele: escutava junto à fechadura, procurando dissimular a presença.

Propositadamente fez barulho, proferiu algumas palavras e tocou novamente e devagar a campainha, como quem não está impaciente.

Esse minuto deixou-lhe uma recordação imperecível. Quando, mais tarde, pensava nisso, não compreendia como pudera proceder com tanta astúcia, quando sentia uma emoção tal, que o privava momentaneamente das faculdades intelectuais e físicas... Momentos depois, percebeu que corriam o fecho.

Capítulo VII

Como em sua última visita, Raskólnikov viu a porta entreabrir-se lentamente e, pela estreita fresta, dois olhos brilhantes fixarem-se nele com desconfiança. Nesse momento, a serenidade abandonou-o e chegou a fazer um disparate que podia ter estragado tudo.

Temendo que Alena Ivanovna tivesse medo de se achar a sós com um indivíduo cujo aspecto não era dos mais tranquilizadores, puxou a porta, para que a velha não tornasse a fechá-la. A usurária não tentou fazê-lo, mas não largou a maçaneta, sendo assim arrastada para o patamar. Como se conservasse atravessada no limiar e não deixasse a passagem livre, Raskólnikov avançou para ela. Assustada, deu um passo para trás, quis falar, mas não pôde pronunciar uma palavra e fitou o visitante com olhar espantado.

— Boa tarde, Alena Ivanovna — cumprimentou no tom mais despreocupado que pôde afetar — trago-lhe... um objeto... mas entremos... para avaliar, é preciso examiná-lo no claro...

E, sem esperar que a velha o convidasse a entrar, passou para o quarto. A usurária seguiu-o e soltou a língua.

— Meu Deus! Mas que quer? Quem é o senhor? Que deseja?

— Então, Alena Ivanovna, não me conhece? Raskólnikov! Tome, é o penhor de que lhe falei outro dia... E apresentou-lhe o embrulho.

Alena Ivanovna ia examiná-lo, mas, repentinamente, reconsiderou e, erguendo a cabeça, cravou um olhar penetrante e desconfiado no visitante que, sem cerimônia, se tinha introduzido em sua casa. Fitou-o assim durante um minuto. Raskólnikov julgou mesmo ler no olhar da velha uma expressão escarninha, como se ela já desconfiasse de tudo. Sentiu que perdia o sangue-frio, que começava a ter medo que, se esse inquérito mudo durasse mais meio minuto, ele fugiria.

— Por que olha assim para mim, como se não me conhecesse? — interrogou ele subitamente, escarninho também. — Se aceita o objeto, está muito bem; se não o quer, acabou-se, vou a outro lugar; é desnecessário fazer-me perder tempo.

Essas palavras escaparam-lhe sem as ter premeditado.

A linguagem decidida de Raskólnikov causou ótima impressão na velha.

— Mas por que tem tanta pressa, *bátuchka*? E que é isto? — interrogou ela olhando o embrulho.

— É a cigarreira de prata de que lhe falei há dias.

A velha estendeu a mão.

— Como está pálido! E as mãos tão trêmulas! Estás doente, *bátuchka*?

— Tenho febre — respondeu ele secamente. "Como não se há de estar pálido quando não se tem o que comer", concluiu a custo. As forças abandonavam-no novamente. Mas a resposta parecia natural; a velha aceitou o penhor.

— Que é? — perguntou outra vez, tomando o peso do embrulho, olhando fixamente o rapaz.

— Um objeto... uma cigarreira... de prata... veja.

— É singular, não parece de prata!... E como está atado!

Enquanto Alena Ivanovna tentava desatar o pequeno embrulho, ia-se aproximando da luz (a despeito do calor asfixiante, fechara todas as janelas); nessa posição, voltava as costas ao visitante e, durante um momento, não se preocupou com ele. Raskólnikov desabotoou o casaco e puxou o machado, sem o tirar completamente do nó corredio, limitando-se a segurá-lo com a mão direita. Sentia que seus membros se paralisavam. Receou deixar cair a arma... repentinamente, a cabeça começou a girar...

— Mas que diabo há aqui dentro? — exclamou Alena Ivanovna zangada, voltando-se para Raskólnikov.

Não havia um momento a perder. Tirou o machado de debaixo do casaco, levantou-o no ar segurando-o com ambas as mãos, e, quase maquinalmente, porque se sentia sem força, deixou-o cair sobre a cabeça da velha. Mas, apenas vibrou o golpe, voltou-lhe a energia física.

Alena Ivanovna estava, como de costume, com a cabeça descoberta. Os cabelos grisalhos e raros, untados com azeite, formavam uma pequena trança presa na nuca por um pedaço de pente de chifre. O golpe fendeu-lhe o sincipúcio, para o que contribuiu a pequena estatura da vítima, que apenas soltou um gemido e cambaleou, tendo, contudo, ainda forças para levar as mãos à cabeça, numa das quais conservava o embrulho. Então Raskólnikov, cujos braços recuperaram todo o vigor, vibrou mais dois golpes no sincipúcio da avarenta. O sangue golfou abundante e o corpo caiu pesadamente no chão. Vendo a vítima cair, Raskólnikov recuou; mas, de repente, inclinou-se para o rosto da velha; estava morta. Os olhos desmesuradamente abertos pareciam querer saltar das órbitas; as convulsões da agonia tinham dado às feições dela um aspecto horrível.

O assassino deixou o machado no chão e preparou-se para revistar o cadáver, tomando as maiores precauções para não se manchar com o sangue; recordava-se de que, em sua última visita à velha, ela tirara as chaves do bolso direito do vestido. Estava em plena posse das faculdades intelectuais; não sentia vertigens nem o menor atordoamento, mas as mãos continuavam a tremer-lhe. Mais tarde, recordou-se de que fora muito cauteloso e que tivera muito cuidado em não se sujar...

Encontrou logo as chaves; como da outra vez, estavam todas presas numa argola de aço.

Passou imediatamente ao quarto de dormir. Este compartimento era muito pequeno; de um lado havia um grande oratório cheio de ícones; do outro um leito muito limpo, com coberta de seda feita de retalhos e acolchoada. Junto da parede, uma cômoda. Caso singular! Quando Raskólnikov começou a experimentar as chaves, um arrepio percorreu-lhe o corpo. Pensou por um momento em abandonar tudo e retirar-se; mas esse pensamento durou um instante: era tarde demais para recuar.

Um sorriso contraía-lhe os lábios por ter pensado nisso, quando repentinamente teve um sobressalto terrível; se, por acaso, a velha não estivesse ainda morta e voltasse a si? Largou as chaves, correu para junto do corpo, pegou o machado e preparou-se para descarregar novo golpe sobre a vítima; mas a arma, já erguida, não desceu. Alena Ivanovna estava morta, não havia dúvida. Inclinando-se novamente para examiná-la de perto, Raskólnikov verificou que o crânio estava despedaçado. O sangue ensopava o chão. Reparando de repente num cordão que a usurária tinha no pescoço, Raskólnikov puxou com força, mas o cordão resistiu e não partiu. O assassino tentou então tirá-lo fazendo-o descer pelo corpo, sendo mais feliz nesta manobra. O cordão encontrou um obstáculo e deixou de descer. Raskólnikov levantou impacientemente o machado, pronto a ferir o cadáver para cortar com um golpe igual o nó; mas resolveu não proceder com tanta brutalidade. Por fim, depois de dois minutos de esforço que lhe deixaram as mãos arroxeadas, conseguiu partir o cordão com o gume do machado sem tocar no cadáver. Como supusera, do cordão pendia uma bolsa e uma pequena medalha esmaltada e duas cruzes, uma de cipreste e outra de cobre. A bolsa ensebada — um pequeno saco de camurça — estava completamente cheia. Raskólnikov meteu-a no bolso sem verificar o conteúdo, atirou as cruzes sobre o peito da velha e, levando o machado, entrou apressadamente no quarto de dormir.

A sua impaciência era enorme; agarrou novamente as chaves e voltou à tarefa interrompida. Mas eram infrutíferas as tentativas para abrir o móvel, o que se devia atribuir mais aos repetidos enganos do que ao tremor das mãos; ele via, por exemplo, uma chave não servir na fechadura e teimava em fazê-la entrar. Subitamente recordou-se de uma conjetura que fizera em sua última visita; a chave grande, dentada, junto às outras menores, devia ser de algum cofre onde Alena tivesse talvez guardado todo o dinheiro. Abandonando o móvel, procurou debaixo da cama, lembrando-se de que é costume das velhas esconderem em tal lugar os pecúlios.

Com efeito, lá estava um cofre de pouco mais de um *archine* de comprimento, coberto de marroquim vermelho. A chave grande servia perfeitamente na fechadura. Logo que abriu o cofre, viu, sobre um pano branco, uma peliça com guarnições encarnadas, sob a qual estava um vestido de seda, e depois deste um xale; no fundo, parecia haver apenas farrapos. O assassino limpou no marroquim vermelho as mãos ensanguentadas. "No encarnado, o sangue há de aparecer menos." Depois reconsiderou: "Meu Deus, estou louco?"

Mas apenas tocou nas roupas, caiu de entre a peliça um relógio de ouro. Revolveu então o conteúdo do cofre. Entre os farrapos, havia vários objetos de ouro, representando, naturalmente, cada um deles um penhor. Eram pulseiras, cadeias, brincos, alfinetes de gravata, uns encerrados em estojos, outros embrulhados em pedaços de papel, e atados com barbantes.

Raskólnikov não hesitou; encheu os bolsos das calças e do casaco com as joias, sem abrir os estojos, sem tocar nos embrulhos; mas, repentinamente, teve de interromper-se...

Ouviu passos no quarto onde estava o cadáver. Sentiu-se gelado de pavor. Mas o ruído cessou; julgou-se vítima de uma alucinação, quando de repente percebeu distintamente um grito; ou, antes, um fraco gemido. Passado um minuto ou dois, tudo recaiu novamente num silêncio de morte. Raskólnikov sentara-se no chão, junto ao cofre, e esperava, respirando dificilmente. De repente estremeceu, agarrou no machado e saiu do quarto.

No meio do aposento, Isabel, sobraçando um embrulho, contemplava com olhar aterrado o corpo hirto da irmã; pálida como um cadáver, parecia não ter forças para soltar um grito. À brusca aparição do assassino começou a tremer e um suor gelado inundou-lhe o rosto, tentou erguer os braços, abrir a boca, mas não fez o menor gesto, não emitiu o menor som, e, recuando vagamente, com os olhos fixos em Raskólnikov, meteu-se num canto. A infeliz recuara sem dizer uma palavra, como se a respiração lhe faltasse. O assassino avançou para ela com o machado erguido, seus lábios contraíram-se como os das crianças quando têm medo, olhando fixamente para o objeto que as aterra.

O terror dominava-a de tal forma que, vendo-se ameaçada pela arma, nem sequer pensou em defender a cabeça, com esse gesto maquinal em que em tais casos sugere o instinto de conservação. Afastou apenas o braço esquerdo e estendeu-o vagarosamente na direção do assassino, como para o desviar. O ferro abriu-lhe o crânio fendendo toda a parte superior da fronte até quase o sincipúcio. Isabel caiu redondamente morta. Com a cabeça aturdida, Raskólnikov pegou no embrulho que sua segunda vítima trazia, para logo o largar e correr para a sala de entrada.

Estava cada vez mais transtornado, sobretudo desde que cometera o segundo assassínio, que não premeditara. Tinha pressa de fugir. Se, naquele momento, estivesse em estado de perceber melhor as coisas, se lhe tivesse sido possível calcular todas as dificuldades da situação, vê-la tão desesperada, tão horrorosa, tão absurda como realmente era, compreender quantos obstáculos tinha ainda a remover, talvez mesmo novos crimes a praticar, para poder deixar essa casa e refugiar-se na rua, teria provavelmente renunciado à luta e ido ato contínuo denunciar-se; nem se pode dizer que fosse a pusilanimidade que o levaria a isso, mas o horror do que fizera. Essa impressão ia tomando vulto a cada momento. Por coisa alguma se aproximaria agora do cofre nem entraria no quarto.

Mas, pouco a pouco, seu espírito preocupou-se com outros pensamentos e caiu numa espécie de vaga meditação; por momentos, o assassino parecia esquecer-se de si, ou antes esquecer-se do principal para pensar em ninharias. Lançando os olhos para a cozinha, viu um balde com água: lembrou-se de se lavar e limpar o machado. O sangue tornara-lhe as mãos grudentas. Depois de mergulhar na água o gume do machado, pegou num pedaço de sabão que estava no parapeito da janela e começou suas abluções. Quando acabou de lavar as mãos, ensaboou o cabo da arma, que estava também ensanguentado.

Depois, limpou-se numa roupa estendida a secar na corda que atravessava a cozinha. Terminada a operação, aproximou-se da janela para examinar minuciosamente o machado. Os vestígios de sangue tinham desaparecido, mas o cabo estava ainda úmido. Raskólnikov escondeu-o cuidadosamente debaixo do casaco, pendurado no nó corredio. Depois inspecionou minuciosamente a roupa, tanto quanto permitia a fraca luz que iluminava a cozinha. À primeira vista, o casaco e as calças nada apresentavam que originasse suspeitas; mas as botas estavam manchadas de sangue. Limpou-as com um pano molhado.

Essas precauções, porém, não o sossegavam, porque não podia ver distintamente e era possível ter-lhe passado despercebida alguma mancha. Deixava-se ficar de braços caídos, no meio da casa, obcecado por ideias aflitivas: o pensamento de que endoidecia, de que nesse momento estava incapaz de tomar uma resolução e de garantir sua segurança, de que seu procedimento não era, porventura, o que convinha em tal situação... "Meu Deus! Devo fugir, sem demora, o mais depressa possível!", murmurou ele, e passou à saleta de entrada, onde o aguardava a impressão de terror mais intensa que até então experimentara.

Ficou petrificado, sem sequer acreditar no que via: a porta exterior que dava para o patamar, aquela em que batera e por onde pouco antes entrara, estava aberta: por precaução, talvez a velha não a fechara; nem tinha dado volta à chave nem correra o fecho. Mas, Deus, ele bem vira depois Isabel! Como não lhe ocorrera que a infeliz entrara pela porta? Ela não podia ter entrado pela fechadura.

Fechou a porta e correu o ferrolho.

— Mas não, não é isso... Preciso sair, depressa...

Puxou novamente o fecho e, entreabrindo a porta, pôs-se a escutar.

Aplicou o ouvido durante muito tempo. Embaixo, naturalmente à porta da rua, duas vozes trocavam injúrias. "Quem será esta gente?" Esperou pacientemente. Por fim, deixaram de se ouvir os doestos: os contendores haviam-se retirado. Preparava-se para sair, quando, no andar de baixo, se abriu ruidosamente uma porta, e alguém começou a descer, cantando. "Por que fará toda esta gente tanto barulho?", pensou; e cerrou outra vez a porta, continuando a esperar. Finalmente o silêncio restabeleceu-se, mas, no momento em que se preparava para descer, seu ouvido apurado percebeu novo ruído.

Eram passos ainda muito afastados que subiam os primeiros degraus da escada; no entanto, logo que os ouviu, adivinhou imediatamente a verdade; vinham sem dúvida para *aqui*, para o quarto andar, para a casa da velha. Como explicar esse pressentimento? O que havia nesses passos de tão extraordinariamente significativo? Eram pesados, vagarosos e regulares.

"*Ele* já chegou ao primeiro andar e continua a subir... cada vez se ouve melhor... toma a respiração como um asmático... Prepara-se para vir ao terceiro andar... vem aí..."

Raskólnikov teve repentinamente a sensação de uma paralisia geral, como, quando num pesadelo, nos julgamos perseguidos por inimigos que já estão próximos de nós, que vão assassinar-nos, e ficamos petrificados no mesmo lugar, sem podermos fazer o menor movimento.

O desconhecido começava a subir a escada do quarto andar; Raskólnikov, a quem o terror imobilizara no patamar, pôde enfim vencer o torpor e entrou a toda a pressa na casa, fechando a porta imediatamente e correndo o fecho sem fazer o menor ruído. Neste momento, foi guiado mais pelo instinto do que pela reflexão. Encostou-se à porta e pôs-se à escuta, mal se atrevendo a respirar. O visitante já estava no patamar, apenas a porta separava os dois. O desconhecido estava para com Raskólnikov na mesma situação em que ele se encontrara há pouco com a velha.

O visitante respirou com esforço, por várias vezes. "Deve ser forte e alto", pensou o assassino, apertando o cabo do machado. Tudo aquilo lhe parecia um sonho. O desconhecido puxou violentamente a campainha.

Julgou, decerto, ouvir ruído no interior, porque, durante alguns segundos, escutou atentamente. Depois tornou a tocar, esperou ainda algum tempo e, de repente, impacientado, puxou com toda a força a maçaneta da porta. Raskólnikov olhava aterrado para o fecho que oscilava na chapa e esperava a cada instante vê-lo saltar, tão forte eram os empurrões. Pensou em segurar o fecho com a mão, mas *ele* podia desconfiar. A cabeça recomeçava a girar. "Estou perdido!", pensou; todavia recuperou a serenidade quando o visitante se pôs a monologar.

— Estarão dormindo ou alguém as estrangularia? Mulheres, três vezes malditas! — resmungava. — Olá, Alena Ivanovna, velha bruxa! Isabel Ivanovna, beleza maravilhosa! Abram! Excomungadas! Estarão dormindo?

Exasperado, tocou dez vezes seguidas, com toda a força. Este homem era, sem dúvida, íntimo da casa; parecia mandar ali.

Ao mesmo tempo, ouviram-se na escada passos ligeiros, apressados. Era mais alguém que subia para o quarto andar. Raskólnikov não percebeu logo a presença do recém-chegado.

— Pois será possível que não haja ninguém? — disse este com voz alegre, dirigindo-se ao primeiro visitante, que continuava a puxar o cordão da campainha. — Boa tarde, Kokh!

"A julgar pela voz deve ser um rapazinho", pensou Raskólnikov.

— Sei lá! Por pouco não arrombei a fechadura — respondeu Kokh. — Mas de onde me conhece o senhor?

— Que pergunta! Ainda anteontem, no Gambrinos, lhe ganhei três partidas de bilhar seguidas.

— Ah!

— Então, elas não estão em casa? É extraordinário! Direi mesmo, é estúpido. Onde iria a velha? Precisava falar-lhe.

— Também eu precisava falar com ela.

— Então, que havemos de fazer? Irmo-nos embora. E eu que vinha pedir-lhe dinheiro emprestado! — exclamou o rapaz.

— Certamente, não há jeito senão irmo-nos embora; mas para que diabo me disse ela que eu viesse? Foi a própria bruxa que marcou a hora. E é tão longe de minha casa até aqui! Mas aonde iria ela? Não entendo! Ela que não se move durante todo o ano, que fica aqui apodrecendo, que sofre de reumatismo, logo hoje é que saiu!

— E se perguntássemos ao *dvornik*?

— Para quê?

— Para saber aonde ela foi e quando volta.

— Que diabo!... perguntar... Mas ela nunca sai!... — E tornou a puxar a maçaneta da porta. — Diabo, não há remédio senão irmo-nos!

— Espere! — exclamou o rapaz, olhe, vê como a porta resiste quando se puxa?

— Então?

— É a prova de que não está fechada com a chave, mas só com o fecho. Não o sente mover-se?

— E depois?

— Não percebe? É claro que uma delas está em casa. Se ambas tivessem saído, teriam fechado a porta por fora com a chave, não corriam o fecho por dentro. Não ouve o barulho que ele faz? Ora, para alguém fechar uma porta por dentro é preciso estar em casa. Evidentemente elas estão aí.

— É verdade! — exclamou Kokh, surpreendido.

E pôs-se a sacudir a porta furiosamente.

— Veja lá, não puxe com tanta força. Aqui há qualquer coisa... O senhor tocou, puxou a porta com toda a força e não abriram. Está claro que ou ambas estão desmaiadas ou...

— Ou... o quê?

— O que devemos fazer é ir chamar o *dvornik* para ele próprio as acordar.

— Não é má ideia!

— Espere. Não saia daqui enquanto eu vou chamar o *dvornik*.

— Mas por que hei de ficar?

— Ninguém sabe o que pode acontecer.

— Pois fico aqui.

— Sou estudante de direito! Aqui há um mistério, é evidente! — disse com vivacidade o rapaz, descendo de quatro em quatro os degraus da escada.

Ficando só, Kokh tornou ainda a tocar, mas com pouca força; depois, pôs-se a mover com ar pensativo a maçaneta, fazendo oscilar a lingueta para se convencer de que a porta estava apenas fechada com o fecho.

Em seguida, respirando com esforço, curvou-se para olhar pelo buraco da fechadura, mas, como a chave estava pela parte de dentro, nada conseguiu ver.

Encostado à porta, Raskólnikov apertava na mão o cabo do machado. Próximo do delírio, preparava-se para fazer frente aos dois homens quando eles transpusessem o limiar. Mais de uma vez, ouvindo-os bater à porta, teve a ideia de pôr termo àquilo e de os interpelar. "Quanto mais depressa isto acabar, melhor!", pensava ele.

O tempo passava, e não vinha ninguém. Kokh impacientava-se.

— Ora, adeus!... — exclamou ele farto de esperar e descendo para encontrar-se com o rapaz. Aos poucos, o ruído de seus passos, que ressoavam pesadamente na escada, foi esmorecendo.

"Meu Deus! Que hei de fazer?"

Raskólnikov correu o fecho e entreabriu a porta. Animado com o silêncio que reinava em todo o prédio e não estando nesse momento em estado de refletir, saiu, fechou a porta e começou a descer a escada.

Descera já alguns degraus, quando, subitamente, ouviu um grande barulho no fundo da escada. Onde havia de se meter? Não podia esconder-se em parte alguma. Tornou a subir a toda a pressa.

— Oh, diabo, diabo, para!

Aquele que assim gritava acabava de sair de um dos andares inferiores e descia os degraus de quatro em quatro.

— Mitka! Mitka! Mitka! O diabo leve o doido!

A distância não permitiu ouvir mais; o homem que gritara estava longe. Restabeleceu-se o silêncio; mas, mal cessara este incidente, produziu-se outro: um grupo de homens, falando em voz alta, subia tumultuosamente a escada. Raskólnikov distinguiu a voz sonora do rapaz. "São eles!"

Não esperando já lhes escapar, correu ousadamente a seu encontro: "Suceda o que suceder!", pensou ele. "Se me prenderem, deixo! Se me deixarem passar, passarei. Mas hão de lembrar-se de terem cruzado comigo na escada..." Ia dar-se o encontro. Só um andar os separava... Repentinamente, Raskólnikov encontrou a salvação! Uns degraus mais, e à direita estava desabitada e com a porta aberta uma das divisões do segundo andar onde trabalhavam os pintores. Muito a propósito acabavam de o abandonar.

Eram certamente eles que haviam saído há pouco, fazendo aquela algazarra. Notava-se que a tinta das janelas estava ainda fresca. Os pintores tinham deixado, no meio do quarto, uma lata de tinta e um grande pincel. Num momento Raskólnikov introduziu-se no quarto desocupado e colou-se à parede. Era tempo: seus perseguidores chegaram um momento depois ao patamar, continuando a subir para o quarto andar, falando alto. Depois de esperar que se afastassem, saiu na ponta dos pés e desceu precipitadamente.

Ninguém na escada! Ninguém à porta! Transpôs rapidamente o portão e, chegando à rua, enveredou pela esquerda.

Raskólnikov tinha certeza de que, naquele momento, os visitantes da velha, depois de se espantarem por verem a porta aberta, contemplavam cheios de terror os dois cadáveres. "Não lhes será por certo necessário mais de um minuto para adivinharem que o assassino conseguiu escapulir enquanto subiam a escada; talvez mesmo desconfiem que estivesse escondido no compartimento desocupado do segundo andar, quando eles subiam ao quarto andar." Mas, enquanto fazia essas reflexões, não se atrevia a apressar o passo, apesar de estar ainda um pouco distante da primeira esquina. "Se eu ficasse sob um portal e esperasse lá um instante? Nada disso! Se fosse atirar o machado em qualquer lugar? Se tomasse um carro? Não, nada disso..."

Finalmente chegou a um bairro, mais morto que vivo. Sabia que podia considerar-se a salvo. Ali as suspeitas não podiam incidir nele; e, depois, era-lhe mais fácil não despertar a atenção no meio dos transeuntes. Mas as sucessivas comoções tinham-no de tal modo prostrado, que sentiu vergarem-lhe as pernas.

Corriam-lhe pelo rosto grandes gotas de suor. "Já tens a tua conta", disse-lhe alguém, quando ele ia desembocar no canal, julgando-o bêbado.

Estava atordoado; quanto mais caminhava, mais se lhe baralhavam as ideias. Quando chegou ao cais, assustou-se por lá ver tão pouca gente e, receando que o notassem em lugar tão pouco concorrido, voltou ao bairro. Conquanto mal se aguentasse de pé, fez uma grande volta para voltar para casa.

Quando chegou lá, ainda não estava de posse de sua serenidade; não se lembrou do machado senão quando já subia a escada. E, no entanto, o problema que ele tinha de resolver era dos mais sérios: tornar a colocar a arma onde a encontrara, sem atrair a atenção. Se estivesse em estado de apreciar sua situação, teria certamente compreendido que, em vez de colocar o machado no lugar, seria preferível desfazer-se dele, atirando-o para o pátio de uma casa qualquer.

Mas tudo correu conforme seus desejos. A porta do cubículo estava encostada, mas não fechada, o que levava a crer que o *dvornik* estava em casa. Mas Raskólnikov perdera a tal ponto o raciocínio, que abriu a porta. Se o *dvornik* lhe perguntasse "O que quer?" talvez, sem dizer uma palavra, lhe entregasse o machado. Mas, como antes, não estava lá, e Raskólnikov pôde colocar o machado debaixo do banco, onde o tinha encontrado.

Depois subiu a escada e chegou ao quarto sem encontrar vivalma; a porta da hospedaria estava fechada. Logo que entrou em casa, deitou-se vestido mesmo no divã. Não dormiu, mas caiu numa espécie de torpor. Se alguém tivesse então entrado no quarto, ele ter-se-ia levantado e não poderia conter um grito. Em seu cérebro, baralhavam-se os pensamentos; mas, por mais esforços que fizesse, não conseguiu seguir nenhum...

Segunda parte

Capítulo I

Raskólnikov permaneceu deitado durante muito tempo. Às vezes, parecia sair do torpor e então notava que a noite ia adiantada; mas não lhe acudia a ideia de levantar-se. Por fim, percebeu os primeiros alvores do dia. Estendido de costas, não conseguira ainda libertar-se do letargo que pesava sobre ele. Gritos horríveis de desespero partidos da rua chegaram a seus ouvidos; eram certamente os que ouvia todas as noites, às duas horas, sob a janela. Dessa vez, acordaram-no. "Ah! São os bêbados que saem das tavernas", pensou. "São duas horas"; e sentia uma impressão estranha, como se alguém o erguesse do divã. "Pois será possível que já sejam duas horas?" Sentou-se e subitamente recordou-se de tudo.

Nos primeiros momentos, julgou que enlouquecia. Percorria-lhe todo o corpo uma terrível sensação de frio, que tinha origem na febre que o acometera durante o sono. Tremia tanto que os dentes batiam uns contra os outros. Abriu a porta e escutou. No prédio, tudo dormia. Lançou em volta de si um olhar espantado. Como se esquecera de correr o fecho da porta quando entrara? Como se deitara no divã, com o chapéu na cabeça? Lá estava ele no chão, para onde rolara, junto do travesseiro. "Se alguém entrasse aqui, que julgaria? Que eu estava bêbado, mas…"

Correu à janela. Era já dia claro. Inspecionou-se dos pés à cabeça, para verificar se a roupa não estava manchada. Mas não podia confiar nesse exame incompleto; despiu-se e passou nova revista, reparando em tudo minuciosamente. Por três vezes recomeçou esse exame. Salvo umas gotas de sangue coagulado na bainha da calça nada descobriu. Pegou um canivete e cortou as extremidades franjadas da calça. Repentinamente lembrou-se de que tinha nos bolsos os objetos que tirara do cofre da velha! Não pensara neles e menos ainda em escondê-los.

Num momento, despejou os bolsos sobre a mesa. Depois, tendo-os voltado, para se certificar de que nada lá ficara, levou todo o roubo para um canto do quarto, onde o papel que revestia a parede estava roto. Foi ali, debaixo do papel, que ele guardou as joias e a bolsa. "Pronto! Isto está em bom lugar!", pensou satisfeito, erguendo-se um pouco e olhando com ar pasmado. De repente, um tremor convulsivo agitou-lhe os membros: "Meu Deus", murmurou com desespero, "que terei eu? Estará isso bem escondido? Será assim que se escondem as coisas?".

De fato, ele não contava com as joias; pensara apenas em lançar mão do dinheiro da velha; assim a necessidade de esconder o roubo encontrava-o desprevenido.

"Mas agora, neste momento, terei razões para estar satisfeito?", pensou. "Será assim, realmente, que se escondem as coisas? Parece que a razão me foge!"

Extenuado, deixou-se cair no divã, sentindo de novo um arrepio. Maquinalmente, pegou num casaco de inverno em pedaços, que estava em uma cadeira, e cobriu-se. Logo se apoderou dele o sono acompanhado de delírio. Não teve mais a noção das coisas.

Cinco minutos depois, acordou aflitíssimo e seu primeiro movimento foi inclinar-se angustiosamente sobre a roupa. "Como me deixei adormecer novamente sem ter feito coisa alguma! Porque ainda não fiz nada; o nó está ainda pregado na manga do casaco! Não me lembrei disso! Uma prova esmagadora!" Arrancou a faixa de pano, rasgou-a em pedaços e meteu-a no embrulho que servia de travesseiro. "Estes trapos não podem certamente causar suspeitas; pelo menos em minha opinião", repetiu de pé, no meio do quarto, e, com uma atenção que o esforço tornava penosa, olhou em redor, para se certificar de que nada esquecera.

Sofria de uma maneira horrível ao convencer-se de que tudo o abandonava, a própria memória, a mais elementar prudência.

"Será isso o princípio do castigo? É isso, é!"

Efetivamente, as franjas da calça que ele cortara estavam no chão, no meio do quarto, expostas ao olhar de quem ali entrasse.

— Mas onde tenho a cabeça? — exclamou, desanimado.

Veio-lhe então uma ideia espantosa: pensou que a roupa estaria talvez suja de sangue e que o enfraquecimento de suas faculdades não lhe permitira distinguir as manchas... De repente, lembrou-se de que a bolsa estava também ensanguentada. "Mas então o bolso deve estar sujo de sangue, porque a bolsa estava ainda úmida quando a guardei!" Puxou imediatamente o forro do bolso, que efetivamente tinha nódoas. "Ao menos, o raciocínio ainda não me abandonou completamente; não perdi, portanto, nem a memória nem a lucidez. Se tivesse perdido, como me lembraria disso?", pensou, triunfante, soltando um fundo suspiro de satisfação. "Tive apenas um acesso febril que passageiramente me perturbou a inteligência."

E arrancou o forro do bolso esquerdo da calça. Nesse momento, um raio de luz incidiu na botina esquerda; pareceu-lhe descobrir um indício revelador. Descalçou-a. "Efetivamente é um indício! O bico da botina está manchado de sangue." Sem dúvida pusera o pé imprudentemente no sangue empoçado... "Como arranjarei isso? Como hei de livrar-me desta botina, destas franjas, do forro do bolso?"

E deixou-se ficar no meio do quarto, tendo nas mãos todos esses objetos denunciadores.

"Se eu atirasse ao fogão? Mas é natural que vão lá procurar... E se eu queimasse isso? Mas como hei de queimar isso? Não tenho fósforos... O melhor é jogar tudo fora", disse, sentando-se no divã. "E imediatamente, sem perda de um momento!" Mas, em vez de pôr em prática essa resolução, encostou novamente a cabeça no travesseiro; sentiu-se outra vez arrepiado e voltou a embrulhar-se nos farrapos. Durante muito tempo, horas mesmo, em seu espírito fixou-se esta ideia: "É necessário ir já atirar isso fora!" Quis levantar-se, mas não pôde. Por fim, pancadas vibradas violentamente na porta arrancaram-no do torpor.

Era Nastácia.

— Anda, abre, se estás vivo! — gritou ela. — Estás sempre a dormir! Passas dias inteiros enroscado como um cão! És tal qual um cão! Abre, não ouves? Já são dez horas.

— Talvez ele não esteja — disse uma voz de homem.

"Ah, é o *dvornik*... Que quererá ele?"

Estremeceu e sentou-se no divã. O coração parecia querer saltar-lhe fora do peito.

— Então quem havia de fechar a porta com o fecho? — replicou Nastácia. — Ele fechou-se por dentro! Tem talvez receio de que o raptem! Abre, anda, acorda!

"Que quererão eles? A que virá o *dvornik*? Está tudo descoberto. Devo resistir ou abrir a porta? Que vão para o diabo!..."

Ergueu-se um pouco, estendeu o braço e correu o fecho. O quarto era tão pequeno que, mesmo deitado no divã, Raskólnikov podia abrir a porta.

Nastácia e o *dvornik* entraram.

A rapariga fitou o hóspede com modo estranho. Raskólnikov olhou para o *dvornik* como quem perdeu de todo a esperança, e este estendeu-lhe silenciosamente um papel cinzento dobrado no meio e lacrado.

— É uma citação do comissariado — disse.

— De que comissariado?

— Do da polícia, naturalmente. Já se sabe que de outro não podia ser.

— Eu é que não sei como o chamam... Saia.

Examinou atentamente o inquilino, olhou em volta de si e ia sair quando Nastácia disse, olhando fixamente Raskólnikov:

— Parece que estás pior.

A essas palavras o *dvornik* voltou-se.

— Desde ontem que tem febre.

Ele não respondia, conservando o papel na mão sem o abrir.

— Ora, deixa-te estar — disse a criada compadecida, vendo que ele se ia erguer. — Estás doente? Pois não vás! Não será coisa de urgência. Que tens aí na mão?

Raskólnikov olhou: tinha na mão direita as franjas da calça, a botina e o forro arrancado do bolso. Adormecera agarrado a tudo isso. Mais tarde, procurando a explicação do caso, lembrou-se de que estivera entorpecido por um acesso de febre, e que, depois de ter apertado tudo, adormecera profundamente.

— Dorme agarrado a trapos como se fossem um tesouro!... — E, dizendo isso, Nastácia estorcia-se com o riso nervoso que lhe era peculiar.

Raskólnikov escondeu apressadamente debaixo da roupa tudo o que tinha nas mãos e fitou a criada com olhar penetrante. Conquanto não se sentisse em estado de refletir, percebia que não se lhe dirigiriam por aquela forma se soubessem tudo. "Mas a polícia?"

— Queres chá? Ainda há uma gota...

— Não... eu vou já, e imediatamente — balbuciou.

— Mas tu nem tens força para descer a escada!

— Devo ir...

— Faze o que quiseres.

E a rapariga saiu atrás do *dvornik*. Raskólnikov foi logo examinar à janela as franjas da calça e o bico da botina: "Têm manchas, mas não se distinguem: a lama e a esfoladura encobrem a cor. Quem não desconfiar, não dá por isso. Por consequência, Nastácia, do lugar onde estava, não podia perceber. Graças a Deus!" Então, com as mãos trêmulas, abriu o papel e leu-o repetidas vezes, acabando finalmente por compreender. Era uma citação redigida nos termos de costume: o comissário de polícia do bairro intima Raskólnikov a apresentar-se no comissariado às nove e meia.

"Mas então quando chegou a citação?... Pessoalmente, nada tenho com a polícia... E justamente hoje?..." pensou, sentindo-se invadido por uma horrível ansiedade. "Senhor, que isso acabe o mais depressa possível!" E, quando ia prosternar-se para orar, desatou a rir — não da prece, mas de si próprio. Começou a vestir-se apressadamente. "Vou perder-me! Mas não faz mal, acabou-se! Vou calçar a botina. Afinal, com a poeira do caminho, as manchas cada vez desaparecerão mais." Porém, apenas a calçou, cheio de medo descalçou-a logo, com repugnância.

Mas, refletindo que não tinha botinas, tornou a calçá-las, sorrindo. "Tudo isso é convencional, relativo, talvez haja apenas desconfiança e nada mais." Essa ideia a que se agarrava sem convicção não o impedia de sentir um tremor geral. "Vamos, já me calcei, finalmente!" Mas sua hilaridade cedeu lugar à prostração. "Não; é demasiado para minhas forças...", pensou. "As pernas vergam. É medo", disse de si para si.

O calor atordoava-o. "É um ardil! Arranjaram esse pretexto para me apanharem lá, e, quando eu chegar, vão direto à questão", continuou com seus botões, dirigindo-se para a escada. "O pior é que estou meio louco... posso cair em alguma contradição..."

Já na escada, lembrou-se de que os objetos roubados estavam mal escondidos no forro da parede. "Talvez me chamem de propósito, para virem revistar o quarto durante minha ausência", pensou. Mas estava tão desorientado, via a hipótese de sua perda com tal desprendimento, que essa apreensão o deteve apenas um momento.

Na rua, o calor também estava insuportável, nenhuma gota de chuva caíra nos últimos dias. Outra vez o pó, os tijolos, a argamassa, o fedor das tavernas, os bêbados, os mascates finlandeses e os calhambeques. O sol ofuscava-se para que não olhasse essas coisas. Sentia-se atordoado como quem em estado febril sai em um dia de verão.

Chegando à esquina da rua por onde na véspera seguira, lançou furtivamente o olhar inquieto na direção *da casa*... Mas logo desviou os olhos.

"Se me interrogarem, talvez confesse", pensou ao aproximar-se do comissariado.

A repartição mudara há pouco tempo para o quarto andar de uma casa situada a um quarto de *versta* da sua.

Antes de a polícia se instalar na nova casa, ele tivera uma vez de ajustar contas com ela, mas por um caso insignificante e havia já muito tempo. Quando transpôs o portal, viu à direita uma escada por onde descia um mujique, com um livro na mão. "Naturalmente é um *dvornik*; a repartição deve, portanto, ser aqui." E subiu ao acaso. Não queria pedir indicações.

"Entro, ajoelho-me e confesso tudo...", pensava enquanto subia.

A escada era estreita, íngreme e escorregadia, cheia de águas imunda. As cozinhas dos andares abriam-se para a escada e permaneciam de portas escancaradas quase o dia todo. Sentia-se um cheiro horrível, e o calor sufocava; os *dvorniks* subiam e desciam sobraçando livros, cruzando com agentes de polícia e grande número de pessoas que tinham negócios a liquidar com a autoridade. A porta do comissariado estava aberta.

Raskólnikov entrou e parou na primeira sala, onde alguns mujiques esperavam. Ali, como na escada, o calor era intensíssimo; além disso, a casa, pintada recentemente, tresandava a óleo até provocar náuseas. Depois de esperar um instante, resolveu entrar na sala imediata. Seguiam-se muitos cubículos estreitos e baixos. O rapaz estava cada vez mais impaciente. Ninguém atentava nele. Na segunda sala, trabalhavam alguns amanuenses um pouco mais bem-vestidos do que ele. Toda essa gente tinha uma aparência singular. Dirigiu-se a um deles:

— Que quer?

Ele mostrou a citação.

— É estudante? — interrogou o amanuense depois de lançar os olhos sobre o documento.

— Fui estudante.

O empregado olhou para ele, sem curiosidade. Era um homem de cabeleira desgrenhada, que parecia dominado por uma ideia fixa.

"Por ele não chego a saber nada; tudo lhe é indiferente", pensou Raskólnikov.

— Dirija-se ao chefe de repartição — disse o amanuense indicando com o dedo o último compartimento.

Raskólnikov entrou. Essa divisão, a quarta, era estreita e estava cheia de gente, um pouco mais bem-vestida do que a que acabara de ver. Entre os assistentes havia duas senhoras. Uma delas vestida de luto, pobremente. Sentada em frente do funcionário, escrevia qualquer coisa que este lhe ditava.

A outra era uma criatura de carnes opulentas, rosto avermelhado, vestindo-se luxuosamente; um enorme broche que trazia ao peito atraía as atenções. Estava de pé, um pouco afastada, na atitude de quem espera. Raskólnikov entregou a intimação ao funcionário. Este lançou-lhe um olhar rápido e disse-lhe: "Espere um pouco." E continuou ditando à senhora de luto.

O rapaz respirou mais livremente. "Decerto, não foi por causa *daquilo* que me chamaram!" Pouco a pouco foi recuperando a serenidade; pelo menos diligenciava, quanto possível, encher-se de ânimo.

"A menor indiscrição ou imprudência, bastam para me trair!... O diabo é não se poder respirar aqui", acrescentou, "sufoca-se... Tenho a cabeça aturdida...".

Sentiu horrível mal-estar e receava descontrolar-se. Quis fixar o pensamento em qualquer coisa indiferente, mas não conseguiu. Sua atenção fixava-se exclusivamente no chefe de repartição, queria decifrar a fisionomia daquela criatura. Era um rapaz de 22 anos, cujo rosto moreno e móvel o fazia parecer mais velho. Vestia-se elegantemente, tinha o cabelo repartido até a nuca, por uma risca feita com arte; em suas mãos bem tratadas brilhavam alguns anéis e, sobre o colete, pendia uma corrente de ouro. Dirigiu-se a um estrangeiro que ali se encontrava, em francês, e falou corretamente.

— Luíza Ivánovna, sente-se — disse ele à senhora pomposamente vestida, de rosto carminado, que continuava de pé embora tivesse uma cadeira ao lado.

— *Ich danke* — respondeu ela, e sentou-se compondo as saias impregnadas de perfume. Espalhado em volta da cadeira, o vestido de seda azul, guarnecido de rendas brancas, ocupava quase metade da pequena sala. A dama parecia contrariada por lançar de si tanto perfume e ocupar tanto espaço. Sorria com expressão simultaneamente impudente e servil, no entanto sua inquietação era manifesta.

A dama de luto levantou-se. Repentinamente, entrou com estrondo um oficial, de aspecto resoluto, que movia os ombros a cada passo que dava; atirou em cima da mesa o capacete e sentou-se numa cadeira de braços.

Ao vê-lo, a dama, luxuosamente vestida, levantou-se e fez uma reverência; mas o oficial não lhe deu a menor importância, e ela não ousou tornar a sentar-se em sua presença. Essa personagem era o adjunto do comissário de polícia; tinha grandes bigodes ruivos espetados e feições delicadas, mas pouco expressivas, denunciando apenas uma certa insolência. Olhou de revés para Raskólnikov, com um certo ar de indignação; conquanto fosse muito modesta a aparência de nosso herói sua atitude contrastava com a miséria da roupa. Esquecendo a mais rudimentar noção de prudência, Raskólnikov afrontou tão diretamente o olhar do oficial, que ele se sentiu irritado.

— Que queres? — interrogou ele, sem dúvida admirado de um maltrapilho não baixar os olhos ante seu olhar fulminante.

— Chamaram-me... fui solicitado..., respondeu Raskólnikov.

— É o estudante a quem exigem o dinheiro, explicou o chefe de repartição, desviando a atenção da papelada que tinha diante de si. — Aqui tem! — e estendeu a Raskólnikov um processo, designando-lhe certo ponto.

— Leia.

"Dívida? Que dívida?", pensou ele, "então não é por *aquilo*!". E estremeceu de alegria. Experimentou um alívio extraordinário, inexprimível.

— Mas para que horas foi solicitado, senhor? — exclamou o oficial, cujo mau humor aumentava. Intimam-no para as nove horas e aparece às 12!

— Entregaram-me este papel há um quarto de hora — respondeu imediatamente, já irritado. — Doente, febril, não foi sem custo que aqui vim!

— Não grite tanto!

— Eu não grito, estou falando naturalmente; o senhor é que está gritando; sou estudante e não admito que me falem desse modo.

Essa resposta irritou o oficial a tal ponto que, por momentos, nem pôde proferir palavra; de seus lábios saíam apenas sons inarticulados. Deu um salto na cadeira.

— Cale-se, está na presença da autoridade; não seja insolente.

— O senhor também está em presença da autoridade — replicou com aspereza Raskólnikov —, e não só grita, mas fuma; é, portanto, o senhor quem nos ofende a todos.

Sentiu um grande alívio ao pronunciar essas palavras.

O chefe de repartição sorria, olhando os interlocutores. O petulante oficial ficou por um momento pasmado.

— Que tem o senhor com isso? — respondeu afinal, afetando serenidade na voz para disfarçar sua irritação. — Faça a declaração que lhe pedem, ande! Mostre-lhe isso, Alexandre Gregoriévitch. Há queixas contra você. Não paga o que deve! É um bom caloteiro!

Mas Raskólnikov não o escutava; pegara o papel, impaciente por decifrar aquele enigma. Leu a primeira e a segunda vez e não entendeu.

— Que é isso? — perguntou ao chefe de repartição.

— É um documento de dívidas no qual lhe pedem o pagamento. Pode pagá-lo desde já com os juros, ou declarar quando poderá efetuar o pagamento. Nesse caso, é necessário comprometer-se a não se ausentar e a não vender nem alienar seus haveres, até integral pagamento. Pelo que diz respeito ao credor, ele pode vender-lhe os bens e persegui-lo com o rigor da lei.

— Mas eu... eu não devo nada a ninguém.

— Não temos nada com isso. Vieram aqui fazer entrega de uma letra protestada, de 115 rublos, assinada pelo senhor, há nove meses, à sra. Zarnitzine, viúva de um professor, e que essa senhora entregou em pagamento ao conselheiro Tchebarof, mandamo-lo, portanto, citar para que fizesse suas declarações.

— Mas se é minha hospedeira!

— E o que tem isso?

O chefe de repartição olhou com um sorriso indulgente e, ao mesmo tempo, triunfante para o noviço, que ia aprender à custa o processo usado para com os devedores. Mas que importava agora a Raskólnikov a letra? Que importância tinha para ele a reclamação da locadora! Valia a pena apoquentar-se com isso, ligar a menor atenção ao fato? Estava ali lendo, ouvindo, respondendo, interrogando, mas fazia tudo isso maquinalmente. A certeza de estar a salvo, a satisfação de ter escapado a um perigo iminente, era o que nessa ocasião predominava em todo o seu ser.

Por enquanto, as preocupações, todos os cuidados estavam afastados. Foi um minuto de verdadeiro alívio, de uma satisfação indescritível. Mas, nessa ocasião, rebentou uma verdadeira tempestade na repartição. O oficial, que não engolira ainda a afronta a seu orgulho, buscava evidentemente uma desforra. E começou a tratar com grosseria a senhora elegantemente vestida, que, desde que ele fizera sua imponente entrada, não cessara de o olhar com um sorriso estúpido.

— E tu, descarada? — vociferou ele aos berros (a senhora de luto já saíra). — O que sucedeu à noite passada em tua casa? Não cessas de dar escândalo! Sempre rixas e bebedeiras! Gostas de ir para a cadeia? Eu bem te disse que havia de acabar por perder a paciência. Decididamente és incorrigível!

O próprio Raskólnikov deixou cair o papel e pôs-se a olhar espantado para a elegante dama, tratada com tão pouca cerimônia. Mas não tardou a compreender do que se tratava, e a história começou a interessá-lo. Escutava aquilo com prazer, dava-lhe vontade de rir...

— Iliá Pietróvitch! — atalhou o chefe de repartição, reconhecendo logo que seria inoportuna sua intervenção naquele momento, porque sabia por experiência própria que, quando o oficial seguia naquela carreira desenfreada, era impossível contê-lo.

A elegante dama tremera a princípio, sentindo a tempestade desencadear-se sobre sua cabeça; mas, coisa singular, ao passo que ia ouvindo, sua fisionomia tomava uma expressão cada vez mais sorridente, não tirando os olhos do terrível oficial. A cada momento sorria e esperava oportunidade para falar.

— Em minha casa não houve gritos nem brigas, senhor — apressou-se ela a dizer logo que lhe foi possível (falava o russo correntemente, mas com sotaque alemão) — não se deu nenhum escândalo. Aquele homem apareceu lá bêbado e pediu três garrafas de cerveja; depois, pôs-se a tocar piano com os pés, o que é impróprio em uma casa respeitável, e quebrou as teclas. Observei-lhe que não devia proceder daquela forma, e então ele agarrou uma garrafa e começou a bater com ela em todo mundo. Chamei logo Karl, o *dvornik*. Assim que o viu, atirou-lhe com a garrafa à cara, e fez outro tanto a Henriqueta. Em mim, deu-me cinco bofetadas. É inacreditável tal procedimento em uma casa séria, senhor oficial. Gritei por socorro; ele abriu a janela que dá para o canal e começou a grunhir como um porco. Que vergonha! Ir para a janela que dá para o canal grunhir como um porco! Coin! Coin! Coin! Karl puxou-o para dentro e realmente, nessa ocasião, arrancou-lhe uma aba do casaco. Então, reclamou 15 rublos de indenização. E eu paguei de meu bolso cinco rublos pela aba, senhor oficial. Foi esse malcriado quem fez escândalo! E ele ainda me disse: "Posso forçá-la a me pagar, porque escreverei a seu respeito em todos os jornais."

— Então, ele é um escritor?

— Sim, um mal-educado que frequenta uma casa respeitável...

— Basta! Basta! Já te disse, já te repeti...

— Iliá Pietróvitch! — atalhou novamente o chefe de repartição. O oficial lançou-lhe um olhar rápido e viu-o abanar a cabeça.

— ...Pois bem, pelo que te diz respeito, nada mais tenho a dizer-te, veneranda Luíza Ivánovna — continuou o oficial. — Se houver mais algum escândalo em tua respeitável casa, meto-te na jaula, como vulgarmente se diz. Entendeste? Então, um escritor arranca cinco rublos por uma aba de casaco em uma casa respeitável? Bela corja, esses escritores.

Lançou um olhar desdenhoso a Raskólnikov.

— Outro dia, houve um escândalo em um restaurante; um escritor almoçou, não quis pagar e ainda disse: "Escreverei uma sátira sobre o dono." E houve outro que, na semana passada, apareceu a bordo do barco fluvial dirigindo palavras grosseiras à respeitável família de um conselheiro, sua esposa e filha. Outro mais foi enxotado de uma alfaiataria. Todos são assim, os literatos, os estudantes, as vozes que instruem o público... Vote! — Dirigindo-se para Luíza Ivánovna: — Retira-te! Um dia, procurar-te-ei pessoalmente, e será melhor que sejas mais cuidadosa! Entendeste?

Com amabilidade requintada Luíza Ivánovna cumprimentou para todos os lados, mas, quando ia recuando e fazendo mesuras, esbarrou de costas com um garboso militar, de porte expressivo e fisionomia risonha, possuidor de magníficas suíças louras. Era o comissário de polícia Nikodim Fomitch. Luíza Ivánovna curvou-se quase até o chão e saiu com passinhos miúdos.

— De novo o raio, o trovão, a tromba-d'água, a tempestade — disse em tom jovial Nikodim Fomitch a seu adjunto. — Excitaram-te e desesperaste! Ouvi-te da escada.

— Que fazer! — disse negligentemente Iliá Pietróvitch, mudando-se com a enorme papelada para outra mesa, gingando os ombros a cada passada. — Preste atenção: aquele senhor, estudante, ou escritor, não paga o que deve, assina letras e recusa deixar a casa que habita; temos várias queixas contra ele, e é esse cavalheiro que se melindra por eu fumar um cigarro em sua presença. Antes de achar que os outros lhe faltam ao respeito, não seria mais conveniente respeitar-se a si próprio? Olhe para ele, não parece que o aspecto requer a maior consideração?

— A pobreza não é vício, meu amigo. E bem se sabe, *Pólvora*, que facilmente te incendeias! Provavelmente julgou ofendido e não pôde conter-se — continuou Nikodim Fomitch, dirigindo-se cordialmente a Raskólnikov —, mas não andou bem. Este senhor é uma excelente pessoa, afirmo-lhe eu, porém um pouco arrebatado! Exalta-se, enfurece-se, mas, depois de ter desabafado, acabou-se tudo: fica só um coração de ouro! No regimento chamavam-lhe "tenente Pólvora"...

— E que regimento aquele! — exclamou Iliá Pietróvitch, sensibilizado com as últimas palavras do comissário.

Raskólnikov desejou dizer-lhe alguma coisa agradável.

— Queira desculpar-me, senhor — começou, dirigindo-se a Nikodim Fomitch. — Coloquem-se os senhores em minha situação... Estou pronto a dar todas as satisfações se, por acaso, procedi incorretamente. Sou um estudante doente, pobre, esmagado pela miséria. Abandonei a Universidade porque atualmente não tenho meios de subsistência; mas espero receber dinheiro... Minha mãe e minha irmã residem na província de***. Brevemente me mandarão dinheiro, e então pagarei. A minha senhoria é uma boa mulher; mas, como eu já não dou lições e há quatro meses não lhe pago, nem mesmo me dá de jantar... Não compreendo essa história de letra! Então ela quer que eu lhe pague neste momento? E poderei fazê-lo? Os senhores bem veem que não.

— Mas nós não temos nada com isso... — observou o chefe de repartição.

— Perfeitamente, também é essa minha opinião, mas dê-me licença para eu me explicar... — continuou Raskólnikov, dirigindo-se sempre a Nikodim Fomitch e não ao chefe; procurava assim provocar a atenção de Iliá Pietróvitch, conquanto este afetasse nada ouvir e ocupar-se exclusivamente com seus papéis. — Deixe-me dizer-lhe que vivo em casa dela há quase três anos, desde que cheguei da província, e em tempo... afinal por que não hei de confessar?... Comprometi-me a casar com a filha dela... fiz-lhe uma promessa formal nesse sentido... ela agradava-me... ainda que eu não estivesse perdido de amores... em resumo, eu era um criançola, a hospedeira deu-me amplo crédito e levei uma vida... pouco regular.

— Ninguém lhe pede essas explicações, e nós não temos tempo para ouvi-las — atalhou grosseiramente Iliá Pietróvitch. Mas Raskólnikov continuou com animação.

— Dê-me, porém, licença para lhe contar como o caso se passou, embora reconheça a inutilidade da declaração. Há um ano, essa menina morreu de febre tifoide; continuei a ser hóspede da sra. Zamitzine e, quando a minha hospedeira foi viver na casa que atualmente habito, disse-me... amigavelmente... que eu lhe merecia a maior confiança... mas que, no entanto, desejava que eu lhe assinasse uma letra de 115 rublos, quantia que representava o total de minha dívida. Assegurou-me que, uma vez de posse desse documento, continuaria a conceder-me crédito ilimitado e que nunca, nunca — foram essas as suas palavras — negociaria essa letra... E agora que eu não tenho lições, agora que não tenho o que comer, vem ela exigir o pagamento... Como classificar esse procedimento?

— Todos esses pormenores, senhor, nada importam — atalhou insolentemente Iliá Pietróvitch —, o que é necessário é que faça a declaração que lhe foi exigida. O resto, a história de seus amores e de outras não vêm ao caso.

— Oh! Que severidade... — interrompeu Nikodim Fomitch, que se sentara à secretária e folheava papéis um tanto contrariado.

— Escreva intimou o chefe de repartição a Raskólnikov.

— Mas o que hei de escrever? — perguntou ele asperamente.

— Vou ditar.

A Raskólnikov pareceu que, após sua confissão, o chefe de repartição o tratava mais desdenhosamente; mas, caso singular, repentinamente passara a ser-lhe indiferente o juízo que dele fizessem, e essa mudança operou-se instantaneamente. Se refletisse por um momento, admirar-se-ia de ter podido, um minuto antes, conversar daquela forma com pessoas da polícia e levá-las até a ouvir-lhe as confidências. Agora, pelo contrário, se, em vez de estar cheia de gente da polícia, a sala de repente se enchesse com seus amigos mais diletos, não encontraria provavelmente uma palavra para lhes dizer, tanto sentia o coração vazio de sentimentos.

Experimentava simplesmente a penosa sensação de um grande isolamento. Não se sentia humilhado pela circunstância de Iliá Pietróvitch ter sido testemunha de suas confidências; nem fora a petulância do oficial que de repente produziu em sua alma essa revolução. Que lhe importava, agora, a própria ignomínia? Que lhe importavam os militares, a letra, o comissário de polícia? Se, nesse momento, o condenassem a ser queimado vivo, nem isso o comoveria; nem ouviria até o fim a leitura da sentença.

Dava-se nele um fenômeno inteiramente novo. No foro íntimo, compreendia ou — o que era muito pior — sentia que estava para sempre afastado do convívio dos homens, que lhe era defesa qualquer expansão sentimental, como a de há pouco, que lhe seria impossível sustentar uma conversação qualquer, não só com essa gente da polícia, mas até com os próprios parentes. Nunca, até então, experimentara sensação tão cruel.

O chefe de repartição começou a ditar a fórmula da declaração usada em tais casos: "Não posso pagar, mas comprometo-me a satisfazer em tal dia; não sairei da cidade; não venderei nem cederei meus haveres, etc."

— Mas o senhor não pode escrever, a pena treme-lhe na mão — observou o funcionário, olhando-o com curiosidade. — Está doente?

— Estou... Sinto a cabeça girar... queria continuar.

— É apenas isso. Assine.

O chefe de repartição pegou o papel e atendeu outros indivíduos. Raskólnikov pousou a pena, mas, em vez de se retirar, encostou os cotovelos na mesa e apertou a cabeça entre as mãos. Parecia que lhe enterravam um prego no sincipúcio. Repentinamente, acudiu-lhe uma ideia extraordinária; dirigir-se a Nikodim Fomitch e contar-lhe o caso da velha em todos os pormenores; levá-lo em seguida ao quarto e mostrar-lhe os objetos escondidos no buraco da parede. Essa ideia dominou-o de tal modo, que chegou a levantar-se para a executar. "Não; será melhor refletir um momento", pensou, "ou devo seguir a primeira inspiração, ver-me livre desse peso quanto antes?". Mas ficou como que chumbado no chão. Entre Nikodim Fomitch e Iliá Pietróvitch travara-se uma animada conversa, que ele ouvia.

— É impossível, hão de pô-los em liberdade, aos dois. Em primeiro lugar, há uma série de coisas inverossímeis. Veja bem, se eles tivessem praticado o crime, para que haviam de chamar o *dvornik*? Para se denunciarem? Por astúcia? Não, isso era de uma grande sutileza. Enfim, o estudante Priestriakov foi visto pelos dois *dvorniks* e por uma mulher, junto ao portão, na ocasião em que entrava na casa: ia com mais três que o deixaram à porta, e, antes de afastar-se, ouviram-no perguntar aos *dvorniks* onde a velha morava. Se ele fosse ali para a matar, teria feito tal pergunta? Quanto a Kokh, sabe-se que esteve meia hora em casa do joalheiro do rés do chão antes de ir à casa da velha; eram oito horas menos um quarto, precisamente quando ele o deixou para subir ao quarto andar. Agora veja...

— Mas nas declarações deles há coisas inexplicáveis: afirmam que bateram à porta que estava fechada; ora, três minutos depois, quando voltaram com os *dvorniks,* a porta estava aberta!

— Aí é que está o nó górdio. Não há dúvida que o assassino estava em casa da velha e que se fechara por dentro; tê-lo-iam infalivelmente agarrado se o Kokh não cometesse a tolice de ir procurar o *dvornik.* Foi, por isso, que o assassino conseguiu escapar. O Kokh benze-se! "Se eu permaneço lá o assassino saía de repente e matava-me com o machado." Diz que vai mandar rezar uma missa!

— E ninguém conseguiu ver o assassino?

— E como o haviam de ver? Aquilo não é casa, é a Arca de Noé! — observou o chefe de repartição, que seguia a conversa.

— O caso é claro — disse Nikodim Fomitch.

— Não é tal; escuro e bem escuro é que é — respondeu Ilia Petróvich.

Raskólnikov pegou o chapéu e ia retirar-se, mas não chegou à porta...

* * *

Quando voltou a si, viu-se sentado numa cadeira, alguém, à direita, o amparava; à esquerda, outro indivíduo tinha na mão um copo cheio de um líquido amarelo; Nikodim Fomitch, de pé, em frente dele, olhava-o atentamente. Raskólnikov levantou-se.

— Então, sente-se doente? — perguntou em tom severo o comissário.

— Há pouco, quando escrevia a declaração, mal podia segurar a pena — disse o chefe de repartição, voltando a sentar-se à secretária e recomeçando o exame de sua papelada.

— Já se sente doente há muito? — perguntou de seu lugar Iliá Pietróvitch, que também folheava papéis. Como os outros, aproximara-

-se de Raskólnikov quando ele desmaiou, mas, vendo que o rapaz recuperava os sentidos, voltou imediatamente a seu lugar.

— Desde ontem — murmurou Raskólnikov.
— Mas ontem saiu de casa?
— Saí.
— E já estava doente?
— Sim.
— E a que horas saiu?
— Entre as sete e as oito da noite.
— E aonde foi?
— Para a rua.

Branco como cal, Raskólnikov respondeu a todas as perguntas em tom breve; seus olhos negros e profundos não baixaram ante o olhar de Iliá Pietróvitch.

— Vês que ele mal pode ter-se de pé — interveio Nikodim Fomitch — e...

— Não há dúvida! — respondeu em tom enigmático Petróvitch.

O comissário de polícia quis ainda dizer alguma coisa, mas reparou que o chefe de repartição não desviava os olhos dele e calou-se. Emudeceram todos subitamente, o que não deixou de ser notado.

— Está bem, não queremos detê-lo — disse por fim Iliá Pietróvitch.

Raskólnikov dirigiu-se à porta; mas ainda não tinha saído da sala quando a conversa se travou de novo, muito animada, entre os três funcionários policiais. Dominando as outras vozes, a de Nikodim Fomitch formulava perguntas. Na rua, Raskólnikov sentiu-se inteiramente senhor de si.

"Eles vão proceder imediatamente a uma busca!", monologou, dirigindo-se precipitadamente para casa; "os malandros desconfiam!". O terror que momentos antes experimentara dominava-o agora completamente.

Capítulo II

E se eles me antecedessem! Se eu os encontrasse ao chegar em casa?"
Está enfim no quarto. Tudo está em ordem; não veio ninguém. Nem a própria Nastácia tocou em coisa alguma. Mas, Senhor!, como pôde ele deixar tudo aquilo em tal esconderijo?
Correu ao canto, e, enfiando a mão pelo buraco, tirou os estojos, ao todo oito. Havia duas caixas que continham brincos ou coisa parecida — ele não dera atenção a isso —, quatro estojos de marroquim, uma corrente de relógio embrulhada num pedaço de jornal e, também entre papéis, outro objeto que parecia uma condecoração...
Raskólnikov meteu aquilo nos bolsos, diligenciando acomodar tudo sem fazer grande volume. Guardou também a bolsa e saiu do quarto, deixando a porta aberta.
Caminhava rapidamente e com passo firme; conquanto estivesse muito fraco não lhe faltava presença de espírito. Receava que o perseguissem, que, em meia hora, em um quarto de hora talvez, procedessem a um inquérito sobre sua pessoa; era, portanto, necessário fazer desaparecer o roubo enquanto lhe restava alguma força e energia... Masa onde iria?
"Atiro tudo ao canal, e o caso morre afogado!"

Assim decidira na noite anterior, quando delirava, sentindo o desejo de se levantar e de ir a toda a pressa atirar aquilo fora. Mas não era fácil a execução desse projeto.

Durante mais de meia hora passeou de um para outro lado no cais do canal Catarina; ao passo que as ia encontrando, examinava as várias escadas que desciam para a água. Mas o azar opunha sempre algum obstáculo à realização do seu intento. Agora, eram lavadeiras, logo seriam barcas ali ancoradas. Depois, o cais enxameava de gente que não deixaria de reparar num ato fora do comum; não era possível, sem erguer suspeitas, descer até a linha d'água e atirar um objeto ao canal. E se, como era natural, os estojos flutuassem em vez de desaparecerem na água? Toda a gente notaria isso. Raskólnikov já se julgava alvo de todas as atenções; parecia-lhe que todos o observavam.

Pensou por fim em ir lançar o embrulho no Neva. Aí efetivamente havia menos gente no cais, corria menor risco de ser notado e, circunstância importante, estaria mais afastado de seu bairro. "Mas", perguntou ele repentinamente a si próprio, "para que andava eu há mais de meia hora de um lado para outro, em lugares que não me garantem a menor segurança? As objeções que se apresentam agora em meu espírito, não as poderia eu ter feito há mais tempo? Se perdi meia hora a preparar um projeto insensato, é simplesmente porque tomei tal resolução num momento de delírio!". Tornara-se excessivamente distraído e esquecido, e não ignorava essa circunstância. Decididamente era necessário agir rápido!

E partiu a caminho do Neva, pela avenida de V***, mas, no caminho, teve de repente outra ideia. "Para que hei de ir ao Neva? Para que hei de atirar isso ao rio? Não seria preferível ir a outra parte, bastante longe, a uma ilha?... Aí sim, poderia procurar um lugar deserto, uma floresta, e enterrar tudo junto de uma árvore, na qual repararia atentamente para mais tarde a reconhecer." Embora se sentisse incapaz de tomar naquele momento uma decisão razoável, a ideia pareceu-lhe prática, e resolveu pô-la em execução.

Mas o acaso foi resolvido por outra forma. Quando ele desembocava da avenida V*** para a praça, reparou num pátio rodeado de altos muros, inteiramente coberto de fuligem. Ao fundo, havia um alpendre, que, evidentemente, era dependência de uma oficina qualquer; certamente havia ali uma marcenaria ou correaria.

Não vendo ninguém no pátio, entrou, e, depois de ter olhado em redor, pensou que em parte alguma se lhe oferecia melhor ensejo para a realização de seu plano. Junto ao muro, ou antes, ao tapume de madeira que separava o pátio da rua, à esquerda da porta, estava encostada uma pedra de umas sessenta libras de peso. Para lá do tapume era o passeio. Raskólnikov ouvia os passos dos transeuntes, quase sempre numerosos neste lugar, mas da rua ninguém podia vê-lo; para isso seria necessário entrar no pátio.

Inclinou-se sobre a pedra, agarrou-a e, puxando-a contra si, conseguiu voltá-la. O terreno, no lugar em que ela estava colocada, fazia uma pequena depressão; atirou imediatamente para lá tudo quanto trazia nos bolsos. A bolsa ficou sobre as joias. Em seguida, removeu a pedra para o lugar onde dantes estava, parecendo agora um pouco mais elevada. Com o pé, cobriu a base com terra. Nada podia notar-se.

Então saiu e dirigiu-se para a praça. Como horas antes, no comissariado, sentiu-se, durante um momento, invadido por uma alegria doida. "Pronto! Desapareceu o corpo de delito! Quem se há de lembrar de ir procurá-lo debaixo da pedra? Talvez ela esteja ali desde a construção da casa ao lado, e, quem sabe, por quanto tempo lá estará! E, quando venham a descobrir o que está sob esse bloco, quem poderá adivinhar o intuito de quem ali pôs aquilo? Está tudo acabado. Não há provas!" E pôs-se a rir. Sim, lembrou-se mais tarde que atravessara a praça a rir, com um riso nervoso e insistente. Mas quando chegou à avenida K***, onde encontrara a moça embriagada, essa hilaridade cessou repentinamente. Outras ideias lhe ocorreram. Repugnava-lhe passar pelo local, onde, após a moça se ter retirado, se sentara e havia pensado que também seria odioso enfrentar o policial de suíças a quem dera vinte copeques. Diabos o levem! Olhando em torno, perplexo e aborrecido, foi embora.

Todos os seus pensamentos giravam agora em torno de um ponto culminante cuja grande importância confessava a si próprio; e reconhecia que, pela primeira vez havia dois meses, se achava em face desse problema.

"Que o diabo carregue tudo isso", pensou ele num repentino acesso de mau humor. "Vamos, a taça está cheia, é necessário bebê-la; que martírio de vida! Como isso é estúpido. Senhor! Quantas mentiras tenho dito, quantas baixezas tenho cometido hoje... A que miserável servilismo eu tive de rebaixar-me há pouco para conseguir a benevolência desse pobre Iliá Pietróvitch! Mas afinal que importa isso? Rio-me de todos eles e das covardias que porventura pratiquei. Não é nada disso o que importa..."

De repente estacou, preocupado, aturdido com um novo pensamento tão inesperado como simples:

"Se, na realidade, te conduziste em tudo isso como um indivíduo esperto e não como um imbecil, se tinhas um objetivo perfeitamente meditado, como explicar o fato de não teres verificado o conteúdo da bolsa? Como podes ainda ignorar quanto te advém do ato em cujo risco e em cuja ignomínia não receaste incorrer? Não ias há pouco atirar à água a bolsa e as joias, em que mal lançaste os olhos?... Que dizer a isso?..."

Sim! Tudo isso é verdadeiro. No entanto, já o sabia antes e não era uma nova dúvida para ele ter-se decidido à noite sem hesitação, como teria de ser, embora não pudesse ser de outro modo. Sim! De tudo soubera e compreendera. Certamente decidira-se ontem, no momento em que se curvara sobre o cofre e tirara os estojos de joias. Assim sucedera. "Tudo isso sucedera por eu estar muito doente", disse horrorizado. "Tenho-me atormentado e não sei o que faço. Ontem e anteontem, tenho-me atormentado e devo voltar a ter saúde, sem me aborrecer. Mas que será, se não ficar bom? Meu Deus, como estou doente!"

Precisava urgentemente de uma distração, mas não sabia o que fazer, não sabia como encontrá-la. Nova sensação terrível o dominava progressivamente. Era uma repulsa física para tudo que o cercava, um obstinado e maligno sentimento de ódio; todos com quem se encontrava, tornavam-se-lhe repugnantes. Odiava-lhes os rostos, os gestos. Se alguém lhe falasse, sentia que lhe cuspiria na cara ou o morderia.

Chegando ao cais do Pequeno Neva, em Vassíli Ostrof, parou junto da ponte. "É aqui, é nesta casa que ele mora", pensou. "Que quer dizer isso? Parece que as pernas me trouxeram por conta própria à casa de Razumíkhin. É o caso do outro dia... Eu caminhava sem destino e o acaso conduziu-me aqui! Dizia eu... anteontem... que havia de ir vê-lo depois *daquilo*, no dia imediato. Pois bem, vou vê-lo! Já não poderei fazer uma visita?..."

Subiu ao quinto andar, onde seu amigo habitava.

Razumíkhin estava escrevendo no quarto e foi ele mesmo quem veio abrir. Havia quatro meses que os dois não se viam. Com o cabelo desgrenhado, vestindo um roupão esfarrapado, os pés sem meias enfiados numas velhas chinelas, Razumíkhin não estava lavado nem barbeado. Na fisionomia, lia-se-lhe o espanto que a visita causava.

— Ah, és tu!? — exclamou, examinando dos pés à cabeça o recém-chegado. E pôs-se a assobiar. — Pois será possível que os negócios corram tão mal? O caso é que me excedes em elegância — continuou ele depois de ter inspecionado novamente os andrajos do amigo. — Senta-te, estás cansado! — E quando Raskólnikov se deixou cair no divã turco forrado de oleado, ainda mais miserável do que o dele, Razumíkhin notou que ele sofria.

— Tu estás gravemente doente, sabes?

Quis tomar-lhe o pulso, mas ele retirou rapidamente o braço.

— Não te incomodes — disse —, vim... eu te digo por quê: não tenho lições... e queria... mas afinal eu não preciso de lições para nada...

— Sabes o que mais? Tu estás doido! — respondeu Razumíkhin, que observava atentamente o amigo...

— Não! Não estou doido — disse levantando-se. Ao subir à casa de Razumíkhin, não pensou que ia encontrar-se frente a frente com seu antigo condiscípulo. Ora, naquele momento, uma entrevista, fosse com quem fosse, era o que mais lhe repugnava. Quase sufocado de desespero contra si próprio, dirigiu-se para a porta.

— Adeus! — disse bruscamente.

— Vem cá, homem! Sempre me saíste um pateta!

— Não insistas!... — disse, puxando a mão que o amigo segurava.

— Então para que diabo vieste cá? Estás doido? Mas não vês que isso é ofensivo? Não te deixo sair assim...

— Pois está bem... ouve lá... vim procurar-te porque só tu me podes auxiliar... a principiar... porque tu és melhor do que os outros... quero dizer, mais inteligente... podes julgar... Mas vejo agora que não preciso de coisa alguma... Não preciso nem de favores nem da simpatia de ninguém!... Eu me arranjarei... Deixa-me em paz!

— Mas espera um momento, limpa-chaminés! Estás completamente maluco! Por mais que me digas, não me convences do contrário, eu também não tenho lições. Mas não ligo para isso. Tenho um editor, Keruvimof, que, no gênero, é uma lição viva. Não o trocaria por cinco lições em casas de ricaços! O homem publica uns folhetos de ciências naturais que se vendem como pão! O caso está em achar--lhes os títulos. Tu dizias frequentemente que eu era estúpido; pois então fica sabendo que há muitos piores do que eu! Meu editor, que não sabe ler, está no auge da fama; eu, está claro, vou animando-o.

Aqui, estão, por exemplo, estas duas folhas e meia de texto alemão, que, no meu entender, são do mais cretino charlatanismo; o autor trata esta momentosa questão: "A mulher é um ser humano?" Como é natural, sustenta a afirmativa e demonstra-a com ar de triunfo. Estou traduzindo esse opúsculo para Keruvimof, que o considera de atualidade, neste momento em que tanto se debate o feminismo. Com estas duas folhas e meia do original alemão, vamos nós fazer seis; pomos-lhe um título de efeito que ocupe meia página e venderemos o volume a cinquenta copeques. Vai ter um êxito colossal! Pagam-me a tradução a seis rublos por folha, ou seja, ao todo, 15 rublos, dos quais já me adiantaram seis... Quando terminar isso, iniciarei uma tradução sobre baleias e alguns dos mais insípidos escândalos de *Les Confessions*, da segunda parte que marcamos para traduzir. Alguém disse a Keruvimof que Rousseau é uma espécie de Radischef. E eu não o contradiarei. Que ele se enforque! Queres traduzir a segunda folha? Se queres, leva o original, penas e papel — tudo por conta do Estado — e consente que te adiante três rublos. Como recebi seis adiantados pelas primeiras duas folhas, tens a receber três e outro tanto quando acabares o trabalho. Não vás agora pensar que me ficas devendo um grande favor. Pelo contrário, logo que entraste, pensei nisso; que me ias ser útil, pois, em primeiro lugar, meu forte não é a ortografia, e, depois, porque conheço o alemão pessimamente, de sorte que, num grande número de casos, invento em vez de traduzir, alegro-me com a ideia que acrescento algumas belezas ao texto, mas talvez me iluda. Então, que dizes, aceitas?

Raskólnikov pegou silenciosamente as folhas da brochura e os três rublos; depois saiu sem proferir uma só palavra. Razumíkhin seguiu-o com um olhar de espanto. Mas quando ia dobrar a primeira esquina, Raskólnikov retrocedeu precipitadamente e tornou a subir à casa do amigo. Colocou na mesa a brochura e os três rublos e tornou a sair sem dizer palavra.

— Mas isso é de doido! — gritou Razumíkhin exasperado. — Que história é esta? Até me fazes perder a calma! Para que diabo vieste então aqui?

— Não preciso de traduções... — murmurou ele descendo a escada.

— Dize-me, onde moras?

A pergunta ficou sem resposta.

— Bem, vá para o diabo!

Mas Raskólnikov já estava na rua. Na ponte de Nikolaiévski, retornou à consciência de seus atos, devido a um incidente desagradável. Um cocheiro, após lhe ter gritado duas vezes, deu-lhe uma chicotada por tê-lo quase feito cair sob as patas dos cavalos. A chicotada enfureceu-o tanto que se jogou contra a balaustrada (por uma razão que não sabia, andara no meio do tráfego, pelo centro da ponte) e trincou os dentes com raiva ao ouvir o escárnio dos transeuntes.

— Bata-lhe com força!

— Acho que é punguista!

— Na certa, imita estar bêbado para ficar sob as rodas da carruagem e assim ter quem se responsabilize por ele.

— É contumaz... isso ele é!

Enquanto estava parado na balaustrada, olhando com raiva e susto a carruagem que retrocedia e esfregando a espádua dolorida, sentiu alguém lhe pôr dinheiro na mão. Era uma senhora idosa, de lenço na cabeça e sapatos de couro de cabra, com uma criança, provavelmente sua filha, de chapéus e guarda-sol verde.

— Guarde-o, em nome de Cristo!

Raskólnikov guardou-o, e elas prosseguiram. Era uma moeda de vinte copeques. Por seus andrajos, deviam tomá-lo por um mendigo a esmolar e a dádiva de vinte copeques era devida à chicotada, o que as entristecera. Fechou a mão sobre a moeda; andou dez passos e retrocedeu, tendo o Neva e o palácio pela frente. No céu não havia nuvem alguma, e a água do rio estava azul-celeste, coisa rara no Neva. A cúpula da catedral, melhor vista da ponte a vinte passos da capela, resplandecia à luz do sol e, no ar puro, cada um de seus ornamentos podia ser claramente distinguido. A dor da chicotada se esvanecera, e Raskólnikov já esquecera o fato. Uma inquietude, uma indefinida ideia ocupou-o completamente; parou e ficou olhando detidamente a distância. Tal lugar era-lhe familiar; quando cursava a Faculdade, parara ali centenas de vezes ao voltar para casa, e quase sempre se maravilhava com a vaga e misteriosa emoção a que era induzido por tal espetáculo. Desta vez, ficou estranhamente indiferente; este exuberante espetáculo para ele era vazio e sem vida. Cada vez que refletia, ele se surpreendia com essa sombria e enigmática impressão e, não confiando em si mesmo, procurava achar uma explicação para o fato. Rememorando vividamente todas as antigas dúvidas e perplexidades, parecia-lhe não ser simples acaso relembrá-las agora. Achou estranho e grotesco que tivesse habitualmente se demorado em tal lugar; embora, de fato, tivesse pensado as mesmas coisas, interessando-se pelas mesmas teorias e panoramas há tão pouco tempo. Esta diferença quase o divertiu, embora, também, lhe dilacerasse o coração. Do íntimo, bem escondido, tudo lhe aparecia agora... seu antigo passado, seus antigos problemas e teorias, suas antigas impressões, este panorama, ele próprio, e tudo... tudo... Sentia que voava e que tudo lhe fugia da visão. Tentando um movimento inconsciente com a mão, de súbito teve consciência da moeda no punho cerrado. Abriu-o, olhou esgazeado para a moeda e, flexionando o braço, lançou-a na água; então, voltou para casa. Parecia-lhe ter-se separado de tudo e de todos com aquele gesto.

    Anoitecia quando chegou a casa; portanto devia ter perambulado cerca de seis horas, sem saber por onde voltara. Tremendo dos pés à cabeça, como um cavalo estafado, despiu-se, estendeu-se no divã e, depois de se ter embrulhado no capote, adormeceu profundamente.

Era já noite alta quando um grande barulho o despertou. Que cena medonha se estava passando, Senhor! Eram gritos, gemidos, ranger de dentes, vociferações, como ele nunca ouvira. Aterrado, sentou-se no divã; de instante a instante, seu terror aumentava, porque cada vez lhe chegavam mais distintamente aos ouvidos o som das pancadas, as lamentações e as vociferações. De súbito, com grande surpresa, reconheceu a voz da hospedeira.

A pobre mulher gemia, suplicava, aflitíssima. Era impossível distinguir o que ela dizia, mas decerto pedia que não lhe batessem mais, porque evidentemente estavam a espancá-la na escada. Quem assim a maltratava, vociferava com voz rouca, alterada pela cólera, de forma que suas palavras eram também ininteligíveis. Raskólnikov tremia como vara verde; reconhecera essa voz; era a de Iliá Pietróvitch. "Iliá Pietróvitch está batendo na senhoria! Dá-lhe pontapés, bate-lhe com a cabeça nos degraus... É claro que não me engano... O ruído, os gritos da vítima, tudo indica que se trata de pancadaria. O que será isso?"

Os inquilinos dos diversos andares corriam para a escada; ouviam-se vozes, exclamações; subiam, desciam, empurravam fortemente as portas ou fechavam-nas com estrondo. "Mas por que foi tudo isso? Como é isso possível?", repetia ele, começando a acreditar que a loucura se apoderava de seu cérebro. Mas qual! Ele distinguia nitidamente os ruídos!... "Mas então, vêm a meu quarto, porque... tudo isso, naturalmente, é por causa da *história*... Meu Deus!..." Quis correr o fecho da porta, mas não teve forças para erguer o braço... Aliás, sabia bem que essa preocupação de nada lhe serviria! O terror gelava-lhe a alma...

O rumor durou uns dez minutos, cessando pouco a pouco. A dona da casa gemia. Iliá Pietróvitch continuava os insultos e as ameaças... Por fim também se calou. "Ter-se-ia *ido* embora? Meu Deus!... Sim, lá se vai também a patroa, sempre chorando e gemendo... Com que ruído fecha a porta do quarto... Os inquilinos recolhem-se, com exclamações de espanto, ora gritos, ora em voz baixa. Devia ser muita gente; pois acudiram todos, ou quase todos, os inquilinos! Oh, meu Deus, será possível? Mas por que viria ele aqui?"

Raskólnikov caiu exausto no divã, mas não pôde adormecer; durante meia hora foi dominado por um terror estranho. Repentinamente, uma luz brilhante iluminou o quarto. Era a Nastácia que estava com uma vela e um prato de sopa. A rapariga olhou para ele atentamente, e, convencida de que não dormia, colocou o castiçal na mesa, bem como o mais que trouxera: pão, sal, um prato e uma colher.

— Parece-me que não comes desde ontem. Aí ficaste todo o dia a arder em febre.

— Oh, Nastácia... por que bateram na patroa?

Ela fitou-o demoradamente.

— Quem foi que bateu nela?

— Há pouco... talvez há meia hora, Iliá Pietróvitch, o adjunto do comissário de polícia, deu-lhe uma grande surra, ali na escada... Por que a espancaria assim? E que veio ele fazer aqui?

Nastácia franziu o sobrolho sem dizer palavras e examinou atentamente o hóspede. Esse olhar penetrante embaraçou-o.

— Por que não respondes, Nastácia? — perguntou finalmente com voz débil.

— É o sangue — murmurou ela como se pensasse em voz alta.

— O sangue!... Que sangue?... — balbuciou Raskólnikov, empalidecendo e recuando até a parede.

Nastácia continuava a observá-lo silenciosamente.

— Ninguém bateu na patroa — disse afinal em tom seco.

Ródion olhou para ela, respirando com dificuldade.

— Eu ouvi perfeitamente... não dormia... estava sentado no divã — disse timidamente. Escutei durante muito tempo. Veio o ajudante do comissário de polícia... Os inquilinos correram todos à escada...

— Não veio ninguém... Isso tudo é do sangue a ferver. Quando não encontra saída, coagula e vem o delírio... Queres comer?

Ele não respondia. Nastácia continuava a observá-lo.

— Tenho sede, Nastáciuchka.

A rapariga saiu e voltou depois com uma vasilha de barro cheia de água... Mas aí paravam as recordações de Raskólnikov. Lembrava-se apenas de ter bebido água. Em seguida, perdera os sentidos.

Capítulo III

Todavia, enquanto durou a doença, Raskólnikov não esteve completamente privado da razão: estava como que num estado febril delirante, numa semi-inconsciência. Mais tarde, recordou-se de muitas coisas. Umas vezes julgava ver em redor de si indivíduos que o queriam levar, discutindo vivamente a seu respeito. Outras vezes via-se só no quarto: toda a gente se havia retirado com medo dele; apenas, de vez em quando, entreabriam a porta para o vigiar; ameaçavam-no, cochichavam, riam e encolerizavam-no. Percebeu muitas vezes Nastácia à sua cabeceira; via também um homem que certamente conhecia bem, mas quem era ele? Não conseguia ligar o nome à pessoa e isso torturava-o até as lágrimas.

Por vezes, afigurava-se-lhe que havia já um mês que estava de cama; noutros momentos, parecia-lhe que todos os incidentes de sua doença tinham sucedido num único dia. Mas *aquilo*, *aquilo*, ele não lembrava absolutamente; no entanto, a cada momento pensava que se esquecera de alguma coisa de que devia lembrar-se, e afligia-se, fazia esforços de memória, ficava furioso ou possuído de um terror indescritível por não se recordar. Por fim, erguia-se na cama, queria fugir, mas sempre alguém o retinha com pulso forte. Essas crises deixavam-

-no numa prostração enorme e terminavam sempre por um desmaio. Finalmente recuperou por completo o uso da razão.

Seriam dez horas da manhã. Quando o tempo estava bom, o sol entrava àquela hora no quarto, projetando uma larga faixa de luz na parede do lado direito que se estendia até o canto, junto à porta. Nastácia estava junto ao leito com um homem que ele não conhecia e que o observava com curiosidade. Era um rapaz quase imberbe, vestindo blusa como a dos operários. Pela porta entreaberta, a dona da casa espreitava. Raskólnikov ergueu-se um pouco.

— Quem é, Nastácia? — perguntou ele apontando o desconhecido.

— Veja, voltou a si! — exclamou a criada.

— Já voltou a si! — repetiu o desconhecido. — A essas palavras a hospedeira fechou a porta e desapareceu. À sua timidez desagradavam as explicações. Essa mulher, que teria quarenta anos, tinha olhos negros, era muito gorda e de aparência agradável. Bondosa, como em geral são as pessoas adiposas e indolentes, era extremamente tímida.

— Quem é o senhor? — continuou Raskólnikov a perguntar, dirigindo-se ao desconhecido. Mas nesse momento a porta abriu-se novamente e entrou Razumíkhin curvando-se um pouco por causa de sua elevada estatura.

— Que droga! — exclamou ele, bato sempre com a cabeça no teto; e chamam a isto um quarto? Então, meu amigo, já voltaste a si, segundo me disse agora Pachenka?

— Agora mesmo recuperou os sentidos — disse Nastácia.

— Só agora recuperou de todo os sentidos — repetiu como um eco o desconhecido, sorrindo.

— Mas quem é o senhor? — perguntou asperamente Razumíkhin.

— Eu me chamo Vrazumikine; não Razumíkhin, como sou chamado habitualmente, mas Vrazumikine, sou estudante, filho de um fidalgo, e este senhor é meu amigo. Agora fará o favor de apresentar-se.

— Sou empregado no estabelecimento de Cheloparef e venho aqui tratar de um negócio.

— Sente-se nessa cadeira — disse Razumíkhin sentando-se do outro lado da mesa. — Meu amigo, fizeste bem em voltar a si, continuou o estudante dirigindo-se a Raskólnikov. Há quatro dias que quase não comes nem bebes. Tomavas apenas um pouco de chá. Trouxe-te duas vezes o Zózimov! Lembras-te de Zózimov? Examinou-te minuciosamente e disse que isso não era nada. A tua doença, segundo ele, era apenas um esgotamento nervoso, resultado da má alimentação, mas sem consequências. É um tipo interessante o Zózimov! Já clinica por sua conta... Mas não quero tomar-lhe o tempo — disse Razumíkhin voltando-se para o empregado de Cheloparef. — Queira expor o motivo de sua visita. Nota, Ródia, que é a segunda vez que o patrão dele manda alguém aqui. Mas da primeira vez não foi este. Quem foi que veio antes do senhor?

— Refere-se talvez ao Aléxei Semênovitch, também empregado da casa.

— Tem a língua mais desembaraçada do que o senhor, não acha?

— Sim, ele é mais apresentável.

— Modéstia digna de elogio! Queira ter a bondade de continuar.

— O caso é este — começou o jovem dirigindo-se a Raskólnikov: — A pedido de sua mãe, Afanase Ivânovitch Vakrúchine, de quem certamente já ouviu falar, enviou-lhe uma quantia, que nossa casa foi encarregada de lhe entregar. Se está em seu juízo, queira passar o recibo desses 35 rublos, que, a pedido de sua mãe, Sêmen Semênovitch recebeu de Afanase Ivânovitch, para lhe serem entregues. Certamente teve aviso da remessa desse dinheiro.

— Sim... Tenho ideia... Vakrúchine... — balbuciou Raskólnikov com ar pensativo.

— Está ouvindo... ele conhece Vakrúchine. Está em perfeitas condições mentais. E vejo que o senhor também é inteligente. É sempre agradável ouvir a voz da sabedoria.

— Essa é a pessoa, Afanase Ivânovitch Vakrúchine. A pedido de sua mãe, remeteu-lhe algum dinheiro por intermédio de Sêmen Semênovitch e instruções, há alguns dias, para lhe entregar 35 rublos a fim de suavizar suas condições.

— Este "suavizar suas condições" é a melhor coisa que o senhor disse, embora "sua mãe" não seja tão ruim assim. Pois bem, que tem a dizer? Ele está em seu juízo!

— Tudo estará certo se puder assinar um pequeno documento.

— Ele vai assinar. Traz o livro? — disse Razumíkhin.

— Sim, senhor. Aqui está.

— Dê-me. Vamos lá, Ródia, faze um pequeno esforço; vê se te podes sentar, eu ajudo-te... Toma a pena... Anda, assina, meu amigo, e lembra-te que atualmente dinheiro é o mel da humanidade.

— Não preciso dele — disse Raskólnikov afastando a pena.

— Como assim?

— Não assino!

— Mas é preciso que passes o recibo!

— Não tenho necessidade... de dinheiro...

— Não tens necessidade de dinheiro!... Quanto a isso, meu caro amigo, faltas à verdade. Sou testemunha! Não se preocupe, senhor, ele não sabe o que está dizendo... regressou novamente ao país dos sonhos. Isso também lhe sucede no estado normal. O senhor, que é um homem de juízo, vai-me ajudar a ampará-lo e ele há de assinar. Vamos, ajude-me.

— Mas eu volto depois.

— Não, não, por que se há de incomodar?... Vamos, Ródia, não demores este senhor... bem vês que ele está esperando... — E Razumíkhin procurava guiar a mão de Raskólnikov.

— Deixa, eu não preciso de auxílio para isso... — respondeu o doente. E, tomando a pena, assinou.

O empregado de Cheloparef deu o dinheiro e retirou-se.

— Muito bem! E agora, queres tomar alguma coisa?

— Quero — respondeu Raskólnikov.

— Haverá sopa?

— Há um resto de ontem — respondeu Nastácia.

— Com arroz e batatas?

— Sim.

— Bem. Vá buscar a sopa e traz também chá.

Raskólnikov olhava surpreso para todos e para tudo com um ar aterrado e imbecil. Decidiu calar-se e esperar o que desse e viesse. "Creio que já não deliro", pensou ele, "tudo isso me parece real".

Dez minutos depois, Nastácia voltou com a sopa e a promessa de que o chá não tardava. Trazia duas colheres, dois pratos, sal, pimenta, mostarda para a carne etc. Havia muito que aquela mesa não era posta com tanta abundância. Até a toalha era limpa.

— Nastáciuchka — disse Razumíkhin —, Prascóvia Pavlovna faria muito bem se nos mandasse duas garrafas de cerveja.

— Não queres que lhe falte coisa alguma — resmungou a criada. E saiu.

O doente continuava a observar tudo com inquietação. Entretanto, Razumíkhin sentara-se no divã junto dele. Com a ternura de um irmão amparava com o braço esquerdo a cabeça do amigo, que não precisava desse apoio, ao passo que com a mão direita lhe chegava aos lábios uma colher de sopa, tendo o cuidado de a esfriar soprando-a várias vezes, para que o doente não se queimasse ao sorvê-la. E, no entanto, a sopa estava quase fria. Raskólnikov tomara avidamente três colheradas, quando Razumíkhin interrompeu-o, declarando que não lhe dava mais sem consultar Zózimov.

Nastácia entrou trazendo as duas garrafas de cerveja.

— Queres chá?

— Quero.

— Vá buscar o chá num logo, Nastácia, porque quanto a esta bebida, creio que podemos dispensar o consentimento da faculdade.

— Aqui está a cerveja!

Tornou a sentar-se, puxou o prato de sopa e a carne e pôs-se a jantar com tanto apetite, como se há dias não comesse.

— Agora, amigo Ródia, janto todos os dias em tua casa — disse ele com a boca cheia. — É a Pachenka, a tua amável senhoria, quem me trata desta maneira. Tem por mim grande consideração. Eu não me oponho, está claro. É desembaraçada a pequena! Queres cerveja, Nastáciuchka?

— Estás caçoando de mim?

— Mas chazinho queres, hein?

— Chá, sim... quero.

— Serve-te. Não, espera, eu mesmo vou te servir. Senta-te.

E, levando a sério seu papel de anfitrião, encheu duas xícaras, depois do que saiu da mesa e voltou a sentar-se no divã. Como momentos antes, foi com as maiores atenções que Razumíkhin deu chá a Raskólnikov. Este consentia tudo sem dizer palavra, embora sentisse que podia estar perfeitamente sentado sem que ninguém o amparasse, segurar a xícara e talvez mesmo andar. Mas, com um maquiavelismo quase instintivo, lembrou-se de aparentar uma grande prostração, de simular mesmo certa falta de inteligência, conservando sempre os olhos atentos e os ouvidos apurados. Mas a repugnância foi superior à sua resolução; depois de ter tomado algumas colheradas de chá, voltou a cabeça com um movimento brusco, afastou a colher e deixou-se cair sobre o travesseiro. Essa palavra não era agora uma figura de retórica. Raskólnikov tinha um bom travesseiro de penas, com fronha limpa; ao notar essa circunstância, não deixara de se impressionar.

— É preciso que Pachenka nos mande ainda hoje o xarope de framboesas para fazermos o refresco para Ródia — disse Razumíkhin, voltando ao seu lugar e continuando o jantar interrompido.

— Onde vai ela buscar o xarope? — perguntou Nastácia, que bebia o chá pelo pires pousado na palma da mão.

— Ora, minha amiga, que o mande comprar. Sabes, Ródia, deu-se aqui um fato de que não tens conhecimento. Quando fugiste de minha casa como um ladrão, sem me dizer onde moravas, fiquei tão zangado que decidi procurar-te para me vingar de forma solene. Nesse dia, procedi a indagações. O que eu andei, o que eu perguntei! Tinha-me esquecido de teu endereço pela melhor das razões: porque nunca o soube. Quanto a teu antigo alojamento, lembrava-me que era nos Cinco Cantos, no prédio Karlamof. Vou nessa pista, descubro a casa Karlamof, que afinal não é Karlamof, mas sim casa Buk. Eis aqui como a gente confunde às vezes os nomes próprios! Resolvi no dia seguinte ir à repartição do registro de moradas sem nenhuma esperança no bom resultado da tentativa. Pois, meu caro, em dois minutos informaram-me de tua residência. Estás lá inscrito!

— Meu nome!

— Sim; e não souberam indicar a residência do general Kobelef a alguém que a pedia! Em resumo, logo que aqui cheguei, puseram-me a par de quanto te diz respeito. Sei tudo. A Nastácia te contará isso depois. Travei relações com o Nikodim Fomitch, apresentaram-me o Iliá Pietróvitch, o *dvornik*, Alexandre Gregoriévitch Zametov, chefe de repartição, e, finalmente, Pachenka. Esta foi o *bouquet* final, a Nastácia que te diga...

— Enfeitiçaste-a — disse a rapariga com um sorriso malicioso.

— Por que não puseste açúcar no chá, Nastácia Nikiforovna?

— És o maior! — respondeu Nastácia com uma casquinada. — Não sou Nikiforovna, mas Petrovna — acrescentou logo, ficando séria.

— Tomarei nota disso! Para encurtar a história... tomei a meu cargo fazer uma verdadeira revolução neste lugar para erradicar todas as influências malignas, mas Pachenka venceu a primeira batalha. Não esperava encontrá-la tão... prepotente. Que pensas disso?

Raskólnikov nada respondeu, mantendo os olhos fixos no amigo, cheios de alarme.

— Tudo isso, pelo mesmo, poderia ser desejado, prosseguiu Razumíkhin, sem se embaraçar com o silêncio.

— Que sujeito manhoso! — disse Nastácia, a quem a conversa deixava num contentamento indescritível.

— O teu grande mal, meu amigo, foi não saber levá-la no princípio. Não devias proceder com ela como procedeste. O caráter dessa mulher é muito original! Mas, depois, falaremos de seu caráter... O que fizeste, por exemplo, para que ela te suspendesse as refeições? E a letra? Estavas maluco quando assinaste tal documento. E o projeto de casamento quando Natália Jegorovna, a filha, era viva!... Sei tudo! Mas vejo que te estou magoando e sou uma besta; perdoa-me. A propósito de besta, não és de opinião que Prascóvia Pavlovna não é tão tola como poderia supor-se à primeira vista?

— Não... — balbuciou Raskólnikov, desviando o olhar, sem refletir que mais conveniente lhe seria sustentar a conversação.

— Não é verdade? — continuou Razumíkhin. — Mas também não se pode dizer que seja inteligente. É uma criatura única! O que te asseguro é que não a compreendo... Vai fazer quarenta anos, mas diz que tem 36 e pode fazê-lo sem correr risco de passar por mentirosa. Aliás, juro-te que não posso avaliá-la senão intelectualmente, porque nossas relações são as mais singulares que se possam imaginar! Não entendo isso. Mas vamos ao que importa. Ela viu que tu tinhas abandonado a universidade, que não lecionavas, que não tinhas roupa; por outro lado, depois da morte da filha, não havia razão para seres considerado como pessoa da família. Em vista disso, teve receio. Tu, por teu lado, em vez de manteres com ela as antigas relações, vivias metido em teu buraco. Aí está por que ela te quis pôr na rua. Havia muito que pensava nisso; mas como tinhas assinado a letra e lhe asseguravas que tua mãe pagaria...

— Procedi indignamente, dizendo isso... Minha mãe vive também quase na miséria. Menti para me garantir por mais tempo o alimento e este abrigo... — disse Raskólnikov em voz clara e vibrante.

— Sim, tinhas razão procedendo assim. O que estragou tudo foi a intervenção do Tchebarof. Se não fosse ele, a Pachenka não teria ido tão longe; é demasiadamente tímida para isso. Mas o Tchebarof não é tímido, e naturalmente foi quem pôs as coisas nesse pé. O homem tem com que pagar? Tem, porque a mãe, embora tenha somente uma pensão de 120 rublos, se privaria de comer para salvar seu Ródia de uma dificuldade, e a irmã, que por ele seria capaz de se vender como uma escrava. Foi daqui que o sr. Tchebarof partiu... Por que te afliges?.... Compreendo bem teu pensamento. Não fazias mal em desabafar no seio de Pachenka, quando ela via em ti um futuro genro; mas ao passo que o homem sensível precisa de desabafar, o homem de negócios concentra-se em proveito próprio. Em resumo, ela endossou a letra em pagamento a esse Tchebarof, que não teve cerimônia em te exigir o reembolso. Logo que soube de toda essa história, quis, por descargo de consciência, tratar o Tchebarof pela eletricidade; entretanto, estabeleceram-se magníficas relações entre mim e Pachenka, e consegui sustar o processo, responsabilizando-me eu pela dívida. Percebes, meu amigo? Apresentei-me como teu fiador. O Tchebarof apareceu, tapamos-lhe a boca com dez rublos e ele entregou o papel que tenho a honra de te apresentar. Agora és apenas devedor sob palavra. Aqui o tens, toma...

Razumíkhin colocou o documento na mesa. Raskólnikov olhou-o e virou-se para a parede sem dizer uma palavra. Até Razumíkhin sentiu remorso.

— Sei, meu caro — disse momentos depois —, que não passo de um tolo. Pensei que te divertiria com minha palestra, mas só consegui contrariar-te.

— Era a ti que eu não conhecia no delírio? — perguntou Raskólnikov após um curto silêncio.

— Era; e até mesmo minha presença te causou crises, principalmente quando trouxe o Zametov.

— O Zametov?... O chefe de repartição da polícia?... Para que o trouxeste cá?...

Proferindo essas palavras, Raskólnikov mudou rapidamente de posição e agora encarava Razumíkhin.

— Que tens?... Por que te assustas?... Ele desejava ver-te, foi ele mesmo quem quis vir, porque tínhamos falado muito a teu respeito. Se não fosse ele, como saberia eu tantas coisas? É um excelente rapaz muito meu amigo e extraordinário... em seu gênero, já se vê. Agora somos amigos; vemo-nos todos os dias, porque mudei-me para este bairro. Ainda não sabias, é verdade! Mudei-me há pouco tempo. Já fui duas vezes com ele à casa de Luísa. Lembras-te da Luíza Ivánovna?

— Eu disse disparates quando delirava?

— Pois certamente. Não sabias o que dizias.

— Mas que disse eu?

— Ora, o que pode dizer um homem que delira... Agora é preciso não perdermos tempo. Pensemos no que interessa.

Levantou-se e pegou o boné.

— Mas que dizia eu?

— Tens muita vontade de o saber? Receias ter revelado algum segredo? Tranquiliza-te: não disseste uma única palavra sobre a condessa! Mas falaste muito num relógio, em brincos, em cadeias de relógio, na ilha de Krestóvski, num *dvornik*, em Nikodim Fomitch e no Iliá Pietróvitch. Preocupavas-te também muito com uma de tuas botinas: "Deem-me", dizias, choramingando. O Zametov procurou-a por todos os cantos e trouxe-te esta porcaria, em que não teve nojo de pegar com suas brancas mãos, perfumadas e cheias de anéis. Então sossegaste, e durante 24 horas conservaste essa imundície entre as mãos: era impossível arrancá-la, deve estar ainda debaixo do cobertor. Pedias também as franjas de uma calça; e com que lágrimas! Desejava muito saber que valor tinham para ti as tais franjas, mas era impossível deduzir qualquer coisa da incoerência de tuas palavras...

Mas falemos de coisas mais importantes. Estão aqui 35 rublos; levo dez, e daqui a duas horas dir-te-ei como os empreguei. Passarei pela casa de Zózimov; há muito que ele devia estar aqui; já passa das 12... Durante a minha ausência, Nastáciuchka, que nada falte a teu hóspede e traga-lhe algum refresco... Eu próprio vou fazer algumas recomendações a Pachenka. Até logo.

— Chama-lhe Pachenka! Oh, que bandido! — disse a criada quando ele voltou as costas; em seguida saiu e pôs-se a ouvir junto da porta; mas, não podendo conter-se, desceu apressadamente, inquieta por saber o que Razumíkhin dizia à patroa. Que Nastácia tinha uma verdadeira admiração pelo estudante, isso não oferecia a menor dúvida.

Mal ela fechou a porta, o doente afastou a roupa e saltou, como desvairado, da cama abaixo. Esperava com a maior impaciência o momento de se encontrar só, para se entregar à sua tarefa. Mas a que tarefa? Disso é que ele já não se lembrava. "Meu Deus! Permiti que eu saiba apenas uma coisa: já sabem tudo ou ainda ignoram? Talvez já saibam, mas dissimulam, por eu estar doente; esperam para desmascarar-me quando me virem restabelecido: então hão de dizer-me que havia muito sabem tudo... Que hei de fazer? Parece incrível: não me recordo e, ainda não há um minuto, eu pensava nisso!..."

Estava de pé, no meio do quarto, olhando em redor, perplexo. Aproximou-se da porta, abriu-a e aplicou o ouvido. Mas não era bem isso... Subitamente pareceu voltar-lhe a memória; correu ao canto, onde o forro estava roto, introduziu a mão no buraco e apalpou; mas também não era isso... Abriu o fogão e revolveu a cinza; as franjas e o forro das algibeiras das calças ainda ali estavam como quando lá os deixara. Era, pois, evidente que não tinham ido procurar no fogão!

Pensou então na botina de que Razumíkhin falara. Realmente estava no divã e debaixo do cobertor; mas depois do crime arranhara-se e enlameara-se tanto que, sem dúvida, Zametov nada teria percebido.

"Esta agora! Zametov… a repartição de polícia! Mas para que me chamam àquela casa? Onde está a citação? Ah! Estou baralhando tudo; foi há dias que me mandaram chamar; também nessa ocasião examinei a botina, mas agora… Agora estive doente. Mas por que Zametov viria aqui o Zametov? Para que traria o Razumíkhin?", balbuciou Raskólnikov, sentando-se desfalecido no divã. "Mas que será isso? Ainda estarei delirando, ou as coisas são como as vejo? Parece-me que não estou a sonhar. Ah! Lembro-me agora: é necessário partir, e quanto antes, é absolutamente necessário. Sim… mas partir para onde? E onde está a roupa? Não tenho botinas! Eles levaram tudo, esconderam tudo! Compreendo! Ah! Está aqui o casaco — é que não o viram. Dinheiro em cima da mesa, graças ao Senhor! A letra também lá está… Meto o dinheiro no bolso e escapulo-me, vou alugar outro quarto e eles não me tornam a encontrar!… Sim, mas a repartição das residências? Vão logo dar comigo! Razumíkhin descobre-me com certeza. É melhor emigrar, ir para a América; bem me importo eu com eles! É necessário levar também a letra… pode servir-me. E que mais hei de levar? Eles julgam-me doente, pensam que não estou em estado de dar um passo, ah, ah!… Li em seus olhos que sabem tudo!… Basta descer a escada; mas se a casa estiver cercada? Se eu for encontrar lá embaixo a polícia?… Que é aquilo? Chá? E também cerveja… Como isso me vai confortar!"

Pegou a garrafa, que conteria tanto como um copo grande, e bebeu-a sem interrupção, com verdadeiro prazer, porque tinha o peito em fogo. Mas ainda não passara um minuto, a cerveja causou-lhe tonturas e sentia que um ligeiro arrepio lhe percorria as costas. Deitou-se, cobriu-se com o cobertor. Suas ideias, incoerentes, começaram a confundir-se cada vez mais. Pouco depois, cerravam-se-lhe as pálpebras. Pousou com voluptuosidade a cabeça no travesseiro, embrulhou-se mais na macia coberta que substituíra seu esfarrapado capote e adormeceu profundamente.

O rumor de passos acordou-o. Era Razumíkhin que acabava de abrir a porta, mas hesitava em entrar, conservando-se de pé no limiar. Raskólnikov ergueu-se bruscamente e olhou para o amigo como se procurasse recordar-se de alguma coisa.

— Como estás acordado, entro! Nastácia, traze cá o embrulho — ordenou Razumíkhin à criada que estava embaixo. — Tenho de te prestar contas.

— Que horas são? — perguntou o enfermo, olhando em volta, espantado.

— Dormiste como uma criança, meu amigo; o dia vai declinando, são quase seis horas. Dormiste mais de seis horas.

— Meu Deus! Como pude dormir tanto!

— Ora essa! Isso até te faz bem! Tinhas algum assunto urgente? Talvez alguma entrevista amorosa! Agora temos o tempo livre. Há três horas que esperava que despertasses. Já tinha vindo aqui duas vezes e te encontrei dormindo. Também fui duas vezes à casa de Zózimov, mas ele não estava. Devia tratar de umas coisas minhas; tive de mudar hoje meu domicílio. Mudei tudo, inclusive meu tio... Não sei se sabes que meu tio vive agora comigo... Mas basta de conversa... Vamos ao que importa. Traze para aqui o embrulho, Nastácia. Como te sentes agora, meu amigo?

— Bem, já não estou doente... Há muito tempo que estás aqui, Razumíkhin?

— Acabo de te dizer que estive três horas à espera de que acordasses.

— Não é isso; antes...

— Antes?...

— Há quanto tempo vens cá?

— Mas ainda agora te disse! Já não te lembras?

Raskólnikov concentrou suas ideias. Os acontecimentos do dia apareciam-lhe como que em sonho. Foram infrutíferos os esforços de memória; com o olhar interrogava Razumíkhin.

— Hum! — disse ele. Não te lembras. Já tinha percebido que não estavas em teu estado normal!... Agora o sono te fez bem... Realmente estás com muito melhor aparência... Mas não te preocupes com essas coisas; logo te lembrarás. Olha para isto, meu caro.

Abriu o embrulho que era objeto de todas as atenções.

— Tinha um especial empenho nisso. É que é necessário fazer de ti um janota. Vamos a isso. Comecemos por cima. Vês este boné? — disse ele, mostrando um boné modesto, mas não desairoso. — Dás-me licença que te experimente?

— Não, agora não, depois — disse Raskólnikov afastando o amigo com um gesto impaciente.

— Não, há de ser já, amigo Ródia; deixa-me ver como te fica; logo seria tarde, e depois não dormiria a pensar no caso, porque comprei por cálculo, por não ter a medida de tua cabeça. Serve-te perfeitamente! — exclamou triunfante depois de ter posto o boné na cabeça de Raskólnikov. — Parece que foi feito de encomenda! Um chapéu decente é a peça principal do vestuário e, de certa forma, um cartão de visita. Tolstiákof, um amigo meu, é sempre obrigado a tirar o penico da cabeça em lugares onde há pessoas de chapéu ou boné. Pensam que ele faz isso por sua polidez eslava, mas é simplesmente por ter vergonha de seu penico; ele é um sujeito muito acanhado. Olha, Nastácia! Aqui estão duas coberturas de cabeça: este Palmerston (tirou do canto o velho e surrado chapéu de Raskólnikov, que, por uma razão desconhecida, chamava de Palmerston), este Palmerston e esta joia! Calcula por quanto a comprei, Nastáciuchka? — disse ele à criada, vendo que o amigo se mantinha calado.

— Dois *grivnas*, certamente — respondeu Nastácia.

— Dois *grivnas*? Tu perdeste o juízo! — disse Razumíkhin desconsolado. Oito *grivnas* e foi por já ter sido usado!... Vejamos agora a calça. Declaro-te que estou contentíssimo com ela.

E estendeu em frente de Raskólnikov uma calça cinzenta, de tecido leve, de verão.

— Nem o mais pequenino buraco, nem uma nódoa e em ótimo estado, apesar de ser de segunda mão. O colete é da mesma cor, como a moda exige. Também, se tudo isso não é novo, nem por isso é pior. A roupa, com o uso, adquire mais elasticidade, torna-se mais flexível... Sabes, Ródia, em minha opinião o meio de irmos para diante neste mundo é vestirmo-nos conforme a estação. As pessoas de distinção não comem aspargos em janeiro; foi por esse princípio que me guiei ao fazer estas compras. Estamos no verão? Comprei roupa de verão! Quando chegar o outono hás de precisar de roupa mais quente, e então porás esta de parte... Tanto mais que até o outono tem tempo de se estragar. Vê, calcula quanto custou isto? Dois rublos e 25 copeques! Lembra-te da condição: se usá-los ganharás outro de graça. No sistema de Fediáiev só se faz negócio nessa base; uma vez realizada a compra, fica-se satisfeito para o resto da vida, pois nunca mais se voltará lá por vontade própria. Agora vejamos as botinas... Que te parece? Vê-se que foram usadas, mas hão de prestar muito serviço durante dois meses. Isto não é artigo daqui; eram de um secretário da embaixada inglesa, que as vendeu a semana passada: usou-as apenas dois dias, mas estava precisando muito de dinheiro... Custaram um rublo e cinquenta copeques. Uma pechincha!

— Mas talvez não lhe sirvam! — observou Nastácia.

— Não servem! Ora essa! E para que serve isto! — replicou Razumíkhin tirando do bolso uma botina velha de Raskólnikov, esburacada e suja. — Tinha-me prevenido: a medida foi tirada por este monstro. Procedeu-se em tudo com o maior cuidado. Por causa da roupa branca é que sustentei uma verdadeira luta com a adeleira. Finalmente, aí tens três camisas com peitilhos da moda... Agora, contas: boné, oito *grivnas*; calça e colete, dois rublos e 25 copeques; botinas, um rublo e cinquenta copeques; roupa branca, cinco rublos; total: oito rublos e 75 copeques. Tenho, portanto, a entregar-te 45 copeques. Aqui os tens, guarda-os. Por uma ninharia te transformaste num janota, porque me parece que teu casaco não só pode servir-te, como até mesmo é elegante. Vê-se que foi feito no Charmal! Relativamente a meias e outras miudezas, não pensei nisso; depois comprarás. Temos ainda 25 rublos; não te preocupes com Pachenka nem com o aluguel do quarto. Já te disse que tens crédito ilimitado... Agora, meu amigo, vamos mudar essa roupa; tua camisa cheira a febre.

— Deixa-me, não quero! — respondeu Raskólnikov afastando-o.

Durante a alegre exposição de Razumíkhin conservara um ar taciturno.

— Tem paciência, meu caro, vamos lá. Então para que andei batendo solas? — insistiu Razumíkhin. Nastáciuchka, não te faças de tola e vem ajudar-me. Assim mesmo! — E, a despeito da resistência oposta, conseguiu mudar-lhe a roupa.

O doente caiu sobre o travesseiro e, durante dois minutos, não proferiu palavra. "Quando me deixarão em paz?", pensava ele.

— Com que dinheiro foi comprado tudo isso? — perguntou alto, voltando-se para a parede.

— Que boa pergunta! Com teu dinheiro! Tua mãe enviou-te, por intermédio de Vakrúchine, 35 rublos, que há pouco recebeste. Já não te lembras?

— Lembro-me agora... — disse Raskólnikov depois de permanecer algum tempo pensativo e triste. Razumíkhin, com os sobrolhos franzidos, contemplava-o com inquietação.

A porta abriu-se, e um homem de estatura elevada e forte, cuja aparência pareceu familiar a Raskólnikov, entrou.

— Zózimov! Até que enfim — exclamou Razumíkhin alegremente.

Capítulo IV

O recém-chegado teria 27 anos, era alto, robusto, rosto cheio, pálido e cuidadosamente escanhoado; os cabelos, de um louro quase branco, penteava-os para cima, arrepiados, como os de uma escova. Usava óculos e, no indicador de sua grande mão, brilhava um argolão de ouro. Notava-se que gostava de andar à vontade, embora a roupa não deixasse de ter um talhe elegante. Vestia um largo casaco de verão e calça larga. A camisa era irrepreensível e, sobre o colete, trazia uma grossa corrente de ouro. Havia em suas maneiras algo de moroso e fleumático, por mais que ele se esforçasse por apresentar o contrário. Aliás, percebia-se nele um pretensioso. Todas as pessoas de suas relações o achavam insuportável, mas consideravam-no um excelente médico.

— Fui duas vezes procurar-te em casa, meu amigo... Sabes, ele voltou a si! — disse Razumíkhin.

— Bem vejo... Então como se sente hoje? — perguntou Zózimov a Raskólnikov, observando-o atentamente, ao passo que procurava arranjar, no extremo do divã, junto aos pés do enfermo, lugar suficiente para sua alentada pessoa.

— Ainda está hipocondríaco — continuou Razumíkhin. — Há pouco, quando lhe mudamos a roupa, quase se pôs a chorar.

— É natural; podiam ter feito isso mais tarde, sem o contrariar... O pulso está magnífico. A cabeça ainda dói, não é verdade?

— Estou bem, sinto-me muito bem! — disse Raskólnikov irritado. E, dizendo isso, ergueu-se de chofre no divã; seus olhos faiscavam; mas, depois, caiu sobre o travesseiro e voltou-se para a parede. Zózimov observava-o com atenção.

— Bem, não há nada de extraordinário. Tem comido alguma coisa?

Disseram-lhe o que o doente tinha comido e perguntaram o que podiam dar-lhe.

— Qualquer coisa... Sopa, chá... Está claro que os cogumelos e os pepinos são proibidos; não deve também comer carne nem... Mas estou aqui a perder tempo sem necessidade... — Trocou um olhar com Razumíkhin. — Nada de remédio, e amanhã voltarei...

— Amanhã à tarde há de ir passear! — resolveu Razumíkhin. — Iremos ao jardim Iussupof e ao Palácio de Cristal.

— Amanhã talvez seja muito cedo, mas um pequeno giro... Enfim, veremos.

— Calcula que justamente hoje festejo a inauguração de minha nova casa, aqui ao lado. Queria que ele fosse dos nossos, ainda que tivesse de ficar deitado no divã! Tu vais? — perguntou Razumíkhin a Zózimov. — Prometeste; não faltes.

— Não falto; porém irei mais tarde. Há baile?

— Qual baile... Há chá, vodca, arenques e um pastelão. É uma simples reunião de amigos.

— Quais são os convidados?

— Colegas e um velho tio, que veio tratar de negócios em São Petersburgo e aqui está desde ontem; vemo-nos de cinco em cinco anos.

— Que faz ele?

— Vegetou toda a vida num distrito onde foi diretor do correio... recebe uma pequena pensão, tem 65 anos. Sou-lhe afeiçoado... Espero também Porfírio Petróvitch, o juiz de instrução... um jurisconsulto. Mas agora me lembro que o conheces.

— Também é teu parente?

— É, mas muito afastado; por que franzes o sobrolho? Então porque já tiveram uma questão julgas que não deves ir?

— Oh! Não me importo com ele!

— Fazes bem. Enfim, estarão lá estudantes, um professor, um empregado, um músico, um oficial, o Zametov...

— Dize-me lá, que tens tu... (com um aceno de cabeça Zózimov indicou Raskólnikov) de comum com Zametov?

— Oh, meu prezado amigo. Princípios! És feito de princípios, como o fosses de primaveras, que se renovam todos os anos. Não te aventures sozinho nesse campo. Se um homem é um bom sujeito, basta esse princípio para nele me fiar. Zametov é uma agradável criatura.

— Embora se deixe subornar.

— Ele se deixa! E que tem isso? Não me importo que ele seja subornado — gritou Razumíkhin com irritação fora do natural. — Não o estimo por se deixar subornar. Disse somente que era um bom sujeito, em seu âmbito de ação. Mas se olharmos para os homens, sob todos os aspectos, será que sobrará algum? Porque estou certo que nesse caso não valeria um níquel furado.

— Isso é muito pouco. Por ti, daria dois níqueis.

— E eu não daria mais que um por ti. Deixa de brincadeiras! Zametov não passa de uma criança, até posso puxar-lhe as orelhas. Devemos orientá-lo e não repeli-lo. Nunca melhorarás um homem se o repelires e especialmente se for uma criança. Devemos ser duplamente carinhosos com as crianças. Oh, néscios progressistas! De nada entendem e prejudicam-se ao rebaixar outrem... Mas, se queres saber, temos realmente algo em comum.

— Sempre desejei saber o quê.

— É ainda aquele caso do pintor. Empregamos nossos esforços para pô-lo em liberdade. Agora as coisas tomaram rumo mais favorável. O caso já não oferece dúvidas! Nossa intervenção serviu exclusivamente para precipitar o desenlace.

— A que pintor te referes?

— Ainda não te falei nisso? Ah! Agora me lembro que só te contei o princípio da história... É aquele do assassínio da velha usurária... Prenderam o pintor como o autor do crime.

— Sim, sim. Já, antes de me teres falado nisso, ouvira qualquer coisa a respeito, e o caso chegou a interessar-me... Tenho lido o que os jornais têm dito...

— Também mataram Isabel! — exclamou Nastácia, dirigindo-se a Raskólnikov. Nastácia não saíra do quarto e se conservava de pé, junto à porta, ouvindo o que se dizia.

— Isabel! — balbuciou o doente com voz débil.

— Sim, a Isabel, aquela, não te lembras? Ela vinha cá embaixo. Até te fez uma camisa acrescentou Nastácia.

Raskólnikov voltou-se para a parede e pôs-se a olhar fixamente uma das pequenas flores estampadas no papel que forrava o quarto. Sentia os membros presos, mas não tentava movê-los, e o olhar conservava-se fixo na flor.

— Mas havia algum indício contra esse pintor? — perguntou Zózimov, atalhando com impaciência a loquacidade de Nastácia, que se calou, soltando um fundo suspiro.

— Sim, mas indícios que nada valem, e é isso exatamente que havemos de demonstrar! A polícia seguiu nesse caso um caminho errado, principiando pela tolice de suspeitar de Kokh e Priestriakov e detê-los! Por mais alheio que seja à questão, incomoda ver uma investigação tão mal encaminhada! Priestriakov talvez vá esta noite à minha casa... A propósito, Ródia, tu conheces o caso; ocorreu precisamente na véspera do dia em que desmaiaste no comissariado, quando falavam nisso...

Zózimov olhou Raskólnikov com curiosidade, mas ele não se moveu.

— Preciso não te perder de vista, Razumíkhin; entusiasmas-te excessivamente por coisas que não te dizem respeito — observou o médico.

— É possível, mas não faz mal! Havemos de arrancar esse desgraçado das garras da justiça! — exclamou Razumíkhin dando um soco na mesa. — O que me irrita não é só a falsidade dessa gente; todos podem enganar-se; o erro é desculpável e é certo que por ele se chega muitas vezes a descobrir a verdade. O que me desespera é que, apesar de caírem em erro, eles continuam a julgar-se infalíveis. Simpatizo com o Porfírio, mas... Imagina o que a princípio os desnorteou! A porta estava fechada; ora, quando Kokh e Priestriakov chegaram com o *dvornik*, encontraram-na aberta: logo, Kokh e Priestriakov são os assassinos! Ora, aí tens a lógica dessa gente!

— Não te exaltes! Prenderam-nos e não podiam nem deviam deixar de fazê-lo... E a respeito desse tal Kokh: tive ocasião de o encontrar, parece que tinha negócios com a velha, comprando-lhe os objetos que não eram resgatados no prazo devido.

— Sim, é um espertalhão de marca! Também é agiota. Sua desdita não me comove. O que me irrita profundamente são as praxes arcaicas e estúpidas que eles seguem religiosamente... Parece que já é tempo de adotar processos novos, dando uma vassourada na rotina. Só indícios de caráter psicológico podem conduzir à verdadeira pista. "Temos fatos!", dizem eles. Mas os fatos não bastam; para o bom êxito de uma investigação criminal, o essencial é a maneira de interpretá-los.

— E tu sabes interpretar os fatos?

— Oh, meu caro amigo, eu não te digo que sei interpretar os fatos: o que te digo é que é impossível a gente calar-se quando sente, quando tem a convicção absoluta de que poderia ajudar a fazer luz, se... Conheces os pormenores?

— Falaste-me num pintor, mas não conheço o caso.

— Então escuta. Três dias depois de praticado o crime, de manhã, enquanto a polícia prosseguia nas investigações relativamente a Kokh e a Priestriakov, surgia subitamente o mais imprevisto dos incidentes. Um tal Dúchkine, que tem uma taverna em frente da casa onde se deu o crime, foi entregar ao comissário de polícia um estojo com um par de brincos e contou-lhe uma história enorme: "Anteontem, pouco depois das oito horas (repara no dia e na hora!), um pintor chamado Micolai, que frequenta meu estabelecimento, pediu-me que lhe emprestasse dois rublos sobre os brincos. Quando lhe perguntei onde os obtivera, respondeu que os achara na rua. Não lhe fiz mais perguntas (é ainda Dúchkine quem fala) e dei-lhe um rublo, porque disse comigo: se eu não ficar com isto, outro se apresentará como seu dono, e assim mais vale aproveitar: se houver reclamação, se eu vier a saber que os brincos foram roubados, irei entregá-los à polícia."

É claro que nosso amigo mentia descaradamente. Eu conheço-o; é um intrujão. Ao obter de Micolai um objeto que valia trinta rublos, não lhe passava pela mente entregá-lo à polícia. Se o fez foi sob a influência do medo. Mas deixemos Dúchkine prosseguir em sua história.

— "Conheço desde pequeno o tal Micolai Demiéntiev; somos ambos da província de Kazan e do distrito de Zaraisk. Sem ser propriamente um bêbado, às vezes toma sua pinga a mais. Eu sabia que ele estava pintando naquela casa com Mitrei, que também é nosso patrício. Logo que recebeu o rublo, bebeu dois copos de vinho, deu a moeda para pagar e foi-se com o troco. Mitrei não o acompanhava.

"No dia seguinte, ouvi dizer que tinham assassinado com um machado Alena Ivanovna e a irmã, Isabel. Então tive suspeitas quanto aos brincos, porque sabia que a velha emprestava dinheiro sobre joias. Para esclarecer essas suspeitas, fui à casa da velha e perguntei se Míkolai estava lá. Mitrei informou-me que o Micolai andava na farra. Tinha voltado a casa de madrugada, bêbado, e, dez minutos depois, saíra. Desde então Mitrei não o tornara a ver e estava terminando, sozinho, o trabalho. A escada da casa das vítimas conduz também ao apartamento onde os dois operários trabalhavam, o qual fica no segundo andar. Depois de saber tudo isso, não disse coisa alguma a ninguém; mas tratei de obter o maior número de detalhes que pude sobre as circunstâncias do crime e voltei para casa. Esta manhã, às oito horas (isto é, dois dias depois do crime) Micolai entrou na minha loja; percebia-se que tinha bebido, mas não estava muito embriagado e entendia perfeitamente o que se lhe dizia. Sentou-se silenciosamente. Quando ele entrou só havia um freguês que dormia estirado num banco e meus dois caixeiros.

— "Viste Mitrei? — perguntei-lhe. — Não, disse ele, não o vi. — Não trabalhaste hoje ali? — Desde ontem que não — respondeu. — E onde dormiste esta noite? — No Areal, em casa de Kolomênski. — E onde arranjaste os brincos que me trouxeste outro dia? — Achei-os na rua — disse desconfiado, evitando-me com o olhar. — Não soubeste que nessa tarde, à mesma hora, se passou alguma coisa de extraordinário no prédio em que trabalhavas? — Não, não sei de coisa alguma. — Então contei-lhe o que se passara, e ele ouvia-me com os olhos esgazeados. De repente fez-se branco como cal, pegou no boné e levantou-se. Eu queria agarrá-lo: — Espera aí, Micolai — disse-lhe —, não bebes um copo de vinho? — Ao mesmo tempo fiz sinal ao caixeiro para se pôr à porta e saí para fora do balcão. Mas percebendo, naturalmente, minha intenção ele começou a correr e um momento depois desaparecera na primeira esquina. Desde então não tenho dúvidas sobre sua culpabilidade."

— Também me parece... — opinou Zózimov.

— Mas espera; ouve o resto! Naturalmente a polícia procurou Micolai. Dúchkine e Mitrei ficaram detidos. Procedeu-se a uma busca em casa deles e na dos Kolomênski, mas só anteontem é que o Micolai foi preso numa hospedaria dos subúrbios, em circunstâncias muito extraordinárias. Quando chegou à hospedaria, entregou uma cruz de prata ao dono da locanda e pediu um copo de vodca. Momentos depois, uma camponesa ia ordenhar as vacas, e, como olhasse casualmente por uma fresta do tabique para um curral ao lado, viu o infeliz preparando-se para se enforcar. A mulher gritou e acudiu gente — "Isto é coisa que se faça!" — "Levem-me à inspetoria de polícia que eu confesso tudo." Fizeram-lhe a vontade e levaram-no à estação de polícia por ele indicada e que é a de nosso bairro. Procedeu-se ao interrogatório. "Quem és? Que idade tens? — Vinte e dois anos — etc..." Pergunta: — "Enquanto trabalhavas com Mitrei não viram ninguém na escada entre tantas e tantas horas?" Resposta: — "Pode ser que passasse alguém, mas nós não percebemos." — "E não ouviram ruído?" — "Não ouvimos nada de extraordinário." — "Mas então não sabias que, nesse dia a tantas horas, mataram duas mulheres?" — "Ignorava; só anteontem é que soube, na taverna, pelo Afanase Pavlóvitch" — "E onde foste arranjar os brincos?" — "Achei-os na rua." — "Por que não foste no dia seguinte trabalhar com Mitrei?" — "Porque andei na pândega." — "E onde foi a pândega?" — "Em lugares diversos." — "Por que razão fugiste da casa de Dúchkine?" — "Porque tive medo." — "Mas de que tinhas medo?" — "De ser preso e processado." — Pois quer acredites, quer não, Zózimov, fizeram-lhe esse interrogatório, assim mesmo. Sei-o positivamente, porque conheço o questionário em todas as minúcias! E, agora, que achas?

— Mas aí há provas.

— Quais provas? Mas não é disso que se trata, trata-se do interrogatório, da maneira como a polícia julga a natureza humana. Enfim, adiante. Numa palavra, apertaram tanto o desgraçado, que ele acabou confessando. — "Não foi na rua que eu achei os brincos; foi no quarto onde trabalhava com Mitrei." — "Como foi que os achastes?" — "Mitrei e eu tínhamos trabalhado todo o dia; eram oito horas e preparávamo-nos para sair, quando Mitrei pegou um pincel, besuntou-me a cara e fugiu. Corri atrás dele. Desci os degraus aos pulos, gritando como doido. Mas no momento em que chegava ao fim da escada, correndo desenfreadamente, esbarrei no *dvornik* e em dois sujeitos que estavam com ele. Não me lembro quantos eram. Então o *dvornik* e um outro insultaram-me. A mulher do primeiro *dvornik* apareceu e fez coro com eles. Finalmente, outro sujeito, que ia entrando com uma senhora, descompôs-nos também, porque estávamos à porta, impedindo a passagem. Eu tinha agarrado Mitka pelos cabelos, deitara-o chão e esmurrava-o. Ele também me tinha agarrado pelo cabelo e dava-me quantos podia, apesar de estar por baixo. Fazíamos isso tudo em ar de brincadeira. Mas Mitka soltou-se e pôs-se a fugir. Corri atrás dele, mas não o alcancei e voltei ao quarto, porque precisava pôr em ordem minhas coisas. Enquanto as arrumava, esperava que Mitka voltasse. Nessa ocasião, na sala de entrada, mesmo no canto, pus o pé sobre uma coisa. Olhei e vi um objeto embrulhado num papel. Abri o embrulho e encontrei uma caixinha com uns brincos."

— Atrás da porta!? Estava atrás da porta!? — exclamou de repente Raskólnikov, olhando com terror para Razumíkhin e tentando erguer-se no divã.

— Estava... E então? Mas que tens? Por que te afliges assim? — disse Razumíkhin erguendo-se também da cadeira.

— Não é nada!... — respondeu debilmente Raskólnikov, deixando cair o travesseiro e voltando-se novamente para a parede.

Todos ficaram, por momentos, silenciosos.

— Naturalmente estava meio adormecido — disse Razumíkhin, interrogando Zózimov com o olhar.

Este acenou negativamente com a cabeça.

— Continua — disse o médico. — E depois?

— Sabes o resto. Logo que se viu de posse dos brincos, não pensou mais nem no trabalho nem em Mitka. Pôs o boné e foi logo à taverna. Como já disse, recebeu um rublo do taverneiro e enganou-o, dizendo-lhe que achara o estojo na rua. Depois foi para a pândega. Mas, com respeito ao crime, suas declarações não variam: "Não sei de nada; só tive conhecimento do crime dois dias depois." — "Por que não apareceste durante todo esse tempo?" — "Porque não me atrevia a aparecer." — "E por que querias enforcar-te." — "Porque tive medo." — "Medo de quê?" — "De ser perseguido." — Aí tens a história. Agora, que conclusão julgas que a polícia tirou de tudo isso?

— Eu sei... Existe de fato uma presunção, talvez discutível, mas que nem por isso deixa de ser valiosa. Querias que dessem liberdade ao homem?

— Mas é que eles lhe atribuem o assassínio. A tal respeito não têm a menor dúvida...

— Vamos, não te exaltes. Lembra-te dos brincos. No mesmo dia, pouco depois de praticado o crime, uns brincos, que estavam no cofre da vítima, foram vistos em poder do homem. Hás de concordar que, a primeira coisa a fazer, nesse caso, é indagar como ele se achava de posse deles. É um caso que o juiz instrutor não pode deixar de apurar.

— Como se achava de posse deles?! — exclamou Razumíkhin.
— Tua obrigação, meu caro doutor, é conhecer o homem; tens, mais do que qualquer outro, ocasião de estudar a natureza humana. Pois bem! Será possível que, com todos esses elementos, não percebas qual seja a natureza desse Micolai? Pois não percebes, *a priori*, que todas as declarações, durante o inquérito, são a verdade nua e crua? Obteve os brincos exatamente como conta. Pôs o pé sobre o estojo e apanhou-o...

— A verdade nua e crua! Mas ele próprio reconheceu que mentira da primeira vez.

— Ora, ouve-me com atenção: o *dvornik*, Kokh, Priestriakov, o outro *dvornik*, a mulher do primeiro *dvornik*, a tendeira que estava então no cubículo do porteiro, o conselheiro Krukof, que nesse mesmo momento descia da carruagem e entrava no prédio dando o braço a uma senhora, toda a gente, ou seja, oito testemunhas, declaram unanimemente que Micolai jogara ao chão Mitka, segurava-o pelos cabelos e que o outro lhe fazia o mesmo. Os dois estão atravessados na porta e interceptam a passagem: todos os insultam e eles, "como duas crianças" (palavras das testemunhas), gritam, descompõem-se, riem e correm um atrás do outro até a rua, como garotos. Estás entendendo? Agora observa este detalhe: lá em cima estão dois cadáveres ainda quentes. Nota que ainda estavam quentes quando deram com eles. Se o crime foi perpetrado por dois pintores, ou só por Micolai, permite-me que te faça uma pergunta: compreende-se tal despreocupação, tanta presença de espírito, em indivíduos que acabavam de cometer dois assassínios, seguidos de roubo? Não haverá incompatibilidade entre esses gritos, essas gargalhadas, essa luta de crianças e o estado moral em que devem achar-se os assassinos? Então cinco ou dez minutos depois de terem assassinado — porque, insisto, encontraram os cadáveres quentes —, eles saem deixando aberta a porta do quarto onde ficam estendidos os corpos de suas vítimas, e, sabendo que alguém sobe para a casa da velha, ficam brincando à porta da rua, bloqueiam a passagem, riem, atraindo a atenção geral, como as testemunhas depõem unanimemente!

— É realmente extraordinário, parece impossível, mas...

— Não há *mas* nenhum, meu caro amigo. Eu reconheço que os brincos, vistos nas mãos de Micolai pouco depois do crime, constituem contra ele uma importante prova circunstancial. Mas o fato é explicado plausivelmente pelas declarações do acusado e, como tal, irrefutável. E há ainda a considerar os fatos justificativos, tanto mais que não *podem ser desmentidos*. Infelizmente, dado o espírito de nossa jurisprudência, nossos magistrados são capazes de admitir que um fato justificativo, baseado numa mera impossibilidade psicológica, possa destruir indícios materiais, qualquer que seja a natureza? Não, nunca o hão de admitir, pela simples razão de terem encontrado o estojo, e por ter o homem tentado enforcar-se, "o que não faria se não se reconhecesse culpado"! Essa é a questão máxima, e é por isso que eu me irrito, compreendes?

— Sim, eu bem vejo que te exaltas. Mas ouve: esquecia-me de fazer-te uma pergunta. Quem prova que o estojo que encerrava os brincos fosse roubado da casa da velha?

— Isso está fartamente provado! — exclamou Razumíkhin, nervoso. — Kokh reconheceu o objeto e indicou a pessoa que o fora empenhar, a qual, por sua vez, demonstrou cabalmente que o estojo lhe pertencia.

— Tanto pior. Uma última pergunta. Não houve quem visse Micolai enquanto Kokh e o Priestriakov subiam ao quarto andar? Poderíamos assim estabelecer o *álibi*.

— Não, ninguém o viu — disse já irritado Razumíkhin —, e isso é realmente deplorável! O próprio Kokh e Priestriakov não viram os pintores quando subiram a escada; também, agora seu testemunho não teria grande valor. "Nós reparamos", dizem eles, "que o compartimento estava aberto e calculamos que estivessem trabalhando; mas passamos sem dar atenção e não nos recordamos se lá estavam ou não operários."

— Hum! Então a justificação de Micolai baseia-se apenas nas gargalhadas e no pugilato com o colega. Sim, será uma excelente presunção a favor de sua inocência, mas... Permite-me que te pergunte qual o juízo que formas sobre o caso: admitindo como verdadeira a versão do acusado, como explicas o achado dos brincos?

— Como o explico? Mas que tem isso a explicar? O caso é claro. Pelo menos o caminho está nitidamente traçado à instrução e indicado precisamente pelo estojo. O verdadeiro culpado deixou cair os brincos. Estava em cima quando Kokh caiu na tolice de descer; então o assassino desceu também, porque não tinha outro meio de escapar. Na escada, evitou ser visto por Kokh, por Priestriakov e pelo *dvornik*, refugiando-se no compartimento do segundo andar precisamente no momento em que os operários acabavam de o abandonar. Escondeu-se atrás da porta enquanto o *dvornik* e os outros subiam para a casa da velha, esperou que avançassem e desceu calmamente a escada, justamente quando os pintores chegavam à rua. Como cada um seguira seu rumo, não encontrou ninguém. Pode ser mesmo que o vissem, mas ninguém reparou nele: quem vai observar todas as pessoas que entram ou saem de uma casa? Quanto ao estojo, deixou-o cair do bolso enquanto esteve escondido atrás da porta e não deu por isso, porque tinha outras preocupações. O estojo demonstra, portanto, claramente que o assassino se escondeu no compartimento do segundo andar, onde não havia ninguém. E aí está explicado o mistério.

— É engenhoso, meu caro, e faz honra à tua imaginação!

— Por quê?

— Porque todos os pormenores estão bem combinados, porque todos os detalhes são naturais... Tal qual no teatro.

Razumíkhin ia retrucar, mas a porta abriu-se e apareceu um sujeito que nenhum deles conhecia.

Capítulo V

Era um homem de meia-idade, com ares um tanto pedantes, de fisionomia parada e severa. Hesitou um momento, lançando os olhos em torno com um espanto que não procurava disfarçar. "Onde eu vim parar!", parecia dizer a si mesmo. Um tanto desconfiado e afetando um certo receio, examinava o cubículo onde se achava. Seu olhar manifestou o mesmo espanto quando encontrou Raskólnikov, deitado no velho divã, despido, desgrenhado e sujo e que não fez um único movimento, olhando também atentamente para o desconhecido. Este último, mantendo sempre o porte altivo, examinava agora a barba crescida e a cabeleira desgrenhada de Razumíkhin, que, por seu turno, sem se mover, o fitou com impertinente curiosidade. Durante um minuto, reinou um silêncio constrangedor entre todos. Compreendendo afinal que a ninguém causava impressão sua atitude artificial, o homenzinho dirigiu-se cortesmente a Zózimov.

— Ródion Românovitch Raskólnikov, estudando ou ex-estudante? — perguntou, destacando as sílabas.

Zózimov levantou-se e ia responder, quando Razumíkhin, a quem a pergunta não fora dirigida, se apressou a informar.

— É a pessoa que está deitada naquele divã. Mas o cavalheiro que deseja?

O modo incisivo por que a resposta foi dada desconcertou a grave personagem: ia dirigir-se a Razumíkhin, mas, reconsiderando talvez, voltou-se bruscamente para Zózimov.

— Ali está Raskólnikov! — disse negligentemente o médico, indicando o doente com um ligeiro movimento de cabeça. E, bocejando irreverentemente, tirou do bolso um grande relógio de ouro, que consultou e tornou a guardar.

Raskólnikov, deitado de costas, não dizia uma única palavra, e, embora seus olhos não se desviassem do recém-chegado, percebia-se que o pensamento estava longe dali. Desde que deixara de fitar a flor, seu rosto, extremamente pálido, denunciava um grande sofrimento. Parecia que acabara de submeter-se a uma operação melindrosa ou a um suplício. Mas, pouco a pouco, a presença do desconhecido despertou nele um interesse crescente; a princípio foi surpresa, depois curiosidade e, por fim, como que receio. Quando o médico disse "Ali está Raskólnikov", ergueu-se de repente, sentou-se no divã e, com voz débil que não deixava trair um tom de provocação, disse:

— Sim, senhor, sou Raskólnikov. Que deseja?

O desconhecido olhou para ele com atenção e respondeu em tom majestoso:

— Pedro Petróvitch Lujine. Creio que meu nome não lhe é completamente estranho.

Mas Raskólnikov, que estava longe de esperar aquela visita, limitou-se a olhar silenciosamente para Lujine, com ar de espanto, como se pela primeira vez ouvisse tal nome.

— Pois será possível que nunca tivesse ouvido falar de mim? — perguntou o noivo de Dúnia.

Raskólnikov recostou-se vagarosamente sobre o travesseiro, cruzou os braços debaixo da cabeça e fitou o teto. Foi sua resposta. Na fisionomia de Pedro Petróvitch, lia-se o descontentamento provocado por tal irreverência. Zózimov e Razumíkhin observavam o recém-chegado com curiosidade, o que acabou por lhe desconcertar a famosa atitude.

— Eu estava persuadido de que uma carta enviada há dez ou 15 dias...

— Mas por que não entra? — interrogou bruscamente Razumíkhin, se tem alguma coisa a dizer, queira sentar-se, porque Nastácia e o senhor não cabem aí à porta, que é estreita. Nastáciuchka, deixa passar este senhor! Ora faça o favor, aqui tem uma cadeira! Veja se pode passar!

Afastou a cadeira da mesa, deixando um pequeno espaço livre entre ela e seus joelhos, e esperou numa posição incômoda que o visitante atravessasse essa estreita passagem.

Era impossível recusar. Pedro Petróvitch chegou, com dificuldade, até a cadeira e, depois de se sentar, olhou desconfiadamente para Razumíkhin.

— Não faça cerimônia — disse o estudante com arrogância — Ródia está doente há cinco dias, em três dos quais delirou; mas agora recuperou os sentidos e até já comeu com apetite. Este cavalheiro é o médico. Eu sou condiscípulo de Ródia e sirvo-lhe de enfermeiro. Não se importe, pois, conosco e queira continuar sua conversa como se não estivéssemos aqui.

— Muito obrigado. Mas a conversa não fatigará o doente? — perguntou Pedro Petróvitch dirigindo-se a Zózimov.

— Não, é mesmo uma distração para ele — respondeu o médico com indiferença, bocejando outra vez.

— Ele já recuperou o uso das faculdades mentais desde esta manhã! — informou Razumíkhin, cuja sem-cerimônia respirava uma bonomia tão sincera que Pedro Petróvitch começou a sentir-se mais à vontade. Afinal, esse homem irreverente e malvestido era um estudante.

— Sua mãe... — começou Lujine.
— Hum! — resmungou Razumíkhin.

Lujine olhou para ele admirado.

— Não faça caso, é um *tic*. Queira continuar...

Lujine encolheu os ombros.

—...Sua mãe tinha começado uma carta para o senhor, antes de minha partida. Quando aqui cheguei, demorei minha visita alguns dias, para ter a certeza quando viesse, de que o senhor já sabia tudo, mas vejo com espanto...

— Eu sei, eu sei! — atalhou bruscamente Raskólnikov, visivelmente irritado. — O senhor é o noivo, já sei... escusava de falar tanto.

Essas palavras e o modo por que foram proferidas magoaram Pedro Petróvitch, que se conservou silencioso, perguntando a si próprio o que queria dizer tudo aquilo. A conversa ficou, por momentos, interrompida. Raskólnikov, que para responder se voltara um pouco na direção de Lujine, voltou a examiná-lo com grande atenção, como se alguma coisa, que a princípio lhe tivesse passado despercebida, o houvesse agora impressionado. Ergueu-se um pouco no divã para vê-lo melhor. O caso é que o aspecto de Pedro Petróvitch tinha alguma coisa de particular que parecia justificar o nome de *noivo*, pelo qual fora há pouco tão irritantemente designado.

Percebia-se à primeira vista, até demasiadamente, que Petróvitch, mal chegara à capital, se dera pressa em "tornar-se cativante", e preparar-se para a próxima chegada de sua noiva. Isso era, certamente, não só desculpável, mas até louvável. Talvez Lujine deixasse transparecer, mais do que convinha, a satisfação que lhe causava o completo êxito de seu desígnio: mas tal fraqueza num noivo é o que há de mais perdoável. Vestia um terno completamente novo e sua elegância apenas num ponto merecia reparo de crítica: era muito recente e traía ingenuamente um intuito. Eram dignos de notar-se os cuidados com que o visitante cercava seu esplêndido chapéu alto, recentemente comprado, e a delicadeza com que segurava numa das mãos lindas luvas Louvain, que não se atrevia a calçar. No vestuário predominavam os tons claros. O jaquetão, de tecido leve, era elegante, e a calça e o colete, da mesma cor, bonitos. A camisa de finíssima cambraia acabara de sair da loja do camiseiro, bem como a gravata de riscas cor-de-rosa. Aliás manda a verdade dizer que Pedro Petróvitch tinha boa aparência com este vestuário que o remoçava.

No rosto corado, que não demonstrava seus 45 anos de idade, umas suíças pretas talhadas em forma de costeleta, faziam sobressair a alvura do queixo cuidadosamente barbeado. Tinha poucos cabelos brancos na cabeleira primorosamente frisada. Se na grave e correta fisionomia havia alguma coisa de antipático e desagradável, isso devia atribuir-se a outras causas. Depois de ter contemplado descortesmente Lujine, Raskólnikov deu um sorriso escarninho, deixou-se de novo cair sobre o divã e fitou outra vez o teto.

Mas o sr. Lujine parecia disposto a não se preocupar com ninharias; fechou os olhos a essas esquisitas maneiras e esforçou-se por continuar a conversa.

— Creia que é com bastante pesar que o encontro neste estado. Se soubesse de sua doença, teria vindo há mais tempo. Mas tenho tantas preocupações!... Além disso, vejo-me obrigado a acompanhar na última instância um processo muito importante. Nem é bom falar nas preocupações constantes que essa causa me dá. Espero, de um momento para outro, sua família, isto é, sua mãe e sua irmã...

Raskólnikov pareceu querer dizer alguma coisa; a fisionomia exprimiu uma certa agitação. Petróvitch deteve-se, esperou, mas, vendo que ele continuava calado, prosseguiu:

— ...De um momento para outro. Arranjei-lhes casa...

— Onde? — perguntou Raskólnikov com voz muito fraca.

— Aqui próximo, no edifício Bakalêief...

— É em Voskresênski informou Razumíkhin —, são dois andares, mobiliados... Quem aluga é o negociante Juchine.

— Sim, alugam ali quartos mobiliados...

— É uma pocilga imunda e que goza de má reputação. Passaram-se lá casos pouco edificantes. Fui levado lá numa aventura escandalosa. Os quartos, porém, não são caros.

— Compreenderá que eu não podia saber disso, pois que acabo de chegar da província, respondeu formalizado Pedro Petróvitch; de qualquer modo, porém, os dois quartos que tomei são muito limpos e a demora será curta... Já aluguei nossa futura casa — continuou ele dirigindo-se a Raskólnikov —, já a estão arrumando. Por enquanto, também estou numa pensão. É muito perto daqui, em casa da srª Lippelvechzel, onde resido com meu amigo André Semenióvitch Lebeziátnikov.

— Lebeziátnikov? — disse lentamente Raskólnikov, como se esse nome lhe trouxesse alguma recordação.

— Sim, André Semenióvitch Lebeziátnikov, funcionário do ministério... o senhor o conhece?

— Sim... não... — respondeu Raskólnikov.

— Perdão, sua pergunta fez-me supor que o conhecesse... É um rapaz muito simpático... de ideias liberais... Gosto do convívio dos rapazes; é por eles que se sabe o que vai pelo mundo.

Dizendo isso, Pedro Petróvitch olhou para os presentes, esperando ler-lhes nas fisionomias qualquer sinal de aprovação.

— De que ponto de vista? — perguntou Razumíkhin.

— Do mais sério de todos, isto é, do ponto de vista social — respondeu Lujine satisfeitíssimo por lhe terem feito a pergunta. — Havia dez anos que eu não vinha a São Petersburgo. Todas as novidades, todas as reformas, todas as ideias chegam até nós, provincianos; mas, para se poder ver mais distintamente, é indispensável vir a São Petersburgo. Ora, a meu ver, é da observação das novas gerações que podemos obter os melhores resultados. E eu confesso que fiquei encantado...

— Com quê?

— Sua pergunta é de certa amplitude. Estarei enganado, mas parece-me ter notado uma visão mais nítida das coisas, um espírito mais crítico, uma atividade mais...

— Insensatez! Não há praticabilidade — agrediu-o Razumíkhin com essas palavras. — Praticabilidade é coisa difícil de se encontrar, não cai do céu; nos últimos duzentos anos, a humanidade tem vivido divorciada da vida prática. As ideias existem em germe e a tendência para o bem existe, embora em estágio primário, e a honestidade poderá ser encontrada, apesar das multidões de desonestos. Todavia não há praticabilidade. A praticabilidade anda em baixa.

— Não concordo — retrucou Pedro Petróvitch, com visível entusiasmo. — De fato, os homens deixam-se levar e cometem erros, mas devemos ser indulgentes. Tais erros são simplesmente a prova de entusiasmo por uma causa e o anormal meio ambiente em que vivem. Se pouco foi feito até hoje é porque o tempo foi curto. Do meio, nem ouso falar... É meu ponto de vista particular. Se deseja saber, algo já foi obtido: novas ideias de grande valia, novas obras substituem nossos sonhadores e românticos escritores. A literatura atinge a maturidade; muitos preconceitos têm sido desarraigados e tornados ridículos. Em uma palavra: separamo-nos irrevogavelmente do passado; e isso, em meu modo de ver, já é um grande progresso...

— Decorou para pavonear-se! — disse subitamente Raskólnikov.

— Quê? — retrucou Pedro Petróvitch, sem entender as palavras e ficando sem resposta.

— É exato — interrompeu Zózimov com ar despreocupado.

— Não é assim? — replicou Petróvitch, agradecendo ao médico com um olhar amável. — O amigo há de concordar — prosseguiu dirigindo-se a Razumíkhin — que há progressos evidentes, pelo menos no que respeita aos ramos científicos e econômicos...

— Um lugar-comum!

— Perdão, isso não é um lugar-comum! Por exemplo, se me disserem "Ama o teu semelhante" e eu queira seguir esse conselho, qual o resultado? — respondeu Lujine com calor. — Rasgo minha capa, dou metade ao próximo e ficamos ambos seminus. Como diz um provérbio nosso: "Quando se perseguem muitas lebres ao mesmo tempo, não se apanha nenhuma." A ciência, por seu lado, manda-me atender apenas a minha pessoa, uma vez que tudo neste mundo se baseia no interesse pessoal. Aquele que segue essa doutrina, cuida convenientemente de seus interesses e fica com a capa inteira. Afirma a economia política que, tanto mais sólida e próspera será uma sociedade quanto maior for o número de fortunas particulares ou de capas inteiras nessa sociedade. Portanto, trabalhando apenas para mim, trabalho para todos os outros, do que resulta meu próximo vir a obter mais do que a metade de uma capa, e isso sem favores particulares ou individuais, mas em consequência do progresso geral. A ideia é simples; infelizmente levou muito tempo a propagar-se e a triunfar da quimera e do devaneio; e, no entanto, não julgo que seja necessária uma grande inteligência para compreender...

— Perdão, mas é que eu pertenço à classe dos tolos — interrompeu Razumíkhin. — Por isso fiquemos por aqui. Eu tinha um objetivo ao encetar essa conversa; mas de três anos para cá, tenho os ouvidos tão causticados desse palavreado, de todas essas banalidades, que chega a repugnar-me falar e mesmo ouvir falar nelas. Naturalmente, o senhor apressou-se a expor-nos suas teorias; era desnecessário, mas não o censuro por isso. Apenas desejava saber quem é o senhor porque, na verdade, ultimamente, lançou-se sobre os negócios públicos uma multidão de especuladores que, procurando somente o interesse próprio, tem destruído tudo em que põe a nefasta mão. Vamos andando!

— Senhor! replicou Lujine escandalizado. — Parece querer insinuar que eu...

— Ora... de nenhum modo... Mas fiquemos nisso! — redarguiu Razumíkhin, voltando-se para Zózimov e continuando a conversa que a chegada de Petróvitch interrompera.

Ele teve o bom senso de aceitar, sem restrições, a explicação do estudante. Aliás, decidira ir-se embora.

— Agora que nos conhecemos — disse ele dirigindo-se a Raskólnikov —, espero que nossas relações continuem logo que recupere a saúde e se tornem mais íntimas pela circunstância que conhece... Desejo-lhe completo e rápido restabelecimento.

Raskólnikov pareceu não ter ouvido. Pedro Petróvitch levantou-se.

— Foi certamente algum devedor que a matou — disse Zózimov.

— Está claro! — repetiu Razumíkhin. — O Porfírio não diz o que pensa, mas intimou as pessoas que tinham negócios com ela.

— Houve interrogatórios? — perguntou com voz forte Raskólnikov.

— Sim, e então?

— Nada.

— Mas como soube ele quem é essa gente? — perguntou Zózimov.

— Kokh apontou alguns; acharam-se os nomes de outros escritos nos papéis que envolviam os objetos, e alguns se apresentaram espontaneamente, quando souberam...

— O assassino deve ser muito hábil e experimentado! Que decisão! Que audácia!

— Pois não é tal. Aí é que tu e todos os outros se enganam redondamente — replicou Razumíkhin. — Em minha opinião, ele não é nem hábil nem experiente, e esse crime foi provavelmente sua estreia. Na hipótese de o assassino ser um facínora calejado, não há explicação possível, porque as inverossimilhanças surgem de todos os lados. Se, pelo contrário, o supusermos como principalmente, devemos admitir que só o acaso lhe permitiu escapar-se; mas de que não seria capaz o acaso? O assassino talvez nem mesmo previsse todos os obstáculos! E como executa ele seu plano? Enche os bolsos com objetos que valem dez ou vinte rublos, que procura na caixa onde a velha guardara a roupa. Ora, na gaveta superior da cômoda encontrou-se uma caixa com 1.500 rublos, sem contar as notas! Se nem sequer soube roubar, soube só matar! Insisto: foi uma estreia. O homem perdeu a cabeça, e, se não foi agarrado, deve dar graças ao acaso mais do que à sua habilidade.

Pedro Petróvitch desejava despedir-se, mas não quis sair sem dizer algumas palavras de peso. Queria deixar uma impressão favorável de sua pessoa, e a vaidade foi superior ao bom senso.

— Referem-se, sem dúvida, ao recente assassínio da velha adeleira? — perguntou dirigindo-se a Zózimov.

— Exatamente. Ouviu falar nisso?...

— Ora essa! Na sociedade...

— Conhece os pormenores?

— Mais ou menos; mas esse caso interessa-me principalmente pela questão de ordem geral que estabelece. Já não quero referir-me ao progressivo aumento dos crimes nas classes baixas, nos últimos cinco anos. Ponho de parte a série de roubos e incêndios. Há, acima de tudo, um fato que impressiona altamente: é que nas classes superiores a criminalidade vai numa progressão de alguma forma paralela. Ali, cita-se a história de um estudante que assaltou o correio na estrada; acolá, gente de boa condição social falsifica dinheiro; em Moscou, uma quadrilha foi capturada, por falsificar bilhetes de loteria, e um dos chefes era um professor de história universal; depois, um secretário de legação foi assassinado, no exterior, por escuso motivo de dinheiro... E se essa velha adeleira foi assassinada por alguém da classe social mais elevada — porque camponeses não empenham berloques de ouro —, como podemos explicar essa desmoralização da parte civilizada de nossa sociedade?

— Tem havido muitas mudanças econômicas — interferiu Zózimov.

— Como explicá-las? — cortou Razumíkhin. — Deve-se explicar por nossa impraticabilidade.

— Como diz?

— Que resposta deu o professor de Moscou por falsificar bilhetes? "Todos se enriquecem de algum modo, portanto apresso-me a enriquecer." Não recordo as palavras exatas, mas o sentido é de que necessitava de dinheiro sem esforçar-se, sem esperar e sem trabalhar. Estamos acostumando-nos a ter os desejos satisfeitos de imediato, a nos amparar em outrem, a conseguir nosso alimento mastigado. A grande hora soa,[8] e cada homem tem de mostrar-se com seu verdadeiro caráter.

— Mas moral? São só palavras! Princípios...

— Mas que é que o preocupa? — interrogou Raskólnikov. — Isso, afinal, é sua teoria posta em prática.

— Mas... como assim?

— A conclusão lógica do princípio que o senhor há pouco estabeleceu é que é lícito matar...

— Essa agora! — protestou Lujine.

— Não, não é isso — observou Zózimov.

Raskólnikov, muito pálido, respirava a custo; o lábio superior tremia-lhe.

— Nem tanto ao mar nem tanto à terra — prosseguiu com altivez Pedro Petróvitch —; as ideias econômicas, que eu saiba, não conduzem ao assassínio e, pelo fato de se enunciar um princípio...

— É verdade — interrompeu Raskólnikov com a voz alterada pela cólera —, é verdade ter o senhor dito à sua futura esposa... precisamente quando ela acabava de aceder a seu pedido, que o que mais lhe agradava nela... era a pobreza... visto que era preferível casar com uma mulher pobre, para depois poder dominá-la e atirar-lhe à cara os benefícios recebidos?...

— Senhor! — gritou Lujine com a voz entrecortada pela ira. — Senhor!... alterar por tal forma meu pensamento! Permita-me que lhe diga que a informação que lhe deram não tem o menor fundamento, e eu... desconfio de quem... enfim, sua mãe... Ela já me tinha parecido, a despeito das suas excelentes qualidades, um tanto exaltada e romanesca;

---

[8] A emancipação dos escravos em 1861.

estava, porém, muito longe de a supor capaz de dar tal interpretação às minhas palavras, e citá-las, alterando-lhes o sentido... E finalmente...

— Olhe, sabe... — gritou Raskólnikov, erguendo-se e despedindo centelhas pelos olhos. Sabe?...

— O quê?

E Lujine parou, esperando em atitude de desafio.

— Se tem o atrevimento... de dizer mais uma palavra... a respeito de minha mãe... atiro-o pela escada abaixo!

— Mas que é isso? — acudiu Razumíkhin.

— É isso; mais nada.

Lujine tornou-se muito pálido e mordeu os lábios. Estava furioso, mas fazia um grande esforço para se conter.

— Ouça — começou ele após curto silêncio. — O acolhimento que me fez não me deixou dúvidas acerca de sua inimizade; demorei, porém, propositadamente a minha visita, para me certificar a esse respeito. Poderia desculpar tudo a um doente, a um parente, mas isso... nunca...

— Eu não estou doente! — gritou Raskólnikov.

— Tanto pior!...

— Vá para o inferno!

Mas Lujine não esperara por essa intimação para se retirar. Saiu rapidamente sem olhar para ninguém, nem mesmo para Zózimov, que há muito lhe fazia sinais que deixasse o doente em paz. A coluna vertebral espigada demonstrava claramente o insulto recebido.

— Que absurdo! — disse, abanando a cabeça, Razumíkhin.

— Deixem-me, deixem-me todos! — exclamou Raskólnikov exasperado. — Por que não se vão embora, carrascos? Eu não os temo! Não tenho medo de ninguém. Agora saiam! Quero ficar só, só, só!

— Vamos! — disse Zózimov fazendo sinal a Razumíkhin.

— Mas havemos de deixá-lo nesse estado?

— Vamos — insistiu o médico saindo.

Razumíkhin refletiu um momento e depois resolveu-se a sair.

— É melhor obedecer-lhe — disse Zózimov na escada. — Está muito irritado.

— Que há com ele?

— Um abalo profundo que o arrancasse àquela preocupação é que lhe fazia bem. Ele tem alguma coisa que o preocupa seriamente. É isso o que me inquieta.

— Pode ser que esse Pedro Petróvitch não seja estranho a isso. Pela conversa que acabamos de ouvir, parece que nosso amigo recebeu pouco antes de adoecer uma carta a esse respeito.

— Sim. O diabo foi esse homem vir aqui. Talvez sua visita estragasse tudo. Mas notaste que só uma parte da conversa interessou ao doente, levando-o a sair da apatia e do mutismo? Logo que se fala naquele crime, exalta-se.

— Sim, notei isso — disse Razumíkhin —, prestava atenção ao que se dizia, inquietava-se. É que, no próprio dia em que adoeceu, aterraram-no no comissariado, e chegou a perder os sentidos.

— Hás de contar-me isso logo minuciosamente, e eu também te hei de dizer uma coisa. Esse rapaz interessa-me muito! Daqui a meia hora volto para me informar de seu estado... Aliás, não há que recear por agora...

— Agradeço teu cuidado. Agora vou conversar um pouco com Pachenka e mando Nastácia vigiá-lo.

Depois de terem saído do quarto, Raskólnikov pôs-se a olhar para a criada com impaciência; ela, porém, hesitava em retirar-se.

— Queres tomar agora o chá? — perguntou a rapariga.

— Logo! Quero dormir! Deixa-me!...

E voltou-se para a parede num brusco movimento convulsivo. Nastácia retirou-se.

Capítulo VI

Mas, logo que a criada saiu, Raskólnikov correu o fecho da porta e começou a vestir a roupa que Razumíkhin trouxera. Caso singular: à exasperação de há pouco e ao pânico dos últimos dias parecia haver sucedido repentinamente em Raskólnikov uma absoluta tranquilidade. Era o primeiro minuto de uma serenidade estranha, repentina. Seus movimentos, regulares e precisos, denotavam uma resolução enérgica. "Hoje mesmo!...", murmurava ele. No entanto não compreendia que estava muito fraco; a forte tensão moral, que restituíra a tranquilidade, dava-lhe vigor e confiança; julgava poder aguentar-se na rua, de pé. Depois de ter se vestido, olhou de novo para o dinheiro espalhado na mesa, refletiu um momento e meteu-o no bolso. Eram 25 rublos. Guardou também o troco dos dez rublos gastos por Razumíkhin na compra da roupa. Depois, abriu com precaução a porta, saiu e desceu a escada. Ao passar em frente da cozinha, cuja porta estava aberta, lançou um olhar para o interior: Nastácia, de costas, soprava o samovar da patroa e não o viu. Aliás, quem poderia prever aquela fuga? Momentos depois, estava na rua.

Eram oito horas; tinha acabado de pôr-se o sol. Embora a atmosfera estivesse asfixiante, Raskólnikov respirava avidamente o ar poeirento, portador das exalações mefíticas da grande cidade. Sentia a cabeça girar.

Os olhos inchados, o rosto emagrecido e lívido exprimiam uma energia selvagem. Não sabia para onde dirigir-se nem pensava em tal. Sabia apenas que era preciso acabar com "isso" hoje mesmo, de uma vez, imediatamente; que de outra forma não tornaria a entrar em casa, "porque não queria viver assim". Como acabar com aquilo? Não tomara sobre o caso resolução alguma e diligenciava afastar essa ideia — pergunta que o atormentava. Sentia unicamente que era preciso que tudo mudasse; fosse como fosse, "custe o que custar", repetia.

Obedecendo a um velho hábito, dirigiu-se ao Mercado do Feno. Antes de chegar lá, encontrou, parado em frente a uma loja, um tocador de realejo, um rapazinho de cabeleira negra que ia fazendo o instrumento gemer uma melodia sentimental. O pequeno músico acompanhava no realejo uma menina de 15 anos, aprumada em frente dele, vestida como uma dama, mantilha, luvas e chapéu de palha preto ornado com uma pluma cor de fogo, tudo velho e desbotado. Cantava uma romanza com voz áspera, mas forte e suportável, esperando que da loja lhe atirassem alguma moeda de dois copeques. Duas ou três pessoas tinham parado a ouvi-la. Raskólnikov deteve-se um momento, tirou do bolso uma moeda de cinco copeques e meteu-a na mão da menina. Ela sustou a *romanza* na nota mais aguda e sentimental, gritou ao companheiro que parasse, e seguiram ambos para o estabelecimento mais próximo.

— O senhor gosta das canções de rua? — perguntou Raskólnikov bruscamente a um transeunte de certa idade, que, ao lado dele, escutava os músicos ambulantes. O interpelado olhou surpreendido para ele. — Eu — prosseguiu Raskólnikov como se falasse de coisa muito diversa da música das ruas —, eu aprecio o canto, ao som do realejo, em uma tarde de outono, sombria, úmida e fria, principalmente quando há umidade, quando os transeuntes têm um aspecto mórbido e esverdeado;

ou o que é melhor, quando a neve cai verticalmente, sem ser impedida pelo vento, e os candeeiros da iluminação pública brilham através dela!

— Não sei... desculpe... — balbuciou o outro, assustado com o modo estranho de Raskólnikov. E atravessou a rua.

Raskólnikov pôs-se a caminho, chegando pouco depois à esquina do Mercado, no lugar onde, dias antes, o mascate e a mulher conversavam com Isabel; mas lá já não estavam. Reconhecendo o local, parou, olhou em redor e dirigiu-se a um rapaz de blusa encarnada, que bocejava à porta de uma padaria.

— Naquela esquina não costumam ficar um mascate e a mulher?

— Aqui toda a gente vende — respondeu o outro, medindo desdenhosamente Raskólnikov com o olhar.

— Como se chama esse mascate?

— Chama-se pelo nome!

— Tu não és de Zaraisk? De que província?

O rapaz olhou novamente seu interlocutor.

— Alteza, nós não somos de uma província, somos de um distrito. Meu irmão saiu e eu nada sei... Queira Vossa Alteza perdoar-me generosamente.

— Aquilo ali em cima é uma taverna?

— É um *troktir*, com bilhar, frequentado por princesas... Vai lá muito boa gente!

Raskólnikov seguiu para a outra extremidade da praça, onde havia uma multidão de mujiques. Meteu-se entre eles, lançando um olhar a cada um e desejando dirigir a palavra a toda a gente. Mas os aldeãos não reparavam nele, e, em pequenos grupos, conversavam animadamente sobre seus negócios. Após um momento de reflexão, saiu do mercado e entrou no *pereulok*...

Muitas vezes seguira esse caminho, que forma um ângulo e conduz à praça de Sadovaia. Ultimamente, gostava de passar em todos esses lugares quando começava a aborrecer-se, para se aborrecer ainda mais. Agora dirigia-se para aquele lado sem um propósito determinado. Há aí uma vasta casa, cujas lojas são ocupadas por depósitos de vinho e tavernas. Dessas pocilgas saíam constantemente marafonas vestidas sumariamente. Juntavam-se em grupos, em vários pontos do passeio, principalmente perto das escadas que conduzem a subterrâneos duvidosos.

Num desses havia, naquele momento, alegre algazarra. Cantavam, tocavam e gritavam tanto que se ouvia de um extremo a outro da rua. À entrada desse antro havia grande número de mulheres, umas sentadas nos degraus, outras no passeio, outras de pé, conversando. Um soldado embriagado, de cigarro na boca, andava aos trancos berrando; parecia querer entrar em algum lugar de que não se lembrava. Dois maltrapilhos insultavam-se mutuamente. Um homem, em completo estado de embriaguez, estava estendido na rua.

Raskólnikov parou perto do maior grupo de mulheres, que conversavam em voz alta. Estavam todas vestidas de cassa, cabeça descoberta, os pés calçados em sapatos de pele de cabrito. Algumas tinham já dobrado o cabo dos quarenta; outras não teriam mais de 17 anos. Quase todas tinham olheiras.

A algazarra que vinha do subterrâneo atraiu a atenção de Raskólnikov. Por entre as gargalhadas e o vozear, uma balalaica acompanhava uma voz esganiçada, enquanto alguém dançava desesperadamente, batendo com os tacões:

Tu, meu belo botão,
não me esperes em vão.

Raskólnikov, no alto da escada, ouvia sombrio e pensativo, não querendo perder uma palavra da canção, como se para ele fosse caso da maior importância. "Se eu entrasse?", pensava. "Estão contentes, estão bêbados... E se eu me embebedasse também?"

— Não entra, querido *bárine*?⁹ — perguntou uma das mulheres, de voz razoavelmente timbrada e conservando ainda alguma frescura. Era ainda nova e a única do grupo que não causava repulsa.

— Que bonita rapariga! — disse Raskólnikov olhando-a.

Ela sorriu lisonjeada com o cumprimento.

— Também o senhor é bonito — respondeu.

— Bonito, esse esqueleto! — observou com voz rouca outra mulher. — Parece que saiu agora do hospital!

Nesse momento, aproximou-se do grupo um mujique com ar canalha, vestuário em desordem, cara radiante.

— Parecem filhas de generais, mas têm o nariz chato! Oh, formosas!

— Entra, já que vieste!

— Vou entrar, beleza!

E desceu ao subterrâneo. Raskólnikov ia afastar-se.

— Olha lá, *bárine*! — gritou-lhe a rapariga.

— Que é?

— Querido, eu desejava passar uma hora contigo, mas agora não me sinto muito à vontade em tua presença. Dá-me seis copeques para uma bebida?

Raskólnikov tirou do bolso três moedas de cinco copeques.

— Que generoso *bárine*!

— Como te chamas?

— Pergunte pela Dúklida.

— Vejam só! — exclamou uma das do grupo, indicando Dúklida com um aceno de cabeça. — Não sei como tem descaramento para pedir. Eu morreria de vergonha...

Raskólnikov olhou curiosamente para a mulher que falara. Era uma trintona picada de varíola, coberta de equimoses, com o lábio superior inchado. Censurava a outra em tom sereno e grave.

---

⁹ Senhor, cavalheiro.

"Onde li eu", pensava Raskólnikov afastando-se, "aquela frase atribuída a um condenado à morte, uma hora antes do suplício? Se ele tivesse de passar a vida sobre um alcantil, sobre um rochedo perdido na imensidade do mar, que lhe oferecesse apenas o espaço suficiente para firmar os pés; se tivesse de viver assim mil anos, sobre o espaço de um pé quadrado, na solidão, na treva, exposto a todas as intempéries — preferiria à morte tal existência! Viver seja como for, mas viver!... Como isso é verdadeiro, meu Deus, como é verdadeiro! O homem é desprezível! E também é quem o chama", acrescentou.

Havia muito tempo que caminhava ao acaso, quando reparou na tabuleta de um café: "O Palácio de Cristal! Razumíkhin falou no Palácio de Cristal, ainda agora. Mas que queria eu... Ah, sim, ler... Zózimov disse que tinha lido nos jornais..."

— Há jornais? — perguntou, entrando no estabelecimento confortável, onde havia gente. Dois ou três fregueses tomavam chá. Numa sala afastada, quatro indivíduos sentados a uma mesa bebiam champanhe. Pareceu a Raskólnikov que um deles era Zametov, mas a distância não lhe permitia distinguir. "Afinal, que importa?", pensou ele.

— Que deseja? — perguntou um criado.

— Traga-me chá e os jornais dos últimos cinco dias. — Deu-lhe uma boa gorjeta.

— Aqui estão os de hoje. Quer também vodca?

Quando o criado trouxe os jornais, Raskólnikov pôs-se a procurar: "Izler — Izler — Os Azteques — Os Azteques — Izler... — Máximo — Oh! que estopada... Ah! Está aqui o noticiário: Mulher que caiu de uma escada — Um negociante embriagado — Incêndio no Areal — O incêndio do Petersburgskaia. — Izler — Izler — Izler — Izler — Máximo... Ah, aqui está..."

Tendo finalmente achado o que procurava, começou a leitura. As linhas dançavam-lhe diante dos olhos: conseguiu ainda assim ler a notícia até o fim, passando com crescente curiosidade aos "novos pormenores" nos números seguintes. Folheava os jornais com mão trêmula, sentindo uma impaciência febril.

De repente, alguém sentou-se a seu lado. Raskólnikov ergueu os olhos: era Zametov, o próprio Zametov, trajado como naquele dia em que o encontrara no comissariado. Eram os mesmos anéis, a mesma corrente, o mesmo cabelo preto, frisado e lustroso, dividido por uma risca até a nuca, a sobrecasaca um pouco surrada, a camisa ligeiramente amarrotada.

O chefe de repartição da polícia parecia alegre, sorrindo com jovialidade. O rosto moreno estava ligeiramente rosado, devido ao champanhe que acabara de ingerir.

— O senhor por aqui? — interrogou ele com ar surpreso e no tom com que falaria a um camarada. Mas ainda ontem o Razumíkhin me disse que o senhor continuava doente. É extraordinário! Sabe que estive em sua casa...

Raskólnikov percebeu que o funcionário policial queria entabular conversa. Pôs de lado os jornais e voltou-se para Zametov com um sorriso constrangido.

— Eu soube de sua visita — respondeu. — Sei que procurou minha botina... Razumíkhin o aprecia muito. Ouvi dizer que tinha ido com ele à casa de Luíza Ivánovna, aquela cuja defesa quis tomar há dias, recorda-se? O senhor fazia sinais ao tenente Pólvora, que não os percebia. Pois não era preciso ter uma inteligência excepcional para os entender. A coisa era clara... hein?

— É levado da breca!

— O Pólvora?

— Não! Seu amigo, Razumíkhin.

— Ao senhor é que a vida corre bem, sr. Zametov; tem entrada gratuita em toda parte. Quem lhe ofereceu há pouco champanhe?

— Por que me haviam de oferecer champanhe?

— Como gratificação! Meu amigo faz render tudo! — disse Raskólnikov escarninho. — Não se zangue, excelente moço! — acrescentou, dando uma palmada familiar no ombro de Zametov. — Disse isso sem ideia de ofender; é brincadeira, como dizia, a propósito dos socos que deu em Mitka, o pintor que prenderam por causa do assassínio da velha.

— Mas como sabe disso?

— Talvez saiba mais do que meu amigo.

— O senhor é um homem extraordinário! Na verdade está ainda muito doente. Fez mal em sair.

— Acha-me singular?

— Muito, que é que estava lendo?

— Jornais.

— Sobre incêndios?

— Ora, que me importam os incêndios! — Olhou Zametov de modo estranho, e nos lábios assomou-lhe novo sorriso de escárnio.

— Não, os incêndios não me interessam — continuou piscando os olhos. — Mas confesse, meu caro, que se empenha em saber o que eu estava lendo.

— Eu? Não faço empenho algum! Perguntei-lhe o que lia para dizer alguma coisa. Havia inconveniência em perguntar-lhe? Por que é que o senhor...

— Ouça: meu amigo é homem instruído, ilustrado, não é verdade?

— Tenho o curso de preparatórios, até o sexto ano — respondeu com ar desvanecido Zametov.

— Até o sexto ano! Oh, que maganão! E traz o cabelo lindamente repartido, anéis... é um felizardo! E bonito! — Dizendo isso, Raskólnikov desatou a rir na cara do chefe de repartição da polícia, que recuou, não ofendido, mas muito surpreendido.

— Que criatura singular! — repetiu com grande seriedade Zametov. — Quer-me parecer que ainda está delirando.

— Eu? Delirando? Está brincando, meu amigo! Com que então sou uma criatura singular? Quer o amigo dizer que me acha curioso, hein? Curioso?

— Sim.

— E deseja saber o que eu lia nos jornais? Veja os números que mandei vir. Isso dá-lhe o que pensar, não é assim?

— Vamos, diga...

— Imagina então que acertou.

— Com quê?

— Depois lhe direi. Agora, meu caro, declaro-lhe, ou antes, confesso. Não, não é bem isso; faço um depoimento e o senhor toma nota! Pois bem, declaro que procurava e achei... — Raskólnikov piscou os olhos e esperou. — Foi até para isso que entrei aqui: os pormenores relativos ao assassínio da velha que emprestava sobre penhores.

Raskólnikov pronunciou as últimas palavras em voz baixa, aproximando o rosto de Zametov, que sustentou fixamente o olhar do rapaz sem pestanejar nem afastar a cabeça. O que mais tarde lhe pareceu estranho foi que, durante um minuto, os dois se olharam sem dizer palavras.

— E que me importa o que o senhor leu? — disse afinal Zametov, irritado com os modos enigmáticos do outro. — Que tenho eu com isso!?

— Sabe? — continuou em voz baixa Raskólnikov, sem reparar na exclamação de Zametov. — É aquela mesma velha de quem falavam outro dia, no comissariado, quando perdi os sentidos. Percebe agora?

— "*Percebo* agora" o quê? — disse Zametov.

A fisionomia imóvel e sombria do rapaz mudou subitamente de expressão. Raskólnikov soltou de repente uma gargalhada nervosa, que parecia impossível conter.

Assaltara-o uma sensação igual à que experimentara no dia do crime quando, sitiado no quarto da velha por Kokh e Priestriakov, tivera repentinamente o desejo de os insultar, de os escarnecer.

— Olhe, ou o senhor está doido ou... — começou Zametov e deteve-se, impressionado por uma ideia súbita.

— O quê? Que ia dizer? Acabe!

— Não! — replicou Zametov. — Tudo isso é absurdo!

Calaram-se. Depois do acesso de riso, Raskólnikov caiu em sombria meditação. Com o cotovelo apoiado na mesa, a cabeça encostada na mão, parecia ter esquecido completamente o outro.

O silêncio alongava-se.

— Tome seu chá. Está esfriando — observou Zametov.

— Hein?... O quê? O chá?... Ah, sim!

Raskólnikov levou a xícara aos lábios, mastigou um pedaço de pão e, lançando um olhar a Zametov, tranquilizou-se; sua fisionomia retomara a expressão sarcástica.

— Estes crimes são agora muito frequentes. Ainda há pouco tempo li na *Moskovskie Viedomosti* que tinham prendido em Moscou uma quadrilha de moedeiros falsos. Falsificavam notas de banco.

— Ora, aonde vai isso! Há mais de um mês que eu li esse caso — respondeu calmamente Raskólnikov. — Acha que são criminosos? — acrescentou ele, sorrindo.

— Então que hão de ser?

— São uns néscios, uns patetas; criminosos, não. Juntar-se cinquenta para tal fim! Isso é coisa que se faça? Num caso desses, três já são demais; e é necessário que cada um dos membros da quadrilha tenha mais confiança nos sócios que em si próprio. Não sendo assim, basta que um deles diga uma palavra imprudente e vai tudo por água abaixo. Uns imbecis! Mandam sujeitos em quem não têm confiança absoluta trocar as notas no banco; como se essa missão se pudesse confiar a qualquer um! Mas admitamos a hipótese de que esses idiotas se saíam bem, suponhamos que a operação rendesse um milhão a cada um. E depois? Ficavam eles para toda a vida sob a dependência uns dos outros. Mais vale enforcar-se que viver assim! Nem mesmo souberam passar adiante o papel; um deles apresenta-se num banco, dão-lhe o troco de cinco mil rublos e tremem-lhe as mãos ao receber o dinheiro. Conta quatro mil, mete o quinto milhar no bolso sem contar, tal é a pressa que tem de se ver fora dali. Foi assim que nasceram as suspeitas, e o negócio acabou mal por causa de um só imbecil. Compreende-se isso?

— O quê? Que suas mãos tremessem? — perguntou Zametov. — É claro que se compreende, e acho mesmo o fato natural. Em certos casos não é fácil se dominar.

— Não se poder dominar?

— O senhor poderia? Eu não posso. Pela recompensa de cem rublos, enfrentar essa terrível experiência? Ir com notas falsas a um banco, cujos funcionários têm o dever de verificar sua autenticidade? Não! Eu não poderia fazer tal. O senhor o faria?

Raskólnikov teve novamente o irresistível desejo de dar com a língua nos dentes. Calafrios correram-lhe pela espinha.

— Eu faria diferente — começou Raskólnikov. — Trocaria o dinheiro deste modo: contaria os primeiros mil rublos três ou quatro vezes, para frente e para trás, olhando as cédulas; depois faria o mesmo com o segundo milhar. Chegando à metade, olharia uma nota de cinquenta rublos contra a luz para ver se era falsa e diria: "Temo receber, como um parente meu outro dia, uma nota falsa de 25 rublos." Depois enredaria o funcionário com uma história. A seguir contaria o terceiro milhar. "Desculpe-me", diria, "enganei-me na sétima centena, mas não estou bem certo". Assim, passaria do terceiro ao segundo milhar e retornaria ao primeiro, recontando todo o dinheiro. Tomaria uma cédula do primeiro e do quinto milhar, contrastava-as na luz e pediria ao funcionário para trocá-las. Confundia-o tanto que ele desejaria querer livrar-se de mim. Quando terminasse e tivesse ido embora, regressaria para lhe pedir uma nova informação. Este seria o processo por mim empregado.

— Que processo maquiavélico! — disse Zametov rindo. — Felizmente não passa de uma palestra. Ouso dizer que se o levasse à prática cometeria uma escorregadela. Acredito que um homem decidido a tudo nem sempre possa contar consigo mesmo, muito menos eu e o senhor. Aliás, temos uma prova bem recente. O assassino da velha deve ser um sujeito bem audacioso, porque não hesitou em praticar o crime de dia e nas condições mais arriscadas; só por milagre é que escapou. Pois, apesar disso, as mãos lhe tremeram. Não soube roubar; perdeu a serenidade. Os fatos demonstram-no claramente...

Estas palavras estimularam Raskólnikov.

— Parece-lhe? Pois descubram-no, prendam-no — vociferou, sentindo um grande prazer em provocar o policial.

— Espere, lá chegaremos... Havemos de prendê-lo.

— Quem? O senhor é quem o vai prender? Oh, meu caro, perde seu tempo. O ponto de partida dos senhores é sempre o mesmo: se fulano faz ou não faz despesas. Fulano, que não tinha um copeque, começa de repente a gastar dinheiro como um perdulário: é ele o culpado. Baseando-se nessa lógica, uma criança, se quiser, escapa às suas pesquisas.

— O que é certo é que todos caem do mesmo modo — redarguiu Zametov. — Depois de procederem com uma habilidade e astúcia inexcedíveis, deixam-se apanhar numa taverna; são sempre os gastos que os traem. Nem todos são espertos como o meu amigo. Aposto que o senhor não frequentaria tavernas!

Raskólnikov franziu o sobrolho e fitou Zametov.

— Parece que também deseja saber como eu procederia em tais circunstâncias? — perguntou exaltado.

— Desejava — replicou vivamente o outro.

— Tem muito empenho nisso?

— Tenho.

— Perfeitamente. Pois vai ouvir o que eu faria — começou Raskólnikov em voz baixa, e aproximando-se de Zametov e fitando-o nos olhos. Dessa vez o comissário de polícia estremeceu. — Aqui está o que eu faria: metia no bolso o dinheiro e as joias e procurava sem perda de tempo um local ermo e vedado, um pátio ou uma horta, por exemplo. Depois verificaria se a um canto do pátio, encostada à parede, havia alguma pedra de quarenta ou sessenta libras de peso. Deslocaria essa pedra, e na depressão do terreno causada pelo seu peso depositaria o dinheiro e as joias, depois removeria a pedra para seu lugar, colocava alguma terra junto da base, calçava-a e ia-me embora. Deixava ficar ali o roubo um, dois, três anos. E que o procurassem!

— O senhor está louco! — respondeu Zametov, sem ter uma razão aparente. Pronunciou também estas palavras em voz baixa e afastou-se de Raskólnikov. Os olhos deste brilhavam, o rosto estava pálido, um tremor convulso agitava-lhe o lábio superior. Inclinou-se tanto quanto lhe era possível para o lado do chefe policial, articulando os lábios sem proferir uma única palavra.

Assim decorreu um minuto. Raskólnikov sabia o que fazia, mas não podia conter-se. A terrível confissão estava prestes a escapar-lhe.

— E se fosse eu o assassino? — disse de repente; mas voltou-lhe imediatamente o instinto do perigo.

Zametov olhou para ele com ar estranho e fez-se branco como a cal, a boca franzia num sorriso contrafeito.

— Não é possível! — exclamou ele com voz tão débil que mal se ouvira.

Raskólnikov fitou-o com um olhar perverso.

— Confesse que acreditou. Confesse...

— De modo algum. Agora acredito menos do que nunca — apressou-se Zametov a protestar.

— Afinal sempre confessa, meu caro: acreditou antes, pois agora diz *acreditar menos do que nunca*.

— Não, de modo algum — protestou Zametov, visivelmente incomodado. — Foi o senhor quem quis insinuar essa ideia!

— Nesse caso, não acredita? E a respeito do que conversavam, no outro dia, quando eu saí do seu gabinete? E para que me interrogou o Pólvora depois de eu ter recuperado os sentidos? Ei, rapaz, quanto devo? — gritou ele ao criado, levantando-se e pegando o boné.

— Trinta copeques — respondeu o criado.

— Aqui estão e mais vinte de gorjeta. Veja que dinheirão eu tenho! — prosseguiu mostrando a Zametov algumas notas. Entre vermelhas e azuis 25 rublos. De onde me vem tanto dinheiro? E como se explica que eu apareça agora tão bem-vestido? O senhor bem sabe que eu não possuía um copeque! A estas horas já obrigará Pachenka a falar... Vamos, basta de conversa!... Até a vista!...

Saiu, agitado por uma estranha sensação. O seu rosto convulsionado parecia o de um homem que acabasse de ter um ataque apoplético. Entretanto, a fadiga foi-se apoderando dele rapidamente. Há pouco, estimulado por uma grande excitação, recuperara subitamente as forças; mas logo que esse estimulante transitório deixou de operar, cedeu o lugar a uma prostração crescente.

Zametov permaneceu por muito tempo ainda no mesmo lugar. Raskólnikov transtornara inopinadamente todas as suas ideias sobre determinado caso e ele estava deveras perplexo.

"Iliá Pietróvitch é uma besta!" — concluiu por fim.

Chegando à porta da rua, Raskólnikov encontrou-se com Razumíkhin, que ia entrar. A distância de um passo os dois ainda não se tinham avistado, e quase esbarram um no outro. Durante algum tempo olharam-se sem trocar palavra; Razumíkhin estava assombrado; mas de repente seu olhar brilhou de cólera.

— Aqui é que te meteste! — gritou com voz trovejante. — Fugiste da cama, peste! E eu a procurar-te por toda parte, até debaixo do divã! E por tua causa quase esbordoei a Nastácia. E aqui está para onde Sua Exa. veio! Ródia, que quer dizer isto? Dize-me a verdade: confessa! Ouves?

— Isso quer dizer que vocês todos estão me aborrecendo muito e quero estar só — respondeu Raskólnikov com a maior tranquilidade.

— Queres ficar só quando ainda não te aguentas em pé, quando estás pálido como um cadáver e nem te podes mexer? Imbecil!... Que vieste fazer no Palácio de Cristal? Responde!

— Deixa-me passar! — replicou Raskólnikov, querendo afastá-lo.

Razumíkhin exasperou-se e agarrou o amigo violentamente pelo ombro.

— Deixa-me passar? Ousas dizer "deixa-me passar"? Sabes o que vou já fazer? Vou levar-te como um traste debaixo do braço para o teu quarto, onde te fecharei à chave.

— Ouve, Razumíkhin — começou Raskólnikov em voz baixa e no tom aparentemente mais severo: como não percebes que eu dispenso os teus favores? E que mania é essa de obsequiar a gente à força e contra a nossa vontade? Que ideia foi essa te instalares à minha cabeceira quando adoeci? Quem te diz que a morte não seria para mim a libertação? Não te disse hoje da forma mais positiva que me martirizavas, que me eras insuportável? Tens prazer em me apoquentar? Crê que tudo isso atrasa a minha cura, trazendo-me numa contínua irritação. Tu bem viste que o Zózimov foi embora para não me afligir; pois deixa-me também, pelo amor de Deus!

Começara com voz calma, deliciando-se de antemão com as venenosas frases que proferia, mas terminou exaltado, arquejante, como se defrontasse com Lujine.

Razumíkhin ficou, por um momento, pensativo, depois largou o braço do amigo.

— Pois vá para o diabo! — disse com desânimo.

Mas logo que Raskólnikov deu o primeiro passo, prosseguiu.

— Escuta! Sabes que eu festejo hoje a estreia da minha nova casa. Talvez mesmo já estejam lá os convidados: meu tio foi incumbido de recebê-los. Ora, se tu não fosses um imbecil, um grande imbecil... olha, Ródia, eu bem sei que és inteligente... mas és também um imbecil! Pois bem! Se não fosses um imbecil, vinhas passar a noite conosco, em vez de gastares as tuas lindas botinas a vadiar por essas ruas, sem destino. Já que fizeste a asneira de sair, aceita o meu convite. Senta-se numa cadeira estofada, que os meus hospedeiros têm... Tomas uma xícara de chá e estás na nossa companhia... Se não te deres bem na cadeira, podes deitar-te na cama; ao menos estarás conosco... Vai também o Zózimov. E tu?

— Não.

— Essa resposta não vale nada replicou com vivacidade Razumíkhin. — Como sabes que não vais? Não podes responder por ti... Quantas vezes me aconteceu mandar ao diabo a sociedade, e depois de a abandonar, voltar apressadamente para ela... Envergonhamo-nos da nossa misantropia e procuramos novamente o nosso semelhante! Vê lá, não te esqueças: casa Pôtchinkof, terceiro andar...

— Senhor Razumíkhin, creio que, por cristalina benevolência, o senhor permite qualquer um agredi-lo.

— Agredir-me? Quem? Pela simples ideia, arrancar-lhe-ia o nariz! Casa Pôtchinkof, número 47, andar de Babúchkine.

— Não vou, Razumíkhin! — E, dizendo isto, Raskólnikov afastou-se.

— Ora, se vais! — gritou-lhe o amigo. Senão... nunca mais nos falamos. Ouve lá, Zametov está aí?

— Está.

— Viu-te?

— Viu.

— E falou-te?

— Sim.

— A propósito de quê? Se não queres dizer, não digas. Casa Pôtchinkof, número 47, quarto Babúchkine. Não te esqueças!

Chegando à Sadovaia, Raskólnikov voltou à esquerda. Depois de o ter seguido com um olhar inquieto, Razumíkhin decidiu-se a entrar; mas a meio da escada, parou.

"Diabos o levem", disse ele quase em voz alta: "fala com lucidez, como se... Mas que tolo sou às vezes: os doidos nem sempre dizem incoerências! Parecia-me que Zózimov também suspeitava...", e pôs a ponta do indicador na testa. "E se... como é possível deixá-lo sozinho...

É capaz de se jogar no rio... Fiz asneira, não há dúvida. Nada, não há um momento a perder!" E pôs-se a correr na direção que Raskólnikov seguira. Mas não o encontrou e teve de voltar a passos largos ao Palácio de Cristal, para interrogar Zametov.

Raskólnikov caminhou direto à ponte***, parou no meio, apoiou-se ao parapeito e pôs-se a olhar vagamente. Sua fraqueza aumentara tanto, depois de deixar Razumíkhin, que se arrastara até ali com dificuldade. Sentia necessidade de se sentar ou deitar em qualquer parte, mesmo na rua. Inclinado sobre a água, fixava distraidamente o último reflexo do sol no ocaso e o casario sobre que vinham caindo as sombras da noite; uma janela de sótão, na margem esquerda, reverberava em chamas aos últimos raios do sol poente. Por fim, círculos vermelhos ofuscavam-lhe a visão; as casas se moviam, os transeuntes, os bancos, as carruagens dançavam frente a seus olhos. Súbito livrou-se, salvo de desmaio, talvez por sobrenatural e horrível visão. Sentiu alguém parado a seu lado. Era uma mulher alta, com um lenço amarrado na cabeça, de rosto marcado pelo sofrimento, de olhos fundos nas órbitas e injetados, que olhava em sua direção, mas sem ver e reconhecer coisa alguma. Repentinamente, pousou a mão no parapeito, alçou a perna esquerda, em seguida a direita, e lançou-se ao canal. A água imunda abriu-se e acolheu a vítima; a suicida flutuou à deriva na correnteza, com a cabeça e pernas submersas e a saia inflada como um balão.

— Uma mulher se afogando! Uma mulher se afogando! — gritavam vozes; o povo acorria, as margens fervilhavam de espectadores; pessoas, na ponte, rodeavam Raskólnikov espremendo-o de encontro ao parapeito.

— Que Deus se amerceie dela! É Afrosínia! — gritava uma mulher lacrimejante. — Tenham piedade! Salvem-na!

— Um bote! Um bote! — gritavam na multidão. — Mas não havia necessidade de um bote. Um policial descia as escadas até o nível do canal, retirava o capote e as botinas e atirava-se às águas. Era fácil alcançá-la. Flutuava a pequena distância dos degraus da escada. O policial segurava-a com a mão esquerda e com a direita, uma vara que um colega lhe estendia. A mulher que se afogava foi logo retirada da água; colocaram-na no pavimento de granito da murada do canal; em breve, ela recobrava os sentidos, levantava a cabeça, erguia o busto, tossia e espirrava convulsivamente, enxugando, atordoada, com as mãos o vestido encharcado. Ela nada dizia.

— Está desvairada! — A mesma voz feminina gemeu a seu lado. — Desvairada! Outro dia quis enforcar-se e livramo-la do laço. Agora mesmo saí da loja, deixando minha filha cuidar dela — e novamente se meteu em encrenca! É uma vizinha, moramos perto uma da outra; na penúltima casa da rua; é aquela...

A multidão se dispersava. Os policiais permaneciam em torno da mulher. Alguém lembrava o comissariado de polícia. Raskólnikov olhava a cena com estranha sensação de indiferença e apatia. Sentia-se desgostoso. "Isto é asqueroso... água... não é solução", murmurava consigo mesmo. "Nada poderá daí advir. Para que demorar? Que há com o comissariado de polícia? Por que Zametov não está no comissariado? Costuma fechar às dez horas...", encostou-se na balaustrada e olhou a seu redor.

— Isto tem de ser! — decidiu ele, deixando a ponte, em direção ao comissariado de polícia. No seu coração fizera-se um grande vácuo. Não sentia a menor angústia. A energia que se havia manifestado nele quando saíra de casa para acabar com "aquilo" cedera o passo a uma grande apatia.

"Afinal, é uma saída!", resmungava ele enquanto seguia vagarosamente pelo cais do canal. "Assim, ao menos o desenlace é uma consequência da minha vontade. Mas que fim, este! E será mesmo o fim? Confessarei ou não? Ai, que inferno! Já não posso mais. Se eu pudesse deitar-me em algum lugar! O que mais me tortura é a estupidez do caso! Acabou-se, não pensemos mais nisso! Que ideias tolas nos ocorrem às vezes!..."

Para ir ao comissariado de polícia, ele tinha de seguir em linha reta e voltar pela segunda rua à esquerda. Mas, quando chegou à primeira esquina, parou, consultou-se por um momento e entrou no quarteirão.

Percorreu duas ou três ruas sem fim determinado, talvez para ganhar tempo e refletir. De repente, teve a impressão de que alguém lhe murmurava alguma coisa ao ouvido, ergueu os olhos e viu que estava em frente da porta *daquela* casa. Não voltara ali depois *daquilo*.

Impelido por uma tentação tão irresistível como inexplicável, entrou, tomou pela escada à direita e dispunha-se a subir ao quarto andar. Parava em cada patamar e olhava curiosamente em redor. No primeiro andar tinham posto um vidro novo na janela. "Este vidro não estava ainda aqui", pensou ele. Chegou ao segundo andar, junto do quarto onde trabalhavam Micolai e Mitka. "Está fechado; a tinta da porta ainda está fresca; a casa está certamente alugada." Continuou a subir: terceiro andar, quarto... "É aqui." Teve um momento de hesitação; a porta estava aberta. Havia gente lá dentro, ouvia-se falar. Raskólnikov não previra essa eventualidade; mas logo tomou uma resolução; subiu os últimos degraus e entrou.

Estavam tratando de proceder a obras. A presença dos operários causou a Raskólnikov profundo espanto. Pensava que ia encontrar o apartamento da velha tal qual o deixara; talvez mesmo julgasse que os cadáveres estariam ainda estendidos no chão. Agora via as paredes nuas, os quartos desguarnecidos de mobília. Aproximou-se da janela e sentou-se no peitoril.

Na sala estavam apenas os operários, dois rapazes da mesma idade aproximadamente. Substituíam o velho papel amarelo por papel branco com flores roxas. Esta circunstância (ignoramos por quê) desagradou a Raskólnikov. Olhava irritado para o papel novo, como se todas essas modificações o contrariassem.

Os operários preparavam-se para sair. Olharam, apenas, para o visitante e continuaram conversando.

— Ela visitou-me de manhã — disse o mais velho dos operários ao outro. — Logo cedo, vestida para sair. "Por que estás toda enfeitada como um pavão?", disse-lhe. "Estou decidida a fazer de tudo para agradá-lo, Tito Vassilitch." Este é um dos caminhos que a mulher escolhe. Vestida como por um figurino!

— Que é um figurino? — perguntou o mais novo; na certa, reconhecia no outro uma autoridade.

— Figurino é uma porção de retratos coloridos. Chega do estrangeiro, todos os sábados, para os modistas ensinarem como as pessoas devem vestir-se. São retratos. Os homens usam agora sobretudo de pelos e as mulheres, refolhos. Isto, porém, está acima de tua imaginação.

— Em São Petersburgo encontra-se tudo que se deseja — gritou entusiasticamente o mais jovem. — Exceto nossos pais, tudo o mais é encontrado.

— Afora eles, tudo o mais pode ser encontrado — sentenciou o mais velho.

Raskólnikov levantou-se e entrou no quarto onde antes estavam o cofre, o leito e a cômoda; o quarto sem o mobiliário pareceu-lhe muito pequeno. O papel não fora ainda substituído. No caso ainda se percebia o lugar que o oratório ocupava. Depois de satisfazer sua curiosidade, voltou a sentar-se no peitoril da janela. Um dos operários olhou para ele desconfiado e perguntou:

— Que desejas aqui?

Em vez de responder, Raskólnikov levantou-se, dirigiu-se à porta e pôs-se a puxar o cordão da campainha. Era a mesma, dando o som da folha de flandres! Tocou uma segunda, uma terceira vez, aplicando o ouvido e concentrando-se em suas reminiscências. A impressão horrível que sentira no dia do assassínio à porta da velha voltava-lhe com uma nitidez e vivacidade crescentes; a cada toque da campainha estremecia, sentindo nisso um prazer indescritível.

— Mas que faz? Quem é o senhor? — interrogou com arrogância um dos operários.

— Quero alugar um quarto e vim ver este — respondeu.

— Não se veem cômodos de noite, e quem os pretende faz-se acompanhar pelo *dvornik*.

— Lavaram o soalho... vão pintá-lo? — prosseguiu Raskólnikov. — Já não se percebem as manchas de sangue?

— Qual sangue?

— O da velha e da irmã que foram assassinadas. Havia aqui uma poça de sangue.

— Mas quem és? — perguntou o operário inquieto.

— Eu?

— Sim.

— Desejas sabê-lo? Acompanha-me ao comissariado, lá eu direi. — Os dois operários olharam para ele surpresos.

— São horas de nos irmos. Anda, Alechka, vamos fechar o quarto — disse um para o outro.

— Então vamos — disse Raskólnikov indiferente. E saiu adiante, descendo vagarosamente a escada. — Eh, *dvornik*! — gritou, quando chegou ao portão.

Dirigiu-se a um grupo de pessoas que estavam à porta, entre as quais dois *dvorniks*, uma aldeã e um burguês de robe.

— Que desejas? — perguntou um dos *dvorniks*.

— Foste ao comissário de polícia?

— Vim agora mesmo de lá, por quê?

— Ainda estão lá?

— Estão.

— E o adjunto do comissário também está?

— Estava há pouco. Mas que queres?

Raskólnikov não respondeu.

— Este senhor veio ver o cômodo — disse um dos operários, aproximando-se do grupo.

— Que cômodo?

— Aquele onde estamos trabalhando. "Por que lavaram o sangue do chão? Aqui houve um assassinato. Vim verificar", ele nos disse e começou a puxar a campainha, quase desmontando-a. "Venha ao comissariado, lá direi o resto", acrescentou ainda, sem querer deixar-nos.

O *dvornik* examinou demoradamente Raskólnikov com o sobrolho franzido.

— Quem és?

— Ródion Românovitch Raskólnikov, estudante, moro aqui próximo, no quarteirão vizinho, casa Chill, quarto número 11. Pergunte ao *dvornik*...

Deu esta informação com a maior indiferença e tranquilidade, olhando obstinadamente para a rua, sem voltar uma só vez a cabeça para o interlocutor.

— Que foi fazer lá em cima?

— Fui ver o cômodo.

— Para quê?

— E se o prendêssemos e levássemos à delegacia? — propôs o burguês.

Raskólnikov olhou para ele com atenção, por sobre o ombro, e convidou:

— Vamos.

— É claro que devemos levá-lo à polícia! — repetiu com vivacidade o outro. — Se ele foi lá em cima é porque tem alguma coisa a pesar-lhe na consciência.

— Talvez esteja bêbado — lembrou um dos operários.

— Mas que queres? — interrogou novamente o *dvornik*, que já estava irritado. — Para que vieste incomodar-nos?

— Tens medo de ir ao comissário? — perguntou Raskólnikov, escarnecendo.

— Medo de quê? Ora esta!...

— É um gatuno — disse a aldeã.

— Mas por que havemos de discutir com ele? — interveio o outro *dvornik*, que era um mujique enorme, com o gibão desabotoado, trazendo um molho de chaves na cintura. — É certamente um gatuno! Anda, põe-te na rua imediatamente.

E, agarrando Raskólnikov por um braço, empurrou-o violentamente.

Ródion por um triz não foi ao chão. Equilibrando-se, olhou toda aquela gente sem proferir palavra e afastou-se.

— Que figura singular — observou um dos operários.

— Há agora tanta gente assim! — exclamou a aldeã.

— Devíamos levá-lo à delegacia! — insistiu o burguês.

— É melhor não se meter com ele! — decidiu o *dvornik* corpulento. — É um ladrão! Ele quer é isto, esteja certo... se lhe der o dedo, ele lhe tomará a mão... Conheço esse canalha!

"Irei ou não?", pensava Raskólnikov, parado e olhando em redor como se esperasse ouvir a opinião de alguém. Mas a pergunta não obteve resposta; tudo em volta dele era mudo como as pedras da calçada... Subitamente, a duzentos passos de distância, no extremo de uma rua, distinguiu um grupo de onde saíam gritos, palavras proferidas com vivacidade... Rodeavam uma carruagem... "Que será aquilo?" Raskólnikov seguiu à direita e dirigiu-se para lá, metendo-se entre a multidão. Dir-se-ia que queria distrair-se, preocupar-se com o menor incidente, e este pueril desejo fazia-o sorrir, porque tomara uma resolução e chegara a convencer-se de que, momentos depois, "acabaria com tudo aquilo".

Capítulo VII

No meio da rua estava parada uma magnífica carruagem particular, tirada por uma parelha de cavalos baios. Dentro não havia ninguém e o próprio cocheiro descera da boleia. Os cavalos estavam seguros pelo freio. Em volta da carruagem uma multidão de curiosos era dificilmente contida por policiais. Um deles, com uma lanterna, curvado para a calçada, iluminava o que quer que fosse que estava junto das rodas do carro. Toda aquela gente falava e gesticulava consternada. O cocheiro, desorientado, só dizia de quando em quando:

— Que desgraça, que desgraça!

Raskólnikov abriu a custo caminho por entre a multidão e viu finalmente o que dera motivo a tal ajuntamento. Por terra, ensanguentado e inerte, jazia um homem que acabava de ser atropelado pelos cavalos.

Embora estivesse mal vestido, via-se que não era um plebeu. Do crânio e do rosto jorrava sangue por horríveis feridas. Facilmente se compreendia que o desastre era muito grave.

— Meu Deus! — exclamava o cocheiro. — Não era possível evitar isto! Se os cavalos viessem a galope, a culpa era minha; mas a carruagem seguia vagarosamente, como muita gente viu. Infelizmente um bêbado nunca atende a coisa alguma. Eu vi-o atravessar a rua cambaleando, gritei-lhe que se arredasse três vezes! Freio os cavalos; mas o homem caminha direto para eles, como se o fizesse de propósito! Os animais são fogosos, não pude contê-los, e ele gritou, o que ainda os assustou ainda mais... E assim se deu esta desgraça!

— Sim, foi isso mesmo — confirmou um dos presentes.

— Exatamente; o cocheiro gritou-lhe três vezes que se arredasse — disse outro sujeito.

— Gritou mesmo — informou um terceiro.

O cocheiro, porém, não se mostrava preocupado com as consequências do caso. Evidentemente, o dono da carruagem era personagem rica e altamente colocada; esta circunstância determinou, especialmente, a benevolência dos agentes de polícia. Entretanto, era necessário remover sem demora o ferido para o hospital. Ninguém, porém, o conhecia.

Mas Raskólnikov, que à força de encontrões conseguira aproximar-se, reconheceu à luz da lanterna o infeliz.

— Eu conheço-o! — Conheço-o! exclamou ele, ao passo que, afastando as pessoas que o rodeavam, chegava à primeira fila de curiosos. É um antigo funcionário, o conselheiro honorário Marmêladov! Mora aqui perto, na casa Kozel... Chamem um médico, depressa! Eu pago, aqui está o dinheiro!

E, tirando efetivamente dinheiro do bolso, mostrou-o a um policial. Estava extraordinariamente agitado.

Os agentes de polícia ficaram satisfeitos por se tornar conhecida a identidade da vítima. Raskólnikov deu nome e endereço e solicitou com a maior energia que o ferido fosse imediatamente transportado para casa. Se se tratasse do próprio pai ele não teria mostrado mais zelo.

— É aqui perto — dizia ele —, em casa de Kozel, um alemão rico... Provavelmente recolhia-se à casa bêbado... eu conheço-o, é um odre... Vive com a família; tem mulher e filhos. Antes de o levarem para o hospital, será bom que o médico veja; aqui perto deve haver algum.

Eu pago, eu pago!... No estado em que ele está, se o não socorrerem imediatamente, não chega vivo ao hospital.

Meteu algum dinheiro na mão de um dos agentes de polícia. Afinal, o que ele queria era perfeitamente regular. Levantaram Marmêladov e alguns homens ofereceram-se espontaneamente para o transporte do ferido a seu domicílio. A casa Kozel ficava a uns trinta passos do local do desastre. Raskólnikov seguia atrás, sustentando com caridosa precaução a cabeça do ferido e indicando o caminho.

— Aqui! Aqui! Cuidado na escada; é preciso que ele não vá com a cabeça pendente. Virem... assim! Eu pago, eu pago tudo! Obrigado!

Nesse momento, Catarina Ivanovna passeava, como lhe sucedia sempre que tinha um momento de descanso, em todo o comprimento do seu cubículo; ia da janela ao fogão e do fogão à janela, com os braços cruzados sobre o peito, monologando e tossindo. Ultimamente conversava mais amiúde com sua filha mais velha, Polenka. Embora a criança, que apenas tinha dez anos, não percebesse muita coisa, compreendia, no entanto, a necessidade que a mãe tinha dela; seus grandes olhos inteligentes fixavam-se em Catarina Ivanovna, e, logo que a mãe dirigia-se a ela, diligenciava compreender, ou pelo menos parecer que compreendia.

Polenka despia o irmão, que durante o dia estivera doente e ia deitar-se. Enquanto esperava que lhe tirassem a camisa, para a lavarem durante a noite, a criança, com a fisionomia muito grave, estava sentada numa cadeira, silenciosa e imóvel, ouvindo com os olhos muito abertos o que a mãe dizia à irmã. A pequenina Lidotchka, vestida de farrapos, esperava sua vez de pé, junto ao biombo. A porta que abria para o patamar estava aberta a fim de deixar sair a fumaça de tabaco que vinha do quarto próximo, e que fazia tossir cruelmente a tuberculosa. Catarina parecia ainda mais abatida do que oito dias antes; as sinistras rosetas das faces tinham agora um colorido mais intenso.

— Tu não podes fazer ideia, Polenka — dizia ela passeando —, como a vida era brilhante e alegre em casa de meu pai, e quanto aquele bêbado nos fez a todos desgraçados. Meu pai tinha um emprego civil que correspondia ao posto de coronel; era quase governador: mais um degrau subido na escala, e seria governador. Toda a gente lhe dizia: "Ivá Mikailitch, nós já o consideramos nosso governador..." — Continuou arquejante e exaltada — Quando eu... Oh, vida três vezes maldita! — Procurou clarear a voz e apertou as mãos contra o peito. — Quando no último baile... no palácio do marechal... Quando a princesa Bezzemélni me viu — aquela que me abençoou, quando teu pai e eu nos casamos, Polenka — perguntou imediatamente: "Não é esta a linda menina que se exibiu na dança dos véus no final do baile?" (Deves enxugar tuas lágrimas, Pólia; deves ganhar agulha e linha, como te ensinei, e coser, ou amanhã, tossiu, o rasgão estará maior, disse com grande esforço.) O príncipe Chegolskói, um pajem, havia chegado de São Petersburgo... dançou comigo a mazurca e propôs-me casamento no dia seguinte, mas agradeci-lhe polidamente, e disse que meu coração, de há muito, pertencia a outro. O outro era teu pai, Pólia; meu pai ficou aborrecidíssimo... A água está pronta. Dá-me a camisa. E as meias. Lídia — disse ela dirigindo-se à pequenina —, esta noite dormes sem camisa... põe as meias... lava-se tudo junto. E aquele bêbado sem voltar!... queria lavar também a camisa dele, para não ter de me fatigar duas noites seguidas!... Senhor! Que será? — disse vendo o vestíbulo encher-se de gente e que entravam no quarto alguns homens trazendo uma espécie de fardo. — Que é isso? Que trazem aí? Meu Deus!

— Onde o colocamos? — perguntou um policial olhando em redor, enquanto introduziam no quarto Marmêladov coberto de sangue e sem sentidos.

— No divã! Estendam-no ao comprido no divã... A cabeça para este lado — indicou solicitadamente Raskólnikov.

— É um bêbado que foi atropelado! — informou alguém no vestíbulo. Catarina Ivanovna, muito pálida, respirava dificilmente. As crianças estavam aterradas. Lidotchka correu para a irmã mais velha e, toda trêmula, abraçou-a. Depois de ter ajudado a deitar Marmêladov no divã, Raskólnikov dirigiu-se a Catarina Ivanovna:

— Tranquilize-se, não se assuste! — disse ele com vivacidade. — Ele ia atravessar a rua e uma carruagem atropelou-o. Não se aflija, vai recuperar os sentidos... Mandei transportá-lo para aqui... Eu já estive aqui, talvez não se lembre... Ele há de voltar a si... eu pagarei tudo!

— Não resiste a esta! — exclamou Catarina correndo para o marido inanimado.

Raskólnikov percebeu logo que a mulher não perdia facilmente a presença de espírito. A cabeça do infeliz já descansava numa almofada, o que a ninguém ainda ocorrera.

Catarina começou a despir Marmêladov, a examinar-lhe as feridas, a dispensar-lhe os mais diligentes cuidados. Apesar da comoção, não perdia a serenidade; mordia os beiços trêmulos e reprimia no peito gritos de angústia.

Entretanto, Raskólnikov conseguira que alguém fosse chamar um médico que morava numa casa próxima.

— Mandei chamar um médico — disse ele a Catarina —, não se aflija, eu pago tudo! Não tem água... Dê-me também uma toalha, um pano qualquer, depressa; ainda não se pode avaliar a gravidade dos ferimentos... Ele está ferido, mas não morto, creia... veremos o que diz o médico.

Catarina correu à janela, junto da qual em uma velha cadeira estava uma bacia de água, que ela destinava à lavagem da roupa do marido e dos filhos. Esta tarefa noturna fazia-a com as próprias mãos, pelo menos duas vezes por semana, porque haviam chegado a tal miséria que lhes faltava absolutamente roupa para mudarem. Cada um possuía apenas a camisa que trazia vestida. Ora, Catarina não tolerava a falta de asseio, e preferia fatigar-se lavando de noite a roupa de toda a família para que no dia seguinte a encontrassem lavada e engomada, a consentir que na sua miserável casa houvesse falta de limpeza.

Logo que Raskólnikov lhe pediu água, ela trouxe a bacia, com esforço. O rapaz, tendo encontrado uma toalha, molhou-a e lavou o rosto ensanguentado de Marmêladov. Catarina, de pé, ao lado de Raskólnikov, respirava a custo e apertava as mãos contra o peito. "Talvez procedesse mal mandando-o transportar para aqui", pensava Raskólnikov.

O policial não sabia também o que havia de fazer.

— Pólia! — gritou Catarina. — Corre à casa de Sônia e dize-lhe que o pai foi atropelado por uma carruagem; que venha imediatamente. Se não a encontrares em casa, dize aos Kapernáumof que lhe deem a notícia logo que ela volte. Depressa, Pólia! Põe este lenço na cabeça!

— Vá depressa! — gritou de repente o menino, que retornou ao silêncio e imobilidade anteriores, com os olhos esbugalhados, os calcanhares para a frente e os artelhos separados.

Entretanto, entrava tanta gente no quarto que um alfinete não cairia no chão. Os policiais saíram; ficou apenas um que fazia recuar a multidão para o patamar. Mas, enquanto procedia a esta operação, pela porta interior entravam no quarto quase todos os inquilinos da sra. Lippelvechzel, aglomerando-se primeiro à entrada e invadindo depois o aposento. Catarina Ivanovna encolerizou-se.

— Ao menos deixem-no morrer em paz! — gritou ela. Vêm ver o espetáculo, de cigarro na boca! De chapéu na cabeça!... Saiam! Tenham respeito pela morte!

A tosse que a sufocava não lhe deixou proferir mais uma palavra; mas a severa reprimenda produziu o efeito desejado; os inquilinos, que pareciam ter receio de Catarina, foram saindo aos poucos, levando no coração aquele vago sentimento de satisfação que ainda o homem mais compassivo não deixa de experimentar à vista da desgraça alheia.

Logo que saíram, suas vozes fizeram-se ouvir do outro lado da porta, dizendo que se devia mandar o ferido para o hospital, a fim de não perturbar o sossego da casa.

— Já a morte perturba! — vociferou Catarina preparando-se para os fulminar com sua indignação. Mas quando corria para a porta de comunicação, encontrou-se com a sra. Lippelvechzel, que vinha estabelecer a ordem. Era uma alemã insuportavelmente malcriada.

— Meu Deus! — exclamou ela juntando as mãos. — Seu marido estava bêbado, foi atropelado por uma carruagem?... Que vá para o hospital! Sou dona da casa...

— Amália Ludvigovna, pense no que está dizendo! — começou Catarina em tom exaltado. Era assim que ela costumava falar-lhe para chamá-la "ao caminho das conveniências" e, mesmo em tal momento, não pôde esquivar-se a esse prazer. — Amália Ludvigovna!...

— Já lhe disse mil vezes que não me chamo Amália Ludvigovna; sou Amália Ivanovna!

— A senhora não é Amália Ivanovna, é Amália Ludvigovna, e como eu não faço parte do grupo dos seus aduladores, como o sr. Lebeziátnikov, que deve estar agora a rir-se por trás da porta ("Lá vão elas agatanhar-se! Kss, kss!", diziam efetivamente no quarto próximo), hei de chamar-lhe sempre Amália Ludvigovna, embora não perceba o motivo por que este apelido não lhe agrada. A senhora sabe o que sucedeu a Sêmen Zakaróvitch e que ele está a expirar. Façam-me o favor de fechar aquela porta e não deixar entrar ninguém. Deixem-no morrer em paz! Senão afianço-lhe que amanhã o governador-geral saberá do seu procedimento. O príncipe conhece-me de pequena, e lembra-se muito bem de Sêmen Zakaróvitch, a quem mais de uma vez prestou serviços. Toda a gente sabe que meu marido tinha muitos amigos que o protegiam; foi ele próprio que, cônscio do seu desgraçado vício, deixou de procurá-los por um sentimento de nobre delicadeza; mas agora — continuou ela, indicando Raskólnikov — encontramos proteção neste generoso rapaz que é rico, está bem relacionado e era desde criança amigo de Sêmen Zakaróvitch. Não tenha dúvida, Amália Ludvigovna...

Falava com grande rapidez; mas a tosse interrompeu-a bruscamente. Neste momento, Marmêladov, voltando a si, soltou um gemido. Ela correu para junto do marido, que sem perceber o que se passava, olhava para Raskólnikov, que estava de pé, à cabeceira. Respirava a custo com os cantos da boca sujos de sangue e a fronte coberta de suor. Catarina dirigiu-lhe um olhar aflito e severo, mas bem depressa as lágrimas lhe saltaram dos olhos.

— Meu Deus! Ele tem o peito esmagado! Que quantidade de sangue! É preciso tirar-lhe toda a roupa. Vira-te, se podes, Sêmen Zakaróvitch — disse-lhe ela.

Marmêladov reconheceu-a.

— Um padre! — murmurou.

Catarina foi para junto da janela, encostou a cabeça nos vidros e exclamou no auge do desespero: "Oh, vida três vezes maldita!"

— Um padre! — repetiu o moribundo depois de um minuto de silêncio.

— Chut! — fez Catarina. Ele obedeceu, calou-se. Seus olhos procuravam a mulher com uma expressão de timidez e ansiedade. Ela voltou para a cabeceira. Marmêladov sossegou um pouco, mas não foi por muito tempo. O olhar vago demorou-se sobre a sua favorita, Lidotchka, que tremia convulsivamente e fitava-o com os grandes olhos de criança aterrada.

— Ah... Ah! — disse ele agitadamente, indicando a criança. Percebia-se que queria dizer alguma coisa.

— Que é? — perguntou Catarina.

— Ela não tem sapatos! — murmurou aflitivamente, e seu olhar não se desviava dos pés descalços da pequenina.

— Cala-te! Tu bem sabes por que ela não tem sapatos!

— Graças a Deus, aí vem o médico! — exclamou Raskólnikov.

Entrou um velho alemão com ares metódicos, olhando em redor, desconfiado. Aproximou-se do ferido, tomou-lhe o pulso, examinou demoradamente a cabeça, depois, auxiliado por Catarina, desabotoou a camisa ensanguentada e descobriu o peito, que pareceu horrivelmente esmagado. No lado direito havia algumas costelas partidas; no esquerdo, junto do coração, via-se uma grande nódoa negra orlada de amarelo causada por uma patada de cavalo. O médico não estava satisfeito. O agente de polícia que o fora chamar contara-lhe que o atropelado ficara entalado numa roda e assim fora arrastado numa distância de trinta passos.

— Parece incrível que ainda viva — disse dirigindo-se a Raskólnikov.

— Então? — perguntou este.

— Nada há que fazer. Está perdido.

— Não tem esperança?...

— Nenhuma. Está a expirar... A ferida na cabeça é gravíssima... Podia tentar uma sangria... Mas tudo o que se fizesse seria inútil. Não consegue viver mais de dez minutos.

— Mas tente...

— Pois sim. Mas previno-o de que isso de nada servirá.

Neste momento ouvia-se um novo ruído de passos, a gente que se aglomerava no patamar abriu passagem, e no limiar apareceu um padre de cabelos brancos. Trazia a extrema-unção ao moribundo. O médico cedeu o lugar ao padre, com quem trocou um olhar de inteligência. Raskólnikov pediu-lhe que se demorasse um pouco, ao que ele acedeu, encolhendo os ombros.

Afastaram-se todos. A confissão foi rápida: Marmêladov já não compreendia o que se lhe dizia; apenas proferia sons ininteligíveis. Catarina ajoelhou-se ao canto, próximo do fogão, e mandou ajoelhar os filhos. A pequenina Lidotchka tremia sempre, o pequeno, em camisa, imitava os sinais da cruz que a mãe fazia e prosternava-se arrojando a fronte ao chão; parecia ter nisto um prazer especial. Catarina, mordendo os lábios, continha as lágrimas. Ao passo que orava, ia compondo a criança irrequieta. Sem interromper a oração nem se levantar, tirou da gaveta da cômoda um lenço que lançou sobre os ombros nus de Lidotchka.

Entretanto, a porta de comunicação foi de novo aberta pelos inquilinos e no vestíbulo crescia também o número de espectadores. Todos os inquilinos dos outros andares estavam ali reunidos, não ousando transpor o limiar. A cena era apenas iluminada por um coto de vela.

Polenka, que fora buscar a irmã, atravessou rapidamente por entre toda a gente que se apinhava à porta. Quando entrou, mal podia respirar. Depois de se desembaraçar do lenço procurou com o olhar a mãe, aproximou-se dela e disse-lhe: "Ela já vem; encontrei-a na rua!" Catarina Ivanovna mandou-a ajoelhar-se. Sônia, timidamente, abriu caminho por entre a multidão. Nesse cubículo, onde reinavam a miséria, o desespero e a morte, sua aparição produziu um efeito estranho. Embora pobremente vestida, trajava com a elegância especial das Messalinas de viela. Chegando à porta, não transpôs o limiar e lançou em redor um olhar de espanto.

Parecia ter perdido a consciência de tudo e ter-se esquecido do seu vestido de seda comprado em segunda mão, cuja cor berrante e a cauda exagerada estavam ali muito deslocadas; da sua enorme saia-balão, que tomava a porta em toda a largura; das suas botinas; do guarda-chuva que trazia sem necessidade; do seu espantoso chapéu de palha ornado com uma pluma encarnada. Sob esse chapéu, petulantemente inclinado de um lado, via-se um rostinho doentio e pálido, com a boca entreaberta e os olhos numa imobilidade de terror. Sônia tinha dezoito anos. Era loura, pequenina e magra, mas discretamente formosa; seus olhos claros eram realmente bonitos. Olhava para o corpo inanimado do pai e para o padre. Polenka estava cansadíssima pela pressa com que viera. Por fim, algumas palavras proferidas pela multidão chegaram-lhe aos ouvidos. Baixando um pouco a cabeça, transpôs o limiar e entrou no quarto, mas parou logo.

O moribundo recebera a bênção e a esposa voltara para junto dele. Antes de se retirar, o padre dirigiu a Catarina algumas palavras consoladoras.

— Que será deles! — murmurava ela com desespero, indicando as crianças.

— Deus é infinitamente bom e misericordioso; espere o seu socorro, respondeu o sacerdote.

— É, é bom, é misericordioso, mas não para nós!

— Isso é um pecado, senhora, uma blasfêmia — observou o padre.

— E isto que é? — perguntou apontando o moribundo.

— É possível que os que a privaram involuntariamente do marido, que era o seu amparo, a socorram.

— O senhor não me entende! — exclamou irritada Catarina Ivanovna. — Por que me haviam de socorrer? Foi ele que, embriagado, se atirou debaixo das patas dos cavalos! Ele, o meu amparo! Ele nunca foi para mim senão um tormento. Deixava-nos sem pão para ir beber na taverna com o dinheiro de casa. Deus foi misericordioso livrando-nos dele!

— A um moribundo perdoa-se, senhora; esses sentimentos são um enorme pecado!

Enquanto conversava com o padre, Catarina não deixara de cuidar do ferido; dava-lhe de beber, limpava-lhe o suor e o sangue da cabeça, ajeitava-lhe a cabeceira. As últimas palavras do padre encolerizaram-na.

— Ora, palavras, palavras e mais nada! Perdoar! Hoje, se não tivesse sido atropelado, teria voltado bêbado. Como nem tem outra camisa, senão a que traz vestida, eu teria de lavá-la, enquanto ele dormisse, juntamente com a roupa dos pequenos. Depois tinha de pôr tudo a secar para passar a ferro de manhã. Aí está como eu passo as noites. E ainda me vem falar de perdão! Mais do que devia já eu lhe perdoei!

Um violento acesso de tosse impediu-a de continuar. Escarrou num lenço, ao passo que comprimia dolorosamente o peito. O lenço estava todo manchado de sangue.

O padre curvou a cabeça e silenciou.

Marmêladov agonizava. Seus olhos cravaram-se no rosto da mulher, que de novo se inclinara sobre ele. Parecia querer dizer alguma coisa, percebia-se que tentava um esforço para falar, mas só proferia sons inarticulados. Catarina, compreendendo que ele queria pedir perdão, gritou-lhe imperiosamente:

— Cala-te! É escusado... Já sei o que queres dizer.

O ferido calou-se e seu olhar, seguindo na direção da porta, encontrou-se com o de Sônia...

Até então não dera pela presença dela no canto mal-iluminado onde a rapariga se deixara ficar.

— Quem está aí? Quem é? — disse ele subitamente com voz débil e estertorosa, olhando aterrado para a porta junto da qual a filha se conservava de pé, e tentando erguer-se.

— Não te levantes, fica quieto! — gritou Catarina.

Mas, com esforço sobre-humano, Marmêladov conseguiu erguer-se sobre o cotovelo. Fitou a filha fixamente. Parecia não reconhecê-la; aliás, era a primeira vez que a via assim vestida.

Tímida, corando de humilhação, envergonhada das suas garridices canalhas de meretriz, a infeliz esperava com humildade que lhe fosse permitido despedir-se do pai. De repente, ele reconheceu-a e no seu rosto desfigurado espalhou-se uma nuvem de imensa amargura.

— Sônia!... Minha filha!... Perdoa-me! — exclamou. Quis estender-lhe a mão, mas perdendo o ponto de apoio, caiu pesadamente no chão. Levantaram-no e estenderam-no expirante no leito. Sônia soltou um grito, correu para o pai e abraçou-o. Marmêladov expirou nos braços da filha.

— Está morto! — exclamou Catarina contemplando o cadáver do marido. — Que irei fazer agora? Onde hei de arranjar dinheiro para o enterro? Que hão de comer estas crianças amanhã?

Raskólnikov aproximou-se dela.

— Catarina Ivanovna — disse ele —, há dias Marmêladov contou-me sobre sua vida; sei das suas dificuldades... Ele referia-se à senhora com uma estima que era quase adoração. A partir desse dia, vendo quanto ele amava os seus, quanto, especialmente, a honrava e apreciava, Catarina a despeito do seu desgraçado vício, dei-lhe a minha amizade... Consinta, que neste doloroso momento... a auxilie no cumprimento dos últimos deveres para com o meu falecido amigo. Aqui ficam... vinte rublos, e se eu lhe for necessário para alguma coisa, enfim... virei certamente vê-los amanhã...

E saiu rapidamente; mas no vestíbulo encontrou-se com Nikodim Fomitch, que, sabedor do desastre, vinha cumprir os deveres que seu cargo lhe impunha. Não tornara a visitar Raskólnikov depois que o encontrara no comissariado, mas reconheceu-o imediatamente.

— O senhor aqui? — perguntou ele.

— Morreu agora — disse Raskólnikov. — Teve os socorros da ciência e da religião; nada lhe faltou. Não aborreça muito a pobre mulher; ela é tuberculosa e esta desgraça talvez a leve mais depressa à sepultura. Anime-a, se puder... Eu sei que o senhor é bondoso... — acrescentou sorrindo e encarando o comissário.

— Mas o senhor está manchado de sangue — observou Nikodim Fomitch, apontando algumas nódoas no colete de Raskólnikov.

— Sim... Estou coberto de sangue — disse Raskólnikov, com segunda intenção; ele sorriu, cumprimentou com a cabeça e começou a descer as escadas.

Desceu-as vagarosamente. Agitava-lhe todo o corpo um arrepio; sentia afluir-lhe ao coração um sangue novo e rico. Esta sensação poderia comparar-se à de um condenado à morte, a quem inesperadamente viessem dar a notícia de que estava perdoado. No meio da escada afastou-se para deixar passar o padre. Os dois trocaram uma saudação cerimoniosa e muda. Mas, quando descia os últimos degraus, Raskólnikov ouviu passos apressados atrás de si, de alguém que queria alcançá-lo. Era Polenka, que descia rapidamente a escada gritando-lhe: "Espere-me! Espere-me!"

Voltou-se para a jovem, que já vinha no último lance e parou em frente dele. Do pátio vinha uma luz fraca. Raskólnikov olhou fixamente o rosto chupado, mas formoso, da pequenina, que sorria para ele e o fitava com seus grandes e ternos olhos. Tinham-na encarregado de uma missão que lhe era evidentemente agradável.

— Como se chama o senhor?... Onde mora? — perguntou ela rapidamente.

Raskólnikov apoiou as mãos nos ombros da criança e pousou nela os olhos, que brilhavam de felicidade. Por que experimentava um tal prazer ao contemplar a pequenina? Nem ele próprio o sabia.

— Quem a mandou fazer-me essas perguntas?

— Foi Sônia — respondeu ela sorrindo.

— Eu já calculava que vinha a mando de Sônia.

— E da mamãe, também. Sônia foi quem me mandou, mas mamãe disse logo: "Vá depressa, Polenka!"

— É amiga de Sônia?

— Mais do que ninguém! — respondeu vivamente Polenka; e seu sorriso tomou uma expressão grave.

— E de mim? Vai ser minha amiga?

Por única resposta a criança chegou o rosto ao de Raskólnikov e estendeu os lábios para o beijar. Seus bracinhos magros cingiram o pescoço de Ródion, e inclinando a cabeça sobre o ombro do rapaz, desatou a chorar.

— Pobre papai! — disse pouco depois erguendo a cabeça e limpando as lágrimas com as mãos. — Para nós só existem desgraças — acrescentou tristemente, como se compreendesse toda a sua desventura.

— Papai era seu amigo?

— Ele gostava mais de Lidotchka — respondeu ela. — Era a sua predileta por ser a menor e porque é muito doentinha. Trazia-lhe sempre presentes. A nós ensinava-nos a ler e a mim dava-me lições de gramática e das Escrituras — acrescentou com dignidade. — Mamãe não dizia nada, mas nós percebíamos que isso lhe agradava. Mamãe quer ensinar-me francês, porque diz que já é tempo de principiar a minha educação.

— E já sabes rezar?

— Se sei rezar? Há muito tempo! Eu, como sou a mais velha, rezo só; Kólia e Lidotchka rezam em voz alta com mamãe. Dizem primeiro a ladainha de Nossa Senhora, depois o "Meu Deus, concedei o vosso perdão e a vossa bênção à nossa irmã Sônia" e depois o "Meu Deus concedei o vosso perdão e a vossa bênção ao outro papai", porque nós tínhamos um pai que morreu há muito tempo; este era outro, mas nós também rezávamos pelo primeiro.

— Poletchka, chamo-me Ródion; quando se lembrar reze também por mim: "Perdoai também o vosso servo Ródion"; apenas isto.

— Hei de rezar sempre pelo senhor — respondeu com vivacidade a criança, tornando a abraçá-lo ternamente.

Raskólnikov disse-lhe o nome e endereço e prometeu voltar no dia seguinte. A pequena estava encantada. Tinham dado dez horas quando Ródion saiu.

"Basta", disse ele consigo, "acabaram-se os espectros, os fantasmas e os vãos terrores! Ainda vivo! Não senti eu que vivia, há pouco? Minha vida não terminou com a da velha! Deus tenha em paz a tua alma, mulher, mas também já é tempo de deixares a minha em sossego! Agora que recobrei a inteligência, a vontade, a energia, veremos!" — Agora, viverei! — exclamou como que lançando um repto a algum poder invisível.

"Por enquanto, estou muito fraco, mas... já não estou doente. Quando saí de casa, sabia perfeitamente que a doença não tardaria a abandonar-me. Espera... A casa Pôtchinkof fica aqui perto. Vou visitar Razumíkhin... Deixá-lo ganhar a aposta. Vai caçoar de mim, mas não me importa... A força é necessária, sem ela nada se faz; mas a força é que origina a força e isso é o que eles ignoram", concluiu com convicção. Sua audácia, a confiança em si mesmo, aumentava de momento a momento. Raskólnikov sentia operar-se nele uma rápida transformação. Que acontecera para provocar-lhe esta transformação?

Ele próprio não sabia. Como um homem correndo atrás de uma palha, soprada pelo vento, sentia que também podia viver, que sua vida não acabara com a daquela velha. Talvez suas conclusões fossem muito apressadas, mas não sabia o que pensar daquilo tudo.

"Eu pedi a ela que se lembrasse do 'servo Ródion em suas preces'", foi a ideia que lhe ocorreu. "Bem, isto foi... uma emergência", acrescentou e riu-se de sua ingenuidade infantil. Estava bem-humorado.

Não teve dificuldade em encontrar o apartamento de Razumíkhin. No edifício Pôtchinkof o novo inquilino era já conhecido. A meio da escada Raskólnikov ouvia o rumor da animada reunião. A porta que dava para o patamar estava aberta.

A parte do andar ocupada por Razumíkhin era bastante espaçosa; estavam lá umas 15 pessoas. O visitante parou na primeira sala, onde havia dois samovares, garrafas, pratos, tabuleiros cheios de pastéis e sanduíches e duas criadas que andavam em volta de tudo isso. Raskólnikov mandou chamar Razumíkhin, que não se fez esperar, muito bem-disposto. Notava-se logo à primeira vista que bebera, e embora, em geral, fosse quase impossível ao estudante embriagar-se nesta ocasião via-se que a regra sofrera exceção.

— Sabes? — começou Raskólnikov. — Vim só para te dizer que ganhaste a aposta e que, na verdade, ninguém sabe o que irá acontecer-lhe. Mas não entro; sinto-me ainda muito fraco; não me aguento nas pernas. Adeus; passa amanhã lá por casa.

— Espera, vou acompanhar-te. Tu estás assim...

— E os teus convidados? Quem é aquele homenzinho de cabelo frisado que entreabriu a porta?

— Creio que nem o diabo sabe quem ele é. Talvez algum amigo de meu tio ou um gaiato qualquer que veio sem convite... Ficam com meu tio: é uma criatura que vale o que pesa em ouro. Sinto que não possas conhecê-lo hoje. Aliás, que o diabo os leve a todos. Já não os posso tolerar! Tenho necessidade de ar; nunca chegaste tanto a propósito, meu amigo. Se não aparecesses, dentro de dois minutos toda esta malta sentiria o peso das minhas mãos. Dizem tanta tolice... Tu não podes imaginar as divagações de que um homem é capaz. E, afinal de contas, podes. Não estamos nós aqui a divagar? Deixá-los dizer tolices: eles hão de acabar... Espera um momento, vou buscar o Zózimov.

O médico veio imediatamente. Ao ver o cliente manifestou surpresa.

— É preciso ir deitar-se já — disse ele. — Seria conveniente tomar qualquer coisa que lhe provocasse um sono tranquilo. Olhe, aqui tem um medicamento que preparei especialmente para o senhor. Quer tomá-lo?

— Certamente — respondeu Raskólnikov.

— Acompanha-o — observou Zózimov a Razumíkhin. — Amanhã veremos como ele está; por agora vai bem. Operou-se uma diferença notável de ainda agora para cá. Vivendo é que se aprende...

— Queres saber o que Zózimov me disse há pouco? — começou Razumíkhin com a voz perturbada pelo álcool, logo que chegou à rua. — Recomendou-me que te fizesse falar e o informasse depois das tuas palavras. Cismou que tu estás doido ou quase! Já viste pateta assim? Em primeiro lugar tu és muitíssimo mais inteligente do que ele; depois, como não estás doido, podes rir-te da opinião que faz de ti; e em terceiro lugar aquela bola de carne, cuja especialidade é a cirurgia, há tempos não pensa senão em afecções mentais. Mas modificou seu diagnóstico por causa da conversa que tiveste com Zametov.

— Zametov contou-te isso?

— Disse-me tudo e fez muito bem. Agora já percebemos toda a história. Sim, em resumo, Ródia... a verdade é... Olha que eu estou embriagado, mas não há que ver... O caso é que aquela ideia... aquela ideia tinha ocorrido aos dois... tu entendes? Nenhum deles se atrevia a dizer o que pensava, porque era um absurdo enorme; mas, logo que prenderam o pintor, tudo caiu por terra. Eu então virei-me contra Zametov (isto aqui para nós; peço-te encarecidamente que não dês a entender que o sabes; ele é cheio de susceptibilidades). Foi em casa de Luísa que o caso se passou — mas agora está tudo explicado. Foi principalmente Iliá Pietróvitch. Desconfiava por causa da síncope que tiveste no comissariado, mas foi o primeiro a arrepender-se de tal suposição; eu sei perfeitamente.

Raskólnikov ouvia-o com atenção e ansiedade. Sob a ação do álcool, o outro falava inconsideradamente.

— A síncope foi em resultado do excessivo calor e do cheiro de tinta. Eu sufocava — disse Raskólnikov.

— E tu ainda a dares explicações! Nem era necessário o cheiro de tintas. Há um mês que trazias a doença incubada; Zózimov que o diga. Mas não fazes ideia da cara com que está o tolo do Zametov. "Eu nada valho diante daquele homem", diz referindo-se a ti. "Ele não é mau rapaz...", mas a lição que hoje lhe deste no Palácio de Cristal foi de mestre! A princípio meteste-lhe medo; estava aterrado: quase o levaste a supor novamente o estúpido despropósito e de repente convenceste-o de que estavas a caçoar dele. De primeiríssima ordem! Ele ficou sem graça! És um mestre, meu amigo; e permitisse Deus que todos fossem como tu. Que pena eu tive de não estar presente para gozar essa cena! Zametov está lá em casa. Havia de ter prazer em ver-te. O Porfírio também deseja conhecer-te.

— Ah!... Também esse... Mas por que julgam que eu estou doido?

— Não é bem isso, eles não te julgam doido. Parece-me que estou falando demais! O que causou impressão a Zózimov, há pouco, foi te interessares exclusivamente por aquele caso; agora sabe-se o motivo por que ele te interessa. Conhecendo todas as circunstâncias do caso, a impressão que ele te produziu na ocasião e a correlação que teve com a tua doença... Olha, o que te sei dizer é que ele tem lá as suas razões. É um maníaco que só pensa em afecções mentais. Não te importes com isso...

Durante meio minuto os dois não pronunciaram uma só palavra.

— Ouve, Razumíkhin, vou falar-te francamente — começou Raskólnikov. Venho da casa de um morto, um amigo funcionário público... deixei lá todo o meu dinheiro... e, depois, fui beijado por uma criatura que, ainda que eu tivesse assassinado alguém... finalmente, vi lá outra criatura... com uma pluma cor de fogo... Mas já estou divagando... Sinto-me muito fraco... ampara-me... eis a escada...

— Mas que tens? — inquiriu Razumíkhin assustado.

— Estou atordoado, mas isto não é nada... O pior é que estou muito triste, muito! Como uma mulher... Olha! Que é aquilo? Olha, olha.

— O quê?

— Não vês? Há luz no meu quarto! Pela fenda da porta, repara.

Estavam no penúltimo patamar, junto à porta da locadora, e daí via-se realmente luz no quarto de Raskólnikov.

— Talvez Nastácia esteja lá — lembrou Razumíkhin.

— Ela nunca vai ao meu quarto a estas horas, e deve estar deitada há muito. Mas... que importa isso? Adeus!

— Não, eu te acompanho.

— Bem sei, mas quero apertar-te a mão aqui, despedir-me aqui de ti. Dá-me a tua mão e adeus!

— Nada! Subamos; tu vais ver...

Enquanto subiam Razumíkhin refletia que talvez Zózimov tivesse razão. "É possível que eu o perturbasse com meu palavrório", pensou ele.

Quando se aproximaram da porta ouviram vozes no quarto.

— Mas que será isto? — perguntou Razumíkhin.

Raskólnikov abriu o trinco, escancarou a porta e parou atônito no portal.

Sua mãe e sua irmã, sentadas no divã, esperavam-no havia hora e meia.

Como explicar que a visita das duas o encontrasse desprevenido? Por que não pensara ele nisso quando, nesse mesmo dia, lhe tinham anunciado a chegada da família de um momento para outro? As duas senhoras não haviam feito outra coisa senão interrogar Nastácia, que ainda estava ali em frente a elas. A criada dera já todas as informações possíveis sobre Raskólnikov. Quando souberam que ele saíra, doente e certamente durante um acesso febril, a julgar pelas palavras de Nastácia, Pulquéria Alexandrovna e Avdótia Romanovna, aterradas, julgaram-no perdido. Quantas lágrimas choradas e que aflição a dessa hora e meia de espera!

Quando viram os dois, as duas mulheres loucas de alegria correram para Raskólnikov. Mas ele estava imóvel como uma estátua; repentinamente um pensamento horrível gelara-lhe o sangue nas veias. Nem pôde abrir os braços. Mãe e irmã apertaram-no contra o peito e beijaram-no com ternura, rindo e chorando ao mesmo tempo. Raskólnikov deu um passo e caiu sem sentidos.

Susto, gritos de aflição, soluços... Razumíkhin, que se conservava à porta, correu para Raskólnikov, erguendo-o nos vigorosos braços e deitando-o no divã.

— Isto não é nada! — disse ele tranquilizando as duas senhoras. — Um simples desmaio sem consequências! O médico disse ainda agora que ele está muito melhor, quase restabelecido! Água! Olhem, volta a si, veem?...

E, enquanto ia falando, apertava inconscientemente o braço de Dunetchka, obrigando-a a curvar-se a fim de se convencer de que realmente o irmão recuperava os sentidos. Razumíkhin assumia o aspecto de verdadeira Providência. Nastácia contara às duas quantas provas de dedicação tinha dado durante a doença de Ródion "aquele desembaraçado moço", como nessa mesma noite o classificou Pulquéria Alexandrovna, conversando com Dúnia.

Terceira parte

Capítulo I

Raskólnikov ergueu meio corpo, sentando-se no divã.

Fez um sinal a Razumíkhin para que interrompesse o curso da sua eloquência consoladora: depois tomou nas suas as mãos de sua mãe e de sua irmã e contemplou-as em silêncio, alternadamente, por muito tempo. No seu olhar, onde se lia uma dolorosa sensibilidade, havia ao mesmo tempo o que quer que fosse de insensatez. Pulquéria Alexandrovna, aterrada, desatou a chorar.

Avdótia Romanovna estava pálida e sua mão tremia na de Raskólnikov.

— Voltem para casa... com ele — disse o rapaz com a voz entrecortada, apontando Razumíkhin. — Amanhã, amanhã, tudo... Quando chegaram?

— Chegamos esta tarde, Ródia, respondeu Pulquéria Alexandrovna. O trem estava muito atrasado. Mas, por nada deste mundo consentiria em separar-me de ti agora. Passarei a noite aqui junto do...

— Não me aborreçam — replicou ele, irritado.

— Eu fico com ele — atalhou Razumíkhin —, não me afasto daqui, e que os meus convidados vão para o diabo! Que se zanguem, se quiserem. Aliás, meu tio lhes fará as honras da casa.

— Como havemos de agradecer-lhe? — começou Pulquéria, apertando entre as suas as mãos de Razumíkhin; mas o filho cortou-lhe a palavra.

— Eu não posso, não posso... repetia ele enfadado, não me apoquentem! Basta, vão-se embora. Eu não posso!...

— Retiremo-nos, mamãe — disse em voz baixa Dúnia, inquieta. — Saiamos do quarto por um instante que seja. É evidente que a nossa presença o aflige.

— E não me é permitido passar um momento junto dele depois de uma separação de três anos! — murmurou Pulquéria Alexandrovna.

— Esperem um instante! — disse Raskólnikov. — Interrompem-me sempre e fazem-me perder o fio das ideias... Viram Lujine?

— Não, Ródia, mas ele já sabe que chegamos. Soubemos que Pedro Petróvitch teve a gentileza de vir hoje procurar-te — acrescentou, com timidez, Pulquéria Alexandrovna.

— Sim... teve essa bondade... Dúnia, eu disse há pouco ao Lujine que o atirava pela escada abaixo e mandei-o para o diabo.

— Que dizes, Ródia?! Pois tu... não é possível! — começou a mãe aterrada; mas um sinal de Dúnia obrigou-a a calar-se.

Avdótia Romanovna, com os olhos fitos no irmão, aguardava que ele se explicasse mais claramente. Já informadas da ocorrência por Nastácia, que lhe relatara a seu modo e da maneira como lhe fora possível compreender, as duas senhoras estavam numa perplexidade angustiosa.

— Dúnia — prosseguiu com esforço Raskólnikov —, eu não consinto nesse casamento; por consequência, amanhã mesmo, despede Lujine, e não falemos mais nisso.

— Meu Deus! — exclamou Pulquéria Alexandrovna.

— Meu irmão, pensa bem no que dizes! — observou com veemência Avdótia Romanovna; mas conteve-se imediatamente. — Neste momento não estás no teu estado normal: estás fatigado — concluiu ela com brandura.

— Estou delirando? Não estou... Tu casavas-te com Lujine por *minha* causa; mas eu não aceito esse sacrifício. Portanto, escreve-lhe uma carta... para o desobrigares do seu compromisso. Dás-me de manhã para eu a ler e acabou-se.

— Eu não posso fazer isso! — exclamou ela ofendida. — Com que direito?...

— Dunetchka, tu também começas a encolerizar-te. Basta; amanhã... Pois não vês... — balbuciou a mãe assustada, detendo a filha. — É melhor irmo-nos embora!

— Está com a cabeça transtornada — disse Razumíkhin com voz que traía a embriaguez. — Se não fosse isso não se atrevia... Amanhã terá recuperado a razão... Mas hoje, com efeito, pôs o sujeito na rua. O homem zangou-se... estava aqui discursando, a explanar suas teorias, mas se foi embora. Ia como uma fera!

— Então é verdade!? — exclamou Pulquéria Alexandrovna.

— Até amanhã, meu irmão — disse em tom compassivo Dúnia —, vamos, mamãe... Adeus, Ródia!

Ele fez um esforço para lhe dirigir algumas palavras.

— Ouve, Dúnia, não estou delirando: esse casamento seria uma infâmia. Embora eu seja um infame, tu é que não o deves ser... um já é demais... Mas, por mais miserável que eu seja, renegar-te-ia se contraísses uma tal união. Ou eu ou Lujine. Vão-se embora!...

— Mas tu perdeste a cabeça! És um déspota! — vociferou Razumíkhin.

Raskólnikov não respondeu; talvez já não estivesse em estado de responder. Exausto, estendeu-se no divã e voltou-se para a parede. Avdótia Romanovna olhou curiosamente para Razumíkhin; seus olhos negros brilhavam. O estudante estremeceu sob este olhar. Pulquéria Alexandrovna estava consternada.

— Não posso decidir-me a ir embora — murmurava ela aflita ao ouvido de Razumíkhin. — Fico aqui em qualquer canto... Acompanhe Dúnia.

— E vai agravar a situação! — respondeu no mesmo tom o estudante. Saiamos ao menos do quarto. Nastácia, ilumina o caminho! Juro-lhes — continuou ele logo que saíram para o patamar — que há pouco quase nos bateu, no médico e em mim! Entendem? O próprio médico deixou que lhe batesse, para não irritá-lo mais. Fiquei no rés do chão, em guarda, porém ele se vestiu imediatamente e escapuliu, e há de escapulir novamente se o irritarem a esta hora da noite, e assim prejudicar-se-á...

— Que coisa nos conta!

— Além disto é impossível deixar Avdótia Romanovna sozinha naquela hospedaria! Imagine em que casa as fizeram alojar-se! Aquele patife do Pedro Petróvitch não poderia achar-lhes uma casa respeitável?... Devo dizer-lhes que bebi um pouco a mais, e aí está por que as minhas expressões... são um tanto arrebatadas: não façam caso.

— Pois bem — prosseguiu Pulquéria Alexandrovna —, vou ter com a senhoria de Ródia e peço-lhe que nos dê qualquer canto para ficarmos esta noite. Não posso abandoná-lo neste estado!

Esta conversa travara-se no patamar, em frente da porta da senhoria. Nastácia, em pé no último degrau, ficara iluminando. Razumíkhin estava muito animado. Meia hora antes, quando acompanhara Raskólnikov a casa, falava demais, como ele próprio reconhecera; mas a esse tempo ainda tinha a cabeça desanuviada, apesar da enorme quantidade de vinho que tinha ingerido. Agora, porém, estava mergulhado numa espécie de êxtase, e a influência capitosa do vinho fazia-se sentir com intensidade. Apoderara-se das mãos das senhoras, dirigia-se-lhes numa linguagem de extraordinária desenvoltura, e, talvez no intuito de as convencer melhor, acentuava quase todas as palavras com uma formidável pressão nos dedos das suas interlocutoras. Ao mesmo tempo, com a maior sem-cerimônia, devorava com os olhos Dúnia.

Às vezes, vencidas pela dor, as pobres senhoras tentavam soltar os dedos presos naquela grande mão ossuda; mas ele resistia e continuava a apertar. Se elas lhe pedissem como um favor especial que se atirasse pela escada de cabeça para baixo, o rapaz não hesitaria um segundo em lhes satisfazer o desejo. Pulquéria Alexandrovna bem percebia que Razumíkhin era muito excêntrico e, principalmente, tinha a mão de ferro, mas, entregue por completo ao pensamento do seu Ródia, fechava os olhos às maneiras originais do rapaz, que naquele momento era para ela uma providência.

Quanto a Avdótia Romanovna, embora partilhasse as preocupações de sua mãe e não fosse tímida de natureza, era com surpresa, e até com certo receio, que via fixarem-se nela os olhares inflamados do amigo de seu irmão. Se não fosse o ter-lhe inspirado ilimitada confiança naquele homem singular a entusiástica narrativa de Nastácia, não teria resistido à tentação de fugir, arrastando consigo a mãe. Depois compreendia que naquele momento o estudante lhes era indispensável. Aliás, ao cabo de dez minutos serenaram as apreensões da jovem; em qualquer disposição de espírito que se encontrasse Razumíkhin, a feição especial do seu caráter era revelar-se por completo logo à primeira vista, de modo que se percebia rapidamente com que espécie de indivíduo se tratava.

— É impossível pedir isso à hospedeira, minha senhora; é o cúmulo do absurdo! — replicou com vivacidade o estudante Razumíkhin. — O fato de ser mãe de Ródia não impedirá que ele fique desesperado ao saber que ficou aqui, e então Deus sabe o que acontecerá! Ouça, aqui está o que eu proponho: Nastácia fica tomando conta dele e eu vou acompanhá-las à sua casa, porque é imprudente aventurarem-se duas senhoras sós, a estas horas, nas ruas de São Petersburgo. Depois de as deixar em casa volto aqui num pulo, e daí a um quarto de hora, dou-lhes a minha palavra de honra que voltarei para fazer-lhes o meu relatório, dizer-lhes como ele vai, se pôde conciliar o sono etc. Em seguida corro à minha casa — estão lá alguns amigos meus, todos bêbados, por sinal —, agarro Zózimov — é o médico que está tratando de Ródia, mas esse não está bêbado: nunca bebe. Trago-o aqui ao doente e depois levo-o à sua casa. No intervalo de uma hora terá assim duas vezes notícias de seu filho: primeiro por mim e depois pelo médico, o que é muito mais positivo. Se ele estiver pior, juro-lhes que as tornarei a trazer aqui: se estiver melhor, deitem-se. Eu passarei a noite aqui na saleta — ele não o saberá — e faço deitar o Zózimov no apartamento da locadora para o ter à mão em caso de necessidade. Neste momento parece-me que a presença do médico sempre será mais útil ao Ródia do que a das senhoras. Voltem, pois, para casa! Quanto a ficarem no apartamento da hospedaria é impossível; eu posso fazê-lo, mas as senhoras, não; ela não consentiria em hospedá-las, porque... porque é tola. A dizer a verdade, ela gosta de mim e teria ciúme de Avdótia Romanovna e da senhora também... mas de Avdótia Romanovna com toda a certeza. Tem um gênio muito especial! E no fim das contas eu também sou um burro... Vamos, venham daí! Têm confiança em mim, não têm?

— Vamos, mamãe — disse Avdótia Romanovna —, estou certa de que fará o que promete. Meu irmão deve a vida aos seus cuidados, e se o médico consentir em passar aqui a noite, que de melhor poderíamos desejar?

— Ora aí está... Compreende-me porque é um anjo! — exclamou Razumíkhin com exaltação. — Partamos! Nastácia, sobe imediatamente e deixa-te ficar junto a ele; eu volto já.

Embora não estivesse muito convencida, Pulquéria Alexandrovna não fez mais objeções. Razumíkhin tomou um braço a cada uma das senhoras e obrigou-as a descer a escada. A mãe não estava livre de cuidados: "É certo que ele é desembaraçado e que se interessa por nós; mas podemos contar com as promessas no estado em que ele se acha?..."

O jovem adivinhou este pensamento.

— Percebo! Imaginam que estou sob a influência da bebida! — dizia ele enquanto seguia pelo passeio a largos passos, sem atentar a que as senhoras mal podiam acompanhá-lo. Isto não quer dizer nada! Isto é, eu bebi como uma cabra, mas não vale a pena pensar nisso; não é o vinho o que me embriaga. Logo que as vi tive a impressão de que me tinham desferido uma paulada na cabeça... Não reparem; estou dizendo disparates, sou indigno de acompanhá-las. Logo que as deixar em casa vou até o canal, despejo dois baldes de água na cabeça e fico curado... Se soubessem que afeição me inspiram ambas!... Não se riam nem se zanguem comigo! Sou amigo dele e por consequência também o quero ser das senhoras... Eu bem tinha o pressentimento do que havia de suceder... O ano passado, houve um momento... Mas, qual, eu não podia ter esse pressentimento, visto que, por assim dizer, caíram do céu. Mas já sei que não prego olho esta noite. Zózimov há pouco estava com medo que ele endoidecesse... Eis por que não devemos irritá-lo!

— Que diz? — exclamou a mãe.

— Será possível que o médico dissesse isso? — perguntou assustada Avdótia Romanovna.

— Disse, mas engana-se redondamente. Também tinha dado ao Ródia um medicamento em pó, que eu vi; mas nesse momento chegaram as senhoras! Era melhor que chegassem amanhã. Foi bom que nos retirássemos. Daqui a uma hora, Zózimov vem trazer-lhes notícias. Esse não está bêbado e também eu já não estarei. Mas por que motivo me deixei excitar? Porque eles me fizeram discutir, os malditos! Eu já tinha feito o protesto de não tornar a meter-me em tais discussões!... Dizem tanto disparate! Por pouco não me peguei com eles! Lá ficou meu tio para fazer as honras da casa. Pois querem saber? Eles são partidários da impersonalidade completa! Para eles o progresso supremo consiste em parecer-se o menos possível consigo mesmo. Se a estupidez fosse somente deles mesmos... Contudo, como é...

— Ouça — interveio timidamente Pulquéria Romanovna. — Com isto lança mais lenha à fogueira.

— Pensam — falou Razumíkhin mais alto do que nunca — pensam que os ataco por falarem tolices? Nem um pouco! Gosto de ouvi-los dizer tolices! Este é um privilégio da Criação. Pelo erro se chega à verdade. Sou um homem porque erro. Nunca uma simples verdade será alcançada sem serem cometidos 14 enganos e muito provavelmente 114. E o erro nos conduz a muitas coisas boas, mas devemos errar sob nossa própria responsabilidade. Digam tolices, mas digam-nas as suas próprias, e eu os beijarei por isto! Errar em nosso caminho é melhor que acertar em caminho alheio. No primeiro caso, é um homem; no segundo, não é melhor que um pássaro. A verdade não fugirá, mas a vida pode ser torcida. Há muitos exemplos... E como procedemos? No campo da ciência, do desenvolvimento econômico, do pensamento, das invenções, dos ideais, anelos, liberalismo, julgamentos, experiências e tudo o mais estamos na escola primária. Apraz-nos aos russos vivermos das ideias dos outros e saturamo-nos delas. É ou não verdade? — bradou Razumíkhin, apertando as mãos das duas senhoras.

— Oh, meu Deus! Não sei! — disse a pobre Pulquéria Alexandrovna.

— Sim, sim... No entanto não estou de acordo com o senhor — acrescentou com gravidade Avdótia Romanovna.

Mas, mal acabara de pronunciar estas palavras, soltou um grito de dor provocado por um enérgico aperto de mão de Razumíkhin.

— Sim? Disse que sim? — bradou Razumíkhin num transporte de alegria. — A senhora é um conjunto de bondade, de pureza, de bom senso e... de perfeições! Dê-me a sua mão... dê-me também a sua, minha senhora. Quero beijar-lhes as mãos, aqui mesmo, de joelhos.

E ajoelhou-se no meio da rua, que por felicidade estava deserta nesse momento.

— Basta, peço-lhe! Que faz!? — exclamou Pulquéria Alexandrovna assustadíssima.

— Levante-se! — disse Dúnia rindo, mas também com um certo receio.

— Isso nunca! Pelo menos enquanto não me derem as mãos. Ora, bem, aqui estou já de pé! Não passo de um imbecil, indigno das senhoras; e de mais a mais, nesta ocasião, alcoolizado, envergonho-me... Bem sei que não sou digno de as amar; mas prostrar-se na sua presença é dever de todo aquele que não for uma cavalgadura!... Aqui está sua casa, ainda que não fosse senão por causa dela, tinha Ródia feito muito bem em correr com o tal Pedro Petróvitch! Como ousou ele metê-las nesta hospedaria! É escandaloso! Sabem que espécie de gente mora aqui? E é a sua noiva! Pois declaro-lhe que depois de tal ação seu futuro marido é um pulha.

— Ouça, sr. Razumíkhin, o senhor esquece-se... — começou Pulquéria Alexandrovna.

— Sim, sim, tem razão; esqueci-me, com efeito, e envergonho-me — desculpou-se o estudante —, mas... mas... não devem querer-me mal pelas minhas palavras. Se disse isto é porque sou franco e não porque... Seria ignóbil! Numa palavra, não é pelo fato de eu a... Mas há pouco, por ocasião da sua visita, todos percebemos que aquele homem não era do nosso meio. Não porque tivesse o cabelo frisado pelo barbeiro; não porque tivesse tanta ansiedade em mostrar sua sapiência; mas porque é um traidor, um especulador, um sovina e um bufão. Isto é evidente. Acham-no inteligente? Não, é um asno, um asno. E lhes serve de companhia? Deus as livre! Estão vendo, senhoras? — Ele parou subitamente no patamar superior. — Embora todos os meus amigos estejam bêbados, são homens honestos e, conquanto falemos um monte de asneiras, eu inclusive, chegaremos por meio de nossas conversas à verdade, porque estamos no caminho certo. Enquanto Pedro Petróvitch não está. Se bem que eu dê epítetos a meus amigos, respeito-os a todos e, embora não respeite Zametov, gosto dele porque é um boneco, e ao eunuco Zózimov, porque é honesto e conhece sua profissão. Mas basta! Está tudo perdoado. Não é verdade que me perdoam? Pois então vamos lá! Conheço este corredor; já vim aqui uma vez. Olhem! Aqui no número três houve um escândalo... Em que quarto estão? No oito? Neste caso fechem bem a porta por dentro e não abram para ninguém. Daqui a um quarto de hora trago-lhes notícias e meia hora depois voltarei com Zózimov. Adeus, até já!...

— Meu Deus, que será de nós, Dunetchka! — disse Pulquéria Alexandrovna.

— Tranquilize-se, mamãe — respondeu Dúnia tirando o chapéu e a mantilha —, é a Providência que nos manda este rapaz. Apesar de ter vindo de uma orgia, tenho confiança nele. E o que ele tem feito por Ródia...

— Deus sabe se ele voltará, Dunetchka! Como pude resolver-me a abandonar Ródia!... Quem diria que o havia de encontrar assim! E de que modo ele nos recebeu! Parece que nossa vinda o contraria!

Chorava.

— Não, mamãe, não é isso. É que não o viu bem; as lágrimas não lhe deixavam ver. Acaba de passar por uma crise gravíssima, e é essa a causa de tudo.

— Ah! Essa doença!... Como acabará tudo isso? E como ele te falou, Dúnia! — continuou a pobre mãe, procurando ler nos olhos da filha, mais tranquilizada por ver que Dúnia defendia o irmão e que portanto já o perdoara. — Estou convencida de que amanhã ele terá outra opinião — acrescentou ela, desejando continuar seu inquérito.

— E eu garanto-lhe que ele há de dizer a mesma coisa... a esse respeito — respondeu Avdótia Romanovna.

O caso era tão melindroso que Pulquéria Alexandrovna não ousou prosseguir. Dúnia beijou a mãe, que, sem dizer uma palavra, a estreitou ao coração. Em seguida Pulquéria sentou-se esperando ansiosamente que Razumíkhin voltasse. Com os olhos seguia a filha, que, pensativa e com os braços cruzados, passeava em todo o comprimento do quarto. Sempre que alguma coisa a preocupava, Avdótia Romanovna passeava de um a outro extremo da casa.

Razumíkhin, animado pelo álcool e subitamente apaixonado por Dúnia, era decerto ridículo. Mas, contemplando a linda moça, enquanto pensativa e triste passeava com os braços cruzados sobre o peito, qualquer pessoa desculparia o estudante, sem mesmo levar em conta a sua embriaguez. A figura de Avdótia Romanovna era impressionante: de estatura elevada, perfeitamente constituída, de uma singular pureza de linhas, seus gestos denunciavam confiança em si, mas sem prejuízo da graça e delicadeza femininas. O rosto, que se parecia com o do irmão, era lindo. Como Ródia, Avdótia tinha cabelos castanhos, porém mais claros. Nos seus olhos negros lia-se aquela altivez que não exclui a bondade. Era pálida, mas sua palidez nada tinha de doentio, o rosto era fresco e sadio. A boca era pequena; o lábio inferior, de um carmim vivo, um pouco saliente, bem como a extremidade do mento. Esta irregularidade única que se podia notar naquele formoso rosto dava-lhe, no entanto, uma estranha impressão de energia e orgulho. Razumíkhin nunca vira criatura semelhante. Moço e perturbado pelos vapores do álcool, sentiu-se naturalmente impressionado. Ademais, quis o acaso que ele se encontrasse pela primeira vez com Dúnia no momento em que a alegria de tornar a ver o irmão aureolava de uma luz de ternura o rosto da moça. Depois vira-a soberba de indignação ante as palavras insolentes de Ródion. Seu coração não poderia resistir.

Aliás, dissera a verdade quando há pouco, nas suas divagações, dera a entender que Prascóvia Pavlovna, a excêntrica locadora de Raskólnikov, teria ciúmes, não só de Avdótia Romanovna, como também de Pulquéria Alexandrovna. Embora tivesse 43 anos, a mãe de Raskólnikov conservava vestígios da sua antiga formosura; parecia ter menos idade, caso que se verifica algumas vezes nas mulheres que se aproximam da velhice com o coração puro e o espírito lúcido. Os cabelos começavam a encanecer, em torno dos olhos apareciam as primeiras rugas; as atribulações tinham-lhe cavado as faces; no entanto seu rosto era ainda formoso. Era o retrato de Dunetchka, com vinte anos mais e sem a saliência do lábio inferior, que caracterizava a fisionomia da filha. Pulquéria Alexandrovna era uma alma sensível, mas sem pieguices; tímida por índole, cedendo por hábito, sabia, contudo, deter-se no caminho das concessões, desde que a sua honestidade ou as suas convicções lhe impusessem essa atitude.

Precisamente vinte minutos depois da sua partida, Razumíkhin batia na porta.

— Não entro, não tenho tempo! — foi ele dizendo quando abriram a porta. — Dorme como um justo, um sono sossegadíssimo, que Deus permita se prolongue por dez horas! Nastácia está junto dele com ordem de não o abandonar um momento sequer, até que eu volte. Agora vou buscar Zózimov, ele dirá o que tem a dizer e as senhoras vão logo deitar-se, porque estão a cair de fadiga.

E pôs-se pelo corredor.

— Que rapaz tão desembaraçado... que delicadeza! — disse Pulquéria sorrindo.

— Parece uma esplêndida pessoa! — respondeu com certa vivacidade Avdótia Romanovna, continuando o seu passeio.

Uma hora depois ouviram-se passos no corredor e novamente bateram na porta. Razumíkhin voltava com Zózimov, que não hesitara em abandonar o banquete para ir ver Raskólnikov, mas foi com relutância que se decidira a ir à casa da mãe e da irmã do doente, porque não queria acreditar nas palavras de Razumíkhin, que lhe parecia ter deixado uma boa parte da razão no fundo dos copos. Mas não tardou que a vaidade do médico se sentisse lisonjeada: Zózimov compreendeu que era esperado como um oráculo.

Nos dez minutos que a sua visita durou conseguiu tranquilizar plenamente Pulquéria Alexandrovna. Com ar grave e a circunspecção que convém a um médico, chamado em circunstâncias especiais, testemunhou pelo doente a maior dedicação. Limitou-se ao assunto da sua visita, e não mostrou desejar estabelecer relações de intimidade com as duas senhoras. Tendo, logo a princípio, notado a formosura de Avdótia Romanovna, evitava olhar a jovem e dirigia-se exclusivamente à sua mãe.

Encontrara Raskólnikov em estado satisfatório. A doença derivara em parte das más condições materiais em que Ródion vivia há alguns meses e a outras causas de ordem moral; era o resultado complexo de fatores físicos e psicológicos, tais como: preocupações, cuidados, receios etc. Percebendo sem o dar a entender, que Avdótia o ouvia com manifesta atenção, demorou-se condescendentemente neste tema.

Interrogado pela inquieta mãe se notara no filho qualquer sintoma de loucura respondeu, sorrindo, que tinha exagerado o alcance das suas palavras; que apenas se notava no doente uma ideia fixa, uma espécie de monomania, e que ele, Zózimov, estudava especialmente este interessante ramo da medicina.

— Mas, prosseguiu, devemos ter em vista que o doente até hoje esteve quase sempre delirante e certamente a chegada das senhoras será para ele benéfica, contribuindo para a restauração das forças, exercendo uma forte ação salutar... caso seja possível evitar-lhe novos abalos — concluiu com intenção.

Levantou-se e depois de fazer um cumprimento ao mesmo tempo cerimonioso e cordial, saiu coberto de bênçãos e de protestos de gratidão. Avdótia chegou mesmo a estender-lhe a mão. Enfim, Zózimov estava radiante com a sua pessoa e com o efeito da sua visita.

— Amanhã conversaremos melhor; agora, vão descansar, que já é tempo! — aconselhou Razumíkhin saindo com Zózimov. — De manhã virei trazer-lhes notícias.

— Que criatura deliciosa essa Avdótia! — disse Zózimov logo que chegaram à rua.

— Deliciosa? Tu disseste deliciosa? — gritou Razumíkhin pondo as mãos no pescoço do médico. — Se tiveres o atrevimento... — Entendes? bradava ele segurando-o pela gola do casaco e levando-o de encontro à parede. — Percebeste-me bem?

— Larga-me, beberrão! — exclamou Zózimov tentando livrar-se dele. Depois, quando Razumíkhin o largou, fitou-o atentamente e deu uma gargalhada.

O estudante estava diante dele com os braços caídos e um ar de tristeza.

— Não há dúvida nenhuma! Sou um pedaço de asno! — disse ele com o sobrolho carregado. — Mas tu és outro.

— Não, meu caro, não sou. Não penso em tolices.

Caminharam sem trocar palavra, e só quando chegaram próximo do prédio onde Raskólnikov morava é que Razumíkhin, preocupado, disse:

— Zózimov, tu és um bom rapaz, mas tens uma linda coleção de vícios. És, especialmente, um voluptuoso, um miserável sibarita. Amas as tuas comodidades, engordas como um suíno, não te recusas coisa alguma. Ora, isso é ignóbil porque conduz em linha reta à torpeza. Sendo, como és, uma criatura indolente, não posso compreender como, apesar disso, és também um bom médico, e o que é mais, um médico dedicado. Dormes em colchão de penas (um médico!) e no entanto levantas-te a qualquer hora para visitar um doente! Diabos me levem se daqui a três anos fores capaz de te levantar por mais que lhe batam na porta! Mas não é a isso que eu quero chegar; eis o que eu queria dizer-te: vou deitar-me na cozinha e tu passas a noite nos aposentos da hospedeira. Foi com grande dificuldade que obtive o consentimento dela! Terás ocasião de travar com Pachenka conhecimento mais íntimo. Não é o que tu pensas. Meu caro, nem de longe...

— Mas não penso absolutamente nada.

— Meu amigo, ela é uma criatura pudica, tímida, de uma castidade a toda prova, e ao mesmo tempo muito meiga e terna. Livra-me dela, peço-te por todos os diabos! É muito amável, sem dúvida... mas já não a posso aturar.

Zózimov deu uma gargalhada.

— Não sabes o que dizes! Por que iria eu fazer-lhe a corte?

— Afirmo-te que será fácil captar-lhe a simpatia. Basta que lhe fales sobre o que for; o caso está em sentares-te junto dela e dar à língua. Depois, és médico: cura-a de qualquer coisa. Afianço-te que não te hás de arrepender. Ela tem um plano; eu, como sabes, canto. Pois cantei-lhe uma canção que começa assim: "Choro lágrimas amargas!..." Ela adora as melodias sentimentais! Pois foi aí que a coisa começou. Ora, tu és um mestre de piano, um *virtuose* de nível de Rubinstein... Acredita que te hás de dar bem!

— Mas fizeste-lhe alguma promessa? Assinada? Uma promessa de casamento, talvez?

— Nada. Nada dessa espécie. Ela não é deste tipo. Tchebarof tentou...

— Pois bem, deixa-a de lado!

— Mas não posso deixar.

— Por que não podes?

— Não posso, simplesmente. Existe um elo atrativo, meu caro.

— Por que não a conquistaste?

— Não a conquistei porque fui conquistado em meu transe. Ela pouco se importará se fores tu ou eu; basta que alguém suspire a seu lado... Não posso explicar-te a situação, meu caro... Vê, tu sabes bem matemática e fazer cálculos no momento... Começa a ensinar-lhe o cálculo integral; por minha alma! Não estou brincando, falo sério... será a mesma coisa para ela! Olhar-te-á esgazeada e suspirará durante um ano inteiro. Falei-lhe dois dias seguidos sobre o Parlamento da Prússia (porque tinha que falar alguma coisa) — ela só olhava e suspirava. E não precisas falar de amor — é tímida até a histeria —, mas demonstra-lhe que não podes afastar-te dela sem chorar... isto lhe basta. Isto é tremendamente confortável e sentir-te-ás como em casa, poderás ler, sentar, mentir como quiseres, escrever. Podes até aventurar um beijo, se tiveres o necessário cuidado.

— Mas que ganho eu com isso?

— Parece que não me faço entender! Ouça-me: vocês estão talhados um para o outro. Não foi hoje nem ontem que pensei em ti... Uma vez que hás de acabar fatalmente nisso, que te importa que seja agora ou depois? Aqui, tens colchões de penas e coisa melhor! Aqui encontrarás tudo, desde o abrigo até os excelentes *blines*, não contando com o samovar, à noite, e a botija nos pés. Estarás como um morto com uma grande diferença — viverás: dupla vantagem! Mas basta de conversa: são horas de dormir. Olha: sucede-me frequentemente acordar; aproveitarei essas ocasiões para ver Ródion; se me ouvires subir, não te preocupes. Se te parece conveniente, vá vê-lo, e no caso de notares qualquer alteração para pior, acorda-me. Mas estou certo de que não será necessário.

Capítulo II

No dia seguinte Razumíkhin acordou depois das sete horas, preocupado com pensamentos que até nesse momento nunca haviam perturbado a sua existência. Recapitulou todos os incidentes da véspera e percebeu que sofrera uma impressão diferente de todas as que até então experimentara. Ao mesmo tempo tinha a convicção de que o sonho que lhe atravessara a mente era absolutamente irrealizável. Pareceu-lhe tão absurda essa quimera que teve vergonha de demorar nela o pensamento, passando logo a outras questões de ordem prática que o maldito dia anterior lhe legara igualmente.

O que mais o amargurava era ter-se mostrado sob o aspecto de um pulha. Não somente o tinham visto bêbado: abusara da vantagem que a situação de protetor lhe dava sobre uma moça que recorrera a ele, insultara com um sentimento de injustificável ciúme o noivo dessa rapariga, sem saber que relações existiam entre um e outro, nem quem fosse, ao certo, esse indivíduo.

Que direito lhe assistia para julgar tão levianamente Pedro Petróvitch? E quem lhe perguntara a sua opinião? Ademais, era admissível que uma mulher como Avdótia Romanovna fosse casar por interesse com um homem indigno dela? Logo, Pedro Petróvitch devia necessariamente ter algum merecimento. Havia, na verdade, a questão da casa que ele lhes arranjara, mas como podia ele saber o que era essa casa? Aliás, aquelas senhoras achavam-se ali provisoriamente, estava tratando de lhes preparar outra casa... Oh, como tudo isso era miserável! E podia ele justificar-se, alegando a sua embriaguez? Esta tola desculpa ainda o aviltava mais. No vinho reside a verdade, e sob a influência do vinho revelara ele os baixos sentimentos de um coração grosseiramente ciumento. Era talvez lícito, a ele, Razumíkhin, ter semelhante sonho? Que valia ele diante dessa moça, ele, o bêbado inconveniente e brutal da véspera? Que haveria de mais odioso e de mais ridículo do que a ideia de uma ligação entre dois entes tão diferentes?

Já sucumbido diante de tão loucos pensamentos, o jovem recordou-se subitamente de ter dito na véspera, na escada, que a senhoria o amava e que teria ciúmes de Avdótia Romanovna... Esta lembrança veio a calhar para pôr termo à sua turbação. Era demais: descarregou um formidável murro no fogão, na cozinha, e partiu um tijolo.

"Sem dúvida", murmurou para si próprio com um sentimento de profunda humilhação, "agora não há meio de desfazer todas aquelas baixezas... É, pois, inútil pensar nisso. Apresentar-me-ei sem dizer nada, desempenharei em silêncio a minha tarefa e... não apresentarei desculpas, nada direi... Agora é tarde; o mal está feito!". E, contudo, cuidava do seu vestuário com particular esmero. Tinha apenas um terno, mas ainda que tivesse mais, talvez vestisse o da véspera, "para não parecer que se preparara de propósito"... E no entanto uma falta de asseio seria do pior gosto; não lhe assistia o direito de ferir os sentimentos alheios, principalmente quando, como no caso presente, se tratava de pessoas que tinham necessidade dele e lhe haviam espontaneamente pedido que viesse vê-las. Por consequência escovou cuidadosamente o terno. Pelo que dizia respeito à roupa branca, Razumíkhin trazia-a sempre escrupulosamente limpa.

Tendo encontrado sabão no quarto de Nastácia, lavou o cabelo, o pescoço e especialmente as mãos. Quando chegou o momento de decidir se faria a barba (Prascóvia Pavlovna tinha ótimas navalhas, herança do seu defunto marido, o sr. Zarnitzine), resolveu a questão negativamente e até mesmo com uma certa irritação. "Nada, assim estou muito bem! Eram capazes de pensar que tinha feito a barba para... isso! Nunca!"

"O pior é que ele é um bruto, imundo, tem maneiras de taverneiro; e... e admitindo que tenha alguns princípios de cavalheirismo, que haveria nisto para julgar-se orgulhoso? Cada um deveria ser um cavalheiro por muitas outras atitudes que não só estas... e todos, (lembrou-se) eu também incluído, cometem pequenos deslizes... não desonestidades, e contudo... E que ideias tinha às vezes? E dissera tudo em frente a Avdótia Romanovna? Diabos me levem! Assim é a vida! Fizera questão de mostrar-se sujo, imundo, um taverneiro em seus modos, e não se importara! Podia ser pior!"

Este monólogo foi interrompido pela chegada de Zózimov. Depois de ter passado a noite em casa de Prascóvia Pavlovna, o doutor fora à sua própria casa e voltava para visitar o doente. Razumíkhin disse-lhe que Raskólnikov estava dormindo como um bruto. Zózimov proibiu que o despertassem e prometeu voltar entre as dez e as onze horas.

— Contanto que ele esteja em casa, porque, em um doente que se escapa com tanta facilidade, nunca se pode confiar. Sabes se ele ficou de ir à casa delas ou se elas virão aqui?

— Presumo que virão — respondeu Razumíkhin, percebendo o motivo da pergunta —, é de crer que tenham de conversar sobre negócios de família, e por isso sairei. Tu, na qualidade de médico, tens naturalmente mais direito que eu de ficar.

— Eu não sou confessor; além disso, tenho mais que fazer do que ouvir segredos; também irei embora.

— Há uma coisa que me preocupa — prosseguiu Razumíkhin franzindo o sobrolho —, ontem estava bêbado e, quando acompanhei Ródion até aqui, não tive cuidados com a língua. Entre outras tolices, disse-lhes que tu receavas que ele tivesse predisposição para a loucura...

— Disseste isto às senhoras?!

— Bem sei que foi asneira! Bate-me se queres! Mas, aqui para nós, sinceramente, qual é a tua opinião sobre o caso?

— Que hei de te dizer? Tu mesmo me apresentaste como um monomaníaco quando me trouxeste aqui... E ontem ainda nós lhe perturbamos mais o espírito: digo nós, mas realmente foste tu, com a tua história do pintor. Ora, aí está um belo assunto para conversa em presença de um homem cujo desarranjo intelectual provém exatamente desse caso. Se eu na ocasião conhecesse em todos os seus pormenores a cena que se passou no comissariado de polícia, e soubesse que tinham recaído sobre ele as suspeitas de um canalha, teria cortado a conversa logo às primeiras palavras. Para esses monomaníacos uma gota de água é um oceano, as fantasias da sua imaginação aparecem-lhes como se fossem realidades... Pelo que Zametov nos contou ontem na tua festa, começo agora a compreender metade do caso. Sei do caso de um hipocondríaco, um quarentão, que cortou o pescoço de um menino por não aguentar suas peraltices à mesa! E neste caso, os andrajos, o policial insolente, a febre e a suspeita! Tudo isso mortificando um homem meio frenético pela hipocondria, e de mórbida e incomum vaidade! Isto deve ter sido o ponto de partida da doença! Esqueçamos tudo!... A propósito, aquele Zametov é muito boa pessoa, no entanto, fez mal em dizer ontem tudo aquilo. É um terrível falador!

— Mas a quem contou ele o caso? A ti e a mim.

— E ao Porfírio.

— E então! Que tem que ele contasse ao Porfírio?

— A propósito: tu tens alguma influência sobre a mãe e a irmã? Era conveniente que elas hoje fossem discretas com ele...

— Eu lhe direi! — respondeu com ar contrariado Razumíkhin.

— Por que ele não gosta de Lujine? Um homem com dinheiro, e ela parece gostar dele... e elas não têm um tostão, acho! Não é?

— Que tens a ver com isto? — gritou Razumíkhin aborrecido. — Como posso saber que elas tenham tostão. Pergunta e talvez saberás...

— Bem, até logo; agradece por mim a Prascóvia Pavlovna sua hospitalidade. Ela fechou-se no quarto. Gritei-lhe "Bons dias!" através da porta e não me respondeu. No entanto, está levantada desde as sete horas; encontrei-me no corredor com a criada que lhe levava o samovar. Não se dignou admitir-me à sua presença...

Às nove horas em ponto chegava Razumíkhin à casa Bakalêief. As duas senhoras esperavam-no, havia muito, com uma impaciência febril: tinham-se levantado antes das sete horas. Ele entrou, sombrio como a noite, cumprimentou secamente e logo em seguida sentiu amargo despeito por se ter apresentado de tal forma. Calculara mal a ansiedade com que era esperado: Pulquéria Alexandrovna correu imediatamente ao seu encontro, agarrou-lhe ambas as mãos e por pouco não as beijou. O mancebo lançou um olhar tímido a Avdótia Romanovna, mas em vez de um olhar irônico, de desdém involuntário e mal dissimulado, que esperava encontrar naquele altivo semblante, leu nele uma tal expressão de gratidão e de afetuosa simpatia, que a sua confusão aumentou. Por fortuna tinha um assunto obrigatório e apressou-se em encetar a conversação.

Ao saber que seu filho ainda dormia, mas que seu estado era satisfatório, Pulquéria Alexandrovna declarou que tudo ia pelo melhor, porque tinha grande necessidade de conferenciar previamente com Razumíkhin. A mãe e a filha perguntaram em seguida ao estudante se já tomara chá, e como ele respondesse negativamente, convidaram-no a tomá-lo na companhia delas, porque tinham aguardado a chegada do estudante para se sentarem à mesa.

Avdótia Romanovna tocou a campainha e apareceu um criado. Ordenou-lhe que trouxesse o chá, que foi servido de modo tão inconveniente, tão pouco asseado, que as duas senhoras se sentiam corar de vergonha. Razumíkhin protestou energicamente contra uma tal "espelunca"; mas, pensando em Lujine, calou-se, ficou perturbado e sentiu-se feliz por escapar a tão desagradável situação graças à saraivada de perguntas que Pulquéria Alexandrovna fez chover sobre ele.

Interrogado a todo momento, falou durante quase uma hora e contou tudo quanto sabia relativamente aos principais fatos da vida de Ródia Românovitch no último ano. Está claro que não se referiu ao que convinha calar; por exemplo, à cena do comissariado e às suas consequências. As duas senhoras ouviram-no avidamente; já ele julgava ter-lhes relatado todos os pormenores dignos de interesse e ainda a sua curiosidade não se dava por satisfeita.

— E diga-me, diga-me, como lhe parece... Ah, perdão! Ainda não sei seu nome — disse Pulquéria Alexandrovna.

— Dmitri Prokófitch.

— Pois bem! Dmitri Prokófitch, desejaria saber como ele agora encara as coisas, ou melhor, o que lhe agrada e o que lhe desagrada. Continua a irritar-se com frequência? Quais são seus desejos, suas aspirações? Que influência especial se exerce sobre ele presentemente?

— Ah, mamãe, como ele pode responder a tudo de uma vez? — objetou Dúnia.

— Deus do céu! Não esperava que ele mudasse tanto, Dmitri Prokófitch.

— Isto é natural — respondeu Razumíkhin. — Não tenho mãe, mas meu tio vem todos os anos e quase sempre não me reconhece, mesmo quanto à aparência, apesar de ser um homem inteligente, e sua separação de três anos significa muito. Que poderei responder? Conheço Ródion há 18 meses: é taciturno, reservado e orgulhoso. Nestes últimos tempos (mas talvez esta disposição existisse nele há muito) tornou-se desconfiado e hipocondríaco. Tem bom coração, é generoso. Não gosta de revelar seus sentimentos e lhe é mais fácil ferir as pessoas do que mostrar-se expansivo. Às vezes, nada tem de hipocondríaco, mostra-se, porém, frio e insensível até a desumanidade. Dir-se-ia que há nele dois caracteres opostos, que alternadamente se manifestam. Em certas ocasiões é extremamente taciturno, tudo lhe pesa, todos o incomodam e fica dias inteiros deitado, sem fazer coisa alguma. Não gosta de escarnecer dos outros, não porque ao seu espírito falte causticidade, mas porque despreza a zombaria como um passatempo demasiado frívolo. Não escuta até o fim o que se lhe diz: nunca se interessa pelas coisas que interessam a toda a gente. Tem-se em alto conceito, e nesse ponto quer-me parecer que tem alguma razão. Que poderei acrescentar? Estou convencido de que a presença de vocês exercerá sobre ele uma ação das mais benéficas.

— Ai, Deus queira! — exclamou Pulquéria Alexandrovna, a quem essas revelações sobre o caráter do filho haviam deixado inquieta.

Por fim Razumíkhin atreveu-se a olhar com mais audácia para Avdótia Romanovna. Enquanto falava tinha-a por várias vezes examinado, mas rapidamente e desviando logo os olhos. A moça ora se sentava junto da mesa, escutando atentamente, ora se levantava e, segundo seu costume, passeava de um para o outro lado do quarto, com os braços cruzados e os lábios comprimidos, fazendo de quando em quando uma pergunta, sem interromper o passeio. Outro costume que lhe era habitual consistia em não escutar até o fim o que lhe diziam. Trajava um vestido leve de tecido escuro e em volta do pescoço uma gola branca de rendas. Razumíkhin não tardou em reconhecer, por diversos indícios, que as duas mulheres eram muito pobres. Se Avdótia Romanovna trajasse como uma rainha, é de crer que por isso não o tivesse intimidado; ao passo que, talvez pelo fato mesmo de estar pobremente vestida, experimentava junto dela um grande receio e media cautelosamente suas expressões e seus gestos, o que ainda mais aumentava a perturbação de um homem já pouco senhor de si.

— Deu-nos imparcialmente muitos pormenores curiosos acerca do caráter de meu irmão. Antes assim: cheguei a pensar que ele lhe inspirava admiração — observou Avdótia Romanovna com um sorriso. Quer-me parecer que anda ali mulher — acrescentou pensativa.

— Não digo isso, mas pode ser que tenha razão, apenas...

— O quê?

— Ele não ama ninguém; talvez mesmo nunca venha a amar — prosseguiu Razumíkhin.

— Quer dizer que o julga incapaz de amar?

— Mas sabe, Avdótia Romanovna, que a acho de uma extraordinária semelhança com seu irmão, e direi mesmo, em todos os sentidos! — deixou escapar levianamente o rapaz. Mas lembrou-se subitamente do juízo que acabava de fazer sobre Raskólnikov, perturbou-se e fez-se vermelho como um camarão. Avdótia Romanovna não pôde deixar de sorrir ao vê-lo assim.

— É possível que ambos se enganem a respeito do Ródion — notou Pulquéria Alexandrovna um tanto formalizada. — Eu não falo do presente, Dunetchka. O que Pedro Petróvitch escreve naquela carta... e o que ambas supusemos pode não ser verdade; mas o senhor não pode imaginar a que ponto ele é original e caprichoso. Tinha apenas 15 anos e já o seu caráter era para mim uma contínua surpresa. Agora mesmo o julgo capaz de fazer um despropósito que não ocorresse a nenhum outro homem... Sem ir mais longe, sabe que há 18 meses ele esteve a ponto de ser a causa da minha morte, quando se lhe meteu na cabeça casar com aquela... com a filha daquela senhora Zarnitzine, sua hospedeira?

— Conhece os pormenores dessa história? — perguntou Avdótia Romanovna.

— Talvez julgue — prosseguiu a mãe com animação — que ele tivesse contemplação com as minhas súplicas, com as minhas lágrimas, que a minha doença, o receio de me ver morrer, a nossa miséria, o haveriam comovido? Qual! Teria posto em prática o seu projeto, com a máxima tranquilidade, sem se deixar demover por qualquer consideração. E, todavia, pode admitir que ele não nos ame?

— Ele nunca me disse coisa alguma a esse respeito — respondeu com reserva Razumíkhin. — Mas alguma coisa me constou pela sra. Zarnitzine, que também não é muito expansiva, e o que eu soube não deixa de ser bastante estranho.

— E o que foi que soube? — perguntaram as senhoras.

— Oh, nada de particularmente interessante. Tudo quanto sei é que esse casamento, que já era caso decidido e ia concluir-se quando a noiva faleceu, desagradava em extremo à própria sra. Zarnitzine... Dizem também que a rapariga não era bonita, ou melhor, que era feia; ademais, parece que era muito doente e... excêntrica. No entanto, é possível que tivesse certas qualidades... devia tê-las, com certeza, de outra forma não se compreenderia... Ela também não tinha dinheiro e ele de qualquer modo não levaria em conta o dinheiro dela... Mas é sempre difícil julgar esses casos.

— Estou convencida de que essa moça era aceitável — disse laconicamente Avdótia Romanovna.

— Deus me perdoe, mas regozijei-me com a sua morte, e, no entanto, não sei a qual dos dois esse casamento teria sido mais funesto — concluiu a mãe. Em seguida, timidamente, depois de muitas hesitações, e olhando de quando em quando para Dúnia, a quem parecia desagradar bastante esta conversa, pôs-se a interrogar novamente Razumíkhin sobre a cena da véspera entre Ródia e Lujine.

Este incidente parecia preocupá-la mais do que qualquer outra coisa e causar-lhe verdadeiro terror. O jovem tornou a fazer a narrativa circunstanciada da altercação de que fora testemunha, mas acrescentando dessa vez a conclusão. Acusou Raskólnikov de ter insultado premeditadamente Pedro Petróvitch e não invocou a doença para justificar o procedimento do amigo.

— Antes de adoecer já deliberara isso — concluiu ele.

— Assim penso também — disse Pulquéria Alexandrovna, visivelmente consternada.

Mas ficou muito surpreendida vendo que dessa vez Razumíkhin falara de Pedro Petróvitch em termos convenientes e até mesmo com simpatia. Esta circunstância não passou igualmente despercebida a Avdótia Romanovna.

— E é essa a tua opinião sobre Pedro Petróvitch? — perguntou Pulquéria Alexandrovna.

— Não posso ter outra a respeito do futuro esposo de sua filha, — respondeu em tom veemente Razumíkhin —, e não é uma formalidade banal o que assim me faz falar: digo isto porque... porque... acabou-se! Basta que seja esse o homem a quem Avdótia Romanovna por sua livre vontade honrou com a sua escolha. Se ontem me exprimi em termos ofensivos a seu respeito, é que estava lamentavelmente bêbado, e além disso... doído; estava completamente desequilibrado... e hoje envergonho-me do que fiz e disse!

Corou e calou-se. As faces de Avdótia Romanovna ruborizaram-se, mas a gentil rapariga conservou-se silenciosa. Desde que se falava a respeito de Lujine, não mais proferia uma palavra.

Privada do auxílio da filha, Pulquéria Alexandrovna encontrava-se em visíveis embaraços. Finalmente tomou a palavra com voz hesitante e, erguendo os olhos para Dúnia, declarou que uma circunstância a preocupava deveras nesse momento.

— Dize-me, Dúnia — começou ela. — Achas que devo ser franca com Dmitri Prokófitch?

— Sem dúvida, mamãe — respondeu a moça em tom autoritário.

— Eis a questão — apressou-se a dizer a mãe, como se lhe tivessem tirado um grande peso de cima do peito, permitindo-lhe comunicar aos outros as suas mágoas. — Esta manhã, recebemos uma carta de Pedro Petróvitch em resposta a uma que lhe tínhamos enviado ontem a participar-lhe a nossa chegada. Pedro devia esperar-nos ontem na estação como tinha prometido. Em seu lugar encontramos um criado que nos conduziu até aqui anunciando-nos para hoje de manhã a visita de seu amo. Ora sucede que, em vez de vir, Pedro mandou-nos esta carta... há aí uma coisa que me inquieta bastante... Vai ver já o que é... e dir-me-á francamente sua opinião, Dmitri Prokófitch! Conhece muito bem o caráter de Ródia e melhor que ninguém poderá aconselhar-nos. Devo dizer-lhe que Dunetchka decidiu logo a questão; mas, por minha parte, confesso que não sei qual o partido que deva tomar.

Razumíkhin desdobrou a carta, datada da véspera, e leu o que se segue:

Sra. Pulquéria Alexandrovna:
Tenho a honra de informá-la de que circunstâncias imprevistas me impediram de ir esperá-la na estação, motivo por que me fiz substituir por pessoa da minha inteira confiança. Os negócios privar-me-ão igualmente da honra de vê-la amanhã, de manhã; além de que não desejo servir de estorvo à sua entrevista com seu filho, nem à de Avdótia Romanovna com seu irmão. Por conseguinte somente às oito horas da noite é que terei a honra de ir apresentar-lhe os meus cumprimentos, em sua casa. Rogo-lhe ardentemente que me poupe, durante esta entrevista, o dissabor de me encontrar com Ródion Românovitch, porque esse homem insultou-me da forma mais grosseira, por ocasião da visita que lhe fiz ontem. Independentemente desta circunstância, é-me forçoso ter com a senhora uma explicação pessoal a respeito de um ponto que nós ambos não interpretaremos certamente da mesma forma. Tenho a honra de avisá-la com antecedência de que, se apesar do meu desejo formalmente expresso na presente carta, encontrar em sua casa Ródion Românovitch, ver-me-ei forçado a retirar-me imediatamente, e então só terá de queixar-se de si própria.

Faço este aviso partindo do princípio de que Ródion Românovitch, que parecia estar tão doente por ocasião da minha visita, recobrou ines-

peradamente a saúde duas horas depois, e pôde, por conseguinte, ir à sua casa. Com efeito, ontem vi-o em casa de um bêbado que pouco antes fora esmagado por uma carruagem e, a pretexto de pagar o funeral, deu 25 rublos à filha do defunto, uma moça de notório mau comportamento e cuja crônica escandalosa é conhecida de todo mundo. Causou-me o fato grande admiração porque sei à custa de quantas privações a senhora conseguiu aquela quantia! Resta-me agora pedir-lhe que transmita as minhas homenagens a Avdótia Romanovna e permitir-me que me assine, com respeitosa dedicação.
   Seu obediente criado.
P. Lujine.

— Que fazer agora, Dmitri Prokófitch? — perguntou Pulquéria Alexandrovna quase chorando. — Como iremos dizer a Ródia que não venha? Ele é capaz de vir aqui quando souber disto e... que acontecerá então?

— Siga o conselho de Avdótia Romanovna — respondeu tranquilamente e sem hesitação Razumíkhin.

— Meu Deus! — disse Pulquéria... — Deus sabe o que Avdótia fala, mas não me explica o seu intento! Segundo a opinião dela é preferível, ou antes, é absolutamente indispensável que Ródia venha esta noite, pelas oito horas, e se encontre aqui com Pedro Petróvitch... Por mim, preferiria não lhe mostrar a carta e usar de subterfúgios para o impedir de vir; contava sair-me bem deste passo difícil com o seu auxílio... Não sei de que bêbado esmagado por um carro e de que filha se trata nesta carta: não posso compreender como ele tenha dado a estas as últimas moedas de prata... que...

— Que representam tantos e tantos sacrifícios para mamãe — concluiu Avdótia.

— Ontem ele não estava no seu estado normal — disse Razumíkhin com ar pensativo. Se soubesse a que passatempo se entregou num *traktir*! Aliás, fez ele muito bem! Na verdade, falou-me de um morto e de uma rapariga, na ocasião em que o acompanhei a casa; mas não compreendi nada... É verdade que eu ontem estava...

— O melhor, mamãe, é ir à casa dele, aí afianço-lhe que havemos de ver qual é o melhor caminho a seguir. E é tempo de tomar uma resolução. Deus do céu! Já são dez horas! — exclamou Avdótia Romanovna, consultando um soberbo relógio de ouro esmaltado, que tinha suspenso ao pescoço por uma delicada cadeia de Veneza e contrastava visivelmente com o resto da *toilette*.

"É um presente do noivo", pensou Razumíkhin.

— Ah, é muito tarde! O tempo corre, Dunetchka! — disse Pulquéria Alexandrovna. — Vai pensar que estamos sentidas com ele pela recepção de ontem; talvez assim é que interpretará a nossa demora.

E assim falando, apressou-se a pôr o chapéu e a mantilha.

Dunetchka preparou-se também para sair. As luvas eram muito usadas, estavam mesmo esburacadas, o que não passou despercebido a Razumíkhin; todavia, esses trajes, cuja pobreza saltava aos olhos de todo mundo, davam às duas damas certo ar de dignidade, como acontece sempre às mulheres que sabem vestir-se discretamente. Razumíkhin olhou embevecido para Dúnia e sentiu-se orgulhoso em acompanhá-la.

"A rainha que remendava suas meias na prisão", pensou, "deve ter-se assemelhado, em cada polegada de seu corpo, a uma rainha, parecendo ainda mais uma rainha do que quando se apresentava em suntuosos banquetes e recepções".

— Meu Deus! — exclamou Pulquéria. Poderia eu sonhar que havia de recear uma entrevista com meu filho, com o meu querido Ródia! Tenho medo, Dmitri Prokófitch! — exclamou ela, olhando timidamente para o jovem.

— Nada receie, mamãe — disse Dúnia beijando-a —, quanto a mim, tenho confiança.

— Ah, meu Deus, de minha parte tenho confiança também, e no entanto não dormi a noite toda! — disse a pobre mulher.

Os três saíram.

— Sabes, Dunetchka, que esta manhã, ao romper do dia, meio adormecida, vi em sonhos a defunta Marfa Petrovna? Estava vestida de branco... ela veio a meu encontro, tomou-me pelas mãos, cumprimentou-me com a cabeça, mas com tal seriedade, como se me repreendesse... Este é um bom sinal? Ah, meu Deus! Dmitri Prokófitch, não abe ainda que Marfa Petrovna morreu?

— Não, não sabia... Que Marfa Petrovna é essa?

— Morreu de repente! E imagine que...

— Logo contará isso, mamãe — interveio Dúnia —, Dmitri não sabe ainda de que Marfa se trata.

— Ah, não a conhece? Pensei que já tinha contado toda essa história. Desculpe-me, Dmitri Prokófitch, ando com a cabeça transtornada! Já o considero como a nossa Providência, eis que me persuado de que Dmitri anda ao corrente de todos os nossos negócios. Trato-o como pessoa da família. Ah! Mas que tem na mão? Está ferido?

— Sim, feri-me — murmurou Razumíkhin com satisfação.

— Às vezes sou muito curiosa, e Dúnia até me censura por isso... Ora vejam em que pocilga ele vive! E aquela mulher, a hospedeira, chama àquilo um quarto! Ora, ouça: disse-me que ele não gosta de abrir-se com pessoa alguma; pode, pois, suceder que eu lhe cause aborrecimento com as... minhas franquezas. Não me dá algumas instruções a este respeito, Dmitri Prokófitch? Como devo proceder para com ele? Bem vê que estou sem saber o que fazer.

— Não lhe faça muitas perguntas, se vir que ele franze a testa; evite, sobretudo, falar-lhe da saúde, porque Ródia não gosta disso.

— Ah, como é triste, algumas vezes, a posição de uma mãe! Mas olhem para esta escada... Que horror!

— Mamãe está branca como a cal da parede; sossegue, querida — disse Dúnia, acariciando a mãe —, para que amofinar-se assim, quando deve ser para ele uma felicidade vê-la? — acrescentou Dúnia, cujos olhos tinham um fulgor singular.

— Esperem, eu vou na frente para ver se ele está acordado.

Razumíkhin tomou a dianteira e as mulheres subiram sem fazer ruído, atrás dele. Chegados ao quarto, notaram que a porta da hospedeira estava entreaberta e que, pela estreita abertura, dois olhos negros e penetrantes as observavam. Quando os olhares se cruzaram, a porta fechou-se com tal estrondo que Pulquéria Alexandrovna quase deixou escapar um grito de terror.

Capítulo III

— Está melhor! Está muito melhor! — exclamou Zózimov alegremente, vendo entrar as duas senhoras. Estava ali havia dez minutos, ocupando no divã o mesmo lugar da véspera. Raskólnikov, sentado na outra extremidade, estava completamente vestido, tendo-se mesmo dado ao trabalho de lavar o rosto e se pentear, operações que não praticava havia muito tempo. Embora a chegada de Razumíkhin e das duas senhoras determinasse o atravancamento literal do aposento, Nastácia encontrou meio de entrar atrás deles e achar um lugar para ouvir o que se dissesse.

Realmente Raskólnikov estava melhor, mas muito pálido e mergulhado em profunda meditação. Parecia ferido ou ter passado por tremendo sofrimento físico. Lábios comprimidos, sobrecenho cerrado, olhos febricitantes, falava pouco e relutantemente, como se cumprisse uma obrigação, e havia um tremor em seus movimentos. Só faltava enfaixar o braço e colocar uma atadura no dedo para dar a impressão de que tivesse um abscesso doloroso ou um braço quebrado. A pálida e sombria fisionomia iluminou-se quando a mãe e a irmã entraram, mas somente deu uma expressão mais forte de intenso sofrimento, em lugar do desânimo apático. A luz em breve se extinguiu, mas a expressão de sofrimento perdurou. Zózimov observou, com todo o zelo de um jovem médico que inicia sua clínica, não haver nenhuma alegria em seu paciente pela chegada das duas, mas uma espécie de resignado estoicismo para suportar durante uma ou duas horas uma tortura que não podia evitar. Assim que se iniciou a palestra, o médico teve a impressão de que cada palavra reabrisse uma ferida na alma do seu cliente; mas, ao mesmo tempo, surpreendia-se ao vê-lo relativamente senhor de si, o monomaníaco furioso da véspera dominava-se agora até certo ponto e conseguia disfarçar as próprias impressões.

— Sim, sinto que estou quase restabelecido — disse Raskólnikov abraçando a mãe e a irmã com uma cordialidade que inundou de alegria o rosto de Pulquéria —, e hoje não digo isto como o dizia ontem — acrescentou dirigindo-se a Razumíkhin e apertando-lhe afetuosamente a mão.

— Eu próprio me confesso espantado por vê-lo hoje tão bem disposto — disse Zózimov. — Continuando assim, dentro de três ou quatro dias, teremos o Raskólnikov de há um mês ou dois... Esta doença estava incubada há muito, não é assim? Confesse agora que até certo ponto contribuiu para este resultado — terminou sorrindo, mas receando ainda que seu doente se irritasse.

— É muito provável — respondeu friamente Raskólnikov.

— Agora que podemos conversar — continuou Zózimov —, desejaria convencê-lo de que é absolutamente necessário afastar as causas primárias do desenvolvimento da sua doença; se fizer isto, curar-se-á; do contrário, o mal agravar-se-á irremediavelmente. Ignoro quais sejam as causas primárias a que aludi; mas o meu amigo ter-se-á observado a si próprio. Quero crer que a sua saúde começou a alterar-se depois que saiu da universidade. É opinião minha que o amigo não deve ficar absolutamente ocioso; ser-lhe-ia muito útil que se entregasse ao trabalho, que tivesse um fim qualquer em vista, seguindo-o com persistência.

— Sim, sim. Tem razão... voltarei o mais depressa possível para a universidade, e tudo volverá à normalidade...

O médico dera estes sensatos conselhos muito especialmente para produzir efeito diante das senhoras. Quando terminou, olhou para Raskólnikov, ficando um tanto desconcertado por ler-lhe no rosto um ar de mofa; mas teve em breve a recompensa da sua profunda decepção. Pulquéria agradeceu-lhe os seus bons serviços e se confessou muito reconhecida pela visita que ele lhes fizera na noite anterior.

— Como, o senhor Zózimov foi à sua casa ontem à noite? — perguntou Raskólnikov com a voz um pouco alterada. — De modo que não descansaram ainda depois de uma viagem tão fatigante?

— Oh, Ródia, não eram ainda duas horas. Em nossa casa nunca nos deitávamos cedo.

— Não sei como agradecer-lhe tantos favores — continuou Raskólnikov, que bruscamente franziu os sobrolhos e baixou a cabeça. — Pondo de lado a questão de dinheiro, e desculpe-me aludir a ela — disse ele a Zózimov não sei por que motivo lhe pude merecer tanto interesse. Não percebo e... direi até que me pesa uma tão excessiva benevolência, porque quanto a mim nada a justifica... Como vê, sou muito franco...

— Não se preocupe com isso — respondeu Zózimov afetando um sorriso —, suponha que é o meu primeiro cliente. Ora, nós, os médicos, ficamos tão amigos dos nossos primeiros clientes como se fossem nossos próprios filhos. E, pelo que me diz respeito, deve compreender que não tenho ainda uma clientela numerosa.

— Não digo palavra a respeito dele — disse Raskólnikov indicando Razumíkhin — que não seja uma injúria, e causo-lhe as maiores contrariedades.

— Que tolices está dizendo? Pelo que vejo, estás hoje sentimental — disse Razumíkhin.

Se fosse mais perspicaz teria visto que, longe de estar sentimental, seu amigo encontrava-se numa disposição de espírito inteiramente oposta. Mas Avdótia não era tão falta de perspicácia e pôs-se a observar o irmão, um tanto inquieta.

— Da senhora, mamãe, quase nem ouso falar — disse ainda Raskólnikov com o ar de quem repetia uma lição decorada pela manhã —, só hoje pude compreender quanto sofrera ontem esperando a minha volta.

Disse essas palavras sorrindo e estendeu a mão à irmã, sem uma palavra, seu sorriso exprimindo agora um sentimento verdadeiro. No rosto de Ródion não se notava a dissimulação. Dúnia apertou efusivamente a mão que se lhe oferecia. Era o primeiro momento de atenção que o irmão lhe dava depois da alteração da véspera. Esta cena muda de reconciliação entre os dois irmãos encheu de satisfação Pulquéria Alexandrovna, que estava radiante.

Razumíkhin deu um pulo na cadeira.

— Só por isto amá-lo-ia para sempre! — disse ele com sua tendência para exagerar tudo.

"Que bonita ação!", pensava a mãe, "que nobres sentimentos ele tem! Este simples fato de estender a mão à irmã, olhando-a afetuosamente, não seria a forma mais franca e delicada de pôr termo ao incidente da véspera? E que olhos delicados tem. Como é nobre seu rosto... é mais belo que Dúnia. Mas, Deus do céu!, como está mal vestido. Vásia, o mensageiro da loja de Afanase Ivânovitch, traja-se melhor! Poderia abraçá-lo carinhosamente... e chorar em seus ombros, mas tenho medo... Oh, querido, estás tão estranho! Falas ternamente, mas tenho medo! Por quê? De que tenho medo?".

— Ah, Ródia, não podes imaginar — apressou-se a responder à observação do filho, quanto eu e Dúnia fomos ontem... infelizes! Agora que tudo terminou e estamos satisfeitos, pode-se contar. Ora, ouve lá: à saída do trem, viemos numa corrida desenfreada para te abraçar, e a criada... Olha, ela está aqui! Bom dia, Nastácia!... Pois ela disse-nos, mal entramos, que tu estiveste de cama com febre, que acabaras de sair, delirando, e que andavam à tua procura. Não podes imaginar em que estado ficamos! Não posso deixar de pensar no trágico fim do tenente Potanchikof, amigo de teu pai. Não te lembras, Ródia? Fugiu da mesma forma, com febre alta, e caiu na área e não puderam retirá-lo senão no dia seguinte. Naturalmente, exageramos os fatos, estávamos a ponto de sair correndo à procura de Pedro Petróvitch para pedir-lhe ajuda, porque estávamos sozinhas — disse Pulquéria queixosamente, calando-se de repente, por lembrar-se que ainda era temerário falar em Pedro Petróvitch, "embora estivessem de pazes feitas".

— Sim, sim... isso é realmente pouco agradável... — murmurou Raskólnikov, mas disse isso tão distraidamente, para não dizer com indiferença, que Dunetchka contemplou-o surpreendida.

— Que mais ia eu dizer? — continuou ele fazendo um esforço para se recordar. — Ah, sim, peço-lhe, mamãe, e a ti, Dúnia, que não julguem que eu não quisesse ser o primeiro a ir visitá-las, e que esperasse que me viessem ver...

— Mas por que dizes isso, Ródia!? — exclamou Pulquéria, desta vez não menos espantada do que a filha.

"Parece que nos atende por simples delicadeza", pensou Dunetchka, "reconcilia-se como se cumprisse uma simples formalidade ou recitasse uma lição".

— Logo que acordei, quis ir procurá-las; mas não tinha roupa. Tencionava dizer ontem a Nastácia que lavasse este sangue... Só há pouco é que pude vestir-me.

— Sangue? — perguntou-lhe Pulquéria assustada.

— Não é nada, não se aflija. Ontem, enquanto estava com delírio, tropecei, na rua, com um homem que acabava de ser esmagado; foi por isso que ensanguentei a roupa...

— Enquanto estavas com delírio? Mas recordas-te de tudo! — interrompeu Razumíkhin.

— Lembro-me — respondeu Raskólnikov pensativo — lembro-me de tudo, até das coisas mais insignificantes, mas o que é singular é que não consigo explicar a mim próprio por que razão fiz isso, por que disse aquilo, por que fui a tal lugar.

— É um fenômeno vulgar — observou Zózimov —, o ato é às vezes praticado com uma segurança e habilidade extraordinárias; mas o princípio de que ele emana altera-se e depende de diversas impressões mórbidas, como em um sonho.

"Talvez seja uma boa coisa julgar-me alienado", pensou Raskólnikov.

— Por que pessoas hígidas atuam do mesmo modo? — observou Dúnia, olhando constrangida para Zózimov.

— Há um grão de verdade em sua observação — respondeu Zózimov. — Neste sentido agimos frequentemente como alienados, com uma ligeira diferença: modificamo-nos abruptamente, porque somos capazes de traçar um limite. Um homem normal, em verdade, dificilmente existe. Entre dúzias — talvez entre centenas de milhares — não se encontra um.

A palavra "alienado" produziu uma impressão desagradável de calafrio; Zózimov deixara-a escapar distraidamente, todo entregue ao prazer de fazer frases sobre o seu tema favorito. Raskólnikov, sempre absorto, pareceu não ter dado atenção alguma às palavras do médico. Um sorriso estranho pairava nos seus lábios descorados.

— Mas esse homem esmagado? — apressou-se a interrogar Razumíkhin.

— O quê? — perguntou Raskólnikov como se acordasse. — Ah! sim... ensanguentei-me quando o ajudei a conduzir à casa... A propósito, mamãe, eu fiz ontem uma coisa imperdoável: era preciso realmente que estivesse com a cabeça perdida... Todo o dinheiro que você me mandou dei-o... à viúva do tal homem... para o enterro. A pobre mulher dá pena... está tuberculosa... ficou com três crianças sem ter o que lhes dar de comer... e há ainda outra moça... mamãe talvez fizesse o mesmo que eu fiz, se visse aquele horror. No entanto, reconheço que não tinha o direito de dar aquele dinheiro, sabendo quanto custou a mamãe obtê-lo. Para ajudar os outros deve-se ter direito, do contrário: *"Crevez, chiens, si vous n'êtes pas contents."*[10] — Ele riu. — Não é verdade, Dúnia?

— Não, não é! — respondeu Dúnia incisivamente.

— Ora, também tens ideais — resmungou ele, olhando para Dúnia quase com ódio e sorrindo sarcasticamente. — Deveria ter levado isto em conta... aquilo que achas digno de louvor e melhor para ti... e se tu atingisse um limite, não ultrapassarias e serias infeliz... se o ultrapassasses, talvez fosses mais infeliz ainda... Mas tudo isso é idiotice! — acrescentou irritado por divagar. — Somente lhe quis pedir perdão, mamãe — concluiu abruptamente.

— Não penses nisso, Ródia! Quanto a mim, tudo quanto fazes é bem-feito! — respondeu a mãe.

— Pois não tem mais razões para pensar assim — replicou ele dissimulando um sorriso.

A conversa ficou suspensa durante algum tempo. Palavras, silêncio, recordação, perdão, tudo era um tanto forçado, e todos o sentiam.

"Agem como se me temessem", pensou Raskólnikov, olhando espantado para a mãe e a irmã. Pulquéria Alexandrovna certamente ficava mais tímida quanto mais persistia o silêncio. "Embora na ausência delas, parecia que as amava tanto", relampejou na mente de Raskólnikov.

— Sabes, Ródia, que Marfa Petrovna morreu? — disse de repente Pulquéria.

— Qual Marfa Petrovna?

---

[10] Morram, cães, se não estão satisfeitos.

— A mulher de Svidrigailov, não te recordas? Falei-te tanto dela na minha última carta!

— Ah, sim, lembro-me agora... Então morreu? Essa agora... — disse ele com um estremecimento súbito de quem acorda. — Como é possível que ela morresse? Mas de que morreu?

— Imagina, morreu de repente! — apressou-se a dizer Pulquéria, animada a prosseguir pela curiosidade que o filho manifestava. — Morreu no mesmo dia em que te escrevi a carta... Segundo dizem, foi o miserável do marido o causador da morte. Correu que a moera de pancada.

— Era costume dele? — perguntou Raskólnikov dirigindo-se à irmã.

— Não, ao contrário; ele mostrava-se até muito atencioso e delicado com ela. Havia ocasiões em que dava mesmo provas de grande indulgência, e isso durou sete anos... Mas um belo dia perdeu a paciência.

— Então ele não era tão mau como o pintam, uma vez que teve paciência durante sete anos! Parece que o desculpas, Dunetchka?

Avdótia Romanovna franziu as sobrancelhas.

— Era realmente um homem terrível. Eu não posso imaginar nada pior — respondeu ela com ar pensativo.

— Murmura-se que de manhã houve entre eles cena violenta — continuou Pulquéria. — Depois disso, parece que ela mandou aprontar a carruagem, porque queria ir à cidade depois do jantar, como costumava fazer; dizem que comeu com bastante apetite...

— Apesar da sova?

— Estava habituada. Depois de jantar tomou um banho... Tratava-se pela hidroterapia e tomava banho numa fonte que há na casa deles. Mal entrou na água, teve uma apoplexia.

— Pudera! — observou Zózimov.

— Mas a que vem tudo isso? — perguntou Dúnia.

— Hum! Eu não sei por que mamãe conta tais tolices — disse Raskólnikov irritando-se de repente.

— Oh, filho, eu não sabia sobre o que falar... — confessou ingenuamente Pulquéria Alexandrovna.

— Parece que ambas têm medo de mim — continuou ele com um sorriso contrafeito.

— E é verdade — respondeu Dúnia, fixando nele o olhar severo. — Quando subíamos a escada, mamãe até se persignou, tão assustada vinha.

A expressão severa do rosto de Ródia transformou-se.

— Que estás dizendo, filha? Não te zangues, Ródia... Como dizes essas coisas, Dúnia!... — desculpou-se Pulquéria Alexandrovna bastante confusa. — A verdade é que no vagão eu não deixei de pensar, em todo o caminho, na felicidade de te tornar a ver e de estar contigo... Felicidade tão grande que até a viagem me pareceu curta, tão enlevada vinha nessa ideia. E agora sinto-me feliz, filho! Feliz por estar a teu lado, Ródia!...

— Basta, mamãe — murmurou ele agitado, sem a encarar e apertando-lhe a mão —, temos de conversar!

Pronunciou estas palavras perturbado e pálido: de novo sentiu um frio de morte na alma, de novo reconheceu que acabara de mentir horrivelmente e que daí em diante já não podia conversar à vontade nem com sua mãe nem com pessoa alguma. E a sensação desse pensamento torturante foi tão viva que, esquecendo-se dos seus visitantes, Raskólnikov se levantou e encaminhou-se para a porta.

— Aonde vais? — gritou-lhe Razumíkhin agarrando-o por um braço.

Raskólnikov tornou a sentar-se e olhou silenciosamente em redor: todos o observavam com espanto.

— Mais parece que estão empenhados em aborrecer-me! — exclamou por fim. — Digam alguma coisa! Por que permanecem mudos? Falem! Não é para se estar calado que a gente se reúne. Conversemos.

— Louvado seja o Senhor! Eu já pensava que ele ia ter outro acesso como ontem — disse Pulquéria Alexandrovna, que se tinha persignado.

— Mas que tens, Ródia? — perguntou Dúnia já inquieta.

— Nada, era um disparate que me tinha passado pelo espírito — respondeu desatando a rir.

— Está bem, se é um disparate, tanto melhor! Que eu por mim receava... — murmurou Zózimov, levantando-se. — Agora vou deixá-los; verei se posso voltar logo...

Despediu-se e saiu.

— Que excelente rapaz! — observou Pulquéria.

— É um bom rapaz, com efeito, filho de boa família, instruído, inteligente... — disse Raskólnikov com animação desusada, já não me recordo onde o encontrei antes da minha doença... Creio que o encontrei em algum lugar... E aqui está outro rapaz excelente! — acrescentou indicando Razumíkhin. — Gostas dele, Dúnia? — perguntou subitamente a ela e, sem nenhum motivo, riu.

— Muito — respondeu Dúnia.

— Passa! Que patife és! — protestou Razumíkhin, ruborizando-se em terrível confusão e erguendo-se da cadeira. Pulquéria Alexandrovna sorriu timidamente, mas Raskólnikov riu ruidosamente.

— Mas aonde vais?

Razumíkhin, com efeito, tinha-se levantado.

— Preciso ir-me embora também... tenho o que fazer... — disse ele.

— Não tens nada que fazer, deixa-te estar! Porque Zózimov saiu também queres ir-te embora. Não vás... Mas que horas são? É meio-dia? Que lindo relógio tens, Dúnia! Por que se tornam a calar outra vez? Ninguém fala senão eu!...

— Foi um presente de Marfa Petrovna — respondeu Dúnia.

— E foi muito caro! — continuou Pulquéria Alexandrovna.

— Ah, ah! E enorme! Parece não ser de senhora.

— Gosto assim — disse Dúnia.

"Então não é um presente do noivo", pensou Razumíkhin, deliciado sem ter motivo.

— Julguei que fosse presente de Lujine — falou Raskólnikov.

— Não, ele nada deu a Dunetchka.

— Ah! Oh, mamãe, lembra-se de que eu estive enamorado e quis casar? — disse ele bruscamente, voltando-se para a mãe, espantada da feição imprevista que Ródia acabava de dar à conversa e do tom em que falava.

— Ah, sim, meu filho! — respondeu Pulquéria Alexandrovna trocando um olhar com Dunetchka e Razumíkhin.

— Sim! É verdade! Que direi eu? Já não me lembro de nada disso. Era uma moça fraquinha, sempre adoentada — continuou pensativo e de olhos baixos. — Gostava de dar esmolas aos pobres e o seu pensamento constante era entrar para um convento; um dia via-a desfazer-se em lágrimas, enquanto me falava disso. Lembro-me perfeitamente, parece que a estou vendo. Era mais feia do que bonita. A dizer a verdade, nem sei por que me afeiçoei a ela. Talvez por ser muito doente... Se, além disso, ela fosse também coxa ou corcunda, parece-me que a teria amado mais ainda... (Sorriu tristemente.) Enfim, isso não tinha importância... era uma doidice de rapaz...

— Não, não era só uma doidice de rapaz... — observou Dunetchka muito convicta.

Raskólnikov olhou atentamente para a irmã, mas não ouviu bem, ou mesmo não entendeu suas palavras. Depois com um ar melancólico, levantou-se, abraçou a mãe e tornou a sentar-se no mesmo lugar.

— E ainda a amas? — disse Pulquéria, comovida.

— Ainda a amo? Ah, sim... fala dela? Não. Tudo isso está agora muito longe de mim... e já há muito tempo. Aliás, tudo que me rodeia me dá a mesma impressão...

Olhou com atenção as duas mulheres.

— Ora vejam: mamãe e Dúnia estão aqui, junto de mim... Pois bem, parece-me que as vejo a uma distância de mil *verstas*... Mas para que falamos nisto! E por que diabo me interrogam! acrescentou agastado. Depois começou a roer as unhas e tornou a cair no seu devaneio.

— Que quarto medonho tu arranjaste, Ródia! Parece um túmulo — disse bruscamente Pulquéria Alexandrovna para romper o silêncio —, estou certa de que este quarto contribuiu muito para a tua hipocondria.

— Este quarto? — replicou ele distraidamente. — Sim, talvez tenha contribuído, já tenho pensado nisso... No entanto, se mamãe soubesse que ideia singular acaba de exprimir! — acrescentou ele com um sorriso enigmático.

Raskólnikov estava em tal estado que quase lhe custava suportar a presença da mãe e da irmã, de quem estivera separado durante três anos, mas com as quais sentia que era impossível sustentar qualquer conversa. Havia, porém, uma questão que não podia sofrer adiamento; pouco antes, quando se tinha levantado, dissera a si mesmo que ela havia de ser decidida nesse mesmo dia de um modo ou de outro. Neste momento, foi para ele uma sorte encontrar nessa questão um meio de sair do embaraço.

— Eis o que eu quero dizer-te, Dúnia — começou ele em tom seco. — Naturalmente peço-te as minhas desculpas pelo incidente de ontem, mas julgo de meu dever recordar-te que mantenho os termos de meu dilema: ou eu ou Lujine. Eu posso ser infame, mas tu não deves ser. Um é bastante. Portanto, se casas com Lujine deixo no mesmo instante de te considerar como irmã.

— Ródia! Ródia! Estás falando outra vez como ontem! — exclamou Pulquéria Alexandrovna, desconsolada. — Por que te chamas sempre infame? Não posso suportar isso! Já ontem dizias a mesma coisa...

— Meu irmão — respondeu Dúnia num tom que não ficava atrás, nem em secura nem em aspereza, ao de Raskólnikov —, o equívoco que nos desune provém de um erro em que estás. Refleti muito nisso esta noite e descobri em que ele consiste. Tu supões que eu me sacrifico por alguém. Ora, aí está o teu engano. Eu caso única e simplesmente por minha causa, porque a minha situação pessoal é difícil. Sem dúvida, mais tarde, estimarei muito ser útil à minha família, podendo fazê-lo; mas esse não é o motivo principal da minha resolução.

"Mente!", pensava consigo Raskólnikov, roendo as unhas de raiva. "Orgulhosa! Não confessa que quer ser minha benfeitora! Que arrogância! Oh, que caracteres baixos! O seu amor parece-se com o ódio... Como eu... os detesto a todos!"

— Numa palavra — continuou Dunetchka —, eu caso com Pedro Petróvitch porque de dois males escolho o menor. Pretendo cumprir lealmente tudo o que ele espera de mim; por conseguinte não engano... Por que sorriste ainda agora?

Corou e um relâmpago de cólera brilhou-lhe nos olhos.

— Cumprirás tudo? — perguntou ele sorrindo com amargura.

— Até certo limite. Pela maneira por que Pedro Petróvitch pediu a minha mão, percebi logo o que lhe é necessário. Ele forma talvez um alto conceito de si próprio; mas espero que também saberá apreciar-me... Por que tornas a rir?

— E tu por que tornas a corar? Tu mentes, minha irmã; não podes estimar Lujine; vi-o e conversei com ele. Por conseguinte, casas por interesse; em todo caso cometes uma baixeza; e ao menos estimo ver que ainda sabes corar!

— Não é verdade, eu não minto! — gritou a jovem perdendo todo o sangue-frio —, não me casarei sem estar bem segura de que ele me aprecia e estima; não casarei com ele sem estar plenamente convencida de que eu própria posso estimá-lo. Felizmente tenho um meio de me certificar disso de maneira decisiva e, o que é mais, hoje mesmo. Mas, ainda mesmo que tivesse razão, quando efetivamente eu estivesse resolvida a uma baixeza, não era uma crueldade de sua parte falares-me dessa maneira? Por que exiges de mim um heroísmo que tu talvez não tenhas? Isso é tirania, é uma violência! Se prejudico alguém, sou eu a prejudicada... Ainda não matei ninguém!... Por que olhas para mim desse modo? Por que empalideces? Ródia, que tens? Ródia, querido!...

— Meu Deus! Desmaiou, e tu é que foste a causa! — exclamou Pulquéria.

— Não, isso não é nada, que tolice!... Foi a cabeça que se transtornou um pouco. Não foi um desmaio... Os desmaios são para as mulheres. Sim! Que queria dizer? Ah, como poderás convencer-te ainda hoje de que podes vir a estimar Lujine e que... ele te aprecia... porque era isso o que dizias ainda agora, não é verdade? Ou eu não ouvi bem?

— Mamãe, mostre a meu irmão a carta de Pedro Petróvitch — disse Dunetchka.

Pulquéria Alexandrovna estendeu a carta com a mão trêmula.

Raskólnikov recebeu-a com grande interesse, mas, antes de abri-la, olhou num relance e com espanto para Dúnia.

— É estranho — disse lentamente, como que movido por nova ideia. — Por que estou fazendo tanta confusão? Para que tudo isso? Casa-te com quem quiseres!

Disse para consigo mesmo, mas disse-o alto e olhou a irmã por algum tempo, como que desconcertado. Abriu por fim a carta com o mesmo estranho olhar de surpresa e, devagar e atentamente, começou a ler. Leu-a toda duas vezes. Pulquéria Alexandrovna demonstrava uma ansiedade marcante, e todos esperavam alguma cena insólita. Depois de uma curta pausa, devolvendo a carta à mãe, mas sem se dirigir a ninguém em particular, disse:

— O que me surpreende é ser um homem de negócios, um advogado, com conversa decididamente pretensiosa e, no entanto, escrever carta como um ignorante.

Essas palavras fizeram pasmar todo mundo, ninguém esperava tal resposta.

— Mas todos escrevem nesses termos, como é sabido — observou Razumíkhin.

— Leste-a?

— Sim.

— Mostramo-la, Ródia. Nós... o consultamos ainda há pouco... — começou Pulquéria Alexandrovna a falar embaraçada.

— Esse é o jargão dos tribunais — interferiu Razumíkhin. — Os documentos legais são escritos assim até hoje.

— Legal? Sim, justamente legal — linguagem comercial —, não totalmente deseducada e não totalmente polida. Linguagem comercial.

— Pedro Petróvitch também não oculta que recebeu pouca instrução e orgulha-se de dever tudo a seu trabalho — disse Avdótia Romanovna, um pouco melindrada pelo tom em que o irmão falara.

— Pois bem, ele pode orgulhar-se com razão, não digo o contrário. Parece que estás magoada, minha irmã, porque manifestei uma opinião frívola a respeito dessa carta, julgas que insisto de propósito em tais ninharias para te aborrecer? De modo nenhum; relativamente ao estilo, reparei que, no caso presente, está longe de não ter importância. A frase "Só terá de queixar-se de si mesma" não deixa nada a desejar do ponto de vista da clareza. Além disso, adverte que se retirará imediatamente se me encontrar quando for visitá-las. Essa ameaça significa simplesmente que, se não lhe obedecerem, ele as abandonará a ambas, depois de as ter obrigado a vir a São Petersburgo. Então que te parece? Essas palavras da parte de Lujine ofendem do mesmo modo que se tivessem sido escritas por ele (apontando para Razumíkhin), por Zózimov ou por um de nós?

— Não — respondeu Dunetchka —, compreendo que ele traduziu pouco delicadamente seu pensamento e que não é talvez muito hábil escritor... Tua observação é muito justa, meu irmão. Eu nem esperava...

— Admitindo que ele escreve como um homem de negócios, não podia exprimir-se de outra forma e não foi talvez por sua culpa que se mostrou tão grosseiro. Aliás, devo desiludir-te um pouco. Nessa carta há uma outra frase que contém uma calúnia bem vil. Eu dei ontem algum dinheiro a uma viúva tuberculosa e prostrada pela desgraça, não como ele escreve: "a pretexto de pagar o funeral", mas justamente para o funeral; e essa quantia foi à própria viúva que a entreguei e não à filha do defunto — essa rapariga "cuja crônica escandalosa é conhecida de todo mundo", segundo ele diz, e que eu vi ontem pela primeira vez.

Em tudo isso, descobre-se o objetivo de me desacreditar em tua opinião e na de mamãe. Ainda nesse ponto, ele escreve em estilo jurídico, isto é, revela claramente seu fim, e prossegue em seu fito sem rodeios nem cerimônias. É inteligente; mas, para se proceder corretamente, a inteligência só não basta. Tudo isso define o homem, e não creio que ele te aprecie muito. E falo-te assim para teu governo, porque desejo sinceramente tua felicidade.

Dunetchka não respondeu; desde o princípio, a sua resolução estava tomada, só esperava pela noite.

— Então, Ródia, que decides? — perguntou Pulquéria Alexandrovna; sua inquietação aumentara desde que o filho começara a falar pausadamente, como um homem de negócios.

— Que quer dizer com isso, mamãe?

— Tu viste o que escreveu Pedro Petróvitch: ele deseja que não venhas à nossa casa esta noite e declara que se irá embora... se lá fores. É por isso que pergunto o que pensas fazer.

— Não tenho a decidir coisa nenhuma. Mamãe e Dúnia é que devem ver se essa exigência de Pedro Petróvitch não é ofensiva para ambas. Eu farei o que lhes agradar — acrescentou friamente.

— Dunetchka já resolveu a questão, e eu sou inteiramente de seu parecer — apressou-se a responder Pulquéria.

— Eu acho indispensável que assistas a essa reunião e peço-te encarecidamente para ires lá — disse Dúnia. — Vais?

— Vou.

— Peço-lhe também o favor de ir à nossa casa às oito horas — continuou ela dirigindo-se a Razumíkhin. — Mamãe, convida também o senhor Dmitri Prokófitch.

— E fazes bem, Dunetchka. Está decidido, faça-se conforme teu desejo, acrescentou Pulquéria Alexandrovna. Aliás, para mim é um alívio; eu não gosto de fingir nem de mentir e mais vale uma explicação franca... E agora Pedro Petróvitch que se zangue à vontade!

Capítulo IV

Nesse momento, abriu-se a porta e entrou uma rapariga, olhando timidamente em redor. Sua aparição causou surpresa geral e todos os olhares se fixaram nela. A princípio, Raskólnikov não a conheceu. Era Sônia Semenovna Marmêladov. Vira-a na véspera pela primeira vez, mas em tais circunstâncias e com um vestuário que lhe haviam reproduzido outra imagem na memória. Agora, era uma moça modesta e pobre, de maneiras honestas e humildes. Trajava um vestidinho simples e um chapéu velho fora de moda. De seus adornos da véspera, trazia apenas o guarda-sol. Vendo toda aquela gente que não esperava encontrar, sentiu-se envergonhada, e ia retirar-se.

— Ah! É Sônia... — disse Raskólnikov admiradíssimo, sentindo-se ele próprio perturbado.

Lembrou-se de que a carta de Pedro Petróvitch continha uma alusão a certa pessoa de "notório mau comportamento". Acabava de protestar contra a calúnia de Lujine e de declarar que só na véspera vira aquela rapariga pela primeira vez; e era precisamente nesse momento que ela entrava em sua casa. Lembrou-se também de que não protestara contra as palavras "notório mau comportamento". Num relance, todos esses pensamentos lhe atravessaram o espírito. Mas, observando atentamente a pobre criatura, viu-a muito envergonhada e teve piedade dela. Quando, assustada, ela ia retirar-se, uma onda de revolta se apoderou dele.

— Não a esperava — disse-lhe imediatamente, convidando-a com o olhar a que ficasse. — Queira sentar-se. Vem certamente da parte de Catarina Ivanovna. Com licença, aí não; sente-se aqui...

Razumíkhin, sentado junto da porta numa das três cadeiras que havia no quarto, levantou-se para a deixar passar. Raskólnikov pensou em oferecer-lhe um lugar no divã, onde Zózimov estivera sentado; mas, lembrando-se da aplicação especial desse móvel, que lhe servia de cama, mudou de parecer e ofereceu a Sônia a cadeira de Razumíkhin.

— Senta-te aqui — disse ele ao amigo indicando-lhe o lugar que o médico tinha ocupado.

Sônia sentou-se, trêmula, e olhou timidamente para as duas senhoras, sentindo quanto era humilhante sua situação junto delas. E tal comoção lhe causou esta ideia, que se levantou bruscamente e, muito agitada, dirigindo-se a Raskólnikov:

— Eu... eu vim apenas por um instante. Desculpe-me tê-lo incomodado. Catarina Ivanovna mandou-me aqui porque não tinha mais ninguém. Pede-lhe com empenho que assista amanhã, de manhã... à cerimônia fúnebre... em São Mitrofane, e passe depois por nossa casa... para tomar alguma coisa... Espera que lhe dê essa honra.

Pronunciou essas palavras com muita dificuldade.

— Farei todo o possível — respondeu Raskólnikov, já levantado. — Tenha a bondade de sentar-se — disse-lhe de repente —, peço-lhe... Está com pressa?... Precisava falar-lhe; conceda-me dois minutos...

Ao mesmo tempo, com o gesto, convidava-a a sentar-se. Sônia obedeceu e olhou de novo, timidamente, para as duas damas.

A fisionomia de Raskólnikov contraiu-se, o rosto de pálido tornou-se carmesim, os olhos chamejavam.

— Mamãe — disse em voz alta —, é Sônia Semenovna Marmêladov. Filha do infeliz Marmêladov, que, ontem, foi esmagado por uma carruagem, e de quem falei há pouco.

Pulquéria Alexandrovna olhou para Sônia e cerrou as pálpebras. Apesar dos receios que sentia diante do filho, não pôde deixar de permitir-se essa satisfação. Dunetchka voltou-se para a pobre rapariga e examinou-a com ar severo. Chamada por Raskólnikov, Sônia levantou outra vez os olhos, mas tornou a baixá-los, embaraçada.

— Queria perguntar-lhe — disse ele — o que se passou hoje em sua casa... Incomodaram-nas muito? O inquérito da polícia aborreceu-as?

— Não, não houve nada... a causa da morte era evidente, deixaram-nos em paz; apenas os inquilinos se mostram descontentes.

— Por quê?

— Dizem que o corpo está em casa há muito tempo... Com este calor, o cheiro... de modo que hoje à tarde é removido para a capela do cemitério, onde ficará depositado até amanhã. A princípio, Catarina não queria, mas acabou por concordar que não podia deixar de ser...

— Então o cadáver é trasladado esta noite?

— Catarina espera que nos fará a honra de assistir amanhã ao funeral e que, em seguida, irá à nossa casa tomar parte na refeição fúnebre...

— Ela dá banquete?

— Dá uma pequena refeição; encarregou-me também de lhe transmitir seus agradecimentos pelo auxílio que nos prestou... Se não fosse o senhor, não poderíamos fazer o enterro.

Um tremor repentino agitou os lábios e o queixo da rapariga.

Durante esse diálogo, Raskólnikov observou-a atentamente. Sônia era magra e pálida; o nariz arrebitado e o queixo anguloso prejudicavam o conjunto, que não era de grande beleza. Todavia os olhos azuis eram de uma doce limpidez e, quando se animavam, davam-lhe à fisionomia uma doce expressão de bondade. Ainda outra particularidade caracterizava seu rosto: parecia mais nova do que realmente era, e, embora tivesse 18 anos, tinha o aspecto de uma menina.

— Mas Catarina poderá satisfazer tantas despesas com tão poucos recursos? E pensa ainda num banquete?... — perguntou Raskólnikov.

— O funeral será modesto... não custará caro... Calculamos as despesas; chega ainda para a refeição... e Catarina faz questão dela... Não devemos contrariá-la... Sempre é um consolo... Bem sabe como ela está...

— Compreendo... sem dúvida... Está reparando em meu quarto? Mamãe já disse que parecia um túmulo.

— Ontem, despojou-se do que possuía, por nossa causa! — respondeu Sonetchka com a voz entrecortada e pondo os olhos no chão. Os lábios e o queixo começaram novamente a tremer. Logo que entrara, havia notado a pobreza de Raskólnikov, e aquelas palavras escaparam-lhe espontaneamente. Houve um silêncio. Os olhos de Dunetchka iluminaram-se, e Pulquéria Alexandrovna olhou Sônia com ternura.

— Ródia — disse ela levantando-se —, fica combinado que jantas conosco. Dunetchka, vamos... Mas, Ródia, tu deves sair, dar um pequeno passeio; depois descansas um pouco e vais ter conosco o mais cedo possível... Receio que te tenhas fatigado...

— Sim, vou — respondeu prontamente Ródion, levantando-se também... — Aliás, ainda tenho que fazer...

— Olha lá, não deixes de vir jantar — disse Razumíkhin, olhando admirado para Raskólnikov —, vê o que fazes...

— Vou com certeza... Mas tu ficas ainda um pouco... Mamãe ainda precisa dele? Não lhe faz mais falta?

— Não; e Dmitri Prokófitch será também tão amável que virá jantar conosco.

— Sou eu que lhe peço — acrescentou Dúnia.

Razumíkhin inclinou-se contente. Durante um minuto todos se sentiram contrafeitos.

— Adeus, Ródia; isto é, até logo; eu não gosto nunca de dizer "adeus". Adeus, Nastácia... E eu a dizer "adeus" outra vez!...

Pulquéria Alexandrovna tinha a intenção de saudar Sônia; porém, apesar de toda a boa vontade não pôde decidir-se a isso e saiu precipitadamente do quarto.

O mesmo não aconteceu com Avdótia Romanovna, que parecia haver aguardado esse momento com impaciência. Quando, após sua mãe, passou ao lado de Sônia, fez a ela uma saudação com todas as formalidades. A pobre moça perturbou-se, inclinou-se com uma precipitação temerosa, e seu rosto traiu mesmo uma impressão dolorosa, como se a polidez de Avdótia Romanovna a houvesse comovido penosamente.

— Dúnia, adeus! — exclamou Raskólnikov no patamar. — Dá-me logo a mão.

— Mas já te disse adeus, esqueceste? — respondeu Dúnia voltando-se para ele afavelmente, apesar de se sentir pouco à vontade.

— Bem, aperta-me a mão outra vez!

Apertou com força os pequeninos dedos da irmã. Dunetchka sorriu corando e, retirando a mão bruscamente, seguiu a mãe. Ela também se sentia feliz, sem que soubesse por quê.

— Ora muito bem! — disse Ródia voltando-se para Sônia e encarando-a serenamente. — Que o Senhor conceda a paz aos mortos e deixe viver os vivos! Não é assim?

Sônia notou que Raskólnikov estava agora mais satisfeito: durante algum tempo olhou para ela silenciosamente; recordava tudo o que Marmeládov lhe dissera da filha...

* * *

— Céus! Dúnia — começou Pulquéria Alexandrovna ao chegarem à rua —, sinto-me aliviada por sair. Como tive ontem a ideia de não ser mais feliz?

— Repito-lhe, mamãe, ele está muito doente. Não viu? Talvez tenha-se aborrecido por tê-lo contrariado. Devemos ser pacientes e muito poderá ser perdoado.

— Não foste muito paciente! — interrompeu Pulquéria Alexandrovna, acalorada e enciumada. — Sabes, Dúnia, que observava os dois. És o verdadeiro retrato dele, não tanto no rosto, mas na alma, ambos são taciturnos e excitáveis, ambos orgulhosos e generosos... Por certo não poderá ser um egoísta, Dúnia. Hein? Quando lembro o que nos espera esta noite, foge-me o coração.

— Não se inquiete, mamãe. O que tiver de ser, será.

— Dúnia, pense em que situação nos encontramos. Que sucederá se Pedro Petróvitch romper contigo? — disse abruptamente a pobre Pulquéria Alexandrovna imprudentemente.

— Não terá muito valor, se o fizer — disse Dúnia áspera e desdenhosamente.

— Fizemos bem em irmo-nos — interrompeu rapidamente Pulquéria Alexandrovna. — Ele está preocupado com algum negócio. Se puder sair e tomar um hausto de ar... está confinado no quarto... Mas onde alguém pode respirar ar puro? Até as ruas parecem túmulos. Deus do céu, que cidade!... Espera! Para este lado... te amassarão com este carregamento... é um piano que carregam! Tenho muito medo por causa dessa moça!

— Que moça, mamãe?

— A tal Sônia Semenovna que estava lá.

— Por quê?

— Tenho um pressentimento, Dúnia. Podes acreditar ou não, mas, no instante em que ela entrou, senti que era a causa principal da encrenca.

— Nada disso! — exclamou Dúnia aborrecida. — Que tolice seu pressentimento! Ele só a conheceu na véspera e não a reconheceu quando ela entrou.

— Verás... Ela me aborrece; mas verás, verás... fiquei tão amedrontada. Ela olhou-me com olhos enormes. Quase não me contive sentada na cadeira, quando ele nos apresentou, lembras-te! Parecia tão estranho, mas Pedro Petróvitch escreveu a respeito dela e ele nos apresentou — a ti! Portanto deve tê-la em consideração.

— Costuma-se escrever qualquer coisa. Também fomos discutidas e comentadas em escritos. Não se lembra? Estou segura de que é uma boa moça e que o resto é bobagem.

— Deus o permita!

— E Pedro Petróvitch é um caluniador desprezível — Dúnia deixou escapar subitamente.

Pulquéria Alexandrovna estava arrasada, a conversa não se reanimou.

* * *

— Aqui está o que te quero dizer — disse subitamente Raskólnikov chamando Razumíkhin, que ficara à janela...

— Posso então dizer a Catarina que vai?...

— Eu já a atendo, Sônia, nós não temos segredos, creia que não nos incomoda... Eu tenho ainda que falar-lhe... — E, voltando-se, disse a Razumíkhin:

— Tu conheces um... como se chama ele?... Porfírio Petróvitch?...

— Se conheço! É meu parente! — respondeu Razumíkhin muito intrigado com a pergunta.

— Não disseram ontem que era ele quem instruía o processo... o processo do homicídio?

— Sim, e então?... — perguntou Razumíkhin, abrindo muito os olhos.

— Ele interrogou todas as pessoas que tinham penhores em casa da velha. Ora, eu tinha empenhado lá algumas coisas, valia a pena falar nisso: um anel de minha irmã, que ela me deu quando eu vim para São Petersburgo, e um relógio de prata que pertenceu a meu pai. Tudo isso vale cinco rublos, mas tem grande valor estimativo para mim. Que devo fazer? Não queria perder esses objetos, sobretudo o relógio. Receava há pouco que minha mãe me pedisse que lhe mostrasse, quando se falou no de Dunetchka. É o único objeto de meu pai que possuímos. Se o relógio se perde, minha mãe adoece! As mulheres! Dize-me o que devo fazer! Ir à polícia, bem sei. Mas não seria melhor procurar o próprio Porfírio? Que achas? Preciso tratar disso já. Verás que, antes do jantar, minha mãe pergunta-me pelo relógio.

— Não é à polícia que deves ir, mas à casa de Porfírio! — disse Razumíkhin. — Poderemos lá ir imediatamente, é a dois passos daqui; tenho certeza de o encontrarmos.

— Pois sim, vamos...

— Ele há de gostar de conhecer-te! Falei-lhe diversas vezes de ti... ainda ontem... Vamos! Tu, então, conhecia a velha? Tudo isso se liga ad-mi-ra-vel-men-te! Ah, sim... Sófia Ivanovna...

— Sônia Semenovna — retificou Raskólnikov. — Sônia Semenovna, meu amigo Razumíkhin, um belo rapaz.

— Se tem de sair... — disse Sônia, embaraçada com essa apresentação, sem se atrever a olhar para Razumíkhin.

— Pois sim, vamos! — decidiu Raskólnikov. — Irei à sua casa de dia, Sônia, onde é sua residência?

Disse isso com facilidade, mas precipitadamente e procurando evitar os olhos dela. Sófia deu-lhe o endereço corando. Os três saíram juntos.

— Não fechas a porta? — perguntou Razumíkhin.

— Nunca!... Há dois anos que estou para comprar uma fechadura... Feliz, não é verdade?, a gente que não tem o que fechar, acrescentou alegremente — dirigindo-se a Sônia.

No portal pararam.

— Segue para a direita, Sônia Semenovna? A propósito, como soube onde moro?...

Notava-se que não era isso o que ele queria dizer, fixando os meigos olhos claros da moça.

— O senhor disse onde era a Poletchka.

— Que Poletchka? Ah! sim! a pequena... é sua irmã? Foi a ela então que eu disse?

— Já se tinha esquecido?

— Não, agora me lembro...

— Eu já tinha ouvido meu pai falar do senhor... Mas não sabia seu nome, nem ele também. E quando ontem o soube... perguntei hoje: Mora aqui o senhor Raskólnikov?... Não sabia que vivia também numa casa de pensão... Adeus... direi a Catarina...

Satisfeita por poder afinal ir-se embora, Sônia afastou-se rapidamente. Desejava chegar à esquina da rua para fugir às vistas dos dois rapazes e refletir sem testemunhas nas peripécias dessa visita. Nunca experimentara sensação semelhante. Um mundo ignorado surgia confusamente em sua alma. Lembrou-se de que Raskólnikov tinha espontaneamente manifestado a intenção de ir vê-la nesse dia: talvez fosse imediatamente!

— Se ele não fosse hoje! — murmurou ela aflita. — Em minha casa... nesse quarto... ele compreenderá... Oh, meu Deus!

Ia muito preocupada para notar que um desconhecido a seguia desde que saíra da casa de Raskólnikov. Na ocasião em que os três pararam na rua para conversar, o acaso quis que esse sujeito passasse por eles. As palavras dela "perguntei: — É aqui que mora o sr. Raskólnikov?" chegaram a seu ouvido e fizeram-no estremecer. Olhou de soslaio para os três e particularmente para Raskólnikov, com quem ela falava: depois examinou o rosto para reconhecê-la mais tarde. Tudo isso foi feito num momento e disfarçadamente; depois o desconhecido afastou-se devagar, como se esperasse alguém. Esperava por Sônia; viu-a despedir-se deles e seguir seu caminho.

"Onde mora ela? Eu já vi essa cara em algum lugar: preciso saber."

Ao chegar à esquina, passou para o outro lado da rua, voltou-se e viu a rapariga caminhando no mesmo sentido que ele; ela não o viu. Depois de uns cinquenta passos, atravessou a rua, aproximou-se e seguiu-a a pequena distância.

Era um homem de cinquenta anos, bem conservado, parecendo mais novo. De estatura além da mediana, corpulento, tinha os ombros largos e um pouco abaulados. Vestido elegantemente, com luvas novas, segurava uma bela bengala com que batia no passeio a cada passo. Tudo denunciava um homem de sociedade. A fisionomia era agradável. Os cabelos louros começavam a ficar grisalhos. A barba comprida, forte, abundante, era mais clara que os cabelos. Nos olhos azuis, lia-se firmeza e severidade.

O desconhecido tivera muito tempo para observar Sônia, para ver que ela ia distraída e pensativa. Ao chegar diante da casa, a rapariga atravessou o pátio de entrada; ele continuou a segui-la um pouco admirado. Depois de transpor o pátio, Sônia subiu a escada da direita — a que ia dar à sua porta. "Ah!", exclamou o indivíduo, e subiu também a mesma escada. Só então Sônia viu o desconhecido. Chegando ao terceiro andar, foi por um corredor e bateu no número nove, onde se liam, na porta, estas palavras escritas a giz: KAPERNÁUMOF, ALFAIATE. "Ah!", repetiu o desconhecido, surpreendido com a coincidência, e bateu ao lado, no número oito. As duas portas ficavam a seis passos uma da outra.

— Mora com Kapernáumof? — disse-lhe ele rindo. — Ainda ontem me consertou este colete. Eu moro junto, em casa da senhora Resslich, Gertrudes Karlovna.

Sônia olhou para ele com atenção.

— Somos vizinhos — continuou ele alegremente. — Estou aqui desde anteontem, não sou de São Petersburgo. Quando terei o prazer de tornar a vê-la?

Ela não respondeu. A porta abriu-se e ela entrou rapidamente. Sentia-se com medo, envergonhada...

* * *

Razumíkhin ia, muito satisfeito, com Raskólnikov, para a casa de Porfírio.

— Está muito bem — dizia ele muitas vezes —, e eu estou muito satisfeito! Não sabia que também tinha penhores em casa da velha. E... e... há muito tempo já? Quero dizer: faz muito tempo que estiveste em casa dela?

— Deixa-me ver, quando foi? — respondeu Raskólnikov, como que interrogando a memória. Parece-me que estive lá na antevéspera do dia do crime. Ademais, não se trata de desempenhar meus objetos — acrescentou vivamente, como se fosse isso o que mais o preocupasse — nem eu tenho mais do que um rublo, devido às tolices que fiz ontem sob a influência desse maldito delírio!

Acentuou de modo especial a palavra "delírio".

— Sim, sim — continuou Razumíkhin, respondendo a um pensamento íntimo —, eu já tinha percebido... enquanto durou o delírio, só falavas em anéis, cadeias, relógios!... Agora explica-se tudo.

"Ora, aí está! Essa ideia invadiu seu espírito! Tenho a prova: este homem deixava-se matar por minha causa e sente-se feliz por poder *explicar* por que é que eu falava em anéis durante todo o tempo que delirei. Minhas palavras confirmaram-lhe todas as suspeitas!..."

— E encontrá-lo-emos? — perguntou em voz alta.

— Por certo — respondeu sem hesitar Razumíkhin. — É um belo tipo, vais ver! Um tanto brusco, é certo; mas não é nada tolo; pelo contrário, muito inteligente; mas tem um modo de pensar estranho... É incrédulo, cético, cínico... gosta de mistificar... Fiel aos processos antigos, só admite provas materiais... Mas conhece o ofício. No ano passado, esclareceu um processo de assassínio em que não havia a menor pista! Ele tem o maior desejo de conhecer-te!

— Mas por quê?

— Oh, não imaginas... é que ultimamente, durante tua doença, ouviu muitas vezes falar a teu respeito... Assistia às nossas conversas... Quando soube que eras estudante da universidade, exclamou: "Que pena!" De onde eu concluí... quero dizer, ele disse muito mais coisas de ti. Ontem, Zametov... Ouve, Ródia: quando ontem te levei a casa ia embriagado falando de tudo; receio que tivesses tomado a sério o que falei.

— Ora!... Que me importa que eles digam que sou doido? E talvez tenham razão — disse Raskólnikov com riso forçado.

— Sim... sim... É isso! Puf! Não!... Mas tudo que disse (e havia muito mais a dizer), tudo foi estúpido, estupidez de bêbado.

— Por que te desculpas? Estou farto disso tudo — gritou Raskólnikov com exagerada irritação, parcialmente simulada.

— Eu sei, eu sei. Compreendo. Acredita-me. Eu compreendo. Envergonho-me de falar no caso.

— Se sentes vergonha, não fales.

Calaram-se. Razumíkhin estava satisfeitíssimo, o que tornava Raskólnikov furioso. O que o amigo acabara de dizer-lhe acerca do juiz de instrução não podia deixar de inquietá-lo.

"Tenho de mostrar-me zangado com Porfírio", pensou, com o coração agitado e o rosto lívido, "e fazê-lo naturalmente. O mais natural seria ignorar tudo. *Ignorar* também não seria natural... Oh! Deixarei que os fatos se sucedam... Verei pessoalmente... Será conveniente ir ou não? As mariposas voam de encontro à luz. Meu coração está agitado... isso é ruim".

— Nessa casa cinzenta — disse Razumíkhin.

"O essencial é saber", pensou Raskólnikov, "se Porfírio soube da visita que fiz ontem à casa da bruxa e do que perguntei sobre o sangue. É preciso saber isso; é preciso que, ao entrar na sala, eu leia na cara desse homem; de outra forma... será minha ruína".

— Sabes? — disse de repente a Razumíkhin com um sorriso malicioso; parece-me que, desde esta manhã, andas numa agitação extraordinária. É verdade?

— Excitado! Nem por isso! — respondeu Razumíkhin vexado.

— Olha que não me engano. Há pouco, quando estavas sentado, parecia que tinhas cãibras. Não podias estar quieto. Teu humor variava continuamente; de vez em quando, irritavas-te, e logo ficavas doce como mel. Até coravas; principalmente quando te convidaram para jantar, ficaste vermelho como uma papoula.

— Não, que tolice! Mas por que dizes isso?

— Francamente, tens ingenuidades de colegial.

— Tu estás insuportável.

— Mas que significa essa confusão, meu belo Romeu? Deixa estar que ainda hoje hei de contar o caso em certa parte. Do que mamãe há de rir e mais outra pessoa!...

— Ouve, ouve, isso é sério: repara que... Mas que... — titubeou Razumíkhin gelado de medo. — Que vais dizer? Sempre és de má raça!

— Uma verdadeira rosa de primavera! Um gajo de dois *archines* e 12 *verchoks*! Mas, espera, tu hoje te lavaste e limpaste as unhas, não é verdade? Quando fizeste isso? Deus me perdoe se não puseste pomada no cabelo. Baixa a cabeça para eu cheirar!

— Atrevido!!!!

Raskólnikov desatou a rir, com uma alegria que parecia não ter fim, e que durava ainda quando chegaram à casa de Porfírio Petróvitch. Da sala podiam ouvir-se as gargalhadas do visitante na antecâmara, e Raskólnikov queria que fossem ouvidas.

— Se dás uma palavra, desanco-te! — exclamou Razumíkhin furioso, agarrando o amigo pelo braço.

Capítulo V

Raskólnikov entrou na casa do juiz de instrução com a fisionomia de um homem que faz o possível para manter-se sério, mas que só o consegue a muito custo. Atrás dele, marchava com ar comprometido Razumíkhin, vermelho como uma papoula, com as feições transtornadas pela cólera e pela vergonha. A figura desengonçada e a fisionomia atarantada do rapaz eram, naquela ocasião, bem cômicas para justificarem o riso de seu camarada. Porfírio Petróvitch, em pé no meio da sala, interrogava com o olhar os dois visitantes. Raskólnikov inclinou-se diante do dono da casa, trocou um aperto de mão com ele e pareceu fazer um grande esforço para abafar a vontade de rir enquanto declinava o nome e a qualidade. Mas apenas recobrara o sangue-frio e balbuciara algumas palavras, justamente no meio da apresentação, seus olhos encontraram Razumíkhin. Então é que não se pôde conter, e toda a seriedade foi substituída por uma risada tanto mais estrondosa quanto é certo que tinha sido muito tempo reprimida. Razumíkhin serviu sem saber aos intuitos do amigo, porque aquele riso louco pô-lo numa irritação que acabou de dar a toda a cena a aparência de uma alegria franca e natural.

— Oh, que grande patife! — berrou ele com um movimento furioso do braço.

Esse gesto brusco fez cair uma pequena mesa redonda sobre a qual se achava um bule com chá.

— Mas não é preciso estragar a mobília, meus senhores! É um prejuízo para o Estado! — exclamou alegremente Porfírio Petróvitch.

Raskólnikov ria de tal modo que, durante alguns instantes, esqueceu a mão na do juiz de instrução; mas teria sido pouco natural deixá-la muito tempo e, por isso, a retirou no momento próprio para dar verossimilhança a seu papel. Quanto a Razumíkhin, estava mais atrapalhado que nunca, depois de ter feito cair a mesa e o bule; e, tendo considerado com um olhar sombrio o resultado de seu arrebatamento, dirigiu-se para a sacada e lá, voltando as costas aos dois, pôs-se a olhar pela vidraça sem ver, aliás. Porfírio Petróvitch ria também por delicadeza, mas evidentemente esperava explicações. A um canto, numa cadeira, estava Zametov; à aparição dos visitantes tinha-se levantado um pouco, esboçando um sorriso; entretanto não parecia ter muita fé na sinceridade daquela cena e observava Raskólnikov com curiosidade. Este último não esperava encontrar o chefe de polícia, cuja presença lhe causou surpresa desagradável.

"Mais uma circunstância a ponderar", pensou ele.

— Peço-lhe o favor de me desculpar... — começou com embaraço simulado.

— Ora essa, dá-me muito gosto... O senhor entrou de um modo tão agradável... Então, ele nem quer dizer bons-dias? — acrescentou Porfírio Petróvitch, apontando Razumíkhin.

— Na verdade, não sei por que se zangou comigo. Eu só lhe disse no caminho que ele parecia um Romeu... e... e demonstrei-o, não houve mais nada.

— Malandro! — gritou Razumíkhin sem voltar a cabeça.

— Ele deve ter motivos muito fortes para se ofender desse modo com um gracejo tão insignificante — observou rindo Porfírio Petróvitch.

— Basta de asneiras! Vamos a nosso caso: apresento-te meu amigo Ródion Românovitch Raskólnikov, que tem ouvido falar muito de ti e quer conhecer-te; depois tem de tratar contigo um pequeno negócio. Olá, Zametov! Que acaso o trouxe por aqui? Então se conheciam? Desde quando?

"Que quer dizer isso, agora?", perguntou para si Raskólnikov inquieto.

A pergunta de Razumíkhin embaraçou um pouco Zametov.

— Foi ontem em tua casa que nos conhecemos — disse ele com desembaraço.

— Pois então foi Deus quem fez tudo. Imagina tu, Porfírio, que, na semana passada, ele me tinha manifestado um vivo desejo de te ser apresentado, mas parece que não foi preciso a minha intervenção... Tens fumo?

Porfírio estava em *toilette* de manhã: roupão e pantufas. Era um homem de seus 35 anos, estatura menos que mediana, grosso e ligeiramente obeso. Não usava barba e trazia o cabelo cortado rente. A grande cabeça redonda tinha uma rotundidade particular na nuca. O rosto cheio e um pouco chato tinha certa vivacidade e inspirava simpatia.

Notar-se-ia uma certa bonomia no rosto se não fosse a expressão dos olhos, que, abrigados sob pestanas quase brancas, piscavam constantemente, como para fazer sinais a alguém. À primeira vista, o físico do juiz de instrução oferecia certa analogia com o de uma camponesa, mas sua máscara não enganava por muito tempo um observador sagaz.

Desde que soube que Raskólnikov tinha *um pequeno negócio* a tratar com ele, Porfírio Petróvitch convidou-o a tomar lugar no divã, sentou-se ele próprio na outra ponta e pôs-se à disposição do jovem com a maior solicitude. Ordinariamente sentimo-nos um pouco constrangidos quando um homem que mal conhecemos manifesta uma tal curiosidade de nos escutar; mas nosso embaraço é ainda maior se o assunto, que temos a tratar, acontece ser a nossos próprios olhos pouco digno da atenção de outros. Todavia Raskólnikov, em algumas palavras breves e precisas, expôs claramente o caso: pôde até, ao mesmo tempo, observar muito bem Porfírio Petróvitch. Este, por seu lado, não tirava dele os olhos. Razumíkhin, sentado em frente deles, ouvia com impaciência e seus olhares iam incessantemente do amigo para o juiz de instrução, e vice-versa, um pouco demasiadamente, talvez.

"Imbecil!", rugia interiormente Raskólnikov.

— É preciso fazer uma declaração à polícia — respondeu com ar indiferente Porfírio Petróvitch. — O senhor declarará, que, informado desse acontecimento, isto é, daquela morte, deseja fazer saber ao juiz de instrução encarregado dessas questões, que tais e tais objetos lhe pertencem e quer desempenhá-los... ou... mas, aliás, depois lhe escreverão.

— Infelizmente — disse Raskólnikov com uma confusão fingida, eu estou longe de ter recursos nesse momento... meus meios não me permitem mesmo desempenhar essas ninharias... Queria agora somente limitar-me a declarar que esses objetos são meus e que, quando tiver dinheiro...

— Isso não vem ao caso — respondeu Porfírio Petróvitch, que acolheu friamente a explicação; aliás, se o senhor quiser, pode escrever-me diretamente, declarando que, sabendo do caso, deseja fazer-me ciente de que os objetos lhe pertencem e que...

— Posso fazer essa declaração em papel comum? — interrompeu ele, afetando sempre não ver senão o lado pecuniário da questão.

— Oh, sim, em qualquer papel!...

Porfírio Petróvitch disse essas palavras com um ar de troça, piscando os olhos para Raskólnikov. Pelo menos o jovem iria jurar que esse piscar de olhos se dirigia a ele e traía, porventura, algum pensamento secreto. Talvez, no fim de contas, ele se enganasse, porque isso durou um segundo.

"Sabe!", pensou ele.

— Peço-lhe desculpa de o ter incomodado por tão pouco — replicou bastante descoroçoado —; esses objetos valem ao todo cinco rublos, mas a origem torna-os para mim particularmente valiosos e queridos, e confesso que fiquei muito inquieto quando soube...

— Foi por isso que ontem ficaste chocado quando me ouviste dizer a Zózimov que Porfírio interrogava os donos dos objetos penhorados! — notou com intenção evidente Razumíkhin.

Era demais! Raskólnikov não se pôde conter e lançou ao desastrado um olhar de cólera. Mas logo compreendeu que acabara de cometer uma imprudência e esforçou-se em repará-la.

— Parece que estás a troçar comigo, meu caro — disse ele a Razumíkhin, afetando viva contrariedade. Reconheço que me preocupo talvez demais com coisas absolutamente insignificantes a teus olhos; mas isso não é razão para me julgares ávido e egoísta; essas misérias podem ter um grande valor para mim. Como te dizia ainda agora, aquele relógio de prata, que vale um *groch*, é tudo o que me resta de meu pai. Pode rir de mim à vontade, mas minha mãe veio visitar-me — dizendo isso voltou-se para Porfírio —, e, se ela soubesse — continuou —, se ela soubesse que eu não estava na posse desse relógio — dirigindo-se de novo a Razumíkhin com voz trêmula —, juro-te que ficaria desesperada. São mulheres!

— Mas não há tal. Não era isso que eu queria dizer. Tu não entendeste o sentido de minhas palavras! — protestava Razumíkhin.

"Andei bem? Fui natural? Não forcei a nota?", perguntava ansiosamente Raskólnikov a si próprio. "Para que disse eu: são mulheres!"

— Ah, sua mãe veio visitá-lo? — perguntou Porfírio Petróvitch.

— Veio, sim.

— Quando chegou?

— Ontem à noite.

O juiz de instrução ficou um instante silencioso; parecia refletir.

— Seus objetos não podiam ter-se perdido de modo nenhum — prosseguiu ele em tom sereno. — Há muito que eu esperava sua visita.

Dizendo isso, aproximou vivamente o cinzeiro de Razumíkhin, que sacudia implacavelmente no tapete a cinza do cigarro. Raskólnikov estremeceu, mas o juiz de instrução não mostrou notar isso, tão ocupado estava em preservar o tapete.

— Como? Esperavas a visita dele? Mas sabias que ele tinha empenhado alguma coisa? — perguntou Razumíkhin.

Sem lhe responder, Porfírio Petróvitch dirigiu-se a Raskólnikov.

— Seus objetos, um anel e um relógio, estavam em casa dela, embrulhados num papel, e, sobre o papel, estava escrito a lápis seu nome, com a nota do dia em que ela os recebera.

— Que memória o senhor tem para tudo isso! — disse Raskólnikov, com um sorriso contrafeito; e esforçava-se sobretudo em olhar com firmeza para o juiz de instrução; todavia não pôde impedir-se de acrescentar bruscamente:

— Fiz essa observação porque, sendo muitos os proprietários dos objetos empenhados, o senhor poderia ter alguma dificuldade em se lembrar de todos... Ora, vejo, pelo contrário, que não esqueceu um... e... e...

"Parvo! Idiota! Que necessidade tinha eu de dizer isso?"

— Mas quase todos já se deram a conhecer; só o senhor é que ainda não tinha vindo — respondeu Porfírio com um tom ligeiramente motejador.

— Tenho estado um tanto doente.

— Ouvi dizer isso. Disseram-me até que estava muito mal. Agora mesmo está bastante pálido...

— Ora essa... Não estou pálido... pelo contrário, passo até bem! — replicou Raskólnikov, num tom repentinamente violento.

Sentia ferver dentro de si a ira que não podia dominar.

"O arrebatamento vai fazer-me algum disparate!", pensou. "Mas para que me desesperam?"

— Tem estado um pouco doente! Ora, aí está um eufemismo! — gritou Razumíkhin. — A verdade é que até ontem ele esteve quase sempre desacordado... Queres saber, Porfírio? Ontem, mal podendo ter-se nas pernas, aproveitou o momento em que Zózimov e eu acabávamos de sair para se vestir, safar-se e ir passear, Deus sabe para onde, até a meia-noite... Isso, em completo estado de delírio. Podes imaginar coisa semelhante? É um caso dos mais extraordinários!

— O quê! Realmente! Em estado de completo delírio? — disse Porfírio Petróvitch com o gesto de cabeça peculiar às camponesas russas.

— É falso! Não acreditem! ademais, não vale a pena cansar-me; sua convicção está formada! — disse Raskólnikov, arrebatado pela cólera. Mas Porfírio Petróvitch pareceu não ter ouvido essas palavras singulares.

— Pois como poderias ter saído se não estivesses delirando? — replicou Razumíkhin excitando-se. — Por que tinhas de sair? Com que fim? E sobretudo a circunstância de te ires assim às ocultas! Vamos, reconhece que não estavas em teu juízo! Agora, que o perigo passou, digo-te francamente!

— Ontem, todos tinham-me aborrecido demais — disse Raskólnikov, dirigindo-se ao juiz de instrução com um sorriso que parecia um desafio, e, para me desembaraçar deles, saí para alugar um quarto, onde não pudessem dar comigo; levei para isso certa quantia. O sr. Zametov viu o dinheiro. Pois bem! Sr. Zametov, eu estava ontem em meu juízo ou delirava? Queira ser juiz nesse caso.

— Em minha opinião, o senhor falava sensatamente e até com muita sutileza; simplesmente o que estava era irascível — declarou secamente Zametov.

— E hoje — acrescentou Porfírio Petróvitch — Nikodim Fomitch disse-me que o tinha visto ontem, a uma hora muito alta da noite, em casa de um funcionário que acabava de ser esmagado por uma carruagem.

— Tudo isso vem em apoio do que acabo de dizer! — prosseguiu Razumíkhin —, não procedeste como um doido em casa desse funcionário? Privaste-te de todos os recursos para lhe pagar o enterro. Admito que fosses socorrer a viúva, mas podias dar-lhe 15 rublos, vinte mesmo, e guardar alguma coisa para ti: mas não, em vez disso deixaste lá tudo quanto possuías; todos os 25 rublos lá ficaram!

— Mas encontrei talvez um tesouro! E isso tu não sabes... Ontem estava com a bossa da generosidade... O sr. Zametov, que não me deixará mentir, sabe que encontrei um tesouro... Peço-lhe mil vezes perdão por os ter enfastiado com tanto palavreado inútil — continuou, com os beiços trêmulos, dirigindo-se a Porfírio. O senhor está aborrecidíssimo, não é verdade?

— Não diga tal, por quem é! Ao contrário! Se soubesse como simpatizo com o senhor! Acho-o muito interessante. Gosto de ver e ouvir... confesso que me felicito por ter, enfim, recebido sua visita...

— Se mandasses vir chá, hein? Temos as gargantas secas — disse Razumíkhin.

— Boa ideia... Mas, antes do chá, talvez tomassem alguma coisa mais sólida?

— Não o digas outra vez. Manda vir isso logo!

Porfírio Petróvitch saiu para mandar fazer o chá. Um tumulto de pensamentos andava no cérebro de Raskólnikov. Estava muito excitado.

"Nem ao menos se dão ao trabalho de fingir: não fazem cerimônias, não há dúvida. Se Porfírio não me conhecia, que tinha a conversar a meu respeito com Nikodim Fomitch? Nem pensam em reservas, dando a entender que me seguem como uma matilha de cães! Positivamente, escarram-me na cara!", pensou tremendo de raiva. "Pois bem! Procedam francamente; nada de brincar comigo como gato com rato! É uma grosseria, Porfírio Petróvitch, e isso não admito! Se perco a cabeça, digo-lhes toda a verdade na cara e verão como os desprezo!"

Respirou com esforço. "Mas... se tudo isso só existisse em minha imaginação? Se tudo fosse uma ilusão? Se eu tivesse interpretado mal? Tentemos sustentar nosso vil papel, e não vamos perder-nos como um tolo! Quem sabe se eu lhes atribuo intenções que eles não têm? Realmente, suas palavras nada têm de extraordinário; mas, nelas, se oculta um pensamento reservado. Por que é que Porfírio Petróvitch disse simplesmente 'em casa dela', referindo-se à velha? Por que é que Zametov observou que eu falara *com muita sutileza*? Por que falam assim? Sim, é realmente esquisito... E como é que nada disso impressionou Razumíkhin? Esse parvo não dá por coisa alguma! Bonito, estou com febre outra vez! Será que Porfírio me piscou os olhos há pouco ou enganei-me com uma simples aparência? É um absurdo, decerto; para que havia ele de piscar os olhos para mim? Talvez eles queiram bulir-me com os nervos, irritar-me, provocar-me... Ou isso é uma fantasmagoria ou sabem tudo!

"O próprio Zametov é insolente. Deve ter refletido após a cena de ontem. Bem me parecia que ele havia de mudar de opinião. Está aqui como em sua casa e é a primeira vez que vem... Hum! Porfírio não o trata como pessoa de cerimônia; senta-se voltando-lhe as costas. Esses dois homens são amigos e a amizade tem, evidentemente, certa correlação comigo. Estou certo de que falavam sobre mim, quando entramos. Saberão de minha visita à casa da velha? Quem me dera saber... Quando disse que tinha saído para ir alugar um quarto, Porfírio não fez a menor observação... Mas foi bom dizer isso; talvez mais tarde essa mentira me sirva!...

"Pelo que respeita ao delírio, o juiz de instrução não pareceu acreditar muito nisso... Parece perfeitamente informado do modo por que passei a noite.

"Ele ignorava a chegada de minha mãe!... E aquela bruxa que tinha tomado nota do dia em que fui empenhar os objetos!... Não,

não, a confiança que afetam não me ilude; até agora, não têm provas, fundam-se em vagas conjeturas! Citem-me um fato, se podem, se lhes é possível alegar um só contra mim!

"A minha ida à casa da velha não tem significação alguma; explica-se pelo delírio; recordo-me perfeitamente do que disse aos operários e ao *dvornik*... Saberão eles que fui lá? Não sairei daqui ignorando o que há sobre isso! Para que vim aqui? Mas lá me vou irritar agora, e isso é que é o diabo! Afinal é melhor que assim seja: estou magnificente em minha situação de doente... Esse diabo vai provocar-me e eu perco a tramontana! Ora, para que vim aqui?"

Todas essas ideias atravessaram o espírito de Ródion com a rapidez do raio.

Passados alguns momentos, Porfírio Petróvitch voltou. Parecia de muito bom humor.

— Ontem, quando saí de tua casa, meu caro, tinha uma dor de cabeça horrível — começou dirigindo-se a Razumíkhin com uma afabilidade que ainda não tivera até então —; mas passou, felizmente...

— E então, foi interessante a prosa? Abandonei-os no melhor momento... A quem coube a vitória?

— A ninguém, naturalmente. Fartaram-se de discutir as velhas teses.

— Imagina, Ródia, que a discussão era sobre a seguinte questão: há crimes ou não há crimes? Que quantidade de asneiras eles não urrarão a esse respeito!...

— Que há nisso de extraordinário? É uma antiga questão social; nem tem o mérito de novidade — respondeu distraidamente Raskólnikov.

— A questão não foi posta desse modo — observou Porfírio.

— Não era bem assim, realmente — concordou Razumíkhin, que exagerava como de costume. — Ouve, Ródia, e dá-me tua opinião, que desejo conhecer. Lutava com eles com unhas e dentes e precisava de tua presença. Disse-lhes que irias... Começaram pela doutrina socialista; tu a conheces... — o crime é um protesto contra a anormalidade do organismo social; e não admitem outras causas.

— Nisso estás errado — gritou Porfírio Petróvitch, que estava animadíssimo e ria enquanto olhava para Razumíkhin, que o excitava como nunca.

— Não estou errado! Mostrar-te-ei os panfletos. Qualquer coisa para eles é "influência do meio"; sua frase favorita. Da qual se conclui que, se a sociedade estivesse alicerçada em bases sólidas, todo crime cessaria imediatamente, pois nada haveria contra o que se protestar e todos os homens tornar-se-iam justos instantaneamente. A natureza humana não é levada em conta, é excluída, simplesmente negada. Não reconhecem que a humanidade, desenvolvendo-se por um processo histórico-biológico, há de se tornar afinal uma sociedade normal. Eles, porém, acreditam que um sistema social criado por um cérebro matemático é capaz de organizar, perfeita e imediatamente, a humanidade e fazê-la justa e sem pecados num ápice, com maior rapidez que qualquer evolução biológica. Por isso, instintivamente, odeiam a história (nada há senão horror e estupidez) e explicam-na toda como uma estupidez! Por isso, odeiam a evolução natural da vida! Não desejam um *espírito vivo*! O *espírito vivo* necessita de vida, o espírito não obedece às leis mecânicas, é objeto de suspeita, o espírito é retrógrado! Mas o que desejam, embora tenha cheiro de cadáver e seja feito de borracha, é uma humanidade, no mínimo, sem vida própria, sem vontade, servil e que não se revolte! Por fim, chegam a reduzir tudo à construção de paredes, ao planejamento de cômodos e corredores de um falanstério! O falanstério existe, mas nossa natureza humana não se adapta a ele — necessita de vida, ainda não completou o ciclo vital, ainda é muito cedo de ir para o cemitério! Pela lógica, não podem ultrapassar a natureza. A lógica pressupõe três possibilidades, mas existem milhões. Desprezem um milhão, reduzam tudo à questão do conforto. Essa é a melhor solução para o problema. É sedutoramente positivo e não necessita de elucubrações. Grande coisa: não precisarem pensar! Todos os segredos da vida em duas páginas impressas.

— Ele está em seu elemento! Cuidado com ele! — riu Porfírio Petróvitch e, voltando-se para Raskólnikov. — Podes imaginar seis pessoas se aturarem, como ontem, em um único quarto, tendo bebido ponche logo de saída? Não, meu caro, estás errado. O ambiente influi muito no crime, posso assegurar-te.

— Sei que influi, mas dize-me: um quarentão violenta uma criança de dez anos. Foi o ambiente que o levou ao desatino?

— Estritamente, sim! — observou Porfírio com marcante gravidade. Um crime dessa natureza pode ser atribuído perfeitamente à influência do ambiente.

Razumíkhin ficou frenético. E estertorou:

— Oh, caso queiras, posso provar que tuas pestanas podem ser atribuídas ao fato de a igreja de Ivã, o Grande ter 250 pés de altura, e o provarei de modo claro, exato e progressivo e ainda com uma tendência liberal! Proponho-me a isso. Queres apostar?

— Feito! Ouçamo-lo como poderá provar!

— Estás sempre mistificando! Diabos te levem! — gritou Razumíkhin, saltando e gesticulando de pé. Que adianta falar-te? Provoca-nos propositadamente; não o conheces, Ródion. Tomou o partido deles, ontem, simplesmente para ridicularizá-los. E as afirmações feitas! Foram divertidas! Ele pode recordar-se de uma palavra durante 15 dias. O ano passado tentou convencer-nos que ia entrar para um convento; manteve essa ideia durante dois meses. Há pouco, meteu na cachola que iria casar-se, que o enxoval estava pronto. De fato, encomendara roupas novas. Congratulamo-nos com ele, mas tudo era fantasia, não havia noiva nem coisa alguma.

— Estás enganado! Comprara as roupas antes. Foram as roupas que me levaram a embaí-los.

— É tão bom simulador? — perguntou descuidadamente Raskólnikov.

— Não o acreditava, hein? Espera um pouco. Vou enganá-lo também. Ah, ah, ah! Dir-lhes-ei a verdade: todos esses fatos de crime, ambiente, criança, fizeram-me recordar um artigo seu que, na época, me interessou: Acerca *do crime*... não me recordo bem do título. Li-o há uns dois meses, com prazer, na *Palavra Periódica*.

— Meu artigo? Na *Palavra Periódica*? — perguntou Raskólnikov surpreendido. Há seis meses, quando deixei a universidade, escrevi um artigo a propósito de um livro, mas mandei-o para a *Palavra Hebdomadária* e não para a *Palavra Periódica*.

— Mas foi nessa que foi publicado.

— Entretanto a *Palavra Hebdomadária* suspendeu a publicação, e foi por isso que meu artigo não saiu.

— Sim, mas quando suspendeu, a *Palavra Hebdomadária* fundiu-se com a *Palavra Periódica*, e aí está como há quase dois meses esta última gazeta publicou o artigo! Não sabia disso?

Ele ignorava-o.

— Pois pode ir reclamar o dinheiro de seu artigo. Que criatura singular o senhor é! Vive tão retirado que até aquilo que mais diretamente o interessa não chega a seu conhecimento! É extraordinário!

— Bravo, Ródia! Eu também não sabia nada disso! — exclamou Razumíkhin. — Hoje mesmo vou procurar o jornal no gabinete de leitura! Há dois meses que o artigo foi publicado? Em que data? Não importa; eu o encontrarei. Ora, aí está um caso engraçado. E o maroto calado.

— Mas como soube que o artigo era meu? Assinei apenas com uma inicial.

— Soube-o por acaso. O redator-chefe é um de meus melhores amigos; foi ele quem traiu o segredo... Esse artigo interessou-me muitíssimo.

— Eu fazia observações, se bem me lembro, sobre o estado psicológico do criminoso durante o crime.

— Exatamente, e pretendia demonstrar que o criminoso, ao praticar o crime, é sempre um doente. É uma opinião muito original, mas... não foi essa parte do trabalho que mais me interessou; notei especialmente um pensamento que vinha no fim do artigo, e que, por infelicidade, o senhor se limitou a indicar muito sumariamente... Em resumo, se a memória não me falta, o senhor dava a entender que existem na Terra homens que podem, ou melhor, que têm o direito absoluto de cometer toda casta de ações criminosas, homens para quem, de certo modo, não existe a lei.

A essa pérfida interpretação de seu pensamento, Raskólnikov sorriu.

— Como assim? O quê? O direito ao crime? Não quis ele dizer, antes, que o criminoso é levado ao crime pela influência irresistível do meio? — perguntou Razumíkhin com surpresa e inquietação.

— Não, não é isso — respondeu Porfírio. No artigo de que se trata, os homens são divididos em *ordinários* e *extraordinários*. Os primeiros devem viver na obediência e não têm o direito de desrespeitar a lei, porque são ordinários; os segundos têm o direito de praticar todos os crimes e violar todas as leis, pela razão simplíssima de que são criaturas extraordinárias. Foi isso o que o senhor disse, se não me engano.

— Não pode ser assim! — balbuciou Razumíkhin estupefato.

Raskólnikov sorriu de novo. Percebera que lhe queriam arrancar uma profissão de fé, uma declaração de princípios, e, recordando-se do artigo, não hesitou em explicá-lo.

— Não é bem isso — começou modestamente. — Confesso, aliás, que o senhor reproduziu quase exatamente meu pensamento; direi mesmo... exatamente... (E disse as últimas palavras com manifesto prazer.) Apenas, eu não disse, como o senhor insinuou, que os homens extraordinários podem cometer todos os crimes. Aliás, é evidente que a censura não permitiria a publicação de um artigo sustentando tal doutrina. Eis o que disse: o homem extraordinário tem o direito não oficialmente, mas pelo próprio alvedrio, de autorizar sua consciência a saltar sobre certos obstáculos, no caso especial que assim exija a realização de sua ideia, a qual pode, por vezes, ser útil ao gênero humano. Diz o senhor que meu artigo não é claro: vou tentar explicar-lhe; e talvez não me engane supondo que é esse seu desejo.

"Em minha opinião, se os inventos de Kepler e Newton, em virtude de circunstâncias especiais, não tivessem podido fazer-se conhecer senão com o sacrifício de uma, de dez, de cem ou maior número de vidas, que fossem obstáculo a essas descobertas, Newton teria tido o direito, ainda mais, teria sido obrigado a suprimir esses dez ou cem homens, a fim de que essas descobertas aproveitassem ao mundo inteiro. Isso, é claro, não quer dizer que Newton tenha o direito de matar à vontade ou de ir todos os dias roubar no mercado.

"Recordo-me de que, em vários pontos do artigo, insisto sobre a ideia de que todos os legisladores e guias da humanidade, a principiar pelos mais antigos para continuar em Licurgo, Sólon, Maomé, Napoleão etc., que todos, sem exceção, foram criminosos, promulgando novas leis, violando, portanto, as antigas, observadas pela sociedade e transmitidas pelos antepassados; certamente eles não recuavam ante a efusão de sangue; desde o momento em que ela podia ser-lhes necessária.

é notável até que quase todos esses benfeitores e guias da espécie humana foram sanguinários. Portanto, não somente todos os grandes homens, mas todos os que se elevam um pouco acima do nível comum, que são capazes de dizer alguma coisa de novo, devem pela própria natureza, ser naturalmente criminosos, mais ou menos, é claro. De outro modo ser-lhes-ia difícil sair do ramerrão; quanto a ficar nele, certamente não suportariam isso e creio até que o próprio Deus o proíbe. Em suma: o senhor vê que, até aqui, não há nada de novo em meu artigo. Isso tem sido dito e impresso muitas vezes.

"Quanto à minha divisão dos seres em ordinários e extraordinários, convenho que é um pouco arbitrária, mas ponho de lado a questão de egoísmo, que não influi nada no caso. Simplesmente julgo que, no fundo, meu pensamento é justo. Quero estabelecer o princípio de que a natureza divide os homens em duas classes: uma inferior, a dos ordinários, espécie de matéria, tendo por única missão reproduzir-se; outra superior, compreendendo os homens que têm o dever de lançar em seu meio uma palavra nova. As subdivisões apresentam traços distintos bem característicos.

"À primeira pertencem, em geral, os conservadores, os homens de ordem, que vivem na obediência e têm por ela um culto. Em minha opinião, são até obrigados a obedecer, porque é essa a missão que o destino lhes impõe, e isso nada tem de humilhante para eles.

"O segundo grupo compõe-se apenas de homens que transgridem a lei, ou tentam transgredi-la, segundo os casos. Naturalmente os crimes são relativos e de uma gravidade variável.

"A maioria deles reclama a destruição do presente por causa do melhor.

"Mas, se em defesa de sua ideia, forem forçados a derramar sangue, a passar sobre cadáveres, eles podem em consciência fazer uma coisa e outra — no interesse dessa ideia, é claro. É, nesse sentido, que meu artigo lhes admite o direito ao crime. (O senhor lembra-se de que nosso ponto de partida foi uma questão jurídica.) Ademais não há motivos para nos inquietarmos a esse respeito: quase sempre as massas não lhes reconhecem esse direito: cortam-lhes a cabeça ou enforcam-nos (mais ou menos), e, desse modo, exercem a missão conservadora até o dia em que essas mesmas massas erigem estátuas a esses mesmos supliciados e os veneram (mais ou menos). O primeiro grupo é sempre senhor do presente e o segundo é senhor do futuro. Um conserva o mundo, multiplica-lhe os habitantes; outro move o mundo e o dirige. Estes e aqueles têm absolutamente o mesmo direito à existência e — viva a guerra eterna — até a Nova Jerusalém, bem entendido."

— Então o senhor crê numa Nova Jerusalém?

— Creio respondeu convicto Raskólnikov, que, durante o longo discurso tinha conservado os olhos baixos, olhando obstinadamente para o tapete.

— E... crê em Deus? Desculpe-me essa curiosidade.

— Creio — repetiu o rapaz, erguendo os olhos para Porfírio.

— E... na ressurreição de Lázaro?

— Também. Por que pergunta tudo isso?

— Acredita nela realmente?

— Perfeitamente.

— Desculpe-me ter-lhe feito essas perguntas, que me interessam. Mas, dê-me licença, volto ao assunto de que falamos há pouco, nem sempre eles são executados; há, pelo contrário, alguns que...

— Que triunfam na vida? Sim; isso acontece a alguns, e então...

— São esses que levam os outros ao suplício.

— Sendo necessário, e a dizer a verdade, é o caso mais comum. De modo geral, sua observação é muito justa.

— Muito obrigado. Mas diga-me: como é que se podem distinguir esses homens extraordinários dos ordinários? Trazem sinais quando nascem? Parece-me conveniente, nesse ponto, um pouco mais de precisão, uma delimitação de algum modo mais claro. Desculpe essa inquietação natural num homem prático e bem-intencionado; mas não poderiam eles fazer, por exemplo, um vestuário particular, um emblema qualquer?... Porque, o senhor deve concordar, se houver uma confusão, se um indivíduo de uma categoria pensa que pertence a outra e entra, conforme sua feliz expressão, a "suprimir todos os obstáculos", então...

— Oh, isso sucede sempre! Essa segunda observação é mais sutil que a primeira.

— Muito obrigado.

— Não há de quê: mas lembre-se de que o erro só é possível na primeira categoria, isto é, naqueles que eu chamei, talvez despropositadamente, homens *ordinários*. Apesar de sua tendência inata para a obediência, muitos dentre eles, por um capricho da natureza, querem passar por homens da vanguarda, por *destruidores*, creem-se chamados a fazer ouvir *uma palavra* nova, e essa ilusão é sincera neles. Ao mesmo tempo, quase nunca reparam nos verdadeiros inovadores, desprezam-nos até como gente atrasada e sem elevação mental. Mas, quanto a mim, não pode haver nisso grande perigo, e o senhor não tem por que se inquietar, porque eles nunca vão muito longe. Sem dúvida, poder-se-iam açoitar uma vez ou outra para os punir da loucura e colocá-los no lugar; seria o bastante e mesmo assim não seria preciso incomodar o executor, eles próprios se açoitam, porque são pessoas muito virtuosas; ora fazem esse serviço uns aos outros, ora se batem com as próprias mãos... Veem-se publicamente inflingindo-se diversas penitências, o que não deixa de ser edificante; numa palavra, o senhor não tem que se preocupar com eles.

— Bom, por esse lado, ao menos, o senhor tranquilizou-me um pouco; mas aqui está ainda uma coisa que me apoquenta: diga-me, faça o favor: há muitos desses indivíduos *extraordinários* que têm o direito de matar os outros? Sem dúvida, estou pronto a inclinar-me diante deles, mas, se forem muitos, deve confessar que o caso será um pouco desagradável, hein?

— Oh! Também não se deve inquietar com isso — prosseguiu no mesmo tom Raskólnikov. — Em geral, nasce um número singularmente restrito de homens com uma ideia nova, ou mesmo capazes de dizerem o que quer que seja de novo. É evidente que a distribuição dos nascimentos nas diversas categorias e subdivisões da espécie humana deve ser estritamente determinada por alguma lei da natureza. Essa lei, bem entendido, é-nos desconhecida até hoje, mas creio que ela existe e que poderá mesmo ser conhecida depois. Uma grande massa de pessoas não existe na Terra senão para, depois de demorados e misteriosos cruzamentos de raças, dar enfim nascimento a um homem que, entre mil, terá certa independência. À medida que o grau de independência aumenta, não se encontra senão um homem em dez mil, em cem mil (números aproximados). Conta-se um gênio em muitos milhões de indivíduos, e milhares de milhões de homens passam talvez na Terra antes que surja uma dessas altas inteligências que renovam a face do mundo. Enfim, eu não fui espreitar pela retorta onde tudo isso se opera. Mas há certamente e deve haver a esse respeito uma lei fixa: aqui não pode existir o acaso.

— Mas estais a gracejar?! — exclamou Razumíkhin. — Estais a mistificar-vos reciprocamente, não é verdade? Então, não estáveis a divertir-vos à custa um do outro?! Estás a falar seriamente, Ródia?

Sem lhe responder, Raskólnikov ergueu para ele a face pálida. Examinando a fisionomia serena e triste do amigo, Razumíkhin achou esquisito o tom cáustico, provocante e indelicado que tinha tomado Porfírio.

— Realmente, meu amigo, se falas sério... Sem dúvida tens razão em dizer que isso não é novidade, e que se parece muito com o que temos lido e ouvido mil vezes; mas o que aí há realmente original, o que só pertence a ti, digo-o contristado, é o direito moral de derramar sangue, que concedes e defendes, perdoa-me dizê-lo, com tanto fanatismo... Eis, portanto, o pensamento principal de teu artigo. Essa autorização moral de matar é, em minha opinião, mais espantosa do que a autorização legal...

— Tal qual; é muito mais espantosa, com efeito — observou Porfírio.

— Nada, a expressão ultrapassou teu pensamento, não foi isso o que quiseste dizer! Eu hei de ler teu artigo... A conversar, a gente às vezes deixa-se levar! Não podes pensar desse modo... Eu hei de ler o artigo.

— Nada disso está no artigo; mas toquei na questão — disse Raskólnikov.

— Sim, sim — prosseguiu Porfírio —, agora compreendo a sua maneira de encarar o crime, mas... desculpe a insistência: se um rapaz imaginar ser Licurgo ou Maomé... futuro, já se deixa ver que principiará por suprimir todos os obstáculos que o impeçam de cumprir sua missão... "Eu empreendo uma longa campanha", diria ele, "e para uma campanha é preciso dinheiro...". Consequentemente, procurará recursos... o senhor adivinha de que maneira?

Zametov a essas palavras resfolegou no canto. Raskólnikov nem levantou os olhos.

— Sou obrigado a reconhecer — respondeu com calma, que tais casos devem suceder efetivamente. — É uma armadilha que o amor-próprio arma aos vaidosos e aos tolos; os jovens, sobretudo, deixam-se cair nelas muitas vezes.

— Não é verdade? E então?

— Então, o quê? — replicou rindo Raskólnikov. — Não tenho culpa de que assim seja. Isso vê-se e ver-se-á sempre. Ainda há pouco ele me acusava de admitir o assassínio — acrescentou indicando Razumíkhin. — Que importa? A sociedade não é bastante protegida pelas deportações, pelas prisões, pelos juízes de instrução, pelas galés? Por que havemos, pois, de nos inquietar? Procurem o ladrão!

— E se o encontrarmos?

— Tanto pior para ele.

— O senhor pelo menos é lógico. Mas que lhe dirá a consciência?

— Que tem o senhor com isso?

— É um caso que interessa o sentimento humano.

— Aquele que tem consciência sofre, reconhecendo o erro. É o castigo — independentemente das galés.

— Então — perguntou Razumíkhin franzindo a testa —, os homens de gênio, aqueles a quem é dado o direito de matar, não devem sentir nem quando derramam sangue?

— Que vem fazer a palavra *devem*? O sofrimento não lhes é permitido nem proibido. Eles que sofram à vontade, se têm piedade da vítima... O sofrimento acompanha sempre uma inteligência elevada e um coração profundo. Os homens verdadeiramente grandes devem, parece-me, experimentar uma grande tristeza, acrescentou Raskólnikov, acometido de melancolia súbita, que contrastava com o tom da conversação precedente.

Ergueu os olhos, encarou todos os assistentes com ar distraído, sorriu e pegou o boné. Estava muito sereno, comparativamente com a atitude que tinha ao entrar, e notava essa diferença. Todos levantaram-se.

Porfírio Petróvitch voltou ainda ao assunto.

— Ou o senhor me injurie ou não, ou se zangue, isso é mais forte do que eu, preciso ainda dirigir-lhe uma pequena pergunta... Na verdade tenho pejo de abusar desse modo... Enquanto penso nisso e para não me esquecer, queria ainda participar-lhe uma ideia que me acudiu...

— Bem, participe sua ideia — respondeu Raskólnikov em pé, pálido e sério, diante do juiz de instrução.

— É o seguinte, na verdade, não sei como hei de explicar-me... é uma ideia bizarra... Ao escrever seu artigo, é muito provável que o senhor se considerasse um desses homens "extraordinários", de que falava... Hein, não é verdade?

— É bem possível — respondeu ele desdenhosamente.

Razumíkhin fez um movimento de espanto.

— Sendo assim, não estaria o senhor decidido também, quer para sair de embaraços materiais, quer para fazer progredir a humanidade, não estaria o senhor resolvido a transpor o obstáculo?... Por exemplo, a matar e a roubar?...

Ao mesmo tempo, piscava o olho e ria silenciosamente tal qual como há pouco.

— Se eu estivesse decidido a isso, certamente não lhe diria — replicou Raskólnikov com um tom altivo de desafio.

— A minha pergunta era simples curiosidade literária; a fiz com o único fim de melhor interpretar o sentido de seu artigo...

"Oh, como o laço é grosseiro! Que malícia cosida com linha branca!", pensou Raskólnikov desanimado.

— Permita-me que lhe observe — respondeu secamente — que não me julgo nem um Maomé nem um Napoleão... nem qualquer outra personagem desse gênero: por conseguinte, não posso informá-lo sobre o que faria nessas circunstâncias.

— Ora, adeus! Quem é que entre nós, na Rússia, não se julga agora um Napoleão? — disse com brusca familiaridade o juiz de instrução.

Dessa vez o próprio tom da voz traía um pensamento secreto.

— Não seria um futuro Napoleão quem matou nossa Alena Ivanovna na semana passada? — disse de repente Zametov, de seu canto.

Sem dizer uma palavra, Raskólnikov fixou sobre Porfírio um olhar firme e agudo. As feições de Razumíkhin alteravam-se. Parecia estar desconfiado de alguma coisa. Volveu em volta de si um olhar irritado. Fez-se um silêncio sombrio. Raskólnikov preparou-se para sair.

— Parte agora! — disse cortesmente Porfírio, estendendo a mão para o rapaz com extrema amabilidade. — Estou encantado por tê-lo conhecido. E, quanto à sua petição, esteja tranquilo. Escreve no sentido que lhe indiquei. Ou melhor: venha o senhor mesmo procurar-me... um dia desses... amanhã, por exemplo. Estarei aqui sem falta, às 11 horas. Arranjaremos tudo... Conversaremos um pouco... Como o senhor é um dos últimos que lá foram, poderá talvez dizer-nos alguma coisa — acrescentou com ar ingênuo.

— O senhor quer interrogar-me com todas as regras? — perguntou Raskólnikov rispidamente.

— Para quê? Não se trata disso agora. O senhor não me compreendeu. Aproveito todas as ocasiões, entende o senhor? E... e conversei lá com todos aqueles que tinham objetos empenhados na casa da vítima... muitos me forneceram dados úteis... e como o senhor foi o último... A propósito! — exclamou com uma alegria súbita. — Ainda bem que me lembrou a tempo, já ia esquecer-me!... (Dizendo isso, voltou-se para Razumíkhin.)

— Tu aturdias-me outro dia os ouvidos sobre aquele Micolai... Pois bem, estou certo, estou convencido de sua inocência — prosseguiu dirigindo-se de novo a Raskólnikov. — Mas que fazer? Foi preciso inquietar também Mitka... Mas eis o que lhe queria perguntar: quando subiu as escadas... foi entre as sete e as oito horas?

— Foi — respondeu Raskólnikov, e logo se arrependeu de ter dado essa resposta.

— Bem!... E, subindo as escadas entre as sete e as oito horas, não viu no segundo andar, num quarto que tinha a porta aberta, está lembrado? Não viu dois operários, ou pelo menos um? Estavam pintando o quarto; não reparou neles por acaso? Isso é muito importante!

— Pintores? Não vi... — respondeu lentamente Raskólnikov, com ar de quem interroga a memória, procurando descobrir o mais depressa possível que laço se ocultava na pergunta feita pelo juiz de instrução. — Não os vi nem mesmo tenho ideia de nenhum quarto aberto — continuou muito satisfeito por se ter livrado dessa — mas no quarto andar, recordo-me de que o empregado que morava em frente de Alena Ivanovna andava fazendo a mudança; lembro-me muito bem... vi alguns homens que transportavam um divã, até tive de me encostar à parede... mas pintores não me lembro de ter visto... não tenho mesmo lembrança de um quarto com a porta aberta.

— Mas que estás a dizer? — bradou de repente Razumíkhin, que até então tinha ouvido, parecendo refletir. — No próprio dia do assassínio é que os pintores trabalharam nesse aposento e, dois dias antes, é que foi lá à casa! Por que estás a perguntar-lhe isso?

— É verdade! Ora essa! Confundi as datas! — disse Porfírio batendo na testa. — Diabos me levem! Esse caso faz-me rodar a cabeça — acrescentou como que desculpando-se, dirigindo-se a Raskólnikov —, e é tão importante para nós saber se alguém os viu no aposento entre as sete e as oito horas que, sem mais reflexão, julguei que o senhor me poderia dar essa informação... confundi inteiramente as datas!

— Pois seria bom que prestasses mais atenção — resmungou Razumíkhin.

As últimas palavras foram ditas na antecâmara; Porfírio acompanhou os visitantes até a porta, muito amavelmente. Estavam sombrios quando saíram e seguiram sem dizer palavra. Raskólnikov respirava como quem passa por uma prova difícil.

Capítulo VI

— Não creio! Não posso acreditar! — repetiu Razumíkhin, que fazia todos os esforços para repetir as conclusões de Raskólnikov. Estavam já próximos da casa Bakalêief, onde os esperavam há muito Pulquéria Alexandrovna e Dúnia. No curso da discussão, Razumíkhin parava a cada instante; estava muito agitado, porque era a primeira vez que os dois conversavam sobre *aquilo* abertamente.

— Não acredites, se quiseres! — respondeu Raskólnikov com um sorriso frio e indiferente. — Tu, segundo teu hábito, não reparaste em nada, mas eu pesei todas as palavras.

— Tu és desconfiado, e é por isso que descobres em tudo pensamentos secretos... Hum... com efeito, concordo que o tom em que Porfírio falou era singular e foi sobretudo aquele aparte de Zametov... Tens razão, havia nele não sei quê... mas como pode isso ser, como?

— Mudando de opinião de ontem para hoje.

— Não, estás enganado! Se eles tivessem essa estúpida ideia, teriam, ao contrário, tratado de a dissimular; esconderiam o jogo para te inspirar uma confiança capciosa, esperando o momento de descobrirem as baterias... Na hipótese em que te colocas, teu modo de proceder de hoje seria tão desastrado como insolente!

— Se eles tivessem fatos ou presunções um pouco fundadas, então sem dúvida que se esforçariam por esconder o jogo, na esperança de obterem novas vantagens sobre mim (aliás, já teriam dado há muito tempo uma busca em meu domicílio). Mas não têm provas, nenhuma; tudo se reduz para eles a conjeturas, a suposições, e é por isso que recorrem ao descaramento. Não devemos talvez ver nisso senão o despeito de Porfírio, que está furioso por não encontrar provas. Ou talvez tenha suas intenções... Parece inteligente... Talvez me quisesse amedrontar. Ele também tem sua psicologia, meu amigo. Aliás, todas essas questões são repugnantes de tratar. Deixemos isso!

— É odioso! Compreendo-te! Mas... visto que abordamos francamente este caso (e acho que fizemos bem), não hesitarei mais em confessar-te que, há muito tempo, tinha notado essa ideia neles. Bem entendido, ela mal ousava formular-se, andava no espírito deles em estado de dúvida, mas já não é pouco que eles a pudessem conceber mesmo sob essa forma! E que foi que lhe despertou tão abomináveis desconfianças? Se tu soubesses que raiva isso me dá! Pois quê! Está aí um pobre estudante em luta com a miséria, em vésperas talvez de uma doença grave; um rapaz desconfiado, cheio de amor-próprio, tendo consciência de seu valor, há seis meses fechado num quarto, onde não vê ninguém; apresenta-se vestido de farrapos, com botinas sem solas, perante miseráveis chefes de polícia, dos quais sofre os insultos; reclamam-lhe à queima-roupa o pagamento de uma letra protestada; a sala está cheia de gente, há um calor de trinta graus; o cheiro das tintas torna a atmosfera ainda mais insuportável; o desgraçado, com o estômago vazio, ouve falar do assassínio de uma pessoa à casa de quem foi na véspera e desmaia. Mas, nessas condições, quem não desmaiaria! E é sobre essa síncope que se baseia tudo! Eis o ponto de partida! Que os leve o diabo. Compreendo que estejas vexado; mas em teu lugar, Ródia, ria-me na cara deles todos, ou melhor, atirava-lhes meu desprezo num jato de cuspe; assim é que eu responderia. Coragem! Escarra-lhes nas caras! É vergonhoso!

"Disse sua tirada com convicção!", pensou Raskólnikov.

— Escarrar nas caras? Isso é muito bom dizer... E amanhã tenho outro interrogatório! — respondeu ele tristemente. — Será preciso rebaixar-me a dar explicações! Já estou arrependido de ter conversado ontem com Zametov no *traktir*...

— Que o leve o diabo! Irei à casa de Porfírio! É meu parente; hei de aproveitar-me disso para lhe tirar os macaquinhos do sótão; há de pôr tudo em pratos limpos. E quanto a Zametov...

"Enfim, o peixe mordeu a isca!", disse para si Raskólnikov.

— Espera! — disse de repente Razumíkhin segurando o amigo pelo ombro. — Espera! Tu divagavas ainda agora! Onde vias um ardil? Dizes que a pergunta relativa aos operários ocultava um laço? Ora, raciocina um pouco: se tivesses feito *aquilo*, serias tão tolo que fosses dizer que tinhas visto os pintores no segundo andar? Pelo contrário, ainda mesmo que os tivesses visto, terias negado! Quem faz declarações que comprometam?

— Se eu tivesse feito *aquela* coisa, não teria omitido a declaração de ter visto os operários — replicou Raskólnikov, que parecia continuar a conversação com grande repugnância.

— Mas para que fazer declarações nocivas à própria causa?

— Porque só os mujiques e os estúpidos é que negam tudo de caso pensado. Um acusado, regularmente hábil, confessa todas as provas materiais que não pôde destruir; apenas explica de outra maneira, modifica-lhes a significação, apresenta-as sob um aspecto novo. Muito provavelmente Porfírio contava que eu responderia assim; julgava que, para dar mais verossimilhança às minhas declarações, eu confessaria ter visto os operários, explicando depois o fato em sentido favorável à minha causa.

— Mas ele responder-te-ia logo que, na antevéspera do dia do crime, não podias ter visto lá os operários e que, por conseguinte, tinhas estado na casa da vítima no dia do assassínio, entre as sete e as oito horas. Estavas apanhado!

— Ele julgava que eu não teria tempo de refletir e que, obrigado a responder da maneira mais verossímil, esqueceria essa circunstância: a impossibilidade da presença dos operários na casa na antevéspera do crime.

— Mas como se podia esquecer isso?

— Nada mais fácil! Essas minúcias são o escolho dos maliciosos: quando são interrogados, por essa forma é que se contradizem. Quanto mais fino é um homem, menos suspeita o perigo das perguntas insignificantes. Porfírio sabe-o bem; está longe de ser tão tolo como julgas...

— Se é como dizes, ele é, então, um canalha!

Raskólnikov não pôde deixar de sorrir. Mas, no mesmo instante, admirou-se de ter ouvido a última explicação com verdadeiro prazer, ele que até então não sustentara a conversa senão contra a vontade e por ser obrigado a isso pelo fim que queria atingir.

"Parece que vou tomar gosto por essas questões!", pensou.

Mas, quase ao mesmo tempo, apoderou-se dele uma inquietação súbita. Os dois estavam já à porta do edifício Bakalêief.

— Entra — disse bruscamente Raskólnikov —, eu já volto.

— Aonde vais?

— Tenho de fazer uma coisa... volto daqui a meia hora. Dize-lhes...

— Pois bem, acompanho-te!

— Que diabo, juraste perseguir-me até a morte?!

Essa exclamação foi proferida com tal acento de furor e um ar tão desesperado que Razumíkhin não insistiu. Ficou algum tempo à porta, seguindo com o olhar sombrio Raskólnikov, que ia a grandes passadas na direção de seu *pereulok*. Enfim, depois de ter rangido os dentes, cerrado os punhos e fazer a promessa de espremer Porfírio como um limão, subiu para tranquilizar Pulquéria Alexandrovna, já inquieta por aquela longa demora.

Quando Raskólnikov chegou a casa, tinha as fontes latejando e úmidas de suor e respirava com dificuldade. Subiu as escadas de quatro em quatro degraus, entrou no quarto, que tinha ficado aberto, e fechou a porta. Depois, trêmulo de medo, correu ao esconderijo, introduziu a mão sob o papel e explorou o buraco em todos os sentidos. Não encontrando lá nada, depois de ter apalpado minuciosamente, levantou-se e deu um suspiro de desafogo. Havia pouco, quando chegava à casa Bakalêief, tivera de repente a ideia de que algum dos objetos roubados teria podido escorregar para qualquer fenda da parede; se um dia fossem lá encontrar uma corrente de relógio, um botão de punho ou mesmo um dos papéis que envolviam esses objetos e que continham anotações feitas pela mão da velha, que terrível prova contra ele!

Ficou mergulhado numa vaga meditação, e um sorriso singular flutuava em seus lábios. Por fim, pegou o chapéu e saiu do quarto sem ruído. As ideias baralhavam-se-lhe. Pensativo, desceu as escadas e chegou à porta.

— Olhe, ele está ali! — bradou uma voz forte.

O rapaz levantou a cabeça.

O *dvornik*, de pé, à porta de seu cubículo, mostrava Raskólnikov a um homem de pequena estatura e aparência burguesa. Esse indivíduo vestia uma espécie de *khalat* e um jaquetão; ao longe parecia uma camponesa. A cabeça, coberta por um chapéu sebento, inclinava-se-lhe sobre o peito. A julgar pelo rosto pálido e cheio de rugas, devia ter passado dos cinquenta. Os olhos pequenos tinham o que quer que fosse de mau.

— Que há? — perguntou Raskólnikov aproximando-se do *dvornik*.

O burguês olhou-o de través, examinando-o longamente; depois, sem dizer palavra, voltou as costas e afastou-se.

— Mas que é isto! — exclamou Raskólnikov.

— Que é? É um homem que veio perguntar se morava aqui um estudante; disse seu nome e perguntou onde o senhor morava. Nesse meio-tempo, o senhor desceu, mostrei-o, e ele se foi; ora aí está!

O *dvornik* estava também um pouco admirado. Depois de ter refletido um momento, entrou no cubículo.

Raskólnikov seguiu nas pegadas do burguês. Apenas saiu de casa, viu-o caminhando do outro lado da rua com passo lento e regular, olhos no chão, meditativo. O rapaz alcançou-o logo, mas, durante algum tempo, limitou-se a seguir-lhe os passos; por fim colocou-se-lhe ao lado e mirou-lhe obliquamente o rosto. O burguês notou-o também, lançou-lhe um golpe de vista rápido, depois baixou de novo os olhos. Durante um minuto, ambos andaram assim lado a lado, sem dizerem uma palavra.

— O senhor perguntou por mim... ao *dvornik*? — começou Raskólnikov sem elevar a voz.

O burguês não respondeu, nem mesmo olhou para quem lhe falava. Houve novo silêncio.

— O senhor veio procurar-me... e não diz nada... Que quer dizer isso? — prosseguiu Raskólnikov com a voz entrecortada.

Dessa vez, o outro olhou para o mancebo com ar sinistro.

— Assassino! — disse bruscamente em voz baixa, mas clara e distinta...

Raskólnikov marchava ao lado dele. Sentiu, de repente, enfraquecerem-se-lhe as pernas e um arrepio pela espinha; durante um segundo, seu coração teve como que um delíquio, mas bem depressa bateu com uma violência extraordinária. Os dois homens andaram assim uns cem passos um ao lado do outro, sem falarem.

— Mas que é que o senhor... O quê? Quem é assassino? — balbuciou Raskólnikov com voz quase inaudível.

— És *tu* que és um assassino — disse o outro, acentuando essa réplica com mais clareza e energia do que da primeira vez; ao mesmo tempo, parecia ter nos lábios o sorriso do ódio triunfante e olhava friamente para o rosto pálido de Raskólnikov, cujos olhos se tornaram vítreos.

Aproximavam-se então de uma encruzilhada. O burguês dobrou uma rua à esquerda e seguiu seu caminho sem olhar para trás.

Raskólnikov deixou-o afastar-se, mas seguiu-o por muito tempo com os olhos. Depois de ter andado cinquenta passos, o desconhecido voltou-se para observar o rapaz sempre parado no mesmo lugar. A distância não permitia ver bem; todavia Raskólnikov julgou notar que o outro o mirava ainda com seu sorriso de ódio.

Transido de terror, foi-se arrastando até a casa e subiu para o quarto. Depois de atirar o chapéu sobre a mesa, ficou em pé, imóvel, durante dez minutos. Então, já sem forças, deitou-se no divã e estendeu-se languidamente com um fundo suspiro. Assim permaneceu meia hora.

Não detinha o pensamento em coisa alguma. Algumas ideias... fragmentos de ideias... algumas imagens, sem ordem ou coerência, flutuavam-lhe na mente. Rostos de pessoas vistas na infância ou encontradas algures... de quem jamais lembrar-se-ia... o campanário da igreja de V***; o bilhar num *traktir*, que alguns oficiais jogavam; o cheiro de charutos em alguma tabacaria subterrânea; uma taverna; um vão de escada de fundos, muito escuro, escorregadio de águas imundas, semeado de cascas de ovos; os sinos domingueiros badalando ao longe; as imagens sucediam-se num rodopio de furacão. De algumas gostava e procurava reter, mas desvaneciam-se. Durante esse tempo, sentia-se opresso, mas não irresistivelmente, antes agradavelmente... Um leve tremor persistia em seu corpo, porém também lhe dava uma sensação agradável.

Ouviu passos rápidos e a voz de Razumíkhin; fechou os olhos e fingiu dormir. Razumíkhin abriu a porta e, durante alguns minutos, ficou no limiar, parecendo não saber o que fazer. Mas resolveu-se a entrar pé ante pé e aproximou-se, com precaução, do divã.

— Não o acordes; deixa-o dormir, ele comerá depois — disse Nastácia em voz baixa.

— Tens razão — disse Razumíkhin.

Saíram na ponta dos pés e fecharam a porta. Passou ainda mais meia hora. Raskólnikov abriu os olhos, levantou o corpo com um movimento brusco e cruzou as mãos sob a cabeça...

"Quem é ele? Quem é esse homem saído das entranhas da terra? Onde estava ele e o que viu? Viu tudo, sem dúvida. Onde se achava então? De que lugar viu *aquilo*? Como é que só agora dá sinal de vida? Como pôde ele ver? Será possível?... Hum!...", continuou, tomado de um tremor glacial. "E o estojo que Micolai achou atrás da porta; quem poderia esperar tal coisa?"

Sentia que as forças o abandonavam e teve nojo de si próprio.

"Eu devia saber isso", pensou ele, com um sorriso amargo, "como ousei derramar sangue? Eu tinha obrigação de saber isso antecipadamente... e, aliás, bem o sabia...", murmurou desesperado.

Por momentos, demorava-se num pensamento:

"Não, essas criaturas não são assim: o verdadeiro *dominador*, a que tudo é permitido, *bombardeia* Toulon, massacra Paris, *esquece* um exército no Egito, *perde* meio milhão de homens na batalha de Moscou, *salva-se* em Vilna por um trocadilho; depois de morto levantam-lhe estátuas. *Tudo*, portanto, lhe é permitido. Não, esses indivíduos não são feitos de carne, mas de bronze!"

Uma ideia que lhe ocorreu de repente quase o fez rir.

"Napoleão, as pirâmides, Waterloo — e uma velha, secretária de colégio, uma ignóbil usurária que tem um cofre de marroquim vermelho debaixo do leito; como poderia Porfírio Petróvitch fazer tal comparação?... A estética opõe-se a tal; Napoleão ter-se-ia escondido, por acaso, debaixo da cama de uma velha?", dizia. "Eh, que disparate!"

Apodera-se dele uma grande exaltação febril.

"A velha nada significa", continuou; "suponhamos que a velha seja um erro, não se trata dela! A velha apenas foi um acidente... eu queria dar o salto o mais breve possível... Não foi uma criatura humana que matei, foi um princípio! Efetivamente matei o princípio, mas não soube passar sobre ele, fiquei do lado de cá... Não soube senão matar... E mesmo parece que não foi muito bem... Um princípio? Por que é que esse imbecil do Razumíkhin atacava ainda há pouco os socialistas? Eles são laboriosos homens de negócios, 'ocupam-se da felicidade comum'... Não; eu só tenho uma vida; não estou para esperar a 'felicidade universal'. Quero viver para mim próprio, de outro modo não vale a pena existir. Não quero viver ao lado de uma mãe esfomeada, guardando meu rublo no bolso, sob o pretexto de que um dia todos serão felizes. 'Levo a minha pedra ao edifício da felicidade universal e isso basta para a tranquilidade do coração.' Ah, ah! Então por que se esqueceram de mim? Visto que só vivo uma vez, quero minha parte de felicidade logo... 'Eh! Sou um verme esteta, nada mais'", acrescentou subitamente, rindo como um louco; e, agarrando-se a essa ideia, experimentou um prazer acre em sondá-la em todos os sentidos, em voltá-la sob todas as facetas. "Sim, com efeito, sou um verme; primeiro, exatamente porque estou pensando agora se o sou ou não; depois, porque durante um mês inteiro importunei a Divina Providência tomando-a por testemunha de que me resolvia àquela empresa, não para procurar satisfações materiais, mas tendo em vista um fim grandioso, ah!, ah! Em terceiro lugar, porque, na execução, quis fazer a justiça possível: entre todas as pragas, escolhi a mais nociva, e, matando-a, contava encontrar em casa dela exatamente o que me era preciso para garantir minha entrada na vida (o que sobrasse iria para o mosteiro a que ela tinha legado sua fortuna; — ah! ah!)... Sou na verdade uma praga", acrescentou rangendo os dentes, "porque sou talvez ainda mais vil e mais ignóbil que a praga que matei e porque pressentia que, depois de a ter matado, diria isso mesmo! Há alguma coisa comparável a tal horror? Oh, baixeza! Oh, vergonha! Oh, como eu compreendo o Profeta, a cavalo, de alfanje em punho! Alá manda: obedece, 'pusilânime criatura'! Tem razão, o Profeta! Quando dispõe a tropa no campo e fere indistintamente o justo e o pecador sem mesmo se dignar explicar-se! Obedece, pusilânime criatura, e *livra-te de querer*, porque isso não te é dado... Oh, nunca perdoarei à velha!...".

Tinha a cabeça ensopada de suor, os lábios ressequidos agitavam-se, o olhar imóvel não deixou o teto.

"Minha mãe, minha irmã, como eu as amava! Por que as detesto agora? Sim, detesto-as, odeio-as fisicamente, não posso suportá-las junto de mim... Ainda há pouco, lembro-me de que me aproximei de minha mãe e beijei-a... Beijei-a... e pensar que, se ela soubesse... Oh, como odeio agora a velha! Parece-me que, se ela ressuscitasse, a mataria outra vez. Pobre Isabel, por que acaso foi ela lá? É singular, quase que nem penso nela, como se não a tivesse matado? Isabel, Sônia! Pobres criaturas de olhos meigos... Queridas!... Por que elas não choram? Por que não se lamentam? Vítimas resignadas, aceitam tudo em silêncio... Sônia, Sônia, encantadora Sônia!..."

Perdera a consciência de si e, com grande surpresa, viu que estava na rua. A noite ia muito adiantada. As trevas condensavam-se, a lua cheia tinha um brilho cada vez mais vivo, mas o ar era sufocante. Havia muita gente nas ruas: operários e pequenos empregados recolhiam-se às casas; os outros passeavam. Havia no ar um cheiro de cal, de poeira, de água estagnada. Raskólnikov seguia aflito e preocupado: lembrava-se perfeitamente de que tinha saído de casa com um fim, que tinha de fazer qualquer coisa urgente, mas o quê? Esquecera. De súbito parou e viu que, da outra calçada, um homem lhe fazia sinal com a mão. Atravessou a rua para ir ter com ele, mas logo esse homem voltou-se e continuou seu caminho com a cabeça baixa, sem se voltar. "Enganar-me-ei?", pensou; e todavia continuou a segui-lo. Ainda não dera dez passos, quando o conheceu de repente e ficou aterrado; era o burguês de há pouco, curvado do mesmo modo, vestindo o mesmo casaco. Raskólnikov, cujo coração batia violentamente, caminhava a distância; entraram num *pereulok*. O outro continuava sem se voltar. "Ele verá que o sigo?", perguntava a si próprio. O burguês transpôs o limiar de uma grande casa. Raskólnikov adiantou-se apressado para a porta e pôs-se a olhar, pensando que talvez essa misteriosa personagem se voltaria e o chamaria. Efetivamente, logo que o burguês se achou no pátio, voltou-se e pareceu chamar outra vez o rapaz com um gesto. Ele obedeceu; mas, tendo chegado ao pátio, já lá não encontrou o desconhecido. Julgando que devia ter ido pelas primeiras escadas, Raskólnikov subiu-as. Com efeito, quando chegou ao segundo andar, ouviu passos lentos e regulares. Coisa singular, parecia conhecer aquelas escadas! Eis a janela do primeiro andar; através dos vidros entrava, misteriosa e triste, a luz da lua; eis o segundo. Hein! Era o local em que trabalhavam os pintores... Como não reconhecera a casa imediatamente? Os passos do homem que o precedia cessaram: "Por conseguinte ele parou ou escondeu-se em algum lugar. Eis o terceiro andar: terei de subir ainda? E que silêncio! É aterrador!..." Todavia prosseguiu na ascensão das escadas. Os ruídos dos próprios passos lhe metiam medo. "Meu Deus, que escuridão! O burguês escondeu-se, evidentemente, em algum canto." Ah! O aposento que dava para o patamar estava aberto de par em par. Raskólnikov refletiu um instante, depois entrou. A antecâmara estava completamente vazia e muito escura. O rapaz passou à sala na ponta dos pés. A luz da lua iluminava inteiramente o recinto; a mobília não fora mudada; Raskólnikov viu em seus antigos lugares as cadeiras, o espelho, o divã e as estampas emolduradas. Pela janela via-se a enorme face redonda, vermelho-acobreada da lua. Esperou muito tempo em profundo silêncio. De súbito, ouviu um ruído seco como o que faz uma lasca que se parte, depois tudo recaiu em silêncio. Uma mosca que acordou foi voando esbarrar na vidraça e pôs-se a zumbir lamentavelmente. No mesmo instante, num canto, entre o pequeno armário e a janela, Raskólnikov julgou ver uma capa de mulher pendurada na parede. "Por que está ali aquela capa?", pensou ele, "não estava lá antes..." Aproximou-se devagar e desconfiou que, atrás da capa, alguém devia estar escondido. Afastou-se com precaução e viu que numa cadeira, ao canto, estava sentada a velha, dobrada em duas, com a cabeça de tal modo pendida que ele não pôde distinguir-lhe o rosto; mas era realmente Alena Ivanovna. "Tem medo!", disse consigo Raskólnikov. Desprendeu com cautela o machado do laço e por duas vezes o descarregou sobre o crânio. Mas, coisa singular, Alena nem se mexeu; dir-se-ia de pedra. Estupefato, ele curvou-se sobre ela para a examinar, mas a velha baixou ainda mais a cabeça. Curvou-se então até o solo, mirou-a de baixo para cima e, vendo-lhe o rosto, ficou abismado: Alena ria, sim, ria com um riso silencioso, contendo-se para não ser ouvida. Subitamente pareceu a Raskólnikov que a porta do quarto de dormir estava aberta, e que lá também alguém ria e cochichava.

Então, enfurecido, começou a dar golpes na cabeça da velha, mas a cada machadada os risos e as murmurações do quarto de dormir percebiam-se mais distintos! A velha estorcia-se de riso. Quis fugir, mas a antecâmara estava cheia de gente, bem como o patamar e a escada; todos olhavam, mas escondidos e esperando em silêncio... Seu coração comprimiu-se; sentia os pés presos ao chão...

Respirou com esforço e julgava ainda sonhar, quando viu, de pé, no limiar da porta do quarto, aberta de par em par, um desconhecido, que o examinava atentamente.

Raskólnikov, que mal abrira os olhos, tornou a fechá-los. Deitado de costas, nem se mexeu. "Será a continuação do sonho?", pensou, e levantou quase imperceptivelmente as pálpebras para lançar um olhar sobre o desconhecido. Este, sempre no mesmo lugar, não cessava de observar. De repente, transpôs o limiar, fechou devagar a porta, aproximou-se da mesa e, depois de ter esperado um minuto, sentou-se sem ruído numa cadeira junto do divã.

Durante todo esse tempo, não perdera de vista Raskólnikov. Depois, pousou o chapéu no chão, apoiou-se no castão da bengala e encostou o queixo nas mãos, como quem se prepara para esperar muito. Pelo que Raskólnikov pudera julgar, por um olhar furtivo, aquele homem já não era moço; tinha aparência forte e usava barba espessa, de um louro quase branco...

Dez minutos se passaram assim. Havia alguma claridade, mas já era tarde. No aposento, reinava profundo silêncio. Das escadas não vinha ruído algum. Não se ouvia senão o zumbido de uma grande mosca, que, voando, esbarrava na janela. Por fim, aquele silêncio era já insuportável. Raskólnikov não pôde conter-se e sentou-se no divã.

— Fale; que quer o senhor?

— Eu bem sabia que seu sono era só aparente — respondeu o desconhecido com um sorriso. — Permita que me apresente: Árcade Ivânovitch Svidrigailov...

Quarta parte

Capítulo I

"Estarei bem acordado?", pensou novamente Raskólnikov, olhando desconfiado para a inesperada visita.

— Svidrigailov? Não pode ser! — disse finalmente, não podendo acreditar no que ouvira.

Essa exclamação não surpreendeu Svidrigailov.

— Vim à sua casa por duas razões: primeira, porque desejava conhecê-lo pessoalmente, pois durante muito tempo ouvi falar do senhor nos termos mais lisonjeiros; depois, porque espero que não me recusará seu auxílio numa empresa que interessa diretamente à sua irmã, Avdótia Romanovna. Só, sem apresentação, seria difícil que ela me recebesse, visto estar prevenida contra mim; mas apresentado pelo senhor calculo que o caso seria diferente.

— Não conte comigo — disse Raskólnikov.

— Essas senhoras só chegaram ontem? Permita-me que lhe faça essa pergunta.

Ele não respondeu.

— Foi ontem, eu sei. Eu mesmo só vim anteontem. Pois bem, ouça o que vou dizer-lhe a respeito, Ródion Românovitch; é supérfluo justificar-me, mas permita-me que o interrogue: que há, afinal, em tudo isso, de procedimento criminoso, de meu lado, bem entendido, se se apreciarem as coisas serenamente e sem preconceitos?

Raskólnikov continuava a observá-lo silencioso.

— Vai dizer-me, não é verdade?, que persegui em minha casa uma moça indefesa e que a *insultei com propostas vergonhosas*? (Eu mesmo faço a acusação!) Mas pense unicamente que eu sou um homem, *et nihil humanum*... numa palavra, que sou suscetível de um arrebatamento, de apaixonar-me (o que é independente de nossa vontade), e então tudo se explica do modo mais natural. Toda a questão é isso. Sou um monstro, ou antes uma vítima? Certamente uma vítima. Quando propus à criatura amada fugir comigo para a América ou para a Suíça, alimentava talvez os sentimentos mais respeitosos e pensava assegurar-lhe uma felicidade comum!... A razão não é senão uma escrava da paixão; foi a mim próprio sobretudo que prejudiquei...

— Não é disso que se trata — respondeu Raskólnikov: — que procedesse bem ou mal; não posso evitar o ódio que tenho; não quero saber quem é. Saia!

Svidrigailov soltou uma gargalhada.

— Não há meio de iludi-lo! — disse alegremente. — Quis servir-me de um estratagema, mas vejo que não deu resultado.

— Agora mesmo continua a enganar-me.

— Mas em quê? Em quê? — repetia Svidrigailov, rindo à vontade.

— E numa *bonne guerre*, como dizem os franceses, a minha astúcia era permitida!... Mas não me deixou acabar. Ora, voltando ao caso, devo dizer-lhe que nada houve de desagradável, a não ser o caso do jardim. Marfa Petrovna...

— Diz-se também que Marfa Petrovna foi morta pelo senhor — interrompeu brutalmente Raskólnikov.

— Ah, também lhe falaram nisso? Não é de admirar... A respeito dessa história, e, apesar da tranquilidade de minha consciência, não sei o que hei de responder-lhe. Não imagine que receio a continuação desse processo: todas as formalidades foram cumpridas o mais minuciosamente possível; os médicos afirmaram que ela morreu de uma apoplexia, como resultado de um banho que tomou após uma refeição abundante em que bebeu quase uma garrafa de vinho; nada mais... Não é isso o que me inquieta. Mas, por várias vezes, em viagem para São Petersburgo, a mim mesmo perguntei se não havia contribuído moralmente para essa... desgraça, com qualquer desgosto que desse a Marfa ou de outra forma qualquer. Acabei por ver que não tinha motivo para apreensões.

Raskólnikov riu-se.

— Que preocupações as suas!

— Por que se ri? Bati-lhe apenas com um chicote, algumas vergastadas que não deixaram o menor vestígio... Não me julgue um cínico; sei perfeitamente que foi vil de minha parte etc., mas sei também que meus acessos de brutalidade não desagradavam a Marfa Petrovna. O que se passou com sua irmã foi espalhado pela cidade por minha mulher, que aborreceu todas as pessoas que conhecia com a famosa carta (soube que ela dava-a a ler a toda a gente?). Como tempestades as duas chicotadas caíram do céu. Sua primeira ação foi ordenar a partida da carreta... Não falando dos casos em que as mulheres se sentem muito felizes por serem maltratadas, apesar das demonstrações de indignação. Qualquer um pode passar por esses transes! Os seres humanos gostam de ser maltratados. Já notou? Especialmente as mulheres; posso afirmar até ser esse o único divertimento delas.

Em dado momento, Raskólnikov pensou em levantar-se e sair, terminando assim a entrevista. Estranha curiosidade e uma espécie de prudência fizeram-no aguardar um momento apropriado.

— Gostava muito de servir-se do chicote? — perguntou-lhe, distraído.

— Nem por isso — respondeu calmamente Svidrigailov. — Raras vezes tínhamos discussões. Vivíamos em muito boa harmonia; ela estava sempre bem comigo. Durante os sete anos de nossa vida comum, o chicote trabalhou apenas duas vezes (ponho de parte um terceiro caso, um pouco duvidoso): a primeira vez, foi dois meses após nosso casamento, quando chegamos a uma casa de campo, onde tencionávamos passar tempos; a segunda e última, foi nas circunstâncias que disse há pouco. Considera-me por isso um monstro, um retrógrado, um partidário da escravidão?... Ah!, ah! A propósito, lembra-se, Ródion Românovitch, como há alguns anos... naqueles dias de beneficência pública, um nobre, esqueci-lhe o nome, foi achincalhado em todos os jornais por haver espancado uma alemã no trem? Lembra-se? Foi por essa época, creio, que ocorreu "a infeliz ação da *Idade*". (Recorda-se? *As noites egípcias*, quando foram apresentadas em público, lembra-se? Dos olhos negros? Ah, os áureos dias de nossa juventude! Onde estão?) Quanto ao cavalheiro que esbofeteou a alemã, não lhe tenho simpatia; nesse incidente nada há simpático! Eu, porém, sei existirem "alemães" tão provocadores que não acredito haver um ser humano que seja capaz de ficar impassível ante eles. Ninguém, na época, analisou a ocorrência desse ponto de vista, mas esse é o único verdadeiramente humano. Asseguro-lhe!

Dito isso, Svidrigailov soltou repentina gargalhada.

Raskólnikov estava certo de que esse homem tinha algum plano habilmente oculto, e era capaz de assim mantê-lo.

— Deve ter passado muitos dias seguidos sem falar com ninguém.

— Essa suposição é quase real. Mas admira-se, não é verdade?, de que eu tenha tão bom caráter?

— Acho-o até excelente!

— Por não me ter formalizado com as perguntas grosseiras que me faz? Por que havia de melindrar-me? Como me interrogou, respondi-lhe — disse Svidrigailov com singular expressão de bonomia. — Na verdade, nada, ou quase nada, me interessa — continuou. — Agora, principalmente, nada tenho em que empregue o meu tempo... Fica-lhe o direito de pensar que tento captar suas boas graças, tanto mais que preciso falar com sua irmã, como já lhe disse. Mas digo-lhe com franqueza: aborreço-me muito! Nos últimos dias, principalmente!... De forma que estava contentíssimo por vê-lo... Não se zangue se lhe disser que me parece um homem como não é comum ver-se... Há em si alguma coisa de anormal; sobretudo agora; não nesse momento, mas desde certa época... Mas calo-me; não tome esse aspecto severo! Não sou a fera que imagina.

— Talvez não seja uma fera — disse Raskólnikov. — Parece-me uma pessoa de boa sociabilidade, ou, pelo menos, que o sabe ser quando é necessário.

— Não me importo com a opinião que se faz a meu respeito — respondeu secamente Svidrigailov, com ligeiro ar de desprezo —, e por que não se hão de aceitar as maneiras de um homem pouco educado, num país onde elas são tão cômodas, e... e sobretudo quando há para isso uma propensão natural? — acrescentou rindo.

— Ouvi dizer que tem aqui muitos amigos, que não é pouco relacionado. Que pretende de mim, se não tem um objetivo especial?

— Realmente sou muito relacionado em São Petersburgo, tornou o visitante sem responder à pergunta. Há três dias que passeio pelas ruas da capital e já encontrei algumas pessoas amigas; reconheci-as e creio que também me reconheceram. Tenho boa apresentação e sou tido como homem rico; a abolição da escravatura não me arruinou. Minha propriedade constitui-se principalmente de florestas e pastagens ribeirinhas. Os lucros não cessaram, mas não vim para contá-los; de há muito estou enfarado deles. Estou aqui há três dias e não procurei ninguém. Que cidade! Como pôde desenvolver-se entre nós? Uma cidade de oficiais e estudantes de toda espécie. Sim, existe muita coisa que não observei oito anos atrás, gastando os calcanhares... Minha única esperança reside na anatomia. Por Deus!

— Anatomia?

— Quanto aos clubes, aos frequentadores do restaurante Dussand, paradas militares, ou progresso... passam muito bem sem mim — prosseguiu sem responder à pergunta. — Afinal, que prazer há em roubar no jogo de cartas?

— Era, então, um batoteiro?

— Mas decerto! Há oito anos éramos uma sociedade completa, constituída de homens da mais elevada posição, capitalistas, poetas, que entretínhamos o tempo a jogar e a roubar-nos o máximo que podíamos. Já reparou que, na Rússia, as pessoas de distinção são gatunos? Naquele tempo, um grego de Niéjine, a quem eu devia setenta mil rublos, mandou-me prender por dívidas. Apareceu então Marfa Petrovna. Entrou em combinações com meu credor e, mediante trinta mil rublos que ela lhe deu, obteve minha liberdade. Casamos; em seguida, ela levou-me para a sua terra, como um tesouro. Era mais velha que eu cinco anos e amava-me muito. Durante sete anos não saí da aldeia. Note que teve sempre em seu poder, como precaução, a letra que eu assinara ao grego e que ela comprara: se eu tentasse sacudir o jugo, ela mandar-me-ia para a prisão imediatamente. Oh, apesar de todo seu amor não hesitaria! As mulheres têm desses caprichos.

— Se ela não procedesse assim, o senhor a abandonaria?

— Não sei como responder-lhe. Esse documento, no entanto, me incomodava. Eu não tinha vontade de sair dali. Por duas vezes, Marfa Petrovna, vendo que eu me aborrecia, disse-me que viajasse. Mas eu tinha já visitado a Europa e andei sempre medonhamente aborrecido. Sem dúvida, os grandes espetáculos da natureza provocam nossa admiração, mas, enquanto se contempla um nascer do sol, o mar, a baía de Nápoles, sente-se uma grande tristeza, e o mais humilhante é que não se sabe por quê. Não se está melhor em nossa casa. Eu agora partiria talvez para o polo Norte, porque o vinho, que era meu último recurso, acabou por não me cair bem. Já não o posso beber. Diz-se que, no domingo, há uma ascensão aerostática no Jardim

Iussupof: Berg tenta uma grande viagem aérea e aceita companhia por certo preço. Será verdade?

— Quer viajar em balão?

— Eu?... Não... Sim — murmurou Svidrigailov, que parecia pensar.

"Que espécie de homem será este?", pensou Raskólnikov.

— Não, a letra não me incomodava — continuou ele —, foi por minha vontade que ficamos na aldeia. Haverá talvez um ano, Marfa Petrovna, no dia de meu aniversário, deu-me esse papel com uma grande quantia, como presente. Era muito rica. "Vê como confio em ti, Árcade Ivânovitch", disse-me ela. Foram essas suas palavras; quer acreditar? Como sabe, eu desempenhava-me cabalmente de meus deveres de proprietário rural; todos lá me estimavam. Ademais, para entreter-me, mandava vir livros; Marfa Petrovna, a princípio, aprovava meu gosto pela leitura; mais tarde, receou que isso me fatigasse.

— A morte de Marfa Petrovna devia deixar um grande vácuo em sua existência?!

— Talvez... É possível... A propósito, crê em visões?

— Em que visões?

— Em visões no sentido vulgar da palavra?

— E o senhor acredita?

— Sim e não; contudo...

— Já lhe apareceu alguma?

Svidrigailov olhou para seu interlocutor com uns modos estranhos.

— Marfa Petrovna vem visitar-me — disse ele, e sua boca franziu num sorriso indefinível.

— Vem visitá-lo?...

— Sim, já três vezes. A primeira vez vi-a no próprio dia do enterro, uma hora após ter voltado do cemitério. Foi na véspera de minha partida para São Petersburgo. Tornei a vê-la depois, na viagem: apareceu-me anteontem de madrugada na estação de Malaía

Vichera; a terceira vez foi há duas horas, no quarto que habito, onde me achava sozinho.

— Estava acordado?

— Estava. De todas as vezes estava acordado. Ela vem, conversa um momento e sai pela porta, sempre pela porta. Parece que a ouço andar.

— Sempre pensei que deviam dar-se fatos dessa natureza — disse bruscamente Raskólnikov. Ao mesmo tempo que se admirava de ter dito essa frase, sentia-se muito agitado.

— Seriamente? Já o tinha pensado? — perguntou Svidrigailov surpreendido. Será possível? Veja como eu tinha razão dizendo que há entre nós um ponto de contato!

— Nunca me disse tal! — respondeu irritado Raskólnikov.

— Não disse?

— Não! Nunca!

— Julguei que tinha dito. Há pouco, quando entrei e o vi deitado, com os olhos fechados parecendo que dormia, pensei comigo: "É aquele mesmo!"

— "Aquele mesmo!" Que significam essas palavras? A quem aludia? — perguntou Raskólnikov.

— A quem? Francamente, não sei... — respondeu embaraçado Svidrigailov.

Por momentos os olhares de ambos cruzaram-se.

— Isso, afinal, não significa nada! — exclamou com violência Raskólnikov. — Que lhe diz ela quando aparece?

— Ela? Fala-me de futilidades, coisas insignificantes, e veja o que é o homem; isso irrita-me. Da primeira vez que me apareceu, eu estava muito cansado; a cerimônia fúnebre, o Réquiem, o jantar, tudo isso me fatigara. Estava só em meu gabinete fumando, absorvido em minhas reflexões, quando a vi entrar: "Árcade Ivânovitch", disse-me, "hoje, com a lida que tiveste, te esqueceste de dar corda no relógio da sala de jantar". Fui eu, efetivamente, quem durante sete anos dei corda nesse relógio todas as semanas, e, se me esquecia, era ela quem me vinha lembrar. No outro dia, parti para São Petersburgo. De madrugada, tendo chegado a uma estação, apeei-me e entrei no *buffet*. Como dormira mal, tinha os olhos inchados. Tomei uma xícara de café. De repente, que vejo? Marfa Petrovna sentada a meu lado com um baralho nas mãos. "Queres que diga o que acontecerá em tua viagem, Árcade Ivânovitch?", perguntou-me. Ela deitava muito bem cartas; estou arrependido de não ter sabido então minha sorte. Fugi, aterrado, tanto mais que a sineta chamava os viajantes. Hoje, depois de um jantar detestável que não consegui digerir, estava sentado no quarto e acendera um charuto, quando vi surgir novamente Marfa Petrovna, ricamente vestida: um vestido novo de seda verde com cauda muito comprida: "Bom dia, Árcade Ivânovitch! Gostas de meu vestido? Aniska ainda não fez outro igual" (Aniska era uma costureira de nossa aldeia, que foi criada e veio aprender na casa de uma modista de Moscou — um apetitoso pedaço de mulher!). Olhei para o vestido, depois fixei atentamente nela e disse-lhe: "É inútil incomodares-te, Marfa Petrovna, para falar-me de bagatelas." — "Ah, meu Deus!", exclamou ela, "não há modos de te meter medo!". — "Vou casar-me", continuei eu querendo irritá-la um pouco. — "És livre, Árcade Ivânovitch; mas não te fica bem tornares a casar tendo enviuvado há tão pouco tempo; ainda que faças uma boa escolha, não terás os aplausos da gente séria." Dito isso saiu, e eu julguei ter ouvido roçar a cauda de seu vestido! Não é curioso?

— Mas quem me garante que não está mentindo?

— É raro que eu minta, respondeu Svidrigailov pensativo; e sem fazer reparo na rudeza da pergunta.

— E antes disso alguma vez lhe apareceram visões?

— Uma vez, há seis anos. Um criado meu, Filka, tinha morrido. No dia em que foi enterrado, por distração, chamei-o como de costume: — "Filka, meu cachimbo!" Ele apareceu e foi ao armário onde estavam meus objetos de fumar. "Não está contente comigo!", pensei, porque pouco antes de sua morte havíamos tido uma alteração. — "Como te atreves", disse-lhe, "a apresentar-te diante de mim com o casaco roto nos cotovelos? Sai já daqui!". Deu meia-volta, saiu e nunca mais voltou. Não contei o caso a Marfa Petrovna. Primeiramente, pensei mandar rezar uma missa pela alma do pobre homem, mas, depois, vi que era uma criancice.

— Consulte o médico!

— Esse conselho é inútil; vejo que estou doente, conquanto na verdade não saiba de quê; parece-me, contudo, que estou melhor que o senhor. Eu não lhe perguntei: acredita que se vejam essas aparições? Minha pergunta é esta: acredita que há visões, espectros?...

— Não, não acredito! — respondeu Raskólnikov imediatamente, bastante irritado.

— Que se diz geralmente? — monologou Svidrigailov, com a cabeça pendida, olhando de revés. — Todos dizem: o senhor está doente, portanto o que julga ver é apenas um sonho próprio do delírio. Isso não é raciocinar com toda a força da lógica. Admito que essas visões só aparecem aos doentes, o que prova apenas que é preciso estar doente para observá-las, mas não que elas não existem.

— Por certo não existem! — replicou violentamente Raskólnikov.

Svidrigailov olhou-o demoradamente.

— Não existem? É sua opinião? Não se poderá dizer: "As visões, os espectros, são de qualquer forma fragmentos, pedaços de outros mundos. O homem sadio não tem, naturalmente, motivo para vê-las, visto que é, sobretudo, um ser material e, por isso, vive apenas a vida terrestre. Mas, desde que seja um doente, desde que saia do normal, da Terra, de seu organismo, logo se lhe começa a manifestar a ideia de outro mundo; à medida que a doença se agrava, multiplicam-se suas relações com outro mundo, até que a morte para lá o faça entrar a pé firme." Há muito tempo que faço esse raciocínio, e, se acredita na vida futura, tem forçosamente de o aceitar.

— Eu não creio na vida futura — respondeu Raskólnikov.

Svidrigailov pensava.

— E se lá houvesse somente aranhas ou coisas semelhantes? — perguntou de repente.

"É doido", pensou Raskólnikov.

— Nós imaginamos sempre a eternidade como uma ideia que não se pode compreender, uma coisa imensa, imensa! Mas, por que há de ser assim? E se, em vez disso, pensarmos que é um quarto pequeno, uma espécie de quarto de banho, enegrecido pelo fumo, com aranhas pelos cantos? Assim a imagino eu muitas vezes.

— Será possível que não tenha sobre o caso uma ideia mais consoladora e mais justa! — exclamou Raskólnikov contrafeito.

— Mais justa? Quem sabe? Talvez esse modo de ver seja o melhor, e sê-lo-ia certamente, se dependesse de mim! respondeu Svidrigailov, esboçando um sorriso.

Essa cínica resposta deu calafrios em Raskólnikov. Svidrigailov ergueu a cabeça, olhou fixamente o rapaz e desatou a rir.

— É curioso! — disse. — Há meia hora, ainda não nos tínhamos visto, considerávamo-nos como inimigos. Entre nós havia um assunto a tratar: pomos de parte o assunto e começamos a filosofar! Eu bem dizia que somos plantas do mesmo terreno!

— Perdão — disse Raskólnikov contrariado —, faça o favor de explicar-me, sem mais delongas, a que devo a honra de sua visita... Tenho pressa; preciso sair...

— Imediatamente. Sua irmã, Avdótia Romanovna, vai casar com o sr. Pedro Petróvitch Lujine?

— Peço-lhe que não fale na minha irmã; nem mesmo pronuncie o nome dela. Nem compreendo como se atreve a isso em minha presença, se é efetivamente Svidrigailov.

— Mas se eu vim para lhe falar dela, como hei de deixar de pronunciar seu nome?

— Então fale, mas depressa.

— Esse senhor Lujine é meu parente por afinidade. Creio que o senhor terá formado opinião sobre ele, se já o viu, por pouco tempo que fosse, ou se alguma pessoa digna de crédito lhe falou a respeito dele. Não é partido que convenha a Avdótia Romanovna. Em minha opinião, sua irmã sacrifica-se de uma forma tão bela como impensada pela família. Tudo o que sabia do senhor, levava-me a crer que estimaria o rompimento desse enlace, se fosse possível fazê-lo sem prejuízo para os interesses de sua irmã. Agora que o conheço pessoalmente não tenho dúvida alguma a esse respeito.

— Isso, de sua parte, parece-me bastante imprudente — respondeu Raskólnikov.

— Calcula então que tenho intuitos secretos! Sossegue, Ródion Românovitch, se trabalhasse para mim, escondia melhor o jogo; eu não sou absolutamente imbecil. Vou, a propósito, referir-lhe uma singularidade psicológica. Há pouco, desculpava-me de ter amado sua irmã, dizendo que eu próprio fora uma vítima. Pois bem, agora, não tenho por ela nenhum amor, o que me chega a surpreender porque estive seriamente apaixonado...

— Era um capricho de homem desocupado e vicioso — interrompeu Raskólnikov.

— Realmente, sou ocioso e viciado. Ademais, sua irmã possui bastantes atrativos para impressionar mesmo um libertino como eu, mas tudo isso era fogo de palha, reconheço-o agora.

— Desde quando pensa desse modo?

— Desde há muito; contudo, só anteontem me convenci definitivamente, ao chegar a São Petersburgo. Em Moscou, ainda estava resolvido a obter a mão de Avdótia Romanovna, apresentando-me como rival de Lujine.

— Desculpe-me interrompê-lo, mas não poderia resumir e entrar imediatamente no assunto de sua visita? Repito-lhe que tenho pressa, preciso dar umas voltas...

— Pois não! Resolvido agora a fazer certa... viagem, queria, primeiro, regularizar alguns negócios. Meus filhos ficam com a tia; são ricos, não precisam de mim. Está a observar-me em meu papel de pai? Não trouxe mais que o dinheiro que Marfa Petrovna me deu há um ano. Chega. Desculpe-me: vou entrar no assunto. Não é precisamente porque odeie Lujine, mas ele foi a causa da última desinteligência que tive com minha mulher: indignei-me quando soube que ele projetava esse casamento. Dirijo-me ao senhor para conseguir falar com Avdótia Romanovna: se quiser, pode assistir à nossa convera. Desejaria que sua irmã pesasse bem os inconvenientes que lhe hão de resultar do casamento com Lujine, que me perdoasse todos os desgostos que lhe causei e me desse licença para oferecer-lhe dez mil rublos, o que compensaria o rompimento, que estou crente não lhe repugnaria, se visse a possibilidade de realizá-lo.

— Mas o senhor é doido, positivamente doido! — bradou Raskólnikov, mais surpreendido do que encolerizado. — E como se atreve a falar assim?

— Já sabia que havia de exaltar-se outra vez, mas começarei por dizer-lhe que, não sendo rico, posso dispor perfeitamente desses dez mil rublos, que não me fazem falta. Se Avdótia Romanovna não os aceitar, Deus sabe que loucuras farei com eles. Além disso, minha consciência está tranquila; essa oferta não obedece a qualquer premeditação. Acredite ou não, o futuro o provará, ao senhor e a Avdótia Romanovna. Em resumo, procedi muito mal com sua digna irmã, sinto um profundo arrependimento e desejo, ardentemente, não reparar com uma compensação pecuniária os aborrecimentos que teve, mas prestar-lhe um pequeno serviço para que não se diga que só lhe fiz mal. Se minha proposta ocultasse algum pensamento reservado, não a faria tão abertamente e não me limitava a oferecer hoje dez mil rublos, quando, há cinco semanas, ofereci muito mais. Ademais, vou casar brevemente com uma moça daqui, e não poderão suspeitar que pretendi seduzir Avdótia Romanovna. Por fim, dir-lhe-ei que, embora ela venha a ser esposa de Lujine, receberá essa quantia de outra forma... Mas não se zangue, Ródion Românovitch, aprecie a sangue-frio.

Svidrigailov pronunciou essas palavras com extraordinária fleuma.

— Peço-lhe que acabe — disse Raskólnikov. — Essa proposta é de uma insolência imperdoável.

— Não acho. Além disso, o homem, neste mundo, só pode fazer mal a seu semelhante; tendo de vingar-se não lhe assiste o direito de fazer o menor bem; as conveniências sociais opõem-se. É absurdo. Por exemplo, se eu morresse, e deixasse em testamento esse dinheiro à sua irmã, acha que ela recusava-o?

— É muito provável.

— Não falemos mais nisso. Seja como for, peço-lhe que faça meu pedido à sua irmã.

— Nada lhe direi.

— Nesse caso, Ródion Românovitch, é preciso que me encontre com ela, o que decerto a incomodará.

— E se eu lhe comunicar sua proposta desistirá de falar-lhe em particular?

— Não sei o que hei de responder-lhe. Desejava muito vê-la uma vez, ao menos.

— Perca as esperanças.

— Mau! O senhor não me conhece. Poderíamos ter relações de amizade.

— Julga isso?

— Por que não? — disse sorrindo Svidrigailov, levantando-se e pegando o chapéu. — Eu não desejo impor-me à sua simpatia, e mesmo vindo aqui, não contava... esta manhã impressionou-me...

— Onde me viu esta manhã? — perguntou inquieto Raskólnikov.

— Vi-o por acaso... Penso sempre que somos dois frutos da mesma árvore... Mas não fique constrangido. Não sou intrometido. Costumo tratar bem os batoteiros. Nunca importunei o príncipe Svírbei, grande personagem, parente distante meu, e pude escrever sobre a *Madonna* de Rafael no álbum da senhora Prílukof; durante sete anos, nunca abandonei Marfa Petrovna. Em meus velhos dias, costumava passar as noites na casa de Viassêmski, no Mercado do Feno, e talvez suba no balão de Berg.

— Está bem. Permita-me que lhe pergunte se tenciona partir brevemente.

— Partir?

— Não me falou há pouco em uma viagem?

— Eu? Numa viagem? Ah, sim!... Se soubesse o que veio despertar! — acrescentou secamente. — Talvez que, em vez de viajar, me case. Querem arranjar-me um casamento.

— Aqui?

— Sim, aqui.

— Desde que chegou a São Petersburgo não perdeu tempo!

— Mas estou ansioso para ver Avdótia Romanovna, pelo menos uma vez. Peço-lhe esse favor. Até mais ver... Ah! Já me esquecia! Diga à sua irmã que Marfa Petrovna lhe deixou três mil rublos. Minha mulher fez suas disposições testamentárias oito dias antes de morrer. Avdótia Romanovna deverá receber o dinheiro em duas ou três semanas.

— Isso é verdade?

— É. Diga-lhe. Um seu criado... Moro muito perto daqui...

À saída, Svidrigailov encontrou-se na escada com Razumíkhin.

Capítulo II

Eram quase oito horas; os dois partiram logo para a casa Bakalêief, pois queriam chegar antes de Lujine.

— Quem saía de tua casa quando entrei? — perguntou Razumíkhin ao chegarem à rua.

— Svidrigailov, o proprietário em cuja casa minha irmã esteve como governanta e de onde saiu porque ele lhe fazia a corte; Marfa Petrovna, a mulher desse tipo, despediu-a. Mais tarde, porém, pediu perdão a Dúnia. Morreu há dois dias repentinamente. E era dela que minha mãe falava às vezes. Não sei por quê, esse homem assusta-me. É muito singular e tem alguma resolução firmemente tomada... Dir-se-ia que sabe alguma coisa... Chegou aqui logo após o enterro da mulher... É preciso proteger Dúnia contra ele. Aqui tens o que eu queria dizer-te, ouviste?

— Protegê-la! Que pode ele fazer contra Avdótia Romanovna? Agradeço-te por me teres avisado... Protegê-la-emos, descansa!... Onde mora ele?

— Não sei.

— Por que não perguntaste? Que diabo! Hei de reconhecê-lo!

— Viste-o? — perguntou Raskólnikov, depois de breve silêncio.

— Oh, vi! Reparei bem nele!

— Estás seguro? Viste-o distintamente? — insistiu Raskólnikov.

— Perfeitamente; lembro-me muito bem de sua fisionomia, reconhecê-la-ia entre mil pessoas.

Calaram-se outra vez.

— Olha, sabes, parece-me que sou vítima de uma ilusão — murmurou Raskólnikov.

— Por que dizes isso? Não te entendo.

— Queres ver — continuou Raskólnikov fazendo uma careta que pretendia ser um sorriso —; todos dizem que sou louco, e há pouco julguei que tinham razão e que apenas vira um espectro.

— Que ideia!

— Quem sabe? Talvez eu seja realmente louco, e os sucessos dos últimos dias só existissem em minha imaginação.

— Ródia, perturbaram-te mais o espírito!... Mas que te disse ele! Por que foi à tua casa?

Ele não respondeu. Razumíkhin pensou um momento.

— Escuta, vou dizer-te o que fiz — começou. — Fui à tua casa; dormias ainda. Depois jantamos, e, em seguida, fui à casa de Porfírio. Zametov ainda estava lá. Comecei a arengar, mas não fui feliz a princípio; não conseguia entrar na matéria. Todos eles pareciam não me perceber, sem contudo apresentarem objeção. Levei Porfírio para a janela, recomecei, mas não fui mais bem-sucedido. Cada um de nós olhava para seu lado. Por fim, aproximei de sua cara a mão fechada em gesto agressivo e disse-lhe que o esmagava. Ele olhou para mim sem dizer nada. Escarrei e dei-lhes as costas. Uma tolice. Com Zametov não troquei palavra. Vinha zangado comigo mesmo pela forma estúpida como tinha procedido, quando uma súbita reflexão me consolou: ao descer a escada, perguntei a mim próprio: valerá a pena preocuparmo-nos tanto com isso? Evidentemente, se algum tempo corresse, as coisas passavam-se de outro modo. Mas que tens a recear? Não és culpado, portanto, eles não te podem inquietar. Mais tarde nos riremos da tolice deles e, em teu lugar, eu sentiria grande prazer em troçar deles. Como essa gente pode cometer um erro tão grosseiro? Cospe nisso; esses asnos não merecem desprezo.

— É justo! — respondeu Raskólnikov. "Mas que dirás amanhã!", disse consigo. Caso curioso, até então ele nunca pensara em interrogar-se: "Que dirá Razumíkhin ao saber que sou culpado?" Olhou fixamente para o amigo. A descrição da visita a Porfírio interessara-o pouco: sua preocupação era outra.

No corredor, encontraram Lujine. Chegara às oito horas em ponto, mas esquecera o número, de forma que entraram juntos, sem se olharem nem cumprimentarem. Raskólnikov e Razumíkhin entraram logo; Pedro Petróvitch, sempre fiel observador das conveniências, demorou-se na antecâmara a despir o sobretudo. Pulquéria Alexandrovna dirigiu-se logo a ele. Dúnia e Raskólnikov cumprimentaram-se.

Pedro Petróvitch saudou as senhoras muito amavelmente, mas com extrema gravidade. Via-se que estava preocupado. Pulquéria Alexandrovna, que também parecia não estar à vontade, pediu a todos que se sentassem à mesa, onde o samovar borbulhava. Dúnia e Lujine ficaram defronte um do outro nas extremidades. Razumíkhin e Raskólnikov, em frente de Pulquéria Alexandrovna — o primeiro ao lado de Lujine, o outro junto da irmã.

Durante algum tempo, ninguém falou. Pedro Petróvitch tirou do bolso um lenço de *baptiste* perfumado e assoou-se. Suas maneiras eram as de um homem ferido em sua dignidade e firmemente resolvido a exigir explicações. Na ocasião em que despira o sobretudo, já ele pensara se o melhor castigo a infligir a essas senhoras não seria retirar-se imediatamente. Todavia não o fez, porque gostava das situações definidas. Elas que assim procediam é que teriam alguma razão para isso. Mas que razão? Mais valia pôr tudo claro: era sempre tempo de castigar, e a punição pela demora não era menos certa.

— Fez bem sua viagem, não é verdade? — perguntou por delicadeza a Pulquéria Alexandrovna.

— Graças a Deus!

— Estimo muito. E Avdótia Romanovna também não se fatigou, pois não?

— Eu sou nova e forte; nada me cansa, mas para mamãe a viagem foi muito incômoda — respondeu Dúnia.

— Então! Nossas estradas são tão extensas, a Rússia é tão grande... Apesar de meus bons desejos, não pude ir ontem esperá-las. Mas chegaram bem?

— Oh! Desculpe-me, Petróvitch; mas encontramo-nos numa situação muito difícil — respondeu logo Pulquéria Alexandrovna com uma entonação particular. — E se Deus não nos enviasse Dmitri Prokófitch, não saberíamos realmente o que havíamos de fazer... Permita-me que lhe apresente nosso salvador: Dmitri Prokófitch Razumíkhin.

— Já ontem tive o prazer de... — disse Lujine lançando a Razumíkhin um olhar de antipatia.

Pedro Petróvitch era uma dessas criaturas que se esforçam por parecer amáveis e brilhantes, mas que, à menor contrariedade, perdem subitamente a serenidade, a ponto de mais parecerem meninos amuados do que cavalheiros de fino trato. O silêncio reinou de novo: Raskólnikov mantinha-se numa obstinada mudez. Avdótia Romanovna não julgava a ocasião oportuna para falar. Razumíkhin não tinha o que dizer, e, portanto, Pulquéria Alexandrovna viu-se ainda na necessidade de manter a conversação.

— Marfa Petrovna morreu, sabia? — começou, empregando o supremo recurso em semelhante caso.

— Sabia! Fui informado imediatamente do triste acontecimento, e posso até dizer-lhes que, após o enterro de sua mulher, Árcade Ivânovitch Svidrigailov veio a toda a pressa para São Petersburgo. Tive essa notícia de boa fonte.

— Aqui? Em São Petersburgo? — perguntou assustada Dúnia, trocando um olhar com a mãe.

— É verdade. E deve supor-se que não veio sem nenhuma intenção; a precipitação da partida e o conjunto de circunstâncias anteriores assim o levam a crer.

— Meu Deus! Virá apoquentar outra vez Dunetchka?! — exclamou Pulquéria.

— Parece-me que não há razões para se inquietarem com a presença dele em São Petersburgo, pelo menos por ora. Por mim, estou de sobreaviso.

— Ah! Pedro Petróvitch, não calcula como me assustou agora! disse Pulquéria. Vi esse homem apenas duas vezes e pareceu-me terrível; terrível! Tenho certeza de que foi ele o causador da morte da infeliz Marfa Petrovna.

— As informações que recebi não levam a essa conclusão. Ademais, não vejo em que seu procedimento tivesse, até certo ponto, abreviado o curso natural das coisas. Mas, quanto ao comportamento e em geral às qualidades morais da personagem, estamos de acordo. Ignoro se ficou rico com o que Marfa Petrovna lhe deixou. Sabê-lo-ei logo. O certo é que, achando-se em São Petersburgo, não tardará a voltar aos antigos hábitos, por poucos que sejam seus recursos. Não há homem mais vicioso e depravado! Marfa Petrovna, que teve a infelicidade de se apaixonar por ele, que lhe pagou as dívidas, ainda lhe foi útil por outra forma. À custa de muitos esforços e sacrifícios, conseguiu abafar o processo que podia muito bem tê-lo levado à Sibéria, Tratava-se de um assassínio cometido em condições medonhas e, por assim dizer, fantásticas. Eis o que é esse homem.

— Ah, meu Deus! — exclamou Pulquéria Alexandrovna.

Raskólnikov ouvia atentamente.

— Segundo nos disse, suas informações são de origem segura? — perguntou Dúnia, desabrida e enfaticamente.

— Limito-me a repetir o que ouvi de Marfa Petrovna. É preciso notar que, do ponto de vista jurídico, esse caso era muito obscuro. Naquela época, vivia aqui, e parece que ainda vive, uma tal Resslich, estrangeira, que emprestava a juros e exercia ainda outras profissões. Entre essa mulher e Svidrigailov existiam, há muito tempo, relações íntimas e misteriosas. Vivia com ela uma parenta afastada, sobrinha, creio eu, rapariga de 14 ou 15 anos, surda-muda. A Resslich não podia aturar a moça, dava-lhe maus tratos, batendo-lhe barbaramente. Um dia, a infeliz foi encontrada enforcada. As investigações concluíram que se tratava de suicídio, e o caso ficava por ali quando a polícia recebeu — denúncia de que a pequena fora violada por Svidrigailov. Francamente, tudo isso era pouco claro: a denúncia fora dada por outra mulher estrangeira de caráter duvidoso e cujo depoimento não podia valer muito. Daí a pouco tempo, ninguém mais falou sobre o processo. Marfa Petrovna pusera-se em campo, espalhara dinheiro e conseguira paralisar a ação da justiça. Nem por isso deixaram de formar-se as opiniões mais desagradáveis sobre Svidrigailov. Falaram--lhe também, naturalmente, Avdótia Romanovna, no caso do criado Filipe, que morreu vítima de maus tratos. O caso passou-se há seis anos, quando havia ainda a escravatura.

— Ouvi dizer que Filipe se enforcara.

— Pois sim, mas foi levado a isso, ou melhor, obrigado a isso, pelas brutalidades incessantes e vexames continuados de que o patrão o fazia vítima.

— Não sabia — disse secamente Dúnia —, ouvi apenas a esse respeito uma história bastante curiosa: esse Filipe parece que era hipocondríaco, uma espécie de criado filósofo; os companheiros diziam que as leituras o tinham perturbado; e, pelo que contam, conclui-se que se enforcou não por causa dos maus tratos, mas pelas troças que lhe faziam. Sempre vi Svidrigailov tratar os criados com humanidade: todos gostavam dele, embora lhe atribuíssem a morte de Filipe.

— Vejo que toma a peito defendê-lo respondeu Lujine com um sorriso equívoco. — É verdade que ele é homem hábil para insinuar-se no coração das senhoras: a infeliz Marfa Petrovna, morta em circunstâncias tão singulares, bem lamentavelmente o provou. Quis avisá-las apenas, a ela e a sua mãe, prevendo qualquer tentativa que ele não deixará de renovar. Quanto a mim, estou firmemente convencido de que esse homem acabará preso, por dívidas. Marfa Petrovna pensava muito no futuro dos filhos, e assim não teria deixado ao marido uma parte importante da fortuna. Naturalmente legou-lhe o bastante para viver sem dificuldades, mas, com seu gênio dissipador, antes de um ano terá perdido tudo.

— Peço-lhe, Pedro Petróvitch, que não fale mais de Svidrigailov. Desagrada-me muito essa conversa.

— Ele foi procurar-me — disse subitamente Raskólnikov, que até então estivera calado.

Todos voltaram-se para Ródion com exclamações de surpresa. Até Pedro Petróvitch parecia intrigado.

— Há uma hora, eu estava dormindo. Ele entrou, acordou-me e apresentou-se — continuou Raskólnikov. — Estava alegre, muito à vontade; espera que eu venha a ser amigo dele. Entre outras coisas, deseja ardentemente falar contigo, Dúnia, pediu-me que servisse de mediador nesse sentido. Tem uma proposta a fazer-te e disse-me o que era. Assegurou-me, positivamente, que Marfa Petrovna te deixara, em testamento, três mil rublos, e que podes receber esse dinheiro sem demora.

— Louvado seja Deus! — disse Pulquéria Alexandrovna, benzendo-se. — Reza por ela, Dúnia, reza!

— O fato é verdadeiro — disse Lujine.

— E depois? — perguntou com interesse Dúnia.

— Depois, disse-me que ele próprio não era rico, e toda a fortuna pertencia aos filhos, que estão agora na casa de uma tia. Disse também que morava perto de mim, mas onde? Ignoro, porque não lhe perguntei.

— Que proposta quer ele, então, fazer a Dúnia — perguntou sobressaltada Pulquéria Alexandrovna. — Disse-te?

— Disse.

— Então o que é?

— Mais tarde direi.

Tendo respondido assim, Raskólnikov começou a tomar seu chá. Pedro Petróvitch olhou o relógio.

— Um negócio urgente obriga-me a deixá-los, e assim não me torno importuno para o que têm a dizer — acrescentou parecendo melindrado. E levantou-se.

— Fique, Pedro Petróvitch; tinha prometido passar a noite conosco. Ademais, sua carta dizia que desejava falar com mamãe.

— É verdade, Avdótia Romanovna — respondeu Pedro Petróvitch, tornando a sentar-se, mas com o chapéu na mão — desejava, com efeito, falar com sua mãe e com a senhora sobre um assunto da mais alta gravidade. Mas como seu irmão não pode contar diante de mim as propostas de Svidrigailov, eu não posso nem quero explicar-me diante... de terceiras pessoas... sobre uma questão de extrema importância. Ademais, tinha manifestado, nos termos mais positivos, um desejo de que não fez caso...

A fisionomia de Lujine tomou um ar severo e altivo.

— Efetivamente tinha-nos pedido que meu irmão não assistisse a essa nossa reunião, mas, se ele não respeitou seu pedido, foi por instância minha — respondeu Dúnia. Em sua carta, dizia-nos que meu irmão o insultou. Ora, eu desejo que não haja entre os dois algum dissídio e que se reconciliem. Se realmente Ródia o ofendeu, deve pedir-lhe desculpa, e decerto pedirá.

Ouvindo essas palavras, Pedro Petróvitch se sentiu ainda menos disposto a fazer concessões.

— Apesar da melhor boa vontade, Avdótia Romanovna, há certas injúrias que não se podem esquecer. Em tudo há um limite que é perigoso ultrapassar, porque, uma vez que tal se faça, é impossível voltar atrás.

— Não era exatamente sobre isso que eu falava, Pedro Petróvitch — interrompeu Dúnia com alguma impaciência. — Por favor, compreenda que todo nosso futuro depende de que tudo isso seja esclarecido tão breve quanto possível. Disse-lhe francamente para não ver esse fato sob outra luz, e, se tiver alguma consideração por mim, tudo deverá ser solucionado hoje, seja qual for a dificuldade. Repito-lhe: se meu irmão for culpado, ele lhe pedirá desculpa.

— Surpreendo-me em ter colocado a questão nesses termos — disse Lujine cada vez mais irritado. — Estimando, e podendo dizer adorando-a, ao mesmo tempo e sem dúvida alguma, posso não gostar de algum membro de sua família. Embora reivindique a felicidade de tê-la por esposa, não posso aceitar obrigações incompatíveis com...

— Ah! Não se ofenda por tão pouco, Pedro Petróvitch — interrompeu Dúnia comovida —; seja o homem inteligente e nobre que sempre conheci e desejo sempre ver. Fiz-lhe uma promessa, ser sua mulher; confie em mim nessa questão e creia que a julgarei imparcialmente. O papel de juiz que tomo não é surpresa para nenhum dos dois. Quando hoje, depois de receber sua carta, instei com meu irmão para vir, nada lhe disse de minhas intenções. Compreendo que recusem reconciliar-se; eu serei forçada a optar por um e excluir o outro. É assim que a questão fica posta. Não quero, nem devo, enganar-me na escolha que fizer. Se o escolher, deixarei meu irmão; escolhendo meu irmão, abandonarei o senhor. Posso e quero julgar seus sentimentos a meu respeito. Vou saber se tenho em Ródia um irmão e em Pedro Petróvitch um esposo que me ama.

— Avdótia Romanovna — respondeu Lujine arrogantemente —, suas palavras prestam-se a muitas interpretações; direi mais, são ofensivas para a situação em que tenho a honra de estar para com você.

Sem falar no quanto me magoa ver-me considerado pessoa orgulhosa; elas parecem significar a possibilidade de que nosso casamento não se realize. Disse que vai escolher entre mim e seu irmão; assim mostra quanto lhe mereço... Não posso aceitar isso, dadas nossas relações e os compromissos de parte a parte.

— Como! — exclamou Dúnia corando. — Então eu ligo seus interesses ao que tenho de mais caro na vida e diz-me que me merece pouco!

Raskólnikov sorriu sarcasticamente, Razumíkhin fez uma careta, mas a resposta de Dúnia não sossegou Lujine, que, cada vez, estava mais corado e mais áspero.

— O amor ao marido, ao futuro companheiro da vida, deve ser superior ao amor fraterno — declarou ele sentenciosamente —, e, em todo caso, eu não posso ser posto a par... Conquanto tivesse dito há pouco que não queria nem podia explicar-me na presença de seu irmão sobre o principal motivo de minha visita, há um ponto, muito importante para mim, que desejava esclarecer logo, com sua mãe. Seu filho — continuou, dirigindo-se a Pulquéria Alexandrovna —, ontem, diante do senhor Rassudkine (não é assim que se chama? Desculpe-me, esqueci-me de seu nome, disse ele a Razumíkhin, cumprimentando-o amavelmente), ofendeu-me pelo modo como alterou uma frase pronunciada por mim ultimamente, ao tomar café em sua casa. Eu disse que, para mim, uma moça pobre e que já sofreu privações dava a um marido mais garantias de moralidade e felicidade do que uma que nunca sentiu falta de coisa alguma. Seu filho, propositadamente, deu um sentido absurdo às minhas palavras, atribuiu-me intenções odiosas, e presumo que se fundou, para fazê-lo, em suas cartas. Far-me-ia um grande favor se me dissesse exatamente por que palavras reproduziu meu pensamento na carta que fez a Ródion Românovitch.

— Não me lembro — retorquiu embaraçada Pulquéria Alexandrovna —, mas reproduzi-o conforme o percebi. Não sei como Ródia lhe repetiu essa frase. É possível que ele a tenha alterado, trocado as palavras.

— Se o fez foi inspirado em sua carta.

— Pedro Petróvitch — tornou com altivez Pulquéria Alexandrovna, a prova de que Dúnia e eu não tomamos em mau sentido suas palavras —, é que estamos aqui reunidos.

— Exatamente, mamãe — aprovou Dúnia.

— Então fui eu que andei mal! — disse Lujine magoado.

— Pedro Petróvitch acusa sempre Ródion. Ainda há pouco, sua carta o culpava de um fato que é falso — disse Pulquéria Alexandrovna animada pelo *satisfecit* da filha.

— Não me lembro de ter escrito falsidade alguma.

— Conforme sua carta — interrompeu duramente Raskólnikov sem se voltar para Lujine —, o dinheiro que ontem dei à viúva de um homem que foi esmagado por uma carruagem, dei-lhe por causa da filha (que eu via pela primeira vez). O senhor escreveu isso com a intenção de me indispor com minha família e, para melhor o conseguir, qualificou do modo mais ignóbil a vida de uma moça que não conhece. Isso é uma reles injúria.

— Desculpe, senhor — respondeu Lujine, trêmulo de raiva —, se, em minha carta, fiz considerações a seu respeito foi unicamente porque sua mãe e sua irmã me pediam que lhes dissesse em que situação o encontrara e que impressão me causara. Ademais, desafio-o a provar a falsidade do fato a que se refere. Negará que desbaratou o dinheiro, e, quanto à família de que se trata, atrever-se-á a garantir a respeitabilidade de todos os membros?

— Em minha opinião, apesar de toda a sua respeitabilidade, o senhor não vale um cabelo da pobre moça que caluniou.

— Dessa forma não hesitará em trazê-la à casa de sua mãe e sua irmã?

— Se o deseja saber, dir-lhe-ei que já a apresentei. Hoje mesmo, a meu pedido, ela esteve junto de mamãe e de Dúnia.

— Ródia! — exclamou Pulquéria Alexandrovna. Dunetchka corou; Razumíkhin franziu a testa; Lujine exibiu um riso de desprezo.

— Veja, Avdótia Romanovna — disse ele —, se é possível chegarmos a um acordo. Espero que esse caso fique liquidado e que nunca mais falemos em tal coisa. Retiro-me para não interromper a reunião de família; ademais, devem ter confidências a fazer. (Levantou-se e pegou o chapéu.) Mas permitam que lhes diga, antes de me ir, que desejo, de hoje para o futuro, nunca mais ter de encontrar-me em tal companhia. É à senhora particularmente, digna senhora, que faço esse pedido, tanto mais que minha carta foi dirigida só à senhora e a mais ninguém.

Pulquéria Alexandrovna irritou-se.

— Pensa que nos governa, Pedro Petróvitch?! Dúnia já lhe disse por que não foi satisfeito o seu desejo; as intenções dela eram boas. Mas, francamente, sua carta era muito imperiosa. Devemos aceitar seus desejos como ordens? Ao contrário; agora, principalmente, deve tratar-nos com muita consideração, porque nossa confiança no senhor é tanta, que tudo deixamos para vir aqui e, portanto, ficamos à sua discrição.

— Isso não é absolutamente certo, Pulquéria Alexandrovna, sobretudo no momento em que sabe do legado de Marfa Petrovna à sua filha. Esses três mil rublos chegam bem a propósito, a julgar pelo tom altivo com que me fala — disse Lujine.

— Essa observação faz supor que especulou com nossas privações — observou Dúnia, indignada.

— Mas agora já não posso fazer o mesmo e não quero impedir que ouçam as promessas secretas de Svidrigailov, que seu irmão está encarregado de trazer. Pelo que vejo, dão-lhes importância capital, e, talvez, até lhes sejam muito agradáveis.

— Oh, meu Deus! — bradou Pulquéria.

Razumíkhin não conseguia estar sentado na cadeira.

— Não te sentes envergonhada, minha irmã? — disse Raskólnikov.

— Sim, Ródia — respondeu Dúnia. — Pedro Petróvitch, saia! — disse ela pálida de furor.

Lujine não esperava esse desfecho. Presumira muito de sua pessoa e contara demasiadamente com a força e a fraqueza de suas vítimas. Mesmo agora, ainda não podia crer no que ouvira.

— Avdótia Romanovna — disse ele, mudando de cor e com os lábios trêmulos —, se eu sair agora, fique certa de que nunca mais volto. Pense bem! Eu tenho uma só palavra.

— Que arrojo! — exclamou Dúnia. — Mas se eu não desejo que volte.

— Sério? — gritou Lujine, fora de si, vendo realizado um rompimento que julgava impossível. — Pois bem! Mas saiba, Avdótia Romanovna, que eu posso protestar...

— Que significa esse modo de falar? — perguntou com energia Pulquéria. — Como pode protestar? Que direito tem para isso? Eu não darei minha filha a um homem como o senhor! Saia, vá-se embora, deixe-nos em paz. No que andamos mal foi em permitir intimidades; e eu então, eu...

— Contudo, Pulquéria Alexandrovna — disse Petróvitch furioso —, eu tinha sua palavra, que, vejo, retira agora, e enfim... enfim... sempre fiz despesas...

Estas palavras, tão próprias do caráter de Lujine, fizeram rir Raskólnikov, apesar da raiva que o dominava. Mas Pulquéria Alexandrovna é que não se conteve.

— Despesas? — perguntou com violência. — Vai falar das passagens que nos mandou? Mas disse-nos que obtivera o transporte gratuito. Tínhamos dado nossa palavra? Mas as situações mudam! Éramos nós que estávamos às suas ordens, e não o senhor que estava às nossas.

— Basta, mamãe, basta! — disse Dúnia. — Pedro Petróvitch, faça-nos o favor de sair.

— Eu saio; uma última palavra apenas — disse ele muito exaltado. — Sua mãe parece ter esquecido que lhe pedi sua mão, Avdótia, numa ocasião em que toda a gente dizia a seu respeito coisas pouco agradáveis. Afrontei a opinião, restabeleci seu bom nome, tinha motivos para esperar gratidão... mas agora abriram-me os olhos! Vejo que meu procedimento foi pouco refletido e que talvez fizesse mal em desprezar o que se dizia...

— Mas ele quer que lhe partam a cara! — exclamou Razumíkhin, pondo-se de pé para castigar o insolente.

— O senhor é um vilão, um miserável! — disse Dúnia.

— Nem uma palavra! Nem um gesto! — exclamou Raskólnikov sustendo Razumíkhin. — Vá-se embora — disse em voz baixa, mas perfeitamente clara —, e nem mais uma palavra, senão...

Pedro Petróvitch, com o rosto branco e vincado pela cólera, olhou para ele durante alguns segundos; em seguida, voltou as costas e desapareceu, levando no coração um ódio mortal contra Raskólnikov, a quem atribuía toda a sua desgraça. Deve notar-se que, enquanto descia a escada, pensava que não estava tudo perdido e que a reconciliação era ainda possível — quanto à mãe e à filha.

Capítulo III

O fato é que Lujine nunca esperara tal desfecho. Vangloriara-se até o último instante, nunca sonhara que duas indefesas e fracas mulheres pudessem escapar de seu controle. Essa convicção era robustecida por sua vaidade e seu orgulho, um orgulho que atingia as raias do ridículo. Pedro Petróvitch subira da insignificância, era morbidamente vítima do narcisismo; tinha os mais altos conceitos sobre sua inteligência e capacidade, e, por vezes, se admirava sozinho ao espelho. Porém amava e valorizava sobretudo o dinheiro, conseguido com seu trabalho e toda a sorte de expedientes: o dinheiro o igualava a todos que lhe foram superiores.

Quando, amargurado, relembrou a Dúnia que se decidira a desposá-la, apesar dos comentários desairosos, Pedro Petróvitch falara sinceramente convicto e, em verdade, sentira genuína indignação por tão "negra ingratidão". Apesar disso, quando pedira a mão de Dúnia, estava inteiramente a par da inconsistência das calúnias. A história fora contraditada por Marfa Petrovna em todas as minúcias e, na época, ninguém mais lhe dava crédito no vilarejo, onde todos defendiam calorosamente Dúnia. E, instado, não negaria já conhecer tudo. Falando com Dúnia, omitira os sentimentos secretos que acariciava e admirava e não podia entender que outros não os pudessem admirar também. Visitara Raskólnikov com a atitude de um benfeitor, como quem vai colher os frutos sazonados de suas boas ações ou ouvir agradáveis elogios. Agora, ao descer as escadas, sentia-se imerecidamente injuriado e sem que ninguém lhe demonstrasse reconhecimento.

Dúnia tornara-se vital para ele, viver sem ela era inconcebível. Durante muitos anos, tivera sonhos voluptuosos com o casamento, mas continuara esperando, enquanto juntava dinheiro. Gostosa e secretamente, ruminava no pensamento a figura de uma moça — virtuosa, pobre (devia ser pobre), jovem, bela, de boa condição social e instrução, tímida, que muito sofrera e fosse humilde em relação a ele, uma que o olhasse o resto da vida como seu salvador, que o venerasse, e só a ele. Quantas cenas, quantos episódios amorosos imaginara em seus devaneios langorosos, cheios de sedução e prazer, ao terminar suas tarefas diárias! E o sonho de tantos anos se realizara; a beleza e a instrução de Avdótia Romanovna o impressionaram, sua posição de abandono fora uma tentação; nela encontrara mais que seu sonho realizado. Estava retratada nela a moça de brio, caráter, virtude, de instrução e polidez superior à dele (ele o sentia), e essa criatura sentir-se-ia submissamente agradecida a ele, para o resto da vida, por seu heroico assentimento, e humilhar-se-ia, arrojando-se no pó, à sua frente, e ele teria absoluto e irrestrito domínio sobre ela. Por seu lado, não muito tempo depois, após longa reflexão e hesitação, fizera importante mudança de carreira e estava prestes a entrar em um círculo mais amplo de negócios. Com essa mudança, seus acalentados sonhos de galgar uma posição social mais elevada pareciam a ponto de se realizar. Estava realmente decidido a tentar a sorte em São Petersburgo. Sabia que as mulheres são grandes auxiliares. O fascínio de uma encantadora, virtuosa e polida mulher podia tornar o caminho mais fácil, graças ao poder de atrair pessoas; por outro lado, cercava o marido de uma auréola. E agora tudo ruíra!

Esse súbito e terrível acontecimento atingiu-o como o impacto de um raio; era como uma odiosa brincadeira, um absurdo. Só mostrara um início de prepotência, não tivera tempo de dar curso às suas ideias, fizera uma simples brincadeira, fora levado pelos impulsos — e tudo tivera um fim tão sério. Em verdade, também, amava Dúnia a seu modo, já a possuíra em seus sonhos — e de repente...! Não! No dia seguinte, tudo teria de ser consertado, polido, pacificado. Sobretudo devia arrasar aquele maricas orgulhoso, a causa de tudo. Com um sentimento doentio não conseguiria reconciliar-se com Razumíkhin, mas, em breve, assegurou-se dessa possibilidade; como se um garoto desses pudesse ombrear-se com ele! O homem realmente a temer era Svidrigailov... Em poucas palavras, tinha muito que fazer...

* * *

— Não, mais do que ninguém devo ser recriminada — disse Dúnia abraçando a mãe. — Fui tentada pelo dinheiro, meu irmão, mas, por minha honra não sabia que era um canalha. Se desconfiasse, nada me tentaria. Não me culpes, Ródia!

— Deus nos livre! Deus nos livre! — murmurou Pulquéria Alexandrovna, semiconsciente, mal entrevendo o que acontecera.

Durante cinco minutos, todos se sentiram aliviados, traduzindo-se mesmo a alegria por gargalhadas. Apenas a fisionomia de Dunetchka tomava, de vez em quando, um aspecto sombrio, como se a formosa moça se lembrasse da cena anterior. Pulquéria Alexandrovna surpreendia-se também em estar alegre, ainda pela manhã considerava o rompimento com Lujine um terrível infortúnio. Mas, de todos, o que ficou mais satisfeito foi Razumíkhin. A alegria, que não se atrevia ainda a manifestar abertamente, traía-se por uma excitação febril que o dominava totalmente. Agora, tinha o dever de consagrar toda a vida àquelas senhoras, de prestar-lhes todos os serviços... Todavia afastava essas ideias para longe, receando que tomassem corpo. Raskólnikov conservava-se imóvel e triste, não tomando parte na alegria geral; podia dizer-se que seu espírito não estava ali. Insistira tanto no rompimento com Lujine, e agora, que ele se efetuava, era quem menos importância lhe dava. Dúnia não podia esquivar-se da ideia de que Ródia ainda estava zangado com ela, e Pulquéria Alexandrovna observava-o inquieta.

— Que te disse Svidrigailov? — perguntou Dúnia, aproximando-se de Raskólnikov.

— Ah, é verdade! — exclamou Pulquéria.

Raskólnikov ergueu a fronte.

— Svidrigailov quer por força dar-te dez mil rublos e deseja ver-te uma só vez, estando eu presente.

— Vê-la! Nunca! — exclamou Pulquéria. — E como se atreve a oferecer dinheiro?

Raskólnikov contou, secamente, o que se passara entre ele e Svidrigailov, omitindo as visitas fantasmagóricas de Marfa Petrovna, desejoso de evitar qualquer conversa supérflua.

— Que resposta lhe deste? — perguntou Dúnia.

— A princípio disse que não traria nenhum recado. Então, me disse que faria o impossível para conseguir um encontro contigo, já que eu não o auxiliava. Assegurou-me que a paixão por ti fora passageira, não tendo mais nenhuma atração por ti. Ele quer evitar que te cases com Lujine... Sua conversa foi sempre confusa.

— Qual a tua opinião, Ródia? Ele te impressionou?

— Devo confessar que não o entendi bem. Ofereceu-te dez mil rublos e ainda disse não estar bem de vida. Disse que viajará e, em dez minutos, esqueceu o que dissera. Disse que vai casar-se e já ter a moça escolhida... Sem dúvida tem um intento... e só pode ser maligno. Não compreendo como pode ser tão grosseiro quando tem algum desígnio... Em teu lugar, rejeitaria o dinheiro dele... No conjunto, julgo-o muito estranho... quase considero-o louco, mas posso estar errado; nele se vê só o que deseja mostrar... A morte de Marfa Petrovna parece tê-lo impressionado muito.

— Deus guarde sua alma! — exclamou Pulquéria Alexandrovna. Rezarei sempre por ela! Onde estaríamos hoje, Dúnia, sem os três mil! Caíram do céu! Isso porque, Ródia, esta manhã tínhamos só três rublos nos bolsos e Dúnia e eu planejáramos empenhar o relógio para evitar que aceitássemos qualquer auxílio que Lujine nos oferecesse.

Dúnia estava estranhamente impressionada com o oferecimento de Svidrigailov. Ficou pensativa por muito tempo.

— Preparou algum indigno projeto! — murmurou aterrorizada.

Raskólnikov abalou-se com o terror da irmã.

— Hei de tornar a encontrar-me com ele — disse.

— Havemos de vê-lo! Eu o descobrirei! — acrescentou com vivacidade Razumíkhin. — Não o perco de vista. Ródia autorizou-me. Ainda há pouco, me disse: "Protege minha irmã." Consente, Avdótia Romanovna? Consente?

Dúnia sorriu, estendeu-lhe a mão, mas, em seu rosto, via-se que estava apreensiva. Pulquéria olhou para ela com ar tímido; aliás, os três mil rublos tinham-na tranquilizado, sensivelmente.

Um quarto de hora depois, conversava-se vivamente. Raskólnikov, mantendo-se calado, prestava no entanto atenção ao que se dizia em torno.

— Mas por que há de ir embora? — perguntou Razumíkhin mecanicamente. — Que vai fazer em sua terra, tão pequena e tão ruim? O ponto capital a considerar é que, estando aqui, estão todos juntos; e como precisam uns dos outros, quanto mais juntos estiverem, tanto melhor. Fique algum tempo... Aceite-me como amigo, como sócio, e asseguro-lhe que faremos um bom negócio. Vou explicar-lhe minuciosamente meu projeto: esta manhã, antes de tudo o que se passou, já eu tivera esta ideia. Quer ver?...

"Eu tenho um tio (hei de apresentar-lhe: é um velho muito gentil e muito respeitável); esse tio tem um capital de dois mil rublos porque apenas gasta o ordenado que lhe garante as despesas. Há dois anos que ele não se cansa de oferecer-me essa quantia a 6%. Eu compreendo: é um modo de auxiliar-me. O ano passado não precisei de dinheiro, mas este ano só espero que ele renove a oferta para dizer-lhe que aceito o dinheiro. Aos dois mil rublos de meu tio juntam-se mil seus, e temos a sociedade formada! E o que vamos fazer com isso?"

Então Razumíkhin pôs-se a desenvolver seus planos: em seu modo de ver, a maior parte dos livreiros e editores fazia maus negócios, porque não sabia o ofício; mas, com boas obras, podia-se ganhar muito dinheiro. Havia já dois anos que ele trabalhava para algumas livrarias; estava a par do negócio e sabia muito bem três línguas europeias. Seis dias antes, dissera a Raskólnikov que sabia pouco do alemão, mas com o intuito de decidi-lo a colaborar numa tradução que lhe devia dar alguns rublos. Raskólnikov não percebera essa mentira.

— Por que havemos de deixar de fazer um bom negócio se dispomos do mais essencial dos meios: o dinheiro? — continuou, animando-se. — Sem dúvida é preciso trabalhar muito, mas trabalharemos; dedicar-nos-emos todos à empresa: Avdótia, eu, Ródion... Há publicações que dão grandes lucros. Temos ainda a vantagem de saber escolher o que se há de traduzir. Seremos, simultaneamente, tradutores, editores e professores. Eu, agora, posso ser útil, porque já tenho experiência. Há dois anos que vivo com livreiros; conheço todos os segredos do negócio, e não se trata de beber o mar. Quando se oferece ocasião para ganhar alguma coisa, por que não se há de aproveitar? Posso citar dois ou três livros estrangeiros cujas traduções darão muito dinheiro. Se os indicasse a um de nossos editores, só por isso não receberia menos de quinhentos rublos, mas estão bem livres disso! E talvez esses imbecis hesitassem! Quanto à parte material do ramo: impressão, papel, venda — eu me encarrego dela! Sei bem como tudo isso se faz! Começaremos modestamente, desenvolvendo pouco a pouco o negócio, e faremos fortuna.

Os olhos de Dúnia cintilaram.

— Sua proposta agrada-me muito, Dmitri — disse ela.

— Eu não entendo dessas coisas — acrescentou Pulquéria Alexandrovna —, mas talvez o projeto seja bom; Deus o sabe. Decerto somos forçados a ficar aqui algum tempo... — disse, relanceando um olhar para o filho.

— E que pensa a esse respeito? — perguntou Dúnia ao irmão.

— Acho a ideia excelente, respondeu Raskólnikov. — É claro que não se improvisa de um dia para outro uma livraria; mas há cinco ou seis livros que garantem um sucesso seguro. Podem ter toda a confiança no critério de Razumíkhin; sabe do ofício... Mas têm tempo para falar sobre o negócio.

— Hurra! — gritou Razumíkhin. — Agora, esperem; há aqui, neste mesmo prédio, uma casa independente que se aluga; não é cara, está mobiliada e tem três compartimentos. Aconselho que a aluguem. Ficam lá muito bem, podendo estar todos juntos...

— Mas aonde vais, Ródia? — perguntou Pulquéria Alexandrovna, inquieta.

— Nessa ocasião! — gritou Razumíkhin.

Dúnia olhou para o irmão surpreendida e desconfiada. Ródia tinha o chapéu na mão e preparava-se para deixá-los.

— Dir-se-ia que é uma separação eterna! Reparem que não vou morrer! — disse de modo estranho.

Sorriu... Mas que sorriso!

— E, quem sabe, talvez seja a última vez que nos vemos! — emendou de repente.

Essas palavras vieram-lhe espontaneamente aos lábios.

— Mas que tens? — perguntou ansiosa a mãe.

— Aonde vais? — interrogou a irmã, dando à pergunta um acento particular.

— Preciso partir — respondeu ele. Sua voz era hesitante, mas o rosto pálido exprimia uma resolução firme. — Eu queria dizer... vindo aqui... queria dizer-lhe, mamãe, e a ti também, Dúnia, que era melhor separarmo-nos por algum tempo. Não me sinto bem, preciso de repouso... voltarei depois... voltarei logo que possa. Não as esqueço e amá-las-ei muito... Mas deixem-me! Deixem-me só! Minha resolução é irrevogável. Aconteça o que acontecer, quero estar só. Esqueçam-me. Vale mais... Não queiram saber de mim. Quando for preciso, virei... Tudo se há de arranjar, talvez... Do contrário, havia de odiá-las... Adeus...

As duas mulheres e o amigo estavam aterrados.

— Meu Deus! — suspirou Pulquéria.

— Ródia, Ródia! Faze as pazes conosco, sejamos amigos como antes! — suplicava a pobre mãe.

Raskólnikov encaminhou-se para a porta; Dúnia aproximou-se dele.

— Meu irmão! Como podes tratar assim nossa mãe? — Seu olhar chamejava de indignação.

Ele fez um grande esforço para olhar para ela.

— Não é nada! Voltarei! — disse a meia-voz. E saiu.

— Egoísta! Coração sem piedade! — exclamou Dúnia.

— Não é um egoísta, é um doido! Está doido, digo-lhe eu! Talvez não pareça. Mas nessas circunstâncias nós é que não temos piedade — disse Razumíkhin ao ouvido de Dúnia, apertando-lhe a mão com força.

— Eu já volto! — disse em voz alta a uma Pulquéria Alexandrovna sucumbida e partiu.

Raskólnikov esperava-o no fim do corredor.

— Eu bem sabia que vinhas ter comigo — disse-lhe. — Vai para junto delas e não as abandones... Fica com elas até amanhã... e sempre... Eu... voltarei... se puder... talvez... Adeus!

Ia afastar-se sem apertar a mão de Razumíkhin.

— Mas aonde vais? — perguntou ele atordoado. — Que tens? Por que procedes desse modo?

Raskólnikov parou novamente.

— De uma vez por todas: nunca mais me interrogues, pois não te posso responder... Não voltes à minha casa. Eu talvez venha aqui. Deixa-me, mas a elas... *não as abandones*. Compreendes-me?

O corredor era escuro; mas os dois estavam perto de uma lâmpada. Olharam-se silenciosamente. O estudante viu nessa ocasião toda a vida de Raskólnikov, cujo olhar fixo e brilhante parecia querer penetrar-lhe até o fundo da alma. De repente, Razumíkhin estremeceu, ficou pálido como um cadáver: a horrível verdade acabava de revelar-se-lhe.

— Compreendeu agora? — perguntou subitamente Raskólnikov, com a fisionomia medonhamente alterada... — Volta para junto delas — disse, e afastou-se rapidamente.

Não se descreve a cena que se passou à volta de Razumíkhin. Como se compreende, ele empregou todos os meios para tranquilizar as senhoras. Assegurou-lhes que Ródia estava doente, precisava descansar; jurou-lhes que ele havia de voltar, que o veriam todos os dias. Ródion estava moralmente afetado; era preciso não o contrariar. Prometeu vigiá-lo, fazê-lo tratar-se por um bom médico, pelo melhor; se fosse necessário, chamaria para o examinarem os príncipes da ciência...

Desde aquela noite Razumíkhin foi considerado pelas duas um filho e um irmão.

Capítulo IV

Raskólnikov dirigiu-se para a casa à margem do canal onde vivia Sônia. O prédio, que tinha três andares, era uma velha construção pintada de verde. Não sem custo encontrou o *dvornik*, e por ele soube onde morava o alfaiate Kapernáumof. Depois de ter descoberto no canto do pátio uma escada estreita e escura, subiu ao segundo andar e seguiu pelo corredor em frente. Ao fundo, encontrou uma porta, em que bateu maquinalmente.

— Quem está aí? — perguntou uma voz trêmula de mulher.

— Sou eu... venho visitá-la — respondeu Raskólnikov, e entrou para um cubículo onde, numa mesa ordinária, ardia uma vela num castiçal de cobre.

— Ah, é o senhor! — disse Sônia, muito abatida, parecendo não ter forças para se mover.

— É aqui que mora? Aqui?

E Raskólnikov passou em seguida para o quarto de dormir, sem olhar para a moça.

Momentos depois, Sônia estava junto dele com o castiçal na mão, de pé, presa de uma agitação indefinida. Essa inesperada visita assustava-a. De repente corou, e as lágrimas umedeceram-lhe os olhos.

Sentia um enternecido acanhamento... Raskólnikov desviou-se um pouco, sentando-se na cadeira, junto à mesa. Num relance, analisou tudo o que havia no aposento.

Só essa sala, grande mas muito baixa, é que os Kapernáumof tinham alugado a Sônia; à esquerda havia uma porta que dava para o quarto deles; à direita, outra que estava sempre fechada. O quarto de Sônia parecia um estábulo, com a forma de retângulo muito irregular. A parede, onde havia três janelas, dando para o canal, fazia um ângulo muito agudo, em cujo vértice nada se podia distinguir porque a luz da vela era muito fraca. O ângulo oposto era, ao contrário, muito obtuso. No quarto, quase não havia móveis. No canto da direita, uma cama; entre a cama e a porta, uma cadeira; do mesmo lado, em frente à porta fechada, uma mesa coberta com um pano azul; junto à mesa, duas cadeiras de vime. Encostada à outra parede, próximo do ângulo agudo, uma cômoda que nunca fora envernizada parecia perdida no espaço. E era tudo. O papel que forrava as paredes, amarelado, sujo, estava muito negro nos cantos, talvez por efeito da umidade e da fumaça do carvão. Tudo indicava pobreza; a cama nem tinha colcha.

Sônia observou, calada, o visitante que examinava o quarto tão atentamente e sem-cerimônia; por fim, começou a tremer de medo como se tivesse diante de si o juiz de sua vida.

— Chego tarde... São 11 horas, não? — perguntou ainda sem levantar os olhos.

— Sim — murmurou Sônia. — Sim, são — acrescentou rapidamente, como se nisso residisse seu apoio. — O relógio da locadora acaba de bater, eu mesma escutei-o.

— Venho vê-la pela última vez — disse tristemente Raskólnikov, parecendo esquecer-se de que era também a primeira vez que ali ia —, talvez nunca mais a veja...

— Vai... viajar?

— Não sei... amanhã tudo...

— Então não vai amanhã à casa de Catarina Ivanovna? — disse Sônia com a voz tremendo.

— Não sei... amanhã tudo... Não se trata disso: vim para dar-lhe uma palavra. — Olhou para ela pensativo e só então notou que a moça estava de pé.

— Então, por que está de pé?... Sente-se! — disse-lhe com voz suave e carinhosa.

Sônia obedeceu. Durante algum tempo, Raskólnikov olhou para ela com ternura.

— Como está magra! Que mãos! Através delas pode ver-se a luz do sol. Seus dedos parecem de um cadáver.

Tomou-lhe a mão. Sônia sorriu mais tranquila.

— Fui sempre assim...

— Mesmo quando vivia com seus pais?

— Sim! Sempre...

— Ah, decerto! — disse ele grosseiramente. Uma súbita mudança se lhe operou novamente no rosto e nas palavras. Olhou ainda uma vez em volta.

— É em casa de Kapernáumof que mora?

— É...

— Eles moram ali?

— Moram... O quarto é igual a este.

— Têm só um quarto para todos?

— Só um.

— Eu, num quarto assim, de noite, teria medo — disse ele com aspecto sombrio.

— Esses vizinhos são boa gente, muito delicados — respondeu Sônia sem ter recobrado ainda toda a presença de espírito —, e toda a mobília, tudo... é deles. São muito bondosos; os filhos vêm muitas vezes ver-me.

— São gagos?

— São... o pai é gago e coxo; a mãe também. Ela não gagueja, mas tem um defeito na voz. É uma boa mulher. Kapernáumof foi escravo. Tem sete filhos... O mais velho também é gago, os outros são doentes, mas não gaguejam... Mas como sabe tudo isso? — perguntou admirada.

— Foi seu pai quem me disse. Também foi por ele que soube toda a sua história. Disse-me que Sônia saiu às seis horas, e, quando voltou, passava das nove e que Catarina se ajoelhara ao pé da cama.

Sônia perturbou-se.

— Parece-me que já o vi hoje — disse ela hesitante.

— Quem?

— Meu pai, na rua, na esquina mais próxima, seriam nove ou dez horas. Parecia caminhar diante de mim, ia jurar que era ele. Estive para dizer a Catarina...

— Passeou?

— Passeei — respondeu Sônia baixando os olhos, confusa.

— Catarina batia-lhe?

— Oh! não. Por que diz isso? Não! — repetiu, olhando com medo para Raskólnikov.

— Gosta dela?

— Mas por que pergunta?! — respondeu Sônia com a voz sufocada e juntando as mãos como a pedir piedade. — Ah! O senhor não a... não a conhece, não! Ela é uma criança... Tem o espírito ferido... pela desgraça. Mas era tão inteligente! Como é boa e generosa! O senhor não sabe nada, nada... Ah!

Sônia lançou essas palavras com desespero. Dominava-a uma grande agitação, torcia as mãos. As faces pálidas tinham-se colorido outra vez, e nos olhos lia-se uma grande dor. Evidentemente, haviam-lhe tocado na corda mais sensível, e ela tomara a defesa de Catarina.

— Ela bater-me! Mas que diz o senhor! Ela bater-me! E mesmo que o fizesse, então! O senhor não sabe nada, nada... Ela é tão infeliz, tão infeliz! E doente... Seu ideal é a justiça... É pura... boa, uma santa... Podem falar mal dela, mas tudo o que ela diz e faz é justo. Como uma criança, como uma criança, ela é boa!

— Sônia, que vai ser de você?

A moça interrogou-o com o olhar.

— Agora toda aquela gente fica a seu cuidado. É verdade que antes era a mesma coisa: até o morto vinha pedir-lhe dinheiro para beber. Mas agora, como há de ser?

— Não sei — respondeu ela tristemente.

— Eles ficam naquela casa?

— Não sei. Devem muito à senhoria, e parece que ela hoje disse que ia despejá-los; Catarina também diz que não fica ali nem mais um instante.

— E em que se fia ela? É com você que conta?

— Não, não diga isso! Nossa bolsa é comum, nossos interesses são os mesmos! — respondeu logo Sônia, com uma irritação que se assemelhava à inofensiva cólera de um passarinho. Ademais, que havia ela de fazer? — perguntou, animando-se cada vez mais. — E como chorou hoje! Ela não está boa da cabeça já reparou? Às vezes, agonia-se como uma criança com o que tem a fazer no dia seguinte, para que tudo esteja bem arranjado, o jantar, a casa... Outras vezes desespera-se, torce as mãos, escarra sangue, bate com a cabeça nas paredes. Depois resigna-se, põe todas as esperanças no senhor, que vai ser quem há de protegê-la: fala em pedir dinheiro emprestado a fim de voltar para sua terra comigo: aí fundará um colégio para meninas nobres e dar-me-á o lugar de inspetora. "Uma vida completamente nova, uma vida feliz vai começar para nós", diz beijando-me muito. Essas ideias consolam-na, crê firmemente nelas. Pergunto: deve-se contrariá-la? Todo o dia de hoje passou a lavar e arranjar a casa. Fraquinha como está armou uma essa no quarto, mas muito cansada, sem forças, caiu de cama. De manhã, tínhamos ido ambas às lojas comprar sapatos para Poletchka e Lena, que andavam descalcinhas. Infelizmente o dinheiro era pouco, não dava. Ela havia escolhido umas botinhas muito bonitas, porque tem muito gosto. Não imagina... Pois ali, na loja, pôs-se a chorar, diante de toda a gente, porque não podia comprá-las... Que espetáculo triste!

— Depois disso, compreende-se que Sônia... viva assim — observou Raskólnikov com um sorriso contrafeito.

— E não tem pena dela? — perguntou Sônia. — O senhor mesmo, eu sei, gastou com ela seus últimos recursos e, contudo, não sabia de nada. Mas se visse tudo! Quantas vezes eu a fiz chorar! Ainda na semana passada! Que pesar tive durante todo o dia ao lembrar-me disso.

Sônia torcia as mãos, tanto essa lembrança lhe era amarga.

— Era, então, muito má?

— Era, sim. Tinha ido vê-los — continuou ela a chorar —, e meu pai disse-me: "Sônia, dói-me a cabeça, lê-me alguma coisa... aqui tens um livro." Era um livro de André Semênovitch Lebeziátnikov, que tem sempre livros muito alegres. "Tenho de sair", respondi. Eu não gostava de ler e fora mostrar a Catarina uma compra que fizera. Isabel tinha-me vendido uns punhos e gola de renda, quase novos, por uma bagatela. Catarina gostou muito deles, pô-los, vendo-se ao espelho, e achou-os muito bonitos. "Dá-me, Sônia? Peço-te!", disse-me ela. Não lhe serviam para nada, mas Catarina é assim; lembra-se sempre do tempo feliz de sua mocidade. Vai muito ao espelho, no entanto há anos ela não tem vestidos novos nem nada. A mim, custava-me dar-lhes: "Mas para que queres isso, Catarina?", perguntei-lhe. Olhou para mim tão aflita, que fazia dó vê-la... E não era pela gola e os punhos, não; o que a desgostava era minha recusa, bem o percebi. Ora... mas isso para o senhor é indiferente!

— Conheceu essa Isabel?

— Conheci... O senhor também? — perguntou Sônia um pouco surpresa.

— Catarina está tuberculosa no último grau; não viverá muito tempo — disse Raskólnikov, após uma pausa, sem responder à pergunta.

— Oh, não, não! — E Sônia, sem ideia do que fazia, apertava-lhe as mãos, como se a sorte de Catarina dependesse dele somente.

— Melhor será que ela morra!

— Oh, não, isso não! — disse ela apavorada.

— E os filhos! Que fará deles, visto que não poderá tê-los aqui?

— Oh, nem sei! — exclamou ela completamente desolada, apoiando a cabeça na mão. Era claro que esse pensamento a tinha preocupado muitas vezes.

— Suponhamos que Catarina viva ainda algum tempo; Sônia pode adoecer, e se a levarmos para o hospital, que sucederá então? — prosseguiu cruelmente Raskólnikov.

— Ah! Que quer dizer? É impossível!

O terror transtornava o rosto de Sônia.

— Como, impossível? — repetiu ele com um riso sarcástico —, ninguém tem certeza de não adoecer. E depois? Toda a família ficará na rua, a mãe a pedir esmola e a tossir, batendo com a cabeça nas paredes, como hoje, os pequenos a chorar... Catarina cairá na rua, irá para o hospital, onde morrerá, e os filhos...

— Oh!, não!... Deus não há de permitir! — disse Sônia com a voz sufocada.

Até então escutara tudo silenciosamente, com as mãos erguidas numa prece muda, como se ele pudesse conjurar as desgraças que predizia.

Raskólnikov levantou-se e começou a andar pelo quarto. Sônia continuava de pé, os braços caídos, a cabeça baixa, sofrendo atrozmente.

— E Sônia não pode fazer economias, pôr algum dinheiro à parte, para quando chegarem esses dias maus? — perguntou Raskólnikov parando de repente junto dela.

— Não.

— Não, naturalmente! Mas já tentou? — disse ainda, com ironia.

— Já. Não é possível.

— E não obteve resultado! Compreende-se! Não se lhe pode exigir mais...

E continuou a passear no quarto. Houve um momento de silêncio. Raskólnikov perguntou:

— Não ganha dinheiro diariamente?

A essa pergunta Sônia perturbou-se ainda mais, corando.

— Não — respondeu em voz baixa, com grande esforço.

— O mesmo acontecerá a Poletchka — disse ele de modo grosseiro.

— Não, não, não é possível! — gritou Sônia como se aquelas palavras fossem uma punhalada que lhe atravessasse o peito. — Deus não há de consentir semelhante miséria!

— Ele consente tantas!

— Deus há de protegê-las — repetiu a moça fora de si.

— Mas talvez Deus não exista — insistiu Raskólnikov rindo e olhando para ela.

Uma mudança repentina se deu na fisionomia de Sônia: todos os músculos da face se lhe contraíram. Lançou ao interlocutor um olhar severo, cheio de censuras, e quis falar; mas nenhuma palavra lhe saía da boca, então começou a chorar cobrindo o rosto com as mãos.

— Disse-me que Catarina tem o espírito afetado; vejo que o seu também está.

Decorreram cinco minutos.

Ele passeava sempre, sem falar, sem olhar para Sônia. Por fim, aproximou-se dela. Tinha os olhos brilhantes, os lábios trêmulos. Pondo-lhe as mãos nos ombros, lançou-lhe um olhar incendiado ao rosto molhado de lágrimas... De repente, curvou-se até o chão e beijou-lhe os pés. Ela recuou assustada, como se estivesse diante de um doido. E, nesse momento, Raskólnikov parecia realmente ter perdido o juízo.

— Que faz?! — exclamou empalidecendo e sentindo o coração oprimido.

O rapaz levantou-se imediatamente.

— Não foi diante de ti que me curvei, mas diante de toda a dor humana, disse, indo encostar-se à janela. — Ouve — prosseguiu voltando — outra vez para junto de Sônia —, eu disse há pouco a um insolente que ele não valia um fio de teu cabelo, e que tinha honrado sobremodo minha irmã, dizendo-lhe que se sentasse a teu lado.

— Ah, como pôde dizer tal coisa! E diante dela? — perguntou Sônia estupefata. — Sentar-se a meu lado; uma honra! Mas eu sou... uma criatura sem honra... Para que disse isso?

— Falando assim não pensava em teus erros nem em tua desonra, mas só em teu grande sofrimento. Sem dúvida, és culpada — continuou ele com emoção cada vez maior —, mas se o és, é somente para o bem de outros. Sei que és uma infeliz. Viver nessa lama que detestas, e, ao mesmo tempo, saber (porque não podes ter ilusões a tal respeito) que isso de nada serve, e que teu sacrifício não salva ninguém!... Mas dize-me, enfim — terminou ele exaltando-se cada vez mais —, como, com tantas delicadezas de alma, te resignas a semelhante opróbrio? Mais valia que te afogasses!

— E eles? Que seria deles? — perguntou Sônia, com voz fraca, erguendo os olhos de mártir, ao passo que não se admirava do conselho que ele lhe dava. Raskólnikov analisava-a com singular curiosidade. Aquele olhar dissera-lhe tudo. Ela já tinha pensado no suicídio. Muitas vezes, no auge do desespero, lembrara-se de recorrer à morte; pensara nisso tão seriamente, que não se surpreendia agora ao ouvir a proposta. Não percebeu a maldade daquelas palavras; a significação das censuras de Raskólnikov também: o ponto de vista particular, pelo qual ele encarava a desonra de Sônia, era letra morta para ela, e Raskólnikov assim o julgou. Mas ele compreendia perfeitamente quanto a torturava a ideia de sua situação infamante, e perguntava a si mesmo o que a impedira até então de acabar com a vida. A única resposta estava na dedicação da pobre moça às crianças e por Catarina, a desgraçada mulher tuberculosa e quase louca, que batia com a cabeça nas paredes.

Contudo parecia-lhe que Sônia, com seu caráter e sua educação, não podia ficar assim sempre. Dificilmente se explicava como, não recorrendo ao suicídio, ela não enlouquecera. Ele bem percebia que a posição de Sônia era um fenômeno social de exceção, mas não seria isso uma razão para que a vergonha a matasse à entrada de um caminho de que tudo devia afastá-la, tanto o passado honesto como a cultura intelectual relativamente elevada? Por que se mantinha nessa situação? Seria pelo gosto de uma vida impura? Não; seu corpo estava prostituído, mas o vício não fora até a alma. Raskólnikov bem o sentia: no coração dela lia como num livro aberto.

"A sorte dela está determinada", pensava ele. "Tem em frente o canal, o hospício ou... o envilecimento." Repugnava-lhe, contudo, admitir esta última eventualidade; mas, cético como era, não deixava de acreditar nela como a mais provável.

"Seria assim", dizia consigo, "poderá esta moça, que conserva ainda toda a pureza da alma, atolar-se de vez na imundície e na iniquidade? Não andou já por elas, e se até o presente pôde suportar esta vida, não seria porque o vício perdeu para ela o nojo? Não, não! É impossível!", exclamou para si, como se tivesse pouco antes gritado a Sônia: — Não, o que até hoje a impediu de lançar-se no canal foi o receio de cometer um pecado e a afeição que tem *a elas*... "Se ainda não enlouqueceu... Mas quem pode afirmar que não? Haverá quem se exprima daquele modo? Quem não está perturbado raciocina da maneira por que ela o faz? Uma criatura equilibrada, com aquela tranquilidade, fechando os ouvidos a todos os conselhos? É um milagre que espera? Com certeza. E não são esses os sintomas da alienação mental?"

Fixara-se obstinadamente nessa ideia. Sônia louca: esta perspectiva agradava-lhe menos que qualquer outra. Começou a examiná-la cuidadosamente.

— Rezas muito, Sônia?

De pé, junto dela esperava a resposta.

— Que seria de mim, se não fosse Deus? — disse em voz baixa, mas firme, fixando em Raskólnikov os olhos brilhantes e apertando-lhe a mão com força.

"Não me engano!", pensou ele.

— Mas que te faz Deus? — perguntou Raskólnikov, desejando esclarecer suas dúvidas.

Sônia ficou muito tempo silenciosa, como se não pudesse responder. A comoção fazia-lhe arfar o peito.

— Cale-se! Não me interrogue! Não tem direito a isso! — gritou, colérica e severamente, olhando para ele.

"Não me engano!", de novo ele pensou.

— Ele concede tudo! — murmurou ela rapidamente, com os olhos baixos.

"Está tudo explicado!", concluiu mentalmente o rapaz, observando Sônia com grande curiosidade.

Raskólnikov experimentava uma sensação nova, estranha, quase doentia, ao olhar essa carinha pálida, magra, óssea, esses olhos azuis e meigos, que, no entanto, lançavam chamas e exprimiam uma paixão veemente; enfim, esse franzino corpo, ainda trêmulo de indignação! Tudo isso lhe parecia muito singular, quase fantástico. "É uma fanática religiosa", repetia.

Sobre a cama estava um livro. Raskólnikov já o vira enquanto passeava pelo quarto. Pegou nele e examinou-o: era uma tradução do Novo Testamento.

— De onde veio este livro? — perguntou a Sônia, de longe, do extremo do quarto.

A rapariga conservava-se sempre no mesmo lugar, a três passos da mesa.

— Emprestaram-me — disse contrariada, sem olhar para ele.

— Quem te emprestou?

— Isabel; eu tinha-lhe pedido...

"Isabel... é curioso!" — pensou ele. A cada instante, tudo que dizia respeito a Sônia parecia-lhe mais estranho e maravilhoso.

Aproximou-se da luz e abriu o livro.

— É aqui que vem o caso da ressurreição de Lázaro? — perguntou de súbito.

Sônia, com os olhos baixos, continuou calada e afastou-se um pouco da mesa.

— Traz a ressurreição de Lázaro? Procura-me esse trecho, Sônia.

Ela olhou de viés para Raskólnikov.

— Não é aí... é no quarto Evangelho — respondeu secamente, sem se mover...

— Procura essa passagem e leia — disse ele, sentando-se e encostando a cabeça na mão, desalentado e dispondo-se a ouvir.

"Em três semanas irão internar-me no hospício. Estarei lá, se não estiver em lugar pior", murmurou consigo próprio.

Sônia hesitou em chegar-se à mesa. O desejo manifestado pelo rapaz parecia-lhe pouco sincero. Contudo pegou o livro.

— Nunca o leu? — perguntou olhando-o de lado. A voz tornava-se-lhe cada vez mais áspera.

— Há muito tempo... Quando era criança. Lê!

— Nunca o ouviu na Igreja?

— Eu... não vou lá. Tu vais muitas vezes?

— Não — murmurou Sônia.

Raskólnikov sorriu.

— Compreendo... Então não vais amanhã ao enterro de teu pai?

— Vou. Ainda a semana passada fui à igreja... ouvir uma missa.

— Por alma de quem?

— De Isabel. Assassinaram-na.

— Davas-te muito com ela?

— Sim... Era muito boa... raras vezes vinha à minha casa... não era livre. Líamos e conversávamos. Está no céu, decerto.

A última frase soou-lhe estranha. Novamente — algo de insólito se apresentava: os misteriosos encontros com Isabel, e, ambas, religiosas fanáticas. "Breve, eu mesmo serei um religioso fanático! Isso é contagiante!"

— Lê! — disse em voz alta, de mau humor.

Sônia continuava hesitando. O coração batia-lhe com força. Parecia que tinha receio de ler. Ele olhou com uma expressão quase dolorosa para a "pobre alienada".

— Que lhe importa isso, se não acredita?... — murmurou a rapariga com voz abafada.

— Lê, eu quero! — insistia ele. — Tu lias para Isabel!

Sônia abriu o livro e procurou a passagem que ele indicara. Tremiam-lhe as mãos, as palavras paravam-lhe na garganta. Duas vezes tentou ler e não pôde dizer uma sílaba.

— Estava enfermo Lázaro, de Betânia — disse afinal com esforço. Mas de repente, à terceira palavra, a voz esmoreceu e expirou-lhe nos lábios como uma corda de violino que se retesa demais e parte-se. Respirava com dificuldade.

Raskólnikov percebia, em parte, a hesitação de Sônia em obedecer-lhe, e, à medida que a compreendia melhor, mais imperiosamente reclamava a leitura. Sentia quanto custava à pobre moça manifestar-lhe de algum modo o que lhe ia na alma. Evidentemente, ela não podia sem custo resolver-se a fazer confidências a um estranho dos sentimentos que, desde a infância talvez, a tinham sustentado, que foram seu viático moral, quando, entre um pai que se embebedava e uma madrasta enlouquecida pela desgraça, entre crianças esfomeadas, ouvia apenas recriminações e clamores injuriosos. Raskólnikov via tudo isso, mas percebia também que, não obstante essa repugnância, Sônia sentia um grande desejo de ler, de ler para *ele*, principalmente *agora* — "sucedesse o que sucedesse depois!...". Seus olhos bem mostravam a agitação de que estava possuída... Com um violento esforço sobre si, Sônia venceu o espasmo que lhe apertava a garganta e continuou a ler o capítulo XI do Evangelho de são João. Assim chegou ao versículo 19:

— Muitos dentre os judeus tinham vindo ter com Marta e Maria, para as consolar, a respeito de seu irmão. Marta, quando soube que vinha Jesus, saiu a seu encontro; Maria, porém, ficou sentada em casa. Disse, pois, Marta a Jesus: "Senhor, se estivesses aqui, não meu irmão teria morrido. Mas também sei que, mesmo agora, tudo quanto pedires a Deus, Deus te concederá."

Aqui fez uma pausa para triunfar da emoção que lhe tomava de novo a voz.

— Declarou-lhe Jesus: "Teu irmão há de ressurgir." "Eu sei, replicou Marta, que ele há de ressurgir na ressurreição, no último dia." Disse-lhe Jesus: "*Eu sou a ressurreição e a vida.* Quem crê em mim, ainda que morra, viverá; e todo o que vive e crê em mim, não morrerá, eternamente. Crês nisso?"

(E, embora respirando dificilmente, Sônia elevou a voz como se, ao ler as palavras de Marta, fizesse ela mesma sua profissão de fé.)

— "Sim, Senhor, respondeu ela, eu tenho crido que tu és o Cristo, o Filho de Deus que devia vir ao mundo."

Interrompeu-se, levantando rapidamente os olhos para *ele* e, baixando-os logo sobre o livro, continuou a ler. Raskólnikov ouvia imóvel, sem se voltar, encostado à mesa e olhando de revés. A leitura continuou até o versículo 32.

— Quando Maria chegou ao lugar onde estava Jesus, ao vê-lo, lançou-se-lhe aos pés, dizendo: "Senhor, se estivesses aqui, meu irmão não teria morrido." Jesus, vendo-a chorar, bem como os judeus que a acompanhavam, agitou-se no espírito e comoveu-se. E perguntou: "Onde o sepultastes?" Eles lhe responderam: "Senhor, vem e vê." Jesus chorou. Então disseram os judeus: "Vede quanto o amava!" Mas alguns objetaram: "Não podia ele, que abriu os olhos ao cego, fazer com que este não morresse?"

Raskólnikov olhou para Sônia, estava muito agitado. A moça, trêmula, febril. Era o que ele esperava. Ao chegar à descrição do milagre, um sentimento de triunfo se apoderara dela. A voz tornara-se firme e tinha sonoridades metálicas. No último versículo — "Não podia ele, que abriu os olhos ao cego…" — abaixou a voz, acentuando com paixão a dúvida, a blasfêmia, a censura desses judeus incrédulos e cegos que, num momento, iam, como fulminados pelo raio, cair de joelhos, soluçar, crer… "E *ele*, *ele* que também é cego, incrédulo, *ele* também num instante será tocado pela graça divina, acreditará! Sim! Sim! Já, imediatamente!", pensava ela, animada por essa doce esperança.

— Jesus, agitando-se novamente em si mesmo, encaminhou-se para o túmulo; era este uma gruta, em cuja entrada tinham posto uma pedra. Então ordenou Jesus: "Tirai a pedra." Disse-lhe Marta, irmã do morto: "Senhor, já cheira mal, porque já é de *quatro* dias."

E acentuou bem a palavra *quatro*.

— Respondeu-lhe Jesus: "Não te disse eu que, se creres, verás a glória de Deus?" Tiraram, então, a pedra. E Jesus, levantando os olhos para o céu, disse: "Pai, graças te dou, porque me ouviste. Aliás, eu sabia que sempre me ouves, mas assim falei por causa da multidão presente, para que creiam que tu me enviaste." E, tendo dito isso, chamou em voz alta: "Lázaro, vem para fora!" *Saiu aquele que estivera morto* (lendo estas linhas Sônia estremecia como se ela própria tivesse visto o milagre), tendo os pés e as mãos ligados com ataduras e o rosto envolto num lenço. Então lhes ordenou Jesus: "Desatai-o e deixai-o ir."

— *Muitos, pois, dentre os judeus que tinham vindo visitar Maria, vendo o que fizera Jesus, creram nele.*

Não pôde ler mais; fechou o livro e levantou-se apressadamente.

— É por causa da ressurreição de Lázaro... — disse em voz baixa dominando-se, sem olhar para aquele a quem se referia. Parecia receosa de levantar os olhos para Raskólnikov. O tremor febril durava-lhe ainda. A vela quase no fim iluminava mal o paupérrimo quarto, onde um assassino e uma prostituta acabavam de ler um livro sagrado. Passaram mais de cinco minutos.

De repente, Raskólnikov levantou-se e aproximou-se dela.

— Vim aqui para tratarmos de um negócio — disse ele com voz forte.

Dizendo isso, franziu a testa. A rapariga atentou nele e leu-lhe na dureza do olhar uma resolução feroz.

— Hoje — continuou ele — cortei relações com minha mãe e minha irmã. Nunca mais volto à casa delas.

— Por quê? — perguntou Sônia admirada. O encontro que tivera com Pulquéria e Dúnia havia-lhe deixado uma impressão extraordinária, ainda que obscura. Uma espécie de pavor a assaltou ao saber que Raskólnikov rompera com a família.

— Agora, não tenho mais ninguém senão a ti — acrescentou. — Partamos juntos... Vim para fazer-te essa proposta. Ambos estamos amaldiçoados. Pois bem, sigamos juntos!

Seus olhos faiscavam. "Está doido", pensou também Sônia.

— Para onde? — perguntou ela cheia de espanto, afastando-se involuntariamente.

— Como posso saber? Sei somente que o caminho e o fim são os mesmos para nós; disso tenho certeza!

Sônia olhou para ele sem entender.

Uma verdade apenas ressaltava das palavras de Raskólnikov: que era excessivamente infeliz.

— Ninguém te compreenderá quando falares — continuou ele —, mas eu te compreendi. Preciso de ti e por isso te procurei.

— Não percebo... — sussurrou Sônia.

— Mais tarde perceberás. Não fizeste como eu? Tu também saíste fora do comum... Tiveste essa coragem. Destruíste uma vida... a tua (é tudo a mesma coisa!). Pode viver em espírito e compreensão, mas terminarás no Mercado do Feno... Não podes ficar assim, e se continuas *só*, perdes a razão, como eu também. Agora pareces uma louca. É preciso, portanto, que caminhemos juntos, que sigamos pela mesma estrada! Partamos!

— Mas por quê? Por que diz isso? — perguntou Sônia perturbada com essa linguagem.

— Por quê? Porque não podes ficar assim, ora aí está... É preciso pensar seriamente, ver as coisas pelo verdadeiro prisma, em vez de chorar como uma criança, ou esperar tudo de Deus! Se amanhã te levarem para o hospital, que sucede? Catarina quase doida e tuberculosa morrerá imediatamente. E o que há de ser das crianças? Poletchka prostitui-se com certeza. Não viste crianças esmolando pelas esquinas e ensinadas pelas próprias mães? Descobri onde essas mães vivem e quais seus ambientes. Ali as crianças não podem permanecer! Aos sete anos já são viciadas e ladras; no entanto, como tu sabes, as crianças são à imagem de Cristo: "delas será o reino dos céus". Ele nos ordena que as amemos e as dignifiquemos, porque nelas está o futuro da humanidade...

— Mas que fazer? Que fazer? — repetia Sônia chorando histericamente e retorcendo as mãos.

— Que é preciso fazer? Acabar com o mal de uma vez e ir para diante, aconteça o que acontecer. Não me compreendes? Mais tarde compreenderás... Ser livre e ter poder, mas sobretudo poder! Dominar todas as criaturas fracas, todo esse formigueiro humano!... Aqui tens o que é preciso fazer! Lembra-te disso! É o legado que te faço em testamento. Talvez te esteja falando pela última vez. Se eu não vier amanhã, saberás tudo, e então lembra-te de minhas palavras. Mais tarde, daqui a alguns anos, com a experiência da vida, compreenderás talvez o que elas significavam. Se eu vier amanhã, dir-te-ei quem matou Isabel. Adeus.

— Mas sabe quem a matou? — perguntou hirta de terror.

— Sei, e hei de dizê-lo... mas só a ti! Escolhi-te. Não virei pedir-te perdão, mas somente dizer-te. Há muito tempo que te escolhi. Tive essa ideia quando teu pai me falou de ti; Isabel ainda vivia. Adeus. Não me dês a mão. Até amanhã.

Saiu, deixando Sônia sob a impressão de que estava doido; ela própria estava desvairada e sentia-o. A cabeça girava-lhe à roda. "Oh, meu Deus! Como sabe ele quem matou Isabel? Que traduzem aquelas palavras? É extraordinário!" Contudo não teve a menor suspeita da verdade... "Oh, ele deve ser terrivelmente desgraçado!... Abandonar a mãe e a irmã. Por quê? Que haveria? Quais serão suas intenções? Que foi que ele me disse? Beijou-me os pés e disse... disse-me (sim, foram essas suas palavras) que não podia viver sem mim... Meu Deus!"

Sônia passou a noite febril e delirante. Levantava-se amiúde, chorava e retorcia as mãos. Recaía em sono febricitante e sonhava com Poletchka, Catarina Ivanovna e Isabel, sonhava lendo um versículo e com ele... ele, de rosto emaciado, olhos chamejantes... beijando-lhe os pés, chorando.

A porta fechada dava para um quarto que estava vazio e pertencia à casa de Gertrude Karlovna Resslich. Era para alugar, como indicavam um papel pregado na porta e os escritos colados nas janelas que davam para o canal. Sônia sabia que ali não morava ninguém. Mas, durante a cena precedente, Svidrigailov, escondido atrás da porta, ouvira com toda a atenção a conversa. Quando Raskólnikov saiu, o inquilino da Resslich refletiu um momento, depois voltou sem fazer o menor ruído a seu quarto, contíguo ao que estava vago, pegou uma cadeira e foi encostá-la à porta. O que acabava de ouvir interessava-o altamente; de forma que essa cadeira serviria para ele escutar mais vezes, sem ter de estar de pé tanto tempo.

Capítulo V

Quando, no dia seguinte, às 11 horas, Raskólnikov foi ao juiz de instrução, admirou-se de que o fizessem esperar tanto. Pensava que deviam recebê-lo logo; no entanto decorreram dez minutos antes que Porfírio Petróvitch o mandasse entrar. Na sala de espera, ia e vinha gente, que parecia não se importar com ele. Na sala, junto à secretaria, escreviam alguns empregados, e era evidente que nenhum deles se preocupava com Raskólnikov.

Olhou desconfiado para os lados. Não estaria por ali alguém, algum Argos misterioso, encarregado de o vigiar e impedir que fugisse, se tentasse fazê-lo? Mas nada viu que lhe desse tal impressão: os amanuenses continuavam o trabalho e os outros não faziam caso dele. Tranquilizou-se. "Se, com efeito", pensou, "essa pessoa misteriosa de ontem, esse espectro saído da terra soubesse tudo, tivesse visto tudo, deixar-me-ia andar à solta, como ando? Já não me teriam prendido, em vez de esperarem que eu viesse aqui, por vontade própria? Portanto, ou esse homem não fez revelação alguma, ou... simplesmente nada sabe nem viu. E como podia ter visto? Evidentemente, meus olhos enganaram-me; tudo o que ontem se deu não passa de uma ilusão de minha imaginação doentia." Cada vez lhe parecia mais aceitável essa explicação que, já na véspera, lhe tinha vindo ao espírito na ocasião em que se sentia mais inquieto.

Refletindo em tudo isso e preparando-se para novo embate, Raskólnikov surpreendeu-se de súbito a tremer. Indignou-se ao pensar que era o medo da entrevista com o odioso Porfírio Petróvitch que trazia esse tremor. Para ele o pior era tornar a encontrar-se com esse homem: odiava-o e receava que seu ódio o perdesse. A fúria foi tão violenta que até deixou de tremer. Preparou-se para entrar sereno e firme, prometendo a si próprio falar o menos possível, estar sempre em guarda, enfim, dominar a todo custo a irascibilidade de seu temperamento. Nesse ínterim, foi levado à presença de Petróvitch.

Porfírio estava só no gabinete. Era uma sala regular, havia uma mesa grande diante de um sofá forrado de oleado, uma secretária, uma estante e algumas cadeiras, tudo de mogno. Na parede, ou antes, no tabique que ficava ao fundo, havia uma porta fechada, o que fazia supor a existência de outras salas, além do gabinete.

Assim que Porfírio viu Raskólnikov, foi logo fechar a porta por onde ele entrara. O juiz de instrução recebeu-o aparentemente de modo afável; só passados alguns minutos é que Raskólnikov percebeu os modos levemente afetados do juiz. Pareceu-lhe que o fora interromper em meio a um trabalho secreto.

— Ah, meu caro! Por aqui... por essas bandas... — começou Porfírio estendendo-lhe ambas as mãos. — Então, sente-se. Mas talvez não goste que o trate por meu caro, assim, *tout court*? Peço-lhe, por quem é, que não repare nem leve a mal a intimidade... Aqui no sofá!

Raskólnikov sentou-se sem tirar os olhos do juiz de instrução.

"Essas palavras 'por essas bandas', as desculpas pela intimidade, essa expressão francesa *tout court*, que significava tudo isso? Estendeu-me as duas mãos e não apertou nenhuma, retirando-as a tempo", pensava desconfiado. Ambos se observavam, mas, quando os olhares se encontravam, desviavam-nos com a rapidez do relâmpago.

— Vim para trazer-lhe este papel... a respeito do relógio... Aqui está. Estará bem, ou será preciso fazer outro?

— Mas que papel é esse?... Ah! Sim! Sim!... Não se incomode; está tudo certo — disse precipitadamente Porfírio, antes de examiná-lo. E, em seguida, tendo-o visto. — Está tudo certo, é o que é preciso — continuou, falando depressa e pondo a declaração na mesa. Um minuto depois, fechou-a na secretária.

— Ontem, pareceu-me que o senhor tinha desejos de interrogar-me... formalmente... sobre minhas relações com... a vítima? — disse Raskólnikov.

"Mas por que disse eu *pareceu-me*?", pensou ele de repente. "Ora, que importa? Que posso temer?"

Pelo simples fato de estar na presença de Porfírio, com quem tinha apenas trocado duas palavras, sua desconfiança tomou proporção exagerada; percebeu essa circunstância e que tal disposição de espírito era muito perigosa. A agitação e a irritabilidade dos nervos aumentavam. "Mau! Mau! Sou capaz de fazer uma tolice."

— Não se altere. Temos tempo — dizia Porfírio, que, sem nenhuma intenção aparente, passeava pela sala, indo da janela até a mesa e voltando da mesa para a secretária, parando às vezes e olhando para Raskólnikov. Era um espetáculo ridículo o desse homem baixo, gordo e redondo, fazendo evoluções como uma bola que ricocheteasse de uma parede à outra da sala.

— Não há pressa, não há pressa! Fuma?... Tem fumo?... Aqui tem cigarros — dizia — oferecendo-lhe um maço... — Recebo-o aqui, mas moro numa casa para a qual aquela porta dá entrada. Estou aqui provisoriamente, enquanto fazem obras... Estão acabadas, ou quase. Não sei se sabe que é magnífico ter uma casa dada pelo Estado. Não lhe parece?

— Decerto, deve ser agradável — respondeu ele, com ar irônico.

— Uma coisa magnífica! Magnífica! — repetia Porfírio, pensando em outro assunto. — Sim, magnífica! — disse bruscamente, levantando a voz, parando junto de Raskólnikov, fitando-o. A incessante e disparatada repetição daquela frase que uma casa dada pelo Estado era uma coisa magnífica contrastava pela chateza com o olhar sério, profundo, enigmático, que o magistrado lhe lançava.

Vendo isso, Raskólnikov sentiu que a raiva lhe aumentara e desafiou o juiz por uma forma trocista e imprudente.

— Sabe — começou, fitando-o insolentemente e fazendo gala dessa insolência — que me parece ser uma regra jurídica, um princípio estabelecido por todos os juízes de instrução, falar primeiramente de ninharias, ou mesmo de um assunto sério, mas completamente estranho à questão, a fim de animar aqueles que desejam interrogar, ou antes distraí-los, adormecer-lhes a prudência; depois, subitamente, vibrar-lhes em pleno crânio o golpe capital. Não é verdade?... Não é o uso observado em sua profissão?

— Julga então que se eu falei na casa dada pelo Estado era para...

Ao dizer isso, Porfírio fechou os olhos, o rosto tomou uma expressão de alegria maliciosa, as rugas da testa apagaram-se. Depois, olhando para Raskólnikov desatou a rir, um riso seco, prolongado, que lhe agitava todo o corpo. Raskólnikov ria também, embora contra a vontade, o que fez redobrar o riso de Porfírio, a ponto de o juiz ficar rubro como uma lagosta cozida. Raskólnikov, sentindo-se mal, perdeu toda a prudência: cerrou os dentes, franziu os sobrolhos e, enquanto durou a alegria de Porfírio, que parecia fictícia, olhou para ele com rancor. Nem um nem outro se tinham observado. Porfírio, rindo tanto na cara de Raskólnikov, não notou o descontentamento dele. Essa circunstância dava o que pensar a Ródion: pensou que sua visita não incomodava o juiz de instrução; que, pelo contrário, fora ele que caíra numa armadilha. Evidentemente havia ali alguma cilada, a mina estava preparada e devia arrebentar em breve.

Atacando a questão, ergueu-se e pegou o boné.

— Porfírio Petróvitch — disse firmemente, mas num tom que denotava irritação —, o senhor manifestou ontem a ideia de me sujeitar a um interrogatório. (Acentuou muito a palavra *interrogatório*). Vim pôr-me a seu dispor, se tem perguntas a fazer-me, faça-as; se não, permita que me retire. Não posso estar a perder meu tempo; tenho mais o que fazer... preciso ir ao enterro do homem que foi esmagado pela carruagem, e do qual... o senhor ouviu falar... — acrescentou, arrependendo-se logo de ter dito aquela frase. Depois continuou, mais irritado: — Tudo isso me aborrece, percebe? Foi, em parte, o que me fez adoecer... Numa palavra — disse ele mais contrariado ainda, por ter visto que falar na doença fora erro ainda maior que proferir a outra frase —, numa palavra, interrogue-me ou passe pelo desgosto de me ver sair... Mas, se me interrogar, há de fazê-lo como é de costume nesses casos, aliás, não lhe respondo: e, enquanto esse interrogatório não vem, vou-me embora, visto que agora nada tenho a fazer aqui.

— Mas que é isso? Para que hei de interrogá-lo já? — respondeu o juiz deixando de rir. — Não se aborreça, peço-lhe.

Insistiu com ele para sentar-se, continuando a passear ao longo do gabinete.

— Temos tempo, temos tempo; e isso não tem importância! Estimo até que viesse procurar-me. É como visita que o recebo... Quanto ao riso, Ródion, desculpe-me. Sou nervoso, e achei muito engraçadas suas observações. Há ocasiões em que o riso me faz saltar como uma bola de borracha; às vezes, isso dura mais de meia hora... Meu temperamento até me faz temer uma apoplexia... Mas sente-se, senão penso que está zangado comigo...

Raskólnikov, visivelmente contrariado, ouvia e observava. Por fim, sentou-se.

— Vou dizer-lhe uma coisa que há de servir-lhe para traduzir meu caráter — recomeçou Petróvitch, evitando o olhar de Raskólnikov. — Vivo só, como sabe, não frequento a sociedade, sou quase desconhecido e sinto-me no declinar da existência, muito acabado... e... tem reparado, Ródion, que entre nós na Rússia, principalmente nos círculos de São Petersburgo, quando se encontram dois homens inteligentes, que pouco se conhecem mas que se estimam, como nós, por exemplo, nesse momento, não têm nada para dizer na primeira hora — e ficam como petrificados em frente um do outro? Todo mundo tem um assunto sobre o qual conversar, as senhoras, as pessoas da sociedade, as pessoas de posição mais elevada... nesse meio há sempre em que se fale, *c'est de rigueur*; mas a classe média, como nós, é sempre taciturna. Por que isso? Não temos também interesses sociais? Ou será porque nossa honestidade nos proíbe enganar os outros? Não sei. Qual é sua opinião? Mas ponha aqui o boné, dir-se-ia que quer sair...

Raskólnikov pôs o boné sobre uma cadeira. Calado, de testa franzida, ouvia o palavreado de Petróvitch. "Está dizendo todas essas tolices para distrair minha atenção."

— Não ofereço café, porque o lugar não é próprio... Compreende... Peço-lhe não reparar que eu esteja sempre a passear, desculpe-me, mas preciso tanto de exercício! Vivo sempre sentado, de modo que é para mim uma sorte poder mover-me durante cinco minutos... sofro de hemorroidas... tenho pensado em tratar-me pela ginástica... Hoje em dia a ginástica é uma verdadeira ciência... Quanto aos deveres de nosso cargo, os interrogatórios, todas essas formalidades... é o que o senhor dizia há pouco... os interrogatórios desarmam às vezes o juiz mais experimentado... Sua observação tinha tanto de espirituosa como de real (Raskólnikov não fizera nenhuma observação). Sobre nossas rabulices estou de acordo com o senhor. Qual é o acusado que desconhece, por mais ignorante que seja, que se começa por fazer perguntas fora do caso para o adormecer, segundo sua feliz expressão, e depois vibrar-lhe um golpe em pleno crânio, eh!, eh!, eh!, em pleno crânio (para me servir de sua engenhosa metáfora)! Eh!, eh! Por isso Ródion pensou que eu falava na casa para... O senhor é muito levado! Vamos, não falemos mais nisso! Ah! sim, a propósito: uma palavra puxa outra, os pensamentos atraem-se mutuamente, há pouco falou-me no modo por que procedem os juízes de instrução. Mas que é esse modo? Como sabe, num grande número de casos nada significa. Muitas vezes, uma simples conversa, uma visita amigável dão melhores resultados. A rabulice nunca desaparecerá, decerto; mas não se pode obrigar um juiz de instrução a ficar preso a ela. A missão de quem inquire é, no gênero, uma arte liberal, ou coisa semelhante.

 Petróvitch parou para respirar. Falava sem parar, ora contando puras bagatelas, ora metendo-se em dissertações graves, com palavras enigmáticas, para continuar a dizer tolices. Aquele passeio pelo gabinete dava a ideia de um exercício a prêmio: as grossas pernas do magistrado moviam-se cada vez mais depressa. Petróvitch prosseguia, os olhos no chão, a mão direita no bolso do casaco, enquanto com a outra fazia gestos que não estavam em harmonia com o que dizia. Raskólnikov viu, ou julgou ver, que, enquanto passeava, por duas vezes parou junto da porta parecendo ouvir: "Esperará alguma coisa?"

 — Tem muita razão — disse Porfírio, olhando para Ródion com uma bonomia que o fez desconfiar —, nossas rabulices merecem, realmente, suas ironias. Esses processos, que pretendem ser inspirados em profunda psicologia, são muito ridículos e muitas vezes inúteis... Ora com respeito à *forma*, vai ver! Suponhamos que estou encarregado de instruir um processo; que sei, ou julgo saber, que o criminoso é certo indivíduo... Não se destina à advocacia, Ródion Românovitch?

 — Sim, estudei algum tempo.

 — Pois aqui tem um exemplo que mais tarde pode servir-lhe. Mas, por Deus, não imagine que vou arvorar-me em seu professor. Eu não pretendo ensinar nada a um homem que escreve sobre questões de criminologia. Tomo apenas a liberdade de citar-lhe um caso, como exemplo: suponho ter descoberto o verdadeiro criminoso. Para que havia de alarmá-lo mesmo com provas contra ele? Outro qualquer não faria assim; mandava-o prender. Mas por que não havia de deixá-lo andar pela cidade? Vejo que me entende muito bem, mas vou explanar o fato. Se eu me apressasse a prendê-lo, dava-lhe, por assim dizer, um ponto de apoio moral. Ri-se? (Raskólnikov nem pensava em rir; tinha os lábios cerrados e o olhar vivo não se retirava dos olhos de Petróvitch.) Contudo, isso é assim. — Mas se há provas?... — perguntar-me-á. — Pois sim; mas o senhor sabe o que são provas; num grande número de casos levam às conclusões mais variadas, e eu sou juiz de instrução, homem, portanto sujeito a enganos.

"Ora, eu queria dar ao meu inquérito o rigor de uma demonstração matemática; queria que as conclusões a que chegasse fossem tão claras, tão fortes, como a afirmação de que dois mais dois são quatro! Portanto, se prendesse o indivíduo logo, privava-me dos meios ulteriores de provar sua culpabilidade. Como assim?, perguntará. Porque lhe dou uma posição definida; mandando-o para a prisão sossego-o, reintegro-o em sua situação psicológica: daí em diante, está prevenido contra mim.

"Logo após Alma, diziam em Sebastopol, onde as pessoas esclarecidas estavam aterrorizadas, que o inimigo podia atacar frontalmente Sebastopol e tomá-la de um só ímpeto. Mas quando se convenceram de que o inimigo preferia sitiar, entusiasmaram-se — assim pelo menos me foi garantido —, porque o desenlace demoraria um ou dois meses. Está rindo; não acredita em mim novamente. Decerto tem razão. Tem razão. Admito que todos esses são casos particulares, mas deve observar, meu caro Ródion Românovitch, que o caso comum, o caso para o qual todas as formalidades e regras foram prescritas, para o qual foram concebidas e publicadas, simplesmente não existe; pelo fato de que cada caso, cada crime, por exemplo, tão logo ocorre torna-se um caso perfeitamente *particular* e, às vezes, totalmente diferente dos precedentes. Casos dessa espécie, muito cômicos, ocorrem frequentemente.

"Se, ao contrário, deixo completamente à vontade o suposto criminoso, se não o prendo logo, se não o alarmo, mas se, a todos os momentos, ele está obcecado pela ideia de que eu sei tudo, que dia e noite não o perco de vista, que é para mim objeto de uma intensa vigilância, o que sucede? Infalivelmente acomete-o uma vertigem, virá ter comigo, dar-me-á armas contra si próprio e colocar-me-á em situação de tirar conclusões de meu inquérito com caráter e evidência seguros, o que não deixa de ter seu encanto.

"Se esse processo dá resultado com qualquer mujique, não é menos eficaz ao se tratar de um homem inteligente, ilustrado, distinto até! Porque o importante é adivinhar em que sentido o indivíduo se desenvolve. Este é inteligente, mas tem os nervos doentes!... E a bílis, a bílis, que grande papel representa! Repito que, nessas manifestações mórbidas, há uma mina de informações. Que me importa que ele ande por aí? Deixá-lo gozar à vontade esse resto de liberdade. É minha a presa, não me fugirá! Ademais, para onde irá? Para o estrangeiro, responder-me-ão. Um polaco fugiria para o estrangeiro, mas *ele* não, tanto mais que o tenho sob minha vigilância e as medidas tomadas não falham. Fugirá para o interior. Mas aí vivem somente os mujiques, russos primitivos, gente incivil; e esse homem superior preferirá a prisão a viver nesse meio.

"Mas isso nada significa, é o lado externo da questão. Ele não foge, não só porque não sabe para onde ir ainda, mas sobretudo porque *psicologicamente* me pertence. Que tal acha a expressão? Por uma lei natural não fugiria, mesmo que o pudesse fazer. Já viu a mariposa em volta da luz? Pois é o caso: há de andar em torno de mim incessantemente como a mariposa em volta da luz; cada vez mais inquieto, mais cansado; eu lhe vou dando tempo, e ele porta-se de tal modo que sua culpa resulta nítida, como dois mais dois são quatro... E girará sempre, em volta de mim, em círculos cada vez mais próximos, até que por fim, zás!, entra-me na boca e engulo-o. É muito agradável! Não acha?"

Raskólnikov ficou silencioso; pálido e imóvel, observava o rosto de Porfírio com grande esforço de atenção.

"A lição é boa", pensava ele aterrado. "Não é mais como ontem: o gato a brincar com o rato. Fala-me assim para sentir o prazer de mostrar sua força... Deve ter outro fim, mas qual? Continua, tudo o que dizes é para me meter medo!! Não tens provas, e o homem de ontem não existe. Queres aniquilar-me com boas maneiras, irritar-me e dar então o golpe fatal; mas enganas-te e lamentarás depois o tempo perdido. Mas por que fala de maneira tão enigmática?... Está a especular com a irritabilidade dos meus nervos... Não, amigo, por mais esforços que faças não me vencerás. Vamos ver que cilada preparas..."

E preparou-se para afrontar a catástrofe terrível que previa. Havia momentos em que tinha vontade de estrangular o juiz. Desde que entrara no gabinete, seu maior receio era não poder conter a cólera. O coração batia-lhe com violência. Resolveu calar-se pensando que, em tais circunstâncias, era a melhor atitude — não só não se comprometia, mas talvez conseguisse irritar o adversário e apanhar-lhe alguma palavra imprudente. Tal era a esperança de Raskólnikov.

— Vejo que não acredita; pensa que estou a gracejar — disse Porfírio. Parecia cada vez mais alegre e continuava o passeio pelo gabinete. — Está certo, asseguro: Deus me deu um corpo que só pode despertar ideias cômicas em outras pessoas — o de um bufão. Deixa-me, porém, dizer, repito: desculpe um homem velho; o senhor, Ródion Românovitch, é jovem, ainda coloca o intelecto acima de tudo, como todos os jovens. O espírito jocoso e o argumento abstrato o fascinam; é por isso que todos gostam do *Hofkriegsrat* austríaco,[11] tanto quanto sou capaz de julgar coisas militares, ou seja, no mapa já havia derrotado e aprisionado Napoleão. Seus planos foram executados da forma mais inteligente, mas, veja só, o general Mack entregou-se

---

[11] Conselho Imperial de Guerra.

com todas as tropas... Vejo, Ródion Românovitch, sorrindo por ver um civil como eu escolher exemplos da história militar, mas não posso conter-me, é o meu fraco, gosto da ciência militar e das leituras dos episódios militares. Certamente errei de profissão. Devia ter entrado para o exército, juro que devia! Não chegaria a um Napoleão, mas a major com toda a certeza.

"Voltando ao *caso particular* de que falávamos, devo acrescentar que é preciso contar com a realidade, com a natureza. É uma coisa importante, e que triunfa muitas vezes sobre a habilidade mais consumada! Ouça o que lhe diz um velho; falo seriamente (pronunciando essas palavras, Porfírio, que contava só 35 anos, parecia na verdade ter envelhecido, e até na voz); ademais, sou franco... Sou ou não um homem franco? Que lhe parece?... Creio que não se pode ser mais: digo-lhe todas essas coisas sem mira na recompensa!

"Continuemos: a finura de espírito é o ornamento da natureza, o consolo da vida, e com ela pode-se facilmente embaraçar um pobre juiz de instrução, que já é muitas vezes enganado pela própria imaginação, visto que é homem! Mas a natureza vem auxiliar o juiz, eis o mal! E é nisso que não pensa a mocidade, que confia na inteligência, que "calca aos pés todos os obstáculos" (segundo sua expressão tão fina e tão engenhosa).

"No *caso particular* de que tratamos, o criminoso, admito, mentirá com superioridade, mas, quando julgar que todo mundo foi vítima de sua habilidade, crac!, desmaia no próprio lugar em que o acidente se torna mais comentado. Suponhamos que pode atribuir essa síncope ao estado de fraqueza, à atmosfera sufocante da sala; nem por isso deixa de levantar suspeitas! Mentiu de uma forma excelente, mas não soube precaver-se contra a natureza. Aí é que está a armadilha.

"Uma outra vez, levado pelo gênio trocista, diverte-se a enganar quem suspeita dele, e, por brincadeira, diz ser o criminoso que a polícia procura; mas volta a representar a comédia, com *naturalidade*, o que ainda é um indício. Em certo momento, o interlocutor pode ser iludido; mas, se não é um pateta, fica de prevenção. Nosso homem compromete-se a todo instante. Que digo! Aparecerá ele próprio, sem que o chamem, dirá frases imprudentes em alegorias que todos perceberão! Quererá saber por que o prendem! E isso acontece ao espírito mais alto, a psicólogos, a literatos! A natureza é um espelho transparente, basta contemplá-la... Por que está tão pálido, Ródion Românovitch? Sente muito calor, talvez? Quer que abra a janela?"

— Não se incomode, peço-lhe! — disse Raskólnikov, desatando a rir. — Não faça caso da palidez.

Porfírio parou diante dele e, de repente, começou também a rir. Raskólnikov, cujo riso cessara, levantou-se.

— Porfírio Petróvitch! — disse com voz clara e forte, embora sentisse dificuldade em aguentar-se nas pernas. Estou certo de que suspeita que fui eu quem matou a velha e a irmã. Ora, devo declarar-lhe que estou farto de tudo isso. Se julga dever perseguir-me, prenda-me. Mas não consinto que faça troça, que me martirize...

De repente, os lábios tremeram-lhe, os olhos chamejaram, a voz, que até então tinha dominado, atingiu o tom mais elevado.

— Não consinto! — gritou, dando um vigoroso murro na mesa. — Percebe, Petróvitch? Não consinto!

— Oh, meu Deus! Mas o que foi que lhe deu?! — exclamou o juiz de instrução, aparentemente muito assustado. — Ródion Românovitch! Meu bom amigo! Que tem?

— Não consinto! — repetiu Raskólnikov.

— Fale mais baixo! Podem ouvir, aparecer alguém, e que havemos de dizer? Pelo amor de Deus! — murmurou assustado Petróvitch aproximando-se.

— Não permito! Não consinto! — repetiu maquinalmente, mas agora mais baixo, de modo que só Petróvitch o ouvisse.

Porfírio foi abrir a janela.

— É preciso arejar este gabinete. Se tomasse um copo de água? Dirigia-se à porta para chamar o criado quando viu a garrafa de água.

— Beba — disse, dando-lhe um copo —, há de fazer-lhe bem...

O susto e a solicitude de Petróvitch pareciam tão naturais, que Raskólnikov calou-se e fitou o magistrado com sombria curiosidade. Com um gesto recusou a água.

— Ródion Românovitch, meu amigo! Se continua assim, fica doido, afirmo-lhe. Beba; beba uns goles!

Quase à força meteu-lhe o copo na mão. Maquinalmente, Raskólnikov levou-o à boca, mas, de repente, o pôs em cima da mesa.

— Creia; teve um ataque! Se não tiver cuidado, pode ter uma recaída — observou, muito amável, o juiz de instrução, que parecia muito preocupado. — Meu Deus! É possível que se faça tão pouco caso da saúde?... O mesmo sucedeu a Dmitri Prokófitch, que esteve aqui ontem... Concordo que tenho um gênio cáustico, que sou pouco simpático, mas, meu Deus!, que significação dão às minhas pobres tagarelices! Dmitri esteve aqui ontem, depois de sua visita: estávamos jantando. Disse coisas que... Valha-nos Deus!... Foi o senhor que o mandou, não foi? Mas sente-se, sente-se....

— Eu não o mandei aqui! Mas sabia dessa visita e a razão dela — respondeu secamente Raskólnikov.

— Sabia, então?

— Sabia! E daí, que conclui?

— Concluo, Ródion Românovitch, que sei muita coisa a seu respeito; estou informado de tudo! Sei que ontem pretendeu *alugar certa casa*, que puxou o cordão da campainha, que fez uma pergunta sobre certa poça de sangue, que seus modos deixaram surpresos os operários e mais gente que o viu. Ah! Compreendo a situação moral em que estava... Mas essas agitações porão o senhor doido! Por toda parte suas palavras permitem que, em voz alta, lhe façam acusações.

Essas insinuações estúpidas tornam-se-lhe insuportáveis e quer acabar com elas o mais breve possível. Não é verdade? Adivinhei os sentimentos que o dominam?... Apenas não só transtorna a própria cabeça, como também dá cabo de meu pobre Razumíkhin, o que é realmente uma pena! A bondade dele o expõe, mais do que a qualquer outro, a sofrer o contágio de sua doença... Quando se acalmar, hei de contar-lhe... Mas sente-se! Peço-lhe que sossegue; está transtornado. Sente-se e acalme-se.

Ele sentou-se; um tremor febril agitava-o. Ouviu com profunda surpresa Petróvitch dando-lhe demonstração de interesse. Impressionava-o sobretudo a referência à visita à casa da velha, na véspera. "Como soube disso, e para que o diz?", pensava.

— Conheço um caso psicológico parecido, um caso mórbido — continuou Porfírio —, um homem foi acusado de um assassínio que não cometera. Pois declarou-se culpado: contou toda uma história, uma alucinação que tivera, e o que dizia era tão verossímil, parecia tanto concordar com os fatos, que não podia haver a menor dúvida. Como se pode explicar isso? Sem intenção alguma, esse indivíduo fora, em parte, causador de um crime. Quando soube que, sem o querer, facilitara o assassínio, teve tal desgosto que perdeu a razão imaginando ser ele próprio o assassino! Afinal o tribunal, revendo o processo, encontrou provas da inocência dele. Mas se não fosse isso, o que aconteceria a esse pobre-diabo! Aqui está o que o apoquenta também, Ródion! Pode-se ficar monomaníaco quando se vai de noite puxar os cordões das campainhas e fazer perguntas sobre sangue! Em minha profissão tenho tido ocasião de estudar tudo isso. É uma atração como a que leva um homem a atirar-se de uma janela ou de uma torre... O senhor está doente, Ródion Românovitch! Fez mal em negar essa doença. Devia ter consultado um médico experimentado em vez de se tratar com esse Zózimov! Isso é efeito do delírio!...

Durante um momento, Raskólnikov julgava ver tudo girar. "É possível que ainda esteja mentindo?", perguntava. E fazia esforços para afastar essa ideia, pressentindo a que extremos ela o podia levar.

— Eu não delirava! — gritou Raskólnikov enquanto torturava o espírito para perceber até onde Petróvitch queria chegar. — Estava em perfeito juízo, entende?

— Percebo, percebo! Já ontem me disse que não tinha delírio, insistiu mesmo nesse caso! Compreendo tudo o que me pode dizer! Mas permita-me ainda uma observação, meu caro Romậnovitch. Se, com efeito, fosse culpado ou tivesse tomado parte nessa maldita questão pergunto: continuaria sustentando que procedera em uso da razão e não em delírio? Em minha opinião dizia o contrário: sustentaria precisamente que tinha procedido sob efeito do delírio! Pois não lhe parece?

O tom com que a pergunta foi feita admitia suspeitar uma cilada. Dizendo aquelas palavras, Porfírio voltou-se para Raskólnikov, que, do sofá, olhou silenciosamente para ele.

— Exatamente como no caso da visita de Razumíkhin. Se o senhor fosse culpado, diria que ele veio aqui por livre vontade e ocultava que o instigou a vir. Ora, ao contrário, confessa que o mandou.

Raskólnikov, que não afirmara isso, sentiu calafrios na espinha dorsal.

— Continua a mentir! — disse com voz fraca, esboçando um sorriso triste. — Quer convencer-me de que está lendo em meu rosto, que sabe o que lhe vou responder — continuou, sentindo que não pesava já as palavras que proferia —; quer meter-me medo ou troçar de mim...

Falando assim, Raskólnikov não deixava de olhar fixamente para o juiz de instrução. Logo, violenta cólera de novo lhe incendiou o olhar.

— O senhor não fez senão mentir! — exclamou. — Sabe perfeitamente que a melhor tática para um criminoso é confessar o que é impossível ocultar. Eu não acredito no senhor!

— Como sabe disfarçar! — murmurou Porfírio. — Mas apesar disso vejo que não pensa noutra coisa; é o efeito da monomania. Não acredita? Pois digo-lhe que já vai acreditando em mim um pouco e teria muito prazer em que me acreditasse completamente, porque gosto do senhor sinceramente; tenho muita simpatia pelo senhor.

Os lábios de Raskólnikov começaram a tremer.

— Creia; quero-lhe bem — continuou Porfírio tomando-lhe amigavelmente o braço. — E mais uma vez lhe digo: trate-se. Ademais, sua família veio agora para São Petersburgo: pense um pouco nela. Podia fazê-la feliz e agora só lhe causa inquietações.

— Mas que lhe importa? Como sabe disso? E, então, além de me vigiar, diz-me claramente?

— Mas atenda a que o que sei, foi o senhor quem me disse! Não reparou que na sua agitação falava espontaneamente das suas coisas, não só comigo mas com os outros? Várias particularidades interessantes foi Razumíkhin quem me contou. Ia dizer-lhe quando me interrompeu que, apesar de todo o seu espírito, não está vendo tudo claramente, por causa da sua índole desconfiada. Ora, veja, por exemplo, esse incidente da campainha; uma preciosidade, um fato inapreciável para o juiz de instrução! Refiro-lhe singelamente, e isso não lhe abre bem os olhos? Se eu o julgasse culpado, procedia deste modo? A minha linha de conduta em tal caso era certamente outra; começava, pelo contrário, por adormecer a sua desconfiança, afetando ignorar o fato, e atraía-lhe a atenção para um ponto oposto; depois, bruscamente, descarregava o golpe perguntando-lhe: "Que foi o senhor fazer ontem às dez horas da noite na casa da vítima? Por que puxou o cordão da campainha! Para que perguntou pelo sangue? Por que pediu a todo mundo que o levasse à polícia?" Aqui tem como eu teria procedido se suspeitasse do senhor. Submetia-o a um interrogatório em regra ou ordenava investigações, informava-me... Mas se eu não fiz nada disso, é porque não tenho a menor suspeita!... O senhor perdeu a noção das coisas, e não vê nada, repito-lhe!

Raskólnikov tremia, fato que não passou despercebido a Porfírio.

— O senhor mente! — gritou. — Não conheço as suas intenções, mas mente... Há pouco falava-me de outro modo: não me iluda... Mente!

— Minto? — disse Porfírio com certa vivacidade, conservando-se embora sereno e não dando importância à opinião que Raskólnikov fazia dele. — Minto? Mas que lhe disse há pouco? Eu, juiz de instrução, dei-lhe os argumentos com que o senhor podia defender-se; "a doença, o delírio, as torturas do amor-próprio, a hipocondria, a afronta recebida no comissariado de polícia etc.". Pois não foi isto? Seja dito antes, que esses meios de defesa não são dos melhores: podiam voltar-se contra o senhor. Se dissesse "Eu estava doente, delirava, não sabia o que fazia, não me lembro de nada", podiam responder-lhe: "Tudo isso está muito bem; mas por que é que o delírio se manifesta sempre com o mesmo caráter?... Podia manifestar-se de outras formas!" Não lhe parece?

Raskólnikov levantou-se olhando o juiz com profundo desdém.

— Afinal — disse alto e peremptoriamente, pondo-se de pé e empurrando Porfírio para trás —, afinal, quero saber se suspeita de mim. Fale, Petróvitch, explique-se sem rodeios, imediatamente!

— Valha-o Deus! Está como as crianças que pedem a Lua! — respondeu Porfírio rindo. — Mas que necessidade tem de saber tanto, se até agora o deixaram livre? Por que se assusta desse modo? Por que vem aqui sem ninguém o chamar? Que razões tem para isso?

— Repito-lhe — gritou Raskólnikov enraivecido — que já não posso suportar...

— O quê? A dúvida? — interrompeu o juiz de instrução.

— Não me leve a extremos! Não quero!... Não posso nem quero!... Ouve? — continuou Raskólnikov em voz alta, dando outro murro na mesa.

— Fale baixo! Podem ouvi-lo! Vou dar-lhe um conselho a sério: tome cautela! — murmurou Porfírio.

O rosto do juiz perdera a expressão de bonomia; franziu a testa, falava como senhor absoluto. Contudo isso durou um instante. Intrigado, Raskólnikov logo sentiu novo acesso de cólera; mas, fato curioso, ainda dessa vez, apesar de ter chegado ao auge do desespero, obedeceu à ordem de falar baixo. Sentia que não podia deixar de o fazer, e essa ideia mais o irritou...

— Não me deixarei martirizar! — sussurrou; e reconhecendo instantaneamente, com ódio, que teria de obedecer à ordem, deixou-se empolgar por um ódio maior ainda. — Prenda-me, vigie-me, investigue, mas proceda como de costume, e não esteja brincando comigo!

— Não se preocupe com o costume — interrompeu Porfírio com ironia, ao passo que olhava com mal dissimulado júbilo para Raskólnikov. — Foi como amigo que o convidei a vir ver-me!

— Não quero a sua amizade; não preciso dela. Percebeu? E agora apanho o boné e saio. Que me diz, se tem intenção de prender-me?

Mas quando chegava à porta, Porfírio tomou-lhe o braço.

— Quer ver uma surpresa? — perguntou o juiz de instrução, cada vez mais animado, o que desnorteava Raskólnikov.

— Que surpresa? Que quer dizer? — perguntou Ródion parando e olhando Porfírio com certa inquietação.

— Uma surpresazinha ali atrás da porta! (Apontava para a porta que comunicava com os seus aposentos.) Até a fechei à chave para que não me fugisse.

— Que é? Onde? Quem?

Raskólnikov aproximou-se da porta e quis abri-la, mas não pôde.

— Está fechada! Aqui está a chave!

Dizendo isto, o juiz de instrução tirou a chave do bolso e mostrou-a.

— Mentes! — gritou Ródion. — Mentes, maldito palhaço!

E atirou-se a Porfírio, que se desviou sem manifestar o menor receio.

— Compreendo tudo! Tudo! — gritou Raskólnikov. — Mentes e desesperas-me, para eu me trair...

— Mas não é preciso trair-se. E não grite, senão chamo alguém.

— Mentes, não tens surpresa nenhuma. Chama tua gente. Sabias que eu estava doente e quiseste irritar-me, para me arrancares uma confissão. Estás onde querias chegar! Mas as provas? Não as tens, baseias-te em pobres suposições, nas conjeturas de Zametov!... Conhecias meu caráter, quiseste desnortear-me, até mandares teus agentes... Espera-os, não é assim?

— Mas por que fala em agentes? Que ideia! A forma do costume, para servir-me dos seus próprios termos, não permite isso. O senhor não percebe nada disso, meu caro amigo... — murmurou Porfírio, que se encostara à porta para ouvir.

Efetivamente havia certo barulho na sala contígua.

— Ah! Aí vêm eles — exclamou Raskólnikov, manda-os entrar todos: delegado, testemunhas; manda entrar quem quiseres! Estou pronto!

Mas neste momento deu-se um caso tão extraordinário, que nem Raskólnikov nem Petróvitch o teriam podido prever.

Capítulo VI

Quando mais tarde relembrou a cena, foi assim que Raskólnikov a entendeu.

O ruído na outra sala aumentou de repente e a porta abriu-se.

— Quem é? — gritou colérico Porfírio. — Eu tinha dado ordem.

Ninguém respondeu, mas a origem do ruído adivinhava-se: alguém queria entrar no gabinete do juiz e havia quem o impedisse à força.

— Mas que é? — repetiu Porfírio.

— É que trouxeram o acusado Micolai — disse alguém.

— Levem-no! Espere lá!... Mas para que o trouxeram? Que desordem! — censurou o magistrado dirigindo-se para a porta.

— Mas foi ele que... — tornou a mesma voz parando de súbito.

Durante momentos ouviu-se o barulho de uma luta entre dois homens; depois um deles repeliu o outro com força e entrou bruscamente no gabinete.

Tinha um aspecto singular. Olhava para a frente, mas parecia não ver ninguém. Nos olhos brilhantes lia-se a firmeza de uma resolução. Estava lívido como um condenado a caminho da forca. Os lábios tremiam ligeiramente.

Era muito novo ainda, magro, de estatura mediana e trajava como um operário. Tinha o cabelo cortado rente; a fisionomia era delicada. O outro, um policial que ele tinha repelido, entrou após, agarrando-o pelo braço; mas Micolai conseguiu soltar-se.

À porta agrupavam-se curiosos. Tudo isso se passou em muito menos tempo do que é preciso para dizer.

— Vá-te, ainda é cedo! Espera que te chamem!... Para que o trouxeram? — resmungou Petróvitch irritado e surpreendido.

Mas de repente Micolai pôs-se de joelhos.

— Que fazes? — gritou o juiz de instrução cada vez mais admirado.

— Perdão! Eu sou o criminoso! Sou o assassino! — disse Micolai com voz forte, apesar da comoção que o asfixiava.

Durante segundos houve um silêncio profundo, como se todos tivessem sido atacados de síncope; o policial não tentou segurar o preso, e dirigiu-se para a porta onde ficou imóvel.

— Que dizes? — gritou Porfírio quando o assombro lhe permitiu falar.

— Sou... o assassino... — repetiu Micolai, depois de breve silêncio.

— Como?... Tu?... Quem assassinaste?

O juiz de instrução estava verdadeiramente atordoado.

Micolai não respondeu logo.

— Eu... assassinei... com um machado Alena Ivanovna e a irmã, Isabel. Tinha o espírito transtornado... — acrescentou de repente; depois calou-se, conservando-se ajoelhado.

Tendo ouvido a resposta Petróvitch parecia pensar profundamente; depois, com um gesto violento, mandou sair as pessoas presentes. Todos obedeceram e a porta fechou-se.

Raskólnikov, de pé, a um canto, olhava Micolai. Durante algum tempo o juiz de instrução observou atentamente a ambos. Por fim falou a Micolai de mau humor:

— Espera que te interroguem; não te antecipes. Eu não te perguntei se tinhas o espírito transtornado. Responde agora: mataste?

— Eu sou o assassino... confesso — respondeu Micolai.

— Ah!... E como mataste?

— Com um machado. Tinha-o levado de propósito para isso.

— Não tenhas pressa! Sozinho?

Micolai não percebeu a pergunta.

— Não tinhas cúmplices no crime?

— Não. Mitka está inocente, não tomou parte.

— Não te apresses em desculpar Mitka; falei nele?... Mas como se explica que os dois fossem vistos descendo a escada a correr?...

— Foi de propósito que saí atrás de Mitka, para desviar as suspeitas.

— Basta! — gritou Porfírio furioso. — Ele não diz a verdade! — murmurou como se falasse sozinho, e de súbito seus olhos encontraram-se com os de Raskólnikov, cuja presença esquecera durante o diálogo. Vendo-o, o juiz de instrução ficou perturbado. Falou-lhe logo.

— Ródion Românovitch, desculpe-me, já não tem aqui nada que fazer... ora veja... que surpresa!

Tomara-o pelo braço, indicando-lhe a porta de saída.

— Parece que não esperava por isso — observou Raskólnikov.

Naturalmente o que se passara era ainda para ele um enigma; contudo recobrara grande parte da calma.

— Mas o senhor também não contava com este episódio. Como a sua mão treme!

— Também o senhor treme, Porfírio Petróvitch.

— É verdade; não esperava por isso...

Estava à porta. O juiz de instrução queria evidentemente ver-se livre dele.

— Então não mostra a surpresa prometida?

— Com que dificuldade ganhou forças para falar e já fala com ironias. É um homem muito singular, Ródion! Até mais ver...

— Talvez fosse melhor dizer *adeus*!

— Será como Deus quiser! — disse Petróvitch com um riso forçado.

Atravessando a secretaria notou que os empregados olharam-no muito. Na antecâmara reconheceu, entre a multidão, os dois homens *daquela casa* a quem pedira que o levassem ao comissariado de polícia. Pareciam esperar alguma coisa. Mas ouviu a voz de Porfírio. Voltou-se e viu o juiz de instrução correndo atrás dele.

— Uma palavra. Ródion Românovitch, esta questão há de resolver-se como Deus quiser; mas por causa das formalidades terei que pedir-lhe algumas informações... e por isso tornaremos a ver-nos, com certeza!

E Porfírio parou diante dele, sorrindo.

— Com certeza! — repetiu.

Poderia supor-se que queria ainda dizer mais alguma coisa, mas calou-se.

— Desculpe-me aqueles modos de há pouco, Petróvitch... excitei-me demais — começou a dizer Raskólnikov, que, senhor de si, sentia uma vontade irresistível de troçar do magistrado.

— Não falemos mais nisso — disse Porfírio quase alegre. — Eu mesmo... tenho uns modos muito desagradáveis, confesso. Mas até breve! Se Deus quiser havemos de ver-nos ainda muitas vezes!

— E havemos de ser amigos? — perguntou Raskólnikov.

— Havemos de dar-nos muito — respondeu como um eco Petróvitch, piscando os olhos e olhando seriamente o seu interlocutor. — Vai a alguma festa de aniversário?

— A um enterro.

— Ah, bem! Tenha cuidado com a saúde...

— De minha parte, não sei o que hei de desejar! — respondeu Raskólnikov, começando a descer a escada. Mas de súbito voltou-se para Porfírio. — Desejo-lhe maior sucesso que o de hoje. Como as suas funções são cômicas!

A estas palavras o juiz de instrução, que já ia para o gabinete, perguntou ainda:

— Que têm elas de cômico?

— Ora essa! Aí está o caso desse pobre Micolai... Como devia tê-lo atormentado, perseguindo-o para lhe arrancar confissões! Dia e noite, por certo, dizia-lhe em todos os tons: "És o assassino, és o assassino..." Perseguiu-o sem cessar segundo o seu método psicológico. E agora que o desgraçado se diz culpado, começa a zombar dele, cantando-lhe outra ária. "Mentes, não és o assassino, não o podes ser, não é verdade." Ora, depois disso não se tem direito de achar cômicas as suas funções?

— Ah! Reparou, então, que observei a Micolai que ele não falava a verdade?

— Como não havia de notar?

— Tem o espírito muito sutil, nada lhe escapa! E tem graça, cultiva a ironia. O senhor tem veia humorística. Diz-se que era a característica de Gógol...

— É verdade, de Gógol... Até outra vista.

— Até outra vez.

Raskólnikov foi diretamente para casa; deitou-se no divã e, durante um quarto de hora, tentou pôr em ordem as ideias. Não tentou sequer explicar o caso de Micolai, convencido de que havia um mistério cuja chave, naquela ocasião, era inútil procurar. Ademais, não tinha ilusões sobre as consequências do incidente: a confissão do operário em breve seria reconhecida como falsa, e então as suspeitas recairiam novamente sobre ele. Mas enquanto esperava os acontecimentos era livre, e devia tomar precauções, prevendo o perigo que julgava próximo.

Até onde estava ameaçado? A situação começava a clarear. Sentia calafrios, ao lembrar-se da entrevista com o juiz de instrução. Decerto não podia compreender todas as ideias de Porfírio, mas o que adivinhava era mais que suficiente para que visse o terrível perigo de que se salvara. Um pouco mais e se perderia irremediavelmente. Conhecendo-

-lhe a irritabilidade o magistrado caíra sobre ela e muito audazmente descobrira o jogo. Raskólnikov comprometera-se muito; todavia, as imprudências que reconhecia ter cometido não constituíam uma prova; tinham apenas importância relativa. Não se enganaria pensando assim? Qual era o fim a que Porfírio visava? Teria realmente maquinado qualquer intriga, armado um golpe? Mas como era esse golpe? Sem a presença imprevista de Micolai, como terminaria aquela visita?

Porfírio mostrara quase todos os trunfos — de fato, arriscara-se algo em mostrá-los —, e se tivesse algum escondido na manga do casaco, pensava Raskólnikov, tê-lo-ia mostrado também. Qual seria a "surpresa"? Era uma brincadeira? Teria algum significado? Poderia trazer escondido algum fato, alguma prova irrefutável de culpa? Sua visita de ontem? Onde se metera? Onde estaria hoje? Se Porfírio tivesse alguma prova, só poderia estar ligada à visita...

Raskólnikov sentara-se no divã, os cotovelos sobre os joelhos e a cabeça entre as mãos. Um tremor nervoso tomava-lhe todo o corpo. Por fim, levantou-se, pegou o boné e, depois de pensar um momento, dirigiu-se para a porta.

"Pelo menos por hoje, não há nada a temer." De repente, teve uma grande ideia: lembrou-se de ir à casa de Catarina. Era muito tarde para o enterro, mas chegava a hora do jantar, e aí veria Sônia.

Parou, refletiu, e um triste sorriso ficou-lhe nos lábios:

"Hoje! Hoje!", repetiu. "Sim, hoje mesmo! É preciso..."

Ao abrir a porta, alguém lhe poupou esse trabalho. Recuou espantado, vendo surgir o enigmático indivíduo da véspera, o homem *que saíra de debaixo da terra*.

A misteriosa personagem parou, e depois de olhar silenciosamente para ele, entrou. Vestia como na véspera, mas dir-se-ia que a fisionomia não era a mesma. Parecia aflito, soltando fundos suspiros do peito.

— Que deseja? — perguntou-lhe Raskólnikov pálido como um morto.

O outro não respondeu e curvou-se até o solo; pelo menos bateu no soalho com o anel que trazia na mão direita.

— Quem é o senhor? — perguntou Raskólnikov.

— Peço-lhe perdão — disse o homem em voz muito baixa.

— De quê?

— Dos meus maus pensamentos!

Olharam um para o outro.

— Estava zangado... Quando outro dia, com o espírito turvo pela bebida, o senhor perguntou pelo sangue, e pediu que o levasse à polícia, vi com pesar que ninguém dava importância ao que o senhor dizia, tomando-o por um bêbado. Mas eu, lembrando-me da sua morada, vim ontem aqui...

— Foi o senhor que veio procurar-me? — interrompeu Raskólnikov. Começava a fazer-se luz no seu espírito perturbado.

— Sim. Insultei-o vilmente.

— Estava então naquela casa...?

— Estava à porta, quando o senhor foi lá. Não se lembra? Moro lá há muito tempo... Sou curtidor e preparador de peles e levo trabalho para casa... acima de tudo, estava zangado...

Raskólnikov lembrou-se então de toda a cena da antevéspera.

Com efeito, além dos *dvorniks* tinha mais gente à porta. Alguém aconselhou que o levassem logo à polícia. Não podia lembrar-se do rosto de quem fizera aquela observação, nem mesmo agora o reconheceria, mas lembrava-se de ter dito qualquer coisa à toa.

Assim se explicava o mistério da véspera! E, sob a horrível impressão que lhe causava uma coisa tão insignificante, estivera quase a perder-se! Esse homem não pudera contar senão que ele se apresentara para alugar a casa da velha e perguntara pelo sangue. Portanto, salvo este passo dado por um *doente delirante*, Porfírio não sabia mais nada; não havia fatos, nada de positivo. "Por consequência, se não surgiram novos acontecimentos (e não surgirão, com certeza), que me podem fazer? Mesmo que me prendam, como poderão provar minha culpa?"

Outra conclusão tirava Raskólnikov daquelas palavras: havia pouco ainda Petróvitch soubera da sua visita à casa da vítima.

— O senhor disse hoje a Porfírio que eu tinha estado lá? — perguntou ele tomado por uma ideia súbita.

— Qual Porfírio?

— O juiz de instrução.

— Disse-lhe. O *dvornik* não quis ir, mas eu fui.

— Hoje? Não foi?

— Cheguei dois minutos antes do senhor. Ouvi tudo. Ele fez-lhe passar um mau quarto de hora ali!

— Onde? O quê? Quando?

— Eu estava lá, na sala junto ao gabinete. Estive ali o tempo todo desde que chegou lá.

— Como? Então o senhor era a tal surpresa? Mas como foi isso? Conte-me, por favor.

— Vendo que os *dvorniks* se recusavam a avisar à polícia sob pretexto de que era tarde e o comissariado estava fechado, resolvi saber quem era o senhor. No dia seguinte, ontem, tomei informações e fui ter com o juiz de instrução. Da primeira vez que fui lá, não estava. Uma hora depois voltei, mas não me recebeu; finalmente, da terceira vez mandou-me entrar. Contei como as coisas se passaram; ouvindo-me, pulava no gabinete como uma bola de borracha: "Aí está como esses peraltas trabalham!", exclamou. "Se soubesse disso mais cedo mandava-o prender!" Em seguida saiu, chamou alguém com quem falou num canto da sala; depois voltou-se para mim e pôs-se a interrogar-me, proferindo imprecações. Ficou certo de tudo. Contei-lhe que o senhor não se atrevera a responder-me e que não me reconhecera. Ele continuava dando murros, gritando e pulando. Nisto vieram anunciar a sua chegada: "Retira-te para ali e não te mexas", disse-me. Quando lhe trouxeram Micolai ele despediu o senhor, e depois mandou-me sair.

— E ele interrogou Micolai na sua presença?

— Saí logo depois do senhor, e só então é que começou o interrogatório.

Terminando a sua história o burguês curvou-se outra vez até o chão.

— Perdoe-me a denúncia e o mal que lhe fiz.

— Que Deus te perdoe! — respondeu Raskólnikov.

O outro curvou-se novamente e saiu.

"Não há acusações seguras, não há provas", pensou Raskólnikov, sentindo renascer-lhe a esperança. E saiu de casa.

"Podemos ainda lutar", disse com um riso feroz, ao descer a escada. E era a si próprio que ele odiava, pensando, humilhado, na sua "pusilanimidade".

Quinta parte

Capítulo I

No dia seguinte àquele em que teve a explicação com Dúnia e a mãe dela, Lujine compreendeu com grande pesar que o rompimento, em que na véspera ainda não podia crer, era um fato consumado. A serpente do amor-próprio mordeu-lhe o coração durante toda a noite. Logo que se levantou, o primeiro ato de Petróvitch foi ver-se ao espelho, receava ter tido algum derramamento bilioso.

Felizmente essa suposição não tinha fundamento. Vendo o rosto pálido, sentiu certa satisfação ao pensar que não seria difícil substituir Dúnia, e, quem sabe, talvez com vantagem. Mas logo abandonou essa esperança e cuspiu para o lado, o que fez sorrir com ar trocista o seu amigo e companheiro de quarto, André Semênovitch Lebeziátnikov.

Petróvitch notou aquele sorriso e lançou-o na conta do amigo, conta que estava bem carregada há muito tempo. Seu desespero aumentou mais ainda, pensando que não lhe devia ter contado essa história. Uma asneira, que seu temperamento o obrigara a cometer naquela tarde: cedeu à necessidade de desabafar.

Durante o dia o azar perseguiu Lujine. No tribunal, a questão de que tratava reservava-lhe um desgosto. O que sobretudo o irritava era não poder dar razão ao proprietário da casa que tinha arrendado por causa do seu próximo casamento. Esse indivíduo, de origem alemã, era um antigo operário que enriquecera. Não aceitava transação alguma e reclamava o pagamento estipulado no contrato, ainda que Petróvitch lhe entregasse a casa imediatamente.

O estofador não era menos exigente. Não queria restituir um só rublo do que Petróvitch dera de sinal pelo mobiliário que encomendara para a sua nova residência de casado. "Será possível que eu tenha de casar por causa da mobília?", dizia Lujine rangendo os dentes e, ao mesmo tempo, apegando-se a um lampejo de esperança. "O mal não terá remédio?" A lembrança dos encantos de Dunetchka feriu-lhe o coração como um espinho voluptuoso. Nesse terrível momento, se pudesse por um simples desejo tirar a vida a Raskólnikov, tê-lo-ia matado imediatamente.

"Outra tolice minha foi não lhes dar dinheiro", pensava voltando tristemente para o quarto de Lebeziátnikov, "por que fui tão avarento? Andei mal. Deixando-as momentaneamente sem recursos pensei que elas veriam em mim uma providência, e no fim fogem-me das mãos!... Se tivesse dado 1.500 rublos para o enxoval, se comprasse presentes no Armazém Inglês, meu procedimento seria a um tempo nobre e... hábil! Não me abandonavam tão facilmente. Com os seus escrúpulos julgar-se-iam obrigadas a restituir-me presentes e dinheiro, e isso havia de ser-lhes difícil! E era um caso de consciência: como, diriam, se há de despedir um homem tão generoso e delicado?... Fiz uma grande asneira!"

Pedro Petróvitch rangeu de novo os dentes, e chamou-se imbecil... mas, claro, em voz baixa.

Chegando a esta conclusão, voltou para casa muito mais aborrecido do que quando saíra. Contudo, despertou-lhe a curiosidade o movimento que havia em casa de Catarina com os preparativos para o jantar. Já na véspera ouvira falar em tal; lembrou-se até que fora convidado, mas suas preocupações o tinham impedido de atender ao convite.

Na ausência de Catarina (que estava no cemitério), a senhora Lippelvechzel andava dando ordens em volta da mesa. Conversando com ela, Pedro Petróvitch soube que se tratava de um verdadeiro banquete fúnebre para o qual tinham convidado todos os inquilinos do prédio, entre os quais havia alguns que nem conheciam o finado. André Semênovitch recebera convite, apesar de ter cortado relações com Catarina. Enfim, desejava-se muito que Petróvitch honrasse o ato com a sua presença, visto que era o mais respeitável de todos os moradores.

Catarina, esquecendo todos os agravos da senhoria, entendeu que devia dirigir-lhe um convite; portanto, era com a maior satisfação que Amália Ivanovna cuidava naquela ocasião dos preparativos. Vestira uma rica *toilette*; e tinha grande vaidade em apresentar-se com um belo vestido de seda preta. Informado de todas essas coisas, Pedro Petróvitch voltou pensativo para o seu quarto, ou, antes, para o de André. Soubera que Raskólnikov era um dos convidados.

Naquele dia, por qualquer motivo, André não saíra. Entre ele e Petróvitch existiam relações um tanto singulares, explicáveis, aliás: Petróvitch detestava-o quase, desde o dia em que lhe pedira hospitalidade, não se sentindo por isso à vontade diante dele.

Chegando a São Petersburgo, Lujine fora para a casa de Lebeziátnikov, não só por economia, mas por outra razão. Na província ouvira falar de André, seu antigo pupilo, como um dos rapazes, na capital, de ideias mais avançadas e ainda como homem que ocupava uma situação importante em alguns centros que se tornaram verdadeiramente lendários. Esta circunstância interessava-o. Há muito sentia um vago receio desses centros poderosos que sabiam tudo, não respeitavam ninguém e declaravam guerra a todo mundo.

É inútil acrescentar que a distância em que se achava não lhe permitia ver bem as coisas. Como os outros, ouvira dizer que havia em São Petersburgo progressistas, niilistas etc.; mas no seu espírito, como no da maioria, estas palavras tinham uma significação exagerada até o absurdo. O que ele receava especialmente eram as *devassas feitas* contra certos indivíduos pelo partido revolucionário. Certas lembranças dos primeiros tempos da sua carreira contribuíram bastante para este receio, desde que acariciara o sonho de ficar em São Petersburgo de uma vez.

Duas personagens de alta categoria que o tinham protegido sofreram os ataques dos anarquistas, sentindo-lhes as terríveis consequências. De modo que, logo que chegou a São Petersburgo, Pedro Petróvitch observou de que lado soprava o vento, e, pelo sim, pelo não, tratou de conquistar as boas graças da *nova geração*. Contava para isso com André. Pela conversa que o vimos ter com Raskólnikov, vê-se que já se apropriara, em parte, da linguagem dos modernos.

Cedo descobriu que André Semênovitch era um simplório, mas isto de modo algum tranquilizava Pedro Petróvitch. Mesmo que estivesse certo de que todos os progressistas fossem estúpidos como André, sua inquietação não ficaria acalmada. Todas as doutrinas, ideias, sistemas com que André Semênovitch o intoxicara tornaram-se sem interesse para ele. Tinha objetivo próprio — simplesmente queria descobrir logo o que ocorria em São Petersburgo. Os progressistas tinham poder ou não? Devia temê-los? Denunciariam algum negócio dele? Qual era, precisamente, o objetivo do ataque deles? Poderia ele enfrentá-los e evitá-los se eram realmente poderosos? Devia fazer isto ou não? Lucraria algo por intermédio deles? Centenas de perguntas desse tipo apresentavam-se-lhe à mente.

André era empregado num ministério. Baixo, anêmico, escrofuloso, cabelos de um louro quase branco e suíças em forma de costeleta, que eram a sua vaidade. Estava quase sempre doente dos olhos. Bom homem, no fundo era um razoável pedante, falava afetado, com arrogância e entono que contrastavam ridiculamente com a sua figura débil.

Aliás, era tido por um dos bons inquilinos da Lippelvechzel porque não bebia e pagava pontualmente. À parte estes méritos, André era realmente um insignificante. Um entusiasmo de simplório levara-o a colocar-se sob a bandeira progressista. Era um dos numerosos ingênuos escravos da ideia em moda, e que muitas vezes, pela parvoíce, desacreditam a causa.

Ademais, apesar do seu belo caráter, Lebeziátnikov achou insuportável o seu hóspede e antigo tutor Pedro Petróvitch. A antipatia era recíproca. Apesar da sua simplicidade, André começava a perceber que Petróvitch o desprezava, e que "não havia nada a fazer com aquele homem". Mostrava-lhe as teorias de Fourier e de Darwin, mas Petróvitch, que o ouvira com ar trocista, não hesitava em dizer coisas que magoavam o jovem catequizador. O fato é que Lujine acabou suspeitando que Lebeziátnikov não era apenas um imbecil, mas também um falador sem conceito algum no partido a que pertencia. Sua função era a *propaganda*, mas ainda aí não estava muito seguro, porque tropeçava a cada passo ao expor as teorias; decididamente, que se podia recear de tal criatura?

Note-se que desde que se instalara em casa de André (sobretudo nos primeiros dias) Petróvitch aceitava-lhe com prazer, ou pelo menos sem reserva, as atenções; quando ele, por exemplo, manifestava um grande zelo em formar uma comuna na rua dos Burgueses, e lhe dizia "O senhor é bem inteligente para se zangar com sua mulher um mês depois do casamento, se ela tiver um amante; um homem inteligente como o senhor não batiza os filhos" etc. etc., Petróvitch não pestanejava, tanto lhe agradava o diploma de inteligente que ele lhe dava.

Vendera alguns títulos de manhã e, sentado à mesa, contava o dinheiro que recebera. André Semênovitch, que quase nunca tinha dinheiro, passeava pelo quarto afetando indiferença pelos maços de notas. Petróvitch não acreditava naquela indiferença. Por seu lado,

André adivinhava com pesar o pensamento cético de Lujine e dizia consigo que ele era bem capaz de lhe estender diante dos olhos todo seu dinheiro para o humilhar, e lembrar-lhe a distância em que a fortuna os colocava.

Dessa vez Petróvitch estava de má disposição e prestava menos atenção do que de hábito a Lebeziátnikov, que desenvolvia seu tema favorito: o estabelecimento de uma nova comuna de outro gênero. Não interrompia suas contas senão para fazer alguma observação irônica e desagradável. Mas o "humano" André não se alterava. O mau humor de Lujine explicava-o pelo despeito de um noivo que fora dispensado. Tinha pressa de tocar nesse assunto, porque desejava lançar a respeito, algumas observações *progressistas*, que podiam consolar o amigo e contribuir para o seu desenvolvimento.

— Parece que se prepara um banquete em casa da viúva? perguntou à queima-roupa Lujine, interrompendo André no ponto mais vivo do seu discurso.

— Como se o senhor não soubesse. Ainda ontem lhe falei nisto, expondo-lhe até a minha opinião sobre essas cerimônias... Pelo que ouvi dizer, ela convidou-o.

— Eu não podia crer que, na miséria em que está, essa imbecil gastasse num jantar todo o dinheiro que recebeu desse outro imbecil... Raskólnikov. Há pouco ao entrar fiquei admirado, vendo esses preparativos... Os vinhos!... E parece que convidou muita gente. O diabo que a entenda! — continuou Petróvitch, que parecia falar com intenção. — Disse que ela me convidou? — perguntou ainda levantando a cabeça. — Quando? Não me lembro. Mas não vou. Que vou fazer lá? Conhecia-a apenas de ontem, quando trocamos poucas palavras. Disse-lhe que como viúva de um funcionário podia obter algum auxílio. Seria por isto que me convidou para o banquete?

— Eu também não tenho intenção de ir — disse Lebeziátnikov.

— Não faltava mais nada! O senhor já lhe bateu!... Compreende-se que tenha escrúpulo em ir jantar lá.

— Bati-lhe? A quem se refere — perguntou Lebeziátnikov, ficando muito vermelho.

— Refiro-me a Catarina Ivanovna, em quem bateu há de haver um mês! Soube-o ontem... Ora, aí estão as suas convicções!... Aí está o seu modo de resolver a questão da mulher!

Dita esta frase que o aliviou, continuou a contar o dinheiro.

— É uma infâmia; uma calúnia! — respondeu logo Lebeziátnikov, que não gostava que lhe falassem nisso. — Não houve nada disso! O que lhe contaram é falso. Defendi-me, apenas. Foi Catarina que se atirou a mim para me arranhar... Puxou-me pelas suíças... Todos, penso eu, têm o direito de defender-se. Ademais, sou inimigo da violência, venha de onde vier, por princípios, porque é despotismo. Que devia eu fazer? Deixá-la bater-me? Repeli-a, apenas.

— Ah!, ah!, ah! — ria Lujine, maliciosamente.

— O senhor, por estar de mau humor, quer sofismar; mas isto não significa nada, não tem relação com a questão da mulher. Eu fiz este raciocínio, de que se está admitido que o homem é igual à mulher em tudo, até na força (como agora começa a sustentar-se), então a igualdade deve existir também neste caso. Refleti que não havia motivo para debater esta questão, porque nas sociedades futuras não haverá lutas, pela simples razão de que não haverá disputas... Portanto é absurdo pensar na igualdade da luta. Eu não sou tão tolo... ainda que, afinal, haja conflitos... isto é, mais tarde não os haverá... mas por ora ainda não é possível evitá-los... Mas com os diabos, com o senhor uma pessoa atrapalha-se... Não é isso que me leva a não aceitar o convite. Se não vou lá jantar é somente por causa dos princípios, para não sancionar com a minha presença o costume desses jantares de enterro, ora aqui tem! Aliás, podia ir para troçar de tudo aquilo... Felizmente não vão padres lá, porque se fossem eu não faltaria.

— Quer dizer que ia ao jantar da mulher para falar mal dela e da forma por que o recebia; não é verdade?

— Não era para falar mal; era para protestar, e com um fim útil. Eu posso, indiretamente, auxiliar a propaganda civilizadora, como é dever de todos. Talvez essa missão se cumprisse melhor se houvesse menos pieguices. Eu posso semear a ideia, o grão... Desse grão nascerá um fato. Trabalhar assim prejudica alguém? Primeiro arrepiam-se, mas depois compreendem que se lhes prestou um serviço útil... O senhor sabe, Terebieva (pertencente, hoje, à comuna) foi censurada quando abandonou a família e... se devotou. Ela escreveu aos pais que não continuaria a viver convencionalmente e entregar-se-ia ao casamento livre; disseram-lhe que fora muito brutal, que os devia ter poupado e escrito em termos mais agradáveis. Acho tudo isso bobagem e que não há necessidade de brandura; ao contrário, é necessário o protesto. Varenta esteve casada sete anos, abandonou os dois filhos, e disse sem rebuços, em carta, ao marido: "Concluí que não posso ser feliz contigo. Nunca te perdoarei ter-me escondido existir outra organização social, ou seja, a comuna. Só tardiamente aprendi esta lição com o magnânimo homem a quem me entreguei e com quem estou estabelecendo uma comuna. Falo claramente por considerar desonesto enganar-te. Faça o que entenderes. Não penses em meu regresso, és um retrógrado. Desejo que sejas feliz." Assim deviam ser escritas todas as cartas!

— Esta Terebieva é aquela que já casou-se pela terceira *vez*?

— Não, é o segundo casamento apenas! Mas que importa que seja o quarto ou o 15º? Tudo é tolice! Se alguma vez lastimo a morte de meus pais é neste momento, e penso qual protesto lhes lançaria em rosto se ainda *vivessem*. Intentaria alguma coisa propositadamente... Mostrar-lhes-ia! Assombrá-los-ia! Lamento realmente que eles não mais vivam!

— Seja! — interrompeu Petróvitch, — Mas diga-me: conhece a filha do falecido, essa magricela... diz-se que ela... É verdade?...

— Pois então? Quanto a mim, minha convicção é que a situação dela é a normal da mulher. Por que não? Distingamos. Na sociedade atual este modo de vida não é normal, porque é forçado; mas na sociedade futura será absolutamente normal porque será *livre*. Agora mesmo ela tinha obrigação de o seguir: estava desgraçada; por que não disporia *livremente* do seu capital? Bem entendido que na sociedade futura o capital não existirá, mas a participação da mulher terá outro significado, regulado por uma forma racional. Quanto a Sônia Semenovna, vejo o seu procedimento como um protesto contra a organização social e tenho-lhe por isso muita estima. Direi mais: quando a vejo, sinto-me satisfeito...

— Contudo, disseram-me que a tinha expulsado daqui!

Lebeziátnikov irritou-se.

— Outra mentira! Não houve isso! Catarina Ivanovna contou essa história de um modo falso porque não percebeu nada! Eu jamais quis favores de Sófia Semenovna. Limitava-me simplesmente a desenvolvê-la, sem nenhum pensamento reservado, esforçando-me por lhe despertar a ideia do protesto... Não fiz outra coisa: ela própria compreendeu que não podia continuar a viver aqui!

— Convidaram-na para a comuna? Ah!, ah!

— Recolha seu riso, é inapropriado. Deixe-me contar-lhe! Não entende? Não existe tal papel em uma comuna, esta é estabelecida para que não haja semelhante papel. Em comuna tal função é transformada na essência. O que aqui é estúpido, lá é sensível; o que nas atuais condições sociais é inatural, torna-se perfeitamente natural na comuna. Tudo depende do ambiente. O homem em si nada vale. Vivo em bons termos com Sônia Semenovna até hoje, provando que ela nunca me julgou tê-la prejudicado. Atualmente procuro atraí-la para a comuna, mas em bases diferentes das em que *vive*. De que se ri? Queremos fundar uma comuna com bases especiais, mais amplas. Progredimos em nossas convicções. Rejeitamos muito mais! Se Dobroliúbov e Bielínski saíssem do túmulo ter-me-iam como adversário! Neste intervalo, continuo desenvolvendo Sófia Semenovna. Tem um belo, belíssimo caráter!

— E se aproveita então desse caráter?

— Não, não! Pelo contrário!

— Pelo contrário, é boa! Sim, senhor!...

— Pode acreditar-me: por que lhe havia de esconder a verdade? E, sabe? há mesmo uma coisa que me admira: ela parece sempre contrafeita, tem um pudor, um recato...

— E o senhor então desenvolve-a? Ah!, ah! Demonstra-lhe que esse pudor é imbecil.

— Não! Não! Oh! Que sentido tão grosseiro, tão estúpido, o senhor dá à palavra desenvolver! Como está atrasado!... *Não vê* nada! Nós procuramos a liberdade da mulher e o senhor pensa somente na porcaria. Pondo de parte o caso da castidade e do pudor, coisas inúteis e até absurdas, admito perfeitamente as reservas dela diante de mim, *visto* que assim usa da sua liberdade e exerce os seus direitos. Certamente, se ela me dissesse "quero que sejas meu" eu seria feliz, porque ela agrada-me; mas no atual estado de coisas ninguém é mais delicado nem mais conveniente para com ela do que eu. Nunca fizeram justiça às qualidades dela... mas eu não a perco de vista e espero — aí está!

— Dê-lhe um presente. Talvez ainda não pensasse nisto!

— O senhor não percebe, já lhe disse! A sua situação permite-lhe esses sarcasmos, mas não é o que o senhor julga. O senhor despreza-a. O senhor, fundando-se num fato que julga ser desonesto, não trata com humanidade essa criatura. Pois não sabe que caráter tem ela! Só estou triste porque ultimamente ela abandonou a leitura dos *livros* que lhe emprestei. Entristeço-me, também, em sabê-la com energia e resolução para protesto, — como já demonstrou uma vez, e ter tão pouca autoconfiança, independência para romper os liames de certos preconceitos e ideias tolas. Ainda assim, entende alguns pontos, por exemplo o beija-mão, isto é, que seja um insulto para a mulher o homem beijar-lhe a mão, por ser símbolo da desigualdade. Debatemos a questão; esclarecia-a. Ouviu atentamente meu relato sobre associações trabalhistas da França. Agora estou ensinando-lhe o processo de como entrar em um quarto na futura sociedade.

— E como é isto?

— Ultimamente, discutimos a respeito: um membro da comunidade tem o direito de entrar no quarto de um outro, seja homem ou mulher, a qualquer hora? Decidimos que tem!

— Isto pode ocorrer num momento impróprio! Ah, ah!

Lebeziátnikov ficou verdadeiramente aborrecido.

— Pensa sempre em inconveniências! — gritou com aversão. — Passa! Como me envergonho por ter prematuramente falado sobre a vida privada ao expor nosso sistema! É sempre um escolho no caminho para pessoas como o senhor, que ridicularizam antes de entender! Passa! Defendo a opinião de que este assunto *não deve* ser revelado a um principiante, que ainda não tenha fé no sistema. E diga-me, por favor, que acha de tão vergonhoso em uma latrina? Eu seria o primeiro a candidatar-me a limpar qualquer latrina. E não se trata de autossacrifício, e sim de trabalho honrado, útil, tão bom como qualquer outro. É muito melhor que a obra de um Rafael ou de um Púchkin, por ser mais útil.

— E mais honroso, muito mais honroso! Ah!, ah!

— Que entende por "mais honroso"? Não aceito tal expressão para qualificar uma atividade humana. "Mais honroso", "mais nobre" — tudo isso não passa de preconceitos antiquados, e que eu rejeito. Tudo que é *útil* à humanidade é honroso. Só aceito uma palavra: *útil*! Pode rir-se à socapa, mas é isso mesmo...

Pedro Petróvitch riu abertamente. Acabara de contar o dinheiro e o amontoava, deixando algumas cédulas na mesa. A "questão da latrina" já fora objeto de discussão entre eles. O absurdo é que Lebeziátnikov se aborrecia sinceramente, ao passo que Lujine se divertia.

Neste momento, estava particularmente desejoso de enfurecer seu jovem amigo.

— Seu azar de ontem o deixou mal-humorado e aborrecido — explodiu Lebeziátnikov, que, apesar de sua "independência" e "protestos", não se aventurava opor-se a Pedro Petróvitch e ainda o tratava com um pouco do respeito da infância.

— Diga-me disse Lujine com orgulhoso desagrado, pode... ou tem bastantes relações com ela para lhe pedir que venha aqui um momento? Já devem ter vindo do cemitério... Parece-me ouvi-los subir a escada. Desejava ver essa rapariga...

— Mas para quê? — perguntou admirado André.

— Preciso falar-lhe. Devo partir hoje ou amanhã, e tenho que dizer-lhe... Pode assistir a essa conversa... é até conveniente... Do contrário, sabe Deus o que o senhor pensaria!

— Não pensava nada... Fiz esta pergunta por fazer. Se tem o que lhe dizer, é muito fácil mandá-la aqui ou chamá-la, e não os incomodarei.

Efetivamente, cinco minutos depois, Lebeziátnikov trazia Sonetchka, muito surpresa. Quando se via em tais situações, ficava sempre inquieta; as caras novas causavam-lhe medo. Petróvitch apresentou-se delicadamente. Um homem sério e respeitável como ele não podia deixar de receber uma criatura tão nova e tão interessante sem lhe fazer um acolhimento gentil. Primeiro tratou de *sossegá-la*, pedindo-lhe que se sentasse. Sônia obedeceu, olhando ora para Lebeziátnikov, ora para o dinheiro, que estava na mesa; depois fixou os olhos em Petróvitch. Dir-se-ia que Lujine exercia sobre ela forte atração. Lebeziátnikov ia saindo. Petróvitch fez um sinal a Sônia e deteve André.

— Raskólnikov já chegou? — perguntou baixinho.

— Raskólnikov... já... Chegou agora... Já o vi... Por quê?

— Nesse caso peço-lhe o favor de ficar, para não me deixar só com esta menina... A questão de que se trata é insignificante, mas Deus sabe que coisas podia trazer. Não quero que Raskólnikov vá contar *lá*... Compreende por que lhe digo isto?

— Compreendo! — respondeu Lebeziátnikov. — Está no seu direito. Por mim, acho demais os seus receios... mas isso não vem ao caso. Fico. Vou para a janela e não os incomodo. A minha opinião é que está no seu direito.

Petróvitch voltou a sentar-se defronte de Sônia, fitou-a demoradamente, com expressão grave, severa, que parecia dizer-lhe: "Não pense que vou dizer-lhe alguma coisa inconveniente." Sônia sentiu-se mais à vontade.

— Primeiramente, Sófia Semenovna, peço-lhe que apresente minhas desculpas à sua mãe... Não me engano exprimindo-me desta forma? Catarina Ivanovna tem-lhe servido de mãe? — começou Petróvitch muito sério, mas muito amável. Evidentemente seu propósito era sério.

— Sim, realmente, ela tem sido para mim uma segunda mãe — respondeu Sônia, timidamente e confusa.

— Queria então dizer-lhe quanto me entristece não poder aceitar o seu amável convite, por causas independentes da minha vontade.

— Vou já dizer-lhe. — E Sonetchka levantou-se.

— Não é ainda tudo — continuou Petróvitch sorrindo ao ver a ingenuidade da pobre moça, sua ignorância das práticas sociais. Não me conhece, Sófia Semenovna, se julga que por um motivo tão fútil a incomode. O meu fim é outro.

A um gesto seu, Sônia, mais confusa, sentou-se outra vez. As notas de diferentes cores, em cima da mesa, apresentaram-se-lhe novamente aos olhos, mas ela desviou-se logo para Petróvitch. Olhar para o dinheiro dos outros parecia-lhe inconveniência, sobretudo no seu caso. Fixava alternadamente o monóculo com aro de ouro, que

Lujine segurava na mão esquerda, e o grande anel com uma pedra amarela que brilhava no dedo médio dessa mão. Afinal, não sabendo para onde olhar, fixou o rosto de Petróvitch, que prosseguiu:

— Falei ontem com Catarina, e pelo pouco que ouvi, convenci-me de que se encontra em situação anormal.

— Anormal, sim — repetiu Sônia docilmente.

— Oh! Mais claramente, num estado mórbido...

— Sim, mais claramente... sim, está doente.

— Ora, por dever humanitário, e... e... de compaixão, eu queria ser-lhe útil, prevendo que ela vai achar-se, sem dúvida, numa situação muito triste. Agora, segundo parece, essa pobre gente conta só com Sônia.

Ela levantou-se bruscamente:

— Desculpe a minha pergunta, mas o senhor não disse que Catarina podia receber uma pensão? Foi ela quem me contou que o senhor se encarregaria de obtê-la. Não é verdade?

— Não é bem assim: dei-lhe a perceber que, como viúva de um funcionário morto em serviço, poderia obter um auxílio, se tivesse proteções. Mas parece que além de não ter o tempo necessário para a reforma, seu pai nem estava em serviço quando morreu... Afinal, pode-se esperar sempre, mas essas esperanças são pouco fundadas, porque não há direito a esse favor. E ela já a pensar em pensão... Acha tudo muito fácil...

— Sim, ela esperava isso... É muito boa e fia-se em tudo... essa bondade leva-a a acreditar em tudo... e... tem a cabeça à toa. Desculpe-a, sim? — disse Sônia, levantando-se outra vez.

— Ainda não ouviu tudo.

— Não ouvi tudo? — repetiu ela.

Sônia, envergonhada, sentou-se pela terceira vez.

— Vendo-a nessa situação, rodeada de crianças, eu queria, como disse, ser-lhe útil dentro dos meus recursos, veja bem, *dentro dos meus recursos*. Poderia assim organizar, em favor dela, uma subscrição, uma tômbola... ou qualquer coisa igual, como fazem as pessoas que desejam auxiliar os parentes ou estranhos.

— Pois sim... Faça... — murmurou Sônia com os olhos esgazeados fitos em Petróvitch.

— Pode fazer-se, mas... depois falaremos nisso. Ver-nos-emos logo, e falaremos sobre o caso. Volte às sete horas. André Semênovitch assistirá à nossa conversa. Mas... antes de tudo... há um ponto que precisa ser examinado. Foi por isso que a incomodei. Parece-me que não se deve dar o dinheiro a Catarina. Será uma grande tolice. Para o provar basta este jantar de hoje. Ela não tem calçado, sua subsistência não está segura por dois dias, e compra rum da Jamaica, vinho da Madeira e café. Vi quando passava. Amanhã toda a família fica a seu cargo e Sônia terá de mantê-la. Portanto, acho que se deve fazer subscrição para a viúva, mas que Sônia administre o dinheiro. Que lhe parece?

— Não sei. Hoje é que ela está assim... isto sucede-lhe uma vez na vida... queria honrar a memória do marido... Ademais, será como quiser, ser-lhe-ei sempre muito grata... todos lhe serão... e Deus há de... e os órfãos...

Não pôde acabar, estava banhada em lágrimas.

— Bem, é um caso resolvido. Agora leve para ela esta quantia que representa a minha parte. Desejo que meu nome não seja dito. Aqui está... tenho tido também algumas dificuldades, e sinto não dar mais...

E entregou a Sônia uma nota de dez rublos. Ela recebeu-a corando muito; e dizendo palavras vagas despediu-se. Petróvitch acompanhou-a até a porta. Sônia voltou para casa numa agitação extraordinária.

Durante esta cena, André ficou à janela, a fim de não perturbar a conversa. Quando Sônia saiu dirigiu-se a Petróvitch e estendeu-lhe a mão:

— Ouvi tudo e *vi* tudo — disse, acentuando bem a palavra *vi*. — É nobre, isto é, é *humano*, porque eu não admito a palavra nobre. Nem quis os agradecimentos, bem vi! Embora por questão de princípios eu seja inimigo da beneficência oculta, que longe de extirpar a miséria favorece-lhe os progressos, não posso deixar de reconhecer que seu gesto é digno de aplauso. Sim, agradou-me!

— Mas é o que há de mais simples! — exclamou Lujine, embaraçado, olhando Lebeziátnikov atentamente.

— Não é tão simples assim! Um homem que, ferido, como o senhor, por uma afronta, ainda é capaz de olhar pela desgraça alheia, tal homem pode estar em oposição à lei social, que não é por isso menos digno de estima! Eu não esperava isso, tanto mais que com as suas ideias... Ah, como está ainda cheio das suas ideias! Como se incomodou com essa história de ontem! — exclamou Semênovitch, que sentia voltar-lhe a simpatia por Petróvitch. — E que necessidade tem de casar *legalmente* meu caro Pedro Petróvitch? Para que quer uma união *legal*? Bata-me, se quiser, mas declaro-lhe que me alegro pelo seu insucesso, que estou satisfeito ao pensar que é livre, que não está perdido para a humanidade... Como vê, sou franco!

— O casamento legal evita que os outros olhem para nós com sorrisos e desdéns; dá-me a convicção de que não educo os filhos dos outros, como acontece no seu casamento livre — respondeu Petróvitch para dizer alguma coisa. Estava pensativo e ouvia distraído o que seu amigo dizia.

— Filhos? Fala em filhos? Tornou André animando-se como um cavalo de combate que ouve o clarim, filhos é uma questão social e de capital importância, concordo, mas que tem outra solução. Muitos recusam-se a ter filhos, porque sugerem a instituição da família. Falaremos deles depois, ocupemo-nos por ora com a honra. Este é o meu ponto fraco, confesso! Esta horrível e militar expressão de Púchkin não constará de nenhum dicionário do futuro. Que, de fato, significa? Estupidez, porque no casamento livre não haverá decepção! Ela é consequência natural, o corretivo, por assim dizer, do casamento legal, o protesto contra um elo indissolúvel; e sob este aspecto nada tem de humilhante... Se alguma vez, o que é absurdo supor, eu contraísse o casamento legal, estimaria que minha mulher me enganasse. Dir-lhe-ia: "Até agora, querida, eu por ti só tinha amor; doravante respeito-te porque soubeste protestar!" Ri? É porque não tem a força para romper com os preconceitos! Compreendo que na união legal seja desagradável ser enganado, mas isso é o triste efeito de uma situação que degrada por igual os dois esposos. Quando as pontas simbólicas do adultério rompem numa testa (refiro-me ao caso especial do casamento livre), deixam de ter significação e de chamar-se chifres. Ao contrário, a mulher prova assim ao homem que o estima, pois que o julga incapaz de impedir a felicidade dela e muito inteligente para tirar vingança de um rival. Eu penso às vezes que se fosse casado (livre ou legalmente, pouco importa) e que se a minha mulher não arranjasse um amante, seria eu próprio que o ia procurar, e dizia-lhe: "Minha querida, amo-te, mas quero sobretudo que me estimes: aqui tens!" Não me dá razão?

 Estas palavras apenas faziam rir Petróvitch, cujo pensamento estava longe. Esfregava as mãos muito preocupado. André Semênovitch só mais tarde se lembrou dessa preocupação do seu amigo...

Capítulo II

Seria difícil dizer como a insensata ideia do jantar nasceu no cérebro de Catarina Ivanovna, que gastou nesse banquete mais da metade do dinheiro que Raskólnikov lhe dera para o enterro do marido. Talvez Catarina julgasse que devia honrar "convenientemente" a sua memória para provar a todos os inquilinos, e sobretudo a Amália Ivanovna, "que o morto valia tanto como eles, ou mais". Talvez obedecesse à vaidade especial dos pobres, que em certos atos da vida, batismo, casamento, enterro etc., levam os infelizes ao sacrifício dos últimos recursos, com o fim de "fazer tudo tão bem como os outros". É ainda lícito supor que no momento em que se via levada à extrema miséria, Catarina queria mostrar a toda essa *gente insignificante*, que não só *sabia viver* e *receber*, mas que, filha de um coronel, "educada em casa rica, *aristocrática, até*", não fora criada para esfregar chão, ou lavar, à noite, a roupa dos filhos.

Não havia grande variedade de vinhos, nem de várias marcas, nem Madeira. Petróvitch exagerara. Contudo havia vinho. E vodca, rum, Porto, de qualidade inferior, mas em quantidade suficiente. O jantar, preparado na cozinha de Amália, compreendia, além do *kútia*,[12] três ou

---

[12] Prato tradicional de arroz com mel.

quatro pratos. Havia dois samovares para quem quisesse tomar chá ou ponche depois do jantar. Catarina fizera as compras acompanhada por um polaco famélico, que morava, Deus sabe como, no prédio de Lippelvechzel.

Desde o primeiro instante esse pobre-diabo pôs-se ao dispor da viúva, e durante 36 horas andou por toda parte com um zelo que Catarina não se fartava de elogiar. A todo momento, pela menor causa, corria, atarefado, a pedir ordens. Tendo declarado, primeiro, que sem o auxílio "desse homem serviçal" nada faria, Catarina terminou por achar o seu factótum insuportável. Era o seu feitio: via em tudo cores brilhantes e em todos encontrava merecimentos que só existiam na sua imaginação, mas que ela acreditava. Depois, ao entusiasmo sucedia uma desilusão: então despedia com violência e injúrias aquele que antes enchera de louvores demasiados.

Ela era de natureza alegre, vivaz e cordata, mas pelos contínuos fracassos e desgraças chegava a desejar *acerbamente* que todos vivessem em paz e alegria e não *ousassem* quebrar a harmonia, porque a mais íntima discórdia, o mais comezinho desentendimento levavam-na a um estado frenético e passava, instantaneamente, das fagueiras esperanças e imagens à maldição de seu destino, ao desvario e a bater com a cabeça nas paredes.

Amália Ivanovna também subira muito no conceito de Catarina, talvez pela simples razão de ter tomado a responsabilidade do jantar, de se encarregar de pôr a mesa, ou emprestar as louças, as toalhas etc. etc., e cozinhar.

Saindo para o cemitério, Catarina deu-lhe todos os poderes, e a senhora Lippelvechzel mostrou-se digna dessa confiança. A mesa estava muito bem-posta. As louças, os vidros, as xícaras, os garfos, as facas, que os inquilinos emprestaram, traíam pela diversidade origens diferentes, mas à hora marcada estava tudo no seu lugar.

Ao voltar do cemitério, Catarina notou a expressão de triunfo no rosto de Amália Ivanovna. Satisfeita por ter cumprido tão bem sua missão, impava de orgulho dentro do vestido novo. Pusera também uma guarnição nova na touca. Esse orgulho, embora legítimo, desagradou a Catarina. "Como se não se pusesse a mesa sem o auxílio dela!" A touca também. "Não veem esta alemã maluca fazendo um figurão? Como é proprietária, dignou-se por bondade auxiliar pobres inquilinos! Ora vejam! Em casa de papai havia às vezes quarenta pessoas a jantar e não se receberia, nem mesmo numa ocasião dessas, uma Amália Ivanovna, ou melhor, Ludvigovna!..." Catarina não quis dizer logo tudo quanto sentia, mas prometeu a si mesma colocar no seu devido lugar, e nesse mesmo dia, aquela pedante.

Outra circunstância concorreu ainda para aborrecer a viúva: à exceção do polaco, que fora até o cemitério, poucos dos outros convidados para o enterro tinham ido; no entanto, quando se tratou de comer, vieram todos; alguns apresentaram-se até muito inconvenientemente. Os dois mais asseados parecia que tinham combinado para não virem, a começar por Pedro Petróvitch, o melhor de todos. Contudo, na véspera à noite, Catarina tinha dito dele maravilhas a todos, isto é, a Lippelvechzel, a Poletchka, a Sônia e ao polaco; era, dizia, um homem nobre, generoso, muito rico, e, tendo excelentes relações, fora amigo do seu primeiro marido, frequentara a casa do pai e prometera-lhe toda a sua influência para lhe conseguir uma pensão. Note-se que Catarina ao falar da fortuna e das relações das pessoas que conhecia, era sem cálculo, sem interesse, somente para realçar o prestígio da pessoa.

Como Lujine, e "talvez para seguir seu exemplo", faltava também "esse palhaço Lebeziátnikov". Que ideia fazia ele de si? Catarina convidara-o porque morava com Petróvitch: sendo agradável a um tinha de ser ao outro. Notou-se também a ausência de uma "grande dama" e sua filha. Estas havia só quinze dias que moravam ali; contudo já tinham feito observações por causa do barulho constante em casa dos Marmêladov, principalmente quando o marido vinha bêbado.

Como se supõe, a senhoria levou essas queixas a Catarina. A força de incessantes discussões com a inquilina, Amália Ivanovna ameaçava pôr na rua os Marmêladov, "visto que", gritava ela, "incomodam, pessoas distintas, a cujos calcanhares não chegam". Por isso, Catarina tivera o cuidado de convidar estas senhoras "a cujos calcanhares não chegava", tanto mais que ao vê-las na escada, elas desviavam-se arrogantemente. Era o modo de mostrar a elas quanto lhes era superior em sentimentos; e depois, mãe e filha poderiam convencer-se, naquele jantar, de que ela não nascera para a vida horrível que levava. Estava decidida a dizer-lhes isso à mesa, a atirar-lhes na cara que o pai fora governador, e que, portanto, não tinham razão para lhe voltarem a cara quando a viam. Um gordo tenente-coronel (na verdade capitão reformado) também faltava. Mas esse tinha desculpa: desde a véspera que a gota o tinha preso no leito.

Em compensação, além do polaco, chegou primeiro um escrevente de chancelaria, feio, gordo, vestindo um casaco sujo de nódoas, cheirando mal e mudo como um peixe; depois um antigo empregado dos Correios, um velho surdo e quase cego de quem alguém pagava o aluguel do quarto. A estes seguiu-se um tenente da reserva. Este, já ébrio, entrou às gargalhadas, e "imaginem, sem colete!". Outro convidado entrou e foi logo sentar-se à mesa, sem mesmo falar com a viúva. Outro, que não tinha roupa, apresentou-se em robe. Era demais: o polaco e Amália não o deixaram entrar. O polaco trouxera dois dos seus patrícios que não eram inquilinos da Lippelvechzel e ninguém conhecia.

Tudo isso causou grande desprazer a Catarina.

"Valeu a pena fazer tanta despesa para receber essa gente?" Com receio que à mesa, que ocupava todo o comprimento do quarto, não coubessem todos, tinham posto os talheres das crianças sobre uma mala, ao canto; Poletchka, como mais velha, devia olhar pelas outras e servi-las. Desapontada, Catarina recebeu os convidados com orgulho quase insolente. Tomando Amália Ivanovna responsável pela ausência dos convidados mais dignos, tratou a senhoria de tal modo que esta se melindrou. Finalmente foram para a mesa.

Raskólnikov apareceu e Catarina ficou contente ao vê-lo; primeiro, porque dos presentes era o único homem ilustrado (apresentou-o como devendo, dentro em pouco, ocupar uma cadeira de professor na universidade). Depois, porque ele se desculpou respeitosamente de não ter podido assistir aos funerais. Catarina sentou-o à sua esquerda, porque Amália Ivanovna ocupara a direita, e entabulou com ele, a meia-voz, uma conversa animada, quanto lhe permitiam seus deveres de dona de casa.

Nos últimos dias a doença dela tomara caráter alarmante e a tosse não a deixava muitas vezes acabar as frases; contudo sentia-se feliz, por ter com quem desabafar o ódio de que estava possuída diante dessa sociedade mesquinha.

A princípio sua cólera manifestou-se por sátiras aos convidados e, principalmente, à senhoria.

— Tudo isso por culpa daquela imbecil. Sabe de quem falo? — E indicava Amália com um gesto de cabeça. — Olhe para ela, vê que falamos a seu respeito, mas como não sabe o que dizemos arregala os olhos como pires. Olhe a coruja. Ah, Ah! (tosse). E aquela touca?... É para dar a entender que me honra sentando-se à minha mesa! Eu pedira-lhe que convidasse pessoas distintas, principalmente os amigos do morto. Veja que coleção de porcos ela arranjou! Está ali um que nunca se lavou! E esses pobres polacos... Ninguém os conhece (tosse); é a primeira vez que os vejo. Parecem duas cebolas! Eh! *Pan* — gritou para um deles. — Sabe-lhe bem? Coma! Beba! Quer cerveja ou vodca? Esperem, (levantou-se, agradeceu)... São decerto uns pobres-diabos! Para eles tudo vai bem, contanto que comam! Ao menos não fazem barulho... apenas... apenas receio pelos talheres de prata da senhoria!... Amália Ivanovna! — disse em voz alta. — Se por acaso roubarem os talheres, não me responsabilizo!

Depois dessa satisfação dada ao seu dissabor, voltou-se outra vez para Raskólnikov e começou a ridicularizar a senhoria:

— Ah, ah, ah! Não entendeu! Não compreendeu nada! Fica sempre de boca aberta! Repare: é uma verdadeira coruja!

Esta risada terminou por um acesso de tosse que durou cinco minutos. Ela levou o lenço aos lábios e mostrou-o depois a Raskólnikov manchado de sangue. As gotas de suor desciam pelo rosto da tuberculosa, que estava excessivamente corada e respirava mal. Contudo continuou falando em voz baixa.

— Confiei-lhe a missão de convidar essa senhora e a filha... sabe a quem me refiro?... Era necessário muito tato. Pois bem, fez as coisas de modo que essa estrangeira tola, essa mulher que veio aqui para pedir uma pensão como viúva de um maior, e que de manhã à noite corre os ministérios, com a cara pintada, essa imbecil, recusou o convite sem mesmo dar uma desculpa, como manda a mais vulgar delicadeza! Também não compreendo por que Pedro Petróvitch não veio. Mas onde está Sônia! Ah, aí vem! Sônia, onde estavas? É esquisito que num dia como hoje sejas tão pouco pontual! Ródion, deixe-a sentar a seu lado. Aqui tens teu lugar, Sônia... come o que quiseres. Recomendo-te a entrada fria com geleia, que está excelente. Já te trazem o restante. Serviram as crianças? Poletchka, não te esqueças! (tosse) Bem, bem! Lena está quieta, Kólia, não mexas assim com as pernas; porta-te como gente de boa família. Que dizes, Sonetchka?

Sônia apresentou à madrasta as desculpas de Petróvitch, falando alto, para que a ouvissem. Não contente em reproduzir os termos delicados de Lujine, ampliou-os ainda. Pedro Petróvitch, disse, encarregara-a de dizer a Catarina que viria vê-la o mais depressa possível para conversar sobre *negócios*, e combinar o que se faria depois... etc. etc.

Sônia sabia que isto sossegava Catarina e lisonjeava o seu amor-próprio. Sentando-se ao lado de Raskólnikov, cumprimentando-o rapidamente, lançou-lhe um olhar de curiosidade. Mas, durante o jantar, parecia esquivar-se de olhar ou falar com ele. Parecia distraída, de olhos fixos em Catarina, para adivinhar-lhe os desejos.

Nenhuma delas estava de luto. Sônia tinha um vestido cor de canela escuro; a viúva trazia um vestido de algodão listrado, escuro, o único que possuía.

As desculpas de Pedro Petróvitch foram bem recebidas.

Depois de ter ouvido Sônia com dignidade, Catarina informou-se com ar grave da saúde de Petróvitch. E sem se ocupar dos outros convidados, observava a Raskólnikov como um homem respeitável como Petróvitch estaria deslocado num meio tão "extraordinário". Compreendia, pois, que ele não viesse, apesar dos laços de amizade que o prendiam à sua família.

— Aqui tem porque, Ródion, eu lhe agradeço muito não ter recusado minha hospitalidade, oferecida nestas condições — disse em voz alta. — Estou convencida de que foi somente a amizade que tinha a meu marido que o trouxe aqui.

Depois, Catarina, pôs-se a gracejar com os convivas. De repente, dirigindo-se ao velho surdo, gritou-lhe: "Quer mais carne assada? Serviram-no de vinho do Porto?" Ele não respondeu, e esteve muito tempo sem perceber, até que lhe explicaram o que Catarina dissera, ao passo que se riam. Ele olhou em volta e ficou de boca aberta, aumentando assim o riso.

— Que estúpido! Mas por que o convidaram? — dizia Catarina a Raskólnikov. — Esperei que Petróvitch viesse. — Com certeza — prosseguiu, dirigindo-se a Amália Ivanovna com termos tão cortantes e altos que esta desconcertou-se — ele não se parece com as suas damas janotas; essas, nem meu pai as queria para cozinheiras; e se meu marido as recebesse era somente por cortesia.

— Ele gostava de beber; tinha seu fraco pelo álcool — gritou de súbito o tenente da reserva, esvaziando o duodécimo copo de vodca.

Catarina repeliu com energia essas palavras grosseiras.

— Sim, meu marido tinha esse defeito; estimava e respeitava a família. Só podia ser acusado pela sua demasiada bondade. Aceitava facilmente como amigos todos os debochados, e sabe Deus quem o acompanhava! Gente que não lhe chegava às solas das botinas! Imagine, Ródion Românovitch; encontraram-lhe no bolso um galo de doce, um bolo; mesmo na embriaguez não se esquecia dos filhos.

— Um galo? Foi galo que disse? — gritou o mesmo indivíduo.

Catarina não respondeu. Suspirou e ficou pensativa.

— Talvez pense, como os outros, que eu era muito severa com ele — disse ela a Raskólnikov. — É engano! Ele estimava-me! Tinha por mim muito respeito, sua alma era boa. Muitas vezes me causou piedade! Quando, sentado a um canto, erguia os olhos para mim, sentia-me tão enternecida que não podia dominar a comoção. Mas dizia a mim mesma: "Se fraquejas, ele não larga o vício." Só à força de severidade é que ele se continha.

— Bem sei, puxando-lhe os cabelos, o que aconteceu muitas vezes — disse o tenente da reserva, engolindo mais um copo de vodca.

— Há indivíduos a quem não só se devia puxar os cabelos, mas correr a pau. Não me refiro a meu marido — respondeu asperamente Catarina.

As faces afogueavam-se-lhe, o peito arfava. Uma palavra mais, e ela faria escândalo. Muitos riam, achando o caso cômico e incitando o tenente da reserva.

— Permita-me que lhe pergunte a quem se refere? Diga a quem é? — perguntou ele com voz ameaçadora. — Mas não! É inútil! Uma viúva! Uma pobre viúva! Está perdoada. Não faço caso disso!

E engoliu outro copo de vodca.

Raskólnikov ouvia silencioso, com desgosto. Sentia piedade de tudo aquilo. Por delicadeza, apenas provava as iguarias de que Catarina o servia constantemente.

Não tirava o olhar de Sônia, que sempre mais receosa seguia inquieta o desespero de Catarina. Pressentia que o jantar acabaria mal. Entre outras coisas, Sônia sabia que fora por sua causa que as tais senhoras não participavam do jantar. Soubera por Amália que, ao receber o convite, a mãe ficara ofendida, e perguntara "como havia de sentar sua filha ao lado dessa meretriz".

Sônia pensava que Catarina sabia disso. Ora, um insulto a Sônia era para ela pior que um insulto a si própria, a seus filhos ou à memória de seu pai: um ultraje mortal. Sônia adivinhava que naquele momento Catarina só tinha um desejo: provar a essas mulheres que elas eram etc. Nessa ocasião um conviva, sentado à cabeceira da mesa, passou a Sônia um prato com dois corações atravessados por uma seta, feitos com miolo de pão. Catarina disse, rubra de cólera e com voz retumbante, que o autor do gracejo era algum *asno bêbado*.

Amália Ivanovna já previa encrenca e, ao mesmo tempo, sentia-se profundamente ferida pelo orgulho de Catarina Ivanovna. Para realegrar os convidados e fazer-se estimada por eles, começou, sem mais nem menos, contando uma história sobre um de seus amigos, "o químico Karl, que, certa noite, quando viajava de coche, foi ameaçado de morte pelo cocheiro e tanto implorou de mãos-postas e chorou que acabou morrendo de medo por lhe ter parado o coração". Catarina logo observou, apesar de sorrir, que Amália não devia contar anedotas em russo; esta se ofendeu ainda mais, respondendo-lhe que seu *Vater* de Berlim era um homem muito importante e que andava sempre com as mãos nos bolsos. Catarina, não se contendo, riu tão alto que Amália Ivanovna impacientou-se, quase descontrolando-se.

— Ouçamos a coruja! — sussurrou a seguir Catarina, quase recuperando o bom humor. — Quis dizer que andava com as mãos nos bolsos dele, mas disse que andava sempre com as mãos nos bolsos alheios (tosse, tosse). Reparou, Ródion Românovitch, que os estrangeiros em São Petersburgo, especialmente os alemães, são mais burros que nós. Pode imaginar um russo contando como "o químico Karl morreu de medo, por parar o coração" e que o idiota, em lugar de agredir o cocheiro, ficasse de mãos-postas chorando e implorando? Ah, que idiota! E veja que ela julga a história muito comovente e não percebe como é estúpida. A meu ver, esse tenente da reserva é bem mais inteligente, embora qualquer um possa observar que ele afogou o cérebro em álcool; mas sabe como os estrangeiros são educados e sérios, e veja como está sentada de olhos fixos! Está zangada! Ah, ah!

— Catarina Ivanovna sofre um violento acesso de tosse.

Recuperando o bom humor, Catarina Ivanovna, dirigindo-se a Raskólnikov, declarou que queria retirar-se logo que obtivesse a pensão para T***, sua terra natal, onde fundaria um colégio para meninas nobres. Referiu-se ao diploma de que Marmêladov falara a Raskólnikov, quando se encontraram no botequim. Esse documento dava-lhe direito de fundar um colégio. Tinha-o consigo principalmente para confundir as duas fúfias, se elas aceitassem o convite. Mostrar--lhes-ia que "a filha de um coronel, descendente de família nobre, valia mais que as aventureiras cujo nome se tornara tão conhecido". O documento correu pela mesa; os convivas, avinhados, passavam-no de mão em mão, sem que Catarina se opusesse, porque esse papel confirmava que era filha de um conselheiro, o que a autorizava quase a dizer-se filha de um coronel.

Contou então a vida feliz que tencionava levar em T***. Abriria um concurso para professores de ginástica; entre eles contava-se Mangot, um velho digno que lhe ensinara francês; esse não hesitava em ir dar lições por um preço módico. Enfim, anunciou a ideia de levar Sônia para T*** e confiar-lhe a direção do estabelecimento. A estas palavras reboou uma gargalhada na extremidade da mesa.

Catarina fingiu não ter ouvido; mas, elevando a voz, declarou que Sônia Ivanovna possuía todas as qualidades para substituí-la nesse cargo. Depois de ter elogiado a meiguice de Sônia, sua paciência, abnegação, cultura intelectual e nobreza de sentimentos, afagou-a e beijou-a duas vezes, efusivamente. Sônia corou e Catarina começou a chorar.

— Estou com os nervos excitados — disse ela desculpando-se —, não posso mais. Vá servir-me o chá.

Amália Ivanovna, muito vexada por não ter entrado na conversa, escolheu este momento para fazer uma tentativa, e observou à futura diretora do colégio que devia ter muito cuidado com a roupa das educandas, e não as deixar ler romances à noite. A fadiga e o desespero aumentavam a impaciência de Catarina, que recebeu com maus modos os conselhos de Amália, que na sua opinião não entendia do caso; num colégio de meninas nobres a roupa branca estava a cargo de uma criada, e não da diretora; quanto à leitura dos romances, era simplesmente uma inconveniência; pedia a Amália que se calasse.

Em vez de ceder ao pedido, a senhoria retorquiu com rancor, que dissera aquilo "para seu bem", que tinha sempre as melhores intenções, e havia muito tempo Catarina não lhe pagava. "Mente, quando fala em boas intenções", respondeu a viúva. "Ainda ontem, e diante do cadáver do meu marido, fez cenas a propósito do aluguel." Amália mudou o rumo da conversa e disse que "tinha convidado essas senhoras, mas que elas não aceitaram o convite porque eram nobres, e não frequentavam a casa de quem não o era". Catarina respondeu que uma cozinheira não sabia avaliar a nobreza verdadeira.

Amália Ivanovna, ofendida, respondeu que "o seu *Vater* era homem importantíssimo em Berlim, que passeava com as mãos nos bolsos, bufando sempre: puff, puff!". Para dar melhor ideia do seu *Vater*, a senhoria Lippelvechzel levantou-se, meteu as mãos nos bolsos e, inflando as faces, imitou o som de um fole. Houve uma risada geral, na expectativa de uma luta entre as duas mulheres. Entretinham-se a excitar Amália Ivanovna. Catarina, perdendo então toda a gravidade, declarou que Amália nunca tivera *Vater*, que era apenas filha de um bêbado das tavernas de São Petersburgo, ou coisa pior. Amália, furiosa, retorquiu que Catarina é que não tivera *Vater*, o seu era de Berlim, vestia grandes sobrecasacas e estava sempre: puff, puff! A viúva observou que todos sabiam sua origem, e o seu diploma dava-a como filha de um coronel, ao passo que Amália (supondo que tivesse pai) devia ser filha de algum leiteiro da Finlândia; nem sabia seu nome paterno; às vezes era Amália Ivanovna, outras Amália Ludvigovna. A senhoria, fora de si, exclamou batendo na mesa que era Ivanovna e não Ludvigovna, que o seu *Vater*, chamava-se Iohann e fora bailio, o que nunca o fora o *Vater* de Catarina. Esta levantando-se disse, afetando uma serenidade que era desmentida pela agitação do seio e a palidez da face.

— Se ousar outra vez igualar o seu miserável *Vater* a meu pai arranco-lhe a touca e piso-a.

Ouvindo isto, Amália correu pelo quarto gritando que era a dona da casa, e que Catarina havia de sair dali. Furiosa, tirou os talheres de prata. Houve uma confusão enorme; uma balbúrdia; as crianças começaram a chorar; Sônia agarrou-se à madrasta para evitar uma violência. Mas Amália falou em voz alta na "carteira amarela". Catarina soltou-se dos braços da enteada e atirou-se à senhoria para arrancar-lhe a touca. Neste momento abriu-se a porta e surgiu Pedro Petróvitch.

Olhou severamente para todos. Catarina foi falar-lhe.

Capítulo III

— Pedro Petróvitch! — gritou ela. — Acuda-me! Obrigue essa criatura a não falar assim a uma senhora nobre e infeliz, o que não é permitido... Hei de queixar-me à autoridade... Será chamada à polícia... Em atenção ao que lhe fez meu pai, defenda estes órfãos.

— Dê-me licença, minha senhora, dê-me licença — disse Petróvitch fazendo um gesto para afastá-la —, eu nunca tive a honra de conhecer seu pai (ouviu-se uma ruidosa gargalhada) e não é ideia minha meter-me nas suas questões. Venho aqui porque desejo falar a Sófia... Ivanovna... É assim seu nome, parece-me. Dê licença...

E deixando Catarina, Petróvitch dirigiu-se a Sônia.

Catarina parecia presa ao solo. Não percebia por que Petróvitch negava ter-lhe conhecido o pai. O que a magoava ainda mais era o tom altivo, quase ameaçador, com que lhe falara. Com a chegada de Lujine o silêncio restabeleceu-se. A sua *toilette* correta contrastava com a de todos os convivas, que concordavam que só um motivo de muita gravidade podia explicar a presença daquela personagem. Todos esperavam qualquer coisa. Raskólnikov, que ficara junto de Sônia, afastou-se para ele passar. Lujine não tomou conhecimento da presença dele.

Logo depois, apareceu Lebeziátnikov; mas em vez de entrar ficou à porta, ouvindo com curiosidade, sem saber o que se passava.

— Desculpe-me vir perturbar a reunião, mas sou forçado a isso por um motivo grave — começou Petróvitch, sem se dirigir a ninguém. — Estimo bastante explicar-me diante de todos. Amália Ivanovna, na qualidade de dona da casa, peço-lhe ouvir o que vou dizer a Sófia Ivanovna.

Em seguida, chamando Sônia, surpreendida e medrosa, disse-lhe:

— Sófia Ivanovna, depois da sua visita, dei por falta de uma nota de cem rublos, que estava na mesa no quarto do meu amigo André Lebeziátnikov. Se sabe o que é feito dessa nota, e se me disser, dou-lhe a minha palavra diante de todos os presentes, que o caso não terá consequências. Do contrário, serei obrigado a recorrer a outros meios.

Seguiu-se um profundo silêncio. Até as crianças deixaram de chorar. Sônia, pálida como um cadáver, olhava para Lujine sem responder. Parecia não ter compreendido nada.

— Então, que responde? — perguntou Petróvitch fixando-a severamente.

— Não sei... não sei... — disse Sônia, com voz sumida.

— Não sabe nada? — interrogou Lujine, fazendo nova pausa por segundos. — Pense um momento, senhorita — disse severamente, porém como quem admoesta. — Reflita, dou-lhe tempo para pensar. Por favor, repare nisto: se eu não estivesse inteiramente convencido como estou, asseguro-lhe que, com minha experiência, não me aventuraria a acusá-la diretamente, por saber que seria responsabilizado, de certo modo, em fazer uma acusação direta, frente a testemunhas, caso fosse falsa ou errônea; porém estou certo do que digo.

"Esta manhã levei vários títulos no valor de três mil rublos, que vendi. Ao voltar tornei a contar o dinheiro; André Semênovitch estava presente. Depois de ter contado 2.300 rublos, meti-os numa carteira que guardei no bolso da minha sobrecasaca. Na mesa ficaram quinhentos rublos, aproximadamente, em notas; entre elas havia três notas de cem rublos. Ora, a meu pedido foi à minha casa, e durante essa curta visita esteve sempre agitadíssima. Por três vezes até se levantou para sair, sem que a conversa tivesse terminado. André Semênovitch é testemunha do fato.

"Creio que não nega que mandei chamá-la por André com o fim de tratarmos da situação desgraçada da sua madrasta (à casa de quem eu não podia vir) e do modo de auxiliá-la, por meio de uma tômbola ou subscrição, ou outra forma. Agradeceu-me chorando. (Entro em todas essas minúcias para provar que tenho tudo bem presente.) Depois, tirei da mesa uma nota de dez rublos e dei-lhe para as primeiras despesas de Catarina. André Semênovitch viu tudo isso. Depois acompanhei-a até a porta, e vi-a sair com a mesma agitação.

"Fiquei ainda conversando uns minutos com André, que depois saiu. Em seguida, ao guardar o dinheiro, com grande surpresa dei pela falta da nota de cem rublos. Agora, pense: desconfiar de André Semênovitch, é impossível! É-me impossível mesmo conceber tal ideia. Também não podia enganar-me nas contas porque momentos antes tinha-as verificado. Concorde, pois, em que, lembrando-me da sua agitação, da pressa que tinha de sair, e ainda do fato de ter estado a mexer na mesa, enfim, considerando sua profissão e os hábitos que traz, eu devia, embora contra minha vontade, chegar a uma suspeita, cruel, sem dúvida, mas segura!

"Por mais convencido que eu esteja da sua culpa, repito-lhe que sei ao que me exponho fazendo tal acusação. Contudo não hesito em fazê-la, e vou dizer por que: é, unicamente, pela sua ingratidão. Então! Chamo-a porque me impressiona a situação da sua madrasta; dou para ela dez rublos, e é assim que me agradece! Não; isso não pode ser! É preciso um corretivo! Reflita, peço-lhe como seu amigo! Senão serei inflexível! Então, confessa?"

— Não tirei nada! — disse cheia de espanto. — Deu-me dez rublos, aí os tem.

Tirou o lenço do bolso, desatou o nó e retirou a nota de dez rublos, que deu a Lujine.

— Continua a negar o roubo? — perguntou ele sem pegar na nota.

Sônia, lançando um olhar em torno de si, viu que todos estavam indignados. Olhou para Raskólnikov... De pé junto à parede, com os braços cruzados, não desviava dela os olhos cintilantes...

— Oh, meu Deus! — bradou ela.

— Amália Ivanovna, é preciso chamar a polícia. Peço-lhe mandar subir o *dvornik*, disse Lujine.

— *Gott, der Barmherzige!*[13] Eu bem sabia que era uma ladra! — exclamou a Lippelvechzel, esfregando as mãos.

— Sabia? — perguntou Pedro Petróvitch. — Fatos anteriores permitiam-lhe tirar essa conclusão? Peço-lhe que não esqueça o que acaba de dizer. Aliás, há testemunhas.

Houve um vozerio por todos os lados. Todos se agitaram.

— O quê! — exclamou Catarina saindo de súbito da letargia em que se conservara e adiantou-se para Lujine. — Acusa-a de roubo? Ela, Sônia? Oh! Canalha, canalha! E, aproximando-se de Sônia, apertou-a efusivamente contra o peito com os braços magros.

— Sônia, como aceitaste os dez rublos desse homem? Entrega-os! Dá-lhe todo esse dinheiro! Aí estão!

Catarina tirou a nota das mãos de Sônia, amarrotou-a e atirou-a na cara de Lujine. O papel, feito uma bola, bateu em Petróvitch, e rolou no chão. Amália Ivanovna apanhou-o. Petróvitch irritou-se.

— Segurem essa doida, gritou.

---

[13] Deus misericordioso!

Nessa ocasião houve aglomeração à porta do aposento. Entre os curiosos viam-se as duas senhoras da província.

— Doida, dizes tu? É a mim que chamas doida, imbecil? — gritava Catarina. — Tu, tu és um reles chicaneiro, um homem ordinário! Sônia roubou-lhe dinheiro! Sônia é uma ladra! Ela era bem capaz de dar-te muito mais, estúpido! — E Catarina, histérica, desatou a rir. — Já se viu um parvo assim? — dizia ela, interrogando um por um todos os presentes e mostrando Lujine. De repente olhou para Amália e não pôde mais conter-se. — E tu, comedora de salsicha, tu também, infame prussiana, tu também a dizer que ela é uma ladra. Ah! Não viste que ela nem saiu de casa? Foi daqui ao outro quarto, ao teu, patife!, e voltou logo a sentar-se à mesa conosco, como todos viram. Sentou-se ao lado de Ródion Românovitch!... Revistem-na! Como ela não foi a mais lugar algum, deve ter o dinheiro. Procura, procura! Mas se não encontrares, pagarás o que disseste! Vou queixar-me ao imperador, ao czar; vou deitar-me aos seus pés, hoje mesmo. Sou órfã! Hão de deixar-me entrar! Julgas que não me recebe? Enganas-te! Como ela é boa, imaginavas que nada tinhas a recear! Contava com a sua timidez? Mas se ela é tímida, eu não tenho medo; os teus cálculos saíram errados! Procura, procura, vamos, depressa!

Assim falando agarrava Lujine e empurrava-o para junto de Sônia.

— É isso o que quero; mas sossegue... — dizia ele, bem vejo que não tem medo!... Na polícia é que isto se devia fazer... Mas aqui há testemunhas... Vamos... Todavia é impróprio de um homem... por causa do sexo... Se Amália Ivanovna quisesse... contudo, não é assim que se deve fazer...

— Manda-a revistar por quem quiser — gritou Catarina —, Sônia mostra-lhe os bolsos! Aí estão! Aí estão! Vê bem, monstro! Vês que está vazio? Um lenço, nada mais! Agora, o outro; aí está, aí está! Vês!

Não contente de tirar o que havia nos bolsos de Sônia, Catarina virou-os. Mas na ocasião em que virava o bolso direito, saltou um papelzinho que caiu aos pés de Lujine. Todos viram, e alguns soltaram um grito de espanto. Petróvitch abaixou-se, apanhou o papel e desdobrou-o. Era uma nota de cem rublos dobrada em oito. Petróvitch mostrou-a a todos, para que não restasse dúvida sobre a culpabilidade de Sônia.

— Ladra! Fora daqui! A polícia! A polícia! — berrou a Lippelvechzel. — Levem-na para a Sibéria! Rua!

Todos comentavam. Raskólnikov, silencioso, só desviava os olhos de Sônia para olhar Lujine. A rapariga parecia mais parva do que surpreendida. De repente corou, e cobriu o rosto com as mãos.

— Não fui eu; não roubei nada! Não sei como foi isso! — exclamou ela cheia de amargura. — Dirigindo-se a Catarina, que lhe abria os braços, como um asilo inviolável.

— Sônia! Sônia! Não acredito! Bem vês que não acredito! — repetiu Catarina, rebelde à evidência. E dizia isto afetuosamente, beijando-lhe as mãos, embalando-a nos braços como uma criança. — Tu, roubares alguma coisa. Mas que gente estúpida! Oh! Meu Deus! São todos uns parvos! — gritava ela aos presentes. — Não sabem que coração está aqui! Ela roubar, ela! Para os socorrer, se tivessem necessidade, era capaz de andar descalça, vender a última camisa. Ela até se sujeitou à humilhação da "carteira amarela" porque meus filhos tinham fome; vendeu-se por nossa causa! Ah, meu pobre marido! Que jantar funerário! Oh, Deus, Mas defendam-na todos, em vez de ficarem impassíveis! Ródion Românovitch, por que não a defende? Também acredita que ela é ladra? Todos os que aqui estão não valem uma de suas unhas. Oh, Deus, defende-a!

As lágrimas, as súplicas, o desespero da pobre Catarina causavam funda impressão. Seu rosto magro de tísica, os lábios secos, a voz apagada exprimiam um sofrimento tão forte que comovia os mais duros. Pedro Petróvitch também foi levado à compaixão.

— Minha senhora! — disse solene Lujine —, isto não lhe diz respeito! Ninguém deseja acusá-la de cumplicidade; ademais, foi a senhora quem, virando os bolsos, mostrou o roubo; isto basta para provar sua inocência. Serei indulgente para esse ato de Sônia, provocado talvez pela miséria. Mas por que não o confessou? Receava o escândalo? Compreende-se, compreende-se muito bem!... Veja, contudo, ao que se expôs! Meus senhores — disse voltando-se para todos, movido por um sentimento de piedade —, perdoo, apesar das injúrias que me dirigiram. — Depois, voltando-se para Sônia: — Que a vergonha por que passou lhe sirva de lição. Não dou parte à polícia desse fato.

Petróvitch olhou de revés para Raskólnikov. Os olhares dos dois encontraram-se; o de Raskólnikov chamejava. Catarina parecia não ter ouvido nada, e continuava beijando Sônia. A exemplo da mãe, as crianças estendiam-lhe os braços; Poletchka, sem entender de que se tratava, chorava; apoiou sua cabecinha no ombro de Sônia.

De repente, da porta, retumbou uma voz forte:

— Como isto é vergonhoso!

Pedro Petróvitch voltou-se bruscamente.

— Que miséria! — repetiu Lebeziátnikov, encarando Lujine, que estremeceu. — E atreveu-se a invocar meu testemunho? — disse, aproximando-se de Petróvitch.

— Que significa isso? De quem fala? — perguntou, hesitante, Lujine.

— Estas palavras significam que o senhor é... um caluniador! Aí tem o que elas traduzem! — respondeu Lebeziátnikov calorosamente. Via-se que estava cheio de violenta cólera; enquanto fixava Petróvitch, os olhos doentes tinham uma expressão desusada. Raskólnikov ouvia ansioso, com o olhar pregado no jovem socialista.

Ninguém falava. A perturbação de Petróvitch era visível.

— É a mim que o senhor... — balbuciou ele. — Mas que tem? Está no seu juízo? É possível?

— Estou, estou no meu juízo, e o senhor é... um pulha! Como isto é vergonhoso! Ouvi tudo, e não falei logo para poder avaliar bem o seu caráter. Mas por que fez tudo isso?...

— Mas que foi que fiz? Deixe-se de enigmas... Talvez bebesse demais?...

— Oh! Miserável, se algum de nós bebeu, não fui eu! Nunca bebo vodca porque isso é contra os meus princípios! Imaginem que foi ele próprio quem deu a nota de cem rublos a Sófia Semenovna, e eu vi; sou testemunha, posso jurá-lo! Foi ele! — repetia Lebeziátnikov.

— Está doido, veado! — respondeu violentamente Lujine. — Ela afirmou aqui, diante de todos, que só lhe dei dez rublos. Como pode dizer que eu lhe dei mais?

— Eu vi, eu vi! — repetia energicamente André. — Embora isso esteja em oposição aos meus princípios, estou pronto a jurá-lo perante a justiça; eu vi-o meter-lhe o dinheiro no bolso, disfarçadamente! Mas julguei que o fazia — que asneira a minha! — por generosidade. Quando se despediu estendeu-lhe a mão direita e com a outra introduziu-lhe à socapa a nota. Eu vi! Eu vi!

Lujine fez-se branco.

— Que belo conto! — respondeu ele com insolência. — Estava encostado à janela, e pôde ver tudo isso? A sua doença de olhos enganou-o... foi vítima de uma ilusão, é o que é.

— Não me enganei! Apesar da distância vi tudo muito bem, tudo! Da janela era difícil distinguir a nota — nesse ponto sua observação é justa —, mas por uma circunstância particular, eu sabia que era uma nota de cem rublos. Quando deu os dez rublos a Sônia, eu estava junto à mesa, e vi-o pegar ao mesmo tempo uma nota de cem rublos. Não me esqueci disso porque então tive uma ideia. Depois de dobrar a nota apertou-a na palma da mão. Ao se levantar, passou-a para a mão esquerda. Ocorreu-me novamente a mesma ideia, isto é, não queria que Sônia lhe agradecesse diante de mim. Podem imaginar com que atenção vi todos os seus gestos. Vi então que lhe metera o papel no bolso. Vi, vi, vou jurá-lo!

Lebeziátnikov estava sufocado de cólera. De todos os lados cruzavam exclamações; a maior parte delas exprimia espanto, outras eram ameaçadoras. Os convivas cercavam Petróvitch. Catarina dirigiu-se a Lebeziátnikov.

— André Semênovitch! Desconhecia-o! Defende-a! É o único que toma o partido dela! Foi Deus que o mandou para a socorrer. André Semênovitch, meu amigo!

E Catarina, quase sem consciência do que fazia, caiu de joelhos diante dele, em lágrimas.

— Isso são asneiras! — gritou Lujine furioso. — O senhor não sabe o que diz. — "Esqueci-me, lembrei-me, tornei a esquecer-me, tornei a lembrar-me"; o que é que isto significa? De forma que, se o acreditasse, era eu que tinha introduzido cem rublos no bolso dela! Por quê? Com que fim? Que tenho eu com essa...

— Por quê? Isso é que não compreendo. Limito-me a contar o fato como se passou, sem pretender explicá-lo, mas garantindo a verdade. Engano-me tão poucas vezes, vil criminoso, que me lembro de ter feito a mim mesmo essa pergunta quando o felicitava, apertando-lhe a mão. Por que fizera o senhor essa ação às ocultas? Talvez, disse comigo, quisesse ocultar-me por saber que sou em princípio inimigo da caridade. Depois pensei que talvez quisesse fazer uma surpresa a Sônia: há efetivamente pessoas que gostam de fazer caridade dessa forma. Depois tive outra ideia: a sua intenção era experimentar Sônia; queria saber se, quando ela encontrasse a nota, viria agradecer-lhe. Ou então desejava furtar-se aos agradecimentos, conforme o preceito de que a mão direita deve ignorar... Deus sabe todas as hipóteses que fiz. O seu gesto intrigava-me tanto que tencionava pensar nele mais tarde; imaginei que faltava aos deveres da delicadeza dando a entender que conhecia o seu ato. Nessa ocasião lembrei-me de que

Sônia, ignorando a sua generosidade, podia perder a nota. Aqui têm para que vim aqui: para lhe dizer que tinha cem rublos no bolso. Mas antes entrei em casa das senhoras Kobilátnikof. Fui restituir a *Révue générale de la méthode positive*, e recomendar-lhes o artigo de Piderit (o de Wagner também não deixa de ter valor). Chego aqui e vejo esta cena! Podia eu ter todas essas ideias, fazer todos esses raciocínios, se não tivesse visto meter os cem rublos no bolso de Sônia?

Quando terminou, André estava cansado; o suor corria-lhe pelo rosto.

Mesmo em russo tinha grande dificuldade em exprimir-se, apesar de não saber outra língua. Esse esforço tinha-o esgotado, extenuado pela heroica explosão. Suas palavras produziram um efeito extraordinário.

O tom de sinceridade com que as dissera convenceu a todos.

Pedro Petróvitch sentiu que estava em má situação.

— Que me importam suas tolices! — exclamou. — O senhor sonhou essas histórias. Digo-lhe que mente! Mente e calunia-me para satisfazer o seu ódio! A verdade é que é meu inimigo, porque eu combato o radicalismo das suas doutrinas antissociais!

Este ataque em vez de favorecê-lo provocou violentos protestos.

— Aqui está o que me respondes. — Não é muito! — disse Lebeziátnikov. — Chama a polícia que eu vou jurar que Sônia está inocente. Uma só coisa fica sem explicação para mim: é o motivo que te levou a uma ação tão vil! Oh, que miserável! Que covarde!

Raskólnikov avançou:

— Eu posso explicar esse procedimento, e se for preciso irei também depor! — disse com voz firme.

À primeira vista, aquela afirmação serena provava que ele conhecia a fundo o caso e ia desvendar tudo.

— Agora compreendo tudo — continuou Raskólnikov, dirigindo-se a Lebeziátnikov. — Desde o começo do incidente que eu farejara um fato ignóbil; minhas suspeitas fundavam-se em certas circunstâncias só por mim conhecidas, mas que vou revelar, porque esclarecem esta questão. Foi o senhor, André Semênovitch, que com sua declaração fez luz no meu espírito. Peço que ouçam! Este senhor — continuou ele, apontando Lujine — pediu ultimamente a mão de minha irmã, Avdótia Romanovna. Chegado há pouco a São Petersburgo, procurou-me anteontem. Mas logo à primeira conversa tivemos um atrito, e eu o pus fora de casa, como duas testemunhas podem declarar. Este homem é um infame... Anteontem ainda eu não sabia que ele morava com André Semênovitch; por esta circunstância, que ignorava, ele achava-se presente no momento em que, como amigo de Marmêladov, dei algum dinheiro a Catarina para o enterro. Imediatamente escreveu à minha mãe dizendo-lhe que eu dera o dinheiro a Sônia, e não a Catarina, qualificando Sônia com os termos mais ultrajantes e dando a entender que eu tinha com ela relações íntimas. O fim, compreendem, era indispor-me com a minha família, insinuando que gastava em orgias o dinheiro de que ela se priva para custear minhas despesas. Ontem à tarde, na ocasião em que ele visitava minha mãe e minha irmã, mostrei a verdade dos fatos: "Esse dinheiro", disse eu, "dei-o a Catarina, para pagar o enterro do marido, e não a Sônia, que não conhecia". Ao mesmo tempo, acrescentei que Pedro Petróvitch Lujine, com todas as suas virtudes, não valia o dedo mínimo de Sófia Semenovna, embora falasse tão mal dela. À sua pergunta — se eu permitiria que Sônia se sentasse ao lado de minha irmã — respondi-lhe que já o havia permitido naquele dia. Furioso por ver que as calúnias não tinham o efeito desejado, insultou grosseiramente minha mãe e minha irmã. Houve então um rompimento, e puseram-no fora de casa. Isso tudo passou-se ontem à tarde. Agora, pensem, e compreenderão o interesse que ele tinha, no presente caso, de estabelecer a culpa de Sônia. Se conseguisse indigitá-la do roubo, era eu que ficava como culpado para minha família, visto que não receava enxovalhá-la tendo relações com uma ladra, ele, ao contrário, atacando-me, defendia a consideração de minha irmã, sua futura mulher. Era o meio de me indispor com os meus ao mesmo tempo que lhes caía em graça, para não pensarem que se vingava pessoalmente de mim, por supor que a honra e a felicidade de Sófia Semenovna eram-me preciosas. Aqui está o cálculo que ele fez!

Raskólnikov foi várias vezes interrompido por exclamações. Mas, apesar disso, seu discurso conservou até o fim serenidade e firmeza. A voz vibrante, o tom de convicção com que falava comoveram fundamente a todos.

— É isso, é isso! — disse Lebeziátnikov. — O senhor deve ter razão, porque quando Sônia entrou no meu quarto, ele perguntou-me se Raskólnikov estaria aqui, se eu o tinha visto entre os convivas de Catarina, chamou-me à janela para fazer essa pergunta. Portanto, convinha-lhe que o senhor estivesse aqui!

Lujine, muito pálido, ficou silencioso, sorrindo com desdém. Parecia procurar modos de sair da situação. Talvez mesmo quisesse retirar-se, mas nessa ocasião era quase impossível: ir-se embora seria reconhecer o fundamento das acusações que lhe faziam.

Por outro lado, a atitude dos convivas, excitados por grandes libações, não era tranquilizadora. O tenente da reserva, que aliás não estava bem a par do caso, gritava mais que todos e dizia coisas bem desagradáveis para Lujine. Ademais, todos estavam embriagados. Os três polacos, indignados, ameaçavam Petróvitch. "*O pan é um lajdak!*", diziam em polonês.

Sônia escutava, mas parecia não ter ainda recobrado toda a calma; dir-se-ia que voltava a si após um desmaio. Não tirava os olhos de Raskólnikov, sentindo que estava nele todo o seu apoio. Catarina, aflitíssima, respirava com dificuldade.

Amália Ivanovna parecia nada ter entendido, com a boca escancarada, olhando pasmada para todos. Apenas compreendia que

Petróvitch estava em maus lençóis. Raskólnikov quis falar outra vez, mas desistiu por ver que não seria ouvido. De todos os lados choviam ameaças e injúrias contra Lujine, em torno do qual se formara um grupo compacto e hostil. Vendo que a partida estava perdida, ele recorreu ao cinismo.

— Deem licença, meus senhores, deixem-me passar — disse tentando abrir caminho. — É inútil meterem-me medo; não me assusto por tão pouco. Serão os senhores que responderão no tribunal pela proteção a um ato criminoso. O roubo está mais que provado, e apresentarei queixa. Os juízes são pessoas esclarecidas e... não bebem: recusarão o testemunho de dois ímpios, dois revolucionários que me acusam de vingança pessoal. Com licença!

— Não quero por mais tempo respirar o ambiente que o senhor respira. Faria o favor de deixar o meu quarto? Tudo está acabado entre nós! Quando penso que durante 15 dias suei para lhe expor...

— Imediatamente, André Semênovitch. Eu já lhe dissera que partia; o senhor é que instava comigo para ficar. Por ora limito-me a dizer-lhe que é um imbecil. Desejo-lhe as melhoras do espírito e dos olhos! Com licença, meus senhores!

Conseguiu passar, mas o empregado da assistência, achando que as injúrias não eram castigo bastante, pegou um copo e atirou-o com toda a força em Petróvitch. Por desgraça o projétil destinado a Lujine acertou Amália, que começou a gritar. Ao atirar o copo, porém, o empregado desequilibrou-se e rolou para debaixo da mesa. Lujine voltou ao quarto de Lebeziátnikov, e uma hora depois deixou a casa.

De natureza tímida, Sônia, antes desta cena, já sabia que sua situação a expunha a todos os ataques, e que qualquer um podia ultrajá-la. Todavia, imaginou sempre que podia desarmar ódios, à força de humildade e de bondade para com todos. Fugia-lhe agora essa ilusão. Decerto tivera muita paciência para suportar tudo com resignação, mas a decepção fora cruel. Mesmo que sua inocência triunfasse sobre a calúnia, quando lhe passasse a triste impressão daquele momento, o coração havia de apertar-lhe angustiado ao pensar no seu abandono e no seu isolamento na vida. Teve um ataque de nervos. Por fim, não podendo mais, saiu dali e voltou a toda a pressa para casa.

O incidente do copo causou riso geral, mas a senhoria não gostou da brincadeira e desfechou toda a fúria sobre Catarina, que, vencida pelo sofrimento, se deitara:

— Saia já daqui! Vamos!

Dizendo isto, pegava todos os objetos que pertenciam a Catarina e atirava-os para o chão. Alquebrada, quase desfalecida, a pobre mulher saltou do leito e arremeteu para Amália. Mas a luta era muito desigual. A senhoria não teve dificuldade em repelir o assalto.

— Não lhe basta ter caluniado Sônia, mete-se agora comigo! No dia do enterro do meu marido expulsa-me de casa? Depois de ter recebido a minha hospitalidade, põe-me na rua com os filhos? Mas para onde hei de ir? — arquejava e soluçava a infeliz mulher. — Oh, meu Deus! — exclamou levantando os olhos para o céu. — Já não há justiça? Quem defendes, se não nos defendes, a nós que somos órfãos? Mas veremos! Na Terra há tribunais e juízes. Vou falar-lhes! Espera um pouco, perversa! Poletchka, toma conta das crianças; eu já volto. Se te puserem para fora, espera-me na rua! Veremos se há justiça na Terra!

Pôs na cabeça o lenço verde, que Marmêladov mencionara a Raskólnikov, atravessou a multidão ruidosa dos inquilinos que continuavam a encher o quarto e com o rosto em lágrimas desceu, com a firme resolução de ir procurar justiça, custasse o que custasse. Poletchka, espantada, tinha nos braços os dois irmãozinhos; as três crianças esperavam, tremendo, a volta da mãe.

Amália, como uma fúria, andava pelo quarto, rugindo e atirando ao chão tudo o que agarrava. Os inquilinos falavam incoerentemente, alguns comentavam o ocorrido segundo a sua compreensão, uns discutiam querendo impor seus pontos de vista, enquanto outros cantavam...

"É tempo de ir-me embora!", pensou Raskólnikov. "Sônia, vamos ver o que dizes agora!"

E dirigiu-se para o aposento de Sônia.

Capítulo IV

Raskólnikov pleiteara valorosamente a causa de Sônia contra Lujine, a despeito das suas preocupações e angústias. Independentemente do interesse que tinha por ela, aproveitara com alegria, após as torturas da manhã, aquele incidente para sacudir impressões que não podia suportar. A sua próxima entrevista com Sônia preocupava-o, assustava-o até; *devia* revelar-lhe que matara Isabel, e, pressentindo quanto essa confissão lhe era difícil, tratava de desviar o pensamento para outra coisa.

Ao sair da casa de Catarina exclamou: "Sônia Semenovna, vamos ver o que dirá agora!". Era o combatente exaltado pela luta, excitado ainda pela vitória sobre Lujine, que dizia essa frase de desafio. Mas, caso singular, quando chegou ao cubículo de Kapernáumof, a serenidade abandonou-o e veio o medo. Passou indeciso diante da porta: "Será forçoso dizer-lhe que matei Isabel?" A pergunta era extraordinária, porque nesse momento sentia a impossibilidade daquela confissão.

Não sabia por que não podia confessar seu crime, mas *sentia-o*, e ficou esmagado pela dolorosa demonstração da sua fraqueza. Para se poupar a maiores tormentos, abriu a porta e parou no limiar olhando para Sônia, que estava sentada, com os cotovelos na mesa, e o rosto entre as mãos. Ao ver Raskólnikov levantou-se e dirigiu-se a ele, como se o esperasse.

— Que seria de mim sem o senhor! — disse, levando-o até ao meio do quarto. Parecia que pensava apenas no serviço que ele lhe prestara, e que tinha pressa de agradecer.

Raskólnikov aproximou-se da mesa e sentou-se na cadeira de Sônia, que ficou de pé, a dois passos dele, tal como no dia anterior.

— Então, Sônia — disse com voz trêmula —, "toda a acusação se baseava *sobre a tua posição social e os costumes que traz*". Compreendeste isto?

Ela entristeceu.

— Não me fale como ontem! — respondeu. — Peço-lhe que não recomece. Já sofri tanto!... E apressou-se a sorrir, receando que aquela censura melindrasse Raskólnikov. — Há pouco saí como louca. Que irá por lá agora? Queria voltar mas pensei... que o senhor viesse aqui.

Raskólnikov disse-lhe que Amália pôs para fora os Marmêladov e Catarina fora *procurar* justiça.

— Ah! meu Deus! — vamos depressa até lá.

E pegou a mantilha.

— Sempre a mesma! — disse ele. — Só pensas neles! Fica um pouco comigo!

— Mas... Catarina?...

— Ora! Catarina virá aqui, descansa — respondeu ele com ar enfadado. — Se ela não te encontrar a culpa será tua...

Sônia sentou-se inquieta. Raskólnikov, com os olhos no chão, pensava.

— Hoje, Lujine não queria processar-te, apenas perder tua reputação — começou sem olhar para a rapariga. — Mas se nós não estivéssemos lá e se ele quisesse mandar-te prender, estarias agora na prisão, não é verdade?

— É — respondeu ela com voz fraca — é — repetia maquinalmente, distraída pela inquietação que a dominava.

— Ora, eu podia não estar lá, e foi por um acaso que Lebeziátnikov chegou.

Sônia ficou silenciosa.

— E se te tivesse prendido, que sucederia? Lembras-te do que te disse ontem?

Ela continuava calada, esperando ocasião para responder.

— Eu pensava que me dirias "Ah, não me fale nisso!" — continuou ele com um sorriso contrafeito. — Mas calas-te? — perguntou passado um minuto. — É preciso que eu sustente a conversa? Tinha curiosidade de saber como resolverias uma *questão*, como diz Lebeziátnikov. (O embaraço tornava-se visível.) Falo seriamente. Suponha que, antecipadamente, te contaram os projetos de Lujine, que sabias desses projetos destinados a perder Catarina e os filhos, sem contar contigo: suponha que Poletchka é condenada a uma vida como a tua. Ora, se dependesse de ti que ele continuasse vivendo, isto é, que Lujine vivesse para realizar seus vis projetos ou que Catarina Ivanovna devesse morrer? Como decidirias sobre quem recairia a morte? Pergunto-te!

Sônia olhou para ele, atônita: nestas palavras ditas em voz trêmula, adivinhava um pensamento secreto.

— Não esperava por essa pergunta — disse, interrogando-o com o olhar.

— Talvez; mas que decidirias?

— Que interesse tem em saber o que eu faria num caso que não pode dar-se? — disse Sônia relutante.

— Deixarias então Lujine fazer todas as vilanias? Parece que não tens coragem para o dizer?

— Mas eu não sei os segredos da Providência... Para que me pergunta o que farei num caso impossível? Como pode a vida de um homem depender da minha vontade? Quem confiou a mim a vida ou a morte dos outros?

— Desde que apelas para a Providência, nada mais tenho a dizer — respondeu Raskólnikov, despeitado.

— Diga-me francamente o que quer dizer-me! — exclamou ela aflita. Está com subterfúgios!... Veio aqui para me torturar?

Ela não pôde controlar-se e começou a chorar amargamente. Durante cinco minutos ele observou-a com o aspecto sombrio.

— Tens razão, Sônia — disse abaixando a voz.

Uma transformação súbita se dera nele; a gravidade afetada, o tom altivo com que falara tinham desaparecido; agora mal se faziam ouvir.

— Disse-te ontem que não viera pedir-te perdão, e foi quase a dar-te desculpas que comecei a falar. Falando-te em Lujine, desculpava-me, Sônia...

Quis sorrir, mas o rosto conservou o tom sombrio. Baixou a cabeça e cobriu o rosto com as mãos.

De repente pensou que detestava Sônia. Surpreendido, admirado até de tal descoberta, levantou a cabeça e olhou para ela com atenção: ela fixava nele um olhar em que brilhava a luz do amor. Imediatamente a dúvida desapareceu, Raskólnikov enganara-se no sentimento que o agitara. Isso significava apenas que tinha chegado o momento fatal.

De novo cobriu o rosto com as mãos e baixou a cabeça. De repente empalideceu, levantou-se e, depois de tornar a olhar para Sônia, foi sentar-se no leito, sem dizer palavra.

A impressão de Raskólnikov era então a mesma que sentira quando de pé, atrás da velha, se preparava para matá-la e dizia: "Não há um momento a perder."

— Que tem? — perguntou Sônia.

Não respondeu. Tencionava *explicar-se* em outras condições e não compreendia agora o que se passava nele, que não o podia fazer. Ela aproximou-se muito meiga, sentou-se a seu lado e esperou sem deixar de o olhar. A situação era insuportável; ele ergueu para ela os olhos, pálido, e contraiu os lábios, querendo falar. Sônia estava aterrada.

— Que tem? — repetiu, afastando-se um pouco.

— Nada; não te assustes... Francamente, isto não vale nada, é uma tolice — disse — desvairado. — Mas para que vim apoquentar-te? perguntou de repente, olhando para Sônia. — Sim; para quê? É o que eu não cesso de perguntar a mim mesmo.

Um quarto de hora antes fizera a si mesmo esta pergunta, mas nesse momento sua fraqueza era tão grande, que apenas tinha consciência de si, porque se sentia a tremer.

— Oh, como sofre! — pronunciou Sônia, angustiada, olhando-o intencionalmente.

— Não é nada!... Queres saber o que é?... (durante dois minutos um pálido sorriso desanimado pairou-lhe nos lábios) Lembra-te do que ontem quis dizer?

Sônia escutava, inquieta.

— Disse-te, ao sair, que talvez me despedisse de ti para sempre, mas que se voltasse te diria... quem matou Isabel.

Ele estremeceu.

— Eis para o que vim.

— Sim, foi o que me disse ontem — respondeu Sônia com voz pouco firme. — Mas como sabe?

A rapariga sentia que lhe faltava o ar. Seu rosto tornava-se cada vez mais lívido.

— Sei...

— Já descobriram? — perguntou ela timidamente, depois de um curto silêncio.

— Não, não o descobriram...

Houve outro silêncio.

— Então como sabe? — perguntou de novo com uma voz que mal se ouvia.

Voltou-se para ela, olhou-a fixamente, enquanto um sorriso desanimado lhe flutuava na boca.

— Adivinha — disse ele.

Um estremecimento percorreu-a.

— Mas para que me assusta assim? — perguntou, sorrindo como uma criança.

— Se o sei é porque o conheço — respondeu Raskólnikov sem desviar os olhos dos de Sônia. — Essa Isabel, ele não a queria matar... assassinou-a sem premeditação... Queria apenas a velha... quando ela estivesse sozinha... Mas apareceu Isabel... matou-a.

Um silêncio lúgubre seguiu-se a estas palavras. Ambos continuavam com os olhos fixos um no outro.

— Então não adivinhas? — perguntou subitamente sentindo a sensação de quem se precipita num abismo.

— Não — respondeu Sônia, com voz sumida.

— Observa-me bem...

Quando pronunciou estas palavras sentiu a alma gelar-se-lhe: parecia-lhe ver no rosto dela a expressão fisionômica de Isabel, quando a desgraçada recuava diante do assassino, que avançava para ela de machado em punho. Nesse momento, Isabel erguera o braço, como as criaturas medrosas que, quase a chorar, fixam o olhar espantado no objeto que as assusta. Era assim que Sônia manifestava o indizível terror; estendeu também o braço, empurrou-o levemente, pondo-lhe a mão no peito, afastando-se pouco a pouco, sem deixar de o olhar. O terror dela comunicou-se-lhe. Pôs-se a contemplá-la com os olhos alucinados.

— Adivinhaste? — sussurrou ele.

— Meu Deus! — lamentou com um grito de entrecortar o coração.

Caiu exausta no leito, escondendo o rosto no travesseiro. De repente, levantou-se e aproximou-se dele, tomou-lhe as mãos e apertando-as com os dedos, lançou-lhe um longo olhar. Neste último desesperado olhar procurou perscrutá-lo e encontrar uma última esperança. Mas não havia esperança, não havia nenhuma dúvida remanescente. Mais tarde, quando ela rememorava este momento, achou estranho e admirou-se como vira de pronto não haver dúvida. Não poderia ter dito, por exemplo, que previra um tal desfecho — e agora, logo que ele lhe falou, repentinamente imaginou que ela realmente previra tal fim.

— Basta, Sônia! Basta, não me tortures! — suplicou miseravelmente a ela.

Todas as suas previsões saíram erradas, porque não era *assim* que ele queria confessar o crime.

Sônia parecia fora de si; saltou do leito para o meio do quarto, torcendo as mãos, e voltou a sentar-se junto dele, quase encostada ao seu ombro. De repente estremeceu, soltou um grito e caiu de joelhos.

— Está perdido! — disse com desespero, e levantando-se lançou-se ao pescoço dele e beijou-o com ternura.

Raskólnikov afastou-a e, com a voz cheia de tristeza disse-lhe:

— Não te compreendo, Sônia. Beijas-me depois de te dizer isto... Tu não tens consciência do que fazes agora.

Ela não o ouviu.

— Não há na Terra homem mais infeliz do que você! — exclamou cheia de piedade, rompeu subitamente com choro violento e histérico.

Raskólnikov sentia comover-se sob a influência de um afeto que não conhecia. Não tentou lutar contra essa impressão: duas lágrimas brilharam-lhe nos olhos.

— Não me abandonas, Sônia? — perguntou-lhe com o olhar suplicante.

— Nunca! Nunca! Acompanho-te para onde quiseres! Oh, meu Deus! Como sou infeliz! Mas por que não te conheci há mais tempo? Por que não te conheci antes?

— Mas vês como vim!

— E agora? Que se há de fazer?... Juntos! Juntos! — repetia ela inconscientemente, abraçando-o muito. Irei contigo até a Sibéria.

Estas palavras causaram uma sombria impressão em Raskólnikov: um sorriso cheio de amargura e quase altivo pairou-lhe nos lábios.

— Por ora não estou resolvido a ir para a Sibéria.

Sônia olhou rapidamente para ele. Nunca sentira tanta piedade. Aquelas palavras e a maneira por que foram ditas tornavam a lembrar-lhe que ele era um assassino. Olhou-o pasmada. "Ele! Ele, um assassino! Não é possível!"

— Não, não é verdade! Onde estou eu? — perguntava ela, como se despertasse. — Mas como fizeste isso?

— Para roubar! Basta Sônia — disse-lhe ainda, fatigado, quase com mortificação.

Sônia ficou estupefata, mas de repente tornou:

— Tinhas fome? Foi para ajudares tua mãe?

— Não — respondeu ele —, queria, com efeito, ajudar minha mãe... mas não foi essa a razão... não me aflijas!

Ela sentia-se muito nervosa.

— Será verdade tudo isso? É possível, meu Deus? Como acreditá-lo? Tu mataste para roubar, tu que és capaz de ficar sem nada para dar aos outros! Ah! — exclamou de repente. — E esse dinheiro que deste a Catarina... esse dinheiro... Oh! Meu Deus, é possível que esse dinheiro...

— Não, Sônia — interrompeu ele precipitadamente —, esse dinheiro não era... sossega! Foi minha mãe quem me mandou quando estive doente. Tinha-o recebido havia pouco quando o dei a Catarina... Razumíkhin viu... Esse dinheiro era meu, só meu!

Sônia ouvia-o muito atenta, esforçando-se para compreendê-lo.

— Quanto ao dinheiro da velha... que eu nem sei se havia dinheiro, tirei-lhe do pescoço uma bolsa que parecia estar cheia... mas não verifiquei o que continha... Roubei diferentes coisas, botões de punho, correntes de relógio... Esses objetos e a bolsa escondi-os no dia seguinte de manhã, num prédio que dá para V***. Ainda está tudo lá...

Sônia redobrava de atenção.

— Mas por que não ficaste com alguma coisa, visto que mataste para roubar? — perguntou ela aferrando-se a uma última e vaga esperança.

— Não sei; nem mesmo resolvi ainda ficar com esse dinheiro — respondeu Raskólnikov hesitante, dando um breve sorriso irônico. Que história tola te contei...

"Estará doido?", perguntava ela a si própria. Mas logo repeliu a ideia. Havia ali outra coisa. Decididamente não percebia nada.

— Sabes o que te digo, Sônia? Se só a necessidade me levasse ao crime — dizia ele acentuando cada palavra, e tendo no olhar o que quer que fosse de enigmático —, eu seria agora *feliz*! Fica sabendo! Mas que te importa o motivo, desde que ouviste a horrível confissão! — exclamou com desespero, momentos depois.

Sônia ia falar, mas deteve-se.

— Ontem pedi que fugisses comigo, porque não tenho mais ninguém no mundo.

— Para que me queres contigo? — interrompeu ela timidamente.

— Não é para matar nem roubar, sorriu amargamente, nós não somos gente dessa laia... E sabes, só há pouco compreendi por que te pedi ontem que viesses comigo. Quando te fiz o pedido, nem sabia por que o fazia. Sei agora: é que não queria que me abandonasses. Tu não me deixas, Sônia?

Ela apertou-lhe a mão com força.

— Mas para que, para que te disse o que fiz?! — exclamava ele um minuto depois, olhando para ela com infinita angústia. — Esperas que te dê explicações, pelo que vejo, mas que hei de dizer, Sônia? Nada perceberias e afligir-te-ias ainda mais! Por que choras? Por que me abraças? Porque eu não tenho coragem para suportar o peso do fardo e o descarrego em outrem? Porque procuro no sofrimento um alívio ao meu desgosto? E podes gostar de um homem assim?

— Mas tu não sofres também? — choramingou Sônia.

Durante um minuto os dois sentiram-se extremamente sensibilizados.

— Sônia, eu tenho um mau coração, repara; isto explica-te muita coisa. Foi por ser mau que vim aqui. Poucas pessoas seriam capazes de fazê-lo. Mas eu sou um covarde... e um infame. Mas... não importa! Não é esta a causa. Preciso falar agora, mas não sei como começar.

Parou e ficou pensativo.

— Somos diferentes — gritou ele de novo —, não somos iguais. E por que vim procurar-te? Nunca me perdoarei por ter vindo.

— Não, não; fizeste bem em vir! É melhor que eu saiba tudo, muito melhor!

Raskólnikov olhou para ela, dolorosamente.

— Eu queria ser um Napoleão; aqui tens por que matei. Percebes?

— Não — sussurrou Sônia ingênua e timidamente —, mas fala, fala... Eu compreenderei!

— Compreenderás? Vamos, então...

Durante algum tempo Raskólnikov concentrou-se.

— O fato é que um dia apresentei a mim mesmo esta questão: se Napoleão estivesse no meu lugar, se não tivesse no começo da sua carreira Toulon, o Egito, a passagem do monte Branco, e se se encontrasse diante de um assassínio a cometer para assegurar seu futuro, repugnar-lhe-ia matar uma velha, uma usurária, que tivesse de ser assassinada para obter o dinheiro guardado em seu cofre (para sua carreira, entendes?). Teria ele praticado esse ato se não houvesse outro meio? Sentiria algum remorso por estar esse meio tão longe do monumental... e, também, ser criminoso? Durante muito tempo pensei nesse problemas e senti-me envergonhado quando por fim reconheci que ele não hesitaria, que nem mesmo teria admitido a possibilidade de hesitar. Não tendo outra saída, fá-lo-ia sem o menor escrúpulo. Desde então nunca mais hesitei, escudei-me na autoridade de Napoleão. Ris? Tens razão, Sônia. Sim, Sônia, o motivo de riso talvez seja porque assim realmente sucedeu.

Ela não tinha vontade nenhuma de rir.

— Dize-me francamente... sem rodeios — disse com voz sumida e ainda mais timidamente.

Raskólnikov voltou-se para ela, olhou-a com tristeza e tomou-lhe as mãos com carinho.

— Tens razão, Sônia. Tudo isso é absurdo, frases apenas! Ouve lá: minha mãe está sem recursos. O acaso permitiu que minha irmã recebesse educação, e está condenada a ser governanta! Todas as esperanças de ambas estavam em mim. Entrei para a universidade, mas por falta de meios interrompi os estudos. Suponhamos mesmo que os continue; no melhor dos casos podia, depois de dez ou 15 anos, ser nomeado professor ou obter um emprego com o ordenado de mil rublos... Mas até que isso chegasse, os cuidados e os desgostos arruinariam a saúde de minha mãe e... talvez à minha irmã sucedesse pior. Privar-se de tudo, deixar a mãe na miséria, sofrer a desonra de sua irmã — é vida? E tudo por quê? Depois de ter enterrado os meus, poderia constituir família nova. Deixaria, morrendo, mulher e filhos sem um bocado de pão! Pois bem! Pensei que com o dinheiro da velha não continuaria a ser pesado à minha mãe, poderia voltar para a universidade e em seguida assegurar meu começo de vida... Aí está... Naturalmente fiz mal matando a velha... mas, basta!

Foi com esforço que terminou sua exposição, ficou exausto e deixou a cabeça pender.

— Não é isso, não é isso! — exclamou Sônia tristemente. — É, pois, verdade que não houve outro motivo?

— Não houve motivo. O que eu disse é a verdade!

— A verdade! Oh!

— Afinal, Sônia, matei apenas um verme ignóbil, nocivo...

— Esse verme era uma criatura humana!

— Sei que não era um verme — disse, olhando-a estranhamente. — Estou falando incongruências, Sônia — acrescentou. Há tempos que digo incongruências... Não é isto! Tens razão, Sônia, foram outros os motivos. Há muito tempo que eu não conversava... sinto uma violenta dor de cabeça.

Os olhos pareciam febris. Parecia delirar, um sorriso inquietador pairava-lhe na boca. Aquela animação fictícia esgotara-o. Sônia viu quanto ele sofria. Ela também julgava que ia perder a razão. "Que linguagem extravagante! Apresentar tais explicações..." Não acreditava e torcia as mãos em desespero.

— Não, Sônia, não é isto! — prosseguiu erguendo a cabeça, como se um novo e súbito fluxo de ideias o possuísse e o incitasse. — Não é isto! Imagina que eu sou um odre de amor-próprio, invejoso, mau, vingativo, e com tendência para a loucura. (Deixa que lhe diga de uma vez! Percebi que me julgam louco.) Disse-te que deixei a Universidade. Pois podia não o ter feito! Minha mãe pagava as matrículas e eu ganhava com meu trabalho para vestir-me, e assim podia viver. Tinha lições que me davam cinquenta copeques. Razumíkhin trabalha muito, este sim! Mas eu estava farto, não queria mais. Sim, farto; é o termo! Então fiquei no quarto, como a aranha. Tu conheces a minha trapeira, já estiveste lá... Sabes que se sufoca nos quartos baixos e estreitos? Oh, como eu odiava esse cubículo! Contudo não queria mudar-me. Ficava lá dias inteiros, deitados, ocioso, não me preocupando nem com o que havia de comer.

"'Se Nastácia me trouxer alguma coisa, muito bem', dizia eu, 'senão, passarei sem comer'. Estava muito irritado para pedir alguma coisa! Tinha renunciado ao estudo e vendido os livros; havia uma polegada de pó sobre as minhas notas e cadernos. À noite, não tinha luz: para comprar uma vela seria preciso trabalhar, e eu não queria trabalhar; preferia sonhar deitado no divã! É inútil dizer em que consistiam os meus sonhos. Foi então que comecei a pensar... Não, não é isto! Ainda não digo as coisas como são! Ouve, Sônia, eu dizia sempre comigo: visto que sabes que os outros são tolos, por que não procuras ser mais inteligente? Depois, reconheci que, para esperar o mundo ser inteligente, seria preciso ter grande paciência. Mais tarde convenci-me de que esse momento nunca chegaria; que os homens não mudarão e que se perde tempo a querer modificá--los! Sim, é isto! É uma lei de sua natureza... Sei agora, Sônia, que para os homens o senhor é quem possui uma inteligência poderosa. Quem ousa muito tem razão aos olhos deles. Aquele que os provoca e os despreza impõe-se ao seu respeito! E o que se tem visto sempre e sempre se verá!"

Enquanto falava, Raskólnikov olhava para ela, mas já não lhe importava que o compreendesse. Estava possuído de grande exaltação. A moça sentiu que aquele catecismo feroz era a sua fé e a sua lei.

— Então, Sônia, convenci-me — continuou cada vez mais excitado — de que o poder não é concedido senão ao que ousa baixar-se para o tomar; é necessário ousar. Desde o dia em que vi esta verdade, clara como a luz, quis *ousar*, e matei... quis apenas praticar um ato de audácia; foi esse, Sônia, o móvel da minha ação!

— Oh! Cala-te, cala-te — gritou ela fora de si. — Descreste de Deus, e Deus castigou-te entregando-te ao diabo!...

— Então, Sônia, quando todas essas ideias iam visitar-me na treva do meu quarto, era o diabo que me tentava? O diabo?

— Cala-te! Não rias, és um herege, não compreendes nada!

— Cala-te, Sônia, eu não estou rindo; sei bem que foi o diabo que me arrastou. Cala-te, Sônia, cala-te! — repetiu com sombria insistência. — Sei tudo. Tudo o que possas dizer-me, disse-o a mim, mil vezes, deitado às escuras. Que lutas interiores sofri! Como todos esses sonhos me eram insuportáveis e como eu queria desembaraçar-me deles! Julgas que matei como um estouvado? Não, não procedi senão depois de maduras reflexões, e foi o que me perdeu! Pensas que me iludi? Quando eu me interrogava se tinha direito ao poder, sentia perfeitamente que não, por isso que o punha em dúvida. Quando eu me perguntava se uma criatura era um verme, eu me capacitava perfeitamente de que para mim não o era, mas o era para o audacioso, que não se teria feito essa pergunta e teria seguido seu caminho sem atormentar o espírito com ninharias... Enfim, o simples fato de me propor este problema — "Napoleão mataria esta velha?" — bastava para me provar que não era um Napoleão... Finalmente, renunciava a procurar justificações sutis: quis matar sem casuística, matar para mim, apenas para mim! Não pensei em iludir minha consciência. Se matei, não foi nem para aliviar a pobreza de minha mãe nem para consagrar ao bem da humanidade o poder e a riqueza que, no meu cálculo, essa morte devia ajudar-me a conquistar. Não, não; tudo isso estava longe do meu espírito. Naquele momento por certo não me inquietava a dúvida sobre se fazia bem a alguém, ou se seria toda a minha vida um parasita social!... E o dinheiro não foi para mim o principal móvel do crime; foi outra razão que principalmente me levou... Vejo-o agora muito bem... Ouve: se pudesse voltar atrás, talvez não fizesse o que fiz. Mas então eu queria sobretudo saber se era um verme como os outros ou um homem na acepção da palavra, se tinha ou não em mim a força de saltar sobre o obstáculo, se era um fraco ou se tinha *direito*...

— O direito de matar? — perguntou Sônia horrorizada.

— Eh! Sônia! — disse ele irritado; e veio-lhe aos lábios uma resposta, mas absteve-se desdenhosamente de dizê-la. — Não me interrompas! Eu queria somente provar-te uma coisa: o diabo levou-me à casa da velha e depois fez-me compreender que não tinha o direito de ir lá, visto que sou um verme, como os demais! O diabo troçou de mim! E agora venho à tua casa! Pois se eu não fosse um verme viria fazer-te esta visita? Escuta: quando fui à casa da velha, queria só fazer uma *experiência*... Fica sabendo!...

— E mataste! Mataste!

— Bem, mas como matei? É assim que se mata? Faz-se o que eu fiz quando se vai matar alguém? Um dia te contarei os pormenores... E porventura matei a velha? Não, a mim é que matei e perdi-me sem remédio... Quanto à velha, foi morta pelo diabo, não por mim... Basta, Sônia, basta! Deixa-me — gritou ele de repente —, deixa-me!

Apoiou os cotovelos nos joelhos e apertou fortemente a cabeça entre as mãos...

— Como sofres! — gemeu Sônia.

— E agora? Dize-me, o que hei de fazer? — perguntou ele levantando subitamente a cabeça.

Tinha as feições horrivelmente transtornadas.

— Que hás de fazer?! — exclamou ela. Correu para ele, e os seus olhos, até ali rasos de lágrimas, incendiaram-se. Levanta-te! (E dizendo isto agarrou-o pelos ombros; ele levantou-se um pouco e olhou para Sônia com ar surpreso.) Vá imediatamente, agora, à viela próxima, arroja-te ao chão e beija a terra que manchaste; em seguida olha para todos os lados e grita a toda a gente: "Eu matei!" Então Deus te restituirá a vida. Vais? Vais? — perguntou ela a tremer, apertando-lhe as mãos com força e fixando nele os olhos brilhantes.

Esta súbita exaltação mergulhou Raskólnikov num pesar profundo.

— Então queres que eu vá para a Sibéria, Sônia? Preciso denunciar-me, não é? — perguntou com ar sombrio.

— É preciso que aceites a expiação e que te regeneres por meio dela.

— Não, Sônia, não irei denunciar-me, jamais.

— E viver? Como viverás? — replicou ela com força. — É possível agora? Como poderás suportar o olhar de tua mãe? Oh! Que será delas agora? Mas que digo eu? Já abandonaste tua mãe e tua irmã. Por isso é que quebraste os laços de família! Oh, Senhor! — exclamou. — Ele próprio já compreendeu tudo! E agora, como hás de ficar fora da humanidade? Que há de ser de ti?

— Pensa bem, Sônia — disse Raskólnikov, ternamente. — Para que hei de apresentar-me à polícia? Que diria eu a essa gente? Eles próprios matam milhões de homens e fazem disso alarde. São canalhas e covardes, Sônia!... Não vou! Que lhes diria? Que cometi um crime e que, não ousando aproveitar-me do dinheiro roubado, o escondi sob uma pedra? — acrescentou com um sorriso amargo. — Eles zombariam de mim; diriam que sou um imbecil e um pulha! Eles, Sônia, não compreenderiam nada; são incapazes disso. Para que entregar-me? Não vou. Pensa bem, Sônia...

— Será difícil demais suportares — repetiu ela, estendendo as mãos em uma desesperada súplica.

— Talvez tenha sido desleal para comigo mesmo — ponderou sombriamente —, talvez, apesar de tudo, pois sou um homem e não um verme. Apressei-me em condenar-me. Continuarei outra luta por causa disso.

Um sorriso orgulhoso apareceu-lhe nos lábios.

— Carregar esse fardo! E toda a vida; toda a vida!

— Reabilitar-me-ia? — disse com um ar feroz. — Escuta — prosseguiu depois. — Basta de lágrimas; é tempo de falarmos seriamente; eu vim dizer-te que já me procuram para me prender.

— Ah! — exclamou Sônia, aflita.

— Então, que é isso? Pois se desejas que eu vá para a Sibéria, por que te assustas? Mas ainda não me pegaram. Hei de dar-lhes o que fazer, e, afinal de contas, nada conseguirão. Não têm indícios positivos. Ontem corri grande perigo e julguei que estava perdido; hoje reparou-se o mal. Todas as provas se prestam a duas interpretações, isto é, os argumentos contra mim posso explicá-los no interesse da minha causa, compreendes? E não terei dificuldade em fazê-lo. Certamente me meterão na cadeia. Sem uma circunstância muito fortuita, é até muito provável que já me tivessem prendido hoje; estou em risco de ser ainda preso antes de findar o dia. Mas isso não vale nada, Sônia: se me prenderem, serão obrigados a soltar-me porque não têm uma prova real, e não a terão, juro-te. Por simples suspeitas não se pode condenar um homem. Está bem, basta... Eu queria só avisar-te. Quanto à minha mãe e minha irmã, vou arranjar as coisas de maneira que não se inquietem. Parece que minha irmã está agora ao abrigo de necessidades; posso, pois, estar tranquilo também quanto à minha mãe... Bem... Tem prudência. Irás ver-me quando eu estiver preso?

— Decerto! Decerto!

Estavam um ao lado do outro, sentados, tristes e abatidos como dois náufragos lançados sobre uma plaga deserta pelo temporal.

Olhando para Sônia, Raskólnikov sentia quanto ela o amava, e, coisa singular, aquela imensa ternura de que se via objeto causou-lhe uma impressão dolorosa.

Dirigira-se à casa dela, dizendo de si para si que o seu único refúgio, a sua única esperança estavam ali: cedera à necessidade irresistível de desabafar as suas penas; e agora que ela lhe dava todo o seu coração, julgava-se muito mais desgraçado que antes.

— Sônia — disse —, é melhor que não me vejas na prisão!

Ela não respondeu; chorava. Passaram-se alguns minutos.

— Tens alguma cruz contigo? — perguntou ela subitamente, como se lhe tivesse ocorrido uma ideia.

Ele não percebeu logo a pergunta.

— Não, não tens? Então toma esta, que é de cipreste. Eu tenho outra de cobre, que Isabel me deu. Fizemos uma troca: ela deu-me a cruz, e eu dei-lhe um ícone. Agora vou usar a cruz de Isabel e levarás esta. Toma... é a minha! — insistiu. — Iremos ambos para a expiação; conduziremos a nossa cruz até o fim.

— Dá-me! — disse Raskólnikov para não a desgostar, e estendeu a mão, mas quase no mesmo instante retirou-a.

— Não, agora, não, Sônia. É melhor depois.

— Sim, mais tarde — respondeu. — Dar-te-ei na hora da expiação. Virás aqui, ponho-a em seu pescoço, rezaremos e partiremos.

Nesse momento soaram três pancadas na porta.

— Sófia Semenovna, pode-se entrar? — disse uma voz familiar e amável.

Sônia, inquieta, correu a abrir. Era Lebeziátnikov.

Capítulo V

André Semênovitch tinha o rosto transtornado.

— Vinha procurá-la, Sônia. Peço desculpa... Já esperava encontrá-lo aqui — disse bruscamente a Raskólnikov —, quero dizer, não pensava nada de mau, não vá supor... mas pensava justamente... Catarina Ivanovna enlouqueceu — concluiu —, dirigindo-se novamente a Sônia.

A moça deu um grito.

— Pelo menos parece. Puseram-na na rua, na casa aonde foi, e provavelmente bateram-lhe... Pelo menos parece. Fora procurar o chefe de Simão Zakáritch, mas não o encontrou; jantava em casa de um dos seus colegas. Dirigiu-se logo para a casa do tal homem e insistiu em falar ao chefe de Zakáritch, que ainda estava à mesa. Naturalmente puseram-na na rua. Ela conta que o injuriou e lhe atirou qualquer coisa na cabeça. Nem sei como não a prenderam! Agora deu para contar os seus projetos a todo o mundo, incluindo Amália Ivanovna. Mas está numa tal agitação que pouco se ouve o que ela diz. Como não lhe resta recurso algum, quer ir tocar realejo nas ruas, acompanhando os filhos, que cantarão e dançarão implorando a caridade. Diz que todos os dias irá colocar-se sob as janelas do general... "Hão de gozar o espetáculo dos filhos de uma família nobre pedindo esmolas pelas ruas!" Bate nas crianças, que choram. Ensina "Minha choupana" a Lida e dá lições de dança ao pequeno e a Paulina Mikailovna. Rasga os poucos trapos que tem para fazer roupa de saltimbancos, e à falta de instrumento quer levar uma bacia de metal como tambor... Não admite uma palavra contra os seus projetos. Enfim, só vendo!...

Lebeziátnikov ia continuar, mas Sônia, que o ouvira quase sem respirar, pôs o chapéu e saiu precipitadamente. Os dois seguiram-na.

— Está positivamente doida — disse André a Raskólnikov. — Para ir preparando Sônia, disse-lhe que apenas parecia; mas não é possível duvidar de que está doida. Nos tísicos parece que é frequente tuberculose no cérebro. Lamento não entender de medicina. Tentei dissuadi-la, mas não me atendeu.

— O senhor falou-lhe em tuberculose?

— Não; nem ela compreenderia. Mas faça o favor de me dizer: se o senhor convencer alguém com o rigor da lógica, de que no fundo não há razão alguma que justifique o choro, esse alguém deixará de chorar? É claro que não! Por que continuaria a chorar, não me dirá?

— Se assim fosse, a vida seria deliciosa! — respondeu Raskólnikov.

— Desculpe-me, desculpe-me, seria muito difícil que Catarina Ivanovna o entendesse, mas sabe que em Paris têm sido feitas experiências para a possível cura dos doentes mentais, simplesmente pela argumentação lógica? Um professor de lá, um renomado cientista, há pouco falecido, acreditava na possibilidade de cura. Sua ideia era de que nada existe de doença física nos loucos, e que a doença mental é, por assim dizer, um defeito de lógica, de julgamento, uma visão incorreta das coisas. Gradualmente mostrara aos loucos seus erros, e, pode acreditar nisto, dizem que obteve sucesso! Mas como também aplicara duchas, não se sabe em que proporção o sucesso é devido a tal tratamento... Isto em minha opinião.

Raskólnikov já não o ouvia há algum tempo. Chegava à casa onde morava. Saudou com a cabeça Lebeziátnikov, e entrou. Lebeziátnikov deu-se conta de onde estava, olhou em torno e afastou-se apressado.

Raskólnikov quando chegou a seu cubículo, perguntou a si próprio por que voltara. O olhar fixava-se no papel amarelado e no velho divã em que dormia... Do pátio subia um ruído seco, como de marteladas. Estariam pregando alguma coisa? Foi à janela, pôs-se na ponta dos pés e olhou com a maior atenção. Mas não viu ninguém. Na casa da esquerda, viu algumas janelas abertas; nos parapeitos havia vasos com gerânios raquíticos. Lençóis estavam pendurados nas janelas... já os conhecia de cor. Por fim sentou-se no divã. Nunca sentira tamanha sensação de isolamento! Sim, de novo sentia que detestava Sônia, e que a detestava sobretudo depois de ter aumentado a sua desgraça. Para que a fizera chorar? Que necessidade tinha de lhe envenenar a vida? Que covardia! "Ficarei só", disse resolutamente, "e ela não irá ver-me na prisão!". Cinco minutos depois ergueu a cabeça e sorriu a uma ideia que lhe ocorrera. "Talvez fosse melhor ir para a Sibéria", pensou num relance.

Quanto tempo durou esse sonho? Nunca se pôde lembrar disso. De súbito a porta abriu-se, dando passagem a Avdótia Romanovna, que parou no limiar, olhando o irmão atentamente. Depois aproximou-se e sentou-se à sua frente numa cadeira, no mesmo lugar da véspera.

Raskólnikov fitou-a silenciosamente.

— Não te aborreças, Ródia; demoro-me pouco. A sua fisionomia era grave, não severa; o olhar, límpido e terno. Raskólnikov percebeu que a irmã viera pela grande afeição que lhe tinha.

— Meu irmão, sei tudo, *tudo*. Dmitri contou-me tudo. Perseguem-te, atormentam-te, és vítima de suspeitas tão insensatas como odiosas... Dmitri Prokófitch é de opinião que nada há que temer e que não tens motivos para te incomodares desse modo. Não partilho Dessa opinião compreendo a tua indignação e não me surpreenderia se toda a tua vida te ressentires disso. E é isso o que receio. Deixaste-nos. Não discuto a tua resolução, e peço-te que me perdoes as palavras desagradáveis que te disse. Sinto que, em idêntico caso faria como você: evitaria todo o convívio. É claro que não direi à mamãe uma só palavra a este respeito, mas falar-lhe-ei de ti sempre e dir-lhe-ei que não tardarás a ir vê-la. Não te preocupes por ela; eu a tranquilizarei; mas por tua parte não a aflijas. Vá lá, embora só uma vez; lembra-te de que é tua mãe! Eu vim, Ródia — disse Dúnia levantando-se —, para te dizer que, se tiveres necessidade de mim, seja para o que for, estou à tua disposição para a vida e para a morte!... Chama-me e virei. Adeus.

Dirigiu-se para a porta.

— Dúnia! — chamou Raskólnikov erguendo-se. Razumíkhin é um excelente rapaz.

Dúnia corou ligeiramente.

— Então? — interrogou ela depois de esperar.

— É ativo, laborioso, honesto e capaz de um afeto sólido... Adeus, Dúnia!

No meio da sua perturbação ela teve um sobressalto.

— Mas então nos separamos para sempre, Ródia? Parece que me dás os últimos conselhos?

— Não faças caso... Adeus!

Deu-lhe as costas e foi até a janela. Dunetchka esperou um momento olhando para ele, e retirou-se inquieta.

Não, não era indiferença o que sentia pela irmã. Houve até um momento, o último, em que sentira um violento desejo de abraçar e lhe contar tudo; e todavia não pudera nem estender-lhe a mão. "Mais tarde, estremeceria ao lembrar-se disso... E suportaria tal confissão?", acrescentou mentalmente. "Não, não suportaria... *Essas mulheres* não sabem suportar nada..." E o seu pensamento voou para Sônia.

Pela janela entrava uma brisa doce. O dia declinava. Raskólnikov pôs o boné e saiu.

Evidentemente não pensava em tratar-se. Mas os terrores, as contínuas aflições que sentia deviam produzir suas naturais consequências, e se a febre não o tinha ainda prostrado, era devido à força fictícia que lhe dava aquela agitação tão forte.

Caminhou sem destino. Anoitecia. Havia já algum tempo que ele sofria atrozmente, entrevendo longos anos a passar numa ansiedade mortal, "a eternidade no espaço de um metro quadrado". Era sempre à tarde que esse pensamento o acabrunhava. "Com este estúpido mal-estar em que nos deixa o pôr do sol, como deixar de fazer tolices! Vou apenas à casa de Sônia ou também à casa de Dúnia?", murmurava amargamente.

Ouvindo seu nome, voltou-se: era Lebeziátnikov que o chamava.

— Venho de sua casa, fui procurá-lo. Imagine, a mulherzinha pôs o plano em execução e anda pelas ruas com os filhos! Sônia e eu tivemos grandes dificuldades em encontrá-los. Por fim, demos com eles: a mãe a rufar numa panela, os pequenos a dançar. As pobres crianças fazem dó. Param nas praças e em frente dos estabelecimentos, seguidos por uma multidão de vadios. Venha depressa.

— E Sônia? — perguntou Raskólnikov inquieto, seguindo André Semênovitch.

— Coitada, está quase como a madrasta. A polícia não deixa de intervir no caso e o senhor faz ideia do efeito que isso produz na pobre rapariga. Agora estão no canal, perto da ponte de*** próximo da casa de Sônia. E já aqui, a dois passos...

No canal, a pequena distância da ponte havia uma multidão, composta na maioria de crianças. A voz fraca e desafinada de Catarina ouvia-se já da ponte. De fato, o espetáculo era bem singular para atrair a atenção pública. Com um chapéu de palha e o velho vestido sobre o qual lançara um xale esfrangalhado, Catarina Ivanovna justificava demasiadamente as palavras de Lebeziátnikov. Estava exausta, arquejante. O rosto demonstrava mais do que nunca sofrimento (aliás, as pessoas que sofrem do peito, ao sol, na rua, têm sempre pior aspecto do que em casa), mas, não obstante a fraqueza, estava numa agitação extraordinária, que aumentava a todo momento.

Corria para os filhos, repreendia-os, preocupada com a sua educação coreográfica e musical, lembrando-lhes o motivo por que os fazia dançar e cantar. Depois, exprobava-lhes a pouca inteligência e batia-lhes.

Interrompia-se a cada momento para falar ao público; e, se avistava um homem vestido mais decentemente, apressava-se a explicar-lhe as circunstâncias extremas a que estavam reduzidos os filhos "de uma família nobre, podia mesmo dizer-se aristocrática". Se ouvia risos ou ditos escarnecedores, insultava os malcriados.

O fato é que muitos troçavam, outros abanavam a cabeça e em geral todos olhavam com curiosidade para aquela doida cercada de crianças aterradas. Catarina Ivanovna batia as mãos cadenciadamente, enquanto Poletchka cantava e Lida e Kólia dançavam. Às vezes ela própria tentava cantar também; mas à segunda nota era interrompida pela tosse; então desesperava-se e chorava.

O que sobretudo a enraivecia eram as lágrimas e o modo de Kólia e de Lida. Como dissera Lebeziátnikov, ela tentara vestir os filhos como os cantores das ruas. O pequeno tinha na cabeça uma espécie de turbante. Não tendo pano para fazer uma roupa para Lida, ela limitara-se a pôr-lhe na cabeça o barrete de dormir do falecido Simão Zakáritch, ornado com uma pena de avestruz que outrora pertencera à viúva Catarina Ivanovna e que esta tinha conservado como lembrança de família. Poletchka trajava o vestido de todos os dias. Não largava a mãe, de quem adivinhava o desarranjo mental, e, olhando para ela timidamente, procurava esconder-lhe as lágrimas. A pobre pequena estava espantada por se ver assim na rua, no meio daquela gente. Sônia, seguindo Catarina e chorando, suplicava-lhe que voltasse para casa. Mas Catarina teimava.

— Cala-te, Sônia — gritava, tossindo. — Tu nem sabes o que pedes; és uma criança. Já te disse que não voltarei para casa dessa bêbada alemã. Que todo o mundo, que toda a gente de São Petersburgo veja mendigando os filhos de um nobre que toda a vida serviu lealmente à pátria e que, pode dizer-se, morreu em serviço! (Tomara-a esta ideia e era impossível convencê-la do contrário.) Que esse canalha do general seja testemunha da nossa miséria!... Mas tu és tola, Sônia: que comeremos? Nós já te exploramos bastante! Ah, é o senhor, Ródion Românovitch! — exclamou avistando Raskólnikov. E correndo para ele: — Por favor, faça compreender a esta imbecil que é o melhor partido que podemos tomar! Assim como se dá esmola aos tocadores de realejo, também nos darão; hão de reconhecer em nós uma família nobre na miséria, e esse vilão do general será demitido; verá. Havemos de ir todos os dias para debaixo das suas janelas; o imperador passará e eu lançar-me-ei aos seus pés, mostrar-lhe-ei meus filhos e dir-lhe-ei: "Pai, protege-nos!" O senhor verá! E esse maroto do general... Lida, *tenez-vous droite*! Tu, Kólia, vais já recomeçar esse passo. Que estás a choramingar? Isso acabará. De que é que tens medo? Senhor! Que se há de fazer com eles, Ródion Românovitch? Se soubesse como são estúpidos! Não há meio de fazer nada com eles!

Ela própria tinha lágrimas (o que, aliás, não a impedia de falar sempre), enquanto mostrava a Raskólnikov os filhos lacrimosos. O rapaz tentou convencê-la de que devia ir para casa; julgando movê-la pelo amor-próprio, observou-lhe que não era conveniente andar pelas ruas como os tocadores de realejo, quando se queria abrir um colégio para meninas pobres.

— Um colégio, ah!, ah!, ah! Que ideia! — exclamou Catarina, em meio a um violento acesso de tosse. — Não, Ródion Românovitch, esse sonho morreu! Todo mundo nos abandonou! E aquele general... Sabe, Ródion, que lhe atirei à cara um tinteiro que estava na mesa, ao lado do livro em que os visitantes se inscrevem? Depois de ter escrito meu nome, atirei-lhe o tinteiro e saí pela porta. Oh, os covardes! Os covardes! Mas, afinal, não me apoquento; agora sustentarei meus filhos;

não adularei ninguém. Nós já a martirizamos bastante! — acrescentou ela, apontando Sônia. — Poletchka, quanto recebeste já? Deixa ver o dinheiro! O quê! Dois copeques! Ah, avarentos! Não dão nada, e seguem-nos sempre pondo-nos a língua de fora. Então? (Mostrava alguém entre a multidão.) E sempre por culpa deste Kólia, por causa da sua tolice é que se riem de nós! Que queres, Poletchka? Fala-me em francês, *parlez-moi français*. Eu dei-te lições; lá sabes algumas frases!... De outra forma como reconhecerão que vocês pertencem a uma família nobre, que são crianças bem-educadas e não músicos ambulantes? Não cantem canções vulgares, entoem *romanzas*... Ah! Sim, é verdade, que vamos cantar? Interrompem-me sempre, e não nos deixam escolher repertório, porque, como o senhor sabe, Ródion, estávamos desprevenidos, não tínhamos nada preparado, precisamos ensaiar, depois iremos para a avenida Neuski, onde param pessoas de distinção. Aí provocaremos a atenção geral. Lida sabe a "Minha choupana", mas essa canção já se vai tornando insuportável. Não se ouve outra coisa. Então, Pólia, não tens uma ideia? Auxilia tua mãe! Eu já não tenho memória! É verdade, por que não cantamos o "Hussardo encostado ao sabre"? Não será melhor cantarmos em francês os "Cinq sous"? Essa já te ensinei; tu a aprendeste. E depois, como é canção francesa, logo veem que vocês pertencem à nobreza e isso será mais tocante... Poderemos mesmo juntar-lhe "Malborough s'en va-t'en-guerre"! Tanto mais que esta cançoneta, realmente infantil, é a mais cantada em todas as casas aristocráticas para adormecer as crianças.

Malborough s'en va-t'en-guerre
Qui sait s'il reviendra...

"Começou ela a cantar... Mas não, "Cinq sous" é melhor! Vamos, Kólia, mão no quadril, com elegância! E tu, Lida, põe-te em frente dele. Poletchka e eu faremos o acompanhamento!

Cinq sous, cinq sous,
Pour monter notre ménage...

"Poletchka, anda, o vestido está caindo — disse ela enquanto tossia. — Agora é essencial mostrarem atitudes corteses e delicadas, para que se veja serem de nascimento fidalgo. Já disse que o corpete devia ser mais comprido e de duas larguras de pano. Foi tua culpa, Sônia, com o conselho de encurtá-lo. Vês, agora, que deforma a criança... Todos estão chorando novamente! Que há, estúpidos? Vem, Kólia, começa! Rápido, rápido! Que criança insuportável!

Cinq sous, cinq sous.

"Um policial outra vez! Que quer ele?"
Um guarda abria passagem por entre o povo. Ao mesmo tempo aproximou-se da louca um tipo de aspecto respeitável, comovido com aquele espetáculo. O recém-chegado era condecorado, o que alegrou Catarina, e não deixou também de produzir efeito no policial. Estendeu a Catarina uma nota de três rublos. Ao recebê-la a viúva de Marmêladov inclinou-se com a delicadeza cerimoniosa de uma grande dama.

— Muito agradecida, senhor — começou num tom de dignidade —, os motivos que nos induziram... (Toma o dinheiro, Poletchka, vê que ainda há homens generosos e prontos a socorrer uma senhora nobre caída na desgraça.) Os órfãos que tem na sua frente são nobres, pode até dizer-se que são aparentados com a primeira aristocracia... E aquele general estava comendo uma perdiz... Bateu o pé porque tive a ousadia de o procurar... "V. Exa.", disse-lhe, "conheceu muito Simão Zakáritch; defenda os órfãos que ele deixou. No dia do seu enterro, a filha foi injuriada pelo mais ínfimo dos mariolas..." — Outra vez o policial! Proteja-me! — exclamou dirigindo-se ao seu benfeitor. Por que é que este homem não me larga? Já nos expulsaram da rua dos Burgueses... Que é que queres, imbecil?

— É proibido escândalo nas ruas. Porte-se direito.

— Tu é que és inconveniente! Eu ando como os tocadores de realejo! Deixa-me em paz!

— Os tocadores de realejo têm licença e a senhora não a traz, e está provocando ajuntamentos! Onde mora?

— Como, uma licença? — gritou Catarina. — Eu enterrei hoje meu marido; creio que é uma verdadeira licença!

— Minha senhora, minha senhora, sossegue — disse o desconhecido intervindo —, eu vou levá-la. A senhora não está no seu lugar neste meio. A senhora está doente...

— Oh, o senhor não sabe nada! — bradou Catarina. — Vamos para a avenida Neuski... Sônia, Sônia! Mas onde está ela? Também chora! Mas que têm vocês? Kólia, Lida, onde estão? — gritou, inquieta. — Oh! Crianças doidas! Kólia, Lida! Mas onde estão?

Kólia e Lida, já assustados com o povo e as excentricidades da mãe, possuídos de um terror louco, desataram a fugir de mãos dadas à vista do policial, que desejava debandá-los. Chorando e lamentando-se, a pobre Catarina Ivanovna correu atrás deles. Era um espetáculo inusitado e de provocar compaixão vê-la correr chorando e arquejando. Sônia e Poletchka seguiram-na.

— Faze-os voltar, Sônia, chama-os! Oh, que crianças tolas! Poletchka, agarra-os! É por vocês que eu...

Na corrida, tropeçou e caiu.

— Oh, meu Deus! Ela feriu-se, está cheia de sangue! — exclamou Sônia, inclinando-se sobre a madrasta.

Não tardou a formar-se um grupo em volta das duas mulheres. Raskólnikov e Lebeziátnikof foram os primeiros a acudir, assim como o desconhecido benfeitor e o policial, que murmurou "Que maçada!", com um gesto de impaciência, sentindo que esse serviço lhe causaria incômodo.

— Vão-se embora! Vão-se embora! — Não cessava de dizer este, esforçando-se para dispersar o povo.

— Está morrendo — disse alguém.

— Está desmaiada — disse outro.

— Que Deus a proteja! — falou uma mulher persignando-se.

— Seguraram as duas crianças? Trazem-nas de volta, a mais velha as traz... Ah! Capetas desobedientes!

Mas, examinando bem Catarina, descobriu-se que ela não se ferira como Sônia julgava, e que o sangue que avermelhava o chão vinha de uma hemoptise.

— Eu sei o que é isto — disse o desconhecido ao ouvido dos dois rapazes —, é a tuberculose. Não há ainda muito tempo tive um caso numa parenta minha: o sangue jorrando produziu a sufocação. Não há nada a fazer. Ela vai morrer.

— Para aqui! Para aqui! Para minha casa! — suplicou Sônia. Eu moro aqui perto! A segunda casa... mas depressa, depressa! Mandem vir um médico... Oh, meu Deus! — repetia aflita.

Graças à intervenção do desconhecido, arranjou-se tudo; o próprio policial ajudou a levar Catarina, que estava como morta quando a deitaram no leito de Sônia. A hemorragia continuou ainda por algum tempo, mas pouco a pouco ela pareceu voltar a si. No quarto entraram, além de Sônia, Raskólnikov, Lebeziátnikov e o desconhecido. O policial entrou depois de ter dispersado os curiosos, muitos dos quais tinham acompanhado o triste cortejo.

Poletchka apareceu, trazendo os dois fugitivos que tremiam e choravam. Vieram também os Kapernáumof. O alfaiate, coxo e cego de um olho, era um tipo singular, com os cabelos e as suíças ásperas como pelos de porco. Entre outros apareceu também, de repente, Svidrigailov. Ignorando que ele morava naquela casa e não se lembrando de o ter visto entre os curiosos, Raskólnikov ficou espantado de o encontrar ali. Falou-se em chamar um médico e um padre, o policial sussurrou a Raskólnikov ser muito tarde para chamar um médico, mas este ordenou que se mandasse buscar. Foi Kapernáumof que foi à procura de um médico. Entretanto Catarina Ivanovna estava um pouco mais sossegada e a hemorragia cessara. A desgraçada dirigiu um olhar magoado mais fixo à pobre Sônia que, trêmula e pálida, lhe limpava o rosto com um lenço. Por fim, pediu que a sentassem na cama. Sentaram-na amparando-a.

— Onde estão as crianças? — perguntou com voz fraca. — Trouxeste-as, Pólia? Oh, que imbecis!... Então, por que fugiram? Oh!

Tinha ainda os lábios rubros de sangue. Olhou em torno.

— E aqui está como vives, Sônia... Nunca tinha vindo aqui... Foi preciso isto para eu vir...

Lançou à rapariga um olhar de piedade.

— Nós exploramos-te, Sônia... Pólia, Lida, Kólia, venham cá... Aí os tens Sônia, toma-os... Entrego-os nas tuas mãos... Eu, por mim, estou farta... Acabou-se a festa! Ah! Larguem-me, deixem-me morrer sossegada.

Fizeram-lhe a vontade, ela caiu sobre o travesseiro.

— O quê? Um padre? Não preciso... Não é necessário gastar um rublo com ele! Eu não tenho pecado! E ainda que tivesse... Deus deve perdoar-me... Ele sabe o que sofri!... Se não me perdoar, deixá-lo-ei...

As ideias confundiram-se-lhe cada vez mais. De vez em quando estremecia, olhava em volta e reconhecia durante um minuto todos os que a rodeavam, mas logo o delírio se apoderava dela outra vez. Respirava com dificuldade.

— Eu disse-lhe: Vossa Excelência!... — exclamava ela, parando a cada palavra. — Aquela Amália Ludvigovna... Ah! Lida, Kólia, mãos nas ilhargas, e mexam esses pés; *glissez, glissez!... pas de basque. Du hast Diamanten und Perlen...*[14] Como é depois? Era o que devia ter cantado.

---

[14] Deslizem, deslizem... Passo basco! — tu tens diamantes e pérolas...

> *Du hast die schönsten Augen*
> *Mädchen, Was willst du mehr?...*[15]

"Sim! Que mais ela quer, a imbecil? Ah! É verdade:

> *Numa campina do Daguestão,*
> *Onde o sol dardeja a prumo...*

"Ah! Como eu gostava... como eu adorava esta linda canção, Poletchka!... Teu pai cantava-a antes do nosso casamento. Ó tempos... Aí está o que deveríamos cantar! Então! Então!... Ora essa, me esqueci... Mas lembra-me o resto!"

Extraordinariamente agitada, esforçava-se por se levantar. Por fim, com voz rouca, estrangulada, sinistra, começou a cantar, respirando a cada palavra, enquanto o rosto mostrava um terror sempre maior.

> *Numa campina do Daguestão,*
> *Onde o sol dardejava a prumo,*
> *Uma bala no peito...*

Depois, desatou a chorar numa desolação comovedora.

— Excelência! — exclamou. — Proteja os órfãos! Em atenção à hospitalidade que recebeu em casa do falecido Simão Zakáritch!... Pode dizer-se até aristocrática!... Ah!...

Estremeceu de repente, e procurando lembrar-se de onde estava, olhou aflita para todos e, reconhecendo Sônia, pareceu surpreendida de a ver ali.

— Sônia, Sônia... — disse com voz terna. — Sônia, minha querida, estás aqui?

---

[15] Tens os mais lindos olhos, donzela. Que mais queres?

Levantaram-na novamente.

— Basta!... Acabou-se!... Desfez-se a carcaça!... — exclamou com amargo desprezo, e deixou cair a cabeça no travesseiro. O pescoço retesou-se, a boca abriu-se, as pernas estenderam-se convulsivamente. Deu um longo suspiro e morreu.

Sônia, mais morta do que viva, lançou-se sobre o cadáver, estreitando-o nos braços, e apoiou a cabeça sobre o peito seco da defunta. Poletchka, soluçando, pôs-se a beijar os pés da mãe. Kólia e Lida, muito crianças para compreenderem o fato, adivinhavam a terrível catástrofe. Passaram os braços em volta do pescoço um do outro, miraram-se nos olhos e começaram a gritar. Estavam ainda vestidos de saltimbancos, isto é, um com o turbante e a outra com o barrete de dormir ornado com a pena de avestruz.

Raskólnikov foi para a janela. Lebeziátnikov apressou-se a ir ter com ele.

— Está morta! — disse André Semênovitch.

Svidrigailov aproximou-se.

— Ródion Românovitch, eu desejava falar-lhe.

Lebeziátnikov cedeu o lugar e saiu discretamente.

Todavia Svidrigailov julgou dever levar Raskólnikov para um canto.

— Eu me encarrego do enterro. O senhor sabe que isso vai custar muito dinheiro e, como já lhe disse, tenho algum de que não preciso. Poletchka e os dois pequenos entrarão num asilo de órfãos, onde ficarão bem instalados, e farei um depósito de 1.500 rublos para cada um até a maioridade, para que Sônia Semenovna não se preocupe com eles. Quanto a esta, retirá-la-ei do lodo porque tem um belo caráter, não é verdade? E o senhor pode dizer a Avdótia Romanovna o emprego que dei ao dinheiro que destinava a ela.

— Com que fim é o senhor tão generoso? — perguntou Raskólnikov.

— Oh, como o senhor é cético! — respondeu rindo Svidrigailov. — Já lhe disse que este dinheiro não me faz falta, procedo apenas por generosidade. O senhor não admite isto? Afinal — acrescentou, indicando com o dedo o canto em que estava a defunta —, aquela mulher não era "um verme como certa usurária". Concorda "que valia mais que ela morresse e que Lujine vivesse para praticar infâmias"? Sem o meu auxílio, Poletchka, por exemplo, teria a mesma existência que a irmã...

Disse isso num tom malicioso e, enquanto falou, não desviou os olhos de Raskólnikov. Este empalideceu e sentiu-se tremer ouvindo as expressões quase textuais de que se servira na sua conversa com Sônia.

Recuou bruscamente e olhou para Svidrigailov:

— Como... sabe isso? — balbuciou.

— É que eu moro ali, do outro lado, em casa da senhora Resslich, minha velha e excelente amiga. Sou vizinho de Sônia.

— O senhor?

— Eu — continuou Svidrigailov, que sorria — dou-lhe minha palavra, meu querido Ródion Românovitch, que nos tornaremos a ver. E o senhor verá como eu sou um homem acomodatício. Verá que se pode viver comigo!

Sexta parte

Capítulo I

A situação de Raskólnikov era singular: dir-se-ia que uma névoa o envolvia e o isolava da humanidade. Quando mais tarde recordava essa época da sua vida, supunha que perdera por vezes a consciência de si próprio e que este estado durara até a catástrofe final. Estava convencido de que cometera muitos erros, por exemplo, que a sucessão cronológica dos acontecimentos lhe escapara muitas vezes. Pelo menos, quando mais tarde quis reunir e coordenar as reminiscências, foi-lhe necessário recorrer a testemunhos estranhos, para saber um grande número de detalhes. Confundia os fatos, considerava tal incidente consequência de outro que só existia na sua imaginação. Às vezes era dominado por um temor doentio que degenerava em terror. Mas lembrou-se também de que tivera momentos, horas, e talvez até dias, em que, pelo contrário, se achava mergulhado numa apatia comparável à indiferença de certos moribundos.

Em geral, naqueles últimos tempos, em vez de procurar ter uma ideia clara da situação, fazia todos os esforços para não pensar nisso. Certos fatos da sua vida, que não tinham importância, impunham-se, contra a vontade, à sua atenção; em compensação, parece que tinha gosto em desprezar as questões cujo esquecimento, no seu caso especial, só podia ser-lhe fatal.

Tinha sobretudo terror de Svidrigailov. Desde que este lhe repetira as palavras ditas por ele no quarto de Sônia, seus pensamentos como que tinham tomado novo rumo. Mas conquanto essa complicação nova o inquietasse demais, ele não se apressava a pôr o caso a limpo. Às vezes, quando ia por algum bairro longínquo da cidade, ou abancava em algum reles *traktir*, sem saber por que razão tinha entrado, pensava logo em Svidrigailov: fazia tenção de ter o mais cedo possível uma explicação com esse homem que lhe atormentava o espírito.

Um dia em que fora passear para além das barreiras até se lhe afigurou que dera *rendez-vous* a Svidrigailov para aquele mesmo lugar. Outra vez, acordando antes da aurora, ficou admirado de se encontrar deitado no meio de uma mata. Ademais, durante os dois ou três dias que se seguiram à morte de Catarina, duas vezes encontrou Svidrigailov: a primeira, no quarto de Sônia; depois, no vestíbulo, perto da escada que levava ao aposento dela.

Nessas duas ocasiões limitaram-se a trocar poucas palavras, e abstiveram-se de falar no ponto capital, como se, por um acordo tácito, se combinassem para afastar momentaneamente esse caso.

O cadáver de Catarina Ivanovna estava ainda na cama. Svidrigailov dava ordens para o funeral. Sônia estava também muito ocupada. No último encontro, Svidrigailov disse a Raskólnikov que suas diligências em favor dos filhos de Catarina Ivanovna tinham tido o melhor êxito; graças a certas pessoas pudera obter a admissão das crianças em asilos. Os 1.500 rublos com que cada um dos pequenos fora dotado desbravaram o caminho das diligências, porque nos asilos eram recebidos de preferência os órfãos dotados. Acrescentou algumas palavras sobre Sônia, prometeu ir num dia próximo à casa de Raskólnikov e deu a entender que havia certas coisas que desejava falar com ele... Enquanto falava, Svidrigailov não cessava de observar o rapaz. Esta conversação se dava no patamar da escada. De repente calou-se; depois perguntou, baixinho:

— Mas que tem, Ródion? Parece que não está bem senhor de si. Ouve, olha e parece não entender! Tenha calma! Precisamos conversar um pouco; infelizmente ando muito ocupado, tanto pelos meus negócios como pelos dos outros... Eh! Ródion Românovitch, acrescentou bruscamente, todos os homens precisam de ar, ar, ar fresco... antes de tudo.

Afastou-se para deixar passar um padre e um sacristão que subiam. Iam celebrar o ofício de defuntos: Svidrigailov, quisera que essa cerimônia tivesse lugar duas vezes por dia. Svidrigailov foi para seus aposentos. Raskólnikov, depois de um momento de reflexão, seguiu o padre à casa de Sônia.

Ficou à porta. O ofício começou com uma triste solenidade. Desde criança Raskólnikov sentia uma espécie de terror místico ante o aparato da morte; por isso evitava sempre assistir às *panikidas*. Ademais, esta tinha para ele um caráter comovente: as três crianças estavam ajoelhadas junto ao caixão. Poletchka chorava. Atrás delas Sônia orava, escondendo as lágrimas. "Durante esses dias", pensou ele de repente, "ela não levantou os olhos para mim e não me disse uma palavra!". O sol iluminava vivamente o quarto entre o fumo do incenso.

O padre leu a oração usual: "Dá-lhe, Senhor, o repouso eterno!" Raskólnikov ficou até o fim. Depois de dar a bênção e se despedir, o padre olhou em volta com um ar estranho. Raskólnikov aproximou-se de Sônia. Ela pegou-lhe as mãos e inclinou a cabeça sobre o ombro do rapaz, a quem esta demonstração de amizade causou um profundo assombro. "O quê! Sônia não lhe tinha a menor aversão, o menor horror; suas mãos não tremiam nas dele! Era o cúmulo da abnegação!" Pelo menos foi isso o que ele julgou. Ela não disse uma palavra. Raskólnikov apertou-lhe a mão e saiu.

Sentia um grande mal-estar. Se lhe fosse possível naquele momento encontrar a solidão em algum lugar, ainda que ela devesse durar toda a vida, ter-se-ia julgado feliz. Ah! Desde algum tempo embora estivesse quase sempre só, não podia dizer que estava. Acontecia-lhe ir passear até fora da cidade, ir por uma estrada qualquer; uma vez mesmo meteu-se por um bosque. Mas quanto mais solitário era o lugar, mais ele sentia perto um ser invisível cuja presença o aterrava ainda menos do que o irritava. Por isso apressava-se em voltar, misturava-se com a multidão, entrava nos *traktirs*, ia ao Tolhântki ou à Sienaía. Aí estava mais à vontade e isolado!

Ao anoitecer cantavam numa taverna. Passou uma hora ali sentindo um grande prazer. Mas, enfim, a inquietação tomou-o novamente; um pensamento cruel como um remorso começou a torturá-lo:

"Estou aqui a ouvir cantigas; e não era isso o que eu devia fazer!", disse consigo. Além disso, adivinhava que essa não era sua única preocupação; outra questão devia ser resolvida logo, mas por mais que ela se lhe impusesse, não podia decidir-se a uma solução. "Não; mais vale a luta! Mais valia encontrar-me agora frente a frente com Porfírio... ou Svidrigailov... Sim, sim; antes um adversário qualquer, um ataque a repelir!"

Com esta reflexão, saiu precipitadamente da taverna. De súbito, o pensar em sua mãe e sua irmã lançou-o numa espécie de terror. Passou essa noite nas matas de Krestóvski-Ostrof; antes do dia romper, acordou com febre e pôs-se a caminho de casa, onde chegou pela manhã. Após algumas horas de sono a febre o deixara. Eram duas horas quando acordou.

Lembrou-se de que esse dia era o dos funerais de Catarina Ivanovna, e felicitou-se por não ter assistido ao ato. Nastácia levou-lhe o almoço. Comeu e bebeu com apetite, quase com avidez. Sentia-se mais sereno. Num dado momento espantou-se até dos acessos de pavor que tivera.

A porta abriu-se e Razumíkhin entrou.

— Ah! Comes! Então não estás doente! — disse ele, sentando-se em frente de Raskólnikov. Estava muito agitado e não o dissimulava. Estava evidentemente encolerizado, mas falava devagar e sem elevar a voz.

— Ouve — começou decidido. — Eu desisto de tudo porque vejo agora, de modo claro, que teu procedimento é inexplicável. Não venho interrogar-te. Bem me importo com tudo isso! Tenho mais que fazer que tirar minhocas da cabeça! Agora, se tu me dissesses todos os teus segredos era bem provável que eu os não quisesse ouvir: ia-me embora. Vim somente para ver o teu estado mental. Sabes que há pessoas que se julgam doidas ou em vésperas disso? Confesso-te que eu mesmo estava disposto a aceitar essa opinião em vista de teu modo de proceder, estúpido e inexplicável. Aliás, que se há de pensar do teu procedimento com tua mãe e tua irmã? Que homem, senão um doido ou um canalha, se comportaria com elas como você? Decerto estás louco...

— Estiveste com elas?

— Ainda há pouco. E tu, não vais vê-las? Fazes o favor de me dizer onde passas o dia inteiro? Já vim três vezes aqui. Desde ontem tua mãe está doente. Quis vir ver-te. Avdótia tentou dissuadi-la disso, mas Pulquéria Alexandrovna não quis atender a nada. "Se ele está doente", dizia ela, "se tem a cabeça transtornada, quem deve tratá-lo senão sua mãe?". Viemos aqui todos, e no caminho suplicamos-lhe sempre que sossegasse. Quando chegamos, estavas ausente. Ficamos calados, ao lado dela. "Se ele sai", disse tua mãe quando se levantou, "é porque não está doente. Esquece-se de sua mãe; não devo, pois, mendigar a afeição do meu filho".

"Voltou para casa e foi para a cama; agora está com febre. 'Vejo agora', disse ela há pouco, 'que é a ela que ele dedica todo o seu tempo'. Supõe que Sófia Semenovna é tua noiva ou amante. Fui à casa de Sônia, porque, meu amigo, desejava saber o que havia. Entro e que vejo? Um caixão, crianças a chorar e Sônia Semenovna cosendo roupas de luto. Não estavas lá. Desculpei-me, saí e fui contar a Avdótia Romanovna o resultado da minha visita. Decididamente, isto não significa nada, não se trata de amor; resta, pois, como mais provável, a hipótese da loucura. Ora, chego aqui e encontro-te a comer carne, como se não comesses há três dias! Sem dúvida, o fato de estar doido não impede de comer; mas apesar de ainda não me teres dito nada... não; não estás doido; eu ponho as mãos no fogo!... Isso para mim está fora de dúvida. Portanto mando todos para o diabo, visto que se trata de um mistério e não quero quebrar a cabeça com a charada. Vim somente para fazer uma cena e desafiar. Enfim, sei o que vou fazer."

— Que vais fazer?

— Que importa?

— Vais beber.

— Como adivinhaste?

— Era difícil de adivinhar isto!...

Razumíkhin ficou um momento calado.

— Foste sempre muito inteligente, e nunca, nunca estiveste doido — observou ele de repente. — Disseste a verdade; vou embebedar-me. Adeus!

E deu um passo para a porta.

— Anteontem, se bem recordo, falei de ti à minha irmã — disse Raskólnikov.

Razumíkhin parou.

— De mim!... Mas... onde a viste anteontem? — perguntou ele pálido e perturbado.

— Veio aqui e conversou comigo.

— Ela?

— Sim, ela mesma.

— Então que lhe disseste... a meu respeito?

— Disse-lhe que eras um homem excelente, honesto e laborioso. Não disse que a amavas, porque ela o sabe.

— Ela própria sabe?

— Para onde quer que eu vá, tu ficas sendo o seu amparo. Entrego-a, por assim dizer, nas tuas mãos, Razumíkhin. Digo-te isto porque sei muito bem que a amas e estou certo da pureza dos teus sentimentos. Sei também que ela há de vir a amar-te. Agora decide se deves ou não ir embriagar-te.

— Ródia... Tu sabes... que diabo! Mas tu, aonde vais?... Se é segredo, não falemos mais nisso! Mas eu... eu hei de saber de que se trata... Estou convencido de que não é nada sério, que são tolices de que a tua imaginação fez monstros. Afinal, és um excelente homem! Um excelente homem!

— Eu queria acrescentar, mas interrompeste — disse Raskólnikov —, que tinhas razão ainda agora quando declaravas renunciar a saber tal segredo. Não te inquietes. As coisas virão a seu tempo e saberás tudo na ocasião própria. Ontem alguém me disse que era preciso ao homem ar, ar, ar fresco! Vou daqui perguntar-lhe o que é que ele queria dizer com isso.

Razumíkhin permaneceu silencioso e excitado, concluindo: "É um conspirador político, com certeza! E está em vésperas de alguma tentativa audaciosa. É isso; é...! Não pode ser outra coisa... e... e Dúnia sabe..." Depois dirigindo-se a Ródion:

— Então, Avdótia Romanovna veio à tua casa, e tu vais procurar alguém que te disse que é preciso ar... — disse ele, escandindo as palavras. — É provável que a carta tenha também sido mandada por esse alguém — concluiu ele.

— Que carta?

— Ela recebeu hoje uma carta que a tornou muito inquieta. Quis falar-lhe de ti; ela disse-me que nos separaríamos talvez dentro em breve e agradeceu-me não sei que favores. Depois foi para o quarto...

— Recebeu uma carta? — perguntou de novo Raskólnikov pensativo.

— Recebeu. Não sabias?

Houve um minuto de silêncio.

— Adeus, Ródion... Eu, meu amigo... houve tempo... Bem, adeus! Devo também ir-me. Quanto a embebedar-me, não; não farei isso, é inútil...

Saiu num rompante, mas mal fechara a porta tornou a abri-la e disse:

— A propósito! Lembra-te daquela morte, do assassínio daquela velha? Pois descobriram o assassino. Confessou-se culpado e forneceu todas as provas em apoio das suas palavras. Imagine que é um dos pintores que defendi calorosamente. Queres crer? A folia dos dois operários enquanto o *dvornik* e as duas testemunhas subiam, os sopapos que se davam a rir, tudo isso eram truques do assassino para desviar suspeitas. Que astúcia! Que presença de espírito tem ele! Custa a crer, mas ele mesmo explicou tudo, do modo mais claro. E como eu fui na onda! Aquela criatura é o gênio da dissimulação e da astúcia. Depois daquilo a gente não pode admirar-se de nada! Mas onde eu tinha os olhos! E as lanças que quebrei na defesa dos dois malandros!

— Dize-me uma coisa: como soubeste isso e por que é que isso te interessa tanto? — perguntou Raskólnikov agitado.

— Por que me interessa? Tem graça a pergunta! Quanto aos fatos, soube deles por muitas pessoas, entre elas Porfírio. Foi ele quem me disse quase tudo.

— Porfírio?

— Sim.

— E... que te disse ele? — perguntou Raskólnikov inquieto.

— Deu-me a explicação cabal do caso. Psicologicamente; o seu método.

— Explicou? Ele próprio?

— Sim. Adeus. Mais tarde dir-te-ei mais alguma coisa; mas agora sou forçado a deixar-te. Houve um tempo em que pensei!... Bem, contar-te-ei isso depois Que necessidade tenho agora de beber? As tuas palavras bastam para me embriagar. Agora, Ródia, estou bêbado, sem ter bebido uma gota de vinho... Adeus, até breve...

E saiu.

"É um conspirador político, isso é certo, positivo!", concluiu Razumíkhin ao descer as escadas vagarosamente. "E arrastou a irmã

na empresa. É muito provável, dado o caráter de Avdótia. Eles têm tido conversas. Ela já me fizera supor por algumas palavras... Agora compreendo certas alusões... Sim, é isso! Como achar outra explicação para este mistério? Hum! E tinha-me vindo à cabeça... Oh, meu Deus! O que eu pensei! Sim, cheguei a pensar uma coisa horrível! Caluniei-
-o! Outro dia, no corredor, contemplando seu rosto iluminado pela lâmpada, tive um minuto de desvario. Que horrível ideia me passou! Micolai fez muito bem em confessar!... Sim, presentemente, tudo o que se tem passado se explica: a doença de Ródion, a singularidade do seu procedimento, aquele humor sombrio e feroz que manifestava já quando era estudante... Mas que significa aquela carta? De onde veio? Aqui há coisa... Desconfio... Hum... Não, eu hei de saber!"

Ao lembrar-se de Dunetchka, sentia gelar-lhe o sangue e ficava como que pregado ao chão. Teve de fazer um violento esforço para continuar o caminho.

Logo após a partida de Razumíkhin, Raskólnikov levantou-se: aproximou-se da janela, depois passeou de um lado para outro, esquecido das dimensões exíguas do quarto. Por fim, tornou a sentar-se. Uma transformação completa parecia ter-se dado nele. Tinha ainda que lutar: era um recurso.

Sim, um recurso, um meio de fugir à situação aflitiva, à carga em que vivia agonizando. Uma letargia envolvia-o aos poucos. Desde a aparição de Micolai em casa de Porfírio ele sentia-se sufocar, engaiolado sem esperança de fuga. Nesse mesmo dia e depois da confissão de Micolai dera-se a cena em casa de Sônia, cena cujas peripécias e desfecho tinham iludido as previsões de Raskólnikov. Mostrara-se fraco; reconhecera, bem como Sônia e muito sinceramente, que não podia sozinho com tal fardo! Svidrigailov?... Svidrigailov era um enigma que o inquietava, mas não tanto. Havia talvez meio de se desembaraçar de Svidrigailov, mas com Porfírio o caso mudava de feição.

"De modo que foi Porfírio quem explicou a Razumíkhin a culpa de Micolai, segundo o célebre método *psicológico*!", monologava. "Ainda nisso Porfírio se serviu da maldita psicologia? Mas como pôde ele crer Micolai culpado, depois da cena que acabava de passar-se entre nós e que só admite *uma* explicação? (Nesses dias, Raskólnikov lembrou-se de pormenores da conversa com Porfírio e não podia evitar que sua mente os relembrasse.) Suas palavras, seus gestos, seus olhares, o som da sua voz, tudo nele atestava uma convicção tão forte que nenhuma das pretensas confissões de Micolai podia abalá-la.

"Mas quê? Razumíkhin também desconfiava de qualquer coisa. O incidente do corredor deve, sem dúvida, sugerir-lhe reflexões. Correu logo à casa de Porfírio... Mas por que este o mistificou de tal modo? Com que fim ele engana Razumíkhin a respeito de Micolai? Evidentemente, não fez isso sem motivo, deve ter suas intenções. Quais serão? Em verdade já se passou muito tempo desde essa manhã, e não tenho ainda a menor notícia de Porfírio. Quem sabe, contudo, se isso não é um mau sinal?..."

Pegou o boné e, depois de refletir um instante, saiu. Naquele momento, pela primeira vez há muito, sentia-se de posse das faculdades intelectuais. "É preciso liquidar com Svidrigailov", pensava, "e, custe o que custar, decidir isto o mais depressa possível; ademais, ele parece esperar minha visita". Nesse instante, saiu-lhe do coração um ódio tão violento que se pudesse matar um ou outro desses dois seres detestados, Svidrigailov ou Porfírio, não teria hesitado.

"Veremos, veremos." Repetia para si próprio.

Mas, mal abriu a porta, encontrou-se em frente ao próprio Porfírio. O juiz de instrução procurava-o. No primeiro momento Raskólnikov ficou embatucado. Coisa singular, essa visita não o espantou muito e não lhe causou receio. "É talvez o desfecho! Mas por que amorteceria ele o ruído dos passos? Não ouvi nada. Estava talvez ouvindo atrás da porta."

— Não esperava minha visita, Ródion Românovitch? — disse jovialmente Porfírio. — Já há muito pensava vir visitá-lo, e ao passar agora diante da sua casa lembrei-me de subir. Ia sair? Não me demorarei. Cinco minutos só, o bastante para fumar um cigarro, se não o incomodo...

— Mas sente-se, Porfírio Petróvitch, sente-se — disse Raskólnikov oferecendo uma cadeira ao juiz, com um ar tão afável, que ele próprio ficaria surpreendido se pudesse ver-se. Todos os vestígios das suas impressões anteriores tinham desaparecido, como sucede a quem, sendo atacado por salteadores, e tendo passado meia hora de ânsias mortais, já não sente medo nenhum quando lhe põem o punhal ao peito.

Sentou-se em frente a Porfírio e fixou nele o olhar.

O juiz de instrução verrumou os olhos em Raskólnikov, e começou acendendo um cigarro.

"Fala logo, diabo! Fala logo!", dizia-lhe mentalmente Raskólnikov, cujo coração parecia arrebentar.

Capítulo II

— Oh! esses cigarros — começou enfim Porfírio, após acender um — sinto que serão a causa da minha morte e não posso deixá-los! Estou sempre tossindo, tenho um princípio de irritação na laringe e sou asmático. Consultei Bajtine, que examina todos os doentes pelo menos durante meia hora. Depois de me ter auscultado, disse-me, entre outras coisas: "O fumo faz-lhe mal; o senhor tem os pulmões afetados." Pois sim, mas como hei de abandonar o fumo? Como hei de substituí-lo? Eu não bebo! Aí é que está o mal, eh, eh! Tudo é relativo, Ródion Românovitch!

"Cá está mais um preâmbulo trescalando a rabulice!", resmungava de si para si Raskólnikov. A sua conversa recente com o juiz de instrução acudiu-lhe bruscamente ao espírito e a essa lembrança a cólera veio ao seu coração.

— Eu vim à sua casa anteontem à noite, sabia? — continuou Porfírio Petróvitch, olhando em volta. — Entrei neste mesmo quarto. Encontrei-me por acaso na sua rua, como hoje, e veio-me à ideia fazer-lhe uma visitinha. A porta estava aberta. Entrei, esperei um pouco, depois saí sem dizer o nome à criada. O senhor não costuma fechar a porta?

O rosto de Raskólnikov tornava-se cada vez mais sombrio. Porfírio Petróvitch adivinhava, sem dúvida, aquilo em que ele estava pensando.

— Vim explicar-me — meu caro Ródion! — Devo-lhe uma satisfação — prosseguiu sorrindo e batendo ligeiramente sobre o joelho do jovem; mas quase no mesmo instante seu rosto tomou uma expressão séria, mesmo triste, para grande espanto de Raskólnikov, a quem o juiz de instrução se mostrava com um aspecto inesperado.

— A última vez que nos vimos houve entre nós uma cena esquisita, Ródion Românovitch. Eu talvez tenha agido injustamente para com o senhor; sinto-o. O senhor lembra-se como nos separamos: ambos tínhamos os nervos excitados, ambos faltamos às mais elementares regras de civilidade, e somos dois cavalheiros. Lembra-se de como nos separamos?... Isto foi bastante incivil.

"Aonde quer chegar?", perguntava a si mesmo Raskólnikov, que não cessava de examinar Porfírio com curiosidade.

— Pensei que faríamos melhor agora procedendo com sinceridade — continuou o juiz de instrução virando a cabeça, como se receasse perturbar sua vítima com seu olhar e por não usar esses ardis. — É preciso que não se repitam tais cenas. Se não fosse a inesperada aparição de Micolai, não sei até onde as coisas chegariam. Aquele curtidor danado estava sentado na sala ao lado. Lembra-se? O senhor sabia, naturalmente, e sei que ele o procurou depois. Mas naquilo que acreditou então não era verídico: não mandara chamar ninguém, não fizera nenhum arranjo. Pergunta-me por que não fiz? Que lhe direi? Tudo ocorrera intempestivamente. Mal chamara o *dvornik* (o senhor o notara. Estou certo disto). Uma ideia relampejou-me no cérebro; estava firmemente convicto naquele instante, veja bem, Ródion Românovitch. Bem, pensei: mesmo que perca uma coisa, segurarei outra, de modo algum deixarei escapar o que desejo. O senhor é muito irascível, Ródion Românovitch, em contraste com outras qualidades de coração e caráter, de que orgulho-me em ter divisado. Por certo, refleti então, é incomum um homem chegar a ponto de transmitir seus segredos. No entanto, acontece, caso seja irritado o bastante, mas ainda assim é raro. Nisto baseou-se meu método. "Se eu pudesse", dizia comigo, "arrancar-lhe uma prova, por mais insignificante que fosse, mas uma prova real, tangível, enfim, uma coisa diferente de todas as induções psicológicas!". Porque, se um homem é culpado, com este método se obtém uma prova concreta, inclusive pode-se chegar a resultados imprevisíveis. Baseava-me em seu temperamento, Ródion Românovitch, nele acima de tudo! Naquela época, já depositava grandes esperanças no senhor.

— Mas aonde quer chegar? — balbuciou Raskólnikov, sem saber o que perguntava. "De que está falando?", pensava perplexo. "Julgar-me-á inocente, por acaso?"

— Aonde quero chegar? Vim explicar-me pessoalmente, é meu dever esclarecer minha conduta. Porque, reconheço, a meu pesar, o submeti outro dia a uma tortura cruel e não quero que me tome por um monstro, Ródion. Sei o que significa para uma pessoa ter sido tão duramente atingida, mas que é voluntariosa e sobretudo impaciente por ter de suportar tal tratamento. Reconheço no senhor um homem de caráter nobre e não isento de rasgos de magnanimidade; embora não perfilhe todas as suas opiniões. Em primeiro lugar, queria dizer-lhe isto, franca e sinceramente, porque, antes de mais nada, não desejo iludi-lo. Quando o conheci, senti-me atraído pelo senhor. Talvez não tenha simpatizado à primeira vista comigo. Realmente, não há motivo para gostar de mim. Pense o que quiser; agora, porém, desejo fazer tudo a meu alcance para apagar esta impressão e mostrar-lhe que sou um homem de coração e consciência. Falo-lhe sinceramente.

Porfírio Petróvitch fez uma pausa solene. Raskólnikov sentiu um estremecimento e renovado alarme. A ideia de que Porfírio pudesse considerá-lo inocente inquietava-o.

— Quase não é necessário entrar em pormenores — continuou Porfírio Petróvitch. — Dificilmente poderia consegui-lo. A princípio circularam boatos sobre cuja natureza julgo supérfluo alargar-me; é também inútil dizer-lhe quando a sua personalidade veio ao caso. Quanto a mim, o que me deu o alarme foi uma circunstância, aliás fortuita, de que também não tenho que falar agora. De todos esses boatos e circunstâncias acidentais resultou para mim a mesma conclusão. Confesso-o francamente, porque, a dizer a verdade, fui o primeiro a meter seu nome no caso: pus de parte as notas juntas aos objetos que se encontraram na casa da velha. Esse indício e outros do mesmo gênero nada significavam. Nesse meio-tempo, tive ocasião de saber do incidente no comissariado de polícia. Essa cena foi-me contada com todos os detalhes por alguém que nela representa o papel principal e que, sem dar por isso, a tinha conduzido superiormente. Ora, bem, nessas condições, como podia deixar de me voltar para um outro lado? *From a hundred rabbits you can't make a horse, a hundred suspicions don't make a proof*,[16] diz o provérbio inglês. É a razão que fala assim, mas vá alguém lutar contra as paixões! Ora, um juiz de instrução é homem e, portanto, apaixonado. Lembrei-me também do trabalho que o senhor publicou numa revista; em sua primeira visita falei a respeito, lembra-se? Zombei do senhor, mas era apenas para estimulá-lo. Repito, Ródion Românovitch, o senhor é um homem doente e impaciente. Observara ser ousado, decidido, realmente, e... passara por muita coisa. Passei, também, pelo mesmo; assim, seu artigo pareceu-me familiar. O artigo fora escrito em noites insones, com o coração palpitante, em êxtase e com entusiasmo dissimulado. Esse orgulhoso entusiasmo dissimulado nos jovens é perigoso! Zombei do senhor, mas digo-lhe, como literato amador, que tenho profundo respeito pelos ensaios prenhes do calor da juventude. Há uma nebu-

---

[16] Cem coelhos não valem um cavalo, cem conjeturas não fazem uma prova.

losidade, porém na névoa há uma corda de violino soando. Seu artigo é absurdo e fantástico, mas nele existe a sinceridade transparente, o orgulho incorruptível da juventude e a ousadia desesperada. É um artigo sombrio, mas nisto reside o seu valor. Li seu artigo e deixei-o de lado pensando: "Eis um homem que não seguirá o caminho comum."

"Por que não havia de aproximar esse artigo dos fatos ulteriores? — pergunto eu. — O declive é irresistível... Note que me refiro ao passado, que se trata de um pensamento que então me veio. Que penso agora? Nada, isto é, quase nada. Presentemente tenho Micolai *repousando* entre minhas mãos e há fatos que o acusam — digam o que disserem, há fatos! Ele também tem problemas psicológicos, tenho de levá-los em consideração, por se tratar de uma questão de vida ou morte. Por que estou explicando-lhe tudo isso? Para entender-me e não julgar mal o meu malicioso comportamento anterior. Não era malicioso, garanto-lhe.

"Eh!, eh! Mas, perguntará o senhor, por que não fez uma busca em minha casa? Pois vim, eh!, eh!, vim quando o senhor estava doente na cama. Não como magistrado, não em caráter oficial, mas vim. Seu quarto, logo às primeiras suspeitas, foi remexido de cima a baixo, sem resultado! Eu disse comigo: agora este homem vai à minha casa, ele mesmo irá procurar-me e daqui a pouco tempo; se tem culpa vai. Qualquer outro não iria, este irá. O senhor lembra-se do falatório de Razumíkhin? Nós, de propósito, demos-lhe parte das nossas ideias, na esperança de que lhe diria tudo, porque sabíamos que Razumíkhin não poderia conter a indignação. Zametov tinha sobretudo notado a sua audácia e, realmente, é preciso ser audaz para dizer de repente em pleno café. 'Matei!' É na verdade muito perigoso e muito descuidado! Pensei, então, se for culpado será um adversário temível. Fiquei à sua espera, mas o senhor deitou por terra o Zametov... e tudo se resume nisto — como pode alterar esta psicologia dos infernos; apesar de ser uma faca de dois gumes. Esperei-o e veio! Como me bateu o coração quando o vi! Por quê, enfim, que necessidade tinha o senhor de ir lá? Se está lembrado, o senhor entrou a rir-se. Seu riso deu-me muito que pensar, mas se eu não estivesse de pé atrás, como estava, não teria reparado nele. Note a influência de um capricho! E Razumíkhin, então... Ah! A pedra, o senhor recorda-se sob a qual estão escondidos os objetos? Parece-me vê-la daqui, em qualquer parte, num pomar... E foi de um pomar que o senhor falou a Zametov? Em seguida, quando a conversa girou sobre seu artigo, por detrás de cada uma das suas palavras julgávamos descobrir um sentido oculto. Aí está como a convicção se me firmou pouco a pouco, Ródion Românovitch.

"Por certo, meu amigo, tudo isso se explica de outro modo, é claro. Mais valeria uma pequenina prova. Mas quando soube da história do cordão da campainha, não duvidei mais, julguei estar enfim na posse da pequenina prova tão desejada e não refleti em nada. Nesse momento teria dado mil rublos do meu bolso para o ver com os meus olhos andando cem passos, ao lado de um burguês que lhe chamara de assassino, sem que o senhor ousasse responder-lhe!... Certamente não se pode ligar grande importância às palavras e obras de um doente que procede sob delírio. Contudo, depois disso, como se pode admirar da maneira como eu procedi com o senhor? E por que motivo, justamente naquele momento, foi à minha casa? Algum diabo, decerto o levou. e, em verdade, se Micolai não tivesse aparecido... O senhor lembra-se da chegada de Micolai? Foi como um raio! Não acreditei em nada do que ele disse, bem viu! Depois da sua partida, continuei a interrogá-lo; respondeu-me sobre certos pontos de modo tal que fiquei espantado; e no entanto suas declarações deixaram-me incrédulo. Veja em que dá ser tão firme como uma rocha! Não, pensei: *Morgenfrüh*[17]... Micolai nada tem a ver com o caso!"

---
[17] Amanhã será outro dia..

— Razumíkhin disse-me ainda há pouco que o senhor agora estava convencido da culpa de Micolai, que o senhor mesmo lhe afiançou que... — disse Raskólnikov.

Sua voz falhou, interrompendo a conversa. Ouvia com indescritível agitação que este homem, que o perscrutara totalmente, mudava o rumo da conversa. Temia acreditar e não acreditava mesmo. Em suas palavras ambíguas procurava achar algo definido e concreto.

— Razumíkhin! — exclamou Petróvitch, que parecia muito satisfeito por ter ouvido, enfim, uma observação da boca de Raskólnikov. — Eh!, eh! Mas o deixei de lado; dois é bom, três é demais. Razumíkhin não é homem adequado, está fora do páreo. Veio correndo a mim com o rosto pálido... Mas esqueçamo-lo, para que relembrá-lo? Voltando a Micolai: gostaria de saber, Ródion Romãnovitch, como ele é, como eu o conheço? Para começar, é uma criança, sem ser covarde propriamente, é impressionável como um artista. Não ria, é assim mesmo! É inocente e fácil de ser influenciado. É ingênuo, um camarada fanático. Canta, dança e conta histórias, a ponto de o povo vir de outras aldeias para ouvi-lo. Assiste a aulas também, ri-se até gritar se erguerem um dedo contra ele; bebe até perder a noção das coisas, não porque seja bêbado contumaz, mas porque, às vezes, seus camaradas o seduzem como a uma criança. Rouba também, sem o saber, porque: "Se encontrei alguma coisa, como pode ser roubo." Sabe que ele é um velho-crente, ou pelo menos um cismático? Em sua família houve *begúni*[18] e esteve dois anos na sua aldeia sob a influência de um velho pastor. Soube isso por Micolai e por alguns conterrâneos dele. E há mais, queria viver no deserto! Era de uma devoção exaltada, passava noites rezando e lia sempre livros religiosos, "os antigos, os verdadeiros", a ponto de se tornar fanático.

---

[18] Errantes (membros de uma seita religiosa).

"São Petersburgo modificou-o muito; depois que veio para aqui entregou-se ao vinho e às mulheres, o que fê-lo esquecer a religião. Soube que um de nossos artistas se interessara por ele e começou a dar-lhe lições. Nesse meio-tempo, sucede este desgraçado caso. O pobre rapaz amedronta-se e tenta enforcar-se. Que quer o senhor? Nosso povo está convencido de que todo homem procurado pela polícia é um condenado! Na prisão, Micolai relembrou-se do velho pastor e da Bíblia. Sabe, Ródion Românovitch, o poder que a palavra 'sofrimento' exerce sobre o povo? Não é sofrer em benefício de outrem, mas sim a 'necessidade do sofrimento'. Se sofrer em mãos das autoridades, tanto melhor! Em meu tempo, havia um prisioneiro manso e dócil, que levou um ano na prisão lendo a Bíblia, todas as noites, à estufa; leu, leu, até o desespero. E tão desesperado ficou que, um dia, sem nenhum motivo, apanhou um tijolo e jogou-o contra o administrador da prisão, apesar de este nada lhe ter feito de mal. E o modo por que o fez? Propositadamente, a um metro de distância, mirou-o cuidadosamente, de lado, com temor de feri-lo muito. É sabido o que sucede a um prisioneiro que ataca um oficial... Assim, ele 'teve o seu sofrimento'.

"Por isso, creio que Micolai deseja 'sofrer', ou algo desse gênero. Por outros fatos, disto estou certo. Somente não sabe que eu já percebi isso. Não crê existir pessoas tão fanáticas entre os mujiques? Asseguro que as há e aos montões. O velho pastor recomeçou a influenciá-lo desde o momento que tentou enforcar-se. Afinal acabará por confessar toda a verdade. O senhor julga que ele sustentará o papel até o fim? Espere um pouco e verá como se retrata de tudo quanto disse. Cheguei a ponto de gostar de Micolai e estudá-lo a fundo. Que acha? Eh!, eh! Enfim, se consegui dar em alguns pontos um aspecto de verossimilhança, em outros se contradisse com os fatos, e disto ele não suspeita.

"Não, Ródion Românovitch, o criminoso não é Micolai. Estamos em presença de um caso fantástico e sombrio; este crime tem a marca do nosso tempo, de uma época que faz consistir a vida na procura do conforto. O culpado é um homem de teorias, vítima dos livros; desenvolveu uma grande audácia, mas essa audácia é a de um homem que se precipita do cume de uma montanha ou de uma torre. Esqueceu-se de fechar a porta e matou duas pessoas para obedecer a uma teoria. Matou e não se apoderou do dinheiro; o que pôde levar foi escondê-lo sob uma pedra. Não lhe bastaram as aflições por que passou na antecâmara, enquanto ouvia as pancadas na porta e o tilintar da campainha; cedendo a uma necessidade irresistível de sentir as mesmas sensações, foi mais tarde visitar o aposento vazio e puxar o cordão da campainha. Lancemos isso à conta da doença, do delírio, seja! Mas eis ainda outro ponto a notar: ele matou, mas nem por isso se julga menos respeitável, despreza seus semelhantes, é orgulhoso. Não, não se trata de Micolai, meu caro Ródion Românovitch, não é ele o culpado, por certo."

Ao receber este golpe, absolutamente inesperado depois das desculpas com que o juiz de instrução começara a conversa, Raskólnikov sentiu um tremor em todo o corpo.

— Então... quem foi? — perguntou com a voz estrangulada.

O juiz de instrução aprumou-se na cadeira com o espanto que pareceu causar-lhe tal pergunta.

— Como, quem foi?... — replicou ele, como se lhe custasse a crer no que ouvira. Mas foi o senhor, Ródion Românovitch, foi o senhor quem matou! O senhor... — acrescentou ele em voz baixa e num tom profundamente convicto.

Raskólnikov ergueu-se com um movimento brusco, ficou de pé alguns segundos e depois tornou a sentar-se, sem dar uma palavra. Ligeiras convulsões agitavam-lhe os músculos da face.

— Lá está o lábio a tremer como naquele dia — notou com interesse Porfírio Petróvitch. — O senhor, julgo que não entendeu o fim da minha visita, Ródion Românovitch, prosseguiu ele depois de um silêncio: por isso é que está estupefato. Eu vim dizer tudo, para esclarecer tudo.

— Não fui eu que matei — gaguejou o jovem, defendendo-se como uma criança apanhada numa falta.

— Foi, foi o senhor, Ródion Românovitch, foi o senhor e só o senhor — replicou severamente o juiz de instrução.

Ambos se calaram e, coisa singular, esse silêncio prolongou-se durante dez minutos.

Encostado à mesa, Raskólnikov passava convulsivamente a mão no cabelo e Porfírio Petróvitch esperava sem dar sinal de impaciência. De repente, Raskólnikov olhou com desprezo para o magistrado:

— Voltou aos seus velhos processos, Porfírio Petróvitch! Sempre a mesma coisa: isso não o enfada, afinal?

— Deixe lá os meus processos! A coisa seria outra se estivéssemos na presença de testemunhas; mas estamos conversando a sós. O senhor bem vê que eu não vim para o apanhar como se fosse uma caça. Que o senhor confesse ou não, neste momento isso é-me indiferente. Em qualquer dos casos a minha convicção é firme.

— Se assim é, por que veio? — perguntou Raskólnikov irritado. Repito a pergunta que já fiz: se o senhor me julga culpado por que não expede um mandado de prisão?

— Que pergunta! Em primeiro lugar, sua prisão de nada me serviria.

— Como não serviria de nada! Desde o momento em que está convencido, deve...

— Mas que importa a minha convicção? Até este instante está sobre nuvens. E para que hei de prendê-lo? O senhor bem sabe, visto que pede que o prendam. Eu suponho que, acareado com o burguês, o senhor dir-lhe-ia: "Tu tinhas bebido ou não? Quem me viu contigo? Eu tomei-te simplesmente por um bêbado e era bêbado que estavas." Que poderia eu replicar, tanto mais que o homem é conhecido como bêbado? Sem dúvida, mandá-lo-ei prender, e vim aqui para o avisar disso. E no entanto não hesito em lhe declarar que isso não me servirá de nada. O segundo fim de minha visita...

— Qual é? — perguntou Raskólnikov ofegante.

— ...já lhe disse. Queria sobretudo explicar-lhe a minha conduta, porque não desejo passar por um monstro, especialmente agora, que estou bem disposto a seu favor, quer creia, quer não. Em virtude do interesse que tenho pelo senhor, convido-o a ir denunciar-se. Vim também para lhe dar este conselho. É com certeza o melhor partido para o senhor e para mim, que estaria livre desta questão. Então, sou ou não franco?

Raskólnikov refletiu um instante.

— Escute, Porfírio Petróvitch, o senhor só tem contra mim sua famosa psicologia, e todavia aspira à evidência matemática. Quem lhe diz que não está enganado?

— Não, Ródion Românovitch, não me engano. Tenho uma prova. Deus enviou-me!

— Qual é?

— Não lhe direi, Ródion Românovitch. Mas, em todo caso, agora já não tenho o direito de deter-me; vou mandar prendê-lo. Veja, pois: qualquer resolução que tome pouco me importa; tudo o que lhe digo é, portanto, somente para seu interesse. A melhor solução é a que lhe indico; esteja certo disso, Ródion!

Ele esboçou um sorriso maligno.

— A sua linguagem é simplesmente ridícula, é vergonhosa. Vejamos: supondo que eu seja criminoso (o que não confesso de modo nenhum), para que hei de ir-me denunciar, se o senhor próprio me disse já que o culpado está em *repouso*?

— Ah! Ródion Românovitch, não tome essas palavras ao pé da letra; pode lá se encontrar *repouso* e pode não se encontrar. Sou de opinião, sem dúvida, de que a prisão acalma o culpado, mas é uma teoria; uma teoria pessoal. Ora, eu sou uma autoridade para o senhor? Quem sabe se, mesmo neste momento, lhe oculto alguma coisa? O senhor não pode exigir que eu diga todos os meus segredos! Quanto ao proveito que terá desse procedimento, é incontestável. Ganha decerto com ele diminuírem-lhe muito a pena. Ora, veja em que ocasião o senhor iria denunciar-se; no momento em que um outro assumiu a autoria do crime e veio atrapalhar a instrução! Pela parte que me toca, comprometo-me perante Deus a empregar todos os esforços para que o tribunal lhe conceda todo o benefício. Os juízes, afirmo--lhe, ignoram que eu suspeitei do senhor; e a sua ação terá portanto aos olhos deles caráter espontâneo. Não se verá no seu crime senão o resultado de um desvario, e, no fundo, não foi outra coisa. Eu sou honesto, Ródion Romanovitch, e cumprirei a palavra dada.

Raskólnikov baixou a cabeça e pensou algum tempo; por fim sorriu de novo, mas dessa vez seu sorriso era brando e melancólico.

— E que ganho com isso? Que me importa a diminuição da pena? Não preciso dela! — disse, sem reparar que isto equivalia quase a uma confissão.

— Aí está o que eu receava! — exclamou Porfírio como que a seu pesar. Já desconfiava que o senhor rejeitaria a indulgência.

Ele olhou para o juiz com ar grave e triste.

— Eh! Não seja desdenhoso! — continuou o juiz de instrução: ainda viverá muitos anos. O quê! O senhor não quer uma diminuição da pena? É difícil de contentar!

— Que terei depois em perspectiva?

— A vida! O senhor é profeta para saber o que ela lhe reserva? Procure e achará. Quem sabe se tudo isso não é uma prova a que Deus o sujeita? Afinal, o senhor não será condenado por toda a vida.

— Obterei atenuantes... — disse, rindo, Raskólnikov.

— É talvez um sentimento de ridículo amor-próprio que o impede de se confessar culpado. Seja superior a essas tolices!

— Oh! Bem me importo com isso! — murmurou o jovem num tom de desprezo. Tornou a fazer menção de se levantar, mas sentou-se outra vez visivelmente abatido.

— O senhor é desconfiado e pensa que eu quero iludi-lo grosseiramente. Mas o senhor nasceu ontem! Que sabe da vida? Imaginou uma teoria, que na prática lhe deu consequências tão pouco originais que hoje está envergonhado! Cometeu um crime, é verdade, mas não é um criminoso sem remissão; está muito longe disso. Qual é a minha opinião a seu respeito? Considero-o um desses homens que deixariam arrancar as entranhas, contanto que encontrassem uma fé ou um Deus. Pois bem, procure-os. Antes de tudo há muito tempo que o senhor precisa mudar de ar. Depois, o sofrimento é uma boa coisa. Sofra! Micolai tem talvez razão em querer sofrer.

"Eu sei que é um cético, mas abandone-se, sem raciocinar, à corrente da vida; ela o levará a qualquer parte. Aonde? Não se inquiete com isso; irá ter a um porto qualquer. Qual? Ignoro-o; creio somente que o senhor ainda tem muito tempo para viver. Sem dúvida, presentemente diz que estou a representar meu papel de juiz de instrução; mas talvez mais tarde se lembre das minhas palavras, e então lhes dará valor: aí está porque lhe falo deste modo. Ainda é uma sorte que só tenha matado uma velha usurária. Com outra teoria teria feito uma ação mil vezes pior. Ainda pode dar graças a Deus, quem sabe? Talvez Ele tenha os seus desígnios a seu respeito. Portanto, tenha coragem, e não recue, por medo, diante da justiça. Sei que o senhor não me acredita, mas com o tempo há de tomar novamente gosto pela vida. Hoje falta-lhe somente ar, ar fresco!"

Raskólnikov positivamente sobressaltou-se.

— Mas quem é o senhor — exclamou ele — para me fazer tais profecias?! Que alta sabedoria lhe permite prever o meu futuro?!

— Quem sou? Sou um homem acabado, nada mais. Um homem sensível e compassivo a quem a experiência ensinou alguma coisa, mas um homem que se liquidou, completamente acabado. Quanto ao senhor, o caso é outro: o senhor está no começo da vida, e esta aventura, quem sabe, não deixará talvez vestígio algum. Por que há de temer tanto a mudança da sua situação? É do bem-estar que um coração como o seu pode ter pena? Aflige-se com a ideia de estar por muito tempo na obscuridade? Mas do senhor depende que essa obscuridade não seja eterna. Transforme-se em sol e todos o verão. O sol, acima de tudo, é o sol! Por que sorri outra vez? Por eu ser como Schiller? Aposto como o senhor imagina que eu esteja a envolvê-lo com lisonjas! É muito possível! Não lhe peço que acredite em mim, Ródion Românovitch; antes de tudo, sou juiz, concordo; somente acrescento isto: mais que as minhas palavras, os fatos lhe demonstrarão se sou um mentiroso ou um homem honrado.

— Quando quer prender-me?

— Posso conceder-lhe ainda um dia e meio ou dois de liberdade. Pense, meu amigo; peça a Deus que o inspire. O conselho que lhe dou é o melhor a seguir, acredite.

— E se eu fugir? — perguntou Raskólnikov com um riso estranho.

— Não foge. Um mujique fugiria, um revolucionário vulgar fugiria porque tem um credo para toda a vida. Mas o senhor já não crê na sua teoria. Que levaria se fugisse? Ademais, que existência ignóbil e odiosa a de um fugitivo! Fugindo, voltaria por sua própria vontade. O senhor não pode passar sem *nós*. Quando eu o tiver mandado prender, daqui a um mês ou dois, ou mesmo três, o senhor lembrar-se-á das minhas palavras e confessará. O senhor será levado a isso quase sem querer. Estou mesmo certo de que depois de refletir aceitará a expiação. Neste momento não acredita, mas verá... E que, com efeito, Ródion Românovitch, o sofrimento é uma grande coisa. Na boca de um gorducho que não se priva de nada esta linguagem pode dar vontade de rir. Não importa, há uma ideia no sofrimento. Micolai tem razão. Não; o senhor não fugirá, Ródion Românovitch.

Raskólnikov ergueu-se e pegou o boné. Porfírio Petróvitch também levantou-se.

— Vai passear? A noite deve estar esplêndida, se não vier alguma tempestade. Aliás, não será mau refrescar a temperatura.

Ele apanhou o chapéu.

— Porfírio Petróvitch — disse Raskólnikov secamente —, peço-lhe que não vá pensar que eu lhe fiz confissões. O senhor é um homem singular e eu ouvi-o por mera curiosidade. Mas não confessei nada... não se esqueça disto.

— Basta; não me esquecerei. Eh! Como treme! Não se altere, caro amigo, guardo sua recomendação. Passeie um pouco, mas não ultrapasse os limites... É verdade, tenho ainda a fazer-lhe um pedido, disse abaixando a voz, é um pouco delicado, mas tem sua importância no caso, aliás pouco provável, de, durante essas 48 horas, se lhe fixar a ideia de acabar com a vida (desculpe-me este absurdo), deixe um bilhetinho, duas linhas apenas, dizendo o lugar em que está a pedra: seria uma ação nobre. E até a vista, e que Deus o ilumine.

Retirou-se, evitando olhar para Raskólnikov. Este aproximou-se da janela, esperou com impaciência o momento em que, segundo o seu cálculo, o juiz de instrução estaria longe da casa. Depois saiu a toda a pressa.

Capítulo III

Estava ansioso por ver Svidrigailov. O que podia esperar desse homem, ele ignorava. Mas essa criatura tinha sobre ele um poder misterioso. Desde que se convencera disso, a inquietação devorava-o e já não podia esperar mais o momento de uma explicação.

No caminho, um pensamento o preocupava: "Svidrigailov teria ido à casa de Porfírio?" Pelo que podia julgar, não; Svidrigailov não fora lá. Tê-lo-ia jurado. Relembrando todas as circunstâncias da visita de Porfírio, chegava sempre à mesma conclusão negativa. Mas se Svidrigailov não fora à casa do juiz de instrução, porventura não iria mais? Sobre isto ele também acabava respondendo negativamente. Por quê? Não podia dar as razões da sua maneira de ver, e ainda mesmo que pudesse explicá-la, não iria quebrar a cabeça por causa disso.

Tudo isso o aborrecia e ao mesmo tempo deixava-o quase indiferente. Era singular, quase inacreditável: por muito crítica que fosse a sua situação, Raskólnikov não se afligia senão ligeiramente, o que o atormentava era alguma coisa mais importante, que o interessava pessoalmente. Afora isso, sentia uma imensa fadiga moral, embora estivesse mais em estado de raciocinar que nos dias passados.

Depois de tantos embates, seria preciso começar nova luta para triunfar sobre essas miseráveis dificuldades? Valia a pena, por exemplo, fazer o cerco a Svidrigailov, tentar embaí-lo, com medo de ele ir à casa do juiz de instrução?

Oh! Como tudo isso lhe mexia com os nervos!

Todavia tinha pressa em ver Svidrigailov; esperava dele algo *novo*, um conselho, um meio de salvação. Os afogados agarram-se a uma palha! Era o destino ou o instinto que impelia os dois homens um para o outro? Oh! Raskólnikov procurava Svidrigailov somente por já não saber para onde se virar! Tinha necessidade de outra pessoa, e agarrava-se a Svidrigailov por não encontrar coisa melhor. E Sônia? Mas por que iria agora à casa de Sônia? Para fazê-la chorar mais? Depois, Sônia assustava-o; Sônia era para ele a sentença inexorável, a decisão sem apelo. Naquele momento, sobretudo, não se sentia em estado de afrontar sua presença. Não; não valeria mais fazer uma tentativa com Svidrigailov? A seu pesar, confessava intimamente que há muito tempo Árcade Ivânovitch lhe era de certo modo indispensável.

Entretanto, que haveria de comum entre eles? A maldade de Svidrigailov não era de modo a aproximá-los, Esse homem desagradava-lhe: era um debochado, um impostor, talvez um tarado. Corriam lendas sinistras a seu respeito. É verdade que protegia os filhos de Catarina Ivanovna. Mas quem sabia por que procedia desse modo?

De tal homem não podia esperar nada de bom. Fazia alguns dias havia outro pensamento que não cessava de inquietar Raskólnikov, embora se esforçasse por afastá-lo, tanto lhe era doloroso. "Svidrigailov anda sempre me cercando", dizia para si muitas vezes, "descobriu meu segredo; pretendeu o amor de minha irmã; talvez o pretenda ainda, é mesmo provável. Se agora, que ele conhece o meu caso, quisesse servir-se dele como uma arma contra Dúnia?".

Esta ideia, que às vezes o inquietava, até em sonhos, não lhe tinha ainda ocorrido com clareza como no momento em que ia à casa de Svidrigailov. A princípio lembrou-se de dizer tudo à irmã, o que transformaria a situação. Depois lembrou-se de que faria melhor indo denunciar-se, para prevenir alguma tolice da parte de Dunetchka. E a carta? Naquela manhã, Dúnia recebera uma carta! Quem podia ter-lhe escrito em São Petersburgo? (Não seria Lujine?) É verdade que Razumíkhin estava de guarda, mas Razumíkhin de nada sabia. "E eu não deveria também contar tudo a Razumíkhin?", perguntou a si próprio com uma revolta no coração. "Em todo caso é preciso ver Svidrigailov o mais cedo possível. Graças a Deus, os pormenores importam menos que o fundo do caso; mas se Svidrigailov tem a audácia de tentar uma patifaria, uma cilada a Dúnia, então matá-lo-ei!"

Parou no meio da rua e olhou em redor. Que caminho tomara ele? Onde estava? Achava-se na avenida***, a trinta passos do Mercado do Feno, que atravessara. O segundo andar da casa à esquerda era ocupada por um *traktir*. As janelas estavam abertas. A julgar pela gente que aparecia lá, o estabelecimento devia estar cheio. Na sala cantavam, tocavam. Ouviam-se gritos de mulheres. Surpreendido por se ver aí, ele ia voltar pelo mesmo caminho, quando de repente, em uma das janelas, avistou Svidrigailov. Isto causou-lhe espanto e receio ao mesmo tempo. Svidrigailov olhava-o em silêncio, e, o que espantou mais Raskólnikov, fez menção de se levantar, como se quisesse evitar que ele o visse. Raskólnikov fingiu não vê-lo e pôs-se a olhar distraidamente para o lado, continuando a examiná-lo disfarçadamente. A inquietação fazia-lhe palpitar o coração com violência. Evidentemente, Svidrigailov tinha interesse em não ser visto; tirou o cachimbo da boca e quis evitar os olhares de Raskólnikov; mas levantando-se e afastando a cadeira, reconheceu que já era tarde. Estava-se dando entre eles o mesmo jogo de cena da primeira conversa no quarto de Raskólnikov. Cada um sabia que era observado pelo outro. Um sorriso malicioso, cada vez mais vivo, pairava nos lábios de Svidrigailov. Por fim, deu uma gargalhada.

— Bem, entre, se lhe apraz; aqui estou! — gritou da janela.

O jovem subiu, então.

Encontrou Svidrigailov próximo a um salão onde um grande número de frequentadores, mercadores, funcionários, artistas etc., tomava chá ouvindo as cançonetistas que faziam um barulho infernal! Numa sala vizinha jogava-se bilhar. Svidrigailov tinha à frente uma garrafa de champanhe e um copo quase cheio; estava em companhia de dois músicos ambulantes, um pequeno com uma harmônica e uma moça dos seus 18 anos, fresca e sadia, com um chapéu tirolês escandalosamente enfeitado. Acompanhada pela harmônica, cantava com uma voz de contralto bem forte uma cantiga vulgar.

— Está bem; basta! — interrompeu Svidrigailov, quando Raskólnikov entrou.

Ela calou-se logo e esperou em atitude respeitosa. Cantara suas rimas de sarjeta, também com expressão séria e respeitosa.

— Eh! Filipe, um copo! — gritou Svidrigailov.

— Não bebo! — disse Raskólnikov.

— Como quiser. Bebe, Kátia. Já não preciso de ti; podes ir embora.

Encheu um copo de vinho para a moça e deu-lhe uma pequena nota. Kátia bebeu e, depois de ter pegado na nota, beijou a mão de Svidrigailov, que aceitou seriamente esse testemunho de respeito. A cantora retirou-se, seguida do pequeno com a harmônica.

Ainda não havia oito dias que Svidrigailov estava em São Petersburgo, e tomá-lo-iam já por velho freguês da casa. O criado Filipe conhecia-o e mostrava ter por ele uma consideração especial. Svidrigailov estava como em sua casa naquela saleta onde passava dias inteiros. O *traktir*, sujo, ignóbil, nem pertencia à categoria média das casas desse gênero.

— Ia à sua casa — começou Raskólnikov —, mas como é que se explica que, saindo do Mercado do Feno, eu tenha tomado pela avenida***? Nunca passo por aqui. Dobro sempre a direita, quando saio do Mercado. Também não é o caminho para ir à sua casa. E apenas me volto, encontro-me com o senhor! É singular!

— Por que não diz antes: "é um milagre"?

— Porque é um simples acaso.

— É um hábito que todos têm aqui! Nem quando realmente creem num milagre, ousam confessá-lo! O senhor mesmo diz que é um simples acaso. Não pode imaginar, Ródion Românovitch, como aqui há pouca gente com a coragem da sua opinião! O senhor tem uma opinião pessoal e não receia dizê-la. É mesmo por isso que atraiu minha curiosidade.

— Só por isso?

— Acha pouco?

Svidrigailov estava visivelmente excitado, embora só tivesse bebido meio copo de champanhe.

— Parece-me que, quando foi à minha casa, ignorava ainda se eu tinha opinião pessoal, observou Raskólnikov.

— Então, era outra coisa. Mas, quanto ao milagre, dir-lhe-ei que parece que tem estado a dormir todos esses dias. Eu próprio lhe indiquei este *traktir*, e não é de espantar que aqui tenha vindo ter. Indiquei-lhe o caminho e as horas em que podia ser encontrado. Lembra-se?

— Esqueci-me disso — respondeu Raskólnikov com espanto.

— Acredito. Dei-lhe essa indicação duas vezes. O endereço gravou-se maquinalmente na sua memória e ela guiou-o sem dar por isso. Ademais, enquanto eu lhe falava, via bem que seu espírito estava longe. O senhor não se observa bastante, Ródion. Mas há ainda outra coisa: tenho observado que em São Petersburgo muitas pessoas andam nas ruas monologando. É uma cidade de lunáticos.

"Se tivéssemos médicos, juristas e filósofos, poderiam fazer aqui estudos bem curiosos; cada um na sua especialidade. Não há lugar onde a alma humana seja submetida a influências tão estranhas. A ação do clima só por si já é funesta. Desgraçadamente, São Petersburgo é o centro administrativo do país, e o seu caráter deve refletir-se sobre toda a Rússia. Mas não se trata disso agora; eu queria dizer-lhe que já o vi passar muitas vezes na rua. O senhor sai de casa com a cabeça erguida. Depois de ter dado vinte passos, baixa-a e cruza as mãos nas costas. Olha, mas é claro que não vê nada, nem na frente nem dos lados. Enfim, põe-se a mexer os lábios e a falar sozinho; às vezes gesticula, declama, para no meio da rua mais ou menos tempo. Isso não quer dizer nada. Mas, como eu, talvez outros reparem, o que não deixa de ser perigoso. No fundo, pouco me importa; não tenho a ideia de curá-lo, mas o senhor percebe, sem dúvida..."

— Sabe se me seguem? — perguntou Raskólnikov, lançando a Svidrigailov um olhar perscrutador.

— Não, não sei — respondeu com ar admirado.

— Bem! Então não falemos mais de mim — disse Raskólnikov franzindo a testa.

— Pois bem, não falemos mais do senhor.

— Responda antes a esta pergunta: se é verdade que por duas vezes me indicou este *traktir* como lugar em que podia encontrá-lo, por que é que, ainda há pouco, quando ergui os olhos para a janela, o senhor se afastou e tentou evitar que eu o visse? Notei isso.

— Eh!, eh! Por que outro dia, quando entrei no seu quarto, fingiu que dormia, apesar de estar acordado? Também notei isso.

— Eu podia ter... razões... bem o sabe...

— E eu podia também ter minhas razões, embora não as conheça.

Havia um minuto que Raskólnikov examinava cuidadosamente o rosto do seu interlocutor. Aquela figura causava-lhe sempre espanto. Embora bela, tinha alguma coisa de profundamente antipática. A cor do rosto era muito fresca, os lábios vermelhos, a barba muito loura, os cabelos espessos, os olhos azuis e parados. Svidrigailov trajava um elegante terno de verão; a camisa era de uma brancura irrepreensível. Um grosso anel ornado com uma pedra valiosa brilhava-lhe num dos dedos.

— Entre nós as tergiversações já não têm razão de ser — disse o rapaz. — Apesar de estar em condições de me fazer muito mal, se tiver vontade disso, vou ser-lhe franco. Fique pois sabendo que, se o senhor ainda tem a mesma pretensão à minha irmã e se conta servir-se, para chegar aos seus fins, do segredo que surpreendeu, matá-lo-ei antes que me faça meter na cadeia. Dou-lhe minha palavra de honra. Em segundo lugar, pareceu-me notar nestes últimos dias que o senhor queria ter comigo uma conversa particular: se tem alguma coisa a dizer-me avie-se, que o tempo é precioso, e daqui a pouco talvez seja tarde.

— Mas o que o apressa tanto assim? — perguntou Svidrigailov.

— Cada um tem os seus segredos — replicou Raskólnikov sombrio.

— O senhor convida-me à franqueza e, à primeira pergunta que lhe faço, recusa responder-me — observou Svidrigailov sorrindo. — Julga que ainda tenho certos projetos; por isso está seguro a meu respeito. Na sua posição compreende-se muito bem. Mas, por melhores desejos que eu tenha de viver em boa inteligência com o senhor, não me incomodarei em desenganá-lo. Realmente não vale a pena, e eu não tenho nada de particular a dizer-lhe. Então que me quer o senhor? Por que anda sempre em volta de mim?

— Simplesmente porque é um ser curioso de observar. Agradou-me pelo lado fantástico da sua situação, ora aí está! Além disso é irmão de uma pessoa que me interessa muito; que me falou muitas vezes a seu respeito e me convenceu de que tem uma grande influência sobre ela. Não são razões suficientes? Ademais, confesso-o, a sua pergunta é complexa e é-me difícil responder. Ora aí tem. Se veio ver-me não foi só para tratar de negócios, mas na esperança de que eu lhe dissesse alguma coisa de novo, não é verdade? — disse com um sorriso malicioso. — Ora, imagine que eu também, vindo a São Petersburgo, contava que o senhor me diria alguma coisa de *novo*, esperava pedir-lhe alguma coisa. Aí está como nós somos, os ricos!

— Pedir-me o quê?

— Eu sei lá o quê? O senhor vê em que miserável *traktir* eu passo todo dia — continuou. — Não porque me divirta, mas porque, em suma, é preciso passar o tempo em algum lugar. Distraio-me com aquela pobre Kátia. Se tivesse a fortuna de ser gastrônomo, estaria bem, mas não; aí está o que posso comer! (Apontava um prato de zinco que tinha os restos de um mau bife.) A propósito, já jantou? Quanto a vinho, não bebo senão champanhe e um copo chega-me para um dia. Se hoje pedi esta garrafa, é porque tenho de ir a certo lugar e quis esquentar-me um pouco antes de ir. O senhor encontra-me num estado de espírito particular. Há pouco escondi-me como um colegial, porque receava que sua visita me trouxesse algum transtorno; mas ainda posso passar uma hora com o senhor; são quatro e meia, acrescentou, depois de ter consultado o relógio. Talvez não acredite, mas há momentos em que tenho pena de não ser qualquer coisa: proprietário, pai de família, ulano, fotógrafo, jornalista!... É horrível não ter o que fazer. Realmente eu pensava que o senhor me diria alguma coisa nova.

— Quem é o senhor e que veio fazer aqui?

— Quem sou eu? O senhor já o sabe; sou gentil-homem, servi dois anos na cavalaria, depois passei por São Petersburgo, em seguida casei-me com Marfa Petrovna e fui viver no campo. Eis a minha biografia completa!

— Parece que é jogador.

— Eu, jogador? Não, diga antes que fui batoteiro.

— Ah! O senhor fazia trapaça no jogo?

— Fazia, é verdade.

— Já foi esbofeteado?

— Com efeito, sim. Por quê?

— Porque nesse caso poderia bater-se em duelo; isso sempre lhe daria sensações.

— Não tenho o que dizer-lhe; aliás, não sou forte em discussão filosófica. Confesso que, se vim para São Petersburgo, foi sobretudo por causa das mulheres.

— Logo após ter enterrado Marfa Petrovna?

Svidrigailov sorriu.

— Sim, logo depois, respondeu com uma franqueza desorientadora. E daí? O senhor está escandalizado como falo das mulheres?

— Pergunta-me se acho algum escândalo no deboche?

— Deboche! Então é isto que o senhor quer saber! Mas vou responder-lhe pela ordem. Primeiro, a respeito das mulheres em geral; o senhor sabe que gosto muito de falar. Diga-me, por que razão eu teria de refrear-me? Por que havia de renunciar às mulheres, se gosto delas? De qualquer modo, é uma ocupação.

— Então, nada aspira senão ao deboche?

— Vá lá! O senhor insiste no termo: deboche. Contudo eu gosto de uma pergunta direta. No deboche, pelo menos, existe algo permanente, algo que se fundamenta, por certo, na natureza. Nada de fantasioso; algo que existe no sangue e não pode ser destruído. O senhor concordará que é uma espécie de ocupação.

— Não há motivo para se comprazer, pois se trata de uma doença, de uma doença perigosa.

— Ora! Isto é o que o senhor pensa! Concordo em que seja uma doença, como tudo que passa dos limites da moderação. E, naturalmente, neste caso, há sempre um excesso. Mas, em primeiro lugar, todos agem assim, de um modo ou de outro; em segundo lugar, por certo que se deve ser moderado e prudente. Mas que posso fazer? Se assim não fosse, deveria suicidar-me. Estou pronto a admitir que um homem decente devia evitar aborrecer-se. Mesmo assim...

— E seria capaz de suicidar-se?

— Ora, ora! — retrucou Svidrigailov com certo enfado. — Por favor, não fale nisso, acrescentou às pressas, mudando completamente o tom que adotara anteriormente. Sua fisionomia se alterou. — Admito que seja uma fraqueza imperdoável — continuou Svidrigailov, mas nada posso fazer. Tenho medo da morte e me repugna dela falar. Sabe que eu sou, até certo ponto, um místico?

— Ah! As aparições de Marfa Petrovna. Elas continuam a visitá-lo?

— Oh! Não falemos delas. Marfa Petrovna não mais me apareceu aqui em São Petersburgo — gritou irritado... — É melhor falarmos... Hum!... Não tenho muito tempo agora para ficar com o senhor... É uma pena! Teria muita coisa para lhe contar...

— Com quem é o encontro? Com uma mulher?

— Sim, uma mulher, por acaso... Mas não é sobre isto que desejo falar.

— A indignidade e a depravação que o rodeiam o atingiram de tal modo que não tem mais forças para se deter?

— E o senhor acha que possui essa força? Ah!, ah! Surpreendeu-me agora, Ródion Raskólnikov, embora já soubesse antes que seria assim. Prega-me um sermão sobre o vício, o deboche e a estética! O senhor — um Schiller —, o senhor — um idealista! Tudo é como deveria ser e eu ficaria surpreso se assim não fosse. Apesar de ser estranho na realidade... Ah! Que pena não ter mais tempo. O senhor é um tipo dos mais interessantes! E a propósito... gosto muito de Schiller!... Aprecio-o muito.

— Que fanfarrão me saiu o senhor — disse Raskólnikov, com certo asco.

— Juro que não o sou — respondeu Svidrigailov rindo. — Contudo não discuto... Vá lá que seja um fanfarrão! Isto não fere ninguém. Passei sete anos no campo com Marfa Petrovna, de maneira que, ao encontrar uma pessoa inteligente como o senhor — inteligente e muito interessante —, fico encantado e dou de falar muito; além disso, bebi aquele meio copo de champanhe e estou um pouco bêbado. Ainda mais, há um certo fato que me causou tremenda impressão, mas sobre o qual... silenciarei. Para onde vai o senhor? — perguntou em pânico.

Raskólnikov começara a levantar-se. Sentia-se pouco à vontade e arrependia-se de ter ido ali. Svidrigailov parecia-lhe o patife mais depravado que podia haver na Terra.

— Eh! Fique um pouco mais; mandei vir chá. Vamos, sente-se. Quer que eu conte como uma mulher quis converter-me? Será até uma resposta à sua primeira pergunta, pois se trata de sua irmã. Posso contar? Sempre se mata o tempo...

— Seja! Espero que o senhor...

— Oh, não tenha receio! Aliás, mesmo a um homem tão vicioso como eu, Avdótia Romanovna só pode inspirar o mais profundo respeito.

Capítulo IV

— Talvez o senhor saiba... é verdade, eu mesmo lhe contei — começou Svidrigailov —, estive preso aqui por causa de uma grande quantia e não tinha esperança alguma de pagá-la. Não há necessidade de entrar em minúcias de como Marfa Petrovna me salvou; o senhor sabe até que ponto de loucura, às vezes, uma mulher pode amar? Ela era honesta e muito sensível, embora completamente ignorante. O senhor acreditaria que esta mulher honesta e ciumenta, depois de muitas cenas histéricas e insultos, concordasse em firmar uma espécie de contrato comigo, que ela respeitou durante toda a nossa vida matrimonial? Ela era muito mais velha do que eu e, além disso, trazia sempre na boca um desodorante perfumado, ou outra coisa qualquer. Havia tanta sujeira em minha alma e, ao mesmo tempo, tanta honestidade, que eu lhe disse sem rebuços: "Não posso absolutamente lhe ser fiel!" Esta confissão a pôs furiosa; mesmo assim, pareceu gostar de minha franqueza rude. Julgou que eu não estava querendo enganá-la, uma vez que a avisava de antemão, e, para uma mulher ciumenta, o senhor sabe, isto é prova de uma grande consideração. Depois de muito choro e muitas lágrimas, foi firmado um contrato verbal entre nós: em primeiro lugar, eu nunca abandonaria

Marfa Petrovna e seria sempre seu esposo; em segundo lugar, eu nunca me ausentaria sem sua permissão; em terceiro, eu nunca arranjaria uma amante permanente; em quarto, em troca disto tudo, Marfa Petrovna me daria inteira liberdade com as criadas, contanto que ela não soubesse; em quinto, ai de mim! se me apaixonasse por uma mulher de nossa classe social; em sexto, no caso em que eu — ai de mim — fosse vítima de uma séria paixão, estaria obrigado a revelar tudo a Marfa Petrovna. Neste último item, contudo, Marfa Petrovna estava perfeitamente à vontade; era uma mulher sensível e por isso não poderia deixar de me ver como um depravado e incapaz de um amor verdadeiro. No entanto, uma mulher sensível, e uma mulher ciumenta são duas coisas muito diferentes, e aí é que está o transtorno. Para se julgar alguém imparcialmente, devemos renunciar a algumas opiniões preconcebidas e à nossa atitude habitual para com as pessoas comuns que nos cercam. Tenho motivos para acreditar no julgamento do senhor mais no que de qualquer outra pessoa. O senhor talvez já tenha ouvido muita coisa ridícula e absurda a respeito de Marfa Petrovna. Claro que ela possuía uns modos muito ridículos, mas eu lhe digo francamente que lamento as inúmeras aflições que causei a ela. Bem, acho que isto basta à guisa de *oraizon funèbre* feita pelo mais terno dos esposos à mais terna das esposas. Quando nós discutíamos, geralmente eu calava a boca e nunca a irritava, e esta conduta cavalheiresca raramente deixava de surtir efeito, influenciava-a e por certo lhe era agradável. Em certas ocasiões, ela positivamente se orgulhava de mim. Mas a irmã do senhor ela não podia suportar, e apesar disso acabou arriscando-se a ter como governanta em sua casa esta encantadora criatura. Minha explicação é que Marfa Petrovna era uma mulher ardente e impressionável e simplesmente apaixonou--se — sim, exatamente isto, apaixonou-se — por sua irmã. Não é de admirar — olhe para Avdótia Romanovna! —, senti o perigo ao primeiro olhar. E que acha o senhor? Resolvi evitar olhá-la, mas a própria Avdótia Romanovna teve a primeira iniciativa, o senhor acredita? Acredita também que Marfa Petrovna ficou sinceramente aborrecida comigo, logo de saída, pelo meu silêncio constante sobre a sua irmã, pela minha fria acolhida a seus constantes louvores sobre Avdótia Romanovna? Não sei o que ela queria! Naturalmente Marfa Petrovna contou a Avdótia Romanovna tudo a meu respeito. Tinha o miserável costume de contar tintim por tintim a todo mundo os nossos segredos de família e de viver queixando-se de mim; como poderia deixar de confiar em tão deliciosa amiga nova? Espero que elas conversassem tão somente a meu respeito, e sem dúvida alguma Avdótia Romanovna soube de todos esses boatos misteriosos que eram espalhados a meu respeito... Aposto que o senhor também já ouviu algo a respeito.

— Ouvi. Lujine acusou-o de provocar a morte a uma criança. É verdade?

— Por favor, não fale dessas histórias vulgares — disse Svidrigailov com enfado e aborrecimento. — Se o senhor insiste em saber tudo que há sobre essa idiotice, eu lhe contarei, mas outro dia, agora não.

— Também me contaram a respeito de um criado que o senhor maltratou.

— Peço-lhe que mude de assunto — interrompeu Svidrigailov, com visível impaciência.

— Foi esse criado que, depois de morto, voltou para encher seu cachimbo?... O senhor mesmo me falou nisso.

Raskólnikov sentia-se cada vez mais irritado.

Svidrigailov olhou-o atentamente e Raskólnikov notou nesse olhar um laivo de sarcasmo. Mas Svidrigailov conteve-se e respondeu com bons modos:

— É verdade. Foi ele. Vejo que o senhor também está muitíssimo interessado e acho que é minha obrigação satisfazer sua curiosidade na primeira oportunidade. Diabos me levem! Vejo que devo passar realmente por uma figura romântica aos olhos de certas pessoas. Imagine como me sinto reconhecido a Marfa Petrovna por ter ela repetido a Avdótia Romanovna esse tão interessante e misterioso mexerico a meu respeito. Não posso pensar na impressão que isto deve ter causado a Avdótia Romanovna, porém foi bom para mim. Com toda a aversão natural de Avdótia Romanovna e a despeito de meu aspecto invariavelmente sujo e repulsivo — ela acabou tendo pena de mim, pena de uma alma perdida. Quando o coração de uma jovem sente compaixão, é mais perigoso do que qualquer outra coisa. Ela passa a querer "salvá-lo", chamá-lo à razão, e o levanta e encaminha a nobres objetivos, recuperando-o para a vida nobre e útil — sim, todos nós sabemos até que ponto esses sonhos podem ir... Vi, imediatamente, que o passarinho estava pronto para cair no alçapão; eu também estava pronto. Percebo, Ródion Românovitch, que está se enfurecendo; não há necessidade! Como o senhor sabe, tudo não passou de uma bolha de sabão. (Diabos me levem, como estou bebendo vinho!) Desde o começo lamentei que sua irmã não tenha tido o destino de nascer no século II ou III de nossa era, como filha de um príncipe reinante ou de algum governador ou procônsul na Ásia Menor; sem dúvida alguma seria uma daquelas que enfrentaram o martírio, teria sorrido quando lhe dilacerassem seus seios com tenazes em brasa, e por seus próprios pés teria enfrentado o martírio. E no século IV ou V, ter-se-ia refugiado nos desertos do Egito para lá ficar trinta anos, vivendo de raízes e êxtases. Ela tem loucura por sofrer por quem quer que seja, e não conseguindo é capaz de se atirar de uma janela. Ouvi falar alguma coisa a respeito de um certo sr. Razumíkhin — diz-se que é um sujeito sensato, aliás o seu sobrenome sugere isto[19] —, provavelmente é um anjo de estudante. É melhor que ele tome conta de sua irmã! Acho que a compreendo e disto me orgulho. Mas, logo que se trava

---

[19] *Rázum*, em russo, significa razão, sentido, sabedoria. Razumíkhin é uma pessoa de sensatez, daí a ideia sugerida pelo nome desta personagem.

conhecimento com alguém, como o senhor sabe, ninguém vê as coisas claramente. Veja só: por que razão sua irmã é tão bonita? A culpa não é minha. Na realidade, começou de minha parte um desejo físico, com o mais irresistível desejo físico. Avdótia Romanovna é terrivelmente casta, incrivelmente pura. Tome nota! Isto que estou dizendo de sua irmã é um fato. Ela é quase que doentiamente casta, a despeito de sua vasta inteligência, e assim continuará sempre. Acontece que havia uma moça em minha casa. Paracha, uma camponesa de olhos negros, que eu não havia visto antes. Acabava de chegar do campo. Bonita, mas horrivelmente estúpida: rompeu em prantos, berrou de tal maneira que podia ser ouvida por toda parte e causou escândalo.

"Um dia, depois do jantar, Avdótia Romanovna chamou-me de lado e, mirando-me com olhos faiscantes, *exigiu* de mim que deixasse em paz a pobre Paracha. Era, parece, a primeira vez que conversávamos frente a frente. Naturalmente, apressei-me em obedecer a seus desejos, fingi-me comovido, perturbado; em suma, fiz meu papel com consciência. A partir desse momento, tivemos frequentes conversas reservadas, durante as quais ela me pregava moral e me pedia, com lágrimas nos olhos, que mudasse de vida. Sim, com lágrimas nos olhos! Eis até onde chega, em certas moças, a mania da propaganda! Já se vê, eu imputava todos os meus desacertos ao destino, e finalmente empreguei um meio que nunca falha no coração das mulheres: a lisonja. Nada no mundo é mais duro de falar que a verdade e nada mais cômodo que a lisonja. Se há um centésimo de falsidade na verdade, isto acarretará discórdia e confusão; porém, se tudo é falso na lisonja, esta é agradável e ouvida com satisfação, que, pode ser baixa, mas não deixa de ser uma satisfação. Não obstante seja vil a lisonja, pelo menos sua metade parecerá certamente verdade. Assim é em todas as classes sociais — uma virgem vestal pode perfeitamente ser seduzida pela lisonja. Não posso deixar de rir quando me lembro como certa vez seduzi uma senhora que era dedicada a seu esposo, a seus filhos e a seus princípios. Foi muito divertido e fácil! A senhora realmente tinha princípios — princípios a seu modo, contudo. Toda a minha tática consiste, simplesmente, no fato de aniquilar-me e me prostrar genuflexo diante da pureza da mulher. Lisonjeio-a desavergonhadamente e, logo que consigo um aperto de mão e um olhar seu, reprovo-me por ter obtido isto à força e declaro que ela resistiu, mostrando que só obtenho algo por ser tão sem princípios; asseguro-lhe ser tão, tão inocente, que não poderia prever a minha traição e se rendeu inconscientemente. De fato, fui vitorioso enquanto a tal senhora ficou firmemente convencida de que era inocente, casta e fiel a seus deveres e obrigações, que sucumbira tão somente por acidente. E como ficou furiosa comigo, quando afinal lhe expliquei ser minha convicção sincera que ela era tão voluptuosa quanto eu! A pobre Marfa Petrovna era demasiado sensível à lisonja e se eu tivesse desejado teria posto todas as suas propriedades em meu nome quando ainda vivia. (Já estou bebendo muito vinho e dando demais com a língua nos dentes.) Espero que o senhor não se zangue, se eu acrescentar que a própria Avdótia Romanovna não foi a princípio insensível à lisonja, com que lhe enchi os ouvidos. Infelizmente, a minha impaciência e estupidez estragaram tudo. Eu devia moderar o brilho dos olhos quando falava com sua irmã, isso inquietou-a e acabou por se lhe tornar odioso. Sem entrar em detalhes, bastará dizer-lhe que rompemos e depois fiz novas tolices.

"Expandi-me em sarcasmos indignos. Paracha tornou a entrar em cena e foi seguida de muitas outras; numa palavra, comecei a levar uma vida irregularíssima. Oh! Visse então os olhos de sua irmã! Ródion Românovitch, saberia que faíscas eles podem lançar às vezes! Não pense que é porque estou bêbado e acabei de emborcar um copo inteiro de champanhe. Estou falando a verdade. Asseguro-lhe que os olhares dela me perseguiam até dormindo, tinha chegado a nem poder suportar o fru-fru do seu vestido. Cheguei a crer que ia ter ataques. Nunca supusera que pudesse apoderar-se de mim tal loucura. Era absolutamente preciso que eu me reconciliasse com Avdótia Romanovna e isso era impossível! Imagine o que eu faria então! A que grau de estupidez pode levar o ódio de um homem! Nunca empreenda coisa alguma nesse estado! Lembrando-me que Avdótia Romanovna era, afinal, uma pobre (oh, perdão! Eu não queria dizer isto... mas a palavra não importa), enfim, que ela vivia do seu emprego, que tinha a seu cargo a mãe e o senhor (oh! Diabo, lá torna o senhor a franzir a testa...), decidi-me a oferecer-lhe minha fortuna (podia então reunir trinta mil rublos) e a propor-lhe que fugisse comigo, para aqui, para São Petersburgo.

"Já se vê, assim que aqui estivéssemos, eu ter-lhe-ia jurado amor eterno etc. Quer acreditar? Andava tão maluco por ela nesse tempo que se ela me dissesse 'Apunhala, ou envenena Marfa Petrovna e casa comigo' tê-lo-ia feito imediatamente! Mas tudo isso acabou o desastre que o senhor conhece, e pode imaginar como fiquei irritado quando soube que minha mulher tinha negociado o casamento de Avdótia com esse miserável trapaceiro do Lujine, porque, enfim, que diabo!, tanto valia sua irmã aceitar o meu oferecimento como casar com tal homem. Não é verdade? Vejo que me ouviu com a maior atenção..."

Svidrigailov deu um murro na mesa com impaciência. Estava muito corado, e, apesar de ter bebido só dois copos de champanhe, a embriaguez começava a manifestar-se. Raskólnikov percebeu isso e resolveu aproveitar-se desse fato para descobrir as intenções do que ele considerava o mais perigoso inimigo.

— Depois de tudo isso, já não duvido de que o senhor vem aqui por causa de minha irmã — declarou tanto mais confiadamente quanto queria irritar Svidrigailov.

Este tentou logo destruir o efeito produzido pelas suas palavras.

— Ora, adeus!... Eu já lhe disse... aliás, sua irmã não pode suportar-me.

— É a minha opinião, estou certo de que ela não pode suportá-lo, mas não se trata disso.

— Está bem certo de que ela não pode? — replicou Svidrigailov sorrindo com ar de zombaria. — O senhor tem razão; ela não me ama; mas nunca afirme sobre o que se passa entre marido e mulher, ou entre um homem e sua amante. Há sempre um recanto que fica escondido de todos e só é conhecido pelos interessados. Ousa o senhor afirmar que Avdótia Romanovna me olhava com aversão?

— Certas palavras da sua narração provam-me que o senhor tem ainda neste momento desígnios infames com relação a Dúnia e que tenciona pô-los em execução.

— Como! Eu deixei escapar essas palavras? — disse Svidrigailov, inquieto; aliás, não se escandalizou de maneira nenhuma pelo modo com que eram qualificados os seus desígnios.

— Mas agora mesmo o senhor está manifestando os seus pensamentos secretos. Por que tem medo? De onde vem esse receio súbito neste momento?

— Receio? Receio do senhor? Mas que história é essa? O senhor, meu caro, é que deve temer-me, assim... Aliás estou bêbado, bem vejo, por pouco não dizia mais outra tolice. Diabos levem o champanhe!

— Eh, rapaz! Água!

Atirou a garrafa pela janela. Filipe trouxe água.

— Tudo isso é tolice — disse Svidrigailov, molhando uma toalha que passou logo pelo rosto —, e eu posso, com uma palavra, reduzir a nada todas as suas desconfianças. Sabe que vou casar?

— Já me disse.

— Já lhe disse? Tinha-me esquecido. Mas quando lhe falei do meu casamento, não podia ainda falar-lhe senão de uma forma duvidosa, porque então não havia nada decidido. Agora, é um caso concluído, e, se eu estivesse livre agora, conduzi-lo-ia à casa da minha futura; desejava muito saber se aprovaria minha escolha. Oh! Diabo, não tenho senão dez minutos. Mas vou contar-lhe a história do meu casamento, é bem curiosa... Então, ainda quer ir-se embora?

— Não, agora não o deixo; não o largo...

— Não me larga? Havemos de ver isso! Sem dúvida, hei de mostrar-lhe minha noiva, mas não agora, porque nos separaremos daqui a pouco. O senhor vai para a direita e eu para a esquerda. Ouviu talvez falar da sra. Resslich, em casa de quem moro atualmente? Sei que o senhor está pensando ser ela a mulher cuja filha se afogou no inverno. Vamos, o senhor está prestando atenção! Foi ela quem me arranjou tudo. "Tu te aborreces", dizia-me ela, "o casamento será para ti uma distração momentânea". Efetivamente sou um triste, um sensaborão. Julga que sou alegre? Engana-se; tenho um gênio muito esquisito; não faço mal a ninguém, mas tenho ocasiões de estar três dias a fio num canto, sem dizer nada. Ademais, essa boa amiga pensa como você; calcula que me enfastiarei depressa de minha mulher e a deixarei, e ela então lança-la-á na circulação. O pai está doente há três anos, com as pernas tolhidas, enterrado numa poltrona; a mãe é uma senhora inteligente; o filho está na província e não se importa com os pais: a filha mais velha não dá notícias. Têm a sustentar dois sobrinhos pequenos; a filha mais nova saiu do colégio antes de acabar os estudos; faz 16 anos no próximo mês; é dela que se trata: é a minha noiva.

"Munido desses dados, apresentei-me à família como um proprietário, viúvo, de boa família, com fortuna. Os meus cinquenta anos não suscitaram a mais leve objeção.

"Era preciso ver-me falando com o pai e a mãe! Era cômico!... Chega a pequena, de vestido curto, e cumprimenta-me corada como uma papoula. Sem dúvida, ensinaram-lhe a lição. Não conheço seu gosto em questão de mulheres, mas para mim aqueles 16 anos, aqueles olhos ainda infantis, aquela timidez, aquelas lagrimazinhas pudicas, tudo isso tinha mais encanto que a beleza; aliás, a pequena é muito bonita com seus cabelos claros, anelados, os lábios rubros e os seiozinhos apontando... Em suma, travamos conhecimento, disse-lhe que negócios de família me obrigavam a apressar o casamento, e no dia seguinte, isto é, anteontem, ficamos noivos. Desde então, quando vou vê-la, tenho-a sentada nos joelhos durante todo o tempo, beijo-a constantemente. Ela cora, mas consente. A mamãe sem dúvida lhe deu a entender que a um futuro marido pode permitir-se aquelas intimidades. Assim compreendidos, os direitos do noivo não são menos agradáveis que os do marido. Pode dizer-se que é a verdade e a natureza que falam naquela criança! Conversei duas vezes com ela; não é nada tola e tem um modo de olhar para mim que incendeia todo o meu ser. A sua fisionomia parece-me um pouco com a da Madona Sixtina. O senhor já notou a expressão fantástica que Rafael deu a essa cabeça de virgem? No dia seguinte ao do contrato, levei à minha futura uns 1.500 rublos de presentes: diamantes, pérolas, um serviço de *toilette* de prata. A carinha de Madona estava radiante. Ontem não me constrangi ao sentá-la nos joelhos — ela corou e vi-lhe nos olhos uma lágrima que tentou esconder. Deixaram-nos a sós; ela então lançou-me os braços ao pescoço e, beijando-me, jurou que seria para mim uma esposa obediente e fiel, que me faria feliz e que em troca só me pedia a *minha* estima, nada mais. 'Não tenho necessidade de presentes!, disse ela. Ouvir um anjo de 16 anos, com as faces coradas pelo pudor virginal, fazer à gente tal declaração com lágrimas nos olhos, há de concordar que é delicioso, hein?... Bem, ouça... hei de levá-lo à casa da minha noiva... mas agora não pode ser!"

— Numa palavra, essa terrível diferença de idade excita a sua sensualidade! É possível que o senhor pense seriamente em tal casamento?

— Sem perder tempo. Cada um pensa em si próprio e mais alegremente vive aquele que sabe enganar a si mesmo! Ah!, ah!... Por que o senhor é tão apegado à virtude? Tenha compaixão de mim, eu sou um pobre pecador. Ah!, ah!

— Mas o senhor protegeu as filhas de Catarina Ivanovna... embora tenha tido as suas razões... Compreendo tudo agora.

— Adoro as crianças — riu Svidrigailov. — Posso contar um curioso episódio a respeito: No primeiro dia em que cheguei, visitei vários bordéis; depois de sete anos, literalmente eu corri para eles. O senhor provavelmente sabe que não me apresso em renovar laços com os velhos amigos, passo sem eles o maior tempo que posso. Quando estava no campo com Marfa Petrovna, era assediado com a lembrança desses lugares secretos, nos quais, quem os conhece, pode achar muita coisa. Diabos me levem! A ralé se embriaga; os jovens educados, em férias, se consomem em sonhos e visões impossíveis e ficam atados às teorias; os judeus amontoam dinheiro; e os demais se entregam à orgia. Desde os primeiros passos comecei a sentir no ar os cheiros familiares da cidade; aconteceu que eu estava em horrível espelunca — gosto das minhas espeluncas sujas —, era um salão de dança, como o chamam, e havia um cancã como nunca vira em minha vida. Sim, aquilo era um progresso. De repente, vi uma garota de 13 anos, encantadoramente vestida, dançando com um virtuose e com um outro à sua frente; sua mãe sentava-se em uma cadeira encostada à parede. O senhor não pode imaginar que espécie de cancã era aquele! A garota ficou envergonhadíssima, julgou-se insultada e começou a chorar. Seu par segurou-a, rodopiou com ela e dançou na sua frente. Todo mundo caiu na gargalhada — eu gosto de plateia, mesmo quando se trata de plateia de cancã —, todos riam e gritavam: "É isso que acontece! Para que trazem uma criança?" Eu nada tinha com aquilo. Imediatamente tracei meu plano e fui sentar-me ao lado da mãe. Comecei dizendo que era recém-chegado e que aquela gente mal-educada não podia distinguir pessoas decentes e tratá-las com respeito. Dei a entender possuir muito dinheiro e ofereci-me para levá-la a casa em minha carruagem. Levei-as e travamos relações. Moravam em uma miserável espelunca e tinham acabado de chegar do interior. Ela me disse que ambas só poderiam considerar minha amizade como uma honra. Descobri que nada tinham, absolutamente nada. Vieram à cidade para tratar de assunto com a justiça. Prometi meus préstimos e dinheiro. Soube que foram àquele salão de dança por engano, julgando tratar-se de coisa melhor. Ofereci custear a educação da garota em francês e dança. Meu oferecimento foi aceito com entusiasmo e como uma honra. E até agora somos íntimos... Caso o senhor queira, iremos vê-las, mas agora não.

— Chega! Chega dessas histórias nojentas, sujeito sensual, depravado!

— Schiller! O senhor é um perfeito Schiller! *Où va-t-elle la vertu se nicher?*[20] O senhor sabe que conto propositadamente essas coisas só pelo prazer de ouvir seus protestos.

— Compreendo que faço um papel ridículo — resmungou Raskólnikov furioso.

Svidrigailov riu-se à vontade. Chamou Filipe, pagou a conta e começou a levantar-se.

— Posso dizer que estou bêbado; *assez, causé* — disse ele —, foi um prazer!

— Sem dúvida que é um prazer para um consumado sem-vergonha descrever tais aventuras, tendo em mente um monstruoso projeto da mesma espécie — notadamente sob estas circunstâncias e em relação a um homem como eu... É um gozo!

— Se o senhor chega a essa conclusão — respondeu Svidrigailov, fixando Raskólnikov meio surpreso. — Se o senhor chega a essa conclusão é por ser um completo cínico. Pelo menos tem um grande material nas mãos... e pode fazer bom uso dele. Mas basta! Lamento sinceramente não poder conversar mais tempo, mas havemos de tornar a ver-nos... O senhor há de ter paciência...

Saiu do *traktir*. Raskólnikov seguiu-o. A embriaguez de Svidrigailov dissipava-se; franzia os sobrolhos e parecia muito preocupado,

---

[20] Onde a virtude vai aninhar-se?

como um homem que vai fazer um negócio extremamente importante. Já há alguns minutos certa impaciência era traída em suas maneiras, ao mesmo tempo que sua linguagem para Raskólnikov era cáustica e agressiva. Tudo isso parecia justificar cada vez mais as apreensões de Raskólnikov, que resolveu seguir a inquietadora personagem. Estavam no passeio.

— Agora separemo-nos: o senhor vai para a direita e eu para a esquerda, ou vice-versa. Meu amigo, até a vista!

E seguiu na direção do Mercado do Feno.

Capítulo V

Raskólnikov seguiu-o.

— Que significa isto?! — exclamou Svidrigailov voltando-se. — Eu julgava ter-lhe dito...

— Isto significa que estou resolvido a acompanhá-lo.

— O quê?

Ambos pararam e durante um momento mediram-se com os olhos.

— Na sua semiembriaguez o senhor disse-me o bastante para me convencer de que longe de renunciar aos seus odiosos projetos contra minha irmã, mais do que nunca se preocupa com ela. Sei que ela recebeu esta manhã uma carta. O senhor não perdeu tempo desde que chegou a São Petersburgo. Que no curso das suas idas e vindas o senhor tenha desencavado uma mulher é possível; mas isso nada significa. Desejo assegurar-me pessoalmente...

Raskólnikov dificilmente poderia explicar-se sobre o que desejava e queria esclarecer.

— Por minha fé! Quer que eu chame a polícia?

— Chame!

Pararam de novo em frente um do outro. Por fim o rosto de Svidrigailov mudou de expressão. Vendo que a ameaça não intimidava Raskólnikov, prosseguiu subitamente em tom mais alegre.

— Que maganão o senhor é! Eu não falei do seu caso muito de propósito, apesar da grande curiosidade que ele me despertou. Queria deixar isso para depois; mas realmente o senhor faz um defunto perder a paciência. Bem, venha comigo; simplesmente advirto-o de que entrarei em casa só para ir buscar dinheiro; em seguida sairei, meter-me-ei num carro e irei passar toda a noite nas ilhas. Que necessidade tem de me seguir?

— Tenho que fazer na casa em que mora, mas não é ao seu domicílio que vou, é ao de Sófia Semenovna; vou pedir-lhe desculpa por não ter ido ao enterro da madrasta.

— Como quiser; mas Sônia está ausente. Foi levar as crianças à casa de uma senhora do meu conhecimento, que está à frente de um asilo de órfãos. Dei um grande prazer a esta senhora entregando-lhe o dinheiro para os pequenos de Catarina Ivanovna e mais um donativo para o estabelecimento que dirige; enfim, contei-lhe a história de Sônia Semenovna, sem omitir nenhuma minúcia. A narração produziu um efeito indescritível. Eis por que Sônia Semenovna foi convidada a ir hoje ao palacete***, onde a *barínia* em questão mora provisoriamente desde que veio do campo.

— Não importa, irei à casa dela.

— À vontade: simplesmente eu é que não o acompanho. Para quê? Mas diga-me, estou convencido de que desconfia de mim. É porque tive a delicadeza de não lhe fazer até agora perguntas escabrosas. Adivinha ao que aludo? Ia apostar que a minha discrição lhe pareceu extraordinária! Ora, vá lá a gente ser gentil para ser recompensado assim!

— O senhor acha delicado escutar às portas?

— Ah, ah! Já me surpreendia que não me fizesse essa observação! — respondeu rindo Svidrigailov. — Se supõe que não é permitido escutar às portas, mas que se pode matar à vontade, e como os juízes podem não ser dessa opinião, não faria mal em safar-se para a América o mais depressa possível! Parta depressa, rapaz. Talvez ainda haja tempo. Falo-lhe com sinceridade. É dinheiro que lhe falta? Dar-lhe-ei o que precisar para a viagem.

— Tenho mais em que pensar — disse Raskólnikov com tédio.

— Compreendo: pensa em saber se procedeu segundo a moral, como é digno de um homem. Mas devia ter pensado nisso antes; agora já vem fora de tempo. Eh!, eh! Se julga ter cometido um crime, dê um tiro nos miolos. É o que vai fazer?

— Parece que o senhor quer irritar-me para se ver livre de mim...

— Como o senhor é desconfiado! Mas chegamos, tenha o incômodo de subir. Aqui tem o quarto de Sônia. Não há ninguém! Não acredita? Pergunte aos Kapernáumof, com quem ela deixa a chave. Eis justamente a sra. Kapernáumof. Então? O quê? (Ela é um pouco surda). Sônia Semenovna saiu? Aonde foi?... Agora está convencido? Não está e provavelmente virá muito tarde da noite. *Vamos* agora ao meu aposento.

"O senhor não tinha a ideia de me fazer uma visita? Eis-nos no meu quarto. A sra. Resslich saiu. Aquela mulher tem sempre mil negócios, mas é uma excelente pessoa, asseguro-lhe; talvez lhe fosse útil se o senhor fosse mais razoável. Ora veja, tiro da minha secretária um título de 5% (veja quantos me ficam ainda!); este vai hoje ser vendido. Viu? Como não tenho aqui mais nada a fazer, fecho a secretária, fecho o quarto e estamos outra vez na escada. Se quiser, vamos chamar um carro. Eu vou para as ilhas. Não lhe agradaria um passeio em *calèche*? O senhor percebe; ordeno ao cocheiro que me conduza à ponte de Elaguina... Recusa? Já está satisfeito? Ora, deixe-se tentar! A chuva nos ameaça, mas o carro tem capota..."

Svidrigailov estava já no carro. Raskólnikov, sem responder uma palavra, deu meia-volta e foi para o Mercado do Feno.

Se se tivesse voltado, veria que Svidrigailov se apeava e pagava ao cocheiro. Mas o jovem caminhava sem olhar para trás. Daí a pouco virou a esquina e nada mais viu. Intenso desgosto afastava-o de Svidrigailov.

"E pensar que, por um instante, pudesse receber ajuda desse bruto selvagem, depravado sensual, viciado indecoroso", pensou ele.

Raskólnikov expressava seu julgamento superficial e rápido: havia algo em Svidrigailov que lhe dava uma certa originalidade e um caráter misterioso. Quanto à sua irmã, estava convencido de que Svidrigailov não a deixaria em paz, mas era demasiado cansativo e insuportável pensar e repensar nisso.

Antes de vinte passos dados, como sempre, quando sozinho, não tardou a cair em devaneio. Chegando à ponte, parou junto à balaustrada e fixou os olhos no canal. De pé, a pequena distância, Avdótia Romanovna observava-o.

Ao subir a ponte, passara junto à irmã, mas não a viu. Quando o avistou, Dunetchka experimentou um sentimento de surpresa e inquietação. Ficou um momento hesitando se iria ter com ele. De repente avistou do lado do Mercado do Feno Svidrigailov, que se dirigia rapidamente para ela.

Mas aproximava-se cautelosamente. Não subiu a ponte e parou no passeio, esforçando-se por escapar aos olhos de Raskólnikov. Tinha visto Dúnia e já há tempo lhe fazia sinais. A jovem pareceu perceber que ele a chamava e pedia que não atraísse a atenção do irmão.

Obedecendo a este convite mudo, Dúnia afastou-se do irmão e aproximou-se de Svidrigailov.

— Vamos mais depressa — disse-lhe este baixo. — Tenho empenho em que Ródion Românovitch ignore nossa conversa. Aviso-a de que ele foi procurar-me ainda agora em um *traktir* aqui perto, e que me custou desembaraçar-me dele. Ele sabe que lhe escrevi uma carta e desconfia. Decerto não foi a senhora quem falou nisso, mas quem foi?

— Já viramos a esquina — interrompeu Dúnia subitamente —, meu irmão não pode ver-nos. Declaro-lhe que não vou mais longe. Diga-me o que tem a dizer.

— Em primeiro lugar, não é na rua que se podem fazer tais confidências; depois, a senhora deve ouvir Sônia Semenovna; em terceiro lugar, preciso mostrar-lhe certos documentos... Enfim, se não quiser ir à minha casa, recuso-me a dar o menor esclarecimento e retiro-me. Aliás, peço-lhe que não se esqueça de que tenho nas minhas mãos um segredo muito curioso que interessa ao seu querido irmão.

Dúnia parou indecisa e fixou o olhar em Svidrigailov.

— O que receia? — observou este tranquilamente —, a cidade não é o campo. E, ainda no campo, a senhora fez maior mal a mim do que a si própria...

— Sônia Semenovna está avisada?

— Não; não lhe disse nada, mas estou convencido de que ela está agora em casa... Deve estar. Foi hoje o enterro da madrasta: não é dia para fazer visitas. Por ora, não quero falar disto a ninguém e lamento mesmo, até certo ponto, ter-me aberto com a senhora. Em tais casos, a palavra mais insignificante dita sem discrição equivale a uma denúncia. Eu moro aqui, nesta casa. Aqui está o nosso *dvornik*; conhece-me bastante, cumprimenta-me, como vê. Ele vê que venho com uma senhora e decerto reparou no seu rosto. Isto deve serená-la, se desconfia de mim. Peço perdão de lhe falar assim... Estou aqui numa casa de apartamentos. O meu quarto e o de Sônia são apenas separados por um tabique. Todo o andar é ocupado por diferentes inquilinos. Por que tem medo como uma criança? Que tenho eu de terrível?

Svidrigailov tentou um sorriso, mas o rosto recusou obedecer-lhe. O coração batia-lhe com força e sentia o peito oprimido. Afetava elevar a voz para esconder a agitação que sentia. Precaução supérflua, aliás, porque Dunetchka não lhe notava nada de particular: as últimas palavras tinham irritado muito a orgulhosa moça para que ela pensasse em outra coisa que não fosse o seu amor-próprio ferido.

— Embora saiba que o senhor é uma criatura... sem honra, não tenho medo. Leve-me — disse ela em tom sereno, desmentido pela extrema palidez.

Svidrigailov parou em frente ao quarto de Sônia.

— Permita-me que veja se ela está em casa. Não, não está. Um contratempo inesperado! Mas sei que voltará dentro de pouco tempo. Não pode ter-se ausentado senão para ir ver uma senhora que se interessa pelos órfãos. Eu tratei desse caso. Se Sônia não chegar dentro de dez minutos e se quiser absolutamente falar-lhe, mandá-la-ei hoje mesmo à sua casa. Aqui estão os meus aposentos; compõem-se destas duas divisões. No quarto para onde dá esta porta, mora a minha hospedeira, a sra. Resslich. Agora, olhe para aqui; esta porta dá para um aposento de duas divisões, que está vazio. Veja... é preciso que tome conhecimento exato do local...

Ele ocupava dois quartos mobiliados, bem espaçosos. Dunetchka olhava em volta desconfiada, mas não descobriu nada suspeito. Todavia poderia notar, por exemplo, que Svidrigailov morava entre dois aposentos vazios. Para chegar aos seus quartos, era preciso atravessar duas divisões vazias que faziam parte do domicílio da hospedeira. Abrindo a porta, que do seu quarto dava para o aposento não alugado, mostrou também este a Dunetchka. Ela parou à porta, não compreendendo por que a convidava a olhar, mas a explicação foi-lhe logo dada.

— Veja este grande quarto, o segundo. Veja esta porta fechada a chave. Ao lado está uma cadeira, a única que há nas duas divisões. Fui eu que a trouxe para cá a fim de ouvir em condições mais cômodas. A mesa de Sônia está colocada justamente atrás desta porta. Ela estava ali e conversava com Ródion Romãnovitch enquanto eu, sentado, ouvia atentamente. Estive aqui duas noites seguidas, e duas horas cada vez. Pude, portanto, ouvir alguma coisa; não lhe parece?

— O senhor escutava à porta?

— Escutava. Agora voltemos ao meu quarto; aqui nem podemos sentar-nos.

Levou Avdótia Romanovna para a sala e ofereceu-lhe uma cadeira, junto à mesa, sentando-se também a distância respeitosa; mas seus olhos brilhavam, com o mesmo fogo que de outra vez tanto tinha atemorizado Dunetchka. A jovem tremeu, apesar da serenidade que afetava, e novamente olhou desconfiada em volta. O isolamento dos aposentos de Svidrigailov acabou por atrair-lhe a atenção.

— Aqui está a sua carta — começou ela deixando-a na mesa. — Será possível o que me diz? O senhor dá a entender que meu irmão cometeu um crime. As suas insinuações são claras; não tente, pois recorrer a subterfúgios. Antes das suas revelações já eu ouvira falar desse caso absurdo, no qual não acredito. O odioso não cede neste caso senão ao ridículo. Essas suspeitas me são conhecidas e também sei o que as fez nascer. O senhor não pode ter prova alguma. Uma vez, porém, que prometeu provar, prove! Mas previno-o de que não lhe dou crédito.

Dunetchka pronunciou estas palavras com extrema rapidez e, durante um instante, a emoção fez-lhe subir a cor às faces.

— Se não me acreditasse, viria à minha casa? Então por que veio? Por curiosidade?

— Não me mortifique; fale!

— É preciso concordar que é uma jovem corajosa! Eu julgava que pediria ao sr. Razumíkhin que a acompanhasse. Mas pude convencer-me de que, se ele não veio com a senhora, também não a seguiu. É uma jovem audaz! Foi sem dúvida uma atenção da sua parte para com Ródion Românovitch. Ademais, tudo é divino na senhora... Quanto a seu irmão, que hei de lhe dizer? Ainda o vi há pouco. Como lhe pareceu?

— Não é certamente sobre isso que o senhor baseia a sua acusação!

— Não, não é sobre isso, mas sobre as próprias palavras dele. Ele veio por duas vezes passar a noite em casa de Sônia. Indiquei-lhe há pouco onde eles se sentavam. Seu irmão fez a ela uma confissão completa. É um assassino. Matou uma velha usurária em casa de quem tinha objetos empenhados. Pouco depois, uma irmã da vítima, chamada Isabel, entrou por acaso e ele matou-a também. Serviu-se para matar as duas mulheres de um machado. Sua intenção era roubar e roubou; dinheiro e outros objetos... Só ela conhece esse segredo, mas não tomou parte no assassínio. Longe disso, ao ouvir a narração ficou tão aterrada como a senhora está neste momento. Fique tranquila; não será ela quem irá denunciar seu irmão.

— É impossível — balbuciaram os lábios lívidos da moça arquejando —, é impossível! Ele não cometeu esse crime... É mentira!

— O roubo foi o motivo. Raskólnikov roubou dinheiro e joias. É verdade que, segundo ele próprio diz, não se aproveitou disso, e foi escondê-los debaixo de uma pedra, onde estão ainda.

— É crível que ele tenha roubado? Pois pode sequer isso ter-lhe passado pela ideia?! — exclamou Dúnia, levantando-se. — O senhor conhece-o, tem-no visto. Parece-lhe que seja um ladrão?

Parecia estar implorando a Svidrigailov, esquecera totalmente seu terror.

— Existem milhares e milhões de combinações e possibilidades, Avdótia Romanovna. Um ladrão rouba e sabe que é um ladrão; no entanto, soube de um gentil-homem que roubou a mala do correio. Quem sabe? Seu irmão julgava praticar um ato louvável. Eu próprio recusaria acreditar se tivesse sabido de outro modo, mas tenho que confiar no que ouço... Ele explicou todos os pormenores do ocorrido a Sófia Semenovna, ela, porém, não acreditou no que ouvia. Por fim, teve de confiar no que seus olhos viam.

— Quais foram as causas?

— É uma longa história, Avdótia Romanovna! Ei-la... Como lhe contar? Uma teoria específica, a mesma pela qual eu considere ser permitido um único caso anormal, desde que o alvo principal seja justo; um delito solitário entre centenas de boas ações! Na realidade, mortifica um jovem bem-dotado e de orgulho altivo saber que se tivesse, por exemplo, uns vis três mil rublos toda sua carreira, todo seu futuro, formar-se-ia de modo diferente, e inteirar-se de que não os possui. Junte ainda a irritação nervosa, provinda da fome, o morar em um buraco, os andrajos, o vívido senso de sua posição social e a de sua mãe e da irmã. Acima de tudo, vaidade, orgulho, embora, só Deus sabe, tendo boas qualidades... Não estou condenando-o. Por favor, não pense isto, mesmo porque não é de minha alçada. Uma pequenina teoria específica também interveio — uma teoria específica —, a que divide a humanidade, como sabe, em massa bruta e pessoas superiores, isto é, em pessoas não atingidas pela lei, dada a superioridade, pessoas que fazem leis para a massa. Teoricamente é ótima, *une théorie comme une autre*. Napoleão o impressionou muito, foi o que o moveu — muitas pessoas de gênio não hesitaram em praticar o mal, espezinharam a lei, sem se incomodarem. Parece ter-se imaginado um gênio, convenceu-se disto por algum tempo. Sofreu muito, e ainda sofre, devido à ideia de poder estabelecer uma teoria, mas ter sido capaz de sobrepujar a lei corajosamente e com isto ter o seu gênio falhado, isto é humilhante para um jovem, com qualquer grau de orgulho, sobretudo em nossos dias...

— E o remorso? Nega-lhe qualquer senso moral? Ele é assim?

— Ah! Avdótia Romanovna! Tudo está confuso. Não que, em alguma época, estivesse claro. Os russos, em geral, são grandes em suas ideias, Avdótia Romanovna. Grandes como o seu país e por demais inclinados ao fantástico, ao caótico. Mas é uma desgraça ser grande, ser amplo, sem gênio adequado. Lembra-se de quanta discussão gerou-se sobre este assunto? Quando sentávamos, após o jantar, no terraço, ao anoitecer? Porque costumava repreender-me com suas ideias arejadas! Quem sabe, talvez estivesse ele aqui, deitado, engendrando seu plano, enquanto conversávamos lá? Não existem tradições sagradas entre nós, especialmente na classe elevada, Avdótia Romanovna. No máximo, alguém as moldará para si próprio, quando as retirar dos velhos livros ou de alguma crônica. Os que delas se utilizam, em sua maior parte, são os estudantes e os velhos caturras, e isto é falta de linha no homem de boa sociedade. Julgo que conhece minhas opiniões. Nunca condenei alguém, nada faço, persevero nisto. Mas já falamos disto mais de uma vez. Seria felicíssimo se pudesse interessá-la em minhas opiniões... Está muito pálida, Avdótia Romanovna!

— Conheço a teoria dele. Li o artigo sobre os homens a quem tudo é permitido. Razumíkhin trouxe-me a revista.

— Senhor Razumíkhin? O artigo do seu irmão? Em uma revista? Existe tal artigo? Não sabia, deve ser interessante. Mas aonde vai, Avdótia Romanovna?

— Quero ver Sônia — respondeu com voz fraca. — Por onde se vai ao quarto dela? Talvez já tenha chegado; quero vê-la. É preciso que ela... — Não pôde acabar, estava sufocada.

— Provavelmente Sônia não estará de volta antes da noite. Se ainda não voltou é porque demorará.

— Ah! Já vejo que mentiste; não disseste senão mentiras!... Não acredito em ti!... — bradou num transporte de cólera.

Quase desfalecida, caiu numa cadeira que Svidrigailov ofereceu-lhe.

— Que tem, Avdótia Romanovna? Controle-se! Beba um pouco de água; aqui tem! — Borrifou-lhe o rosto. A jovem estremeceu e voltou a si.

"Produziu efeito", murmurou consigo mesmo Svidrigailov, franzindo o cenho.

— Avdótia Romanovna, sossegue, Ródion tem amigos! Nós salvá-lo-emos. Quer que eu o leve para o estrangeiro? Tenho dinheiro: daqui a três dias terei liquidado todos os meus negócios. Esteja tranquila. Seu irmão pode vir a ser ainda um grande homem. Então, que tem? Como se sente?

— Indigno! Zombas da desgraça! Deixa-me...

— Mas aonde quer ir?

— Procurá-lo. Onde está ele? Por que fechaste esta porta? Foi por ela que entramos e agora está fechada a chave. Para que a fechaste?

— Não era necessário que se ouvisse o que dizíamos. No estado em que está, para que ir procurar seu irmão? Quer perdê-lo? O seu procedimento vai enfurecê-lo, e ele próprio irá entregar-se. Ademais, não o perdem de vista e a menor imprudência pode ser-lhe funesta. Espere um momento; eu vi-o e falei-lhe ainda há pouco; pode ainda salvar-se. Sente-se; vamos ver o que se deve fazer. Foi para tratarmos disto que a convidei a vir à minha casa. Mas sente-se!

— Podes salvá-lo? Realmente ele pode salvar-se?

Dúnia sentou-se.

Svidrigailov postou-se a seu lado.

— Tudo depende da senhora, só da senhora — começou em voz baixa. Os olhos brilhavam-lhe e sua agitação era tal que mal podia falar.

Dúnia, assustada, recuou a cadeira.

— Só uma palavra sua e seu irmão está salvo — continuou ele, trêmulo. — Eu... salvá-lo-ei. Tenho dinheiro e amigos. Fá-lo-ei partir para o estrangeiro, arranjar-lhe-ei passaporte. Conseguirei dois: um para ele e outro para mim. Tenho amigos com que posso contar... Quer? Arranjarei também um passaporte para a senhora... para sua mãe... Que lhe importa Razumíkhin? O meu amor vale bem o dele... amo-a muito. Deixe-me beijar-lhe a orla do vestido. O roçagar do seu vestido alucina-me! Mande: executarei as suas ordens, sejam quais forem. Farei o impossível. Todas as suas vontades serão as minhas. Não olhe para mim desse modo! Sabe que me mata?...

Delirava. Dir-se-ia atacado de alienação mental. Dúnia correu para a porta e sacudiu-a com todas as suas forças.

— Abram! Abram! — gritou, esperando que a ouvissem de fora.

— Abram! Não há ninguém nesta casa?

Svidrigailov levantou-se. Tinha recuperado a calma. Um sorriso de mofa pairava nos seus lábios ainda trêmulos.

— Não há ninguém aqui — disse lentamente —, minha hospedeira saiu e não ganha nada em gritar; é perfeitamente inútil...

— Onde está a chave? Abra a porta imediatamente, canalha!

— Perdi a chave; não a encontro.

— Ah! Então é uma cilada! — rugiu Dúnia, pálida, e correu para um canto onde se entrincheirou, colocando diante de si uma mesa.

Depois calou-se, mas sem desfitar o inimigo, atenta aos menores movimentos. De pé, defronte dela, na outra extremidade do quarto, Svidrigailov não se mexia. Estava controlado, pelo menos na aparência, mas seu rosto estava pálido como antes. O riso de mofa não o abandonava.

— Avdótia Romanovna, se há cilada, avalie que tomei precauções. Sônia Semenovna não está em casa; cinco divisões nos separam do quarto de Kapernáumof. Enfim, sou pelo menos duas vezes mais forte que a senhora, e, independentemente disso, nada tenho a recear, porque se se queixar de mim seu irmão está perdido. Aliás, ninguém acreditará: todas as aparências depõem contra uma moça que vai sozinha ao quarto de um homem. E, mesmo que se atrevesse a sacrificar seu irmão, não poderia provar, é muito difícil provar uma violação, Avdótia Romanovna.

— Miserável! — disse Dúnia em voz baixa, mas terrível de indignação.

— Pois sim; mas note que tenho raciocinado do ponto de vista da sua hipótese. Pessoalmente, sou da sua opinião, e acho que a violação é um crime abominável. Tudo o que tenho dito é para tranquilizar sua consciência no caso de... no caso de consentir em salvar seu irmão, como lhe proponho. Poderia dizer que só cedeu à força... se é absolutamente preciso empregar esta palavra. Pense bem; a sorte de seu irmão e de sua mãe está nas suas mãos. Eu serei seu escravo... toda a minha vida... espero a sua resposta...

Sentou-se no divã, a oito passos de Dúnia.

A jovem não duvidava que a resolução dele fosse inabalável. Conhecia-o... bem...

Subitamente tirou do bolso um revólver e colocou-o na mesa, ao alcance da mão. Svidrigailov deu um pulo.

— Ah, é isso! — gritou surpreso, mas sorrindo maliciosamente. — Temos a situação mudada; isso alivia-me a consciência. Mas onde obteve esse revólver, Avdótia Romanovna? Emprestou-lhe o sr. Razumíkhin? Espere, é o meu, vejo-o perfeitamente! Com efeito, eu o tinha procurado, sem resultado... As lições de tiro que dei no campo não foram então inúteis...

— Este revólver não era teu; era de Marfa Petrovna, que tu mataste, celerado! Nada te pertence! Apossei-me dele quando comecei a ver do que eras capaz. Se dás um passo, juro que te mato!

Dúnia, desnorteada, preparava-se para executar a ameaça, se fosse necessário.

— E teu irmão?... É por curiosidade que pergunto — disse Svidrigailov, sempre no mesmo lugar.

— Denuncia-o, se quiseres! Se avanças, eu disparo! Envenenaste tua mulher; eu bem sei; tu é que és assassino!...

Estava com o revólver engatilhado.

— Tens certeza de que envenenei Marfa Petrovna?

— Tenho! Foste tu mesmo que deste a perceber; falaste-me de veneno... eu sei que o tinhas... Foste tu... Foste tu, com certeza... infame!

— Ainda que isso fosse verdade, tê-lo-ia feito por ti... tu é que terias sido a causa de tudo.

— Mentes! Eu sempre te detestei, sempre.

— Pareces esquecida, Avdótia Romanovna, de quando no teu zelo pela minha conversão te encostavas em mim, com olhares lânguidos... Eu lia nos teus olhos. Lembras-te da noite ao luar, enquanto cantava o rouxinol?

— Mentes! — A raiva incendiou o olhar de Dúnia. — Difamas!

— Minto? Pois bem, minto. Menti. As mulheres não gostam que lhes lembrem essas coisas — replicou rindo. — Eu sei que vais atirar, belo monstrozinho. Pois bem, vamos a isso!

Dúnia apontou a arma, esperando somente um movimento dele para fazer fogo. Uma palidez mortal cobria-lhe o rosto; o lábio tremia-lhe de cólera e os grandes olhos negros lançavam chamas. Nunca ele a vira tão bela. Avançou um passo. Um tiro ecoou. A bala roçou-lhe os cabelos e cravou-se na parede. Ele estacou e riu suavemente.

— Uma picada de vespa! — disse sorrindo. — Ela apontou para a minha cabeça... Que é isto? Sangue?

Tirou o lenço para limpar um fio de sangue que lhe escorria pela fronte direita: a bala roçara a pele do crânio. Dúnia abaixou a arma e olhou para Svidrigailov com uma espécie de estupor. Parecia não entender o que acabava de praticar.

— Então; erraste a pontaria, recomeça! Eu espero — replicou Svidrigailov, cujo bom humor tinha não sei que de sinistro, se demoras terei tempo de agarrar-te antes que te defendas.

Toda trêmula Dunetchka tomou rapidamente o revólver e ameaçou seu perseguidor.

— Deixa-me — disse com desespero. — Juro que atiro outra vez... Mato-te!

— A três passos é impossível errar, efetivamente. Mas se não me matas, então...

Nos olhos rutilantes de Svidrigailov podia ler-se o resto do pensamento.

Deu ainda mais dois passos.

Dunetchka disparou, e o revólver falhou.

— A arma não foi bem carregada. Não importa; isso pode-se ainda remediar; ainda resta uma cápsula. Eu espero.

Em pé, a dois passos de Dúnia, fixava nela o olhar feroz que exprimia indomável resolução. Dúnia compreendeu que ele morreria mas não renunciaria ao seu desígnio. "E agora que não estava senão a dois passos dela, matá-lo-ia com certeza!..."

De repente largou o revólver.

— Não queres disparar! — disse ele espantado e respirando com força. O receio da morte não era talvez o mais rude fardo de que ele sentia a alma livre; todavia, ser-lhe-ia difícil explicar a natureza do alívio que sentia.

Aproximou-se de Dúnia e segurou-a docemente pela cintura. Ela não resistiu, mas olhou para ele trêmula, com os olhos suplicantes.

Svidrigailov quis falar, mas não pôde dizer uma palavra.

— Afasta-te de mim — implorou Dúnia. — Ouvindo ser tratado por tu, numa voz que já não era a de há pouco, Svidrigailov estremeceu.

— Então não me amas? — perguntou em voz baixa.

Dúnia fez um sinal negativo.

— E... não poderás amar-me um dia?... Nunca? — continuou ele com um tom desesperado.

— Nunca! — murmurou ela.

Durante um instante houve uma luta horrível na alma de Svidrigailov.

Seu olhar fixava Dúnia com uma expressão indizível. Subitamente retirou o braço que lhe passara em volta da cintura, afastou-se rapidamente e foi colocar-se em frente da janela.

— Aqui está a chave! — disse depois de um instante de silêncio. (Tirou-a do bolso esquerdo do paletó e pô-la atrás de si, sobre a mesa, sem se voltar para Avdótia Romanovna.) Parte depressa! Sai!...

Olhava fixamente para a janela.

Dúnia aproximou-se para pegar a chave.

— Depressa! Depressa! — repetiu ele.

Não mudara de posição e não olhava para ela; mas a palavra "depressa" era pronunciada num tom sobre cuja significação não podia haver dúvida nenhuma.

Dúnia pegou a chave, correu para a porta, abriu-a e saiu do quarto. Um instante depois corria como louca ao longo do canal, na direção da ponte***.

Svidrigailov ficou ainda uns três minutos junto à janela. Por fim, voltando-se, olhou em volta e passou a mão pela fronte. As feições desfiguradas por um sorriso estranho exprimiam o mais vivo desespero. Vendo que tinha sangue nas mãos ficou encolerizado; depois molhou uma toalha e lavou o ferimento.

A arma, arremessada por Dúnia, tinha rolado até a porta. Levantou-a e examinou-a. Era um pequeno revólver de três tiros, modelo antigo; tinha ainda duas cargas e uma cápsula. Depois de refletir, meteu-o no bolso, apanhou o chapéu e saiu.

Capítulo VI

Até as dez horas, passou aquela noite andando de um *traktir* para outro. Kátia reapareceu e cantou outra canção de sarjeta, como um certo "vilão e tirano".

Começou a beijar Kátia.

Svidrigailov pagou bebidas para Kátia, o pequeno tocador de harmônica, alguns cantores, os garções e dois amanuenses. Com estes ficou particularmente atraído, porque ambos tinham narizes tortos, um virado para a esquerda e o outro para a direita. Finalmente, levou-os a um parque de diversões, pagando-lhes as entradas. Lá havia um raquítico pinheiro de três anos e três arbustos. Também havia um *Vaux-hall*, que não passava de um bar muito ordinário, onde serviam chá, com algumas mesas verdes tendo cadeiras à volta. Um coro de péssimos cantores e um palhaço alemão de Munique, já embriagado e de nariz vermelho, entretinham o público. Os amanuenses, encontrando conhecidos, começaram a discutir, pouco faltando para haver pancadarias. Svidrigailov foi escolhido para árbitro. Depois de ter ouvido durante um quarto de hora as recriminações confusas das duas partes, pareceu-lhe compreender que um dos amanuenses furtara qualquer coisa que vendera a um judeu, sem querer partilhar com os outros o produto. O objeto roubado era uma colher de chá pertencente ao *Vaux-hall*. Foi reconhecida pelos empregados da casa, e a questão ameaçava tomar aspecto grave, se Svidrigailov não indenizasse os queixosos. Isto ocorrera por volta das seis horas.

Em toda a noite não bebera uma gota de vinho; no *Vaux-hall* pediu chá, para não deixar de mandar vir alguma coisa. A temperatura estava sufocante e grossas nuvens escureciam o céu.

Às dez horas caiu uma violenta tempestade. Svidrigailov chegou a casa molhado até os ossos. Fechou-se no quarto, abriu a secretária, de onde retirou todos os haveres e assinou dois ou três papéis. Depois de meter o dinheiro no bolso, pensou em mudar de roupa; mas, como a chuva continuava a cair, viu que não valia a pena, pegou o chapéu e saiu, sem fechar a porta. Foi ao quarto de Sônia, que encontrou em casa. Ela não estava só, tinha em volta os quatro pequenos dos Kapernáumof, que tomavam chá.

Recebeu-o respeitosamente, olhou com surpresa para a roupa molhada de Svidrigailov, mas não disse nada. À vista do estranho, as crianças fugiram. Svidrigailov sentou-se perto da mesa e convidou-a a fazer outro tanto. Ela preparou-se timidamente para ouvir o que ele tinha a dizer-lhe.

— Sófia Semenovna — começou ele —, eu vou talvez viajar até a América e, como provavelmente nos vemos pela última vez, venho para pôr em ordem os negócios. Foi à casa daquela senhora? Eu sei o que ela disse, é inútil contar-me. (Sônia fez um movimento e corou.) Aquela gente tem seus preconceitos. Quanto a suas irmãs e seu irmão, a sorte deles está garantida; o dinheiro com que os dotei está em mãos seguras. Aqui estão os recibos; guarde-os para o que der e vier. Agora, aqui tem para a senhora três títulos de 5% que representam três mil rublos. Desejo que tudo fique entre nós e que não dê conhecimento disto a ninguém. Este dinheiro é-lhe necessário Sófia Semenovna, porque não pode continuar a viver desse modo.

— O senhor já fez tantos benefícios aos órfãos, à finada e a mim..., — balbuciou ela. — Se eu ainda mal lhe agradeci, não creia...

— Basta, basta, não falemos nisso agora.

— Quanto a este dinheiro, fico-lhe muito agradecida, mas agora não preciso dele. Eu me arranjarei. Não me acuse de ingratidão ao recusar o dinheiro. *Visto* que é tão caritativo, esta quantia...

— Guarde-a, Sófia Semenovna; e peço-lhe que não faça objeções; não tenho tempo para ouvir. Ródion Românovitch só tem a escolher entre meter uma bala na cabeça ou ir para a Sibéria.

A estas palavras, Sônia tremeu e olhou assustada para ele.

— Não se inquiete — prosseguiu. — Eu ouvi tudo da boca dele e sou discreto; não o direi a ninguém. Procedeu muito bem aconselhando-o a que fosse denunciar-se. E sem dúvida o melhor partido a tomar. Ora, bem, quando ele for para a Sibéria, acompanha--o, não é verdade? Então há de precisar de dinheiro; será preciso para ele, compreende? A soma que ofereço é a ele que a dou por seu intermédio. Ademais, prometeu pagar a Amália Ivanovna o que deviam. Mas para que toma tais encargos? A devedora dessa alemã era Catarina Ivanovna. Sônia, devia ter mandado a alemã para o diabo. É preciso ter mais tento na vida... Bem, se amanhã ou depois alguém a interrogar a meu respeito, não fale desta visita e não diga que lhe dei dinheiro. E, agora, adeus. (Levantou-se.) Leve os meus cumprimentos a Ródion Românovitch. A propósito: faria bem em confiar o dinheiro, por ora, ao sr. Razumíkhin. É um excelente moço. Entregue-lhe amanhã ou quando tiver ocasião. Mas daqui até lá, não se deixe roubar.

Sônia tinha-se levantado também e olhava inquieta para Svidrigailov. Tinha vontade de dizer alguma coisa, mas estava perturbada e não sabia por onde começar.

— Então o senhor... então o senhor vai sair com um tempo assim?...

— Quando se vai para a América não se olha a chuva. Adeus, querida Sófia! Viva, e viva por muito tempo; você é útil aos outros. A propósito... leve meus cumprimentos ao sr. Razumíkhin. Diga-lhe que Árcade Ivânovitch o cumprimenta. Não se esqueça.

Depois de ele ter saído, Sônia sentiu-se oprimida por um vago terror.

Na mesma noite Svidrigailov fez uma outra visita, singular e inesperada. A chuva continuava a cair. Às 11h20, apresentou-se todo molhado em casa dos pais da sua noiva, que ocupavam uma pequena casa em Vassíli Ostrof.

Teve grande dificuldade para lhe abrirem a porta, e a sua chegada a hora tão alta causou no primeiro momento estupefação. Julgaram a princípio que fosse uma extravagância de embriagado, mas essa impressão só durou um instante, porque, quando queria, Árcade Ivânovitch tinha as mais sedutoras maneiras. A inteligente mãe fez rodar para junto dele a poltrona do pai doente e encetou a conversação por assunto diferente. Nunca ia direta a um fim: se queria saber, por exemplo, quando agradaria a Árcade Ivânovitch que fosse feito o casamento começava por interrogá-lo curiosamente sobre Paris, sobre a sociedade parisiense, para o levar pouco a pouco a Vassíli Ostrof.

Das outras vezes esse estratagema dera sempre bom resultado; mas agora ele mostrou-se mais impaciente que de costume; pediu para ver logo a noiva, apesar de lhe dizerem que já estava deitada. Mas apressaram-se a satisfazer-lhe a vontade. Árcade Ivânovitch disse à pequena que, sendo obrigado por um negócio urgente a ausentar-se por algum tempo, lhe trazia 15 mil rublos, e lhe pedia que aceitasse aquela ninharia, que queria fazer-lhe presente deles antes do casamento. Não havia relação lógica entre o presente e a partida anunciada; também não parecia que para isso fosse preciso uma visita àquela hora da noite e chovendo muito. Todavia, por mais equívocas que pudessem parecer, estas explicações foram perfeitamente acolhidas.

Os pais quase nem se mostraram surpresos com um procedimento tão estranho; muito sóbrios de perguntas e exclamações, desfizeram-se em agradecimentos calorosos aos quais a inteligente mãe misturou as lágrimas. Ele levantou-se, beijou a noiva, afagou-a e assegurou-lhe que em breve estaria de volta. Ela olhava para ele com um ar intrigado; lia-se-lhe nos olhos mais que simples curiosidade infantil. Árcade Ivânovitch reparou nesse olhar; beijou-a novamente e saiu, pensando com despeito que o seu presente seria com toda a certeza guardado a chave pela mais sensível das mães.

Ele foi embora deixando-os todos em um estado de enorme excitação, mas a terna mamãe, sussurrando, resolveu a maior de suas dúvidas, concluindo que Svidrigailov era um grande homem, de grandes negócios e relações, de grande riqueza, e eles não podiam saber o que tinha em mente. Partiria em viagem, gastaria dinheiro conforme seu capricho, de modo que nada havia de surpreendente em seu gesto. Era de estranhar ter-se apresentado com a roupa encharcada, mas os ingleses são ainda mais extravagantes. Toda essa gente da alta sociedade não dá importância a que se fale dela, nem tampouco a cerimônias. Possivelmente, viera de propósito, para mostrar não temer coisa alguma. O melhor seria silenciar, pois não se sabe o que disso poderia advir. O dinheiro deveria ser guardado a chave, e foi ótimo que Fedócia não tivesse saído da cozinha. E, sobretudo, nada se devia dizer à velha gata, à sra. Resslich etc. etc. Ficaram sussurrando até as duas horas da manhã, apesar de a moça ter ido para a cama mais cedo, atônita e triste.

Svidrigailov, à meia-noite, voltava à cidade pela ponte***. A chuva cessara, mas o vento soprava rudemente. Começou a tiritar de frio, e por um instante fixou o olhar nas águas negras do pequeno Neva com especial interesse, especulativamente. Mas achou-as muito frias. Durante quase meia hora andou à toa pela avenida***, e mais de uma vez tropeçou no escuro, na calçada de madeira. Olhava continuamente para o lado direito, procurando algo. Notara, quando passou em uma das última vezes, que havia um hotel, quase no fim da avenida, construído em madeira, de fachada larga, cujo nome, como se lembrava, parecia Andrinopla. Por fim encontrou-o. O hotel era tão visível neste lugar, onde Judas perdeu as botas, que mesmo no escuro não poderia deixar de reconhecê-lo. Era um longo e enegrecido edifício de madeira, onde, apesar do adiantado da hora, havia luzes nas janelas e sinais de vida. Entrou e pediu um quarto a um rapaz esfarrapado que encontrou no corredor. Após olhar inquisitivamente para Svidrigailov, o criado levou-o a um pequeno quarto escuro, na extremidade do corredor, sob a escada. Era o único disponível.

— Há chá? — perguntou Svidrigailov.

— Pode-se fazer, querendo.

— Que há mais?

— Há vitela, vodca e petiscarias.

— Traze-me vitela e chá.

— O senhor não quer mais nada? — perguntou com uma espécie de hesitação.

— Não.

O homem afastou-se desapontado.

"Em que diabo de casa me meti", pensou Svidrigailov, "aliás, também devo ter o ar de quem, ao vir de um café-cantante, teve uma aventura no caminho. Em todo caso estou com curiosidade de saber que espécie de gente frequenta isto". Acendeu a vela e fez um exame do quarto. Era muito estreito e tão baixo que ele mal podia estar de pé; tinha apenas uma janela. A mobília compunha-se de uma cama suja, uma mesa e uma cadeira de madeira pintadas na mesma cor. O papel de parede estava roto e tão coberto de pó que mal se lhe conhecia a cor primitiva. A escada cortava o teto obliquamente, o que dava ao quarto o aspecto de uma água-furtada. Svidrigailov pousou a vela na mesa, sentou-se na cama e ficou pensativo. Mas um ruído incessante de vozes, no quarto vizinho, acabou por lhe atrair a atenção. Levantou-se, pegou a vela e foi espreitar por uma fenda do tabique.

Num quarto um pouco maior que o seu viu dois indivíduos, um de pé, outro sentado numa cadeira. O primeiro, em mangas de camisa, era corado e tinha o cabelo anelado. Apostrofava o companheiro, com lágrimas na voz: "Tu não tinhas posição e estavas na miséria; tirei-te do atoleiro e depende de mim tornar a deixar-te cair."

O outro tinha o ar de quem quer fugir e não pode. Às vezes lançava um olhar embasbacado ao companheiro, evidentemente não entendia uma palavra do que ele lhe dizia, talvez nem ouvisse nada.

Sobre a mesa, em que uma vela se consumia, estava uma garrafa de vodca quase vazia, copos de tamanhos diversos, pão, pepinos e um serviço de chá. Depois de ter visto este quadro atentamente, Svidrigailov deixou o posto de observação e tornou a sentar-se na cama.

Ao trazer o chá e a vitela, o moço não pôde deixar de perguntar mais uma vez a Svidrigailov se não queria mais nada. Tendo recebido resposta negativa, retirou-se de vez. Svidrigailov apressou-se a beber o chá para aquecer-se, mas foi-lhe impossível comer. A febre que começava a agitá-lo tirava-lhe o apetite. Despiu o paletó, envolveu-se nos cobertores e deitou-se.

Estava inquieto. "Agora é que eu havia de adoecer!...", disse para consigo, sorrindo. O ar era sufocante, a vela pouco iluminava, o vento bramia fora, ouvia-se a um canto o ruído de um rato; e um cheiro de ratos e de couro enchia o quarto todo.

Estendido na cama, ele devaneava mais do que pensava. As ideias sucediam-se confusamente; queria fixar a imaginação em alguma coisa. "É sem dúvida um jardim que há por baixo da janela; as árvores são sacudidas pelo vento. Como detesto esse barulho de árvores, de noite, com tempestade e às escuras!"

Recordou-se de que havia pouco, passando ao lado do parque Petróvski, sentira a mesma impressão dolorosa. Depois, lembrou-se do

Neva e teve de novo o estremecimento que sentira quando, na ponte, olhava a água. "Jamais gostei de água, nem das paisagens", pensou ele. De repente uma ideia fê-lo sorrir: "Parece que, neste momento, devia importar-me pouco com a estética e o conforto, todavia estou como os animais que têm sempre o cuidado de escolher a cama... em casos idênticos. Se eu tivesse ido a Petróvski Ostrof? Parece que tive medo do frio e da escuridão! Preciso de sensações agradáveis!... Mas por que não apago a vela?" (Apagou-a.) "Os nossos vizinhos deitaram-se", acrescentou, não vendo luz na fenda do tabique.

"Agora, Marfa Petrovna, é que a tua visita viria a propósito. Está escuro, o lugar é propício, a situação excepcional. E justamente agora é que não vens..."

Lembrou-se, subitamente, de que, horas antes, quando pretendia consumar seus intentos a respeito de Dúnia, recomendara a Raskólnikov confiá-la à guarda de Razumíkhin. "Suponho que realmente disse isto, como julgou Raskólnikov, para atormentar-me! Que velhaco é Raskólnikov! Já passou por muitas. Talvez venha a ser um bem-sucedido velhaco quando sobrepujar sua idiotice. Agora, porém, ele se apega demasiadamente à vida. Sobre este ponto, tais jovens são desprezíveis. Que se danem! Que seja como queiram, nada tenho a ver com isto."

Continuava a não ter sono. Pouco a pouco a imagem de Dúnia aparecia-lhe ao lembrar-se da cena que tivera com ela pouco tempo antes. "Não, não pensemos mais nisso. Coisa singular, nunca odiei ninguém, nunca tive mesmo o desejo de me vingar de alguém; é mau sinal, mau sinal! Também nunca fui desordeiro nem violento. — "Outro mau sinal! Mas que promessa lhe fiz há pouco! Ela levar-me-ia longe..." Calou-se e cerrou os dentes. A imaginação mostrou-lhe de novo Dunetchka, exatamente como quando, depois de ter atirado e incapaz de resistir, fixava nele o olhar espantado. Lembrou-se de como se apiedara dela naquele momento, como sentira o coração oprimido... "Os diabos levem tais pensamentos!"

Quase adormecido, pareceu-lhe de súbito que debaixo da roupa alguma coisa lhe corria pelo braço e pela perna. Estremeceu.

"Diabo! É por certo um rato", pensou. "Deixei a vitela na mesa..."

Temendo o frio, não queria descobrir-se nem levantar-se, mas de súbito sentiu no pé um novo contato desagradável. Arrancou o cobertor e acendeu a vela, curvou-se na cama e examinou-a, mas não viu coisa alguma. Sacudiu o cobertor e bruscamente um rato saltou na cama. Tentou segurá-lo, mas ele descrevia zigue-zagues e escapava sempre. Depois meteu-se debaixo do travesseiro. Svidrigailov atirou o travesseiro para o chão, mas no mesmo instante sentiu que alguma coisa saltara sobre ele e lhe passeava pelo corpo, por baixo da camisa. Começou a tremer nervosamente e... acordou.

A escuridão era absoluta; ele estava deitado na cama, envolto no cobertor; o vento continuava a uivar lá fora: "É de arrepiar!", disse consigo aborrecido.

Sentou-se no leito de costas voltadas para a janela. "É melhor não dormir!", decidiu.

Pela vidraça entrava uma aragem úmida. Sem se levantar, puxou o cobertor e envolveu-se nele. Não acendeu a vela.

Não pensava em nada, nem queria pensar, mas no cérebro passeavam-lhe ideias incoerentes. Estava como numa espécie de meia sonolência. Era o efeito do frio, das trevas, da umidade ou do vento que agitava as árvores? O que é certo é que esses devaneios tomavam um aspecto estranho.

Tinha diante dos olhos uma linda paisagem. Era no dia da Santíssima Trindade; o tempo estava belo.

Entre platibandas floridas surgia um elegante *cottage* no estilo inglês; junto da escada emaranhavam-se trepadeiras e nos degraus cobertos por um rico tapete havia vasos chineses com flores admiráveis.

Nas janelas, em vasos com água, mergulhavam jacintos brancos, inclinados nas hastes verdes, rescendendo um perfume delicioso.

Esses vasos atraíam a atenção de Svidrigailov, que não podia afastar-se deles; no entanto subiu as escadas e entrou numa grande sala onde, por toda parte, nas janelas, junto da porta que dava para o terraço, e no próprio terraço, havia flores em profusão.

O sobrado estava alcatifado de erva fresca, exalando um cheiro que tornava o ar da sala delicioso. Os pássaros chilreavam debaixo das janelas.

No meio da sala, numa mesa coberta de cetim branco, estava um caixão cercado de grinaldas de flores; por dentro era forrado de tafetá e *ruche* branca. Nele repousava numa cama de flores uma moça vestida de branco com os braços cruzados sobre o peito. Parecia uma estátua de mármore. Tinha os cabelos de um louro claro, em desordem e molhados; uma coroa de rosas cingia-lhe a fronte. O perfil severo do rosto parecia também esculpido, e o sorriso dos lábios arroxeados exprimia tristeza profunda, penetrante; uma desolação que não é natural na mocidade. Svidrigailov conhecia aquela moça. Não havia junto ao esquife ícones, luzes ou orações. Era uma suicida — uma afogada. Aos catorze anos fora-lhe partido o coração por um ultraje que transformara a sua consciência infantil, lhe enlutara a alma angélica com uma vergonha e lhe arrancara do peito um supremo grito de dor, grito abafado pelos rugidos do vento, numa sombria noite de gelo...

Svidrigailov despertou, levantou-se e aproximou-se da janela. Depois de ter procurado o ferrolho às apalpadelas, abriu-a, expondo o rosto e o peito apenas protegido pela camisa à brisa glacial que entrava pelo quarto. Embaixo devia com efeito haver um jardim, talvez um jardim de recreio; de dia, sem dúvida, cantava-se lá e tomava-se chá em pequenas mesas. Mas agora estava envolto em trevas, e os objetos só se revelavam por manchas escuras mal esboçadas. Durante cinco minutos, encostado ao peitoril, olhou para baixo, na escuridão. Ouviram-se dois tiros de canhão.

"Ah! É um sinal! O Neva sobe!", pensou ele, "pela manhã, a parte baixa da cidade estará inundada, os ratos afogar-se-ão nas adegas; os inquilinos dos rés do chão, a escorrerem água, praguejando, salvarão os trastes expostos à chuva e ao vento... Que horas serão?".

Mal se fizera esta pergunta, um relógio vizinho deu três horas. "Bem, daqui a uma hora é dia! Por que hei de estar à espera? Vou partir logo para a ilha Petróvski..." Fechou a janela, acendeu a vela e vestiu-se; depois, com o castiçal na mão, saiu para ir acordar o moço e sair. "É o momento mais favorável."

Vagou algum tempo pelo corredor, comprido e estreito; não vendo ninguém, ia chamar em voz alta, quando, de repente, num canto sombrio, entre um armário e uma porta, viu um objeto estranho, o que quer que fosse parecer estar vivo. Inclinando-se com a luz viu que era uma pequenina de uns cinco anos, trêmula e chorosa. O seu vestido estava encharcado. A presença de Svidrigailov não pareceu atemorizá-la; fixou nele os grandes olhos negros com uma expressão de surpresa. Continuava a soluçar de vez em quando, como as crianças que, após chorarem muito tempo, começam a resignar-se. Tinha o rosto pálido e desfigurado, e tremia com o frio. Como se encontrava ela ali? Sem dúvida escondera-se naquele canto e não dormira toda a noite. Svidrigailov interrogou-a.

Animando-se logo, a criança começou, com voz infantil e gaguejando um pouco, uma história interminável onde entrava muitas vezes "a mamãe" e uma "xícara *quebada*". Ele compreendeu que se tratava de uma criança pouco estimada: a mãe, talvez alguma cozinheira do hotel, bebia e maltratava-a.

A pequena quebrara uma xícara e, temendo o castigo, fugira, na ocasião em que chovia. Mais tarde, entrara secretamente e escondera-se atrás do armário, onde passara a noite, tremendo e chorando com medo da treva e com a ideia de ser castigada, não só por causa da xícara, mas pela fuga.

Svidrigailov tomou-a nos braços, levou-a para o quarto e, depois de a deitar na cama, despiu-a.

Ela não tinha meias e os sapatos furados estavam tão úmidos como se tivessem estado toda a noite num charco. Depois de lhe ter tirado a roupa, deitou-a e envolveu-a no cobertor. A pequena adormeceu. Svidrigailov recaiu nos seus pensamentos tristes.

"Mas com que estou me preocupando!", disse ele de si para si, encolerizado. "Que tolice!" Irritado, pegou o castiçal para ir procurar o criado e deixar o hotel o mais depressa possível. "Ora, uma fedelha!", disse, rugindo uma praga quando abria a porta. Mas voltou a cabeça para lançar uma vista de olhos à criança e certificar-se se ela dormia. Levantou com cuidado o cobertor que lhe cobria a cabeça. Ela dormia profundamente. Aquecera-se e as faces tinham recuperado a cor.

Todavia, coisa singular, o rosado do seu rosto era muito mais vivo que o normal! "É a febre", pensou ele. Dir-se-ia que a pequena tinha bebido. Os lábios rubros pareciam abrasados. De súbito, pareceu-lhe ver mexer as longas pestanas da criança adormecida; sob as pálpebras semicerradas adivinhava-se um olhar malicioso, dissimulado, nada infantil. "Não estaria dormindo?" Com efeito, os lábios sorriam, tremendo, como quando se tem grande vontade de rir. Mas, deixou de se constranger, riu francamente. Um não sei que de descarado, de provocante partia daquele rosto que já não era de uma criança, mas o de uma prostituta, de uma *cocotte*.

As pálpebras abriram-se, ela envolveu Svidrigailov num olhar lascivo. "O quê! Nesta idade!", murmurou ele espantado. "É possível?!"

Ela, porém, volta para ele o rosto incendiado, estende-lhe os braços...

"Ah, maldita!", exclama ele, com horror, levanta a mão para ela e no mesmo instante acorda. Estava deitado, envolto no cobertor. O dia clareava.

"Toda a noite tive pesadelos!"

Ergueu meio corpo. Lá fora havia um nevoeiro grosso através do qual não se via coisa alguma. Era perto das cinco horas; Svidrigailov dormira muito.

Levantou-se, vestiu a roupa ainda úmida e, sentindo o revólver no bolso, tirou-o para se certificar de que a cápsula estava bem colocada.

Em seguida sentou-se e, na primeira folha da carteira, escreveu algumas linhas

Depois de as ter relido, encostou-se à mesa e ficou absorvido nas reflexões. As moscas regalavam-se com a fatia de vitela que ficara intacta. Esteve a olhar para elas por muito tempo, depois começou a matá-las. Por fim, espantou-se dessa ocupação, e recuperando a consciência da sua situação, saiu apressadamente do quarto. Um instante depois estava na rua.

Um forte nevoeiro envolvia a cidade. Svidrigailov caminhava na direção do pequeno Neva. Enquanto seguia na escorregadia calçada de madeira, a imaginação apresentava-lhe a ilha Petróvski com as suas relvas, suas árvores, seus maciços, suas ruazinhas... Em toda a perspectiva não se enxergava uma cara, uma só criatura humana. As casinhas amarelas, com as janelas fechadas, tinham um ar sujo e melancólico.

O frio começava a fazer tiritar o passeante matinal. De espaço a espaço, quando via a tabuleta de alguma loja, lia-a maquinalmente.

Chegando ao fim da calçada junto a uma grande casa, viu um cão nojento que atravessava a rua com o rabo entre as pernas.

Um bêbado estava caído no passeio, com o rosto voltado para o chão. Svidrigailov olhou para ele um instante e passou. À esquerda, viu de repente uma casa da guarda. "Aqui está um bom local, que necessidade de ir à ilha Petróvski? Deste modo a coisa poderá ser oficialmente constatada por uma testemunha..." Sorrindo a esta ideia enveredou pela rua***, onde vira a casa da guarda.

À porta estava um homenzinho envolto numa capa de soldado e com um capacete na cabeça. Ao ver Svidrigailov aproximar-se, lançou-lhe um olhar enfastiado. Sua fisionomia tinha a expressão de uma melancolia azeda, que é a marca secular dos israelitas. Durante algum tempo ambos se examinaram em silêncio. Por fim, pareceu esquisito ao outro que um homem que não estava bêbado parasse a três passos dele e o olhasse sem dizer uma palavra.

— Que quer o senhor? — perguntou, sem se mover e sem mudar de posição.

— Nada, caro amigo; bom dia! — respondeu Svidrigailov.

— Siga seu caminho, então.

— Meu caro amigo, eu vou para o estrangeiro.

— Para o estrangeiro?

— Para a América.

— Para a América?

Svidrigailov tirou o revólver do bolso e engatilhou-o. O soldado redobrou de atenção fixando-o.

— Eh... aqui não é lugar para brincadeiras!

— Por quê?

— Aqui não é lugar para isso.

— Não importa, meu caro amigo, o local é esplêndido. Se te interrogarem, dize que parti para a América.

Apoiou o cano do revólver na fronte.

— Isso não se pode fazer aqui, não é lugar próprio! — replicou o soldado, esgazeando os olhos assombrados.

Svidrigailov apertou o gatilho...

Capítulo VII

Nesse mesmo dia, entre as seis e as sete horas da tarde, Raskólnikov foi à casa de sua mãe. As duas mulheres habitavam agora na casa Bakalêief os aposentos de que Razumíkhin lhes falara. Quando subia a escada, Raskólnikov parecia ainda hesitar. Todavia, por motivo algum voltaria agora; estava decidido a fazer a visita. "Ademais, elas ainda não sabem nada", pensava ele, "e já estão habituadas a ver em mim um excêntrico". Sua roupa estava coberta de lama e rota; por outro lado, a fadiga física, após a luta que se feria nele havia 24 horas, tinha-lhe desfigurado o rosto. Passara toda a noite Deus sabe onde. Mas, por fim, tomara uma resolução.

Bateu na porta; foi a mãe quem a abriu. Dunetchka saíra e a criada também não estava em casa. Pulquéria Alexandrovna ficou a princípio muda de surpresa e alegria; depois tomou a mão do filho e levou-o para o quarto.

— Até que enfim te vejo! — disse ela com a voz trêmula de emoção. Não te zangues, Ródia, se tenho a fraqueza de te receber com lágrimas: é a felicidade que as faz correr. Pensas que estou triste? Não; estou alegre, bem alegre; apenas tenho este tolo costume de chorar.

Desde a morte de teu pai choro por qualquer coisa. Senta-te, querido filho, estás cansado, bem vejo. Ah! Como estás sujo!

— Foi a chuva de ontem, mamãe... — começou ele.

— Deixa disso! — interrompeu vivamente Pulquéria Alexandrovna. — Pensavas que ia aborrecer-te com a minha curiosidade? Descansa, compreendo tudo; agora, já estou um pouco iniciada nos costumes de São Petersburgo, e, realmente, vejo que aqui são mais espertos que na nossa terra. Eu disse para comigo uma vez para sempre que não tenho necessidade de me meter nas tuas coisas e pedir-te contas delas. Tendo talvez o espírito ocupado, Deus sabe por que pensamentos havia de ir perturbar-te com as minhas perguntas? Nada, nada. Vês, Ródia, estava a ler pela terceira vez o artigo que publicaste numa revista; Dmitri Prokófitch trouxe-o para mim. Foi uma revelação para mim; desde então, tudo se explicou e reconheci quanto tenho sido estúpida. "Aí está o que o preocupa", disse comigo, "ele anda lá com ideias novas, e não gosta que o vão tirar às suas reflexões; todos os sábios são assim". Apesar da atenção com que li teu artigo, meu filho, há nele bastantes coisas que me escapam; mas, ignorante como sou, não admira que não compreenda.

— Deixa-me ver, mamãe.

Raskólnikov pegou a revista e lançou uma rápida vista ao artigo. Um autor experimenta sempre vivo prazer ao ver-se impresso pela primeira vez, sobretudo quando tem só 23 anos. Embora seu espírito estivesse cheio de cruéis cuidados, ele não pôde subtrair-se a essa impressão, que não durou, aliás, mais que um instante. Depois de ter lido algumas linhas, franziu os sobrolhos e um grande sofrimento lhe comprimiu o coração.

Aquela leitura tinha-lhe de súbito lembrado todas as agitações dos últimos meses. Foi com um sentimento de violenta repulsão que arremessou a brochura para cima da mesa.

— Mas, apesar de ser muito ignorante, tenho a convicção de que dentro de pouco tempo ocuparás um dos primeiros lugares, ou o primeiro, no mundo da ciência. E eles pensando que estavas doido! Não sabias que tiveram essa ideia? Coitados! Ademais, como poderiam eles entender tão alta inteligência? Mas pensar que Dunetchka, sim a própria Dunetchka, não estava longe de crer nisso! Que dizes a isto? Teu pai colaborou duas vezes para revistas; a primeira, mandou poemas (talvez ainda consiga achar o manuscrito), e na segunda, um romance completo. (Pedi-lhe para deixar-me copiar e, como implorei, ele não permitiu.) Foi incrível! Há seis ou sete dias, Ródia, afligia-me por ver como vives; a tua casa, a tua roupa, o teu alimento... Mas agora vejo que era mais um disparate meu; efetivamente, logo que queiras, com o teu espírito e o teu talento, terás a fortuna. Por ora, sem dúvida, não te importas com isso, ocupas-te de coisas mais importantes...

— Dúnia não está, mamãe?

— Não, Ródia. Passa muito tempo fora, deixa-me sozinha. Dmitri Prokófitch tem a bondade de me vir ver e sempre me fala de ti. Ele estima-te muito. Quanto à tua irmã, não me queixo se tem para comigo menos atenções. Tem o seu gênio, como eu tenho o meu. Não me quer dar a conhecer os seus negócios; isso é com ela! Eu, por mim, não escondo nada aos meus filhos. Sem dúvida, estou persuadida de que Dúnia é muito inteligente, e que, além disso, tem muita afeição a mim e a ti... Mas não sei em que tudo isto dará... Lamento que ela não possa aproveitar a visita que me fazes. Quando voltar, dir-lhe-ei: "Na tua ausência teu irmão veio cá. Por onde andaste durante esse tempo?" Tu, Ródia, não te prendas comigo; quando puderes vir sem te causar transtorno, vem; quando não puderes, não te incomodes, terei paciência. Basta-me saber que me amas. Lerei as tuas obras, ouvirei falar de ti, e, de tempos em tempos, receberei tua visita. Que mais posso desejar? Hoje vieste consolar tua mãe, bem vejo...

Bruscamente, Pulquéria Alexandrovna chorou.

— E eu outra vez!... Não repares, sou doida! Ah, Senhor! Mas eu não penso em nada! — exclamou ela, levantando-se. — Há café ali e não te ofereci! Vê o que é o egoísmo das velhas! Só um instante!

— Não vale a pena, mamãe, vou-me embora. Não vim aqui para isso. Ouça-me.

Pulquéria Alexandrovna aproximou-se timidamente.

— Mamãe, aconteça o que acontecer, ainda que ouça dizer de mim as coisas mais estranhas, amar-me-á sempre como agora? — perguntou ele de repente.

Estas palavras saíram-lhe do fundo do coração, antes que pudesse medir o alcance delas.

— Ródia, Ródia, que tens? Como podes fazer-me tal pergunta? Quem ousará algum dia dizer-me mal de ti? Se alguém se atrevesse a isso, eu recusaria ouvi-lo e expulsá-lo-ia da minha casa.

— O fim da minha visita era dizer-lhe que sempre a amei, e estimo bem que estejamos a sós, estimo até que Dunetchka não esteja — prosseguiu com a mesma animação —, talvez mamãe venha a ser infeliz; mas fique certa de que seu filho a amará sempre mais do que a si próprio e que mamãe não teve razão ao duvidar da minha afeição. Nunca deixarei de a amar... Bem, basta; eu pensei que devia, antes de tudo, repetir-lhe isto bem vivamente.

Pulquéria Alexandrovna beijou silenciosamente o filho e apertou-o ao peito, chorando.

— Não sei o que tens, Ródia — disse, afinal. — Julguei que a nossa presença te enfadava. Agora, vejo que uma grande desgraça te ameaça e que vives em grande ansiedade. Eu desconfiava, Ródia. Perdoa-me falar-te nisto; mas não penso em outra coisa, a ponto de não dormir. A noite passada, tua irmã sonhou, e proferia teu nome sempre. Ouvi algumas palavras, mas não entendi nada. Desde esta manhã até agora sofri como um condenado à espera da execução; pressenti alguma coisa má! Ródia; mas aonde vais? Porque estás para partir, não é?

— Sim, vou partir...

— Eu tinha adivinhado! Mas posso ir contigo, não é verdade? Dunetchka acompanhar-nos-á; ela ama-te muito. Até se for preciso levaremos conosco Sônia, pois não? Não tenho dúvida em aceitá-la por filha. Dmitri Prokófitch ajudar-nos-á nos nossos preparativos... mas... aonde vais?

— Adeus, mamãe.

— O quê! Hoje mesmo! — exclamou ela como se fosse uma separação eterna.

— Não posso demorar-me; é absolutamente preciso deixá-la...

— E eu não posso ir contigo?...

— Não; mas rogue a Deus por mim. Talvez Ele atenda às suas preces.

— Oxalá Ele as ouça! Recebe a minha bênção... Oh, meu Deus!

Em verdade ele estimava que a irmã não assistisse àquela conversa. Para se expandir à vontade, sua ternura precisava do *tête-à-tête*, e uma testemunha qualquer, mesmo Dúnia, tê-lo-ia embaraçado.

Caiu aos pés da mãe e beijou-os. Pulquéria Alexandrovna e o filho abraçaram-se chorando; ela não lhe fez mais perguntas. Compreendera que o jovem atravessava uma crise terrível e que sua sorte ia decidir-se em breve.

— Ródia, meu querido filho — disse ela através das lágrimas —, estás como eras na infância: era assim que vinhas oferecer-me tuas carícias e teus beijos. Antes, quando teu pai era vivo, não tínhamos nas nossas infelicidades outro consolo senão a tua presença, e, depois que ele morreu, quantas vezes não fomos, tu e eu, chorar no seu túmulo, abraçados, como agora! Se choro há tanto tempo, é que o meu coração de mãe tinha pressentimentos. Na noite em que chegamos aqui, logo à nossa primeira conversa, teu rosto disse-me tudo, e hoje, quando te abri a porta, pensei ao ver-te que chegara a hora fatal. Ródia, Ródia, tu partes imediatamente?

— Não.

— Ainda voltas?

— Sim... Voltarei...

— Ródia, não te zangues por eu perguntar. Dize-me só duas palavras: vais para muito longe?

— Para muito longe... não sei ainda...

— Mas terás lá um emprego, uma posição?

— Terei o que Deus quiser... peça por mim nas suas orações...

Queria sair, mas ela agarrou-se a ele ansiosamente e encarou-o de maneira firme, com a expressão do mais intenso desespero.

— Basta, mamãe — disse o jovem que, vendo aquela dor imensa, se arrependia de ter ido lá.

— Não vais para sempre, não é? Não partes imediatamente? Ainda vens amanhã aqui?

— Venho; adeus; adeus...

Conseguiu finalmente sair.

A noite estava cálida, mas não sufocante. O tempo melhorara desde a manhã. Raskólnikov foi para casa. Queria acabar tudo antes do pôr do sol. Naquela ocasião qualquer encontro lhe seria desagradável. Ao subir notou que Nastácia, ocupada a preparar o chá, interrompera o serviço, seguindo-o com um olhar curioso.

"Estará alguém no meu quarto?", pensou ele; e, sem querer, lembrou-se do odioso Porfírio. Mas ao abrir a porta viu Dunetchka. A jovem sentada no divã estava pensativa; decerto esperava o irmão há muito tempo. Ele parou no limiar. Ela teve um movimento de espanto, mas tranquilizou-se logo e fitou-o longamente.

Uma grande desolação se lia nos seus olhos. Esse olhar provou claramente a Raskólnikov que ela sabia tudo.

— Devo entrar ou retirar-me? — perguntou ele hesitando.

— Passei todo o dia a esperar-te em casa de Sônia; contávamos que fosses lá.

Raskólnikov entrou e deixou-se cair numa cadeira, em enorme prostração.

— Sinto-me fraco, Dúnia; estou muito cansado e, agora, sobretudo, precisava de todas as minhas forças.

Lançou à irmã um olhar desconfiado.

— Mas onde estiveste toda a noite passada?

— Não me lembro bem; queria tomar uma resolução, Dúnia, e por vezes me aproximei do Neva, disso me lembro. A minha intenção era acabar assim... mas... não pude... — concluiu em voz baixa, procurando ler no rosto da irmã as impressões das suas palavras.

— Louvado seja Deus! Era precisamente isso o que temíamos, Sônia e eu. Ainda tens esperanças na vida; louvado seja Deus! Ele sorriu amargamente.

— Eu não tenho esperanças e, no entanto, há pouco, na casa da mamãe, abraçamo-nos chorando, pedi-lhe que rezasse por mim.

Deus sabe como isto pôde ser! Eu próprio não compreendo nada do que sinto.

— Estiveste em casa da mamãe?! Falaste-lhe?! — exclamou ela assustada, terias a coragem de falar *daquilo*?

— Não; nada lhe disse... porém desconfia de alguma coisa! Ouviu-te sonhar em voz alta a noite passada. Estou certo de que já adivinhou metade do mistério. Fiz talvez mal em ir vê-la. Não sei por que o fiz. Sou um miserável, Dúnia!

— Sim, mas pronto para expiar tua culpa. Vais, não é verdade?

— Imediatamente. Para evitar este horror, queria afogar-me; mas, quando ia atirar-me à água, disse comigo que um homem não deve ter medo da vergonha. Será orgulho, Dúnia?

— É, Ródia! Orgulho...

Uma espécie de clarão iluminou seus olhos tristes; parecia feliz com a ideia de ainda ter orgulho.

— Tu não julgas, Dúnia, que eu tivesse medo da água? — perguntou com um sorriso sinistro.

— Oh! Ródia, basta! — disse ela, magoada com a suposição.

Ambos ficaram calados durante alguns minutos. Raskólnikov tinha os olhos baixos; Dunetchka contemplava-o com expressão dolorosa.

De repente ele levantou-se.

— As horas vão passando; é tempo de ir. Vou entregar-me, mas não sei por que o faço.

Grossas lágrimas desceram pelas faces de Dunetchka.

— Choras, minha irmã; mas ainda podes estender-me a mão?

— Tinhas dúvida?

Apertou-o com força contra o peito.

— Oferecendo-te à expiação não diminuis a metade do teu crime? — exclamou ela beijando-o.

— O meu crime? Que crime? — replicou ele num surto de cólera. — O de ter matado um verme imundo, uma velha usurária nociva a todo mundo, um vampiro que chupava o sangue dos pobres? Mas esta morte devia antes obter indulgência para os pecados! Eu nem penso nisso... Todos a gritarem-me: "Crime! Crime!" Agora que me decidi a afrontar essa desonra, agora é que o absurdo da minha covarde determinação me aparece em toda a clareza! Só por baixeza e covardia é que me resolvo a isso, a não ser que seja também por interesse, como dizia Porfírio...

— Ródia, meu irmão, que dizes? Mas tu derramaste sangue! — respondeu ela, consternada.

— E então? Toda a gente o derrama — retorquiu ele com veemência —, em todos os tempos correram ondas de sangue sobre a terra: os que o derramaram como champanhe sobem depois ao Capitólio e são proclamados benfeitores da humanidade. Examina as coisas mais de perto antes de as julgares. Também eu queria fazer bem aos homens, centenas e milhares de boas ações teriam compensado amplamente essa única tolice, e, quando digo tolice, devia dizer falta de habilidade, porque a ideia não era tão má como agora pode parecer: depois do insucesso, os projetos mais bem combinados parecem idiotices. Eu queria apenas conseguir uma situação independente, garantir meus primeiros passos na vida, ter recursos; depois levantaria voo... Mas fui malsucedido, e é por isso que sou miserável! Se tivesse sido bem-sucedido, ter-me-iam coroado, ao passo que desse modo lançar-me-ão às feras.

— Mas não se trata disso! Que dizes, meu irmão?

— É verdade que não procedi com as regras da estética! Decididamente não entendo por que é mais glorioso bombardear uma cidade que matar alguém a machadada! A preocupação estética é o primeiro sinal de fraqueza! Nunca o senti melhor do que hoje e cada vez compreendo menos qual é o meu crime! Nunca me senti mais forte, mais convencido do que agora!

Seu rosto pálido tinha-se colorido subitamente. Mas, quando acabava de dizer esta última exclamação, seus olhos encontraram os da irmã, ela olhava para ele com tal expressão de tristeza que a sua exaltação desapareceu. Não pôde deixar de dizer consigo que, afinal, tinha feito a desgraça daquelas duas pobres mulheres...

— Dúnia, minha querida, se sou culpado, perdoa-me, embora não mereça perdão, se realmente sou culpado. Adeus! Não discutamos! É tempo de partir. Peço-te que não me sigas; tenho ainda uma visita a fazer... Vá já para casa e fica com mamãe, peço-te encarecidamente, é o último pedido que te faço. Não a abandones; deixei-a muito inquieta e temo que ela não resista à dor; ou morre ou endoidece. Vela, pois, por ela! Razumíkhin não as abandonará; já falei com ele... Não chores por mim; apesar de assassino, farei tudo para ser corajoso e honesto. Talvez um dia ouças falar de mim. Não desonrarei nosso nome, verás; provarei ainda... Agora, adeus — disse ele notando uma expressão singular nos olhos da irmã. — Mas por que choras? Não chores, não nos deixamos para sempre!... Ah, é verdade! Espera, esquecia-me...

Pegou um grosso livro que estava na mesa, coberto de pó, e tirou de lá uma pequena aquarela pintada em marfim. Era o retrato da filha da hospedeira, a moça que ele amara. Durante um momento contemplou-lhe angustiado o rosto, que beijou e entregou a Dunetchka.

— Conversei muitas vezes com ela sobre *aquilo*, só com ela — disse pensativo —, confiei ao seu coração esse projeto que teria um resultado tão lamentável. Tranquiliza-te — continuou dirigindo-se a Dúnia —, ela revoltou-se como tu, e eu estimo bem que tivesse morrido.

Depois voltando ao assunto principal das suas preocupações:

— O essencial agora — disse — é saber se pensei bem no que vou fazer e se estou pronto a aceitar as consequências. Dizem que é preciso esta prova. Será? Que força moral terei eu ao sair das galés, alquebrado por vinte anos de sofrimentos? Ainda valerá a pena viver? E consinto em carregar o peso de tal existência! Oh! Vi que era um covarde esta manhã, quando quis atirar-me ao Neva!

Afinal saíram ambos. Só o amor fraternal tinha amparado Dúnia naquela penosa entrevista. Separaram-se na rua. Depois de ter andado cinquenta passos, ela voltou-se para ver uma última vez o irmão. Este, ao chegar à esquina, voltou-se também. Seus olhos encontram-se, mas Raskólnikov, notando o olhar da irmã fixo nele, fez um gesto de impaciência e mesmo de cólera convidando-a a seguir o seu caminho. Depois virou abruptamente a esquina.

"Estou fraco, bem vejo", pensou consigo mesmo, sentindo vergonha de sua recente atitude inamistosa para com Dúnia. "Mas por que gostam tanto de mim se eu não o mereço? Oh, se eu fosse só, se ninguém me amasse e eu não amasse quem quer que fosse! *Nada disso teria acontecido!* Será que, nesses quinze ou vinte anos, tornar-me-ei tão dócil a ponto de humilhar-me diante de todos e choramingar cada vez que disserem ser eu um criminoso? Sim, assim será! É para isto que me deportarão. É isto o que eles querem! Vejam-nos caminhando pelas ruas de um lado para outro. Cada um deles é um canalha e um criminoso intimamente. Pior ainda: um idiota! Deixem-me livre e eles ficarão cegos de justa indignação. Oh, como odeio a todos!"

Começou a especular sobre qual processo deveriam usar para ser humilhado diante de todos, indistintamente — humilhado por convicção e, por que não?, assim deveria ser. Por acaso, vinte anos de servidão não o esmagariam inteiramente? Água mole em pedra dura... E por que iria viver depois disso? Por que iria, sabendo agora que seria assim? Era, talvez, pela centésima vez que se perguntava, desde a noite anterior, mas assim mesmo foi.

Capítulo VIII

Começava a anoitecer quando Raskólnikov chegou à casa de Sônia. Ela esperara-o ansiosamente durante o dia. Pela manhã recebera a visita de Dúnia, que fora vê-la por ter ouvido dizer na véspera de Svidrigailov que Sônia sabia *daquilo*.

Não referiremos à conversa das duas mulheres; limitando-nos a dizer que choraram, abraçadas, e ficaram amigas de alma e coração. Dessa conversa Dúnia levou ao menos o consolo de pensar que seu irmão não estaria só: fora Sônia quem primeiro ouvira a confissão, fora a ela que ele se dirigiu quando necessitou confiar a um ser humano seu segredo; ela acompanhá-lo-ia para onde o levasse o destino. Sem fazer perguntas sobre isso, Avdótia Romanovna estava certa de que assim seria. Tratou Sônia com uma espécie de veneração, a ela, que se julgava indigna de levantar os olhos para Dúnia. Desde a sua visita à casa de Raskólnikov, a imagem da encantadora criatura que a saudara tão graciosamente nesse dia ficara-lhe na alma como uma das visões mais belas e mais doces da sua vida.

Por fim, Dunetchka resolveu esperar o irmão na casa dela, pensando que Ródion não deixaria de ir lá. Assim que Sônia ficou só o pensamento do suicídio provável do rapaz sobressaltou-a. Esse era também o receio de Dúnia. Mas, enquanto estavam juntas, as duas tinham dado uma à outra toda espécie de razões para se tranquilizarem e tinham-no conseguido em parte.

Logo que se separaram, acordou a inquietação em ambas.

Sônia lembrou-se de que Svidrigailov lhe dissera na véspera: "Raskólnikov só tem a escolher: ir para a Sibéria ou..." E ademais, ela conhecia o orgulho do rapaz e a sua falta de religião. "É possível que ele se resigne a viver unicamente por medo, por medo da morte?", pensava ela em desespero. Sônia já não duvidava de que o infeliz tivesse acabado com a vida, quando ele entrou em casa.

Um grito de alegria saiu do seu peito. Mas, observando atentamente o rosto do jovem, empalideceu de súbito.

— Ora bem! — disse ele rindo —, venho buscar as tuas cruzes, Sônia. Pediste-me que me arrojasse na terra e a beijasse, e agora que vou satisfazer o teu desejo tens medo?

Sônia olhou-o espantada. Parecia-lhe estranho o tom em que ele falava. Um tremor percorreu-lhe todo o corpo; mas, passado um minuto, viu que aquela firmeza de ânimo era fingida. Raskólnikov, ao falar-lhe, olhava para um canto e parecia ter receio de fixar os olhos nos olhos dela.

— Afinal vi que era melhor assim. Há uma circunstância... mas levaria muito tempo para dizer, e eu não tenho tempo. Sabes o que me irrita, Sônia? Sinto-me revoltado com a ideia de que, daqui a pouco, todos aqueles brutos me rodearão; abrirão os olhos para mim, far-me-ão perguntas estúpidas a que será preciso responder. Apontar-me-ão o dedo... Não vou à casa de Porfírio; acho-o detestável. Prefiro ir procurar o amigo Pólvora. Como ele vai ficar espantado! Posso contar com um belo sucesso. Mas é preciso ter mais sangue--frio; nestes últimos dias tornei-me muito irritável. Queres acreditar? Pouco faltou, ainda há pouco, para que ameaçasse minha irmã, só porque ela se voltou para me ver a última vez. A que baixeza cheguei! Bem, então, onde estão as cruzes?

O pobre rapaz parecia não estar em estado normal. Não podia demorar no mesmo lugar nem fixar o pensamento sobre um objeto; as ideias sucediam-se-lhe sem transição, ou, para dizer melhor, seu espírito desvairava.

As mãos tremiam-lhe a todo momento.

Sônia não dizia palavra. Tirou de uma caixa duas cruzes, uma de cipreste e outra de cobre, depois persignou-se e, tendo repetido isso na pessoa de Raskólnikov, passou-lhe em volta do pescoço a cruz de cipreste.

— É uma maneira simbólica de exprimir que vou carregar uma cruz! Como se só hoje começasse a sofrer! A cruz de cipreste é a dos pobres-diabos. A de cobre pertencia a Isabel, guarda-a para ti. Deixa vê-la! Ela trazia-a naquele momento?... Havia mais objetos de devoção: uma cruz de prata e uma medalha. Joguei-as então no peito da velha. Era o que eu agora devia pôr no pescoço... Mas não digo senão tolices e esqueço-me do que importa... Ouve, Sônia, vim sobretudo para te prevenir, para que saibas... Bem, eis tudo... Vim só por isso. (Hum! Contudo parece-me que tinha mais alguma coisa a dizer-te.) Ora bem, tu é que exigiste. Vou entregar-me. Satisfaço o teu desejo. Por que choras então? Também você! Basta, basta! Oh! como tudo isso me incomoda.

Partia-se-lhe o coração, vendo Sônia em lágrimas: "Que sou para ela?", dizia consigo, "por que se interessa por mim como minha mãe ou Dúnia?".

— Faze o sinal da cruz, reza — suplicou ele com voz trêmula.

— Rezarei quanto quiseres.

Persignou-se muitas vezes. Sônia atou na cabeça um lenço verde, provavelmente o mesmo de que Marmêladov lhe falara na taverna e que servia então a toda a família. Esse pensamento atravessou o espírito de Raskólnikov, que se absteve de fazer perguntas. Notara que tinha contínuas distrações e estava muito perturbado. Isso inquietava-o. De repente reparou que Sônia se preparava para acompanhá-lo.

— Que fazes? Aonde vais? Fica, fica! Eu quero ir só — exclamou ele, dirigindo-se para a porta. — Que necessidade tenho eu de levar alguém — resmungou ao sair.

Sônia não insistiu. Ele nem lhe disse adeus, esquecera-se dela. Uma única ideia o tomava naquele instante.

"Está então tudo acabado? Já não há meio de voltar atrás, de arranjar tudo... e não ir lá?", dizia consigo ao descer a escada.

No entanto continuou seu caminho, vendo de súbito que a hora das hesitações passara. Na rua lembrou-se de que não tinha dito adeus a Sônia, que ela parara no meio do quarto, que as suas palavras a tinham chumbado ao chão. E então dirigiu a si próprio outra pergunta, que minutos antes lhe viera ao espírito sem se formular nitidamente:

"Para que lhe fiz esta visita? Para lhe dizer que 'vou para lá'? Para dizer que a amo? Agora mesmo acabo de repeli-la. Quanto à cruz, que necessidade tinha eu dela? A que baixeza cheguei! Não; do que eu precisava era das suas lágrimas; o que eu queria era partir-lhe o coração! E talvez também o que procurei, indo vê-la, foi ganhar tempo, retardar um pouco a hora fatal! E sonhei com altos destinos, julguei-me chamado a fazer grandes coisas, eu, tão *vil*, tão miserável, tão covarde!" Caminhava ao longo do cais e não tinha de ir mais longe; mas quando chegou à ponte, parou um momento, e depois seguiu para o Mercado do Feno.

Seus olhares dirigiam-se avidamente para a direita e para a esquerda, fazia esforços para examinar cada objeto que via e não podia concentrar a atenção em nada. "Daqui a oito dias, um mês", pensava, "tornarei a passar por aqui; um carro de prisioneiros me conduzirá para qualquer parte. Com que olhos verei então este canal? Ainda repararei naquela tabuleta? Leio nela a palavra COMPANHIA; ainda a lerei como agora? Quais serão as minhas sensações e os meus pensamentos?... Meu Deus, como todas essas coisas são mesquinhas!"

"Pareço um menino, faço pose para mim próprio; e, afinal, por que hei de corar dos meus pensamentos? Eia! Que multidão! Este gorducho — provavelmente alemão — que me empurrou, pensa lá em quem tocou com o cotovelo? E esta mulher, que traz uma criança pela mão e pede esmola, provavelmente julga-me mais feliz do que ela... Tem graça! Eu devia dar-lhe alguma coisa pela singularidade do fato. Hein? Por acaso terei cinco copeques no bolso? Bem, toma lá *matovelka*!"

— Que Deus te conserve! — disse a mendiga em tom piedoso.

O Mercado do Feno estava cheio de gente. Esse fato desagradou muito a Raskólnikov; todavia, dirigiu-se precisamente para o lado em que a multidão era mais intensa. Teria comprado a solidão por qualquer preço, mas sentiu que não poderia gozá-la. Tendo chegado ao meio da praça, lembrou-se das palavras de Sônia: "Corre à rua, saúda o povo, beija a terra que manchaste com o teu pecado e dize bem alto, à face do mundo: 'Eu sou um assassino!'

A essa lembrança estremeceu sem querer.

As angústias dos dias passados tinham-no de tal modo transformado, que se julgou feliz por sentir-se ainda acessível a esta sensação a que se abandonou.

Sentiu-se invadido por uma onda de ternura e dos olhos caíram-lhe lágrimas.

Pôs-se de joelhos no meio da praça, curvou-se até o chão e beijou o solo enlameado.

Depois, ajoelhou-se novamente.

— Aqui está um que não se poupou! — disse alguém a seu lado.

Esta frase foi acolhida com gargalhadas.

— É um peregrino que vai a Jerusalém, meus amigos; despede-se dos filhos e da pátria; saúda toda a gente e dá o beijo de despedida a São Petersburgo, à capital — acrescentou um burguês meio bêbado.

— E ainda novo — disse um outro.

— E é nobre — observou alguém, seriamente.

— Atualmente já não se distinguem os nobres.

Vendo que era objeto da atenção geral, Raskólnikov perdeu um pouco a serenidade, e as palavras "Eu assassinei", quase a sair-lhe da boca, expiraram nos seus lábios. Aliás, as exclamações, os *lazzi* da multidão, deixaram-no indiferente, e foi com a maior placidez que se dirigiu para o comissariado de polícia. No caminho, só uma visão atraía seus olhares, é certo que contava encontrá-la e não se admirou de vê-la.

No momento em que no Mercado do Feno acabava de se prostrar pela segunda *vez,* avistara Sônia. Ela tentara escapar à sua vista, escondendo-se atrás de uma barraca de madeira. De modo que ela seguia-o enquanto ele subia o seu calvário!

Desde esse instante ele teve a certeza de que Sônia lhe pertencia para sempre, o seguiria por toda parte, ainda que seu destino o levasse ao fim do mundo.

Chegou enfim ao lugar fatal. Entrou no pátio com passo bastante firme. O comissariado era no terceiro andar do prédio.

Como por ocasião da sua primeira visita, a escada estava cheia de imundícies, empestada de exalações das cozinhas abertas para cada patamar.

As pernas enfraqueciam-se-lhe enquanto ia subindo.

Parou um instante para tomar fôlego e preparar a entrada. "Mas para quê?", perguntou de repente a si próprio. "Visto que é preciso esgotar este cálice, que importa o modo de o beber? Quanto mais amargo, melhor." Depois lembrou-se de Iliá Pietróvitch, o tenente Pólvora. "De fato é com ele que *vou* falar? Não poderia dirigir-me a outro, a Nikodim Fomitch, por exemplo? Se fosse agora procurar o comissário de polícia em casa e lhe contasse tudo. Não, não! Falarei com Pólvora, acaba-se mais depressa com isto..."

Tremendo, sem ter bem consciência de si próprio, Raskólnikov abriu a porta. Dessa vez só encontrou na antecâmara um *dvornik* e um homem do povo. O contínuo nem deu por ele. O jovem dirigiu-

-se à sala seguinte, onde trabalhavam dois escreventes. Nem Zametov nem Nikodim Fomitch estavam ali.

— Não há ninguém? — perguntou a um dos empregados.

— Quem o senhor procura?

— A... a... ah! — Sem lhe ouvir as palavras, sem lhe ver a cara, adivinhei a presença de um russo... como se diz não sei em que conto... — Os meus respeitos! — disse logo uma voz conhecida.

Raskólnikov estremeceu: o Pólvora estava diante dele; acabava de sair de uma outra sala. "O destino assim o quis", pensou ele.

— O senhor por aqui?! Que motivo... — exclamou Iliá Pietróvitch, que parecia estar de bom humor e até um tanto alegre. Se vem tratar de alguma coisa, ainda é muito cedo.[21] Estou aqui por acaso... Ademais, em que posso eu... Confesso que não o... Como? Como? Peço perdão...

— Raskólnikov.

— Ah, sim, Raskólnikov! O senhor julgou que eu me esquecera! Peço-lhe que não me julgue tão... Ródion... Ró... Rodionitch, não?

— Ródion Românovitch.

— Sim, sim, sim! Ródion Românovitch! Tinha o nome na ponta da língua. Confesso-lhe que lamento o modo com que procedemos com o senhor outro dia... Mais tarde explicaram-me; soube que o senhor era um jovem escritor, um sábio mesmo... soube que estreara na carreira das letras... Eh, meu Deus! Qual é o literato, qual é o sábio que nos seus princípios não teve mais ou menos a vida de boêmio? Minha mulher e eu adoramos a literatura, mas minha mulher, então!... É doida pelas letras e pela arte!... Salvo o nascimento, tudo o mais se pode adquirir com talento, o saber, a inteligência, o gênio! Que significa, por exemplo, um chapéu? Posso ir comprar um no

---

[21] Dostoiévski esqueceu-se de que a cena se passara à tarde, portanto, devia dizer: já é muito tarde.

Zimmerman; mas o que se abriga sob o chapéu, isso é que eu não compro em parte alguma! Confesso que queria até ir visitá-lo para lhe dar explicações, mas pensei que talvez o senhor mesmo... Parece que sua família está agora em São Petersburgo?

— Sim, minha mãe e minha irmã.

— Eu já tive a honra e o prazer de ver sua irmã — é uma senhorita encantadora e distinta. Realmente, deploro que há tempos altercássemos daquele jeito. Quanto às conjeturas sobre o seu desmaio, depois reconheceu-se a falsidade delas. Compreendo a indignação que o senhor sentiu. Agora, como sua família veio para São Petersburgo, vai mudar de casa?

— Não, por ora, não. Eu vinha procurar... Julgava encontrar Zametov.

— Mas Zametov não está mais aqui. Deixou-nos ontem; houve até, antes da sua partida, troca de palavras azedas entre ele e nós... É um pobre-diabo, nada mais; dava esperanças, mas teve a desgraça de frequentar certa sociedade brilhante e meteu-se-lhe na cabeça fazer exames para poder fingir-se sábio. Isto é, Zametov não tem nada de comum com o senhor, por exemplo, ou com o senhor Razumíkhin, seu amigo. Os senhores abraçaram a ciência e os reveses não os fizeram abandoná-la. Para os senhores, o conforto da vida *nihil est* tem tido a existência austera, ascética, do homem de estudo. Um livro, uma pena, uma indagação científica a fazer; isso lhe basta para a felicidade! Eu próprio, até um certo ponto... O senhor leu a correspondência de Livingstone?

— Não.

— Eu li. Aliás, o número de niilistas aumentou agora, o que não é de admirar numa época como a nossa. Aqui entre nós... o senhor não é niilista? Responda francamente, francamente!

— Não.

— Não receie ser franco comigo, como o seria consigo mesmo! Uma coisa é o serviço, outra coisa... o senhor julga que eu ia dizer *amizade*? Enganou-se, amizade, não, mas o sentimento da humanidade e do amor a Deus. Eu posso ser uma personagem oficial, um funcionário; nem por isso deixo de ser um homem, um cidadão. O senhor falava de Zametov; pois bem, Zametov é um rapaz que copia o *chic* francês, que faz chinfrim nas casas duvidosas, mal bebe um copo de champanhe ou de vinho do Don — aí está o que é o Zametov! Fui talvez um pouco severo com ele; mas se minha cólera me levou muito longe, nem por isso deixava de obedecer a um sentimento elevado: o zelo pelo serviço. Aliás, tenho um emprego, importância social! Sou casado, pai de família. Cumpro meu dever de homem e de cidadão, enquanto ele... Que é ele, consinta que lhe pergunte? Dirijo-me ao senhor como um homem ilustre... Aí tem, as parteiras multiplicaram-se também de um modo extraordinário.

Raskólnikov olhou aturdido para o tenente. As palavras de Iliá Pietróvitch, que evidentemente acabara de jantar, ressoavam-lhe aos ouvidos vazias de sentido. Todavia, melhor ou pior, compreendia algumas. Naquele momento interrogava-o com os olhos e não sabia como tudo aquilo acabaria.

— Refiro-me a essas moças que usam o cabelo cortado à Tito — continuou. — Chamo-as parteiras e o nome parece-me bem achado. Eh! Médicas, mulheres que estudam anatomia! Ora, diga-me, se eu adoecer, hei de tratar-me com uma moça? Eh!, eh!

Iliá Pietróvitch pôs-se a rir, deliciado, com o seu espírito.

— Compreendo que todo mundo tenha vontade de se instruir; mas não pode haver instrução sem se cair nesses excessos? Por que é preciso ser insolente? Para que é preciso insultar os homens respeitáveis, como esse mariola do Zametov? Por que ele me injuriou? Outra epidemia que faz terríveis progressos é a do suicídio. Comem tudo quanto têm e depois matam-se! Velhos, rapazolas, meninas, passam-se desta para melhor!... Ainda há pouco soubemos que um tal, chegado agora, acabava de pôr termo à vida. Nil Palvitch, eh! Nil Palvitch! Como se chamava o sujeito que deu um tiro na cabeça na Petersburgskaia?

— Svidrigailov — respondeu com voz rouca alguém que se achava na sala ao lado.

Raskólnikov estremeceu.

— Svidrigailov! Svidrigailov deu um tiro na cabeça?! — exclamou.

— Como! O senhor conhecia-o?

— Conhecia... Chegara há pouco tempo...

— Efetivamente, tinha chegado há pouco. Enviuvara. Era debochado. Matou-se com um tiro de revólver em condições escandalosas. Encontrou-se com ele uma carteira onde escrevera algumas palavras: "Morro em plena posse das minhas faculdades intelectuais; não acusem ninguém da minha morte..." Esse homem parece que tinha fortuna. De onde o conhecia?

— Sim... conhecia-o pessoalmente... minha irmã foi governanta da família dele.

— Bem!... Mas então o senhor pode prestar informações. Desconfiava de sua intenção?

— Vi-o ontem... estava bebendo champanhe... não desconfiei de nada.

Raskólnikov sentia como que uma montanha sobre o peito.

— Aí está o senhor a empalidecer, se não me engano o ar desta casa está sufocante...

— Sim, é tempo de ir-me embora — balbuciou ele. — Peço desculpa por tê-lo incomodado...

— Ora essa, estou sempre a seu dispor! O senhor deu-me muito prazer e tenho gosto em declarar...

Pronunciando estas palavras, Iliá Pietróvitch estendeu a mão ao jovem.

— Eu queria somente... Vim ver Zametov.

— Compreendo, compreendo, encantado pela sua visita...

— Eu... também... até outra vez — disse Raskólnikov com um sorriso.

Saiu vacilando. A cabeça girava. Mal se podia ter de pé, e ao descer a escada foi forçado a apoiar-se à parede para não cair. Pareceu-lhe que um *dvornik*, que ia para o comissariado, o acotovelara ao passar, que um cão ladrava no primeiro andar e que uma mulher gritava para fazer calar o cão. Atravessou o pátio. De pé, não longe da porta, Sônia, pálida, contemplava-o com um ar estranho. Parou em frente dela. A moça bateu com as mãos uma na outra; seu rosto exprimia terrível desespero. Atentando nisso Raskólnikov sorriu, mas com que sorriso! Um instante depois entrava novamente no comissariado de polícia.

Iliá Pietróvitch estava em frente à mesa. Junto dele, de pé, o mesmo mujique que pouco antes, na escada, o acotovelara.

— Ah! o senhor outra vez! Esqueceu alguma coisa? Mas que tem?

Com os lábios descorados, o olhar fixo, Raskólnikov adiantou-se lentamente para Iliá Pietróvitch. Apoiando a mão na mesa ante a qual estava sentado o tenente, quis falar mas só pôde proferir sons vagos.

— O senhor não está bem; uma cadeira! Sente-se! Água!

Raskólnikov deixou-se cair na cadeira que lhe ofereciam, sem deixar de fixar Petróvitch, cujo rosto exprimia grande surpresa.

Durante um minuto olharam-se em silêncio.

Trouxeram água.

— Fui eu... — começou Raskólnikov.

— Beba.

Ele repeliu com um gesto o copo e, em voz baixa, mas distinta, fez, interrompendo-se por vezes, a seguinte declaração:

— *Fui eu que assassinei a golpes de machado, para roubar, a velha adeleira e sua irmã Isabel.*

Iliá Pietróvitch ficou boquiaberto.

Acudiu gente de todos os lados.

Raskólnikov renovou as declarações.

Epílogo

I

A Sibéria.

À margem de um rio largo e deserto ergue-se uma cidade, que é um dos centros oficiais da Rússia. Na cidade existe uma fortaleza e na fortaleza uma prisão. Na prisão está há nove meses Ródion Românovitch Raskólnikov, condenado a trabalhos forçados. Perto de 18 meses passaram desde o dia em que cometeu o crime.

Na formação do processo não houve embaraços. O culpado renovou as declarações com nitidez e precisão, sem torcer as circunstâncias, sem lhes amenizar o horror, sem fugir aos fatos, sem esquecer os menores detalhes. Fez uma narração completa: desvendou o caso do objeto visto nas mãos da velha (lembram-se de que era um pedaço de madeira preso a uma lâmina?); contou como tirara as chaves do bolso da vítima, descreveu essas chaves e o cofre e indicou o que vira; explicou a morte de Isabel; contou como Kokh batera na porta, como depois dele viera um estudante; referiu a conversa entre os dois; como, depois, ele correra para a escada, ouvira os gritos de Micolai e Mitka, escondera-se no quarto vazio e voltara para casa. Afinal, quanto aos objetos roubados, disse que os escondera sob uma pedra, num pátio que dava para a rua Voznesênski, e lá foram encontrados. Enfim, fez-se luz sobre tudo. O que, entre outras coisas, surpreendia os juízes era que, em vez de aproveitar o roubo, ele fosse escondê-lo; e ainda menos compreendiam que não só não lembrasse de todos os objetos roubados, mas que até se enganasse no número.

Ademais, achava-se incrível que não tivesse aberto a bolsa uma só vez e ignorasse o que continha. (Eram 317 rublos e três moedas de vinte copeques; por causa da umidade as notas estavam deterioradas.) Durante muito tempo deu-lhes o que pensar por que razão nesse único ponto o acusado mentia, ao passo que sobre o resto dizia a verdade. Por fim alguns (especialmente os psicólogos) admitiram a possibilidade de ele não ter aberto a bolsa e de se ter, portanto, livrado dela sem saber o que continha; mas disso concluíram que o próprio crime fora cometido sob influência de loucura. O culpado, disseram, cedera à monomania do assassínio e do roubo, sem objetivo fixo, sem cálculo. Era uma ocasião de proclamar a teoria nova da alienação temporária; teoria com a qual se procura hoje explicar os crimes de certos homens. Além disso, a doença hipocondríaca de que Raskólnikov sofria era atestada por muitas testemunhas: o doutor Zózimov, antigos camaradas do réu, a sua hospedeira, os criados. Tudo isso fazia crer que Raskólnikov não era um assassino vulgar. Com grande espanto dos próprios partidários da opinião, ele não tentou defender-se; interrogado sobre os motivos, declarou com franqueza brutal que fora levado pela miséria: esperava, disse, encontrar em casa da vítima ao menos três mil rublos e contava com isso garantir seu começo de vida. Seu caráter, leviano e baixo, exasperado pelas privações, fizera dele um assassino. Quando lhe perguntaram por que fora entregar-se, respondeu que representara a comédia do arrependimento. Tudo isso foi dito com cinismo...

Todavia a sentença foi menos severa de que se presumia, em atenção ao crime; foi talvez favorável ao acusado o fato de, em vez de pretender desculpar-se, mostrar-se antes empenhado em acusar-se. Todas as particularidades do caso foram levadas em consideração.

O estado de doença e de pobreza em que se encontrava o réu antes do crime não podia oferecer dúvida nenhuma.

Como não se serviu do roubo, supôs-se que ou o remorso o impedira disso, ou que as suas faculdades mentais estavam variando quando praticou o crime. A morte, não premeditada, de Isabel, deu também um argumento em apoio desta última ideia; um homem pratica dois assassínios e esquece-se de que a porta está aberta! Enfim, ele fora entregar-se, e isso justamente no momento em que as falsas confissões de um fanático (Micolai) acabavam de desnortear a instrução; na ocasião em que a justiça estava longe de conhecer o verdadeiro culpado (Porfírio Petróvitch cumpriu religiosamente sua palavra); todos esses fatos contribuíram para moderar a severidade da pena.

Por outro lado, os debates puseram em evidência fatos honrosos para o réu. Uns documentos apresentados pelo estudante Razumíkhin provavam que, na universidade, Raskólnikov tinha repartido seus poucos recursos, durante seis meses, com um colega pobre, doente, que morrera, deixando na penúria o pai enfermo, de quem era, desde os 13 anos, o único amparo; Raskólnikov fizera o velho entrar numa casa de saúde e depois pagara as despesas do enterro.

O testemunho da viúva Zarnitzine foi também muito favorável. Declarou que na época em que morava nos Cinco Cantos com o seu inquilino, tendo havido um incêndio numa casa, à noite, ele arriscara a vida, salvando duas criancinhas; e que ficara até gravemente ferido ao praticar esse ato. Fez-se um inquérito relativamente a esse fato e numerosas testemunhas certificaram sua exatidão. Enfim, o tribunal, atendendo às confissões do réu, bem como aos seus bons antecedentes, condenou-o apenas a oito anos de trabalhos forçados.

Logo ao começar os debates, a mãe de Raskólnikov adoeceu. Dúnia e Razumíkhin acharam um meio de afastá-la de São Petersburgo durante o processo. Razumíkhin escolheu uma cidade onde passava a estrada de ferro e situada a pequena distância da capital; nessas condições podia seguir as audiências e ver bastantes vezes Avdótia Romanovna.

A doença de Pulquéria Alexandrovna era uma afecção nervosa com desarranjo das faculdades mentais.

Quando voltou para casa, depois da última entrevista com o irmão, Dúnia encontrara a mãe bem doente, febril, delirando. Nessa mesma noite combinou com Razumíkhin as respostas a dar quando Pulquéria Alexandrovna pedisse notícias do filho: inventaram uma história, em que Raskólnikov fora enviado para muito longe, para os confins da Rússia, com uma missão que devia trazer-lhe honra e proveitos. Mas para grande surpresa deles, a pobre mulher nunca os interrogou sobre isso.

Ela própria inventara um romance para explicar o desaparecimento do filho; contava, chorando, a visita de despedida que ele lhe fizera, dando a entender que conhecia muitas coisas misteriosas e graves: Ródion era obrigado a esconder-se porque tinha inimigos poderosos; ademais, ela não duvidava que o futuro deles fosse brilhante, logo que fossem removidas certas dificuldades; assegurava a Razumíkhin que, com o correr do tempo, seu filho seria um homem eminente; tinha a prova disso no artigo que ele escrevera, o qual denunciava um talento notável.

Esse artigo lia-o ela sempre, às vezes em voz alta; quase se podia dizer que dormia com ele; e, no entanto, não perguntava onde estava Ródia, apesar do cuidado que havia em evitar o assunto, o que lhe devia causar suspeita.

O silêncio singular de Pulquéria Alexandrovna sobre alguns pontos acabou por inquietar Avdótia Romanovna e Razumíkhin.

Por exemplo: ela não se queixava de o filho não lhe escrever, quando outrora esperava sempre com impaciência as cartas do seu querido Ródia.

Esta última circunstância era de tal forma inexplicável que Dúnia começou a angustiar-se.

Veio-lhe à ideia que sua mãe pressentia uma desgraça terrível sucedida a Ródia e que não ousava interrogá-los com receio de saber alguma coisa ainda pior.

Em todo caso, Dúnia percebia que a mãe tinha o cérebro alterado. Ela própria, porém, por duas vezes dirigiu a conversa de tal maneira que foi impossível responder-lhe sem lhe dizer onde se achava Ródia. Em seguida às respostas embaraçadas que lhe deram, caiu numa profunda tristeza; durante muito tempo viram-na sombria e taciturna.

Dúnia reconheceu, enfim, que as mentiras não surtiam efeito e o melhor era fazer silêncio absoluto; mas cada vez se lhe tornou mais evidente que a mãe suspeitava o que quer que fosse de horrível. Dúnia sabia especialmente — tinha-lhe dito o irmão — que a mãe a ouvira falar sonhando na noite posterior à sua entrevista com Svidrigailov; as palavras que lhe haviam escapado durante o delírio não teriam projetado uma luz sinistra no espírito da pobre senhora?

Depois de dias e semanas de um mutismo sombrio e lágrimas silenciosas, produzia-se às vezes na doente uma espécie de acesso histérico. Punha-se de repente a falar alto do filho, das suas esperanças, do seu futuro...

A sentença foi dada cinco meses após a confissão feita pelo criminoso. Logo que possível, Razumíkhin foi vê-lo na prisão. Sônia também. Chegou enfim o momento da partida. Dúnia e Razumíkhin juraram a Ródion que aquela separação não seria eterna. Dmitri Prokófitch tinha um projeto firmemente resolvido no seu espírito: juntariam algum dinheiro durante três ou quatro anos, depois partiriam para a Sibéria, país onde as riquezas só esperam capitais e braços para serem exploradas; estabelecer-se-iam no lugar onde Ródia estivesse, e recomeçariam uma vida nova. Todos choraram à despedida. Havia alguns dias Raskólnikov mostrava-se bastante inquieto, multiplicava as perguntas sobre a mãe, pedia notícias dela constantemente. Essa excessiva preocupação afligia Dúnia. Quando lhe falaram claramente sobre o estado de Pulquéria Alexandrovna, ficou extremamente taciturno.

No momento do último adeus o condenado teve um sorriso estranho, ouvindo sua irmã e Razumíkhin falaram-lhe do futuro próspero que se abriria para eles depois da sua saída da prisão; ele previa que a doença da mãe não tardaria a matá-la. Enfim, Raskólnikov e Sônia partiram.

Dois meses depois, Dunetchka casou com Razumíkhin. Foi uma boda modesta e triste. Entre os convidados estavam Porfírio Petróvitch e Zózimov. Havia algum tempo que Razumíkhin se transformara. Dúnia acreditava que ele poria em execução todos os seus projetos e não podia deixar de acreditar porque lhe conhecia a vontade forte. Dmitri começou reingressando na universidade para terminar o curso. Os dois esposos falavam sempre de planos de futuro, tinham ambos a firme intenção de partir para a Sibéria dentro de cinco anos. Enquanto não iam, contavam com Sônia para os substituir lá...

Pulquéria Alexandrovna deu com prazer a mão de sua filha a Razumíkhin; mas, depois do casamento, pareceu ficar ainda mais inquieta e triste. Para lhe dar alguns momentos agradáveis, Razumíkhin contou-lhe a bela ação de Raskólnikov relativa ao estudante e o seu velho pai; contou-lhe também como, no ano anterior, Ródia expusera a vida para salvar duas crianças num incêndio. Essas narrativas exaltaram até o mais alto grau o espírito já perturbado de Pulquéria Alexandrovna. Não falava de outra coisa, na rua mesmo contava esses casos aos transeuntes (apesar de Dúnia acompanhá-la sempre). Nos carros, nas lojas, em toda parte onde encontrava um ouvinte benévolo, referia-se logo ao filho, à bondade do filho para com um estudante, a corajosa dedicação de que seu filho dera prova num incêndio etc. Dunetchka não sabia como fazê-la calar-se.

Aquela excitação doentia tinha os seus perigos; além de esgotar as forças da pobre mulher, podia dar-se o caso de alguém ouvindo nomear Raskólnikov, vir a falar no processo. Pulquéria Alexandrovna conseguiu até indagar o endereço da mulher cujos filhos tinham sido salvos por Ródion e quis ir vê-la. Por fim sua agitação atingiu os últimos limites. Às vezes desfazia-se em lágrimas, tinha acessos febris durante os quais delirava.

Uma manhã declarou que, pelos seus cálculos, Ródia devia estar de volta, porque, quando ele lhe dissera adeus, tinha dito que voltaria daí a nove meses. Começou, pois, a preparar tudo prevendo a próxima vinda do filho, destinando-lhe seu próprio quarto; pôs-se a arranjá-lo: espanou os móveis, lavou o soalho, substituiu as cortinas etc. Dúnia, muito aflita, não dizia nada, e até ajudava a mãe nesse trabalho.

Após um dia todo de visões loucas, de sonhos felizes e de lágrimas, Pulquéria Alexandrovna foi atacada de febre. Quinze dias depois morreu. Algumas palavras pronunciadas em delírio deram a entender que ela adivinhara quase inteiramente o terrível segredo, que se tinham esforçado por lhe ocultar.

Raskólnikov ignorou por muito tempo a morte de sua mãe, embora desde sua chegada à Sibéria recebesse sempre notícias da família por intermédio de Sônia. Todos os meses ela escrevia uma carta a Razumíkhin e todos os meses lhe respondiam. No princípio as cartas de Sônia pareciam a Dúnia e a Razumíkhin um pouco secas; mas depois ambos compreenderam que era impossível escrevê-las melhor, visto que eles encontravam nelas os dados mais completos e mais precisos sobre a situação de seu desgraçado Ródia. Sônia descrevia de uma maneira muito simples e muito clara toda a vida de Raskólnikov na prisão. Não falava das suas primeiras esperanças, nem das suas ideias quanto ao futuro, nem dos seus sentimentos pessoais. Em vez de explicar o estado moral, a vida interior do condenado, limitava-se a citar fatos, isto é, as próprias palavras ditas por ele; dava notícias de

Raskólnikov, dizia que desejos ele manifestava, que perguntas fizera, do que a tinha encarregado nas suas entrevistas etc.

Mas essas indicações, por muito amplas que fossem, não eram nos primeiros tempos muito consoladoras.

Dúnia e o marido viam pelas cartas de Sônia que o irmão se conservava sombrio; quando ela lhe comunicava as notícias recebidas de São Petersburgo, ele quase nem dava atenção; às vezes pedia informações sobre a mãe, e, quando Sônia, vendo que ele entrevira a verdade, lhe tinha enfim anunciado a morte de Pulquéria Alexandrovna, notara, com surpresa, que ele ficara impassível.

"Embora pareça estranho a tudo quanto o cerca", escrevia Sônia, "encara francamente sua vida nova, compreende bem a situação, não espera nada melhor, não se embala com esperanças frívolas, nem sucumbe neste meio que difere tanto do antigo... Seu estado de saúde é bom. Vai para o trabalho sem repugnância. É quase indiferente à alimentação, mas, salvo no domingo e nos dias de festa, ela é tão má que Ródion aceitou de mim algum dinheiro para ter chá todos os dias. Quanto ao resto, pede-me que não me inquiete, porque não gosta que se ocupem dele".

"Na prisão", dizia outra carta, "vive em comum com os outros; eu não visitei a fortaleza, mas tenho razões para pensar que lá se vive muito mal. Ródion dorme num leito de campanha com um lençol de feltro e não quer outro. Se recusa tudo o que poderia tornar-lhe a vida material menos má, não é por princípios, ou em virtude de premeditação, mas somente por indiferença".

Sônia confessava que, no princípio, as visitas, em vez de darem prazer, lhe causavam uma espécie de irritação: só saía da mudez para dizer grosserias. Mais tarde, é verdade, essas entrevistas tornaram-se para ele um hábito, quase que uma necessidade, a tal ponto que ficara muito triste quando uma indisposição de alguns dias obrigou Sônia a interromper as visitas.

Nos dias santificados, viam-se ou à porta da prisão ou na casa da guarda, onde levavam por alguns minutos o prisioneiro quando ela o mandava chamar; nos dias úteis, ela ia vê-lo no trabalho; nas oficinas, nos fornos, nos telheiros às margens do Irtch.

Quanto a ela, Sônia dizia que fizera relações, que vivia da costura e que, não tendo na cidade nenhuma modista, arranjara razoável clientela. O que ela não dizia é que tinha pedido proteção para Raskólnikov; que, graças a ela, o prisioneiro fora dispensado dos trabalhos mais grosseiros etc.

Por fim, Razumíkhin e Dúnia souberam que Raskólnikov evitava todo mundo, que seus companheiros não o estimavam, que ficava calado dias inteiros e estava abatido.

Dúnia já notara certa inquietação nas últimas cartas de Sônia. Subitamente ela escreveu que ele caíra gravemente doente, tendo dado entrado no hospital da prisão...

II

Já há muito tempo que ele estava doente; mas o que lhe abatia as forças não eram os horrores da prisão, nem o trabalho, nem a alimentação, nem a vergonha de lhe raparem a cabeça a navalha e de vestir andrajos. Oh! Que lhe importavam essas atribulações, essas misérias? Ao contrário, tinha até satisfação em trabalhar: a fadiga física dava-lhe pelo menos algumas horas de sono tranquilo. E que significava para ele a alimentação — aquela má sopa de couves em que se encontravam baratas? Outrora, quando estudante, muitas vezes se daria por feliz se tivesse isso para comer. A roupa era quente e própria ao seu gênero de vida. Quanto aos grilhões, nem lhe, sentia o peso. Restava a humilhação de trazer a cabeça rapada e o vestuário de preso. Mas diante de quem podia ele corar? Diante de Sônia? Ela tinha medo dele; como podia corar diante dela?

Todavia, a vergonha constrangia-o mesmo para com a própria Sônia; era por isso que se mostrava grosseiro e desdenhoso. Mas essa vergonha não era nem dos grilhões nem da cabeça rapada; seu orgulho fora ferido cruelmente; e dessa ferida é que ele sofria. Oh! Como teria sido feliz se se pudesse acusar! Então suportaria tudo, até a vergonha e a desonra. Mas por mais que pensasse, sua consciência endurecida não encontrava no passado nenhuma falta horrorosa; só se arrependia de ter sido malsucedido, o que podia acontecer a todo mundo. O que o humilhava era ver-se, ele, Raskólnikov, perdido estupidamente, perdido sem remissão e ter de submeter-se, resignar-se, se quisesse encontrar um pouco de sossego.

Uma inquietação sem objetivo e sem fim no presente, um sacrifício contínuo no futuro — eis o que lhe restava na terra. Vão consolo para ele, pensar que dali a oito anos só teria 32 anos e que nessa idade poderia recomeçar a vida! Viver para quê? Viver por viver? Mas ele sempre estivera pronto a jogar a vida por uma ideia, uma esperança, até por uma fantasia. Fizera sempre pouco caso da vida pura e simples; quis sempre mais alguma coisa. Talvez a força dos seus desejos o fizera crer, outrora, que era desses homens a quem é permitido mais que aos outros.

Ainda se o destino lhe tivesse dado o arrependimento, o arrependimento que despedaça o coração, que tira o sono, o arrependimento cujos tormentos são tais que um homem se suicida para lhe escapar! Oh! Ele tê-lo-ia acolhido com alegria! Sofrer e chorar — ainda é viver. Mas ele não se arrependia do seu crime.

Ao menos poderia arrepender-se, como antes, pelas ações estúpidas e odiosas que o tinham levado à prisão. Mas agora, no isolamento do cativeiro, refletia de novo sobre seu procedimento passado e já não o achava tão odioso nem tão estúpido.

"Em que consistia a minha ideia", pensava ele, "mais estúpida que as outras ideias e teorias que se debatem desde que o mundo existe? Basta ver o caso de um ponto de vista amplo, independente, sem preconceitos, e então certamente essa ideia já não parecerá tão... singular. Ó vós que vos dizeis livres-pensadores, filósofos de cinco copeques, por que parais a meio caminho?".

"E por que classificais de vil o meu ato?", perguntava a si próprio. "Por que é um crime? Que significa a palavra crime? A minha consciência está tranquila. Sem dúvida foi um ato ilegal, violei a letra da lei, derramei sangue; pois bem, enforcai-me... e acabou-se! Decerto, nesse caso, muitos dos benfeitores da humanidade, daqueles que não tiveram o poder por herança, mas que se apoderaram dele à força, deveriam ter sido supliciados. Mas esses foram até o fim e isso os justifica; enquanto que eu não prossegui. Por conseguinte, não tinha o direito de começar."

Só reconhecia que andara mal numa coisa: em ter fraquejado; ter ido entregar-se.

Outro pensamento fazia-o sofrer também: por que não se matara? Por que preferira entregar-se à polícia, em vez de se jogar na água? Era tão difícil vencer o amor à vida? Todavia Svidrigailov triunfara em relação a ele!

Interrogava-se dolorosamente sobre isso, e não podia compreender que no próprio momento em que, junto do Neva, pensava no suicídio, pressentia talvez em si e nas suas convicções um erro profundo. Não compreendia que esse pressentimento podia conter em germe uma nova ideia de vida, que podia ser o início de uma revolução na sua existência, o primeiro sinal da sua ressurreição. Admitia apenas que tinha cedido por covardia, à força bruta do instinto.

O espetáculo que lhe davam os companheiros de prisão espantava-o. Como todos amavam a vida! Como a queriam! Parecia até a ele que esse sentimento era mais forte no prisioneiro do que no homem livre. Que horríveis sofrimentos suportavam alguns daqueles desgraçados, o vagabundo, por exemplo! Como se compreendia que tivessem tanto valor a seus olhos um raio de sol, uma floresta virgem, a fria primavera oculta em algum recanto invisível, que o vagabundo marcara três anos antes e aspirava revê-la como se fosse a própria namorada, sonhando com a verde relva em torno e as aves cantando no bosque? E à medida que os observava atentamente, descobria fatos ainda mais inexplicáveis.

Na prisão, no meio em que estava, muitas coisas, sem dúvida, lhe escapavam; aliás, ele não queria fixar a atenção em nada. Vivia, por assim dizer, com os olhos meio fechados, achando insuportável olhar em volta. Mas, com o tempo, muitos fatos o impressionaram, e de certo modo e a seu pesar começou a notar o que a princípio nem tinha pensado. O que mais o espantava era o abismo espantoso, invencível, que existia entre ele e aquela gente. Dir-se-ia que ele e outros pertenciam a nações diferentes. Encaravam-se com desconfiança e hostilidade recíprocas. Ele sabia e compreendia as causas desse fenômeno, mas nunca até então as supusera tão fortes e tão profundas. Além dos criminosos de direito comum havia na fortaleza polacos condenados por crimes políticos. Estes consideravam os outros simples animais e desprezavam-nos; mas Raskólnikov não podia concordar com aquilo, pois observava que muitos pontos de vista esses animais eram muito mais inteligentes que os próprios polacos. Também havia russos lá — um antigo oficial e dois seminaristas, que desprezavam a plebe da prisão. Raskólnikov notou também o erro deles.

Quanto a ele, Ródion, não o estimavam; evitavam-no. Acabaram até por odiá-lo. Por quê? Ignorava-o. Malfeitores, cem vezes mais culpados que ele, desprezavam-no, escarneciam dele: seu crime era objeto de sarcasmos.

— Tu és um *bárine*! — diziam-lhe. — Não devias matar a golpes de machado: isso não é próprio de um *bárine*.

Na segunda semana da Quaresma teve de assistir aos ofícios religiosos com seus camaradas. Foi à igreja e rezou. Um dia, sem ele mesmo saber por que motivo, os companheiros fizeram-no passar um mau quarto de hora. Viu-se assaltado por eles.

— Tu és um ateu! Tu não crês em Deus! — gritavam furiosos. Matemo-lo!

Ele nunca lhes falara nem de Deus nem da religião, e no entanto eles queriam matá-lo como ateu. Não lhes respondeu. Um prisioneiro, no auge da fúria, lançava-se já sobre ele; Raskólnikov, sereno e silencioso, esperava-o sem pestanejar, sem que músculo algum do rosto se movesse. Um guarda lançou-se a tempo entre ele e o agressor — um instante mais tarde teria corrido sangue.

Havia ainda outra questão inexplicável para ele: por que todos estimavam tanto Sônia? Ela não procurava captar as boas graças de ninguém; eles poucas vezes tinham ocasiões de vê-la; só uma vez ou outra a viam, quando ia passar alguns instantes com ele. E, no entanto, todos a conheciam, não ignoravam que ela o seguira, sabiam como vivia e onde vivia. Sônia não lhes dava dinheiro nem lhes prestava serviços. Só uma vez, pelo Natal, levou um presente para toda a turma: bolos e *kalátchi*. Mas pouco a pouco entre eles e Sônia estabeleceram-se certas relações; ela escrevia-lhes as cartas para as famílias e punha-as no correio. Quando os parentes dos presos vinham à cidade, era nas mãos de Sônia que entregavam os objetos e até o dinheiro destinado a estes. As mulheres e as amantes dos presos conheciam-na e iam à casa dela. Quando visitava Raskólnikov, entre os camaradas, ou quando encontrava um grupo dirigindo-se para o trabalho, todos tiravam os bonés, todos se inclinavam: "*Matuchka*, Sófia Semenovna, tu és a nossa querida mãezinha!", diziam os condenados à delicada criatura. Ela saudava-os sorrindo e todos ficavam contentes. Eles gostavam até da sua maneira de andar e voltavam-se para a seguirem com os olhos quando ela se ia. E que elogios lhe faziam! Até a louvavam por ser pequenina.

Raskólnikov esteve no hospital quase toda a Quaresma e a semana da Páscoa. Restabelecido, lembrou-se dos sonhos que tivera durante a doença. Parecia-lhe então ver o mundo assolado por um flagelo terrível e sem precedentes, que vindo, do fundo da Ásia, caíra sobre a Europa. Todos deviam morrer, salvo um reduzido número de privilegiados. Uns seres microscópicos, triquinas de nova espécie, introduziam-se nos corpos. Mas esses seres eram dotados de inteligência e vontade. Os indivíduos infectados ficavam logo doidos furiosos. Todavia, coisa singular, nunca os homens se julgavam tão sábios, tão seguros da verdade, como esses desgraçados. Nunca tinham tido mais confiança na infalibilidade dos seus juízos, na solidez das conclusões científicas e dos princípios morais. Aldeias, cidades, povos inteiros eram atacados pela moléstia e perdiam o juízo, não se compreendendo uns aos outros.

Cada qual julgava saber, ele só, a verdade inteira e, contemplando os outros, afligia-se, batia no peito, chorava e torcia as mãos. Ninguém se entendia sobre o bem e o mal nem sabia quem se havia de condenar ou absolver. Matavam-se uns aos outros levados por uma cólera absurda. Reuniam-se formando grandes exércitos, mas, começada a campanha, as tropas dividiam-se, as fileiras rompiam-se, os guerreiros atiravam-se uns contra os outros, assassinavam-se e devoravam-se. Nas cidades tocava-se a rebate, todavia, mas por que e a que propósito? Ninguém sabia e todos andavam inquietos. Cada um propunha as suas ideias, as suas reformas e não havia acordo; a agricultura fora abandonada. Aqui e ali se reuniam vários grupos, combinavam uma ação comum, juravam não se separar — mas logo depois esqueciam-se da resolução tomada, começavam a acusar-se uns aos outros, a bater-se, a matar-se. Os incêndios e a fome completavam o triste quadro. Homens e coisas, tudo perecia. O flagelo estendia-se cada vez mais. No mundo só podiam salvar-se alguns homens puros, predestinados a refazer a humanidade, a renovar a vida e a purificar a terra; mas ninguém via esses homens; ninguém ouvia suas palavras e suas vozes.

Estes sonhos absurdos deixaram no seu espírito uma impressão dolorosa que levou muito tempo para se apagar. Veio a segunda semana da Páscoa. O tempo estava quente, sereno, verdadeiramente primaveril; abriram as janelas do hospital (janelas gradeadas sob as quais rondava uma sentinela). Durante toda a doença de Raskólnikov, Sônia só pudera fazer-lhe duas visitas; de cada vez era preciso pedir autorização, difícil de obter; mas muitas vezes, sobretudo à tardinha, ela ia ao pátio do hospital e, durante um minuto, ficava ali a olhar as janelas.

Uma tarde, o prisioneiro, já quase restabelecido, tinha adormecido; quando acordou, aproximou-se casualmente da janela e viu Sônia, que, de pé junto à porta do hospital, parecia esperar alguma coisa. Ao vê-la sentiu como que o coração pungido, estremeceu e afastou-se. No dia seguinte Sônia não veio, no outro também não; notou que a esperava com ansiedade. Quando voltou à prisão, os companheiros participaram-lhe que Sônia estava doente e não saía do quarto.

Ficou muito inquieto e mandou saber notícias dela. Soube logo que a doença não era grave. Sônia, sabendo-o tão preocupado, escreveu-lhe uma carta a lápis informando-o de que estava muito melhor, que tivera um ligeiro resfriado e não tardaria a ir vê-lo. Ao ler essa carta, o coração de Raskólnikov bateu com força.

Às seis horas da manhã foi trabalhar na margem do rio, onde se construía um forno sob um telheiro. Tinham sido mandados para lá apenas três operários. Um deles, seguido do guarda, foi buscar uma ferramenta na fortaleza, o outro começou a aquecer o forno. Raskólnikov saiu do telheiro, sentou-se na barranca e pôs-se a contemplar o rio. Daquela margem elevada via-se extenso panorama. Ao longe, do outro lado do Irtich, cantavam canções cujo vago eco chegava aos ouvidos do prisioneiro. Na imensa estepe cheia de sol as barracas dos nômades pareciam pequenos pontos negros. Lá havia liberdade; lá viviam homens que não se pareciam com os daqui; lá parecia que o tempo não andava desde a época de Abraão e dos seus rebanhos. Raskólnikov devaneava, com os olhos fixos naquela visão; não pensava em coisa alguma, mas uma inquietação o trespassava.

De repente achou-se na presença de Sônia. Ela aproximara-se sem ruído e sentou-se a seu lado. O frio da manhã ainda se fazia sentir. Sônia trazia seu velho albornoz e o lenço verde. Ao chegar junto dele sorriu, mas, segundo o costume, foi com timidez que lhe estendeu a mão. Às vezes até não ousava estendê-la, como se receasse vê-la repelida. Ele parecia sempre apertá-la com repugnância, mostrando-se agastado quando ela chegava, algumas vezes, e não lhe dizia uma só palavra. Havia dias em que ela tremia diante dele e retirava-se aflita. Mas dessa vez suas mãos apertaram-se prolongadamente. Raskólnikov olhou para ela, não disse uma palavra e baixou os olhos. Estavam a sós, ninguém os via. O guarda afastara-se momentaneamente.

Subitamente, e sem que ele mesmo soubesse como, uma força invisível lançou-o aos pés da moça. Abraçou-lhe os joelhos, chorando. No primeiro momento ela ficou assustada e pálida. Levantou-se vivamente e a tremer olhou para Raskólnikov. Mas bastou-lhe esse olhar para compreender tudo. Uma felicidade imensa se via nos seus olhos radiantes; não podia já duvidar de que ele a amava com um amor infinito, finalmente...

Quiseram falar, mas não puderam. Tinham lágrimas nos olhos. Estavam ambos pálidos, mas no seu rosto brilhava já a luz de uma renovação, de um renascimento completo. O amor regenerava-os, o coração de um encerrava uma fonte de vida para o coração do outro.

Resolveram esperar. Tinham ainda sete anos de Sibéria; de que sofrimentos intoleráveis e de que doce felicidade devia ser preenchido para eles esse tempo! Mas ele tinha ressuscitado, sentia-o no seu ser, e Sônia — Sônia só vivia da vida de Raskólnikov.

À noite, depois de trancafiarem os prisioneiros, o jovem deitou-se e pensou nela. Parecia-lhe até que nesse dia todos os presos, os seus antigos inimigos, o tinham olhado de outro modo. Fora ele o primeiro a falar-lhes e eles tinham-lhe respondido com amabilidade.

Pensava nela. Lembrava-se dos pesares que lhe dera constantemente; revia seu pequeno rosto pálido e magro. Mas agora essas lembranças eram apenas um remorso; reconhecia quanto a fizera sofrer, a ela, que o redimia por um amor enorme, eterno, ilimitado.

Sim, que importava todo o horror do passado? Naquela primeira alegria da volta à vida, tudo, até o seu crime, até a sua condenação e a sua ida para o degredo, tudo lhe parecia um fato exterior, estranho; parecia até duvidar que isso tivesse acontecido. Ademais, naquela noite estava incapaz de refletir muito tempo, de fixar o pensamento num objeto qualquer, de resolver um caso com segurança; só tinha sensações. A vida tinha substituído nele o raciocínio.

À cabeceira da cama havia uma Bíblia. Segurou-a maquinalmente. Aquele livro era de Sônia; fora naquele volume que ela lhe lera outrora a passagem da ressurreição de Lázaro.

No princípio de sua prisão, ele esperava uma perseguição religiosa por parte dela. Julgava que ela lhe atiraria sempre a Bíblia ao rosto. Mas, para grande surpresa sua, nem uma só vez ela fez mudar a conversa para esse assunto, nem uma só vez lhe oferecera o livro. Fora ele próprio que o pedira pouco antes da sua doença e ela levou-o sem dizer nada. Até então ele não o abrira.

Também não o abriu dessa vez, mas um pensamento atravessou seu espírito: "As suas convicções podem agora ser diferentes das minhas? Poderei ter acaso outros sentimentos, outras ideias que não sejam os dela?"

Durante esse dia, Sônia esteve também muito inquieta, mas estava tão alegre, e aquela felicidade era uma surpresa tão grande, que quase tinha medo. Sete anos, *somente sete anos*! Na embriaguez das primeiras horas, pouco faltou para que ambos sentissem esses anos como se fossem dias. Raskólnikov ignorava que a nova vida não lhe seria dada de graça teria de adquiri-la à força de longos e dolorosos sacrifícios.

Mas aqui começa uma segunda história, da lenta transformação de um homem, da sua regeneração, da sua passagem gradual de um mundo para outro, travando relações com uma nova e até agora completamente desconhecida realidade. Podia ser o motivo de uma nova narração. A que quisemos oferecer ao leitor termina aqui.

Direção editorial
Daniele Cajueiro

Editora responsável
Ana Carla Sousa

Produção editorial
Adriana Torres
Laiane Flores
Juliana Borel

Revisão
Eduardo Carneiro
Eni Valentim Torres

Diagramação
Futura

Este livro foi impresso em 2021
para a Nova Fronteira.